Thomas Perry
Sicher ist nur der Tod

SERIE PIPER

Zu diesem Buch

Ellen Snyder war eine der Erfolgreichsten bei McLaren Life. Doch nun ist sie verschwunden – und mit ihr die zwölf Millionen Dollar, die sie dem Angehörigen eines Versicherten ausbezahlen sollte. Schon kurz darauf erscheint der Ex-Polizist Max Stillman auf der Bildfläche und beginnt die Mitarbeiter von McClaren zu verhören. Wer kannte die attraktive Snyder? Steckt sie allein hinter diesem Millionendeal? Unter all den Angestellten pickt sich Stillman John Walker heraus und nimmt ihn ohne weitere Erklärung als seinen Ermittlungspartner mit nach Los Angeles. Stillman weiß, daß den jungen, unauffälligen Datenanalytiker eine Affäre mit Ellen verbindet. Und Walker ist fest entschlossen, die Unschuld seiner einstigen Geliebten zu beweisen. Die Jagd nach den Hintermännern führt die beiden schließlich in ein Dorf, hinter dessen idyllischer Fassade sich tödliche Abgründe verbergen.

Thomas Perry, geboren 1947 in Tonawanda, New York, war Literaturprofessor, bevor er mit dem Schreiben von Kriminalromanen begann. Ausgezeichnet mit dem »Edgar-Allan-Poe-Preis«, schuf er die einzigartige Figur der Jane Whitefield, deren Romane allein in den USA weit über eine halbe Million Leser gefunden haben.

Thomas Perry
Sicher ist nur der Tod

Roman

Aus dem Amerikanischen von
Elke Link

Piper München Zürich

Von Thomas Perry liegen in der Serie Piper vor:
Das zweite Gesicht (3347)
Auf der Spur des Wolfs (3596)
Die Hüterin der Spuren (5638)
Der Tanz der Kriegerin (5686; 6049)
Die Jagd der Schattenfrau (5687)

Für Jo, Alix und Isabel

Ungekürzte Taschenbuchausgabe
Mai 2003

Titel der amerikanischen Originalausgabe:
»Death Benefits«, Random House,
New York 2001

erschienen im Verlagsprogramm Kabel
Umschlag/Bildredaktion: Büro Hamburg
Isabel Bünermann, Julia Martinez/
Charlotte Wippermann, Kathrin Hilse
Foto Umschlagvorderseite: V. J. Musi/VISUM plus 49
Foto Umschlagrückseite: Jerry Bauer
Satz: KCS GmbH, Buchholz/Hamburg
Druck und Bindung: Clausen & Bosse, Leck
Printed in Germany ISBN 3-492-23907-2

www.piper.de

1

Ellen beugte sich über das Waschbecken und begutachtete zum letzten Mal kritisch ihr Make-up im Badezimmerspiegel. Die Augen waren ihr gut gelungen. Einen vertrauenswürdigen Eindruck erweckte man, indem man vertrauensvoll aussah, und ihre blauen Augen wirkten groß und offen. Auch die Farbe der Wangen stimmte: Sie machten einen glatten, natürlichen Eindruck, so viel konnte sie sehen, obwohl der Spiegel überall schwarze Flecken hatte und das Licht hier drinnen hart und gelblich war. Aber sie hatte vor, so rechtzeitig dort zu sein, daß sie noch rasch in die Damentoilette verschwinden und eventuell nötige Korrekturen vornehmen konnte. Seit sie neun Jahre alt war, hatte sie sich darin geübt, nichts als selbstverständlich vorauszusetzen, und mittlerweile war sie vierundzwanzig. Problemen nicht zuvorzukommen bedeutete, es darauf anzulegen.

Sie ging zurück in die Küche, nahm ihre Handtasche vom Tisch, warf sie sich über die Schulter und öffnete dann ihre dünne Lederaktenmappe, um sicherzugehen, daß sie alles eingepackt hatte. Sie hatte immer ein kleines Set mit allen Broschüren und Formularen dabei, die nötig waren, um einen Kunden für eine der üblichen Versicherungen zu verpflichten: Lebensversicherungen mit begrenzter Laufzeit, Risikolebensversicherungen, Wohngebäudeversicherungen, Kfz-Versicherungen. Bevor sie am Abend zuvor das Büro verlassen hatte, hatte sie noch ein paar von den exotischeren dazugelegt: Kunstwerke, Schmuck, Flugzeuge und Schiffe. Auf jedem Anmeldebogen, den sie dabeihatte, war im Feld für den zuständigen Versicherungsvertreter ihr Name eingetippt, in den anderen Feldern standen ihre Durchwahl sowie die Büro- und E-Mail-Adresse, und in dem Kästchen am unteren Rand hatte sie bereits unterschrieben. Sie ließ die Hauptgeschäftsstelle nie darüber im Zweifel, wem die Provision zustand.

In einem Innenfach ihrer Aktenmappe steckte ein schlanker goldener Füller, der dem Kunden gut in der Hand lag, wenn er unterschrieb, und darunter hatte sie einen identischen, aber nie benutzten versteckt, damit es nie dazu kam, daß sie die Chance, einen Kunden festzunageln, nicht wahrnehmen konnte. Ein paar einfache, gewohnheitsmäßige Vorkehrungen genügten normalerweise, damit sie nachts nicht vor Versagensangst wach lag.

Aus dem anderen Fach ihrer Aktenmappe zog sie die vorbereiteten Formulare heraus und sah sie sich noch einmal an. Sie überprüfte nicht etwa die Einträge. Sie wußte, daß es da keine Fehler gab. Bis spät in die Nacht hatte sie die Akten durchgelesen und die freien Felder auf den Formularen mit der Schreibmaschine ausgefüllt, so daß alle Schreibarbeiten bereits erledigt waren. An diesem Morgen prüfte sie anhand der Formulare nur, ob sie die Familiennamen, Adressen und Daten im Kopf hatte.

Sie machte sich keine Illusionen darüber, daß ihre Arbeit pure Heuchelei war. Jede Kleinigkeit war einstudiert und geprobt, und alles andere als eine makellose Vorstellung wäre eine Katastrophe. Wenn sie alle persönlichen Details auswendig wußte, vermittelte sie dem Zuhörer das Gefühl, er sei ihr wichtig. Machte sie jedoch einen Fehler, stünde sie als scheinheilige Betrügerin da. Wenn sie den Zuhörer davon überzeugte, daß er ihr wichtig war – daß ihr seine Interessen wirklich am Herzen lagen –, dann stand sie nicht nur kurz vor dem Ziel, dann hatte sie es erreicht.

Ellen sah nach, ob sie die Kaffeemaschine ausgesteckt und überall das Licht gelöscht hatte, bevor sie hinausging und die Tür abschloß. Als sie sich umdrehte, hörte sie hinter sich plötzlich ein Geräusch und fuhr zusammen. Sie blickte in die Richtung, aus der das Geräusch gekommen war, kam jedoch zu dem Schluß, daß es nichts weiter gewesen war – vielleicht war hinten im Garten eine Orange vom Baum gefallen. Aber es war eine Stunde vor Sonnenaufgang, und in der Dunkelheit und Stille konnte selbst Pasadena ein wenig unheimlich sein.

Wenn sie schrie, würden die anderen vier Frauen, die in den kleinen Wohnungen in diesem Haus lebten, ihr wohl nicht zu Hilfe kommen, aber sie würden zumindest aufwachen und aus dem Fenster sehen. Wenn jemand über sie herfiel, durfte sie sich nicht auf die Hilfsbereitschaft ihrer Nachbarn verlassen. Sie mußte »Feuer!« schreien, während sie sich wehrte. Das, so hatte sie gelesen, empfahlen Experten, und genau das würde sie tun.

Sie wünschte, sie wäre nicht ganz so nervös. In den letzten zwei Tagen war sie zunehmend unruhig geworden, und dieses Unbehagen schien an diesem Morgen noch zu wachsen. Sie mußte sich immer wieder vorsagen, daß sie dabei keine Angst haben mußte. Es war eine Chance. Wenn sie sie gut nutzte, war es ein Schritt hin zu dem Ziel, alles zu bekommen, was sie wollte.

Sie ging zu der offenen Garage, wo ihr Auto stand, und überprüfte, ob es abgeschlossen war. Ein wenig schämte sie sich für ihren Zwang, alles kontrollieren zu müssen. Sie hatte sich nicht nur Sorgen gemacht, ob sie ihr Ziel heute erreichen würde. Sie hatte auch irgendwie das Gefühl gehabt, daß etwas nicht stimmte. Manchmal schien ihr, sie würde beobachtet. Gestern hatte sie sich in der Nähe des Büros ein paar Läden angesehen, und auf einmal hatte sie gespürt, daß jemand sie anstarrte. Sie war abrupt stehengeblieben und hatte so getan, als würde sie in ein Schaufenster blicken, und dabei in der Scheibe den Gehweg beobachtet. Sie hatte gewartet, bis die anderen Fußgänger an ihr vorbeigegangen waren und sie sich vergewissert hatte, daß sie alle harmlos wirkten. Sie hatte sich gesagt, daß sie bestimmt nur den Blick irgendeines Mannes gespürt hatte. Schließlich machten Männer das manchmal, ohne daß sie einem gleich etwas antun wollten. Aber sie war nicht ganz überzeugt gewesen: Wenn die Männer nichts Böses wollten, dann waren sie immer leicht ausfindig zu machen. Dann wollten sie ausfindig gemacht werden.

Sie ging über die Auffahrt zur Straße, um dort auf das Taxi zu warten. Es war noch nicht einmal fünf Uhr. Es gab keinen Grund, ungeduldig zu sein. Das Taxi kam nicht zu spät, sie war zu früh heruntergekommen. Wahrscheinlich war sie in letzter Zeit zuviel allein gewesen.

Sie verteidigte sich vor sich selbst. Es war nicht ihre Schuld, daß sie so einsam war. Selbst nach einem Jahr hier waren die Leute in der Filiale in Pasadena die einzigen Menschen in Südkalifornien, die sie kannte. Gleich am Anfang hatte sie gesehen, daß sich wahrscheinlich keiner von ihnen enger mit ihr anfreunden würde. Im besten Fall waren ihre Kollegen Verbündete, im schlimmsten waren sie Hindernisse, um die sie sich herumarbeiten mußte. Um zu bekommen, was sie brauchte, mußte sie ihnen etwas vormachen und ihnen bestimmte Informationen vorenthalten, die sie dann zu ihrem eigenen Vorteil nutzte, und dabei mußte sie die ganze Zeit lächeln und ihnen ausweichen. Kein Wunder, daß sie nervös war.

Sie blickte die dunkle Straße hinauf. In der tiefen Stille in diesem Wohnviertel hörte sie die Motorengeräusche vom Ende des nächsten Blocks, wo die Straße auf den Colorado Boulevard traf. Alle paar Sekunden rauschte ein Auto oder ein Lastwagen an der Kreuzung vorbei, aber keines bog um die Ecke. Die fernen Geräusche erinnerten sie daran, wie allein sie war.

In einer Frauenzeitschrift hatte sie einmal gelesen, daß Frauen bestimmte Empfindungen nicht ignorieren sollten – vage Vorahnungen zum Beispiel oder wenn sie sich in Begleitung eines Mannes nicht wohl oder an einem bestimmten Ort wehrlos fühlten. Wahrscheinlich hatten ihre Augen oder Ohren dann irgend etwas wahrgenommen, aber ihr Kopf versuchte, es beiseite zu schieben und wegzuerklären, weil es einfacher war, es zu leugnen, als sich der Gefahr zu stellen.

Ellen ertappte sich dabei, wie sie sich John Walkers Gesicht in Erinnerung rief. Sie sah sein dunkelbraunes Haar, seine ruhigen, klugen Augen. Sie war sich sicher, daß es dieses Unbehagen war, das sein Bild wieder in ihr erstehen ließ. Als sie mit ihm zusammen gewesen war, hatte sie sich immer sicher gefühlt, und zwar nicht nur, weil er groß, breitschultrig und durchtrainiert war. Er hatte eine ruhige, nachdenkliche Art, und er war zuverlässig. Sie verspürte einen stechenden Schmerz, der sie überraschte. Sie hätte sich weiter mit ihm treffen können – vielleicht hätte sie ihn nicht heiraten können, denn das hätte alles kaputtgemacht, aber zumindest hätte sie ihn sozusagen griffbereit haben können. Vor Sonnenaufgang hierherzufahren, um sie abzuholen – genau so etwas hätte er gemacht, und sie hätte gewußt, daß er pünktlich sein würde. Sie zwang sich, ihn aus ihren Gedanken zu verbannen. Es gab nichts Schlimmeres, als sich wegen einer Entscheidung, die man in der Vergangenheit gefällt hatte, Vorwürfe zu machen.

Sie sah ein Scheinwerferpaar vom Colorado Boulevard abbiegen, holte tief Luft und wartete. Als das Auto unter der ersten Straßenlampe vorbeifuhr, konnte sie das weiße Schild auf dem Dach erkennen. Es war das Taxi. Erleichtert atmete sie aus. Das Taxi fuhr langsam die Straße entlang. Der Fahrer suchte wohl nach ihrer Hausnummer, aber er war noch nicht einmal im richtigen Block. Sie stellte sich an den Straßenrand und winkte, doch der Fahrer fuhr weiter im Schrittempo. Wie war es möglich, daß er sie nicht sah? Es war, als würde er sich jedes Haus, jedes Stück Gehweg ansehen, um sie per Ausschlußverfahren zu finden.

Am Ende der Auffahrt hielt das Taxi schließlich. Sie konnte das Gesicht des Fahrers nicht sehen, nur zwei große Hände am Lenkrad in dem schwachen Lichtschein vom Armaturenbrett. Sie zögerte. Sie sagte sich, daß sie kindisch war. Sie hatte ein Taxi gerufen, und hier war es – sie sah auf die Uhr –, sogar ein wenig zu früh. Alles übrige war nur ihre überhitzte Phantasie.

Sie ging auf die hintere Tür zu, aber der Mann stieg nicht aus, um sie ihr zu öffnen. Er winkte ihr ungeduldig, endlich einzusteigen. Sie öffnete die Tür und stieg ein.

»Ich möchte zum Flughafen, bitte.«

»Ich weiß«, brummte er gereizt.

Langsam bereute sie es, ein Taxi gerufen zu haben. Sie hatte sich vor zwei Tagen dazu entschlossen, das Taxi dann auch gleich bestellt und an diesem Morgen für alle Fälle noch einmal angerufen. Es war als Erleichterung gedacht gewesen, aber sie hätte auch mit dem eigenen Auto fahren können. Taxi fahren bedeutete, die Kontrolle abzugeben, und dieser Fahrer war nicht sehr angenehm. Zumindest würde um diese Zeit nicht viel Verkehr sein, so daß die Fahrt nicht sehr lange dauern würde. Sie konnte ihre Gedanken ordnen, bevor sie sich darauf konzentrieren mußte, überzeugend zu wirken.

Das Taxi fuhr los. Nach einer Weile fiel ihr auf, daß der Hinterkopf des Fahrers nun besser zu sehen war, und dann warf der Spiegel einen hellen Lichtstreifen auf seine Augen. Sie sah, daß er kurz blinzelte, bevor er den Spiegel hochklappte, so daß das Licht an die Decke reflektiert wurde. Ein anderes Auto war hinter ihnen. Das überraschte sie. Sie hatte kein Auto vom Colorado Boulevard abbiegen sehen, seit das Taxi gekommen war, und sie war sich fast sicher, es wäre ihr aufgefallen, wenn einer ihrer Nachbarn in der Stille die Autotür zugeschlagen oder den Motor angelassen hätte.

Der Lichtschein von hinten verschwand nicht, und häßliche Gedanken schossen ihr durch den Kopf. Sie hatte gehört, daß Taxifahrer nachts oft überfallen wurden. Sie hatte sich immer vorgestellt, daß sie überfallen wurden, wenn sie allein waren. Aber weshalb sollte sich ein Verbrecher dadurch irritieren lassen, daß ein Fahrgast im Auto saß? Er würde mit Sicherheit mehr Geld bekommen, und sie jedenfalls würde ihn nicht aufhalten können. Sie blickte auf den Hinterkopf des Fahrers. Ihm mußte klar sein, daß er ein potentielles Opfer war, aber er wirkte unbesorgt. Ab und zu warf er einen Blick in den Außenspiegel, wie um sich zu versichern, daß sich nichts verändert hatte.

Sie wartete, bis der Fahrer zum ersten Mal abgebogen war und dann noch einmal, um wieder auf den Colorado Boulevard zu kommen, dann drehte sie sich um. Das Auto war immer noch da. Es war ein wenig zurückgefallen, aber es war immer noch da. Der Fahrer bog ein weiteres Mal ab, und sie wartete. Sie zählte langsam bis zehn, dann bis zwanzig. Wieder kamen die Scheinwerfer in Sicht. Dann fiel ihr ein möglicher Grund dafür ein, und sie kam sich dumm vor, weil sie nicht früher daran gedacht hatte. Sie arbeitete in einem großen Unternehmen in einer Branche, in der es viel

Konkurrenz gab. Seit über einem Jahr war sie gegenüber ihren Vorgesetzten und Kollegen höflich, aber zurückhaltend gewesen. Sie hatte allein gearbeitet, sich ihre eigenen Ziele gesetzt und diese strikt verfolgt. Sie hatte Provisionen bekommen, die einem Vielfachen von dem entsprachen, was andere Vertreter bekamen. Sie hatte ihrem Chef zwei Tage im voraus angekündigt, daß sie heute nicht dasein würde, weil sie einen Kunden treffen müsse. Sie hatte ihm zuviel erzählt. Sie wunderte sich, daß sie so überrascht war. Große Firmen spionierten ihren Angestellten ständig hinterher. Wäre es so merkwürdig, wenn die Firma sie beobachten lassen würde?

Sie blickte zurück. Der Wagen folgte ihnen auf die Schnellstraße. »Dieses Auto ist schon lange hinter uns.«

Der Fahrer sagte: »Ja? Ist mir nicht aufgefallen.« Er sah wieder in den Außenspiegel und zuckte die Schultern. »Wahrscheinlich Polizei.«

»Nein«, widersprach sie. »Ich glaube nicht. Das ist ein Kleinwagen.«

Er überlegte. »Manchmal wissen die Leute nicht genau, wo der Flughafen ist, und fahren einfach einem Taxi nach. Wenn man um diese Uhrzeit ein Taxi nimmt, ist man ja wahrscheinlich zum Flughafen unterwegs.«

Sie fand das nicht logisch. Er schien sie für eine Idiotin zu halten, und sie geriet in Panik. »Ich weiß, es ist wahrscheinlich harmlos, aber ich finde es trotzdem unheimlich. Können Sie ihn bitte abhängen?«

»Wie denn? Wir sind auf einer Schnellstraße!«

»Ich weiß es nicht. Fahren Sie runter und bei der nächsten Auffahrt wieder rauf. Nichts Illegales oder Gefährliches. Ich zahle Ihnen zwanzig extra.«

Er blickte nach hinten, nahm die nächste Ausfahrt, fuhr die Straße einen halben Block weiter, steuerte die nächste Auffahrt an und fuhr wieder auf die Schnellstraße.

Ellen hielt vorne Ausschau nach dem Auto, dann drehte sie sich um und beobachtete die Auffahrt, bis die Schnellstraße einen Bogen machte und Ellen nichts mehr sehen konnte. Ihnen schien kein Auto mehr zu folgen. Sie lehnte sich zurück und entspannte sich. »Ich glaube, es hat funktioniert.«

Das Funkgerät des Taxis knackste und summte, und eine Männerstimme drang durch die Störgeräusche. »Larry, wo bist du jetzt?«

Der Fahrer nahm sein Mikrophon und hielt es sich so nahe an den Mund, daß Ellen es brummen hörte, als seine Lippen es berührten. »Noch auf der Eins-zehn Richtung Süden, zum LAX.« Er fummelte an einem Regler an dem Funkgerät herum. Es kreischte und pfiff, so daß Ellen nicht verstand, was am anderen Ende gesagt wurde. Der Fahrer bestätigte nur mit »Okay«.

Sie sah hinüber zu dem Auto, das beinahe mit der gleichen Geschwindigkeit auf der Spur neben ihr fuhr. Sie versuchte, hineinzusehen und Vermutungen darüber anzustellen, wer die Insassen sein und wo sie hinfahren könnten. Aber da war der Wagen schon weiter vorgefahren, und die nächsten beiden glitten einfach vorbei. Sie blickte dem Fahrer über die Schulter. Er verlangsamte und bog in eine Ausfahrt ein.

»Wo fahren wir hin?«

»Ich muß unterwegs noch jemanden abholen. Einer unserer Wagen ist liegengeblieben, und der andere muß auch zum Flughafen.«

Sie sah hinaus auf die düstere Straße, die ihr völlig unbekannt war. Sie fuhren durch eine Gegend, die aus nichts als kleinen Läden zu bestehen schien, deren Türen und Fenster mit Eisenstangen vergittert waren, sowie ein paar größeren Gebäuden, die alt waren und anscheinend gewerblichen Zwecken dienten. Sie wußte, daß die Geschichte mit dem liegengebliebenen Wagen eine Lüge war. Autopannen waren ein Code, eine vage, beinahe taktvolle Ausrede, die Menschen in der Transportbranche verwendeten, um Leute zum Schweigen zu bringen, die ihrer Meinung nach nicht das Recht auf eine Erklärung hatten. »Also wissen Sie«, fing sie an, »es tut mir leid, aber das ist mir nicht recht. Ich will das Taxi nicht mit jemandem teilen. Bringen Sie mich bitte zum Flughafen, und holen Sie den anderen danach ab.«

»Nein, es tut mir leid«, sagte der Mann, wobei er ihren Tonfall nachahmte. Dann fuhr er ärgerlich fort: »Er wohnt nur ein paar Straßen weiter. Das ist ein guter Kunde. Ich kann doch einen Stammkunden nicht einfach sitzenlassen wegen jemand, den ich vorher noch nie gesehen habe.«

Sie fühlte sich, als hätte sie eine Ohrfeige bekommen. Sie überlegte, wie sie vorgehen sollte. Wenn sie sagte: »Lassen Sie mich aussteigen«, würde sie sich gleichsam selbst vor Tagesanbruch in diesem verlassenen Gewerbegebiet aussetzen. Der Stammkunde mußte wahrscheinlich deshalb bedient werden, weil sich überhaupt nur wenige Taxis hierher verirrten – und die meisten sich vielleicht sogar weigerten, diese Gegend anzufahren. Sie schämte sich auch ein wenig, weil sie den Fahrer vorher gebeten hatte, das Auto abzuhängen. Ihr war bewußt, daß er sie bereits für albern und hysterisch hielt. Sie saß schweigend da, überlegte, was sie sagen sollte, und ihre Augen füllten sich mit Tränen.

Der Fahrer hielt an einer roten Ampel, wo die Straße eine größere Durchgangsstraße kreuzte. Sie blickte aus dem Fenster und reckte den Hals auf der Suche nach einem Straßenschild. Sie sah keines, aber dafür sah sie etwas anderes: ein mattgelbes Taxi, das in der Querstraße vor dem beleuchteten Eingang einer kleinen Doughnutbäckerei parkte. Sie sah einen rundlichen Mann mittleren Alters aus der Tür kommen, der schon einen Doughnut kaute und den Kaffee trank, den er gerade im Laden gekauft haben mußte. Er ging um das Taxi herum zur Fahrertür und stellte den Becher auf die Motorhaube.

Sie faßte einen Entschluß. Sie öffnete die Tür, stieg aus und schlug sie hinter sich zu. Der Fahrer wollte nach ihrem Arm greifen, doch es war schon zu spät. Das Taxi machte einen Satz nach vorn und blieb dann quietschend stehen. »He!« Seine Stimme war nur gedämpft zu hören, aber dann ließ er das Fenster auf der Beifahrerseite hinunter. »Was zum Teufel haben sie vor?«

Sie warf drei Zwanzigdollarscheine durch das offene Fenster auf den Beifahrersitz. »Ich nehme ein anderes Taxi.«

Er brüllte: »Das können sie nicht machen!«

»Ich betrüge Sie nicht, ich gehe nur«, sagte sie, wandte sich um und ging auf das andere Taxi zu. Sie ging erhobenen Hauptes und war zufrieden mit sich, weil sie ruhig gesprochen und sich nicht lächerlich gemacht hatte. Sie konnte sehen, wie der rundliche Taxifahrer sie kauend beobachtete, deshalb bemühte sie sich um Haltung. Als sie nahe genug war, fragte sie: »Können Sie mich zum Flughafen bringen?« Erst danach fiel ihr ein, daß er womöglich mit Nein antworten könnte.

Er nickte und schluckte. »Sicher.«

Ein lautes Hupen ertönte, und als Ellen sich umwandte, sah sie das Taxi, aus dem sie gerade ausgestiegen war, immer noch an der Kreuzung stehen. Der Fahrer sah durch die Heckscheibe nach hinten. Die Ampel hatte umgeschaltet, und hinter ihm stand ein Lastwagen. Widerwillig warf er einen zornigen Blick in Ellens Richtung, dann gab er Gas und verschwand hinter dem Haus an der Ecke.

Der neue Fahrer sagte: »Gab es ein Problem mit dem anderen Taxi?«

»So ungefähr.«

»Wenn Sie seine Nummer haben, können Sie ihn melden.«

»Nein, so etwas war es nicht«, sagte sie. »Ich muß zum Flughafen, und er ist einen Umweg gefahren, um noch jemanden abzuholen. Außerdem habe ich seine Nummer gar nicht.«

Er stieg ein und ließ den Motor an. »Keine Sorge. Ich fahr Sie hin.« Er stellte seinen Kaffee vorsichtig in den Halter neben ihm und stopfte sich den letzten Bissen in den Mund.

Ellen stieg hinten ein, und in ein paar Minuten waren sie auf der 105. Ihr Herz begann zu pochen. Genauso hatte es sich angefühlt, als sie zum einzigen Mal in ihrem Leben in einen Autounfall verwickelt gewesen war. Ihr Herz hatte genauso gehämmert, nicht während des Unfalls, sondern danach, als die Gefahr bereits vorüber war und sie Zeit gehabt hatte, darüber nachzudenken, wie plötzlich und unerwartet das Ganze gekommen war. Sie entspannte sich ganz bewußt, schloß die Augen und atmete tief, bis sie sich besser fühlte. Als sie sie wieder aufschlug, waren sie auf dem San Diego Freeway, und sie erkannte den Abschnitt, der vor ihnen lag.

Als der Fahrer die lange, gerade Ausfahrt am Century Boulevard nahm, fragte er: »Welche Fluggesellschaft?«

»Setzen Sie mich einfach am Hilton Hotel ab«, sagte sie. »Das ist dort vorne. Auf der rechten Seite.«

Der Fahrer war ein wenig überrascht und etwas verwundert, aber es war nicht die Art Verwunderung, die ihn veranlaßt hätte, der jungen Frau Fragen zu stellen. Er wußte, wo das Hotel lag. Er fuhr in die kreisförmige Einfahrt, stieg aus, um ihr die Tür zu öffnen und seine Bezahlung sowie sein Trinkgeld in Empfang zu nehmen. Dann stieg er wieder ein, vermerkte die Fahrt in seinem Fahrtenbuch, und während er sich über Funk in der Zentrale meldete, blickte er der jungen Frau durch die Glastüren der Hotellobby nach, bis sie verschwand. Dann fuhr er auf den Century Boulevard und steuerte auf den Ankunftsbereich des Flughafens zu. Um diese Zeit würde er wahrscheinlich eine ganze Weile in der Taxischlange warten müssen. Während er dort stand, grübelte er weiter über die Frau nach.

Sie war verärgert gewesen, und vielleicht hatte sie auch ein bißchen Angst vor dem anderen Taxifahrer gehabt. Er wußte, daß sie nicht zu den Leuten gehörte, die sich um Geld stritten, denn sie hatte ihm ein ungewöhnlich großzügiges Trinkgeld gegeben. Deshalb stimmte wahrscheinlich auch das mit dem Fahrer, der versucht hatte, doppelt zu verdienen.

Andererseits hatte sie jedoch gelogen. Sie hatte Flughafen gesagt, wollte aber eigentlich zu einem Hotel. Zunächst hatte er gedacht, sie sei eine Geschäftsfrau auf dem Weg zu einem Frühstücksmeeting, wegen der Aktentasche und überhaupt. Alles an ihr vermittelte den Eindruck, sie würde einen wichtigen leitenden Angestellten treffen, der von irgendwoher mit dem Flugzeug angereist war, um ihm irgend etwas zu verkaufen, bevor er wieder wegflog. Dieser

Eindruck hatte jedoch nur eine Minute angehalten. Nachdem sie das Hotel betreten hatte, war sie nicht zur Rezeption gegangen, um ihre Ankunft zu melden. Sie war auch nicht in den Speisesaal gegangen. Sie war direkt zu den Aufzügen gegangen, um nach oben zu fahren.

Niemand fuhr in so einem Kostüm wegen einer Affäre zu einem Hotel, schon gar nicht um halb sechs Uhr morgens. Das überzeugte ihn schließlich. Diese junge Frau hatte alles Mögliche getan, um das Ganze nach einem geschäftlichen Treffen aussehen zu lassen, also handelte es sich um nichts Geschäftliches. Denn was gab es sonst dort oben außer Zimmern? Und spontan das Taxi zu wechseln war eine ziemlich gute Art, sicherzugehen, daß man nicht von einem Privatdetektiv verfolgt wurde, der versuchte zu beweisen, daß man fremdging.

Er ließ sich den Vorfall noch ein weiteres Mal durch den Kopf gehen, um sicher zu sein, daß er kein Indiz falsch interpretiert hatte, und er war zufrieden, aber nicht froh. Diese junge Frau war ihm instinktiv sympathisch gewesen, und zwar von dem Moment an, in dem sie aus dem anderen Taxi gesprungen und auf ihn zugegangen war, wobei sie sich angestrengt hatte, selbstsicher zu wirken. Hoffentlich war sie nicht in etwas hineingeraten, was sie später bereuen würde, aber wahrscheinlich war genau das der Fall. Offenbar machte jeder ein paar Fehler, sobald er erwachsen aussah, und während man dann versuchte, diese Fehler wiedergutzumachen, wurde man wirklich erwachsen. Er wünschte ihr im stillen alles Gute und wandte seine Aufmerksamkeit dem Flughafenwachmann zu, der ihn bereits weiterwinkte. Danach hatte er zu tun und vergaß sie. Es war, als wäre sie mit dem Betreten des Aufzugs in eine andere Welt befördert worden.

2 »Er stellt den Leuten Fragen«, verkündete Maureen Cardarelli. Mit großen, erwartungsvollen Augen saß sie da und wartete auf Walkers Reaktion.

»Fragen wie ›Kann man der Cardarelli trauen?‹?«

Sie schloß halb die Augen, setzte einen mißtrauischen Blick auf, der immer noch seltsam verführerisch wirkte, und senkte den Kopf, so daß ihr pechschwarzer Haarvorhang einen Schatten auf ihr Gesicht warf. »Hat er mit dir noch nicht gesprochen?«

»Nein«, sagte Walker. »Vielleicht sieht er ja, daß ich zu tun habe.« Er richtete den Blick vielsagend zu dem Stapel Papier auf seinem Schreibtisch.

Aufreizend langsam und boshaft sagte sie: »Merkwürdig, daß er ausgerechnet zu dir nichts gesagt hat.«

»Wieso?« Walker tat so, als hätte der für sie untypische Mangel an Takt nicht bewirkt, daß seine Gedanken einen Augenblick stillstanden, während er in seinem Gedächtnis nach früheren Verfehlungen suchte.

Sie zuckte die Achseln und stand auf. »Das hier ist ein großes Gebäude. Viele Abteilungen, viel Platz, um sich zurückzuziehen, aber anscheinend fühlt er sich in deiner Nähe wohl.« Sie lächelte nachsichtig, um anzudeuten, daß sie ihn nur neckte und daß er immer noch zu ihren engsten Vertrauten gehörte. »Dann laß ich dich jetzt lieber weiterschlafen.«

Walker sah ihr nach, als sie mit dem ihr eigenen Gang seine Bürokabine verließ. Ihr Gang war zu anmutig, um einer Absicht zu entspringen, und doch zugleich zu wirkungsvoll und zielstrebig, um völlig absichtslos zu sein. Während sie auf die Aufzüge zumarschierte, vermittelte alles, von der Haltung ihrer Schultern bis zu dem Klack-klack-klack ihrer hohen Absätze auf dem Terrazzoboden, den Eindruck, daß sie in höchst wichtiger Mission unterwegs war.

Walker zwang sich, zu seiner Arbeit zurückzukehren. Er widmete sich dem Stapel von Hand beschriebener Blätter auf seinem Schreibtisch, dann überflog er die Statistiken auf dem Computerbildschirm, aber unwillkürlich blickte er immer wieder über den Monitor hinweg. Gleich links vor dem Eingang zu Walkers Kabine saß Max Stillman, umgeben von jungen Schreibkräften und Telefonistinnen, an einem Schreibtisch in dem offenen Büro, das von allen »das Schiff« genannt wurde. Immer wieder war Walker zu seinem Erstaunen aufgefallen, daß Stillman nicht sonderlich groß war. Doch er vermittelte irgendwie den Eindruck von Masse und Solidität, als wäre er etwas sehr Großes, das zu einem Gegenstand von großer Dichte und Impulsivität zusammengepreßt worden war.

Stillman war ein Mann um die Fünfzig mit mehr Grau an den Schläfen als Braun, und unter den dünnen Haarsträhnen auf seinem Kopf schimmerte der glänzende Schädel hindurch. Er saß über den Schreibtisch gebeugt, und seine dicken Unterarme flankierten eine aufgeschlagene Akte, die er mit nüchterner Konzentration fixierte. Manchmal starrte er nur fünf Sekunden lang auf ein Blatt, bevor er sich dem nächsten zuwandte, und manchmal saß er eine Viertelstunde lang reglos da. Immer wenn er mit einer Akte fertig war, klappte er die Mappe zu, legte sie ordentlich auf den Stapel an der rechten Ecke des Schreibtisches und ersetzte sie durch eine Akte von dem Stapel auf der linken Seite.

Stillman war vor fast einer Woche wie aus dem Nichts aufgetaucht. Er hatte auf dem Mittelgang des »Schiffs« gestanden, als die erste Schicht der Angestellten auf dem Weg zum Mittagessen an ihm vorbeiströmte. Er schien niemanden zu suchen, schien die Leute kaum zu beachten. Walker hatte sich damals gedacht, er sehe aus wie ein Mann, der alleine in einem Zimmer stand und angestrengt versuchte, sich an etwas zu erinnern.

Walker glaubte nach wie vor, der erste zu sein, der Stillman bemerkt hatte, obwohl er wußte, daß das so gut wie unmöglich war. Für einen Fremden wäre es äußerst schwierig gewesen, an den Wachleuten vorbei in die Eingangshalle und dann bis in den siebten Stock der Hauptgeschäftsstelle von McClaren Leben und Unfall in San Francisco zu gelangen, ohne daß ihm jemand Fragen gestellt hätte. Das hier war die Zentrale, der Ort, an dem die Firma vor beinahe hundertfünfzig Jahren ins Leben gerufen worden war, und nicht irgendeine Außenstelle: Hier wurden keine Versicherungen abgeschlossen. Walker war lächelnd aus seiner Kabine getreten und hatte gefragt: »Kann ich Ihnen helfen? Suchen Sie etwas?«

Stillman hatte die Augen so blitzschnell auf Walkers Gesicht gerichtet wie ein wachsamer Raubvogel, jedoch ohne sich sonst zu bewegen. Seine Miene war zwar nicht gerade freundlich gewesen, aber Walker hatte sie nicht als bedrohlich empfunden. »Mein Name ist Stillman. Hat McClaren mich angekündigt?«

Walker hatte gelacht. »McClaren?« Dabei war die Vorstellung gar nicht so lachhaft. Manchmal vergaß er, daß es tatsächlich einen Mr. McClaren gab, ja man erzählte sich, daß er die meiste Zeit in einem Büro fünf Stockwerke über ihnen saß.

Stillman hatte genickt. »Genau.«

Walker hatte gesagt: »Vielleicht hat er bei meiner Vorgesetzten anrufen lassen. Ich bringe Sie zu ihr.«

Stillman war Walker zum Eckbüro gefolgt. Joyce Hazelton hatte am Fenster gestanden und über die Hochhäuser an der Van Ness Avenue geblickt, als Walker klopfte. Abwesend hatte sie sich umgedreht.

Walker hatte nicht bemerkt, daß sie telefonierte. »Entschuldigung«, hatte er von der Tür aus gesagt, dann aber gehört, wie sie sagte: »Ich glaube, er ist jetzt hier ... Mr. Stillman?«

Stillman hatte genickt. »Ja, Ma'am.«

»Mr. McClaren läßt fragen, ob Sie kurz mit ihm sprechen könnten.« Sie hatte Stillman das Telefon gereicht, Walker den Arm um die Schulter gelegt und ihn mit hinausgenommen und die Tür hinter sich zugezogen. Dann war sie ein paar Sekunden vor ihrem Büro stehengeblieben, und allein das hätte Walker beinahe veranlaßt, sie zu fragen, wer Max Stillman war. Aber der Impuls hatte nur einen Moment lang gedauert, denn gleich darauf hatte sie ihn mit ihrer manikürten Hand zu seinem Schreibtisch gescheucht.

Er hatte sich wieder seiner Arbeit zugewandt. Die neuesten Zahlen zu den Versicherungsleistungen aus der Unfallabteilung waren ziemlich ungewöhnlich, und die unangekündigte Ankunft irgendeines reichen alten Kumpels des derzeitigen McClaren war wie eine Wolke, die über ihm vorüberzog: Ein paar Sekunden lang warf sie einen Schatten, aber dann zog sie weiter.

Als Walker vom Mittagessen zurückgekehrt war, hatte Stillman den unbesetzten Schreibtisch im Schiff bekommen, der normalerweise für Aushilfskräfte reserviert war, und Joyce Hazelton war herumgelaufen und hatte Stapel von Berichten und Versicherungsakten zusammengesucht. Walker hatte ihr seine Hilfe angeboten, aber sie hatte mit einem flüchtigen Lächeln und einem leichten Kopfschütteln abgelehnt.

Am Spätnachmittag war Bill Kennedy zu Walker in die Kabine gekommen, um die vormittäglichen Zahlen aus den Filialen abzuliefern. »Der sitzt immer noch da draußen, wie ich sehe.«

Walker wurde aus der strukturierten, stillen, logischen Welt der Statistiken gerissen. »Wer?«

Kennedy sprach leiser. »Steck nur den Kopf in den Sand, John. Gute Taktik. Deshalb regiert der Vogel Strauß die Welt.«

Walker blickte über seinen Computermonitor hinweg in das große, offene Büro. Stillman studierte eine Akte. »Das ist nur ein Freund von Mr. McClaren.«

»Der spioniert.«

»Was soll der denn ausspionieren?«

»Wen denn. Uns. Die Buchhaltung hat ihm gerade einen Scheck ausgestellt. Hunderttausend, unter der Rubrik ›Sicherheit‹.«

Walker zuckte die Achseln. »Vielleicht überholt er das Computersystem, damit dein zwölfjähriger Neffe nicht mehr einbrechen und sich die medizinischen Unterlagen von Schauspielerinnen durchlesen kann.«

Kennedy schüttelte mitleidig den Kopf. »Schau doch mal hin. Ist das ein Computertyp? Nein. So jemanden schicken repressive Regierungen los, wenn die Tochter des Generals nach dem Abschlußball nicht nach Hause kommt.«

Walker blickte Kennedy müde an. »Und warum, glaubst du, ist dieser Fremde in unserem friedlichen Dorf aufgetaucht? Soll er herausfinden, wer der Dorftrottel ist, und ihm zusehen, wie er, wirres Zeug quasselnd, von Hütte zu Hütte läuft?«

»Gutes Argument.« Kennedy lächelte und wandte sich um, um zu gehen. »Tut mir leid, ich muß noch diese Zahlen abliefern.«

Während der nächsten paar Tage war Walker aufgefallen, daß er häufiger Besuch von Bekannten aus anderen Abteilungen bekam. Die Männer betraten meist seine Kabine und stellten sich unangenehm dicht neben ihn, wo sie so tun konnten, als würden sie sich auf Walkers Schreibtisch oder Bildschirm etwas ansehen. Gelegentlich hoben sie dann den Kopf, um unbemerkt einen Blick auf Stillman zu werfen. Die Frauen gingen raffinierter vor. Sie setzten sich in den einzigen Besuchersessel, der in der Ecke stand, wo Stillman sie nicht sehen konnte. Dann beobachteten sie einfach Walker und lasen an seinem Blick ab, ob Stillman etwas Ungewöhnliches tat, während sie Walker ausfragten.

Walker hatte nichts zu bieten. »Wenn er Sicherheitsberater ist, dann ist er doch wohl gekommen, damit es hier sicherer wird, oder? Also fühlt euch sicher.«

Marcy Wang stand auf und blickte ihm in die Augen. »Er ist hier, damit sich derjenige sicher fühlt, der ihn bezahlt hat. Ich habe ihn nicht bezahlt, und du auch nicht.«

Als sich Walker danach wieder an die Arbeit machte, sah er unwillkürlich zu Stillman hinüber. Erschreckt stellte er fest, daß Stillman diesmal nicht über seinen Schreibtisch gebeugt dasaß. Er hatte sich in seinem Drehstuhl zur Seite gedreht und blickte Walker direkt ins Gesicht. Einen Herzschlag lang starrten sie einander an, bevor es Walker gelang, freundlich zu lächeln und die Augen wieder auf seine Papiere zu richten.

In den nächsten drei Tagen dachte Walker jeden Morgen, wenn er in seiner winzigen Küche saß und darauf wartete, daß der Kaffee durchgelaufen war, an Stillman. Er dachte an ihn, während er sich anzog und zur Arbeit fuhr, und jedesmal hoffte er, Stillman würde verschwunden sein. Dann nahm er den Aufzug in den siebten Stock, stellte fest, daß Stillman wieder da war, hängte den Mantel an den einzigen Haken an der Wand seiner Kabine und versuchte, Stillman zu vergessen, indem er sich bis zum Abend auf seine Arbeit konzentrierte.

Walker arbeitete erst seit dem Sommer vor zwei Jahren für McClaren's, nachdem er seinen Abschluß am College gemacht hatte. Im vorletzten Studienjahr hatte er beschlossen, ein Jahr zu arbeiten und dann Jura zu studieren, aber in seinem letzten Jahr konnte er es sich nicht mehr vorstellen, weiter eine Uni zu besuchen. Lieber wollte er arbeiten. Als gegen Ende von Walkers Studium ein Vertreter von McClaren's auf den Campus der University of Pennsylvania gekommen war, hatte er sich für ein Bewerbungsgespräch gemeldet. Das Geheimnis, das eine so große Firma umgab, hatte ihn fasziniert.

McClaren's war die Gesellschaft, die einst die Klipper für Teetransporte aus China und die Goldtransporte aus den Bergen zu den Banken von San Francisco versichert hatte. Die ursprüngliche Hauptniederlassung war durch ein modernes Stahl-Glas-Gebäude ersetzt worden, aber in seinem Inneren standen viktorianische Möbel aus schwerem, fein gemasertem Holz aus der Zeit, als hier noch ganze Schiffsladungen von Elefantenzähnen für Billardkugeln und Klaviertasten versichert wurden. Sie rochen nach Risiko und großen Chancen.

Als er sein Examen machte, hatte er immer noch keine Angebote erhalten, die ihn auch nur annähernd so reizten wie eine Stelle bei McClaren's, und so hatte er einen Vertrag bei McClaren's unterschrieben. Dort hatte man ihm nach der sechsmonatigen Ausbildung diese Bürokabine im siebten Stock zugewiesen, wo er unter der Aufsicht der distanzierten, aber klugen Joyce Hazelton arbeitete. Sie hatte ihm erklärt, was er als Statistiker zu tun hatte: »Die anderen schicken uns die rohen Daten, und wir bereiten sie zu und servieren sie.« Er bekam Informationen über alle Geschäfte der Firma, durchkämmte die Zahlen nach sinnvollen Zusammenhängen und schrieb Berichte, aus denen Trends und Abweichungen erkennbar wurden. Sie hatte ihm erklärt: »Wenn plötzlich sieben Prozent unserer Versicherungsnehmer bei Vollmond sterben, dann will ich das doppelt unterstrichen haben. Wenn es fünfzehn Prozent sind, will ich es zusätzlich auch noch fett gedruckt.« Von da an hatte sie ihn allein gelassen, außer daß sie ihm einmal am Tag ein warmes Lächeln geschenkt und sich alle sechs Monate mit ihm getroffen hatte, um ihm zu zeigen, daß seine Leistungen hervorragend waren.

Seine Arbeit bereitete ihm unerwartet viel Freude. Die Statistiker rissen zwar alle Witze über den Beruf, aber er fand ihn faszinierend. Bei der Arbeit mit den Zahlen kam er sich vor wie ein Kabbalist, der im Talmud nach verschlüsselten Hinweisen auf die Zukunft sucht. Einige dieser Hinweise waren beruhigend. In einem gewissen Alter bekamen die Leute Kinder und schlossen Lebensversicherungen ab. Mit Hilfe von versicherungsmathematischen Tabellen fand er heraus, wie viele der in diesem Jahr abgeschlossenen Policen zu welchem Zeitpunkt in der Zukunft ausbezahlt werden würden und wie viele Beiträge die Versicherung in der Zwischenzeit erhalten würde. Anhand von Statistiken über frühere Gewinne durch die Investition von Beiträgen konnte er eine voraussichtliche Gewinnaussage machen. Wegen der großen Zahl von Policen und des langen Zeitraumes waren individuelle Abweichungen von der Norm nicht relevant, so daß verläßliche Vorhersagen möglich waren.

Die Arbeit der Statistiker war einsam, weil sie ununterbrochene Konzentration verlangte. Die meisten freuten sich deshalb, wenn sie Kollegen begegneten, und grüßten einander mit besonderer Herzlichkeit. Das machte die Zeit, die er im Büro verbrachte, recht angenehm, aber an dem Teil seines Lebens, der sich zwischen sieben Uhr abends und sieben Uhr morgens abspielte, hatte sich wenig geändert, was ihm Sorge und Kummer bereitete. Meistens fiel ihm das auf, wenn er ins Büro oder nach Hause fuhr und an Gruppen von Leuten vorbeikam, die etwa so alt waren wie er und gemeinsam unterwegs waren. Sie schienen eine Lösung gefunden zu haben, die an ihm vorbeigegangen war.

Anderen gegenüber tat er manchmal so, als wäre er neu auf diesem Planeten, ein rationaler Beobachter, der die Mysterien des menschlichen Verhaltens einfach nicht verstand. Doch die Wahrheit war weit schmerzvoller: Er verstand sie durchaus. Was die Liebe betraf, hatte er seine Chance kurz nach seiner Ankunft in San Francisco bekommen – vielleicht die einzige in seinem Leben –, und er hatte sie vertan. Seit anderthalb Jahren versuchte er, darüber hinwegzukommen, und er war immer noch enttäuscht von sich selbst, daß er diese Frau nicht hatte halten können. Es half ihm, sich in den Sumpf von Details zu versenken, den das Versicherungsgeschäft produzierte. Und gelegentlich gab es auch kleine Ablenkungen – wie Stillman.

Als Walker an Stillmans siebtem Tag seine Analyse der Wertentwicklung in diesem Quartal in die Schublade steckte, wo sie niemand sehen konnte, und auf seinen Mantel zuging, stand plötzlich Max Stillman vor seiner Kabine. »Zeit zum Mittagessen?« fragte Stillman.

»Ich wollte gerade los«, sagte Walker. »Aber wenn Sie Hilfe brauchen oder so, kann ich auch später gehen. Mein Zeitplan ist ziemlich flexibel.«

»Nein«, sagte Stillman. »Kommen Sie. Geht auf meine Rechnung.« Und bevor Walker sich seinen Mantel schnappen konnte, hatte Stillman sich bereits umgedreht und ging auf die Aufzüge zu.

Stillmans Körper schien eine Aura der Stille um sich zu verbreiten. Nachdem er ein paar Sekunden neben ihm hergegangen war, hatte Walker begriffen, weshalb: Die Leute, die bei McClaren's arbeiteten, waren in Stillmans Anwesenheit äußerst gehemmt, und der Versuch, etwas zu sagen, das belanglos genug war, um von ihm gehört zu werden, ließ sie völlig verstummen. Während der Fahrt nach unten bemerkte Walker im Aufzug Geräusche, die ihm noch nie aufgefallen waren: das ferne Ächzen der elektrischen Drahtseilwinde, das Summen der Deckenlampen. Alle Leute im Aufzug nahmen die gleiche seltsame Haltung ein: Sie standen mit dem Gesicht zur Tür und legten den Kopf leicht in den Nacken, um einen fernen, unsichtbaren Punkt anzustarren. Die Leute, die sonst im Aufzug laut redeten, wenn sie zusammen zum Lunch gingen, schienen einander noch nie gesehen zu haben. Langsam wurde ihm bewußt, daß die Leute um ihn herum bemerkt hatten, daß er mit Stillman wegging, und als er sich überlegte, was sie wohl dachten, geriet er ins Schwitzen.

Es war beinahe eine Erleichterung, Stillman durch die Eingangshalle in die Garage zu folgen. Er würde herausfinden, was dieser Mann wollte. Stillman fuhr einen großen Chevrolet, der aussah wie das Modell, das die Polizei benutzte, aber als Walker einstieg, sah er, daß an den Schlüsseln, die Stillman ins Zündschloß steckte, der Anhänger einer Autovermietung baumelte.

Es war ein strahlender, klarer Tag, und Walker wollte es genießen, einmal auf dem Beifahrersitz zu sitzen, während jemand anders den Wagen durch die überfüllten Straßen von San Francisco lenkte. Interessiert verfolgte er, wo Stillman entlangfuhr. Irgendwie schaffte er es, sich an allen Staus vorbeizumogeln. Das Auto hielt vor einem Hotel, aus dessen Eingangshalle laute Reggaemusik drang. Stillman stieg aus und überließ das Auto dem Parkwächter, der es mit quietschenden Reifen wegfuhr.

Walker blickte in Richtung Hotel, doch Stillman ging die Schräge zwischen zwei Steinlöwen hinauf, die den Eingang zu Chinatown bewachten. Als Walker ihn einholte, erklärte Stillman: »Ich habe mit vielen Parkwächtern eine Abmachung getroffen. So verdient sich der Junge ein paar Dollar extra, und Sie kommen rechtzeitig wieder zur Arbeit.«

»Und Sie?« fragte Walker. Ihm war klar, wie plump seine Frage war, aber er stellte sie dennoch. »Sie müssen doch auch zurück, oder?«

Stillman schüttelte den Kopf. »Ich arbeite jetzt.«

Walker rätselte über diese Aussage, bis Stillman sagte:

»Das ist das Gute daran, selbständig zu sein. Man kann anfangen und aufhören, wenn einem danach ist.«

»Was ist das Schlechte daran?«

»Dein Boß ist ein Arschloch, und er weiß, daß du nichts als Verachtung für ihn empfindest. Mir würden diese Bürokabinen, in die Sie da gesteckt werden, nicht sonderlich gefallen. Nicht, daß ich nicht stillsitzen könnte.«

»Das hab ich gemerkt.«

Stillman sah ihn von der Seite an. »Ja, das denke ich mir. Aber diese kleinen Kabäuschen ...« Er schüttelte mitleidig den Kopf. »Das Problem ist, diese Dinger sind einfach entwürdigend. Sie werden eingesperrt, aber man kann keine Tür zumachen, so daß jeder reinsehen kann.« Er hielt inne. »Waren Sie schon mal im Gefängnis?«

Walker drehte den Kopf zu Stillman, aber Stillmans Gesichtsausdruck hatte sich nicht geändert. »Nein. Und Sie?«

»Da ist es ähnlich. Es geht darum, wer die Wahl hat. Gefängnisse werden so gebaut, daß es dem Insassen gar nicht einfällt, irgendwohin zu gehen, denn er weiß, daß man ihn beobachten kann – nicht, daß er beobachtet wird, aber daß es immer möglich ist.«

Walker war nicht entgangen, daß Stillman auf seine Frage nicht geantwortet hatte. »Die Kabinen sind gar nicht so schlimm. Die Trennwand schirmt den Lärm ab, so daß man sich gut auf seine Arbeit konzentrieren kann. An einem guten Tag senke ich den Kopf, und wenn ich wieder aufblicke, ist es Zeit zum Mittagessen. Ich komme zurück, und es geht mir wieder so. Wenn Feierabend ist, drucke ich mir aus, was ich geschafft habe, und ich staune immer wieder, wie viel es ist.«

Stillman schien nicht überzeugt. »Wie lange sind Sie schon dabei?«

»Fast zwei Jahre. Anderthalb in meiner Kabine.« Es war fast schon beruhigend, daß die Fragen so klar und einfach waren. Wenn Stillman Ermittlungen über Walker anstellte, würde er das alles bereits wissen.

»Ach ja«, sagte Stillman. »Richtig. Sie waren ja mit Kennedy, Cardarelli, Snyder und Wang in der Ausbildung.«

Walker nickte, dann blickte er wieder nach vorn, während sie weiter durch Chinatown gingen, vorbei an Läden, die innen so groß waren wie die Kaufhäuser früher in seiner Kindheit in Ohio, aber angefüllt mit einem Durcheinander aus lächelnden Buddhas aus Kunstharz, T-Shirts mit der Aufschrift GRÜSSE AUS ALCATRAZ, echten Antiquitäten und Kästchen mit Schmuck, der unglaublich teuer aussah. Auf beiden Straßenseiten gab es Restaurants mit übergroßen doppelten Bronzetüren, an denen Stillman aber kein Interesse zeigte. Walker beschloß, es sei an der Zeit für den schwierigen Teil. So selbstverständlich wie möglich fragte er: »Was machen Sie bei McClaren's?«

Stillman zeigte sich nicht im mindesten überrascht über die Frage. »Sie rufen mich ab und zu, wenn ihnen irgendwas Probleme macht. Ich stelle Ermittlungen an.«

Walker merkte, wie sein Herz plötzlich schneller schlug. Der Posten bei McClaren's, der ihm so gut gefallen hatte, schrumpfte in seiner Vorstellung dahin. Genug, dachte er. »Sind Sie hier, um über mich zu ermitteln?«

»Ach was«, sagte Stillman. »Ich bin hier, um zu Mittag zu essen. Er ging schneller weiter, dann bog er um eine Ecke.

Walker folgte ihm ein paar Schritte, dann blieb er abrupt stehen.

Stillman wandte sich überrascht um, neigte den Kopf und wartete.

Walker sagte: »Ich will wissen, ob es irgendwelche Verdächtigungen gegen mich gibt.«

Stillman ging zwei Schritte auf ihn zu, und Walker fiel ein, daß er diesen Mann überhaupt nicht kannte. Von Anfang an war Walker eine kaum unterdrückte Aggressivität an ihm aufgefallen, eine ständige Spannung. Sein Instinkt sagte ihm, daß er, falls Stillman ihn körperlich angreifen wollte, nicht einfach unbeweglich dastehen durfte. Stillmans Gesicht war jetzt nur noch einen halben Meter von seinem entfernt, und er sah aus wie ein Riese. Walker bereitete sich vor, sah Stillman in die Augen und spannte die Armmuskeln an, um als erster zuzuschlagen, falls er eine plötzliche Bewegung wahrnahm.

»Mr. Walker. John«, verbesserte sich Stillman. »Hiermit schwöre ich, meine Ermittlungen drehen sich nicht um Sie. Wenn Sie etwas angestellt haben sollten, dann könnte es sein, daß ich derjenige bin, der Sie dabei erwischt, aber ich leiste Ihnen meinen feierlichen Eid, daß ich jetzt nichts darüber weiß, daß ich nicht zu diesem Zweck zu Ihnen ins Büro gekommen bin und daß es mir scheißegal ist. Jetzt lassen Sie uns essen gehen.« Er stand reglos da wie eine Mauer und fixierte Walker.

Walker sah ihm direkt in die stechenden braunen Augen. »Wenn Sie meinetwegen ermitteln würden, würden Sie mir dann die Wahrheit sagen?«

Stillman verzog das Gesicht zu einem fröhlichen Grinsen. »Verdammte Scheiße noch mal, nein«, sagte er, wandte sich um und verschwand in einem Hauseingang.

Walker folgte Stillman in eine düstere Nische, dann eine lange Treppe hinauf, die nur von einem chartreuse- und magentafarbenen Neonschild mit chinesischen Schriftzeichen beleuchtet wurde. Als Walker oben angelangt war und vorsichtig die Tür nach innen aufschob, fand er Stillman in einem hellgelben Raum, wo Kellner mit großen zinkfarbenen Tabletts, die mit zugedeckten Gerichten beladen waren, unter sonnenbeschienenen Oberlichtern hin und her eilten. Etwa dreißig modisch gekleidete Gäste saßen an schwarzen Metalltischen, aßen und unterhielten sich. Ein Restaurant, dachte Walker, und erst da wurde ihm klar, daß er etwas anderes erwartet hatte.

Sie setzten sich an einen Tisch in der Nähe des Fensters, und Stillman beobachtete unverfroren die Fußgänger unten auf dem Gehweg. Als der Kellner mit den Speisekarten kam, sagte Stillman abwesend: »Bringen Sie uns einfach, was Mr. Fo heute gegessen hat.«

Der Kellner antwortete: »Sehr wohl, Mr. Stillman«, und trippelte davon.

Walker sagte: »Woher wissen sie, daß der Besitzer nicht Seemöwenhirn in ranziger Yakbutter gegessen hat?«

Stillman schüttelte den Kopf. »Fo ist nicht der Besitzer. Er ist nur ein Freund von mir, der jeden Dienstag und Donnerstag hierherkommt. Er hat achtundzwanzigtausend Mahlzeiten gebraucht, um die besten chinesischen Gerichte herauszufinden, aber heute habe ich Hunger und keine Zeit für Experimente.« Er stützte sich auf die Ellbogen und beugte sich nach vorn. »Das Leben ist zu kurz, um seine Zeit damit zu verschwenden, etwas herauszufinden, was jemand anders schon weiß. Wenn es um Kleinigkeiten geht, suchen Sie sich jemanden, der sich auskennt, und dann tun Sie ihm den Gefallen und geben es zu. Auf diese Weise vermeiden Sie fünfzig Jahre Sodbrennen, schlimme Kater und Staus auf der Autobahn.«

Er wechselte das Thema. »Und, haben Sie viel Kontakt zu den Leuten in der Arbeit?«

»Eigentlich nicht«, sagte Walker. »Ab und zu lädt einer von uns jemanden zum Essen oder zu einer kleinen Party ein. Aber um die Wahrheit zu sagen, meistens langweilen wir einander. Ich meine, wir lächeln uns an und unterhalten uns in der Kaffeeküche, aber wir haben alle nur das gleiche zu erzählen.« Was er gerade gesagt hatte, stimmte, aber wenn man es laut aussprach, fühlte es sich noch schlimmer an.

Stillman nickte. »Wie steht es mit Frauen? Sie sind doch nicht schwul.« Das war eine Feststellung, keine Frage.

Walker mußte sich zurückhalten, um sich nicht umzublicken, ob jemand mitgehört hatte. Stillman merkte das und sagte: »He, wir sind doch hier in San Francisco. Sieht irgend jemand hier schockiert aus? Viele Leute aus Ohio kommen nur aus diesem Grund hierher. Sie nicht. Warum sind Sie denn nicht verheiratet?«

»Ich habe noch keine Frau kennengelernt, mit der ich bis an mein Lebensende zusammen sein will«, sagte Walker. »Außer es wäre sicher, daß ich in einem Monat sterbe.« Er gratulierte sich dazu, daß ihm das Lügen so leichtfiel. Er hatte durchaus jemanden kennengelernt, aber er hatte sie gehen lassen, doch sein Privatleben ging Stillman nichts an.

Stillman nickte. »Ja. Ich habe gesehen, wie sie die Cardarelli angestarrt haben, als sie neulich aus Ihrem Käfig kam. Schielen Sie ihr nicht nur nach. Gehen Sie auf sie zu.

Vielleicht merken Sie dann ja, daß Sie nicht wollen, daß der eine Monat zu Ende geht.«

Walker schüttelte den Kopf. »Sicher, sie ist hübsch anzusehen ... « Walker schwieg erschreckt. Beinahe hätte er sich dazu hinreißen lassen, diesem Fremden etwas zu verraten, das ihr schaden könnte.

»Aber?« hakte Stillman nach.

Walker sagte vorsichtig: »Manchmal entwickelt sich etwas in diese Richtung und manchmal nicht.«

Stillman seufzte zufrieden. »Bei mir nicht. Bei mir geht es immer in diese Richtung. Ich habe drei wirklich verheerende Ehen hinter mir, und ich hoffe immer noch darauf, daß ich einmal eine haben werde, die so lange dauert, daß sie tödlich endet. Sie sind ja noch jung und lernfähig, da kann ich Ihnen das auch gleich verraten. Unannehmlichkeiten würde ich nur für eine Frau auf mich nehmen, die Verständnis für meine Lieblingsbeschäftigungen hat und bei deren Stimme mir nicht die Haare zu Berge stehen. Ob ich dafür alles eintauschen würde, was ich habe? Sicher. Ich habe es schon ungefähr vier Mal gemacht.«

»Ich dachte, es wären drei.«

»Da war noch eine, die vorher die Notbremse gezogen hat. Ich habe sie geliebt. Ich habe sogar für sie gelernt, Martinis zu mixen – ich habe mehrere Abende damit verbracht, dem Barkeeper im Mark Hopkins zuzusehen und ihm Fragen zu stellen. Das hat mich mehr Geld gekostet als ein Medizinstudium auf Tagesbasis und hätte mir beinahe die Leber ruiniert. Eines Abends war sie bei mir, und ich bin in die Küche gegangen, um uns was zu trinken zu machen. Als ich zurückgekommen bin, war sie über alle Berge. Die Tür stand offen, schwang noch in den Angeln. Später habe ich sie gefragt, warum sie mich nicht heiraten wollte. Sie hat geantwortet: ›Dafür waren die Martinis nicht stark genug.‹ Sie zähle ich immer mit.«

Einen Moment lang blickte er sinnierend den Tisch an, dann schien er sich wieder an Walker zu erinnern. »Beurteilen Sie Menschen nie danach, was sie haben. Das ist meistens nur Glück. Beurteilen Sie sie danach, was sie wollen.

Wollen sie sich um ihre eigenen Angelegenheiten kümmern und anständige Menschen sein, oder fühlen sie sich nie ganz wohl, wenn sie nicht soviel wie möglich von anderen kriegen und sie bluten lassen, damit sie den Kontrast genießen können?« Er blickte auf. »Ah, David«, sagte er. »Was haben Sie da für uns?«

Der Kellner rasselte froh ein paar unverständliche chinesische Sätze herunter, während er Teller auf den Tisch stellte und stolz die Deckel hob. Walker sah Klöße, Hühnerteile und Fleisch, das wahrscheinlich Schwein war, aber auch Ente sein konnte, und eine Art von Gemüse, die er schon einmal gesehen hatte. Nichts davon wirkte sonderlich ungewöhnlich.

»Wunderbar, David«, sagte Stillman. »Vielen Dank.« Er häufte Walker diverse Dinge von den Servierplatten auf den Teller, und sie begannen zu essen.

Walker verbrachte den größten Teil der Mahlzeit damit, sich zu fragen, was Stillman wohl vorhatte. Wenn er Walker hierher eingeladen hatte, um ihn dazu zu bringen, sich oder jemand anderen zu belasten, dann verhielt er sich nicht sehr geschickt. Er bestritt weiterhin etwa zwei Drittel des Gespräches, und zeigte weit weniger Interesse an McClaren Leben und Unfall als an Frauen, dem Wetter, dem Verhalten der Passanten auf der Straße oder dem Essen.

Walker hatte sich vom Erscheinungsbild des Essens täuschen lassen. Nach zwei Bissen war er der Meinung, das sei das beste Essen, das er in den zwei Jahren in San Francisco gegessen hatte, und er bedauerte es sehr, daß er wohl nie mehr in dieses Restaurant kommen würde. Wenn er es tat, würde er wahrscheinlich Stillman treffen. Und selbst wenn er ihn nicht traf, konnte er sich nicht vorstellen, zu bestellen, was Mr. Fo bestellt hatte. Ihm fiel ein, daß er gar nicht wußte, wie das Lokal hieß. Wahrscheinlich stand es auf der Speisekarte, aber er hatte ja keine gesehen.

Auf dem Weg nach draußen startete er einen letzten Versuch. Er deutete auf das Neonschild und fragte Stillman: »Was steht da?«

»Viel Glück«, sagte Stillman. »Auf solchen Schildern steht doch immer ›Viel Glück‹.«

An Stillmans achtem Tag, als Walker um fünf Minuten vor zwölf versuchte, seine Interpretation der Gewinneinbrüche im zweiten Quartal noch vor dem Mittagessen abzuschließen, tauchte in seinem Blickfeld ein Schatten auf. Stillman stand am Eingang seiner Kabine.

»Kommen Sie, mein Junge. Es ist Zeit zu gehen.«

»Eine Sekunde«, sagte Walker. Er beschloß, die Zusammenfassung abzukürzen, und tippte schnell: »M. E. besteht im Moment kein Handlungsbedarf«, speicherte den Bericht und klickte auf das Hauptmenü. Er blickte wieder auf, aber Stillman war schon weg. »Es ist Zeit zu gehen« war wahrscheinlich Stillmans Art zu sagen, daß er ihn wieder zum Mittagessen mitnehmen wollte. Walker nahm seinen Mantel, trat hinaus und sah Stillman gerade noch in den Gang zu den Aufzügen einbiegen.

Als er bei den Aufzügen ankam, stand Stillman in einem davon und hielt für ihn die Tür auf. Die übrigen Angestellten von McClaren strömten in Aufzug Nummer drei. Wahrscheinlich hatten sie es zu eilig, um zu warten, waren aber gleichzeitig froh um den Vorwand, Stillman aus dem Weg zu gehen. Sobald Walker im Aufzug war, ließ er die Tür los, und sie fuhren nach unten.

»Wo wollen Sie heute essen?« fragte Walker.

Stillman blickte zu dem schwarzen Streifen über der Tür, wo die Nummern der Stockwerke nacheinander aufleuchteten. »Wenn nicht viel Verkehr ist, haben wir vielleicht noch Zeit für einen Imbiß am Flughafen.«

3

Walker sah Stillman erstaunt an. »Weshalb wollen Sie denn am Flughafen essen?«

»Ich habe gesagt, wir würden versuchen, etwas zu essen. Vielleicht bleibt uns gar keine Zeit dafür. Unser Flugzeug geht in einer guten Stunde.«

»Moment. Augenblick mal«, protestierte Walker. »Unser Flugzeug? Ich kann nirgendwo hinfliegen.« Plötzlich wurden seine Gedanken klarer. »Ich will es auch gar nicht. Worum geht es hier eigentlich?«

»Wenn Ihr Goldfisch gefüttert werden muß oder so, da kann ich jemanden anrufen.« Er fügte hinzu: »Und machen Sie sich keine Sorgen, weil Sie keinen Schlüssel hinterlegt haben. Die Leute, die ich anrufe, sind an so was gewöhnt. Mittlerweile brauchen sie keine Schlüssel mehr.«

»Ich habe keinen Goldfisch. Ich habe einen Job. Ich habe ...«

»Den haben Sie«, sagte Stillman. »Und das hier gehört dazu.« Er blickte Walker einen Moment lang finster an, dann seufzte er. »Na gut. So viel Zeit müssen wir uns wohl nehmen.« Die Aufzugtür ging auf, aber Stillman drückte auf den Knopf für den zwölften Stock. Die Tür schloß sich wieder, und der Aufzug fuhr nach oben.

Walker starrte ihn einen Augenblick an. Er erinnerte sich, wie Joyce Hazelton Stillman das Telefon gereicht und ihn fast unterwürfig gefragt hatte, ob er Zeit habe, mit Mr. McClaren zu sprechen. Walker hatte McClaren noch nicht einmal gesehen. Er überlegte, ob Stillman vielleicht nur bluffte. Sie fuhren bereits am zehnten Stock vorbei. Wenn das ein Witz sein sollte, dann würde er den Aufzug in den nächsten Sekunden anhalten müssen.

Die Tür ging auf, und Stillman trat hinaus. Walker zögerte, folgte ihm und blieb vor der Aufzugtür stehen. Als sie sich summend wieder schloß, hatte er das Gefühl, ihm sei der Rückzug abgeschnitten worden. Eine Frau Mitte Dreißig mit perfekt frisiertem honigblondem Haar in einem Kaschmirkleid kam auf den Aufzug zu wie eine Gastgeberin, die ihre Gäste an der Tür empfängt. Walker hatte sie noch nie zuvor gesehen. Sie sah ihm in die Augen, und eine leichte Verwunderung spiegelte sich in ihrer Miene, und zwar so lange, daß Walkers Herzschlag aussetzte: Wenn sie ihn fragen würde, was er hier machte, wüßte er keine Antwort. Anmutig drehte sie sich auf ihren hohen Absätzen um, öffnete eine mächtige Eichentür auf der anderen Seite des Raumes und verschwand.

Walker blickte in Stillmans Richtung, aber der war nicht dort, wo Walker ihn erwartet hatte. Er war bereits weitergegangen und setzte sich gerade in einen großen Ohrensessel unter einem Gemälde von einem Klipper. Walker sah sich in dem Raum um. Es sah ganz anders darin aus als im Rest des Gebäudes. Walker kam sich vor wie in einem Herrenklub in einem alten Film über London. Die Stühle und Tische waren antik, und sogar die Wände wirkten so solide wie etwas, das vor langer Zeit von Hand hergestellt worden war.

Die Tür öffnete sich leise. Sie schien nur einen Spalt aufzugehen, aber die Frau schlüpfte hindurch und schloß sie leise wieder. »Er macht nur noch kurz etwas fertig«, sagte sie. »Er fragt, ob Sie wohl noch eine Minute warten könnten.« Stillman nickte.

Sie wandte sich um und glitt an Walker vorbei, so daß er Gelegenheit hatte, sie unbemerkt anzusehen. Zuerst kam sie ihm vor wie ein Model in einer Zeitschrift, doch dann entschied er sich anders. Ihre Bewegungen zielten eher darauf ab, den Eindruck von Effizienz und Können zu erwecken, als darauf zu bezaubern, als solle sie den Leuten zeigen, daß hier oben alles anders, professioneller, besser zuging.

Plötzlich ging die große Eichentür auf, und Walker wurde klar, daß das, was dort grau aufblitzte, der Mann war, der die Firma leitete. Rex McClaren war so groß wie Walker und trug einen grauen Anzug. Als er Stillman zulächelte, zog die Haut um seine blassen blaugrauen Augen sich in Falten. Seine Haare sahen aus, als wäre er früh ergraut, denn sein Gesicht wirkte nicht so alt. Er hatte eine tiefe, ruhige Stimme und sprach mit einem leichten Akzent, den Walker mit Privatschulen in Neuengland verband. »Max«, sagte er. »Tut mir leid, daß ich Sie habe warten lassen. Ich hoffe, Sie lassen sich dadurch nicht bremsen.«

»Kein Problem«, sagte Stillman. Er sah Walker an und wollte ihn gerade vorstellen, aber McClaren war schneller.

»Ah«, sagte er. »John Walker.« Er trat vor und drückte Walker fest die Hand. Als er lächelte, kehrten die Falten um seine Augen zurück.

»Es freut mich, Sie kennenzulernen«, murmelte Walker.

McClaren wirkte verwirrt, und damit erinnerte er Walker an einen seiner Professoren an der University of Pennsylvania. Wenn der einen Fehler begangen hatte, war er stets leicht beschämt gewesen, hatte ihn aber unumwunden zugegeben: Seine Stellung bewies, daß der Grund für diese Fehler die Belastung durch wichtige Angelegenheiten war und nicht etwa Dummheit. »Ach ja, da haben Sie wohl recht. Wir kennen uns noch nicht. Ich habe Sie zwar schon gesehen, aber in letzter Zeit habe ich es einfach nicht geschafft, hinunter in die Statistik zu gehen.« Der Ausdruck »in letzter Zeit« bezog sich offenbar auf Walkers kurze Karriere. »Joyce leitet die Abteilung lieber ohne Einmischung von oben. Es freut mich, Sie kennenzulernen.«

Walker nickte, sagte jedoch nichts, denn er hatte noch mit den neuen Eindrücken zu kämpfen. Er fragte sich, wie es sein konnte, daß McClaren ihn gesehen hatte. Offenbar kannte er Joyce Hazelton schon lange, aber Walker konnte sich nicht erinnern, daß sie je angedeutet hätte, McClaren getroffen zu haben. Noch mysteriöser war der seltsam vertraute Ton zwischen McClaren und Stillman.

McClaren sah Stillman mit erhobenen Augenbrauen an. Stillman war aufgestanden. »Wir sind nur vorbeigekommen, weil wir Ihren Segen wollten, Rex. Wir wollen Sie nicht weiter aufhalten.«

McClaren deutete ein Lächeln an, doch dahinter lag eine Frage. »Den haben Sie«, sagte er. »Aber machen Sie sich keine Gedanken wegen meiner Zeit. Ich dachte, Sie müßten ein Flugzeug erwischen.«

Stillman blickte auf die Uhr. »Oh, danke. Ja, wir machen uns besser auf den Weg.« Er sah zu Walker hinüber. »Haben Sie noch Fragen?«

Walker schüttelte den Kopf. »Danke, daß Sie sich Zeit für uns genommen haben«, sagte er zu McClaren und ging dann, um Haltung bemüht, hinaus.

Die Firma lag schon einen Kilometer hinter ihnen, und sie befanden sich auf der 101, als Walker sagte: »Was haben Sie vor?«

»Ich fürchte, unsere Aussichten auf ein Mittagessen sind gesunken. Wir konzentrieren uns darauf, das Flugzeug zu erwischen.«

»Das habe ich nicht gemeint.«

»Bei meinen Ermittlungen bin ich auf etwas gestoßen«, sagte Stillman. »Jemand von McClaren Leben und Unfall muß mit mir kommen, um das zu überprüfen. Das sind Sie.«

»Warum ich?«

Stillman zog auf die linke Spur hinüber und rauschte an einer Reihe Autos vorbei, dann wechselte er wieder auf die rechte Spur und raste weiter. »Ich brauche jemanden, der wirklich für die Versicherung arbeitet und ein bißchen über alle Abteilungen Bescheid weiß und der eine Weile von seinem Arbeitsplatz verschwinden kann, ohne daß die Firma zusammenbricht. Außerdem brauche ich jemanden, der die Snyder kennt.«

»Ellen Snyder?« fragte Walker. »Geht es um sie?« Er war erschrocken und besorgt.

»Na also. Sie kennen sie.«

»Sie war in meiner Gruppe während der Ausbildung«, sagte Walker. »Wir waren sechzig, und ich kenne sie nicht besser als die anderen.« Er war überrascht, daß seine erste Reaktion eine Lüge war.

»Ich habe mit ein paar Kandidaten Gespräche geführt und mich für Sie entschieden.«

»Warum?«

»Weil Sie kein psychisches Wrack sind.«

»Wie wer?«

Stillman sah ihn irritiert an. »Der ganze Rest. Die verstecken sich hinter allem möglichen Schwachsinn. Ich frage sie, wo sie geboren wurden, und sie sagen: ›Ich prüfe das nach und rufe zurück.‹ Ich frage sie, ob sie irgendein blödes Formular in einer Akte ausgefüllt haben, und die sagen mir, wen sie damit beauftragt haben. Die sind so scharf auf die nächste Beförderung, daß sie sich kaum auf die nächsten zehn Minuten konzentrieren können.«

Walker wollte die anderen verteidigen, merkte jedoch,

daß ihm nichts weiter einfiel als: »Ehrgeiz macht noch niemanden zu einem psychischen Wrack.« Das stimmte nicht ganz, oder zumindest nicht immer, deshalb schwieg er.

Stillman sagte: »Ich habe Angst um solche Menschen. Und wenn ich sie auf meiner Seite habe, dann muß ich auch Angst um mich selbst haben. Ich muß meinem Partner unterwegs ein paar Dinge beibringen, und ich habe keine Zeit, ganz vorne anzufangen.«

»Partner?« protestierte Walker.

»Habe ich ›Partner‹ gesagt? Das ist nur so eine Redensart«, sagte Stillman.

Walker legte sich seine Argumente zurecht und zählte sie dann nacheinander auf. »Ich bin Statistiker. Ich wurde von einer Versicherung angestellt und nicht von einem Sicherheitsunternehmen, oder wie immer man das nennt.«

»Dann sollten Sie vielleicht mehr über Versicherungen wissen«, sagte Stillman. »Das Problem mit Diebstahlversicherungen ist, daß man sich nicht immer gegen Verluste versichern kann, indem man die Beiträge erhöht. In seltenen Fällen müssen Sie raus aus Ihrer Kabine und richtige Diebe davon überzeugen, daß Sie sich das nicht gefallen lassen.«

»Das meinen Sie nicht im Ernst.« Walker hatte keine Veränderung in Stillmans Gesichtsausdruck wahrgenommen und begann zu befürchten, daß es kein Scherz war. Er erinnerte sich unwillkürlich an wirre Propagandageschichten aus seiner Ausbildungszeit: der Versicherungsagent auf dem malaysischen Schiff, der dem Kapitän eine abgesägte Schrotflinte an den Kopf gehalten hatte, damit er sich nicht den Piraten auslieferte. Was Stillman sagte, machte auf eine surreale Art durchaus Sinn. »Was soll ich denn tun?«

»Höchstwahrscheinlich gar nichts«, sagte Stillman. »Ich glaube, wir haben es mit einem Betrugsfall zu tun. Wir bestätigen diese Vermutung, sammeln ein paar Indizien und übergeben alles der Polizei. Sie werden sehen, es lohnt sich für Sie.«

»Und warum?«

»McClaren's ist eine altmodische Firma«, sagte Stillman. »Sie sind ja schon ein paar Jahre dabei, da müßte Ihnen das eigentlich aufgefallen sein.«

»Es ist die einzige Versicherungsgesellschaft, für die ich je gearbeitet habe.«

»An der Wall Street würde man sie als ›geschlossen gehalten‹ bezeichnen. Das bedeutet, daß die vierzig Prozent der Aktien, die nicht im Besitz von jemandem sind, der McClaren heißt, in größeren Blöcken von verheirateten, spindeldürren, pferdegesichtigen Töchtern, ihren Erben und ihren Nachkommen gehalten werden.«

»So viel weiß ich auch.«

»Gut, alle zwanzig Jahre oder so treffen sie sich zu einem Picknick im Garten eines alten Hauses am Nob Hill und entscheiden, wer von der nächsten Generation der Boß werden soll. Sie danken dem vorigen und schicken ihn heim, und er darf für den Rest seines Lebens Tontauben schießen, segeln und sich in Napa dem Weinanbau widmen.«

»Woher wissen Sie das alles?«

»Rex, den Sie gerade kennengelernt haben, gehört zur dritten Generation der Familie, die mich gelegentlich anstellt, und er ist wahrscheinlich der letzte, den ich sehe, weil er jünger ist als ich. Aber das ist egal. Er ist seinem Großvater und seinem Onkel so ähnlich, daß ich weiß, was er sagt, bevor er es tut. Worauf ich hinauswill, ist: In der Firma läuft alles wie früher, und sie tun und lassen mehr oder weniger, was sie wollen.«

»Ich verstehe nicht ganz, was das mit mir zu tun hat.«

»Sie mögen Ihren Job. Sie werden anständig bezahlt. Wenn Sie auf einer Cocktailparty sind und ein Mädchen fragt Sie, was Sie machen, dann können Sie sagen: ›Ich arbeite bei McClaren's.‹ Das Mädchen hat sicher schon von McClaren's gehört und denkt sich dann, daß Sie ein solider Mann sind. Und da Ihre Vorgesetzten sich nicht viel um Sie kümmern, trifft das wahrscheinlich auch zu. Wenn Sie wollen, lassen die McClarens Sie wahrscheinlich in Ihrer Bürokabine, bis Sie siebzig sind, und zahlen Ihnen jedes Jahr ein bißchen mehr. Wenn Joyce Hazelton pensioniert wird, bekommen Sie dann ihren Posten.«

»Und Sie meinen, darum lohnt es sich für mich? Weil ich nicht gefeuert werde, wenn ich Sie begleite?«

»Na ja, das ist doch gar nicht so übel, oder?« meinte Stillman. »Aber es gibt noch eine Überholspur, und auf die sind Sie gewechselt, ohne es zu merken. Ein Unternehmen wie McClaren's braucht immer viele Arbeiter, aber sie suchen auch immer ein paar Spieler.«

»Spieler?«

»Zocker«, sagte Stillman. »Die Versicherungsbranche ist ein reines Glücksspiel. Das sind die Leute, die uns einfallen, wenn wir an McClaren's denken, diese Mistkerle mit dem stählernen Blick und den dunklen Anzügen, mit denen man spricht, wenn man sein Feuerwerkskörper-Geschäft oder seinen Ölbohrturm versichern will. McClaren's holt sie sich nicht von draußen. Sie stellen einfach ein paar junge Leute für Jobs ein wie den Ihren und warten, welcher von ihnen in den Anzug hineinwächst.«

»Und daß ich mit Ihnen mitkomme, heißt, ich bin so ein Mistkerl mit stählernem Blick und werde befördert?«

»Ach was«, sagte Stillman. »Sie verbringen ein paar Tage außerhalb Ihrer Kabine und erzählen mir, was die kleinen Zahlen auf einer Versicherungspolice bedeuten. Dafür gelten Sie dann bei McClaren's als ein vielversprechender Mann.«

Walker nickte weise. »Das heißt, ich mache Punkte bei McClaren, weil ich als risikofreudig gelte, ohne Risiken einzugehen.« Er schwieg einen Moment. »Und wenn ich nicht mitkomme, hab ich natürlich meinen Stempel weg. Dann ist von mir nichts zu erwarten.«

Stillman zuckte die Achseln. »Sehen Sie mich nicht so an. Ich habe mir diese Branche nicht ausgesucht.«

Walker warf ihm einen bösen Blick zu. »Aber Sie haben sich mich ausgesucht und das dem Leiter der Firma gesagt, ohne mich auch nur zu fragen, ob ich diese großartige Chance überhaupt wahrnehmen will.«

Stillman grinste und schlug Walker auf die Schulter, so daß der Wagen einen gefährlichen Schlenker machte. »Genau. Deswegen sind Sie dabei. Sie haben sich durch das ganze Chaos hindurchgekämpft und sich überlegt, wer was gemacht hat, und Sie haben keine Hemmungen, es mir aufs Brot zu streichen. Ich weiß nicht, ob Sie ein vielversprechender Versicherungsangestellter sind, und es ist mir auch völlig egal. Hierfür sind Sie gut genug.«

Walkers Kiefermuskulatur arbeitete zwanghaft, während er auf die Einfahrt zum Flughafenparkplatz starrte. »Ich weiß. Ich erinnere Sie an sich selbst, als Sie in diesem Alter waren«, brummte er.

Stillman blickte Walker überrascht von der Seite an. »Nicht im entferntesten.«

Er bog zu schnell in einen freien Parkplatz ein und bremste ruckartig, dann ging er nach hinten zum Kofferraum. Er holte einen kleinen Koffer heraus und marschierte damit los zum Terminal.

Walker stieg aus, schloß die Tür, steckte die Hände in die Taschen und starrte einen Augenblick den Gehweg an. Er schien auf einmal nur noch zwei Möglichkeiten zu haben: Entweder er ging zum Terminal, nahm ein Taxi zurück in die Stadt und suchte sich einen neuen Job, oder er rannte los, um Stillman einzuholen.

Walker schlenderte langsam über den weiten Parkplatz. Er dachte über Stillman nach, und er genoß sein Mißtrauen und seine Verärgerung, aber ihm wurde auch klar, daß er nur über Stillman nachdachte, um nicht an Ellen zu denken. Sobald er in den letzten achtzehn Monaten müde oder unaufmerksam gewesen war, hatte ihn alles mögliche an sie erinnert: das Lachen einer Frau, das durch eine halbgeschlossene Tür drang, der Anblick eines Pärchens in ihrem Alter, das verliebt war, dem Gefühl jedoch noch nicht ganz traute. Er konnte Ellens Bild zurückrufen, ohne die Augen zu schließen. Stillman hatte gesagt, sie hätte damit zu tun. Was für Ermittlungen konnten das sein, die etwas mit Ellen zu tun hatten?

Nach ein paar Schritten merkte er, daß etwas mit seinen

Füßen passiert war. Sie bewegten sich schneller, als er vorgehabt hatte, und nach ein paar weiteren Schritten mußte er die Hände aus den Taschen nehmen, um im Gleichgewicht zu bleiben, und dann rannte er und bewegte die Arme mit, um schneller laufen zu können.

4

Im Flugzeug gab es keine festen Sitzplätze, und als die Passagiere einstiegen, stellte Walker fest, daß er laut Bordkarte in einem anderen »Bereich« saß als Stillman. Stillman saß ziemlich weit vorn, und der einzige freie Platz in Walkers Bereich war neben einer jungen Frau mit lockigen Haaren, die seine Ankunft mit Enttäuschung zur Kenntnis zu nehmen schien. Sie hatte ihre Handtasche, eine Einkaufstüte und ein paar Zeitschriften auf den Sitz gelegt und stapelte jetzt seufzend alles auf ihrem Schoß.

»Tut mir leid«, entschuldigte er sich.

Sie sagte nichts, sondern stopfte nur die Zeitschriften in die Tasche der Rückenlehne vor ihr und versuchte dann, die Einkaufstüte und die Handtasche zusammen mit ihrem Rucksack unter dem Sitz zu verstauen, wobei sie Walker immer wieder finster anfunkelte.

Von seinem Platz aus konnte Walker Stillman nicht sehen, und er ärgerte sich, daß er nicht herausfinden konnte, was er dachte. Warum brauchte er jemanden, der Ellen Snyder kannte?

Die Frage ließ Walker wieder an Ellen denken. Wie immer tauchte sie vor seinem inneren Auge in kurzen, aus dem Zusammenhang gerissenen Erinnerungsfetzen auf, in bewegten Bildern: ein paar blonde Haarsträhnen, die ihr über das linke Auge fielen, während sie redete – dann fuhr ihre Hand hoch, um sie wegzustecken. Er war sich nicht immer sicher, ob er wirklich genau das gesehen hatte, woran er sich erinnerte, denn manchmal konnte er nicht sagen, wo und wann das gewesen war. Andere Erinnerungen hingegen waren klar und eindeutig. Er sah sie auf der Market Street.

Es war am Spätnachmittag nach dem Unterricht. Sie hatte das Cable Car kommen sehen. »Da fährt es. Wenn wir uns beeilen, erwischen wir es noch!« Sie hatte es im Auge behalten und ihm gleichzeitig mit ihrer kleinen Hand auf die Brust getippt. Er spürte es auf seiner Brust wie damals. Dann war sie in Richtung der Haltestelle losgerannt, und er war ihr langsamer gefolgt, weil er sie beobachten wollte. Daran erinnerte er sich genau – an den blauen Sweater, den sie getragen hatte, den engen Rock und die flachen Schuhe –, denn das war der Tag gewesen, an dem sie sich zum ersten Mal geküßt hatten. Er hatte sie den ganzen Tag beobachtet, um festzustellen, ob sie sich verändert hatte: ob sie sanfter und zärtlicher war als zuvor oder, in einer Alptraumversion, seltsam und distanziert, weil sie es bereute. Ihm war jedoch keine Veränderung aufgefallen. Sie war genauso gewesen wie sonst, hatte eine energiegeladene Fröhlichkeit ausgestrahlt und intensives Interesse für alles gezeigt, was sie umgab. Sie schien sich weder in seiner Gegenwart unwohl zu fühlen, noch wirkte sie deutlich interessierter an ihm.

Walker verdrängte die Erinnerung aus seinem Kopf und grübelte darüber nach, was Stillman vorhatte. Was, wenn Stillman einen Verdacht gegen sie hegte? Er hatte ihren Namen erwähnt, und er wollte in L. A. Beweise in einem Betrugsfall sammeln. Die Vorstellung, daß Walker an etwas teilnehmen würde, was Ellen schadete, war grauenvoll. Das einfachste wäre es, aus dem Flugzeug auszusteigen, Stillman zu sagen, daß er einmal eine persönliche Beziehung zu Ellen gehabt habe und nicht der Richtige für diese Aufgabe sei, und dann den nächsten Flug nach Hause zu nehmen.

Doch im selben Moment wurde ihm klar, daß er das nicht fertigbrächte. Ellen kannte Stillman nicht. Wenn Walker einfach ging, würde Stillman Ellen überrumpeln, die dann ohne Anwalt und wahrscheinlich ohne Zeugen dastehen würde. Und wie weit würde Stillman gehen, an welche Regeln hielt er sich? Er war schließlich kein Polizist. Er war nur ein privater Sicherheitsexperte. Und man konnte sich wohl kaum darauf verlassen, daß die Firma ihm auf die Finger sah, denn Stillman schien schon sein Leben lang gesellschaftlich mit der Familie McClaren in Kontakt zu stehen.

Der Flug nach Los Angeles dauerte nicht lange, und so harrte Walker auf seinem Platz aus und kämpfte gegen die Bilder an, die sich ihm aufdrängten. Er stellte sich vor, wie er mit Stillman Ellens Büro betrat und ihr in die Augen blickte. Die freundliche, fröhliche Art, die sie an den Tag gelegt hatte, als er sie zum letzten Mal gesehen hatte, würde verschwunden sein. Sie würde ihn verabscheuen. Er würde ihr Büro betreten und dastehen wie ein Denunziant. Sie könnte sogar auf die Idee kommen, daß er sich irgendeinen absonderlichen Racheplan ausgedacht hatte, um ihre Karriere zu zerstören, weil sie ihn fallengelassen hatte.

Wieder überlegte er, ober aus der Sache aussteigen sollte. Wenn sie ihn zusammen mit Stillman sah, würde das jegliche Achtung zerstören, die sie ihm entgegenbrachte. Dann rief er sich die Tatsachen ins Gedächtnis. Sie hatte sich vor über anderthalb Jahren von ihm getrennt, und seitdem hatte sie nie angerufen oder ihm geschrieben. Es war vorbei.

Wenn er mitkam, um sie zu schützen, so hatte das nichts mit einer gegenwärtigen oder zukünftigen Beziehung zu tun. Es war einfach notwendig, weil er sie gut genug kannte, um zu wissen, daß sie nicht unehrlich war. Sie war nicht seine Geliebte, und sie würde es nie wieder sein. Es war egal, was sie jetzt von ihm hielt. Wenn es sich herausstellen sollte, daß sie einen Fürsprecher brauchte, würde er dasein. Gerade als er sich einer Phantasie hingab, in der er ihre Unschuld bewies, sie später davon erfuhr und voll Dankbarkeit in San Francisco auftauchte, gingen seine Ohren zu.

Das Flugzeug sank bedrohlich ab und näherte sich der Landebahn. Gleich darauf setzte es ruckend auf und kam schließlich zum Stillstand. Walker unterdrückte seinen Impuls, zu Stillman hinzustürzen.

Stillman wartete am Ende des Ausstiegstunnels auf ihn, sagte beim Gehen aber kein Wort. Walker fiel auf, daß Stillman am Schalter der Autovermietung einen Wagen verlangte, den er offenbar reserviert hatte. Bisher hatte er sich so verhalten, als hätte er bei McClaren's einen Anruf bekommen und sich rasch zum Flughafen aufgemacht. Vielleicht stimmte das auch, und er hatte vom Flugzeug aus beim Autoverleih angerufen. Aber Walker beschloß, sich diese kleinen Ungereimtheiten zu merken, bis er ein klares Muster wahrnahm.

Stillman setzte sich ans Steuer und fuhr auf den Century Boulevard. Zweimal merkte Walker, daß Stillman ihn ansah. Schließlich fragte Stillman: »Was zum Teufel ist eigentlich los mit Ihnen?«

Walker sagte: »Nichts. Nichts Neues zumindest. Was machen wir?«

»Das hab ich Ihnen doch schon gesagt. Wir ermitteln.«

Walker überdachte seine Frage und gestand sich ein, daß es keine gute Strategie war, Fragen zu stellen. Wie die Antwort auch ausgefallen wäre, sie hätte nichts an seiner Situation geändert: daran, daß er auf dem Beifahrersitz sitzen und sich von Stillman hinkarren lassen mußte, wohin der wollte, bis er sicher war, daß Ellen nicht in Schwierigkeiten steckte.

Stillmans Stimme riß ihn aus seinen Gedanken. »Ich erzähle Ihnen, was ich bis jetzt weiß, damit Sie die Namen kennen. Ein Mann namens Andrew Werfel hat 1959 eine Lebensversicherung bei McClaren's abgeschlossen. Es war eine dieser Versicherungen, die reiche Leute abschließen, um damit die Erbschaftssteuer zu zahlen, damit die Regierung nicht alles kassiert, wenn sie sterben. Die Auszahlungssumme betrug zwölf Millionen. Soweit alles klar?«

»Sicher«, meinte Walker. »Das ist nicht weiter ungewöhnlich.«

»Er ist vor einem Monat gestorben. Der Begünstigte war sein leiblicher Sohn, Alan Werfel. Alles hieb- und stichfest. Ein paar Wochen später taucht Alan Werfel mit einer beglaubigten Kopie des Totenscheins in der Filiale in Pasadena auf. Nach ein paar klärenden Faxen und Anrufen in der Hauptstelle hat man ihm die üblichen Formulare zur Unterschrift vorgelegt und ihm dann einen Scheck über zwölf Millionen überreicht. Immer noch alles klar?«

»Das hört sich an wie einer der üblichen langweiligen

Tage in der Zweigstelle in Pasadena. Ich nehme an, mit Alan Werfel war etwas nicht ganz in Ordnung?«

»So sieht es aus. Die Vertreterin, die die Werfel-Sache betreut hat, war die stellvertretende Leiterin der Filiale in Pasadena, eine junge Dame namens Ellen Snyder. Sie war diejenige, die den Totenschein und Alan Werfels Paß geprüft hat, die Auszahlung veranlaßt und ihm den Scheck überreicht hat.« Walker spürte, daß Stillman ihn ansah.

»Und hier trete ich auf den Plan?« fragte Walker. »Ob ich glaube, daß Ellen Snyder etwas Unehrliches getan hat? Nein. Kann ich es beweisen? Nein. Ich habe einfach keinen Grund zu der Annahme, daß sie so etwas tun würde, und einige zu der Annahme, daß sie es nicht tun würde.«

»So weit bin ich selbst gekommen«, sagte Stillman. »Sie hat gute Leistungen vorzuweisen, und bei ihrer Einstellung war nichts in ihrer Personalakte, das gefälscht war ... im Gegensatz zu einigen anderen.«

»Soll das heißen, daß mit meiner Akte etwas nicht stimmt?«

»Ich ermittle nicht gegen Sie. Ich habe nicht alles in Ihrer Akte überprüft.«

»Soll ich einen Lügendetektortest machen?«

Stillman verdrehte die Augen und atmete mißmutig aus. »Sie sind nicht das Problem. Sie helfen mir dabei, das Problem zu analysieren. Und übrigens, unterziehen Sie sich nie freiwillig einem Lügendetektortest.«

»Warum nicht – weil die Leute dann denken, ich hätte nur die Maschine besiegt?«

»Das hört man öfter, als es passiert. Die meisten Leute, die das können, sind durchgeknallt, und um das herauszufinden, braucht man keine Maschine. Worüber man nichts hört, das ist – HAH!« Sein Schrei kam plötzlich und war ohrenbetäubend. »Und, was macht Ihr Puls, mein Junge?«

Walker brauchte einen Augenblick, bis er sich wieder zurücklehnen konnte. Sein Hemdkragen war ihm plötzlich zu eng. Die Arterien an seinem Hals pochten, und ein feiner Feuchtigkeitsfilm überzog seine Stirn. Er unterdrückte seinen Ärger. »Das war nicht lustig.«

»Es sollte auch nicht lustig sein«, sagte Stillman. »Es war lehrreich. Ihr Herzschlag, Ihr Blutdruck und Ihre Atmung haben gleichzeitig einen Riesensatz gemacht. Sie lügen.«

»Wollen Sie sagen, die Leute mit dem Lügendetektor werden mir ins Ohr brüllen?«

»Das müssen Sie gar nicht. Jeder Sechsjährige auf dem Spielplatz weiß, wie er das Kind neben sich zur Weißglut bringen kann.«

»Dann halte ich mich auch von Spielplätzen fern.«

»Gut. Und jetzt zurück zu Ellen. Sie waren mit ihr im Bett, stimmt's?«

Walker holte tief Luft. »Wollen Sie mich immer noch provozieren?«

»Nein, das ist nur ein natürliches Nebenprodukt des Strebens nach Erkenntnis«, sagte Stillman. »Und?«

»Nein.« Er versuchte festzustellen, ob sein Tonfall ihn verraten hatte, und kam zu dem Schluß, daß die echte Verärgerung darin die Lüge verdeckt hatte. »Hat Ihnen das jemand erzählt?«

»Ich weiß nicht mehr, wer mir das gesagt hat. Die Cardarelli vielleicht. Vielleicht war es auch Marcy Wang.«

Walker kochte innerlich. Die Vorstellung, daß sie sich ihm gegenüber empört gezeigt hatten, weil Stillman Angestellte ausspionierte, und dann Stillman alle persönlichen Informationen über andere gegeben hatten, die er hatte haben wollen, war unglaublich. Woher hatten sie das überhaupt gewußt? Daß überhaupt jemand über das, was zwischen ihm und Ellen passiert war, genug wußte, um Vermutungen anzustellen, schockierte ihn. Es hatte alles während der Ausbildung stattgefunden, zu einer Zeit, zu der sie sich alle kaum kannten. »Das kann ich nicht glauben«, murmelte er.

»Dann tun Sie es nicht. Vielleicht habe ich vergessen, daß ich es mir ausgedacht habe. Ich habe gehört, Sie haben sie während der Ausbildung ausgeführt. Stimmt das nicht?«

Walker war angespannt und wütend. Welches Recht hatte dieser Kerl, ihm solche neugierigen Fragen zu stellen? Das hatte nichts mit seinem oder Ellens Job zu tun. Mit gespielter Geduld sagte er: »Ich bin einmal mit ihr zum Essen gegangen. Dann habe ich sie noch mal gefragt, ob sie mit mir ausgehen will, und sie hat nein gesagt. Ein Konzert. Das war es. Sie hatte kein Interesse, also habe ich es bleibenlassen.«

»Was heißt das, sie hatte kein Interesse?«

Walker seufzte, um zu zeigen, wie sehr ihn das Thema langweilte. »Sie ist einmal mit mir ausgegangen. Es war ein nettes Restaurant. Wir haben uns gut unterhalten und uns viel zugelächelt. Ich mochte sie, und ich wollte, daß sie mich mag. Ein paar Tage später habe ich Eintrittskarten für ein Konzert besorgt, weil sie erzählt hat, daß sie als Kind Klavier gespielt hat und Musik immer noch mochte. Aber als ich sie gefragt habe, hat sie eine dieser Frauenausreden benutzt, mit denen sie einem sagen, daß man es vergessen kann.«

»Zum Beispiel?«

»Zum Beispiel, daß sie sich die Haare waschen müssen. Es war eine bessere, aber trotzdem – jetzt fällt es mir wieder ein: Sie mußte für eine Prüfung am Tag nach dem Konzert lernen.« Er blickte ihn zornig an. »Zufrieden?«

»Sie waren zweiundzwanzig, so wie sie, und Sie waren beide nicht verheiratet«, sagte Stillman. »Herrgott, mit Leuten aus Ihrer Generation kenne ich mich nicht aus. Ihr seht genauso aus wie früher, bis auf die Frisuren, aber ihr seid völlig anders.«

»Was gefällt Ihnen denn nicht an uns?«

»Meiner Meinung nach«, sagte Stillman, »wäre es die natürlichste Sache der Welt, einander näherzukommen, sich in törichte sexuelle Beziehungen zu stürzen, sein Gehalt zu verjubeln und dann alles zu bereuen. Aber das macht ihr nicht. Ihr seid alle so ernst, so darauf erpicht, vom dritten stellvertretenden Leiter zum zweiten stellvertretenden Leiter aufzusteigen. Woran liegt das? Seid ihr alle verrückt nach Geld?«

Walker sah aus dem Fenster und tat so, als hörte er nicht zu.

»Sagen Sie es mir. Interessieren sich Männer und Frauen noch füreinander?«

»Ich habe mich interessiert, sie sich nicht.«

»Das beruhigt mich, zumindest was Sie betrifft. Ein Vierundzwanzigjähriger, der es nicht erwarten kann, sechzig zu werden und ins Eckbüro zu ziehen, hat ein Problem.«

Stillman hielt vor einem Laden, aber er ging nicht hinein. Statt dessen ging er den Gehweg entlang und bog in eine Wohnstraße ein. Walker stieg aus und lief ihm nach, aber Stillman schien immer noch über den Niedergang der zivilisierten Welt nachzugrübeln.

»Darf ich fragen, wohin wir gehen?« fragte Walker.

Stillman wirkte erfreut. »Aber gerne. In diesem Haus dort vorne rechts ist Ellen Snyders Wohnung. Erdgeschoß, Hintereingang.«

»Aber sie müßte doch jetzt in der Arbeit sein! Es ist noch nicht mal drei.«

»Ja, wenn sie zur Zeit so etwas tun würde wie arbeiten, aber das tut sie nicht.«

»Ist sie gefeuert worden, weil sie eine Versicherung ausbezahlt hat?«

Stillman schüttelte den Kopf. »Sie wurde nicht gefeuert, und sie hat auch nicht gekündigt. Sie scheint sich nur rar gemacht zu haben.« Stillman ging bereits die Auffahrt hoch und näherte sich der Tür.

Walker wurde unbehaglich zumute. »Warum sind wir dann hier?«

Stillman langte in die Tasche seines Jacketts und zog ein Paar dünne Lederhandschuhe heraus.

»Sie werden doch nicht ...«, sagte Walker.

Stillman klopfte, dann legte er das Ohr an die Tür und horchte. Er klopfte noch einmal. Achselzuckend sah er Walker an. »Sehen Sie? Was soll ich machen?« Er nahm ein Taschenmesser heraus, machte sich ein paar Sekunden mit der Klinge zwischen Tür und Türpfosten zu schaffen und drückte dann die Tür auf. Walker wich ein paar Schritte zurück, aber Stillman brummte: »Im Auto zu sitzen macht Sie nicht weniger schuldig als mich, Sie sind dann nur leichter zu finden.«

Walker blieb stehen. Er war fast erleichtert, daß Stillman

seinen Widerwillen falsch interpretiert hatte. Er war entsetzt, daß dieser Mann so einfach bei Ellen eindrang, aber als Stillman von Schuld sprach, erkannte Walker, daß es so besser war. Wenn Stillman ehrlich war, würde er einsehen, daß alles nur Ellens Unschuld bewies, und sie in Ruhe lassen. Wenn er versuchte, sie hereinzulegen, dann hatte er soeben einen Fehler gemacht.

Stillman ging hinein und hielt die Tür auf. »Kommen Sie schon.«

Walker war gerade über die Schwelle in die kleine, dunkle Küche gegangen, als Stillman ihn am Arm hielt. »Fassen Sie nichts an.«

Walker folgte Stillmans Blick. Er sah zu dem Fenster über der Spüle auf der anderen Seite der Küche hinüber. Der Vorhang bewegte sich ein wenig, und als Stillman darauf zuging, blähte er sich leicht nach innen. Er zog den Vorhang zur Seite. Die obere Fensterscheibe war kreuzförmig mit Isolierband beklebt und wies ein Netz von Sprüngen auf. Einige große Dreiecke fehlten.

»Kaputte Fensterscheiben kann sie wohl nicht besonders gut reparieren«, meinte Walker. »Wenn ich das gewußt hätte, hätte ich ihr vielleicht erzählt, daß ich praktisch veranlagt bin.«

»Damit haben schon ganz andere erreicht, was sie wollten«, sagte Stillman. »Aber hier geht es nicht um Reparaturarbeiten, das ist ein Einbruch. Wenn Sie ein Fenster einschlagen, macht es peng und klirr. Wenn Sie es verkleben, hört man nur einen dumpfen Schlag. Sie langen hinein und öffnen das Schloß.«

Mit suchendem Blick ging Walker rasch durch die Tür ins Wohnzimmer.

Stillman war sofort an seiner Seite. »Was tun Sie?«

»Was ist, wenn sie hier war, als eingebrochen wurde? Sie könnte irgendwo liegen und verbluten.«

Stillman hielt ihn wieder am Arm. »Nicht vier Tage lang. Wenn sie hier ist, dann kann sie warten, glauben Sie mir.« Er ging Walker voraus. »Natürlich glaube ich nicht, daß sie hier ist.«

»Lassen Sie mich wenigstens nachsehen.« Er riß sich los.

»Ich mache das«, sagte Stillman.

»Warum Sie?«

Stillman seufzte. »Weil Sie in Ihrem Anfall von Ritterlichkeit über alles hinwegtrampeln, was mir verraten könnte, was hier passiert ist. Außerdem fange ich an, Sie zu mögen. Eine vier Tage alte Leiche wird so langsam reif. Das heißt, wenn sie hier ist, hat jemand sie zerstückelt und in die Tiefkühltruhe gesteckt. Und der Anblick wird Ihnen das Wort ›Picknick‹ für immer verderben.«

Stillman ging rasch durch das Wohnzimmer, indem er in gerader Linie an der Wand entlangging und die Augen auf den Boden richtete. Er öffnete einen Schrank, dann ging er nach links durch eine Tür, die, wie Walker vermutete, in das Schlafzimmer führen mußte. Gleich darauf kam er wieder heraus, ging in ein anderes Zimmer, dann kehrte er wieder in die Küche zurück. Er ging an Walker vorbei zum Kühlschrank, klopfte, öffnete ihn, dann öffnete er den Gefrierschrank. »Niemand zu Hause«, verkündete er. »Setzen Sie sich, und entspannen Sie sich eine Weile, ich rufe Sie, wenn ich Sie brauche.«

Walker zögerte einen Augenblick. Warum war sie nicht hier? Widerwillig gestand er sich ein, daß er es vielleicht herausfinden würde, wenn er Stillman in Ruhe ließ. Er setzte sich an den Küchentisch und beobachtete Stillman durch die Tür. Stillman lief in einer Spirale durch das Wohnzimmer und starrte dabei auf den Boden, bis er die Mitte erreicht hatte. Er ging zum Bücherregal und verrückte Bücher. Er untersuchte die Rückseite des Fernsehers, stellte irgend etwas mit dem Radio an, musterte die Bilder an der Wand, den leeren Sims über dem Kamin. Er sah sich die Fensterbretter, die Verriegelungen und die Lampen an.

Jedesmal, wenn Stillman mit einem Bereich fertig war, mußte Walker sich zurückhalten, um nicht zu fragen: »Was sehen Sie sich da an? Was suchen Sie?« Um sechs Uhr hörte er einen Wagen in der Einfahrt, dann Schritte über ihnen. Es waren leichte, schnelle Schritte – wahrscheinlich die einer Frau. In der Stille hörte er Wasser laufen, schwache Musik, die er als die Melodie eines Werbespots für Hundefutter erkannte. Stillman machte weiter.

Als die Sonne schließlich untergegangen war und es in der Küche beinahe stockfinster war, kam Stillman herein und zog sich die Handschuhe aus. Walker fragte: »Sind Sie gekommen, um mir etwas zu sagen?«

»Ja. Ich habe Hunger.« Stillman ging zur Tür, machte sie auf und ging hinaus. Er ging bereits die Auffahrt hinunter, als Walker hinaustrat. Walker zögerte, dann umfaßte er mit dem Jackett den Türknauf und zog die Tür zu. Er holte Stillman auf dem Gehsteig ein.

Nachdem sie ein kurzes Stück gegangen waren, holte Stillman einen zusammengefalteten Packen Papier aus seiner Tasche. »Ich möchte, daß Sie sich das ansehen.«

Walker nahm ihn entgegen. »Was ist das?«

»Das sind sechs Blatt Papier. Sehen Sie sie sich an.«

Walker überflog die Blätter im Gehen, aber das minderte seine Verwirrung nicht. »Es sind lauter Adressen und Telefonnummern. Restaurants, Hotels, Autovermietungen ... Krankenhäuser. Wozu, glauben Sie, hatte sie die?«

Stillman nahm die Seiten wieder an sich. »Die sind nicht von ihr. Immer wenn ich irgendwo hinfahre, nehme ich ein paar Adressen mit.« Er faltete die Blätter wieder zusammen und steckte sie sich in die Tasche.

»Krankenhäuser?«

»Wollen Sie erst dann eines suchen, wenn Sie es brauchen?«

»Hm«, machte Walker. »Warum wollten Sie, daß ich mir das ansehe?«

»Weil ich in der Wohnung nichts gefunden habe«, sagte er. »Wenn jemand die Wohnung beobachtet, sollen sie denken, wir hätten etwas gefunden.«

»Wieso?«

»Wenn sie eingebrochen sind, um etwas zu suchen, denken sie, wir hätten es gefunden. Wenn sie eingebrochen sind, um aufzuräumen, denken sie, sie hätten etwas vergessen.«

»Was ist, wenn sie eingebrochen sind, weil sie Einbrecher sind und davon leben?«

Stillman bog in eine lange, schmale Gasse ein, die hinter den Läden an der Straße entlangführte, in der sie geparkt hatten. »Es ist schwer, es als Einbrecher zu etwas zu bringen, wenn man das ganze Zeug, das man verkaufen kann, zurückläßt. Der Fernseher ist noch da. Die Radios sind noch da. Man kann nicht davon leben, Frauenkleider und persönliche Papiere zu klauen ... und hören Sie Herrgott noch mal auf, sich umzudrehen.«

»Tut mir leid, ich ...«

Etwas Schweres stieß mit Walker zusammen und warf ihn herum. Er knallte mit dem Rücken und dem Kopf gegen eine Ziegelmauer und verspürte eine plötzliche Übelkeit. Als seine Augen versuchten, wieder scharf zu sehen, fanden sie keinen Bezugspunkt, denn da war ein Gesicht in der Dunkelheit, das seinem zu nahe war, und ein Unterarm drückte auf seine Brust. Ein mächtiger Mann lehnte sich gegen ihn, so daß er kaum atmen konnte. Das Gesicht war voller Wut und Haß. Dieser Gesichtsausdruck war so ungerechtfertigt, daß die Fratze Walker viel schrecklicher vorkam als der Schmerz in seiner Brust.

»Keine Bewegung, du Arschloch! Los Angeles Police Department.«

Das instinktive Gefühl, sein Überleben könne davon abhängen, daß er etwas unternahm, verlor sich. Sein Überleben hing davon ab, daß er nichts unternahm. Er würde wegen Einbruchdiebstahls ins Gefängnis kommen. Er wollte sehen, was mit Stillman passierte, aber der Mann versetzte ihm einen Stoß, der sich anfühlte, als würde er ihm das Brustbein brechen. »Keine Bewegung!« knurrte das Gesicht. Zeitungsberichte über Leute, die im Kampf mit der Polizei umgekommen waren, kamen Walker in den Sinn.

Dann traf ein schreckliches Geräusch seine Ohren. Es war ein lauter, zorniger Schrei von Stillman, und fast sofort trat eine andere Stimme hinzu, die jedoch vor Schmerzen schrie. Walker und der Mann, der ihn festhielt, wandten sich erschreckt um.

Stillmans Bein bewegte sich gerade wieder nach unten, nachdem er dem anderen Polizisten in den Unterleib getreten hatte, und er schien ihm bereits mindestens zwei Schläge versetzt zu haben. Der Verletzte krümmte sich vor Schmerz und schien kurz davor zusammenzubrechen.

Walker blickte gerade noch rechtzeitig zurück zu seinem Gegner, um zu sehen, daß dessen Faust schon auf ihn zukam. Walker konnte den Reflex zurückzuschrecken nicht unterdrücken. Sein rechter Unterarm schoß hoch, um den Arm des Polizisten von seinem Brustkorb wegzuschieben, während er den Körper und den Kopf zur Seite drehte, um dem Schlag auszuweichen. Der Polizist packte Walker am Jackett, so daß Walkers Ausweichmanöver ihn mitriß. Seine Faust prallte von Walkers Hinterkopf ab, und vor Walkers Augen explodierten leuchtende rote und grüne Flecken, die dann an den Rand seines Blickfeldes trieben.

Walker kroch ein paar Meter weiter, dann drehte er sich um. Stillman hatte von seinem Gegner abgelassen und ging jetzt auf den von Walker zu. Walker war entsetzt und überrascht zugleich. Er erwartete, daß der Polizist tat, was Polizisten in so einem Fall tun, nämlich daß er die Pistole zog und Stillman erschoß.

Mit jedem Moment, in dem das nicht geschah, nahm Walkers Angst noch zu, denn das bedeutete, es würde im nächsten Augenblick geschehen. Doch der Polizist auf dem Boden bewegte sich und rappelte sich wieder hoch. Vielleicht würde er die Pistole ziehen.

Walker geriet in Panik. Er mußte ihn davon abhalten zu schießen. Er hob einen faustgroßen Stein vom Boden auf und schleuderte ihn dem Polizisten entgegen, dann griff er nach einem anderen, sprang auf und warf ihn nach dem, der versucht hatte, ihn festzunehmen.

Doch die Wirkung war anders als erwartet. Die beiden Polizisten rannten in unterschiedliche Richtungen davon und verschwanden dann in der Dunkelheit zwischen den Häusern.

Stillman nahm Walker am Arm und zog ihn weiter. »Keine Zeit, noch länger hier herumzuhängen«, brummte er.

Walker stolperte neben ihm her. Langsam kam er wieder zu Atem, und sein Herzschlag normalisierte sich wieder. Er verspürte einen wachsenden Zorn auf Stillman. »Warum haben Sie das gemacht?« Er ging ein paar Schritte, lief schneller, bis er sich umwandte. »Wir kommen ins Gefängnis.« Dann fügte er hinzu: »Wir haben Glück, daß wir nicht tot sind.«

»Hatten Sie den Eindruck, daß die beiden Polizisten waren?« fragte Stillman ruhig.

Walker holte Luft, um »Ja!« zu schreien, aber er hielt inne. Nichts von dem, was die beiden getan hatten, würde ein Polizist jemals tun. Er änderte seinen Text zu: »Sie haben mir eine Heidenangst eingejagt.«

Stillman nickte. »Ja, Sie hatten ein schlechtes Gewissen, darum haben Sie sich gedacht: ›Sicher. Natürlich sind das Polizisten. Ich habe es verdient, deshalb muß es wohl so sein.‹ Darum haben sie es auf die Tour versucht.« Er blickte nach vorn. »Jetzt können Sie vergleichen.«

»Was?«

Der Streifenwagen füllte die Gasse aus wie ein Zug einen Tunnel. Die Scheinwerfer schossen in den Himmel hinauf, als das Auto über die Schräge am Ende der Gasse holperte, dann richteten sie sich starr geradeaus, während der Wagen auf Stillman und Walker zu beschleunigte. Das Auto blieb ein kurzes Stück vor ihnen stehen, dann rollte es langsam weiter, bis das Fenster auf ihrer Höhe war. Der Polizist auf dem Beifahrersitz war ein junger Schwarzer. »Guten Abend, meine Herren.«

Walker kam das ein wenig sarkastisch vor. Er sagte: »Guten Abend.«

»Wir haben einen Anruf bekommen, daß es in dieser Gasse eine Auseinandersetzung gegeben hat«, sagte der Polizist. »Wissen Sie etwas darüber?«

Stillman sagte: »Wir sind vor ein paar Minuten zwei Männern begegnet. Sie hatten offenbar Interesse daran, uns auszurauben, aber ich glaube, wir haben sie davongejagt.«

Der Polizist öffnete seine Tür und stieg aus, wobei er seinen Knüppel in einen Schaft an seinem Gürtel schob. Walker fiel auf, daß er die Hand dort ruhen ließ, zwischen dem Knüppel und der Waffe. Er stellte sich zu ihnen. »Jemand hat gesagt, es hätte eine Schlägerei gegeben. Geschrei und so.«

»Das ist eine Übertreibung«, sagte Stillman. »Es waren nur zwei Männer, ungefähr eins achtzig groß, etwa dreißig Jahre alt. Sie wollten uns aus dem Hinterhalt angreifen, aber als wir näher kamen, waren wir wohl stärker, als sie gedacht haben, und deshalb sind sie davongerannt.«

»Darf ich fragen, was Sie in dieser Gasse gemacht haben?«

Er blickte Walker an, aber Stillman gab die Antwort. »Wir sind zu Besuch in dieser Stadt und haben dort drüben an der Straße geparkt« – er wandte sich um, um ungefähr in die Richtung zu zeigen – »und wir haben uns gedacht, das wäre ein gute Abkürzung.«

Der Polizist hielt den Blick auf Walker gerichtet. »Und da sind zufällig gerade diese zwei Männer gekommen?«

Walker wußte, daß diesmal er antworten mußte. »Sie haben offenbar hier gewartet, bis jemand vorbeikommt.«

Der Polizist nickte. »Wären Sie so freundlich, sich auszuweisen?«

Stillman zog seine Brieftasche heraus und reichte dem Polizisten seinen Führerschein, und Walker tat das gleiche. Der Polizist gab die beiden Führerscheine seinem Partner im Auto, der ein paar Zahlen in den Computer neben sich eintippte. Der Polizist wandte seine Aufmerksamkeit wieder Walker und Stillman zu. »Was führt Sie nach Pasadena?«

Stillman war überraschend ruhig und freundlich. »Wir arbeiten für McClaren's, die Versicherungsgesellschaft. Da gibt es ein Mädchen – eine Frau, die mein Freund hier aus der Ausbildung kennt, und er hat mich gefragt, ob wir nicht bei ihr vorbeischauen könnten. Aber wir hatten kein Glück. Wir haben sie im Büro verpaßt, und jetzt war sie auch nicht zu Hause.«

»Verstehe.« Sein Partner murmelte etwas, und der Polizist beugte sich zum Fenster hinab, um sich mit ihm zu besprechen. Er kam mit den Führerscheinen zurück. »Hier, bitte.« Er sah noch einmal in beide Richtungen, dann sagte er: »Wir machen einen Bericht, aber ich weiß nicht, ob Ihnen das hilft. Sie sind ja längst weg.«

Stillman nickte. »Ich verstehe. Sie haben uns kein Geld abgenommen, also ist ja auch nicht viel Schaden angerichtet worden.«

Der Polizist setzte sich wieder auf den Beifahrersitz, aber bevor er sein Bein hineinzog, sagte er: »Sogar in San Francisco ist es wahrscheinlich keine gute Idee, durch unbeleuchtete Gassen zu gehen.«

»Ich hatte auch schon mal bessere«, sagte Stillman.

»Seien Sie vorsichtig«, sagte der Polizist. Er schloß die Tür, und das Auto fuhr langsam weiter durch die Gasse. Ein paarmal schoß der breite Strahl des Suchscheinwerfers zur Seite hinaus und fuhr über eine Reihe Mülltonnen, einen schmalen Zwischenraum zwischen zwei Häusern. Dann bog das Polizeiauto ab und verschwand.

Stillman trat in den nächsten Durchgang zur Straße. »Also, das war ein miserables Timing«, sagte er. »Eigentlich wollte ich denen ein paar Namen aus der Brieftasche klauen und nicht meinen einem Cop geben.« Er blieb stehen, bis Walker ihn eingeholt hatte. »Was wir jetzt brauchen, ist etwas zu essen.«

»Ja?«

»Sonst müssen wir auf nüchternen Magen trinken.«

5

Das Coast of Borneo war ein Überbleibsel aus einer Zeit, die Walker verpaßt hatte, und er rechnete sich aus, daß sogar Stillman zu jung sein mußte, um etwas anderes davon mitbekommen zu haben, die letzten Bastionen, die den Veränderungen um sie herum trotzten. In dem großen Speisesaal mit den nackten Holzbalken hingen Auslegerkanus von der Decke, und die Getränke wurden in Keramikbechern serviert, die irgendwelche Götzen darstellten. Als er Stillman tiefer in den Raum hinein folgte, sah er hinter einer Glasscheibe einen Mann mit Kochmütze, der gerade eine gigantische, brutzelnde Fleischscheibe über Flammen wendete, die das Fleisch und den Koch zu verschlingen drohten. Er wartete, während ein orientalischer Kellner im Smoking sich zwei enorme Speisekarten unter den Arm schob und sie über eine ungenutzte Tanzfläche auf die stufenförmig angelegte Galerie mit den Tischen führte.

Stillman setzte sich und schielte den Kellner ein paar Sekunden lang an, als wären sie beim Pokern und der Kellner hätte gerade erhöht. Stillman fragte: »Kann Ihr Barkeeper einen richtigen Maitai machen?«

»Im alten Stil?« fragte der Kellner, der Stillman nun mit verstecktem Interesse begutachtete.

»Genau«, sagte Stillman. »Im alten Stil.«

»Zwei Maitais im alten Stil«, verkündete der Kellner und machte ein Zeichen auf seinen Block, dann kehrte er auf dem Absatz um und ging davon. Walker hatte den Eindruck, der Block sei zur Bewertung der Gäste da und Stillman habe eine hohe Punktzahl erhalten.

»Was hat sich denn an Maitais geändert?«

Stillman zuckte die Achseln. »Was weiß ich. Jedenfalls ist es mit ihnen genauso den Bach runtergegangen wie mit allem anderen.«

Der Kellner kehrte mit zwei hohen Gläsern zurück, die mit einer leberfarbenen Flüssigkeit gefüllt waren. Stillman nahm einen Schluck, dann sagte er: »Perfekt.«

Walker probierte ebenfalls und kam zu dem Schluß, daß »im alten Stil« bedeutete, daß die Menge Rum dem Standard der Zeit entsprach, in der es in Los Angeles noch legal war, betrunken Auto zu fahren. Er trank noch einen Schluck und befand, diese Zeit sei durchaus wert, daß man ihr nachtrauerte.

Ein paar Minuten später kam der Kellner wieder an ihren Tisch. Er hatte seinen kleinen Block in der Hand und hob erwartungsvoll die Augenbraue. Stillman nickte Walker zu.

Walker fragte: »Sollen wir nehmen, was Mr. Fo 1949 bestellt hat?«

Stillman schüttelte den Kopf. »Fo war damals nicht in dieser Zeitzone. Wir müssen uns mit Prime rib, halb durch, begnügen. Und bringen Sie uns noch mal zwei von denen hier.« Als der Kellner weg war, sagte er: »So was hat man gegessen, bevor sich das Wort ›Cholesterin‹ in die Sprache eingeschlichen hat. Nach einem Leben voller Entbehrungen werden alle überrascht sein, wenn sie an gar nichts sterben.«

»Die sollten einfach ihre Zeit mit Ihnen verbringen, dann müßten sie sich darüber keine Sorgen machen.«

»Dann schließen Sie doch eine Versicherung ab. Ich muß mehr über Ellen erfahren.«

Walker wollte einen Schluck trinken, aber das Eis vom Boden des Glases schlug ihm bereits klickend gegen die Schneidezähne. Der Cocktail war wie ein schwarzes Loch, das alles um es herum in das Glas sog und damit verschwand. Träge sagte er: »Ich weiß nicht viel. Sie haben Fotos von ihr gesehen, oder?«

»Eines in ihrer Akte, eines auf einer Kopie ihres Firmenausweises. Entflohen aus einer Jugendstrafanstalt für Cheerleader.«

»So sieht sie aus«, stimmte Walker zu. »Sportlich, aber nicht übertrieben. Ich weiß nicht einmal, ob sie etwas dafür getan hat. Der Unterricht in der Ausbildung war ihr wichtig, sie war aufmerksam und ernsthaft bei der Sache. Ich weiß noch, daß sie ein paar Interessen hatte, die nichts mit der Arbeit zu tun hatten. Von der Musik habe ich Ihnen ja schon erzählt.«

»Das war übrigens ein guter Ansatz, mein Junge.« Stillman hob das Glas wie zu einem Toast. »Mädchen haben gerne einen Beweis dafür, daß man ihnen zuhört, wenn sie den Mund bewegen. Ich frage mich, warum es nicht funktioniert hat. Hatte sie einen Freund?«

»Soviel ich weiß, nein.« Einen Moment blickte er ins Leere. »Das hat zumindest die Cardarelli behauptet. Jetzt, wo ich die Cardarelli besser kenne, weiß ich, daß es deshalb nicht wirklich so gewesen sein muß. Aber Ellen hat nichts von einem Freund erwähnt, als sie mit mir ausgegangen ist, und da hätte sie das eigentlich tun müssen.«

»Nein, sie hätte es davor machen müssen. Worüber hat sie geredet?«

Walker dachte wieder an sie, suchte nach einem Zeichen, das ihm entgangen war. Nein, da war nichts, nicht einmal am Ende, das darauf hingewiesen hätte, daß sie an einen anderen Mann dachte. Stillman sah ihn wartend an.

»Das eine Mal, als Sie sie ausgeführt haben«, half er nach. »Was hat sie Ihnen da erzählt?«

Er suchte nach einer Antwort, denn er hatte Stillman ja vorgelogen, daß er sie nur einmal ausgeführt hatte. Er legte sich auf das erste Mal fest, als sie in einem italienischen Restaurant waren. Er würde sich auf dieses Treffen beziehen. »Soweit ich mich erinnere, hat sie die meiste Zeit über die Zukunft gesprochen.«

»Das wollte ich hören«, sagte Stillman. »Da wir uns jetzt darin befinden, würde ich gerne wissen, was zum Teufel das ist.«

Walker dachte nach. »Sie hatte eine Art Generalplan. Sie war überzeugt davon, daß eine Frau in einer großen Firma wie McClaren's die Dinge selbst in die Hand nehmen mußte, wenn sie vorankommen wollte.«

»Meinte sie damit, daß sie sich in der Chefetage einschmeicheln muß? Bei schmutzigen alten Männern meines Alters?«

»Wenn, dann habe ich es nicht so verstanden. Sie hat gesagt, daß sie Geduld haben muß. In San Francisco sei sie einer Konkurrenz ausgesetzt, gegen die sie keine Chance habe.«

»Nämlich?«

Walker zuckte die Achseln. »Männer wahrscheinlich. Ich glaube, sie hat Kennedy als Beispiel genannt. Leute, die auf bessere Colleges gegangen sind und genauso klug waren und ebenso hart gearbeitet haben wie sie.«

»Wer noch?«

»Na ja ... ich«, sagte er ein wenig beklommen. »Aber sie hat das wahrscheinlich nur gesagt, weil sie dachte, ich wäre sonst beleidigt gewesen. Sie wollte in eine der Zweigstellen, aber in eine ganz bestimmte Art. Sie hat gesagt, sie will keine Schiffsladungen oder Satellitenstarts oder solche Dinge versichern, weil die Kunden dort zu der Sorte Männer gehören, die sie nicht ernst nehmen würden. Süß und nett zu sein würde bei denen nichts zählen.«

»Das könnte durchaus stimmen. Aber in welchem Tonfall hat sie das gesagt? Klang sie bitter? Verärgert?«

»Nicht wirklich. Sie war der Meinung, daß sich die Situation der Frauen irgendwann verbessert, aber die Zeit sei noch nicht gekommen. Sie hat gesagt, wenn McClaren's Leute entlassen müßte, wäre sie in einem Büro mit vier Leuten besser dran als in einem mit vierhundert. Sie wollte sich auf Familienversicherungen konzentrieren: Die Männer schließen zwar die Lebensversicherungen ab, aber die Überlebenden sind Witwen, und sobald es zur Auszahlung kommt, stehen die Frauen mit mehr Geld da, als ihre Männer jemals hatten. Ohne daß sie es versteuern müßten. Aber die Steuer trifft die nächste Generation hart, deshalb würde sie ihnen Lebensversicherungen für die Kinder verkaufen und wahrscheinlich noch eine Pflegeversicherung, weil sie dann ja allein sein würden. Und wenn die Summe groß genug wäre, würde sie sie überreden, das Geld von der Versicherungsgesellschaft verwalten zu lassen.« Er hob die Schultern. »Sie hat sich gedacht, ihre Persönlichkeit und ihr Aussehen würden ihr dabei nützen.«

»Was haben Sie davon gehalten?«

»Die Zahlen sehen so aus, wie sie gedacht hat – nach den versicherungsstatistischen Tabellen über die Lebenserwartung von Männern und Frauen und so weiter. Ich weiß nicht, ob der Rest auch stimmt. Es gibt zu viele Unwägbarkeiten. Damals fand ich es recht clever – sie *ist* süß und nett, und vielleicht ist das das Publikum dafür. Fast jeder Plan erscheint einem clever, wenn man selbst keinen hat.«

»Sie ist also in Pasadena gelandet. War das auch geplant?«

»Pasadena gehörte mit in ihre engere Auswahl, neben einem Ort im Orange County, Scottsdale in Arizona, Palm Beach in Florida und noch ein paar anderen. Es sollte ein Ort sein, an dem die demographischen Daten stimmten –

die Höhe des Einkommens, das Alter der Bevölkerung und so.« Er schwenkte seinen Drink und lauschte dem Eis im Glas.

Stillman sah ihn nachdenklich an. »Sie muß ganz schön viele Versicherungen verkauft haben, um in anderthalb Jahren zur stellvertretenden Geschäftsstellenleiterin aufzusteigen. Damit hat sie euch alle überholt, nicht wahr?«

Walker nickte. »Das hat sie vorausgesagt – daß man an der Front schneller befördert wird. Und sie muß zum Teil auf Provisionsbasis gearbeitet haben. Sie hat auf jeden Fall mehr verdient als ein Statistiker.«

»Aber worauf sollte das hinauslaufen – am Ende?«

Walker lächelte. »Ich hatte den Eindruck, daß sie damit rechnet, in zwanzig Jahren zurückzukommen, wenn wir anderen brav in unseren Kabinen vor uns hin schuften und manche sich gegenseitig ausgeschaltet haben. Wenn der Trend so bleibt, kann die Stellung der Frau in zwanzig Jahren nur besser sein. Zu der Zeit könnte sie schon ziemlich weit oben sein, vielleicht Regionalleiterin eines ansehnlichen Gebietes. Wenn dann bestimmte Umstände zusammentreffen, könnte sie am Ende das Unternehmen leiten. Sie hat nicht gesagt, welche Umstände.«

»Es würde helfen, wenn sie ihren Namen in McClaren ändern würde.«

Walker zuckte die Schultern. »Schlagen Sie ihr das ruhig vor.«

Stillman musterte Walker, während er sagte: »Ich glaube, ich weiß, was ihr vorschwebt. Dynastien haben eine bestimmte Lebensdauer. Sie denkt wahrscheinlich, daß es irgendwann entweder nicht mehr genügend McClarens gibt oder daß es nicht den richtigen McClaren gibt. Es könnte auch zu viele geben, so daß das Aktienkapital zu sehr verteilt wird, und das unter Leuten, die einander gar nicht kennen. Ein Konkurrent könnte anfangen, diese Aktien aufzukaufen. Wie auch immer. Das Ende rückt von Jahr zu Jahr näher.«

»Wirklich?« fragte Walker. »Keine McClarens mehr bei McClaren's? Und dann?«

»Schwere Zeiten«, meinte Stillman. Er ließ den Blick durch das Lokal schweifen. »Die Firma verliert Geld. Das passiert Versicherungsgesellschaften relativ regelmäßig. Dann haben Sie einen Haufen Leute in der Hauptniederlassung in San Francisco, die man mit den erfolglosen Praktiken oder den falschen Entscheidungen in Verbindung bringt. Und Sie haben eine Frau – zu diesem Zeitpunkt vierundvierzig –, die seit zweiundzwanzig Jahren in der Firma ist und die Arbeit in einer großen, erfolgreichen Region leitet. Weil sie im Hintergrund geblieben ist, weiß niemand etwas Negatives über sie. Sie bekommt einen Anruf vom Aufsichtsrat.« Plötzlich sah er wieder Walker an. »Wie würden Sie das finden?«

»Ich?« Walker wirkte überrascht. »Sie meinen, ob ich vielleicht neidisch wäre? Ich glaube nicht. Und ich könnte mir schlechtere Leute als Chef vorstellen.«

»Wirklich? Wen?«

»Das war nur so dahingesagt«, sagte Walker. »Ich habe damit gemeint, daß sie gut war, und nicht, daß jemand anders schlecht war.«

»Na, egal«, sagte Stillman. »Jetzt verstehe ich, warum sie sich nicht für Sie interessiert hat. Sie sind so was wie ein dicker Furunkel, der ihr am Hintern gewachsen ist, nachdem sie ein Flugticket ohne Rücktrittsrecht gekauft hat.«

»Es ist wirklich schön, wenn andere von einem beeindruckt sind.«

Stillman hielt die Hände hoch. »Verstehen Sie mich nicht falsch. Ich bin mir sicher, daß Sie ganz den Vorstellungen einer jungen Frau entsprechen. Ein angenehmer, intelligenter Begleiter auf der Reise durchs Leben, der zudem auch noch recht gut ausgestattet ist. Aber das ist alles unwichtig, nicht wahr?«

»Für mich nicht.«

»Sie läuft hinter fremden Götzen her.«

»Was macht sie?«

»Das ist nur eine Zeile aus einem Buch, das niemand mehr liest. Es bedeutet, daß es gar nicht Sie waren, den sie zurückgewiesen hat. Es waren Männer allgemein. Und

Frauen: Sie kann nicht lesbisch sein, denn das würde erst recht nicht in ihre Vision passen. Wenn Sie einen Plan haben, der nur dann funktioniert, wenn wirklich alles auf eine bestimmte Weise abläuft, dann müssen Sie dafür sorgen, daß alles so abläuft. Ein Freund in der Hauptniederlassung in San Francisco würde sie vom Kurs abbringen.«

»Ich weiß nicht, ob ich mich dadurch besser fühle oder schlechter.«

Stillman hob die Augenbrauen, nahm einen großen Schluck Maitai und blickte nachdenklich auf den Rumpf des Auslegerkanus, das über dem Tisch hing. »Ich würde sagen, als anständige Menschen müssen wir ... uns schlecht fühlen. Was morgen der Fall sein wird, wenn diese Drinks sich mühsam aus unserem Organismus herausarbeiten.« Er sah Walker wieder an. »Egomäßig sind Sie aus allem heraus. Sie hätten der vorhin erwähnte Ausbund an Tugend sein können, und sie hätte das Konzert trotzdem sausenlassen.«

»Und warum sind wir dann traurig?«

»Um ihretwillen. Egal, wie verquer das Ziel ist, wir können nicht anders, als nach dem entschlossenen kleinen menschlichen Tier zu suchen, das es erreichen will. Deshalb beobachten wir Menschen, die Dinge tun, wie den Mount Everest zu besteigen – was auf einer Dummheitsskala von eins bis zehn etwa bei dreißig steht –, und beschämt und entsetzt müssen wir uns auch noch eingestehen, daß wir hoffen, die kleinen Mistkerle schaffen es.«

»Wir wissen nicht, ob sie es nicht doch schaffen wird.«

»Das zerbrochene Fenster sagt uns, daß jemand in ihre Wohnung eingebrochen ist. Das Auftauchen der beiden Kerle zeigt uns, daß jemand ihre Wohnung beobachtet hat – jemand, der nicht aus der Stadt stammt, sonst hätten sie nicht den Fehler begangen, sich als Polizisten aus L. A. auszugeben anstatt aus Pasadena. Vielleicht wollten sie Ellen Snyder erwischen, oder sie wollten, daß wir Ellen nicht erwischen. Aber die Hoffnung, daß sie nichts mit dem kleinen Problem bei McClaren's zu tun hat, können wir wohl aufgeben.«

»Was können wir tun?«

»Wir werden sie suchen.« Stillman entdeckte den Kellner auf der anderen Seite des Restaurants und deutete auf sein leeres Maitaiglas. Der Kellner huschte davon.

Walker starrte auf sein Glas, während der Kellner es wegnahm und durch ein volles ersetzte. Es begann auf einmal, seltsam zu leuchten, doch dann begriff er, daß das normal war. Es leuchtete nur so, weil sein Gesichtsfeld ganz auf das Glas zusammengeschrumpft war. Er verspürte eine plötzliche Trauer, die ihn unwillkürlich tief Luft holen ließ. Vielleicht benahm er sich albern. Was wollte er denn verteidigen – ihren Ruf? Ihr Leben könnte in Gefahr sein. Er sollte Stillman den Teil verraten, den er ihm noch nicht erzählt hatte. Doch als er darüber nachdachte, fiel ihm kein einziger Unterschied zwischen der Wahrheit und seiner Lüge ein, der für irgend jemanden außer John Walker wichtig war.

6

Walker spürte, daß er sich in einem großen, leeren Raum befand. Seine Ohren sagten ihm, daß die Geräusche aus einer gewissen Entfernung kamen, aber irgendein Ausläufer seines Verstandes sagte ihm, daß er nicht allein sein konnte. Räume dieser Größe waren öffentlich. Bruchstückhafte Erinnerungen stiegen in ihm auf. War er im Restaurant ohnmächtig geworden? Er fuhr hoch. Es war ein Hotelzimmer. Er lag voll bekleidet auf einem Bett. Er erinnerte sich, wie er hierhergekommen war und sich hingelegt hatte, aber er erinnerte sich auch, daß er sich gedacht hatte, er wolle nur kurz testen, ob das Bett auch bequem sei. Er hatte eigentlich wieder aufstehen wollen.

Stillman saß gegenüber in einem Ohrensessel, und das Rascheln kam von der Zeitung, die er las. Er blickte Walker über die Zeitung hinweg an, dann blätterte er um.

»Wie spät ist es?« fragte Walker. Die Stimme klang nicht wie seine eigene. Er räusperte sich.

»Ungefähr neun. Aber tun Sie sich nicht weh, wenn Sie

versuchen, den Stein vom Grab zu rollen. Wir haben genügend Zeit.«

Walker kroch aus dem Bett und ging ins Badezimmer. Auf dem Waschbecken fand er eine Papiertüte. Sie enthielt eine Zahnbürste, Zahnpasta, einen Rasierer, Rasiercreme, Mundwasser, einen Kamm und eine Quittung mit dem Aufdruck »Hilton Gift Shop«. In den Seifenschalen lagen verpackte Seifenstückchen. Für den Augenblick war er also angemessen ausgerüstet.

Walker putzte sich die Zähne und stellte sich ein paar Minuten unter die heiße Dusche, bevor er bereit war, an die Zukunft zu denken. Er begann mit der unmittelbar bevorstehenden Zukunft, weil das seinen Kopf nicht zu sehr beanspruchte. Er war nur mit den Kleidern, die er am Leib trug, nach Los Angeles gekommen, deshalb mußte er nicht überlegen, was er anziehen sollte. Als er versuchte, sich gedanklich über diesen Punkt hinauszuwagen, stieß er auf Stillman, und er verspürte den sehnlichen Wunsch, genau dort zu bleiben, wo er war, sich das warme Wasser über den Körper laufen zu lassen, bis Stillman verschwand. Er hatte ihn sagen hören: »Wir haben genügend Zeit.« Das klang harmlos und nicht drängend, aber es beinhaltete auch, daß etwas bevorstand. Ihm fiel wieder ein, daß Stillman am vorigen Abend gesagt hatte, sie sollten nach Ellen suchen.

Kurz darauf trat Walker aus dem Badezimmer und zog sich an. Stillman stand auf, faltete seine Zeitung zusammen, warf sie in den Papierkorb und ging dann zur Tür. »Kommen Sie.« Erst da fiel Walker auf, daß Stillman einen frisch gebügelten grauen Anzug trug, in dem er aussah wie ein Senator.

Walker folgte Stillman zum Aufzug. Der Aufzug hielt alle zwei oder drei Stockwerke, um Gruppen von Frauen mittleren Alters aufzunehmen, die einander zu kennen schienen. Manche hatten Rollkoffer dabei. Während sie zehn Etagen nach unten fuhren, beschäftigte sich Walker damit, das Gewicht der neu Zugestiegenen sowie der Koffer zu schätzen, alles zusammenzuzählen und das Ergebnis mit dem zulässigen Höchstgewicht zu vergleichen, das auf dem kleinen Schild neben der Tür stand.

Als sie in die Eingangshalle traten, fragte ihn Stillman: »Wie nahe waren wir dran?«

»Ein Halt mehr hätte wahrscheinlich gereicht. Wir hatten ungefähr zweihundert Kilo zuviel.«

Stillman blieb stehen. »Hunger?« fragte er.

»Allerdings«, sagte Walker herausfordernd. »Haben wir Zeit dazu?«

»Lassen Sie das meine Sorge sein.«

Sie frühstückten im Hotelrestaurant, und Walker war froh über seine Entscheidung. Das Essen schien seinem Körper wieder Energie zu verleihen, und der Kaffee verschaffte ihm einen klaren Kopf. Er sah zu, wie Stillman zahlte, dann folgte er ihm nach draußen.

Stillman wandte sich um und beäugte Walker kritisch, dann winkte er den Parkwächter weg. »Wir müssen Ihnen erst noch etwas zum Anziehen kaufen.« Er machte kehrt und ging den Wiltshire Boulevard in westlicher Richtung entlang.

Stillman blieb vor dem Schaufenster von Neiman Marcus stehen und rief Walker, der weiterging, zurück. »Ich weiß, Sie können sich das nicht leisten, aber machen Sie sich darüber keine Gedanken. Wir haben ein Spesenkonto.«

»Sie vielleicht«, meinte Walker. »Aber ich bezweifle, daß das auch für mich gilt, und für Kleidung ist es bestimmt nicht gedacht.«

Stillman warf einen Blick auf die Uhr und sagte freundlich: »Ich bestimme, wofür das Geld verwendet wird. Und ich führe die Posten nicht einzeln auf.«

Walker legte den Kopf schräg und zog eine Braue hoch.

»Meine Auftraggeber wissen, daß ich ihre Zeit nicht mit solchen Dingen verschwende. Wenn sie meine Dienste in Anspruch nehmen wollen, dann zahlen sie, was ich verlange. Ich mache keine Angebote, keine Kostenvoranschläge, und ich lege keine Rechenschaft ab.«

»Da machen die mit?« fragte Walker. »McClaren's macht da mit?«

»Keiner zwingt sie dazu. Sie haben ja ein Telefonbuch. Wir werden jetzt gleich ein paar Leute treffen. Ich möchte, daß die einen Blick auf Sie werfen und ein paar falsche Schlüsse ziehen. Dafür ist es aber notwendig, daß Sie hier reingehen und sich ein gutes Hemd, einen passenden Anzug von der Stange und eine Krawatte in einer geschmackvollen Farbe mit einem dezenten Muster kaufen – bitte keine Streifen.«

»Ich soll mich also für ein Meeting verkleiden?«

»Herrgott, ich hoffe nicht, daß das eine Verkleidung ist. Wir treffen jetzt Leute, die annehmen sollen, daß Sie in der Nahrungskette ziemlich weit oben stehen. Es kann sein, daß wir sie in den nächsten paar Tagen mehr als einmal treffen. Also kaufen Sie gleich drei oder vier Anzüge, ein paar Jacketts und Hosen, Hemden, Schuhe und so weiter. Ich besorge Ihnen in der Zwischenzeit einen Koffer dafür und bin dann rechtzeitig zurück, um die Quittung zu unterschreiben.«

Walker runzelte die Stirn.

»Worauf warten Sie?«

»Ich frage mich nur ... warum keine Streifen?«

»Weil die britischen Regimentskrawatten welche haben, und Sie würden es nicht merken, wenn Sie die Farben der Sechsunddreißigsten Walisischen Guerillatruppe der Queen oder des Kastratenchors von Eton erwischen.«

»Das stimmt wohl«, sagte Walker. »Aber würde es jemand von den Leuten merken, die wir treffen?«

»Einer von ihnen vielleicht«, antwortete Stillman. »Jetzt gehen Sie.«

Walker verschwand durch die Glastüren, sah aber Stillman noch einen Augenblick nach. Stillman blickte die Straße entlang, überquerte sie und verschwand in einem anderen Laden. Während Walker sich die Anzüge ansah, überlegte er, was ihn störte. Es war das Tempo, in dem alles passiert war und immer noch passierte. Um Stillman herum schien die Zeit schneller zu vergehen. Walker schien es, als wäre er gerade noch im Büro gewesen und rase jetzt mit hundertfünfzig Sachen dahin. Es konnte gut sein, daß er in die richtige Richtung unterwegs war, aber vielleicht war die hohe Geschwindigkeit Grund genug, ein wenig zu bremsen.

Als der Verkäufer es geschafft hatte, sich durch den Berg von Kleidern zu arbeiten, den er für Walker auf die Theke gelegt hatte, die Zahlen auf den Preisschildern addiert und die Sachen in vier riesige Einkaufstüten gepackt hatte, kam Stillman mit einem Koffer herein. Er reichte dem Verkäufer eine Karte, unterschrieb die Quittung und half Walker, die Tüten hinauszutragen. Walker erkannte das Auto, das Stillman am Flughafen gemietet hatte. Stillman öffnete die Tür und warf seine Einkäufe auf den Rücksitz.

»Danke für die Anziehsachen«, sagte Walker vorsichtig.

Stillman nickte. »Steigen Sie hinten ein.«

Als sie losfuhren, rief Stillman nach hinten: »Sie können sich umziehen, während wir fahren.«

»Im Auto?«

»Wenn Sie nicht gerade die Unterhosen wechseln, solange wir an einer roten Ampel stehen, sollte das gehen. Sehen Sie nur zu, daß Sie die Krawatte gebunden und ein Jackett angezogen haben, bevor wir in Pasadena sind.«

Walker öffnete Schachteln, bis er eine komplette Garnitur neben sich auf dem Sitz liegen hatte, dann entfernte er die Preisschilder und wartete, bis Stillman auf der Autobahn war, bevor er sich umzog. Als er fertig war, nahm Stillman die Ausfahrt Colorado Boulevard und fuhr eine weitere Viertelstunde durch eine baumgesäumte Straße, bevor er anhielt. »Wir sind da«, sagte er.

Walker betrachtete das zweistöckige Steinhaus. Am Eingang prangte das gleiche Messingschild wie am Hauptgebäude in San Francisco. In fetten Lettern stand McCLAREN darauf, und in kleineren darunter LEBEN UND UNFALL. Er stieg aus und blieb auf dem Gehsteig stehen. Stillman kam um das Auto herum und begutachtete ihn. »Gut. Sie sehen ungefähr richtig aus.«

Stillman tat so, als würde er etwas in seiner Jackettasche suchen. »Halten Sie die Augen offen. Das ist kein Höflichkeitsbesuch in einer Zweigstelle, sondern Teil unserer Untersuchungen. Beobachten Sie die ganze Zeit über alle, die Sie sehen. Die Leute werden lächeln und Ihnen die Hand schütteln, aber sie sind nicht Ihre Freunde.«

Er ging los und öffnete die Tür, damit Walker vor ihm hineingehen konnte, dann wartete er noch einen Augenblick. Am Empfang saß eine junge Frau, die ein dünnes Headset trug, das hinter ihrem rechten Ohr hervorkam und bis unmittelbar neben ihren Mund reichte. Sie sah sie an, während sie redete, aber Walker wußte nicht gleich, ob sie mit ihnen sprach. Dann wiederholte sie deutlicher: »Was kann ich für Sie tun?«

»Das ist Mr. Walker, und ich bin Stillman«, sagte Stillman. Walker fiel auf, daß Stillman ein wenig anders auftrat als sonst. Er nannte Walker an erster Stelle.

Die Frau richtete den Blick starr geradeaus, während sie auf einen Knopf drückte und sagte: »Die Herren wegen der Besprechung sind da.« Dann drückte sie wieder auf den Knopf, nahm ihr Headset ab und stand auf. »Ich zeige Ihnen den Weg«, sagte sie und ließ die Telefonknöpfe lautlos blinken.

Walker wartete, daß Stillman voranging, doch ein gleichmäßiger Druck von Stillmans Hand auf seinem Rücken schickte ihn vor. So hatte er sich das nicht vorgestellt: Stillman lenkte die Aufmerksamkeit aller auf Walker. Er ging los und blickte sich mit unverhohlener Neugier um. Drei Leute saßen an Schreibtischen, die dem seinen entsprochen hätten, wenn sie in Bürokabinen gestanden hätten – ein Mann in den Dreißigern, eine Frau in den Sechzigern und ein Mädchen, das gerade die High-School beendet zu haben schien. Die Formulare auf ihren Schreibtischen verrieten ihm, daß sie neue Policen bearbeiteten.

Dann kam ein Gang mit Türen auf der rechten Seite. In dem ersten Raum, an dem sie vorbeigingen, standen ein paar Faxgeräte, ein Kopierer und Kisten mit Formularen. Der zweite war ein kleines Büro. An der Ecke des Gebäudes befand sich ein Konferenzraum.

Beim Eintreten stellte Walker fest, daß bereits drei Leute an dem langen, rechteckigen Tisch saßen. Er wußte, daß er sie von Stillman ablenken sollte, deshalb wurde er ungewohnt offensiv. Er lächelte. »Guten Tag, ich bin John Walker, aus der Zentrale in San Francisco.« Als wäre es ihm nachträglich noch eingefallen, fügte er hinzu: »Und das ist Mr. Stillman.«

Ein großer, fleischiger Mann, der etwa in Stillmans Alter war und einen dunkelgrauen Anzug und ein weißes Hemd trug, das ihm um den Hals zu eng war, erwiderte Walkers Lächeln und wickelte ihm seine Würstchenfinger um die Hand, um sie enthusiastisch zu schütteln. »Dale Winters«, sagte er. »Ich bin Geschäftsführer der Zweigstelle in Pasadena. Das ist Daphne Pool, meine Assistentin.«

Eine dünne, etwa fünfundvierzigjährige Frau mit stechenden grauen Augen und einer silbernen Brille, die ihr über einem schiefergrauen Kostüm an einer Kette um den Hals hing, drückte Walker kurz die Hand.

Der dritte Mann war Anfang Dreißig, fast zehn Zentimeter kleiner als Walker und hatte blonde Haare, die eine Idee zu lang waren und zu exklusiv gestylt, um jemandem aus der Versicherungsbranche zu gehören. Der Mann sprang mit plötzlicher Energie auf und beugte sich über den Tisch, um Walker die Hand zu geben. Sein Jackett war aufgeknöpft und die Krawatte etwas gelockert, aber er lächelte nicht. Mit genau derselben Energie setzte er sich wieder hin. Walker hörte Winters sagen: »Und das ist Mr. Werfel.«

Walker sah zu Stillman hinüber, dessen Gesicht den friedlichen, entrückten Ausdruck einer Buddhastatue angenommen hatte, die still im düsteren Innern eines leeren Tempels sitzt. Walker zwang sich zu einem quälend falschen Lächeln. »Freut mich, Sie kennenzulernen, Mr. Werfel.«

Er setzte sich Werfel gegenüber und beobachtete, wie Daphne Pools dünne Hand eine rote Mappe vor ihn hinschob. Er nickte ihr zu und schlug die Mappe auf. Sie enthielt die Fotokopie einer Versicherungspolice. Er las den Namen Andrew Werfel und blätterte weiter. Nach einem Zwischenblatt folgten der Totenschein von Andrew Werfel sowie eine Reihe Kopien: eine Geburtsurkunde von Alan

Weems Werfel und ein Führerschein, der auf denselben Namen lautete und das Bild des Mannes ihm gegenüber trug, der mit halbgeschlossenen Augen und wirren Haaren in die Kamera blickte. Die letzte Abteilung enthielt Kopien der Standardformulare für Forderungen, die alle mit *Alan Werfel* und *Ellen Snyder* unterschrieben waren.

Er schloß die Mappe und warf einen kurzen Blick auf Stillman, der sich neben ihm zurücklehnte und mit undurchdringlichem Blick die Finger über seinem Solarplexus verschränkte. Walker versuchte sich vorzustellen, was ein wichtiger Mensch aus der Zentrale sagen würde, aber ihm war nicht einmal wirklich klar, was ein solcher Mensch hier machte. Er wandte sich an Winters. »Dale, können Sie mir auf die Sprünge helfen? Wie sieht es aus?«

Winters schien sich nicht wohl in seiner Haut zu fühlen. Nervös blickte er immer wieder hinüber zu Werfel, dann sagte er: »In dieser kleinen Mappe steht so gut wie alles. Es gab eine Versicherung. Mr. Werfel senior ist verstorben. Ein Herr, der sich als Mr. Werfel junior ausgab, hat im Büro angerufen, weil er wissen wollte, wie er seine Ansprüche geltend machen kann. Er wurde mit unserer stellvertretenden Geschäftsstellenleiterin verbunden, die ihm die Vorgehensweise erklärt und einen Termin ausgemacht hat. Währenddessen hat sie die Police geprüft, die notwendigen Informationen eingeholt, einen Scheck ausstellen lassen und so weiter. Als sie ihn dann getroffen hat, konnte er sich angemessen ausweisen ...« Er warf wieder einen Blick auf Werfel, der entschuldigend wirkte, aber nicht ganz. »So schien es zumindest. Miss Snyder hat den Anspruch bestätigt und die Versicherungssumme ausbezahlt.«

»Wird Miss Snyder noch zu uns stoßen?«

Die Frage war Winters derartig peinlich, daß Walker schon bereute, sie gestellt zu haben. »Sie ist heute nicht da«, sagte Winters tonlos.

Walker tat so, als wäre das eine Antwort gewesen. Er lächelte wieder. »Und Sie, Mr. Werfel, haben sich wahrscheinlich später auf die gleiche Weise gemeldet, um Ihre Ansprüche geltend zu machen?«

Werfel nickte mürrisch.

Walker fragte sich, was Werfel hier machte. Ihm kam der Gedanke, daß Werfel vielleicht auf ihn gewartet hatte. Bei dieser Vorstellung lief es ihm kalt den Rücken hinunter. Stillman hatte diesen Leuten vorgemacht, Walker sei ein hohes Tier aus der Zentrale, hatte ihn in entsprechender Kleidung hergebracht und ihn übertölpelt. Es schien keinen anderen Ausweg zu geben als die Flucht nach vorn. »Es tut mir leid, wenn Sie dadurch Unannehmlichkeiten hatten, Mr. Werfel.«

»Sie wissen verdammt gut, daß ich die hatte.«

Walker wandte sich hilfesuchend an Winters, der hastig erklärte: »Das ist eine komplizierte Angelegenheit. Es gibt viele Grauzonen. Sehen Sie, der Führerschein und der Paß, alle Papiere, die der Mann vorgelegt hat, waren echt. Der Scheck war auf Alan Werfel ausgestellt. Er wurde mit dem Namen ›Alan Werfel‹ auf der Rückseite unterzeichnet.«

»Da muß ich jetzt einhaken«, sagte Walker. »Ich hatte es so verstanden, daß wir das Geld dem falschen Mann ausgezahlt haben – einem Betrüger?«

»Es sieht ganz danach aus«, sagte Winters. »Aber die Frage, die noch geklärt werden muß, ist: War es die Schuld der Versicherung, oder trägt Mr. Werfel durch seine Unachtsamkeit einen Teil der Schuld? Das heißt, wir sind verantwortlich, wenn wir falsche Ausweispapiere anerkennen. Wenn aber die Papiere echte Ausweise sind und der echte Besitzer nichts unternommen hat, um ihren Verlust oder Diebstahl zu melden, trägt dann McClaren Leben und Unfall die Schuld? Und zwar allein? Wenn nicht, muß die Versicherung eine zweite Zahlung in voller Höhe leisten, oder sollte man sich in der Mitte treffen?«

»Wir sind also hier, um über die Forderung zu sprechen«, sagte Walker. Er versuchte zu verbergen, wie sehr ihn das Ganze faszinierte.

Winters sah ihn mit festem Blick an. »Wenn Mr. Werfel Opfer eines Ausweisdiebstahls wurde, dann bedauert McClaren's das selbstverständlich. Aber wenn sich zum Beispiel der Betrüger in Mr. Werfels Namen Zugang zu dessen Bankkonto verschafft hätte, wer käme dann für den Verlust auf? Die Bank? Natürlich nicht. Mr. Werfel wäre der Leidtragende. Es gibt Präzedenzfälle dazu, die von kalifornischen Gerichten entschieden wurden. Wenn der Betrüger Mr. Werfels Ausweispapiere benutzt hätte, um einen Kredit aufzunehmen, wer wäre dann verantwortlich? Mr. Werfel.«

Walker sah Stillman an, der immer noch unbeweglich dasaß. Seine Hände hatten sich nicht von seinem Bauch wegbewegt. Er blinzelte nicht, sah Walker nicht an und verriet auch sonst mit keiner Regung, daß er zugehört hatte. Ohne die Augen von Stillman abzuwenden, sagte Walker: »Wollen Sie damit sagen, daß die Lebensversicherung nicht zweimal ausbezahlt wird?«

Winters antwortete: »Gewiß doch nicht der gesamte Betrag? Nicht zwölf Millionen Dollar.«

Walker bemerkte ein leichtes Zucken um Stillmans Mund. Es hätte auch nur eine kleine Irritation in seinem Wachtraum sein können.

Werfel konnte nicht länger an sich halten. Er sprach mit angespannter, ruhiger Stimme. »Sie können nicht behaupten, Sie hätten mir Geld ausbezahlt, wenn ich es nie gesehen, nie etwas davon gewußt habe. Ich hätte nicht gedacht, daß ich heute meine Anwälte mitbringen müßte, aber ...«

Walker war von sich selbst überrascht. Er hob schnell die Hand, um der Drohung zuvorzukommen. »Warten Sie, Mr. Werfel.« Er funkelte Stillman an, aber der sah aus, als wäre er tot. »Mr. Winters, kann ich Sie eine Minute allein sprechen?«

»Na gut«, meinte Winters grollend. Er stand auf und sagte schroff zur gegenüberliegenden Wand: »Entschuldigen Sie uns.«

Winters war doppelt so alt wie Walker, einen Kopf größer und so breit, daß er den schmalen Korridor vor dem Konferenzzimmer auszufüllen schien. Er blickte finster auf Walker hinab und wartete.

Walker sagte: »Dieser Kompromiß wird kaum funktionieren. Er wird bestimmt nicht zulassen, daß wir ihm das vorenthalten, wofür sein Vater gezahlt hat.«

Winters beugte sich mit wissender, überlegener Miene ein wenig vor. »Eins kann ich Ihnen sagen, San Francisco wird uns niemals wegen einer Nachlässigkeit zwölf Millionen Dollar auszahlen lassen.«

Walker konnte ihn kaum mehr ansehen. Sein Gesicht war völlig verzerrt, das Gesicht eines in die Ecke getriebenen Verbrechers – wütend und voller Haß, aber auch verängstigt. Er tat Walker leid. Wahrscheinlich hatte er schon in dieser Filiale gearbeitet, als Walker noch nicht auf der Welt war, und er hatte Angst, daß ihm gekündigt würde. Werfel dagegen schien dem ersten Eindruck nach so reich zu sein, daß es lächerlich gewesen wäre, wenn er gearbeitet hätte. Sein Anzug war ein atemberaubend teures Modell nach der neuesten Mode, aber er trug ihn mit einer Lässigkeit, als ob er, wenn er auf dem Weg zu seinem Auto an einem Rugbyspiel vorbeikäme, einfach mitspielen würde, ohne einen Gedanken an seine Kleidung zu verschwenden. »Sie können nichts dafür«, sagte Walker.

Winters blickte nur geringfügig weniger feindselig drein: Jetzt war er mißtrauisch.

Walker versuchte, ihn zu besänftigen. »Ihre Argumente waren richtig. Jemand ist in Ihre Filiale gekommen, der ausgesehen haben muß wie Werfel und Werfels Ausweispapiere dabeihatte. Ihre stellvertretende Geschäftsstellenleiterin ließ ihn alle notwendigen Formulare unterzeichnen, bevor sie ihn ausbezahlt hat. Sie hat sich genau an die Vorschriften gehalten. Die Position, die Sie einnehmen, ist völlig korrekt: Es ist alles richtig gemacht worden. Aber dieses Gespräch sollte intern geführt werden und nicht in Anwesenheit des Begünstigten.«

Winters schüttelte den Kopf, als wolle er den Unsinn, den Walker redete, abschütteln. »Es geht um zwölf Millionen. Stellen Sie sich vor, es ginge um Sie. Stellen Sie sich vor, Sie könnten heute einen geringeren Betrag – sagen wir fünf Millionen oder sechs – bekommen. Sie könnten aber auch jahrelang prozessieren, warten und Anwaltskosten bezahlen und vielleicht nie einen Cent bekommen. Würden Sie das Angebot annehmen?«

»Ja«, sagte Walker. »Das würde ich. Aber nur, weil ich keine fünf Millionen habe und nicht damit rechne, sie zu bekommen. An Alan Werfels Stelle würde ich klagen.«

Winters lächelte und zog die Brauen hoch. »Soll er doch.«

Walker versuchte es noch einmal. »Die Versicherung bekommt das Geld zurück, sobald der falsche Werfel erwischt wird. Vielleicht alles, vielleicht nur einen großen Teil davon. Wir haben statistisch eine relativ gute Aufklärungsrate bei einfachen Betrugsfällen. Sechsundsiebzig Komma acht Prozent letztes Jahr.« Er wünschte, er hätte das nicht gesagt. Er hörte sich an wie ein Statistiker.

»So könnte eben der Kompromiß aussehen«, sagte Winters triumphierend. »McClaren's zahlt Werfel einen Teil – sagen wir vier Millionen –, und wenn wir die ersten zwölf Millionen wiederhaben, bekommt Werfel seine restlichen acht.«

»Wir behalten seine acht Millionen, weil er seinen Führerschein verloren hat?« fragte Walker. »Das ist ungerecht.«

Winters beugte sich vor und senkte die Stimme zu einem drängenden Flüstern. »Wir müssen etwas erreichen.«

»Was?«

»Sie und ich. Hier und jetzt. Es ist unsere Chance, diesen Verlust zu mindern. Wenn nicht, verlieren wir unseren Job.«

Walker dachte einen Augenblick nach. »Hat Ihnen das jemand gesagt?«

»Das war nicht nötig.«

Als Walker das verzweifelte Gesicht anblickte, überlegte er. Mit einer Zuversicht, die er nicht wirklich empfand, sagte er: »Ich nehme die Schuld auf mich. Wir sagen, ich hätte die Entscheidungen getroffen. Sie sind aus allem heraus, und ich trage das Risiko. Okay?«

Winters war verärgert und verzweifelt, und seine Augen traten hervor. »Nein. Es ist nicht okay. Zwölf Millionen – das kann keiner allein tragen. Das fällt am Ende auf alle zurück. Wir müssen etwas von dem Geld wiederbekommen.«

»Indem wir dem rechtmäßigen Begünstigten acht Millionen vorenthalten?«

»Indem wir verhandeln!«

»Das ist nicht richtig, und es wird nicht einmal funktionieren.«

»Wir werden sehen«, sagte Winters. Er ging auf das Konferenzzimmer zu und langte nach dem Türgriff, während Walker tief Luft holte.

»Nein«, sagte Walker scharf. »Das werden wir nicht.«

Winters drehte sich zu ihm um. »Was haben Sie gesagt?«

»Entschuldigen Sie mich«, sagte Walker. Er öffnete die Tür des Konferenzraumes. »Mr. Stillman?«

Stillman hob den Blick von der Stelle auf seinem Bauch, die er eingehend zu betrachten schien. Schweigend tippte er sich auf die Brust: Ich? Dann stand er auf und kam zu ihnen auf den Gang.

Walker richtete den Blick auf Winters. »Mr. Stillman, könnten Sie Mr. McClaren für mich ans Telefon holen?«

Winters wurde blaß, aber er hatte seine Miene unter Kontrolle.

»Natürlich. Ich rufe ihn an.« Stillman nahm sein Handy aus dem Jackett, schaltete es ein, horchte nach einem Freizeichen, dann wählte er die Nummer. Sein Gesicht verriet keinerlei Emotionen. Er hielt sich das Telefon ans Ohr. »Hallo. Hier ist Stillman. Könnten Sie mich bitte mit Mr. McClaren verbinden?«

Winters langte nach dem Telefon, aber Stillman schien das vorausgesehen zu haben. Er drehte sich rasch weg, so daß Winters' Arm auf Stillmans Schulter traf. Winters schnaubte und hielt sich die Seite unterhalb seiner Rippen.

Stillmans Stimme klang entspannt und freundlich. »Warten Sie, lassen Sie es lieber. Ich telefoniere vom Handy aus und habe keinen guten Empfang. Sagen Sie ihm, ich rufe vielleicht später wieder an.« Er schaltete das Telefon aus und drehte sich zu Winters um.

Winters war über sein eigenes Verhalten entsetzt. Sein Blick war auf Walker gerichtet, aber eigentlich schien er nach innen zu gehen.

Walker fragte ruhig: »Können Sie veranlassen, daß ihm jemand einen Scheck ausstellt?«

»In Ordnung«, sagte Winters.

»Ich warte hier.« Walker sah ihm zu, wie er in das hintere Büro ging, dann fiel ihm auf, daß Stillman bereits in die Richtung fortgegangen war, in der die Sachbearbeiter saßen.

Als Winters wiederkam, öffnete Walker die Tür zum Konferenzraum. Walker setzte sich neben Daphne Pool und wartete darauf, daß Winters etwas sagte. Werfel stand mit den Händen in den Taschen am Fenster und blickte hinaus, aber an der Art, wie der schöne Anzug fiel, erkannte Walker, daß er die Hände zu Fäusten geballt haben mußte.

Winters sagte: »Mr. Werfel, wir entschuldigen uns für die Verzögerung, und wir danken Ihnen für Ihre Geduld. Nach einigen bürokratischen Problemen haben wir jetzt die Erlaubnis erhalten, Ihnen heute den vollen Betrag auszuzahlen.«

Werfel wirbelte herum, starrte Walker an und strahlte. Walker erwiderte sein Lächeln nicht.

7

Stillman ging mit einem Stapel Akten und Mappen zum Auto, legte alles in den Kofferraum und stieg auf der Fahrerseite ein. Er hatte den Wagen bereits angelassen, als Walker einstieg. Dann fuhr Stillman los, ohne seinen geheimnisvollen friedlichen Gesichtsausdruck zu verlieren.

»Wollen Sie jetzt gar nichts dazu sagen?« fragte Walker.

Stillman schien einen Moment zu überlegen – nicht, wie er die Frage beantworten sollte, sondern ob sie an ihn gerichtet war.

Walker bohrte weiter. »Haben Sie das gewußt – daß Werfel dort sein würde? Wollten Sie, daß ich auf die Schnauze falle?«

Stillman sah Walker mit kalten Augen an. »Ich weiß nicht, warum Sie sich nicht alle einmal zusammensetzen sollten. Sie sind die Versicherungsgesellschaft, und er ist Ihr Kunde. Wenn Sie am Ende auf die Schnauze fallen, dann ist es Ihre Schnauze.«

Walker schwieg zehn Minuten lang, während Stillman weiterfuhr. In einem Moment haßte er Stillman, und im nächsten fragte er sich, warum das, was er gesagt hatte, völlig richtig zu sein schien.

Schließlich sagte Stillman: »Seien Sie nicht so deprimiert. Was Sie bekommen haben, war den Einsatz wert.«

»Ach ja?« sagte Walker bitter.

»Sicher. Einen Tag draußen in der richtigen Welt, und schon sind Sie ein freier Mann.«

»O ja«, sagte Walker. »Frei und ohne Sorgen.«

»Gut, gehen wir mal vom Schlimmsten aus«, sagte Stillman. »Angenommen, McClaren ruft in zehn Minuten an. Er hat meine Handynummer. Er hat gerade erfahren, daß Sie Winters durch einen Trick dazu gebracht haben, Werfel zwölf Millionen zu geben, und Sie werden gefeuert. Nein, noch schlimmer. Sie werden gefeuert, er läßt seine Sekretärin bereits bei anderen Firmen anrufen, um dafür zu sorgen, daß Sie nie wieder in dieser Branche arbeiten können, und er wird Sie verklagen, um sich die zwölf Millionen zurückzuholen. Die haben Sie natürlich nicht, aber die Geschichte kommt in die Zeitung, und Sie bekommen nie wieder einen Job.«

»Ernsthaft?«

»Ernsthaft.«

Walker dachte ein paar Sekunden nach. »Mal sehen. Ich würde wahrscheinlich vor Gericht verlieren und wäre bankrott. Dann würde ich lernen, ohne Kreditkarten zu leben, und versuchen, irgendwo neu anzufangen, wo das alles keine Rolle spielt. Vielleicht würde ich irgend etwas lernen – ja, genau –, ich könnte noch mal ein, zwei Jahre aufs College gehen und dann versuchen zu unterrichten. Mittlerweile würde in den Schulen kein Hahn mehr danach krähen, daß ich einmal unter Anklage stand, und es würde niemanden kümmern, ob ich zwölf Millionen oder zwölf Cent verloren habe.« Er schwieg einen Moment, dann sagte er: »Ich würde nicht soviel Geld verdienen, aber am Ende meines Lebens würde ich mich wahrscheinlich besser fühlen als jetzt.«

»Das bezweifle ich«, sagte Stillman. »Am Ende Ihres Lebens sterben Sie. Ist wahrscheinlich ein Scheißgefühl. Und, macht Ihnen das Ganze angst?«

Walker zögerte. »Eigentlich nicht, bis auf das mit dem Sterben.«

»Das ist Freiheit«, sagte Stillman. »Sie haben sich selbst befreit. Wenn Sie Zweifel daran haben, gehen Sie zurück, und sehen Sie sich Winters an – Herzklopfen, kalter Schweiß, ein metallischer Geschmack im Mund. Sie sollten feiern.«

»Ich glaube nicht, daß ich mir das leisten kann«, sagte Walker. Er schwieg einen Moment. »Aber ich glaube, Sie haben recht. Vielleicht kündige ich gleich, bevor sie mich entlassen.«

»Seien Sie nicht voreilig«, brummte Stillman besorgt.

»Ich bin zu McClaren's gegangen, weil das ein berühmter Name ist und weil sie mich haben wollten. Ich habe meine Berichte geschrieben, und nach einer Weile habe ich mir eingebildet, mehr zu wissen, als ich wirklich wußte. McClaren's ist ein einziger Schwindel.«

Stillman sah ihn einen Augenblick lang mit gerunzelter Stirn an, dann sagte er widerstrebend: »Na ja, nicht ganz.« Er blickte ihn noch einmal an. »Ich wollte Ihnen das nicht gleich sagen, damit Sie Ihre Freiheit voll genießen können. Aber Sie werden nicht entlassen wegen dem, was Sie da drinnen gemacht haben.«

»Nein?« Er spürte den Ruck eines aufgehenden Fallschirms, der ihn hochriß und dann fast zum Stillstand kommen ließ. Verwundert schwebte er nach unten.

»Nein«, sagte Stillman. »Vielleicht bekommen Sie daheim im Stall jetzt sogar eine größere Box.«

»Woher wissen Sie das?«

»McClaren's ist keine gewöhnliche Firma. Es gibt viele

Versicherungen, die größer sind, und die Beiträge sind dort geringer. Aber die Leute versichern sich bei McClaren's – aus demselben Grund, aus dem Sie für sie arbeiten. Es ist der Name. Wenn McClaren's sich weigern würde, diesem Werfel die Versicherung seines Vaters auszuzahlen – ob das nun rechtmäßig wäre oder nicht –, wäre das der Anfang vom Ende.«

»Wenn genügend Leute davon erfahren würden, vielleicht, aber ...«

»Das würden sie natürlich. Reiche Leute kennen andere reiche Leute. Sie gehen auf dieselben zweihundert Privatschulen und auf dieselben fünfundzwanzig Colleges. Sie fahren in Urlaub – öfter als andere Leute –, und zwar an dieselben fünfundsiebzig Flecken auf der Erde, wo sie in denselben fünfundsiebzig Hotels wohnen. Ich wette, die können manchmal kaum glauben, daß es sechs Milliarden Menschen auf der Welt gibt, weil sie ständig denselben sechstausend begegnen. Sie reden nur mit ihresgleichen. Und sie reichen Klagen ein. Wenn Werfel McClaren's verklagen würde, dann müßte McClaren's schnell handeln und noch ein paar Millionen dazulegen, um Werfels Ego zu schmeicheln und alle anderen zu beruhigen.«

»Ich habe ihnen Geld gespart?«

»Eine Menge. Und Sie haben Winters wahrscheinlich auch den Arsch gerettet. Sie würden ihn nicht feuern, weil er sich hat täuschen lassen – höchstens, weil er unehrlich war.«

Walker blickte finster drein. »Warum zum Teufel haben Sie mir das nicht gesagt?«

Stillman zuckte die Achseln. »Es würde nicht zählen, wenn Sie gewußt hätten, daß das, was moralisch richtig war, auch für Sie das beste war.«

»Was, wenn ich die falsche Entscheidung getroffen hätte?«

»Die falsche Entscheidung?«

»Was, wenn ich mir die beiden angesehen und mir gesagt hätte: ›Alan Werfel ist doch bloß ein reiches Arschloch, das dadurch noch reicher wird, und Winters ist wahrscheinlich ein anständiger, hart arbeitender Mann, der wahrscheinlich seinen Job verliert. Er kämpft um sein Leben, und ich sollte ihn unterstützen.‹ Was hätten Sie dann gemacht?«

»Nichts«, sagte Stillman. »Ich bin nicht in der Versicherungsbranche.«

Sie fuhren den Colorado Boulevard entlang, als Stillman auf einmal bremste und mit quietschenden Reifen in eine Einfahrt einbog. Walker wollte sich am Armaturenbrett festhalten, aber sein Sicherheitsgurt zurrte sich um seinen Brustkorb fest, so daß er ins Nichts langte. »Was ist los?« keuchte er.

»Überhaupt nichts«, sagte Stillman. »Ich habe nur zufällig ein Zimmer-frei-Schild gesehen, und wir sollten uns eine Übernachtungsgelegenheit suchen. So viele gibt es in diesem Teil der Stadt nicht.«

Walkers Atem normalisierte sich wieder, während Stillman vor dem Eingang parkte. »Was ist mit dem anderen am Wiltshire Boulevard?«

»Warum? Haben Sie etwas im Zimmer gelassen?«

»Nein«, sagte Walker. »Ich dachte nur …«

»In einem Fall wie diesem ist es äußerst unklug, sich allzusehr an ein Hotel zu gewöhnen«, sagte Stillman. »Man wird dadurch zu berechenbar, und da kann es leicht passieren, daß man abgeknallt wird.«

»Abgeknallt?« wiederholte Walker. »Sie meinen, diese beiden Typen würden uns umbringen?«

Stillman sagte: »Leider hatte ich keine Zeit, sie danach zu fragen. Aber jemand hat zwölf Millionen Kröten gestohlen. Das sollten Sie nicht vergessen.«

8

Walker suchte sein Zimmer, sperrte auf und stellte fest, daß Stillman ihm folgte. Stillman warf den Aktenstapel auf das Bett, setzte sich und schlug eine der Mappen auf. Er hob die Augen. »Sie hatten doch nicht vor, ein Nickerchen zu machen?«

»Nein …«

»Gut. Dann fangen wir an.«

Walker setzte seinen Koffer ab und blieb stehen. »Womit?«

»Rechnen«, sagte Stillman. »Andrew Werfel ist vor drei Wochen gestorben. Er war in New Mexico, und die Todesursache war Herzversagen.« Er sah Walker an. »Ich nehme an, Sie haben das auf dem Totenschein gelesen.«

»Ja«, sagte Walker. »Das schreiben sie immer. Oder Lungenentzündung.«

»Ja. Es ist immer das Herz oder die Lunge. Ein Bekannter von mir hat es in Santa Fé vom Coroner überprüfen lassen. Die Todesursache wurde bestätigt. Er ist eines natürlichen Todes gestorben, wie man so sagt. Ungefähr eine Woche nachdem der Totenschein ausgestellt war, ist dann der falsche Alan Werfel mit einer Kopie in Pasadena aufgetaucht. Er hatte auch Alan Werfels echten Ausweis dabei, und er hat sich einen Scheck geholt. Ihre Freundin Ellen scheint den Fall betreut zu haben.«

»Das habe ich auch gesehen«, sagte Walker. »Alle Papiere sind von ihr unterschrieben.«

»Eine weitere Woche vergeht, und der echte Alan Werfel ruft in der Filiale in Pasadena an. Er will wissen, wie er vorgehen muß, um das Geld für die Lebensversicherung seines Vaters zu bekommen.«

»Hat er auch mit Ellen gesprochen?«

»Nein, mit Winters. Er hat den Geschäftsstellenleiter verlangt, also hat er den auch bekommen. Winters dachte, da versucht jemand, ihn hereinzulegen, also hat er ihm gesagt, was er mitbringen muß, hat einen Termin ausgemacht und die Polizei angerufen.«

»Was ist dann passiert?«

»Als Werfel kam, saßen vorne an den beiden Schreibtischen zwei Beamte in Zivil. Sie haben gewartet, bis er seine Forderung vorgelegt und ein paar Papiere unterschrieben hat, dann haben sie ihm ihre Dienstmarken gezeigt und ihn mitgenommen. Nach ein paar Stunden haben sie es geschafft, seine Fingerabdrücke zu überprüfen, und gemerkt, daß eine Entschuldigung angesagt ist. Sie haben eine Meldung herausgegeben, daß sie jemanden suchen, der aussieht wie Werfel und Werfels Namen benutzt.« Stillman lächelte. »Ich frage mich, wie lange es dauert, bis Werfel merkt, was sie ihm angetan haben.«

»Hat McClaren's Sie zu dem Zeitpunkt eingeschaltet?«

»Noch nicht«, sagte Stillman. »Die Versicherung hat die Auszahlung des Betrages zurückverfolgen lassen. Der Scheck wurde auf der Rückseite von dem künstlerisch begabten, aber falschen Alan Werfel unterschrieben und zur Einzahlung auf ein Konto bei der Bank of America eingereicht.« Stillman nickte. »Es war, was kaum überrascht, ein neu eröffnetes Konto. Aber bei einer anderen Zweigstelle derselben Bank, bei der Alan Werfel seine Konten führt, und der Scheck kommt von McClaren's und ist auf Alan Werfel ausgestellt. Das beruhigt sie.«

»Wo ist das Geld jetzt?«

»Das hat mehrmals gewechselt. An Tag zwei hat der falsche Alan Werfel angefangen, es schnell zu verschieben. Er stellt einer Immobiliengesellschaft einen Scheck für ein neues Haus aus. Und zwar einen Barscheck, der sofort ausgezahlt werden kann. Er lautet auf sieben Millionen sechshunderttausend. Auf derselben Basis stellt er einer Versicherungsgesellschaft einen Scheck aus: Wer kauft sich schon ein Haus für sieben Millionen Dollar, ohne eine Feuerversicherung abzuschließen? So etwas ist teuer. Hundert Riesen. Noch mal hundert für die Erdbebenversicherung. Er zahlt weitere zweihundert an einen Bauunternehmer als Vorauszahlung für Umbauarbeiten, vierhundert an ein Antiquitätengeschäft für Möbel und Transport, zweiundvierzig an einen Landschaftsarchitekten. An Tag fünf zahlt er einem Galeristen eins Komma sechs Millionen für Gemälde. Bis zwölf Uhr mittags an Tag fünf hat dieser Kerl also zehn Millionen zweihundertvierzigtausend bewegt. Dann schließt er einen Einjahresmietvertrag für ein anderes Haus ab, in dem er wohnen kann, während seines hergerichtet wird: Zehntausend im Monat, insgesamt also hundertzwanzig. Er zahlt einem Anwalt dreihunderttausend, damit er die Erbschaftsangelegenheiten seines Vaters regelt. Er bezahlt sogar die Beerdigung – zwanzigtausend, plus fünfundzwanzig für die Bewirtung.«

»Bei einer Beerdigung?«

»Bestimmt eine imaginäre. Warum also billig? Außerdem muß das der übliche Tarif sein, weil es niemandem weiter aufgefallen ist. Bleiben also eine Million fünfundneunzigtausend auf dem Konto. Eins Komma zwei Millionen hat er auf ein Konto bei der Union Bank überwiesen, mit dem Vermerk, das Geld sei für den Rest der Umbauarbeiten, und das Konto bei der Bank of America hat er aufgelöst, nachdem er fünfundneunzigtausend in bar abgehoben hat. Wahrscheinlich für Trinkgelder.«

»Das war's dann, oder?«

»Das war's. Und das alles, bevor McClaren's genügend gewußt hat, um den ersten Scheck sperren zu lassen. Jede der imaginären Firmen hatte natürlich ein eigenes Konto bei einer anderen Bank. Dadurch haben sie mehr Zeit gewonnen, um das Geld zu verteilen, bevor man es zurückverfolgen konnte.« Er schwieg. »Mich interessiert das Geld auf der Union Bank.«

»Warum?«

»Zum einen ist es nicht für Zahlungen an Scheinfirmen verwendet worden. Es ist ein Girokonto, das für eine Frau namens Lydia King eingerichtet wurde.«

»Und?«

»Der ursprüngliche Betrag war zwölf Millionen. Auf das Konto wurden eins Komma zwei Millionen überwiesen. Das sind zehn Prozent.« Er blickte Walker an. »Das Konto ist eröffnet worden, nachdem das ganze restliche Geld erfolgreich verteilt worden war, so als hätten sie das erst abgewartet, bevor sie Lydia King bezahlt haben.«

»Wollen Sie damit sagen, das war Schmiergeld für Ellen Snyder? Die irgendwo unter dem Namen Lydia King lebt?«

»Für solche konkreten Aussagen ist es noch zu früh«, sagte Stillman. Er öffnete eine weitere Mappe und blätterte sie durch. »Sie war nicht auf der Bank, so daß es keine Aufnahmen von den Überwachungskameras gibt, deshalb kann ich Ihnen nicht sagen, wer Lydia King ist. Sie hat nur

Schecks ausgestellt und sie in der ganzen Welt verteilt. Sie hat anderen Frauen Schecks über kleine Beträge ausgestellt, und die haben sich dann das Geld bar ausbezahlen lassen, und sie hat Sachen mit Schecks gekauft, die sich eintauschen lassen: Goldmünzen, guten Schmuck, Reiseschecks, Devisen.«

»Was ist denn anders an diesem Geld? Sie haben Firmen erfunden, und sie haben eine Person erfunden.«

»Diese Person hat Dinge damit bezahlt, die, wie ich finde, ein wenig übertrieben sind: Hermès-Reisetaschen für fünfzehnhundert Dollar, Echthaarperücken, Damenbekleidung, ein paar Flugtickets in andere Städte, wo sie das Geld umgewandelt hat. Es geht immer weiter, mit einem Dutzend anderer Namen.«

»Woher wissen Sie überhaupt, daß es nur eine Frau ist?«

»Das weiß ich nicht. Ich rate nur. Der Theorie nach ist es egal, ob sie sich Lydia King oder Georgia Fatwood oder Helen Highwater nennt. Wenn das Geld von einem einzigen Konto kommt, ist es wahrscheinlich, daß es eine Frau ist, die diese Perücken und neuen Kleider trägt.«

»Trotzdem geht es nur darum, gestohlenes Geld zu verschieben. Glauben Sie, daß es sich dabei um eine andere Art Konto handelt, weil Sie wissen, daß es eine Frau eröffnet hat?«

»Irgendwie fühlt es sich anders an, hat einen anderen Geruch. Viel von dem anderen Geld, die zehn Komma acht, wurden genauso ausgegeben: für Bargeld, Reiseschecks, Gold, Devisen und so weiter. Aber nichts davon wurde für Luxusartikel verwendet. Kein Cent bisher. Es macht ganz den Eindruck, als sei das ihr Geld, und sie hat das Problem, daß sie es separat waschen muß. Sie muß Kleider kaufen, Gepäck, Kosmetik, Reisen. Das sind alles Sachen, die uns Hinweise geben, deshalb ist es gefährlich. Die andere Person – beziehungsweise die anderen Personen, denn es ist verdammt viel Arbeit, so etwas schnell durchzuziehen – kaufen nichts, was nicht ein Ersatz für Bargeld wäre.«

»Sie glauben also, sie wurden vorher mit allem Nötigen

ausgerüstet, bevor sie das Versicherungsgeld bekommen haben, aber Lydia King nicht.«

»Genau«, fügte Stillman hinzu. »Es sieht aus, als hätte sie ihnen einen Dienst erwiesen und dann zehn Prozent als Bezahlung bekommen.«

»Wann hat McClaren's Sie geholt?«

»Ungefähr zu dem Zeitpunkt«, sagte Stillman. »Sie sind nervös geworden, als der zweite Alan Werfel aufgetaucht ist. Sie haben herausgefunden, daß der Scheck bei der Bank of America eingereicht wurde, und erfahren, daß das Konto leer geräumt wurde. Sie haben versucht, Ellen Snyder zu kontaktieren, gehört, daß sie verschwunden ist, und dann waren sie nicht mehr nervös, sondern in Panik.«

»Und Sie haben die ganzen Nachforschungen angestellt?«

»Ich?« fragte Stillman überrascht. »Nicht persönlich. Ich habe nur ein paar Leute bei McClaren's dafür abgestellt, und als sie bis über beide Ohren beschäftigt waren, habe ich Subunternehmer engagiert. Ich hasse Papierkram.«

»Was haben Sie noch für Indizien?«

»Der Hauptpunkt ist wohl, daß Ellen Snyder verschwunden ist.«

»Sie glauben, sie hat ihre zehn Prozent bekommen und ist mit einem Koffer voller Perücken abgehauen?«

»Und Sie?«

»Auf gar keinen Fall.«

»Warum – Instinkt?«

Walker begann hin und her zu gehen. »Mehr als das.«

Stillman sprach geduldig weiter. »Sie haben gesagt, Sie mögen sie. Wenn eine Trickbetrügerin festgenommen wird, werden in den Fernsehnachrichten immer ein paar alte Damen interviewt, die dann sagen: ›Sie war so ein nettes, liebes Mädchen. Das hätte ich nie gedacht.‹«

»Ich weiß. Ich habe versucht, so zu tun, als würde ich sie nicht kennen. Ich sage nur: Okay, es gibt solche Leute, und man muß auf anderem Weg herausfinden, ob man so jemanden kennengelernt hat. Sie war zwei Jahre in der Firma, davon sechs Monate mit mir in der Ausbildung. Was hat sie verdient?«

Stillman suchte in seinem Stapel, bis er eine Mappe mit dem Stempel PERSÖNLICH – VERTRAULICH gefunden hatte. Er überflog ein paar Seiten, dann blickte er auf. »Sind Sie sicher, daß Sie es wissen wollen?«

Walker winkte ungeduldig ab. »Ich bin bestimmt nicht neidisch. Ich habe keine Mahlzeiten auslassen müssen.«

»In den ersten sechs Monaten nach der Ausbildung hatte sie ein Gehalt von siebenunddreißigtausend, also hat sie netto achtzehn fünf bekommen. Dazu kamen Provisionen in Höhe von insgesamt zweiundsechzigtausend.«

»In sechs Monaten?«

Stillman sagte: »Wahrscheinlich hat sie ein Dutzend Policen an Verwandte verkauft.«

Walker lächelte und nickte. »Und im nächsten Jahr, nachdem ihr die Verwandten ausgegangen sind?«

»Sie wurde zur stellvertretenden Geschäftsstellenleiterin befördert, mit fünfzigtausend, und sie hat hundertvierundvierzigtausend Provision bekommen.«

Walker setzte sich aufs Bett, nahm die Mappe und sah sich die Zahlen selbst an. »Herrgott«, murmelte er. Dann schlug er die Mappe zu, stand auf und ging hin und her. »Das macht es noch klarer. Sie war jung, Single, und sie hatte kaum Ausgaben. Ihre Wohnung ist noch kleiner als meine. Sie hat einen Plan verfolgt, und es hätte nicht besser laufen können. Zu diesen Zahlen muß man noch die Sozialleistungen der Firma addieren, die Krankenversicherung, die Pension, die …«

»Worauf wollen Sie hinaus?«

»Das Geld ist nicht genug.«

»Eine Million zweihunderttausend?« fragte Stillman. »Für eine Vierundzwanzigjährige?«

»Genau«, sagte Walker. »Letztes Jahr hat sie fast zweihundert verdient, plus, sagen wir, fünfundzwanzig Prozent Sozialleistungen. Das macht zweihundertfünfzig. Das Geld, das sie für den Diebstahl bekommen hätte, würde ihr, wenn sie es zu acht Prozent anlegen würde, sechsundneunzigtausend pro Jahr bringen. Sie hätte von weniger als der Hälfte ihres früheren Einkommens leben und alles aufgeben müssen, was sie bereits hatte – ihre Ersparnisse, Beiträge für ihre Pension, kostenlose Krankenversicherung, alles, was sie nicht mitnehmen konnte. Wenn wir mal annehmen, daß sie klug genug ist, sich das im Kopf auszurechnen, dann hätte sie das niemals ernsthaft in Erwägung gezogen.« Er blieb stehen, wandte sich zu Stillman um und breitete die Arme aus, als wartete er auf Applaus.

»Sagt Ihnen der Ausdruck ›sofortige Bedürfnisbefriedigung‹ etwas?« fragte Stillman.

»Mir schon. Ellen nicht, denn sonst hätte ich bei ihr vielleicht mehr Glück gehabt. Sie ist ein Mensch mit einem Plan, der sich erst nach zwanzig Jahren auszahlt, erinnern Sie sich?«

»Angenommen, sie hätte einen sofortigen Bedarf«, meinte Stillman. »Sie könnte Spielschulden haben oder ein Drogenproblem, könnte erpreßbar sein. Verdammt, vielleicht sind sie auch einfach mit diesen Papieren hereingekommen und haben gesagt: ›Unterschreiben Sie, oder Ihr kleines Kätzchen stirbt.‹«

»Glauben Sie nach Ihren Ermittlungen, daß irgend etwas davon zutrifft?«

»Ich weiß nicht, was ich glauben soll«, sagte Stillman. »Es sieht nicht nach einer Erpressung aus: Kein Erpresser will mit Frauenkleidern und Perücken bezahlt werden.« Er runzelte die Stirn. »Aber schließlich wäre da noch die Tatsache, daß sie Besuch in ihrer Wohnung hatte, bevor wir da waren. Freunde kommen normalerweise nicht durch das verriegelte Küchenfenster.« Er legte sich zurück auf Walkers Bett und starrte die Decke an. »Sie ist diejenige, die mir Sorgen macht.«

»Der Rest nicht? Werfel verliert passenderweise seinen Führerschein und seinen Paß, kurz nachdem sein Vater gestorben ist, und er meldet es nicht?«

Stillman schüttelte den Kopf. »Ich habe Ihnen doch gesagt, ich habe den Tod des alten Mannes überprüfen lassen. Dann dachte ich an Werfel junior. Das könnte funktionieren: Alan Werfel macht bei Ellen Snyder seine Forderungen geltend und läßt sich seinen Scheck in bar auszahlen. Dann entführt er Ellen Snyder oder wird sie auf andere Weise los. Er kommt zurück in die Versicherung und sagt zu Winters: ›Da bin ich. Ich hätte gerne meinen Scheck, bitte.‹ Dann geht alles ohne gefälschte Ausweise und ohne gefälschte Unterschriften und so weiter. Alles ganz sauber.«

»Aber so war es nicht?«

»Nein. Werfel senior war in Santa Fé, doch Werfel junior war in Italien. Er hat einen Anruf bekommen und per Kreditkarte ein Flugticket gekauft. Mit seinem Paß ist er in New York ausgestiegen. Dann hat er wieder die Kreditkarte benutzt, um sich ein Ticket von New York nach Santa Fé zu kaufen. In Santa Fé ist er ausgestiegen, ist von Verwandten zum Haus seines Vaters gebracht worden, und während der nächsten fünf Tage haben sich die Bediensteten um ihn gekümmert. Dann ist die Beerdigung, und es kommen noch mehr trauernde Freunde und Verwandte, von denen manche vier Tage bleiben. Er ist also in Santa Fé, als der andere Alan Werfel in Pasadena ist. Er bleibt dort, bis der Familienanwalt auftaucht, um die Papiere seines Vaters mit ihm durchzugehen. Der Anwalt erklärt ihm, was er alles tun muß – zum Beispiel seine Forderung an die Versicherung stellen. Winters hat einen Anruf aus Santa Fé bekommen. Das steht auf der Telefonrechnung.«

»Und die ganze Zeit über hat er seinen Ausweis nicht vermißt?«

»Man braucht keinen Paß, um nach New Mexico zu fahren, und man braucht seine Brieftasche nicht, wenn man das Haus nicht verläßt. Offenbar hat er sich gedacht, daß das Personal sie beim Auspacken der Koffer in irgendeine Schublade gesteckt hat. Er hat einen ganzen Tag lang das Haus danach durchsuchen lassen, bevor er die Kreditkartengesellschaften und die Polizei angerufen hat. Eine Großfahndung hat er damit nicht gerade ausgelöst. Von seinen Karten war nach dem Flugticket nach New Mexico nichts abgebucht worden, also hat man angenommen, es handelt sich um einen einfachen Verlust, nicht um Diebstahl.«

»Aber wie und wo ist es passiert?«

»Ich vermute, am Kennedy Airport. Er steht am Schalter. Er hat gerade einen Achtstundenflug hinter sich und steht an, um ein Ticket für einen Fünfstundenflug zu kaufen. Er ist müde und erschöpft, außerdem nicht ganz bei der Sache, weil sein Vater gerade gestorben ist. Sie haben gesehen, wie er sich kleidet. Wahrscheinlich hat er neben sich auf dem Boden eine Reisetasche für sechshundert Dollar stehen. An jedem größeren Flughafen lauern irgendwelche Gauner, und er bot sich als Opfer geradezu an. Es hätte überall passieren können, aber ich tippe auf den Kennedy Airport.«

»Okay«, sagte Walker. »Er ist reich, er ist müde und zerstreut, also ist er derjenige, der beklaut wird. Aber woher wußten sie von der Lebensversicherung seines Vaters?«

»Wenn Sie die Brieftasche von jemandem wie Alan Werfel klauen, überprüfen Sie seine Finanzen, um zu sehen, was Sie sonst noch von ihm stehlen können. Wenn Sie das bei Alan Werfel tun, werden Sie feststellen, daß bei ihm Treuhandgelder aufgeführt werden, mit seinem Vater als Treuhänder. Als Adresse ist das Haus seines Vaters in Santa Fé angegeben.«

»Aber die Lebensversicherung seines Vaters steht sicherlich nicht dabei.«

»Das muß sie auch gar nicht. Jeder weiß, daß reiche Leute Versicherungen haben, und wenn Sie die Details dazu wissen möchten, lassen die sich leicht herausfinden. Diese Lebensversicherung hat zum Beispiel ihren Weg in die Datenbanken vieler Firmen gefunden, die Listen mit den Adressen begehrter Kunden verkaufen. Außerdem taucht sie in dem Material auf, das die Scheidungsanwälte zur Teilung der Vermögenswerte gesammelt haben. Und jeder, der einen Internetzugang hat, kann den Fall aufrufen und lesen. Ich habe ungefähr eine Viertelstunde gebraucht, um von der Sozialversicherungskarte in Werfels Brieftasche zur Lebensversicherung zu kommen.«

»Worüber will man dann noch ermitteln?«

»Über Ellen Snyder.«

»Ich habe Ihnen alles gesagt, was ich über sie weiß.«

»Das haben sie nicht.«

Walker starrte ihn mit zusammengekniffenen Augen und mit angespannten Armen und Schultern an. Dann atmete er langsam aus. »Nein«, sagte er. »Sie haben recht. Sie war mir wichtiger, als ich Ihnen gesagt habe. Es war etwas mehr dabei.«

Stillman zuckte die Schultern. »Ich weiß.«

»Woher?«

»Ich habe es zu oft von zu vielen Leuten in Ihrem Büro gehört und in zu vielen Versionen, um nichts darauf zu geben.«

Walker runzelte die Stirn. »Was haben die gesagt?«

»Das ist doch egal«, meinte Stillman. »Was ist die Wahrheit?«

Walker setzte sich auf das Bett. »Ich bin kurz vor der Ausbildung nach San Francisco gekommen. Ich war in einer neuen Stadt, in einem Teil des Landes, wo ich vorher noch nie gewesen war. Ich weiß noch, am Anfang auf dem College, da war jeder auf dieselbe Art allein, und die Leute waren verzweifelt. In der ersten Woche haben alle hysterisch versucht, so viele Leute wie möglich kennenzulernen. Man ist über den Campus gegangen und hat sein Lächeln ausgeschickt wie ein SOS-Signal. Am Ende der zweiten Woche hatte man sich kennengelernt, Gruppen gebildet, und der Notstand war vorüber. Ich weiß nicht, was ich erwartet hatte, als ich nach San Francisco gekommen bin: Ich wußte nur, ich würde damit umgehen können. Aber eine Stadt ist kein Campus, und erwachsen zu sein ist etwas anderes, als Student zu sein. Ich kam an, und alle waren schon eingerichtet, hatten einen Job, Familie, Freunde, Häuser. Ich dachte mir: ›Klar. Kein Problem.‹ Ich habe mir eine billige Wohnung gemietet, mich bei McClaren's gemeldet und wurde in den Ausbildungskurs gesteckt.«

»Und dann haben Sie Ellen Snyder kennengelernt.«

»Ja«, sagte Walker. »Erst ist sie mir nur deshalb aufgefallen, weil sie hübsch war. Sie haben sie ja auf dem Foto gesehen. Aber als ich mich mit ihr unterhalten habe, habe ich mich irgendwie zu Hause gefühlt, und dadurch wurde es mehr. Wenn sie gelächelt hat, hatte ich den Eindruck, sie würde sich freuen, mich zu sehen, und ich glaube, sie hat sich auch gefreut. Ich weiß nicht, wie ich das sagen soll, aber sie war nicht nur jemand, den man sofort mag, den man kennenlernt und mit dem man sofort reden kann. Sie war wie eine Verwandte, die schon alles über einen weiß und nur darauf gewartet hat, daß man sie besucht. Wir haben uns stundenlang unterhalten, wie man es eben macht, aber ich brauchte nie bei Null anzufangen, mußte ihr nie erklären, wie es bei mir zu Hause gewesen war. Sie hat es gewußt. Vielleicht, weil es dort, wo sie herkam, nicht sehr anders war. Man hatte bei ihr nicht das Gefühl, mit einem fremden Mädchen zu reden. Sie war wie die Schwester von einem Freund: Sie kannte einen gut genug, um nicht sonderlich beeindruckt zu sein, aber sie wußte auch genug, um zu begreifen, daß man gar nicht so schlecht war. Nachdem ich ein paarmal mit ihr geredet hatte, hat irgend jemand erwähnt, daß sie keinen festen Freund hat, also habe ich sie gefragt, ob sie mit mir ausgehen will.«

»Das haben Sie mir schon erzählt.«

»Ich habe Ihnen erzählt, daß sie mir nach dem ersten Mal eine Abfuhr erteilt hat. Das stimmt nicht. Es ist noch eine Weile weitergegangen. Wenn man mit der Ausbildung anfängt, bekommt man all diese Loseblattsammlungen zu Geschäftsabläufen, Firmenpolitik, Computersystemen und so weiter. Man hat Prüfungen. Wir haben die Abende gemeinsam mit Lernen verbracht, sind ein paarmal ausgegangen, waren oft mittags essen. Sie haben mich gefragt, ob wir miteinander geschlafen haben. Das haben wir. Es lief fast zwei Monate. Dann hat sie Schluß gemacht.«

»Inwieweit ändert das etwas an dem, was Sie mir vorher erzählt haben?«

Walker blinzelte frustriert. »Ich habe nicht erst jetzt angefangen, über diese Geschichte nachzudenken. Ich tue das seit über einem Jahr, und es ist schwer, das herauszuschneiden, was Sie wollen. Während wir zusammen waren, habe ich gemerkt, daß es anders ist als alles, was ich bis dahin empfunden hatte. Ich meine damit nicht, daß ich glücklich war, wenn ich bei ihr war. Sie ist mir einfach nicht aus dem Kopf gegangen, wenn ich es nicht war. Nachts lag ich wach, und dann war ich um halb sechs schon fertig, um loszugehen, nur für den unwahrscheinlichen Fall, daß sie auch früher kommen würde. Wenn mir etwas Lustiges eingefallen ist, habe ich es niemandem erzählt, sondern mir für sie gemerkt. Ich war noch nicht bereit für all das – es kam schon so bald, nachdem ich angekommen war, so einfach. Was ich wußte, hinderte mich daran, zu glauben, was ich empfand.«

»Was meinen Sie damit?«

»Es war wie aus dem Schulbuch. Sie sind in einer fremden Stadt, Sie sind allein, kennen sich nicht aus und machen eine Arbeit, mit der Sie nicht glücklich sind. Sie treffen dieses Mädchen, das in derselben Lage ist, und wie durch ein Wunder kommen Sie sich näher, als Sie je jemandem nahegestanden haben. Wie durch ein Wunder – das ist das Problem. Es ist genau das, wovor einen alle warnen: Leute in solchen Situationen sind verwundbar, einsam, begierig darauf, sich mit jemandem zusammenzutun. Sie treffen vorschnell Entscheidungen, die sie dann später bereuen. Vielleicht verletzen sie dabei jemanden auf eine Art, die nicht wiedergutzumachen ist.« Er sah Stillman an, daß er seine Denkweise zwar nicht sonderlich schätzte, aber zumindest verstand er sie. »Erst als sie sich von mir getrennt hat, habe ich mir eingestanden, daß ich verliebt war.«

Stillman seufzte. »Denken Sie nach. Ich muß mehr über die Trennung wissen. Wie war das?«

»Sie hat einfach aufgehört. Es gab keines dieser üblichen Gespräche, in dem sie gesagt hätte, daß wir einfach nicht zueinander passen, oder diesen Unsinn, den sie einem immer erzählen, von wegen daß man befreundet bleibt und so. Es gab keinen Streit. Ich habe immer und immer wieder überlegt, was ich gesagt und getan habe oder was sie gesagt und getan hat, aber da war nichts. Sie hat einfach aufgehört. Ohne Erklärung. Ich habe sie gefragt, ob sie mit mir ausgeht, und sie hat sich gefreut, mit mir zu reden, aber sie wollte nicht. Ich bin in das Lokal gegangen, wo wir immer zu zweit zu Mittag gegessen haben, und sie ist immer noch dorthin gekommen, aber sie hat fünf oder sechs andere Leute mit an den Tisch gebracht. Sie hat uns alle gleich behandelt.«

»Sie sind sicher, daß Sie nichts übersehen haben?«

»Ich bin ganz sicher. Ich habe versucht, sie zu ignorieren und ihr aus dem Weg zu gehen, und sie ist auf mich zugekommen und hat mit mir geredet. Aber es war, als hätte sie das Gedächtnis verloren und alles vergessen, was zwischen uns gewesen war. Es war genauso, wie bevor wir zusammen waren. Sie war dieses nette, freundliche Mädchen aus meinem Kurs.«

»Ein anderer Mann?«

Walker schüttelte den Kopf. »Wir hatten noch ein oder zwei Monate Unterricht. Ich habe sie jeden Tag gesehen, konnte es nicht lassen, zu ihr hinzuschielen. Es war nie ein anderer bei ihr. Und wenn die ganze Gruppe ausging, hatte sie abends immer Zeit, selbst wenn es ein spontaner Vorschlag war. Sie ist immer allein gekommen und allein gegangen.«

Stillman dachte nach. »Sie haben wahrscheinlich recht. Ein paar dieser Leute hätten sich bestimmt darum gerissen, es Ihnen zuerst zu sagen, wenn es da jemanden gegeben hätte. Haben Sie sie nicht gefragt, was los war?«

Walker blickte betreten zu Boden. »Doch, natürlich. Damals habe ich gedacht, es ist eine Lüge – nicht so richtig gelogen, aber eine Ausflucht. Sie hat gesagt, sie sei wegen des Kurses nach San Francisco gekommen und wolle ihn so gut wie möglich abschließen, um dann erfolgreich in irgendeiner Zweigniederlassung zu arbeiten. Sie hat gesagt, die Zeit, die wir beide zusammen verbracht haben, sei ihr lieb und wert – so hat sie es ausgedrückt –, und sie würde sich immer daran erinnern, aber sie würde bald nach Pasadena gehen und müsse sich auf die Zukunft konzentrieren.«

»Ich glaube auch nicht, daß das eine Lüge war«, sagte Stillman. »Ich glaube, sie hat gesagt, was sie gemeint hat.« Er blickte Walker kurz an. »Sie haben bestimmt gelitten.«

Walker nickte, dann sah er Stillman an. »Aber das ist lange her, und ich bin darüber hinweg.«

»Warum haben Sie es mir jetzt erzählt?«

»Es war der Grund, weshalb ich mit Ihnen gekommen bin«, sagte Walker. »Ich kenne sie. Ich dachte, es wäre leichter, Sie davon zu überzeugen, daß sie unschuldig ist, wenn Sie nicht wissen, daß ich einmal in sie verliebt war. Außerdem glaube ich an Diskretion. Ich finde, es ist Verrat, jedem Nächstbesten zu erzählen, mit wem man geschlafen hat.«

»Sie dachten, ich könnte vorhaben, ihr etwas anzuhängen«, sagte Stillman.

»Ja«, sagte Walker. »Es ist die einzige Art und Weise, wie jemand wie Ellen in Schwierigkeiten kommen könnte. Heute abend haben Sie mich davon überzeugt, daß Sie herausfinden wollen, was wirklich passiert ist. Deshalb habe ich Ihnen jetzt alles erzählt. Ich habe Ellen nicht einfach nur im Kurs kennengelernt und bin einmal mit ihr essen gegangen. Ich bin ihr sehr nahegekommen, habe ein paar Monate damit verbracht, sie zu beobachten und ihr zuzuhören und mir den Kopf über sie zu zerbrechen. Danach habe ich ein Jahr damit verbracht, alles noch einmal genau zu prüfen, um herauszufinden, was falsch gelaufen war. Glauben Sie mir, ich habe sie wirklich unter die Lupe genommen: Sie ist kein Mensch, der einen Versicherungsbetrug begeht.«

Stillman seufzte. »Vielleicht. Sind Sie wenigstens einer Meinung mit mir, daß wir sie als nächstes suchen sollten?«

»Ja«, sagte Walker. »Aber ich weiß nicht, wie.«

»Ich habe jemanden, der daran arbeitet. Wenn es dunkel wird, besuchen wir ihn.«

9

Stillman hielt in einer dunklen Straße in den flachen Außenbezirken des Santa Clarita Valley, gleich unterhalb des zerklüfteten Bergmassivs, das im Norden abrupt emporragte. Links, auf der anderen Straßenseite, war ein Schulsportplatz mit hölzernen Tribünen hinter einem drei

Meter hohen Maschendrahtzaun und jenseits davon ein asphaltierter Parkplatz, der so groß war, daß darauf eine Militärparade hätte aufmarschieren können. Walker spähte in die Dunkelheit und erkannte mehrere Metallpfosten mit einem Basketballkorb, jeweils im Abstand von etwa dreißig Metern. Rechts war die Straße gesäumt von einer Reihe beinahe identischer einstöckiger Häuser, die so dunkel dastanden, als wären sie in Erwartung einer Naturkatastrophe evakuiert worden. »Anscheinend ist niemand zu Hause«, sagte Walker.

»Und ob die da sind«, sagte Stillman. »Die gehen nur früh ins Bett.«

»Das ganze Viertel?«

»Die meisten müssen morgens zur Arbeit bis in die Stadt fahren. Der Rest muß vor sieben hier raus sein, bevor die Kinder kommen. Die Straßen sind dann verstopft mit Bussen, Fahrgemeinschaften und Teenagern, die nicht auf den Verkehr achten.« Stillman stieg aus und wartete auf Walker, der neben dem Wagen stehenblieb und sich umsah.

»Was suchen Sie?«

»Ich will nur sichergehen, daß Sie nicht schon wieder versuchen, irgend jemanden auf uns aufmerksam zu machen, der mir den Schädel einschlagen will, so wie gestern abend.«

»Das habe ich Ihnen erklärt«, sagte Stillman. »Ich wollte nur eine Theorie überprüfen. Kommen Sie schon.«

Walker ging auf das nächste Haus zu, aber Stillman tippte ihn auf die Schulter. »Nicht da rein.«

»Welches ist es dann?«

»Von hier aus sieht man es nicht. Es liegt da drüben, hinter den Basketballplätzen.«

»Warum parken wir so weit weg?«

»Es ist ein schöner Abend. In Südkalifornien ist es nachts viel angenehmer als in San Francisco, finden Sie nicht? Die Luft zieht bis hierher und nicht weiter. Den ganzen Tag über wird sie aufgewärmt. Man gewöhnt sich an sie, so daß man irgendwie an ihr hängt, wenn es Nacht wird.«

»Warum parken Sie immer an irgendeiner verrückten Stelle und laufen dann?«

»Ich habe es Ihnen doch gesagt, es ist ein angenehmer Abend«, antwortete Stillman. Dann brummte er: »Außerdem ist das so eine Angewohnheit von mir.«

»Warum scheint mir das irgendwie keine adäquate Antwort zu sein?« fragte Walker.

»Ich habe nicht behauptet, daß es keinen Grund für diese Angewohnheit gibt«, gab Stillman zu. »Ich habe Ihnen doch gesagt, wir besuchen jemanden, der für mich arbeitet.«

»Das haben Sie gesagt.«

»Na ja«, sagte Stillman, »er arbeitet nicht immer für mich. Das heißt, zu anderen Zeiten muß er für andere Leute arbeiten, klar?«

»Was für andere Leute?«

»Nun, genau das ist der heikle Teil«, sagte Stillman. »Wenn er herumlaufen und mir solche Dinge erzählen würde, würde er wahrscheinlich anderen Leuten sagen, wer ich bin und was er für mich gemacht hat.«

Walker sah Stillman besorgt an, dann blickte er sich in dem verlassenen Viertel um. »Sie parken so weit weg von seinem Haus, weil seine anderen Kunden Kriminelle sind. Ist es das?«

»Nicht unbedingt«, erklärte Stillman. »Ich respektiere nur meinen Mangel an Informationen. Das kann nie schaden. Constantine Gochay heißt der Mann, den wir besuchen. Ich brauche ihn zum Aufspüren von flüchtigen Personen und für ähnliche langweilige, im Sitzen ausgeübte Tätigkeiten, die meinem Temperament zuwiderlaufen. Ich erspare mir Ärger, indem ich den Besten damit beauftrage.«

»Er ist der Beste?«

»Genau. Wenn ich Gochay engagiere, dann spare ich mir das Geld für die Flugtickets, die ich sonst gekauft hätte, um an Orte zu fliegen, wo irgend jemand vor sechs Wochen war. Aber wenn man den Besten nimmt, hat man das Problem, daß alle den Besten wollen. Das Wort ›alle‹ schließt viele Leute mit einer großen Bandbreite an Verhaltensmustern ein. Dazu können, wie Sie sicher scharfsinnig geschlossen haben, Headhunter einer Firma gehören, die Hintergrundinformationen über einen Kandidaten für einen Job wollen, es könnten aber auch richtige Kopfgeldjäger sein. Vielleicht gehören auch einige der seltsamen Gewächse aus gewissen staatlichen Organisationen dazu, von denen man weiß, daß sie Mitarbeiter mit Namen wie ›Schwarzer Luigi‹ oder ›Giftzwerg‹ haben. Wollen wir denen über den Weg laufen? Nein. Wollen wir, daß die unser Auto sehen? Nein.«

Sie hatten den dunklen Basketballplatz überquert und gingen eine Straße entlang, die weder einen Gehsteig noch Straßenlampen hatte. Die Häuser in dieser Straße waren neu, die meisten ein Stück zurückgesetzt und hinter hohen Zäunen und dicken Hecken verborgen. Stillman packte Walker am Arm und zog ihn durch ein Tor in einer mit Wein bewachsenen Mauer. Walker spürte einen Steinweg unter den Füßen, der über den Rasen vor dem Haus führte. Das Haus sah ebenso dunkel aus wie die anderen, aber Stillman ging zur Tür und klingelte.

Einen Augenblick später erschien eine junge Frau mit kurzgeschnittenen roten Haaren und sehr weißer Haut. Sie trug Bluejeans und einen grauen Pullover, der ihr fast bis zu den Knien reichte. In ihrer Brille spiegelte sich die gelbe Insektenlampe auf der Veranda, so daß es Walker vorkam, als sähe sie ihn mit den weiten, desinteressierten Augen einer Katze an. »Kommen Sie rein«, forderte sie die beiden auf. »Er wartet schon.« Sie schien einen ausländischen Akzent zu haben, aber er war so schwach, daß Walker ihn nicht genau identifizieren konnte. Er tippte jedoch auf Europa, und ihrem Aussehen nach kam sie aus dem Norden.

Sie hielt ihnen die Tür auf, so daß sie um sie herumgehen mußten, und Walker hatte zu lange gezögert. Als er hineinging, beugte sie sich gerade vor, um einen prüfenden Blick auf die Straße zu werfen, und Walker streifte ihre Brust. Die grünen Augen der Frau blitzten ihn zornig an, dann sah sie gleichgültig weg. Er murmelte: »Entschuldigung« und folgte Stillman, der gerade durch eine offene Tür auf der gegenüberliegenden Seite des großen Raumes verschwand.

Er kam an einem gewaltigen Fernsehbildschirm vorbei, auf dem fast einen halben Meter groß das Gesicht einer Frau zu sehen war. Sie hatte enorme Lippen und Zähne und lächelte über etwas, das die Stereolautsprecher als »neuen Skandal in Hollywood« bezeichneten. Er hörte die junge Frau hinter sich, die sich auf eine Couch fallen ließ.

Als er den nächsten Raum betrat, blickten ihn Stillman und ein anderer Mann bereits erwartungsvoll an. Der andere Mann war größer und dünner als Stillman, und er hatte schwarze Locken, die sich so kringelten, daß er aussah wie die Büste eines römischen Kaisers. Er nickte Walker zu und wandte sich dann ab, ließ den Blick aber noch eine halbe Sekunde lang auf Stillman ruhen, bevor sie zu seinem Arbeitstisch gingen.

Der Raum glich einer chaotischen Reparaturwerkstatt. Der Boden war mit einem Gewirr von Stromkabeln und Spannungsreglern bedeckt, die Tische an den Wänden waren beladen mit Computern – zum Großteil ohne Tastatur – und Monitoren. Auf dem Boden lag bedrucktes Papier, lose und in übereinandergeschichteten Stapeln, zum Teil in den leeren Schachteln, in denen das Papier ursprünglich verpackt gewesen war.

»Ellen Snyder ... Ellen Snyder«, murmelte Gochay, während er sich diverse Blätter ansah und sie wieder zurücklegte. Er wandte sich um und kniff die Augen zusammen, dann ging er zu einem Tisch, warf mehrere Blätter von einem Stapel beiseite und zog ein paar von ganz unten heraus. Dann führte er Stillman und Walker durch eine weitere Tür in einen schmalen, düsteren Korridor, der um das Arbeitszimmer herumzulaufen schien. Er öffnete eine Tür auf der anderen Seite des Ganges und führte sie hinein.

Der Raum schien aus dem nahen Osten hierhertransportiert worden zu sein. Zwischen zwei Sofas stand ein großer, niedriger, kupferbeschlagener Tisch, unter dem ein orientalischer Teppich lag. Überall auf dem Boden lagen übergroße Kissen verteilt, deren Bezüge von einer verwirrenden Vielfalt waren – Gobelinstücke, orientalische Webstoffe, die anders gemustert waren als der Teppich, und Stoffe, die schillerten wie Vogelfedern. Das Raum hatte keine Fenster, und die Wände waren nackt. Walker sah sich die Wände genauer an und stellte fest, daß das, was er zunächst für glänzend lackierte Gipskartonplatten gehalten hatte, pures Metall war: Der Raum war isoliert – gegen Schall? Elektronische Überwachung? Ihm fielen eine Reihe Computerelemente auf, die miteinander verbunden zu sein schienen und leise vor sich hin summten, mit roten und grünen Lämpchen, die nicht größer waren als Perlen und beständig brannten. Er kam zu dem Schluß, daß es das war, was geschützt werden sollte.

Stillman fragte: »Was haben wir?«

Constantine Gochay überflog die Papiere. »Ich hätte Serena sagen sollen, daß sie das für Sie zusammenrechnen soll. Ich habe keine Ahnung, was das hier kosten wird.« Er kam unten auf der letzten Seite an. »Aha. Dreitausendfünfhundert.«

Stillman legte die Stirn in Falten. Walker sah ihn zum allerersten Mal auf eine Ausgabe reagieren.

Gochay nickte mitleidig. »Ich weiß. Nicht hoch genug, wie? Sie war nicht so schwer aufzuspüren.«

»Nein«, sagte Stillman. »Benutzt sie überhaupt falsche Namen?«

»Ja, das schon«, sagte Gochay. »Aber es ist ziemlich leicht. In jeder Stadt wechselt sie den Namen, aber dann kauft sie dort wieder etwas mit einer Karte, die noch auf den alten ausgestellt ist. Oder sie zahlt damit ein Flugticket in den nächsten Ort.« Er reichte Stillman die Blätter, stellte sich neben ihn und tippte der Reihe nach auf die Einträge. »Sehen Sie?« Er hielt inne und sah wieder Stillman an. »Vielleicht sollten Sie lieber vorsichtig sein?«

»Bis jetzt ist mir noch kein Grund eingefallen, weshalb sie darauf aus sein sollte, daß wir sie finden«, sagte Stillman. »Ich muß hoffen, daß sie das einfach nicht sonderlich gut kann.« Stillman langte in seine Jackentasche, aber Gochay hielt ihn zurück.

»Nein, nein. Bitte bezahlen Sie bei der Dame auf dem Weg nach draußen.«

Walker folgte Stillman in den Korridor und durch das Arbeitszimmer in den langen Raum, der, wie Walker jetzt begriff, ein falsches Wohnzimmer war. Es lag zwischen den Außenwänden und den Räumen, wo alles Illegale ablief, als Schutz gegen etwaige Abhöraktionen. Die Frau lag auf dem Sofa und sah sich gelangweilt einen Werbespot an, in dem ein roter Pick-up eine steile Straße hinaufholperte.

Sie blickte zu Walker auf. »Sind Sie mit Constantine zu einem beidseitig befriedigenden Abschluß gekommen?« Ihr Akzent war verschwunden.

Walker antwortete: »Sie sind eigentlich mehr mein Typ.« Innerlich verfluchte er sich dafür. Warum hatte er das gesagt? Das hier war kein harmloser Büroflirt. Diese Leute waren Kriminelle. Womöglich war sie sogar Gochays Frau. Er merkte, wie er eine Gänsehaut bekam.

Doch sie lächelte ihn an, die Augen halb geschlossen, so daß sie noch mehr wie eine Katze aussah. »Das glaube ich nicht. Ich steh auf Frauen.«

Unsicher sagte Walker: »Da haben wir etwas gemeinsam.«

Sie zog die Knie an und stand auf. »Gut. Dann gehen wir mal einen Abend aus und schauen, ob wir was fürs Bett finden. Das Geld, bitte.«

Stillman streckte ihr eine Handvoll Hundertdollarnoten hin. Sie schnappte sich das Geld, faltete die Scheine, ohne sie nachzuzählen, dann hob sie ihren langen Pullover, um sich das Geld in die Hosentasche zu stecken. »Ach, Max. Das wäre wirklich nicht nötig gewesen.«

»Gute Nacht, Serena«, sagte Stillman. »Es ist immer eine Freude, Sie zu sehen.«

Sie öffnete die Tür. »Ebenso, Max. Möge Ihr Schatten nie wieder meine Tür verdunkeln.« Stillman trat hinaus in die Nacht. Walker wollte ihm folgen, aber Serena stellte sich vor ihn, ging auf die Zehenspitzen und küßte ihn auf die Wange. Dann schob sie ihn auf die Tür zu. »Jetzt geh raus und spiel mit Max. Husch, husch!«

Walker stand auf der unbeleuchteten Veranda. Er konnte Stillman nicht sehen, aber er hörte ihn. »Sie mag Sie.«

»Serena?« Verlegen stieg er die Stufen von der Veranda hinunter und war froh, als sein Fuß etwas berührte, das sich anfühlte wie eine Steinplatte.

»Ja, Gott helfe Ihnen.« Stillman ging in Richtung Straße. »Aber wie auch immer sie heißen mag, sie heißt jedenfalls nicht Serena. Das ist einfach ein Computerpaßwort mit sechs Buchstaben.«

10

Als sie ans Ende der dunklen Straße kamen und in Richtung der High-School abbogen, lösten sich die Silhouetten dreier Männer aus dem Schatten. Walker spannte die Muskeln an, denn er hielt sie zunächst für die namenlosen, gefährlichen Burschen, mit denen er bei Gochay gerechnet hatte, dann dachte er, es seien die beiden Männer, die in der vorigen Nacht auf die gleiche Weise aufgetaucht waren. Aber sie blickten nicht einmal in seine Richtung. Immerhin waren sie in der Nähe einer High-School. Wahrscheinlich waren es nur Jugendliche, die sich nach dem Sport noch herumtrieben, so wie er es in diesem Alter gemacht hatte. Sie wichen zu beiden Seiten des Gehsteiges hin aus, so daß Walker und Stillman zwischen ihnen hindurchgehen mußten. Stillman verlangsamte den Schritt nicht. »Abend«, grüßte er. Walker mußte hinter ihm gehen, da nicht genügend Platz war.

Es kam keine Antwort. Als Stillman auf gleicher Höhe mit den Männern war, fiel Walker auf, daß sie größer und breiter waren als Schüler. In dem düsteren Licht nahm er eine plötzliche Bewegung wahr. Der Mann, der Stillman am nächsten stand, hob die Hand, aber auch Stillman bewegte sich. Mit der linken Hand schlug er den Arm nach unten und hielt ihn fest, während er den Mann herumwirbelte und ihm den rechten Ellbogen in den Hals drückte. Der Mann wich instinktiv zurück, um den Druck von seinem Hals zu nehmen, bis sein Kopf mit einem dumpfen Geräusch gegen das Gesicht des Mannes in der Mitte schlug.

Walker duckte sich und stürzte sich dort hinein, wo der

Schatten am dichtesten war und sich die Körper der zwei Männer zu überschneiden schienen. Er wußte, er hatte mit der Schulter jemanden in den Bauch getroffen, denn er merkte, wie der nach innen nachgab, und hörte über sich ein Keuchen. Er blieb unten und hämmerte mit den Fäusten auf die beiden Männer ein, so schnell er die Arme bewegen konnte. Er stemmte sich in ihre Körper hinein und grub sich mit hochgezogenen Knien immer weiter nach vorn wie ein Footballspieler, um die beiden Männer aus dem Gleichgewicht zu bringen.

Der Kopf dröhnte ihm von den Schlägen, die er abbekam, und er spürte zwei heftige Treffer im Rücken. Er drückte sich weiter vor, senkte aber plötzlich die linke Schulter und schwang den rechten Arm nach oben in Richtung der Gesichter. Der plötzliche Haken überraschte einen der Männer und landete zwischen einem Auge und einer Nase.

Jemand schrie, und der Widerstand ließ abrupt nach. Als Walker nach vorn ins Nichts stürzte, traf ihn von rechts ein Tritt in den Magen. Durch den plötzlichen Schlag verweigerten seine Lungen den Dienst, und er geriet in Panik. Er kam sich vor, als wäre er unter Wasser und versuche, an die Oberfläche zu kommen. Er strampelte, um sich zu befreien, und merkte dabei, daß er mit dem Fuß den Rumpf eines Mannes wegschob, der am Boden lag.

Er spürte, wie sich sein Fuß in dem Arm des Mannes verfing, und wußte, daß gleich der Boden kam. Seine Arme schossen reflexartig nach vorn, um die Wucht abzufangen, aber sie rutschten über den Beton, und es brannte bis hinauf in seine Ellbogen. Er rollte sich weg und trat dabei zu. Als er ein feuchtes »Schwock« hörte, wußte er, daß er mit dem Absatz einen offenen Mund getroffen hatte. Er richtete sich auf und spürte einen festen Druck um die Schultern, der ihn nach vorn zog. Er hörte Stillmans Stimme dicht an seinem Ohr: »Rennen Sie!«

Mit letzter Kraft lief er ein paar Schritte neben Stillman her, als er es knallen hörte. Es war gar nicht so laut, wie es hätte sein sollen, nur ein Knall wie von einem Feuerwerkskörper. Seine Lungen dehnten sich erschreckt aus und wehrten sich gegen den Krampf, der ihm während der letzten fünfzehn Sekunden die Brust zugeschnürt hatte. Er rannte jetzt schneller, und seine Beine strengten sich an, den Abstand zwischen ihm und der Waffe zu erhöhen. Rechts von sich nahm er das schnelle, rhythmische Tappen von Stillmans Schuhen auf dem Gehsteig wahr. Er hörte ein Pop-pop-pop und sah rasch zur Seite, aber Stillman war noch auf den Beinen, und Walkers unbeholfene Bewegung gab Stillman Gelegenheit, ihn zu überholen.

Nach irgendeinem ungeschriebenen Gesetz bedeutete das, daß Walker so schnell rennen durfte, wie er wollte. Er streckte die Beine durch, bewegte die Arme mit und lief auf die weite Asphaltfläche. Er hielt Abstand zu Stillman, damit er nicht in ihn hineinrannte. Der nächste Schuß traf auf dem Boden zwischen ihnen auf und ließ helle Funken und Asphaltbrocken wegspritzen wie hüpfende Steine.

Walker rannte in Schlangenlinien um die Basketballkörbe herum, doch dann wurde ihm klar, daß seine nächste Bewegung dadurch völlig vorhersehbar war. Er lief nun schräg weg von den Metallpfosten. Er hörte, wie eine Kugel klingend von einem Pfosten abprallte, und beschloß, nicht mehr zu versuchen, schlau zu sein.

Er hörte Stillman keuchen: »Irgendwas stimmt da nicht.«

»Ach nein«, meinte Walker ärgerlich.

»Sie kommen uns nicht nachgerannt.«

»Gut so!«

Der Asphalt hörte auf. Walker hatte das Gefühl, auf dem Gras schneller laufen zu können, aber die Straßenlaternen leuchteten ungewöhnlich hell. Er rannte noch schneller, aber bald verlangsamte er das Tempo, um sich nicht die Füße zu verstauchen. Er hörte Stillman hinter sich, dann wurden auch dessen schwere Schritte langsamer. »Das Auto«, keuchte Stillman atemlos.

Walker blieb stehen. Es stimmte. Er war vor der Waffe weggelaufen, aber ohne ein bestimmtes Ziel. Doch sie hatten die Straße erreicht, in der Stillman das Auto geparkt hatte. Er konnte es jedoch nirgends entdecken. Er versuchte sich zu orientieren. Es hätte gleich hier auf der anderen Straßenseite stehen müssen. Er sah Stillman an und bemerkte überflüssigerweise: »Es ist weg.«

Walker suchte nach einer Erklärung dafür. Stillman hatte in einer Gegend geparkt, wo häufig Autos gestohlen wurden, Stillman hatte die Schlüssel steckenlassen, Stillman hatte einen anderen dummen Fehler begangen. Er sah hinüber zum Ende der Straße. Sie mündete in eine größere Durchfahrtsstraße. Autos fuhren vorbei – eines, dann zwei in entgegengesetzte Richtungen, dann ein großer Laster –, als würde hier in dieser stillen Seitenstraße nichts weiter geschehen, als würde Walker nicht gleich sterben. Er wollte auf die Lichter zurennen.

»Moment!« rief Stillman. »Nicht in diese Richtung.«

Walker drehte sich um. »Warum nicht?«

»Ich glaube, deshalb ist das Auto weg. Sie wollen uns auf die Straße locken.« Er überquerte die Straße und ging über eine Rasenfläche zum nächsten Haus. Als er die Eingangsstufen erreicht hatte, wandte er sich um und winkte Walker herbei.

Walker senkte den Blick, um den ersten Schritt in die Richtung zu machen. Sein Schuh schien zu leuchten. Er hob den Fuß, der einen dunklen, klaren Schatten auf den heller werdenden Gehsteig warf. Dann hörte er den Motor. Die Fahrtrichtung des Autos stimmte nicht. Die Scheinwerfer sollten die Straße anstrahlen, leicht zur rechten Seite geneigt, und nicht den Gehsteig hier. Walkers Hände und dann sein Hemd wurden heller, und dann schien ihm das Licht in die Augen. Das Auto kam auf ihn zu.

Er lief rückwärts auf den Rasen der Schule und hielt sich die Hand vor die Augen, um zwischen den Fingern die Umrisse des Autos ausmachen zu können. Sobald er aus dem Licht der Scheinwerfer getreten war, sah er den Wagen von der Seite. Ein Fenster ging auf. Ein Kopf erschien, daneben der Lauf einer Waffe. Als der Lauf sich auf ihn richtete, drehte er sich um und rannte los. Er hörte den Motor aufjaulen, dann quietschende Bremsen. Er stürzte sich ins Gras und wartete auf den Knall.

Das Geräusch war jedoch nicht das, das er erwartet hatte: Man hörte einen lauten Aufprall und dann Glas, das zerbarst und klirrend auf die Straße fiel. Er hob leicht den Kopf.

Stillman stand an der Hausecke. Er warf einen zweiten großen Brocken aus dem Steingarten auf das Auto, drehte sich um und rannte davon, bevor er in das Seitenfenster einschlug. Er verschwand zwischen zwei Häusern. Das Auto machte eine Kehrtwendung und blieb schaukelnd stehen. Die Scheinwerfer wiesen in die Richtung, in die Stillman gelaufen war. Walker sah, daß Stillmans erster Stein die Windschutzscheibe getroffen hatte: Von einem unregelmäßigen Loch in der Mitte zogen sich spinnennetzartige Risse zum Dach und zu den Seitenstreben hin. Stillman war verschwunden, und in den Häusern ein Stück weiter gingen ein paar Lichter an.

Das Auto wendete wieder. Die Scheinwerfer streiften Walker und verschwanden dann, während sich das Auto rasch entfernte. Walker stand auf und lief zu der Stelle, wo er Stillman zuletzt gesehen hatte. Als Walker den Gehsteig erreicht hatte, sah er, daß Stillman etwa dreißig Meter weiter wieder zum Vorschein gekommen war und auf die beleuchtete Durchgangsstraße zuging. Walker rannte, bis er ihn eingeholt hatte.

Stillman sagte: »Es wird Zeit, daß wir uns ein Dach über dem Kopf suchen.« Sie gingen eine Weile schweigend weiter. Dann fuhr er fort: »Ich glaube, es ist außerdem Zeit für Sie, wieder nach San Francisco zu fliegen. Aber ich bin froh, daß Sie es bis jetzt noch aufgeschoben haben. Sonst würde ich nämlich da hinten liegen, während diese drei Typen meine Taschen durchsuchen.«

»Das war doch selbstverständlich«, sagte Walker. »Ich hatte ja keine Wahl.«

»Das war überhaupt nicht selbstverständlich«, sagte Stillman. »Nicht im mindesten.« Er ging ein paar Schritte weiter. »Dem menschlichen Instinkt entspricht es, sich umzudrehen und davonzulaufen, außer man ist hirntot. Neun von zehn Leuten sind aber hirntot, deshalb stehen sie da und ringen die Hände, weil sie nicht wissen, ob sie sich in die Hose machen oder blind werden sollen. Sie laufen nicht weg, sie kämpfen nicht, sie sehen nur zu. Ich werde es sehr bedauern, wenn Sie gehen.«

»Sparen Sie sich das auf«, sagte Walker. »Noch gehe ich nicht.«

»Überlegen Sie es sich, und sagen Sie mir morgen früh Bescheid. Unsere kleine Erkundigung ist nicht ganz so gelaufen, wie ich es mir gedacht habe.«

»Es ist beruhigend zu wissen, daß Sie nicht vorhaben, jedesmal zusammengeschlagen zu werden, wenn Sie das Haus verlassen.«

Stillman sah Walker einen Moment aus den Augenwinkeln heraus an, dann blickte er nach vorn. »Ja. Ich dachte, in dem Fall würde es nur um Versicherungen gehen, aber irgendwie hat es diesen Rahmen gesprengt.«

Walker ging weiter neben Stillman her. Sein Herzschlag normalisierte sich langsam, aber er drehte immer wieder den Kopf in alle Richtungen. Die Angst, die Wut und die Aufregung hatten ein wenig nachgelassen, doch seine Nerven lagen bloß, und seine Muskeln waren müde nach der plötzlichen Anstrengung. Allmählich spürte er dort, wo er die Schläge abbekommen hatte, ein dumpfes Pochen. Zuvor hatte er den Schmerz nur als kurze, helle Explosion wahrgenommen und ihn irgendwie in Wut verwandelt. Jetzt fühlte sein Körper sich an, als hätte darin vorübergehend ein wahnsinniger, zerstörungswütiger Mieter gewohnt, der plötzlich abgereist war und ihn zerkratzt und geschunden zurückgelassen hatte. Vor allem fühlte er sich völlig erschöpft. Als er die rechte Hand hob, um eine leichte Schwellung über der Augenbraue zu betasten, war er überrascht, wie schwer sein Arm war.

Stillman sah ihm zu. »Sie haben schon ein paar Kämpfe hinter sich, nicht wahr?«

Walker war verärgert. »Keine solchen. Nicht, bis ich Sie kennengelernt habe.«

»Dann ist es gut, daß es dunkel war und daß wir solche Typen erwischt haben. Ich habe mir schon gedacht, daß Sie das schaffen.«

Walker staunte. »Ja?«

»Klar. Als ich gesehen habe, wie die da auf dem Gehsteig stehen und versuchen, möglichst groß und fies zu wirken, da habe ich mir keine Sorgen gemacht.«

»Was braucht es denn, damit Sie sich Sorgen machen?«

Stillman dachte ein paar Schritte lang nach, dann blieb er stehen. »Wenn Sie merken, daß Sie gleich angegriffen werden und einer so dasteht.« Stillman stellte sich Walker gegenüber, die Knie leicht gebeugt und die Arme mit geöffneten Händen ausgebreitet, wie um jemanden willkommen zu heißen. Dann richtete er sich wieder auf und ging weiter. »Wenn Sie so einen sehen, lassen Sie alles stehen und liegen, und laufen Sie, so schnell Sie können.«

»Was zum Teufel bedeutet das?«

»Er ist ein Ninja.«

»Wie im Kino? Das gibt's doch nicht.«

»Nein, nicht wie im Kino«, sagte Stillman. »Nicht im geringsten. Ninjutsu hat ein Comeback erlebt, so ähnlich wie Karate. Nur hat dieser Kerl nicht trainiert, Ihren Schlag abzuwehren und Sie auf den Boden zu bringen. Für ihn ist das Kämpfen kein Spaß. Er betreibt keinen Sport, er will Sie möglichst schnell töten. Wenn Sie in Kalifornien bleiben, werden Sie noch erstaunliche Dinge sehen. Die Typen von heute abend waren im Rahmen unserer Möglichkeiten.«

»Sie hatten Waffen.«

»Einer von ihnen. Und selbst der hat nicht von Anfang an auf uns geschossen. Er hat nur gemerkt, daß sie zu optimistisch waren, und das wollte er ausgleichen. Ich war darauf vorbereitet. Wenn jemand mitten in einer Prügelei mit der rechten Hand hinten in seinen Gürtel greift, will er wahrscheinlich nicht sein Hemd in die Hose stecken. Das einzige, was er dort suchen könnte, ist ein Messer, das zu groß ist, um in eine Tasche zu passen, oder eine Pistole.« Er sah Walker an. »Das sollten Sie sich merken.«

Walker sagte: »Ich halte mich vielleicht besser von Schlägereien fern.«

»Am besten halten Sie sich von Leuten fern, die Sie in

Schlägereien verwickeln«, sagte Stillman. Er ging voran und schob Walker genau in dem Moment in einen Doughnutladen, in dem die ersten drei Polizeiwagen auf dem Weg zum Schauplatz der Schießerei vorbeirasten. Durch das große Fenster blickte Walker dem vorbeischießenden Blech und den blinkenden Lichtern nach. Gleich darauf sah er Stillmans Spiegelung im Fenster. Stillman warf einen Blick auf seine Armbanduhr, nickte unverbindlich und ging dann zu den Glasvitrinen, in denen das Gebäck verführerisch präsentiert war.

Walker flüsterte: »Wie haben sie abgeschnitten?«

»Ganz okay. Ungefähr sechs Minuten.« Stillman wandte sich dem spanischen Jungen hinter der Theke zu. »Guten Abend. Zwei Kaffee, zwei von diesen mit Sahne gefüllten Schönheiten mit Schokolade drauf, zwei glasierte und zwei von denen mit Streuseln.«

»Im alten Stil«, korrigierte ihn der Junge.

»Ich geb's ja zu«, sagte Stillman, »aber geben Sie mir die Doughnuts trotzdem.«

Stillman nahm die Tüte mit den Doughnuts. Als der Junge ihm sein Wechselgeld herausgab, reichte Stillman Walker die Münzen. »Da. Rufen Sie uns ein Taxi, während ich diese Kameraden hier zu einem Tisch führe.«

»Was soll ich als Ziel angeben?«

»Burbank Airport. Wir nehmen uns dort einen Leihwagen.« Er hielt inne. »Vielleicht könnten Sie sich dann auch gleich ein Flugticket holen.«

Walker rief an und setzte sich dann zu Stillman an einen kleinen Tisch. Vor ihm lagen drei Doughnuts auf einer Serviette. »Na los«, sagte Stillman. »Die tun richtig gut, deshalb drängt sie das Rote Kreuz auch immer allen auf. Nichts verbrennt Energie schneller als ein Unglück … außer Sex natürlich. Und welche Gottheit auch immer heute für Sie das Programm geplant hat, sie hat offenbar Murks gemacht und diesen Punkt ausgelassen.«

Walker biß in den großen, mit Sahne gefüllten Doughnut mit klebriger Schokolade darauf. Merkwürdigerweise mußte er sich im stillen eingestehen, daß er noch nie etwas so Gutes gegessen hatte. Er mußte ihn einfach aufessen. Dann nahm er sich den nächsten.

Stillman sagte: »Wir müssen uns noch ein halbes Dutzend zum Mitnehmen kaufen, bevor das Taxi kommt. Ich möchte nicht noch mal aussteigen müssen. Die Gegend scheint mir nicht sehr sicher zu sein.«

11

Stillman fuhr mit dem neuen Mietwagen am Hotel vorbei, wobei er aufmerksam die Fenster, den Parkplatz und die Türen zur Hotelhalle betrachtete, und dann einmal um den Block, bevor er auf den Parkplatz fuhr. Er hielt erst ein paar Reihen weiter.

Walker fragte: »Gibt es noch etwas, worauf ich mich gefaßt machen sollte?«

»Nein, keine Angst«, beruhigte ihn Stillman. »Aber auf Reisen sollte man immer auf seine Gesundheit achten.« Er stieg aus, schloß das Auto mit großem Zeremoniell ab und marschierte in die Eingangshalle. Bei dem kleinen Laden dort blieb er stehen und begutachtete die Regale. »Sie müssen nicht auf mich warten.«

Walker hielt die Tüte hoch. »Ich habe Ihre Doughnuts.«

»Ich komme nach.«

Walker ging nach oben auf sein Zimmer. Ein wenig beklommen schloß er die Tür auf, trat einen Schritt zurück und lauschte, bereit loszurennen, falls er ein Geräusch hörte. Alles war still. Er schob die Tür auf, tastete von außen nach dem Lichtschalter und trat wieder zurück in den Gang. Die Tür fiel zu, aber zuvor erhaschte er noch einen kurzen Blick auf das Zimmer, in dem er keine Eindringlinge entdeckte. Er schloß die Tür wieder auf, schlüpfte hinein und ließ sie hinter sich zufallen.

Alles war am rechten Ort, das Bett war gemacht, und er war allein in dem ordentlichen Zimmer. Er ging zu dem Klappständer und öffnete den Koffer, den Stillman ihm gekauft hatte. Die neuen Kleider waren unberührt, die Jacketts zusammengelegt, die Hemden in ihren Verpackungen, die Bügelfalten der Hosen immer noch gerade. Er zog Jackett und Krawatte aus und untersuchte beides. Das Jackett hatte eine Reinigung nötig, aber er entdeckte keine Risse. Er blickte an sich hinab. Seine Hose hatte Flecken am rechten Knie, aber offenbar war nichts endgültig ruiniert. Er war es leid, nur Sachen zum Anziehen zu haben, die er sich nicht leisten konnte. Sie waren als Verkleidung gekauft worden, aber nun fühlte er sich verantwortlich dafür.

Er ging ins Badezimmer und sah in den Spiegel. Sein Gesicht war schmutzig und verschwitzt, und er hatte ein paar böse rote Schrammen – eine über dem rechten Auge und eine weitere an der linken Wange. Er faßte sich seitlich an den Kopf und sog unwillkürlich Luft ein: Der Schmerz war jetzt bohrend. Er spürte eine harte Beule, und das Haar war steif von dem Blut, das dort getrocknet war. Er betastete noch zwei Stellen oberhalb des Haaransatzes, wo die Nerven sofort Alarm schlugen.

Es klopfte. Er trat an die Tür und fragte: »Wer ist da?«, dann wich er zur Seite, ohne zu wissen, ob er befürchtete, daß die Tür aus den Angeln flog oder daß Kugeln sowohl die Tür als auch seine Brust durchlöchern würden.

»Ich bin's«, hörte er Stillman sagen.

Walker öffnete die Tür und ließ Stillman herein. Stillman hängte die Kette ein und schob den Riegel vor, dann bemerkte er Walkers Gesichtsausdruck. »Schließen Sie alles ab, was sich verschließen läßt«, sagte er. »Das kostet Sie keinen Cent.«

»Die Doughnuts sind auf dem Bett«, sagte Walker.

Stillman sagte: »Ich habe gerade für Sie am Flughafen angerufen. Wegen Nebel hat es ein paar Verspätungen gegeben, und sie fliegen immer noch nicht ganz nach Plan. Ich habe morgen früh um acht einen Flug bei der United für Sie bekommen.«

Mit einiger Anstrengung brachte Walker hervor: »Danke, aber ich habe Ihnen doch gesagt, daß ich dabeibleiben will, bis wir Ellen gefunden haben.« Er war müde und schmutzig, und er hatte keine Lust, sich zu streiten.

Stillman brachte ein paar Sachen in Walkers Badezimmer. »Na ja, schlafen Sie mal darüber. Hier ist Desinfektionsmittel und so«, sagte er. »Passen Sie auf, daß sich die Kratzer nicht entzünden, besonders die nicht, die Sie von irgend jemandes Zähnen haben. Ich kenne einen Mann, dem das einmal passiert ist. Ihm ist der Finger angeschwollen, bis er so groß war wie sein Schwanz – zumindest hat er das behauptet. Ich hab's nicht verglichen.« Er nahm die Tüte mit den Doughnuts und legte zwei davon auf einer Serviette auf den kleinen Kühlschrank neben dem Fernseher. »Hier ist Ihr Anteil von den Doughnuts. Wollen Sie etwas dazu trinken?« Er öffnete den Kühlschrank. »Die Zwerge haben Ihnen viele kleine Schnapsflaschen dagelassen.«

Stillman goß ein kleines Fläschchen Scotch in ein Glas und nahm einen Schluck. Es schüttelte ihn. »In diesen anderthalb Tagen haben wir doch einige Fortschritte gemacht.«

»Wir sind zweimal zusammengeschlagen worden.«

»Zusammengeschlagen? Ach was, zusammengeschlagen ist was anderes. Seit dem jungen Muhammad Ali hat kein Gewinner eines Titelkampfes eine bessere Figur gemacht als wir – und der hatte an sich schon eine bessere Figur.«

Walker nickte. »Glück für uns, daß die japanischen Attentäter nicht aufgetaucht sind.«

»Wahrscheinlich haben sie keinen Flug nach L. A. bekommen, bei diesem Nebel«, sagte Stillman und betrachtete interessiert sein Glas. Er hob es an den Mund, nahm einen großen Schluck und sah Walker von der Seite an. »Ist Ihnen aufgefallen, daß wir widersprüchliche Signale bekommen?«

»Ich bekomme überhaupt keine Signale.«

»Heute abend hat zum zweiten Mal jemand versucht, uns irgendwelche Papiere abzunehmen. Wahrscheinlich wollen sie wissen, was wir wissen. Aber heute abend haben sie sich offenbar gedacht, die zweitbeste Möglichkeit sei es, uns umzubringen.«

»Wenn das ein Signal ist, dann ist das bei mir angekommen.«

»Aber es paßt nicht zu dem hier.« Er zog ein paar zusammengefaltete Blätter aus seiner Jackentasche. Als er sie auseinandernahm, erkannte Walker, daß es die waren, die Constantine Gochay ihm gegeben hatte. »Sehen Sie, Constantine hat Ellen Snyder für uns aufgespürt. Seit sie verschwunden ist, ist sie fünfmal auf seinem Monitor erschienen. Sie war ein oder zwei Nächte hier in Los Angeles, im Holiday Inn am Flughafen. Das war vor zwei Wochen. Sie hat den Namen Jo Anne Steele benutzt.«

Walker runzelte die Stirn. »Woher will Gochay wissen, daß das Ellen Snyder war?«

»Es ist der Name einer Kundin von McClaren Leben und Unfall in Pasadena. In den Versicherungsakten standen alle persönlichen Angaben zu Jo Anne Steele. Jemand hat diese Angaben benutzt, um Kreditkarten zu beantragen. Damit kann man sich wunderbar ausweisen, und wenn man nicht wirklich damit bezahlt, hat man nichts zu befürchten. Sie – jemand – hat sie benutzt, um sich auszuweisen, und dann bar bezahlt, damit die Karte nicht belastet wird. Sehr vernünftig.«

»Woher hat Gochay das gewußt?« insistierte Walker. »Wenn sie nicht mit der Karte bezahlt hat, damit nichts registriert wird, warum wurde dann etwas registriert?«

Stillman nahm noch einen Schluck. »Bei der Überprüfung der Kreditkartenabrechnungen hat er nichts Interessantes gefunden, deshalb hat er die Hotelreservierungssysteme geknackt und Informationen gesammelt.«

»Aber woher wußte er, daß er nach den Namen von Kundinnen von McClaren's suchen muß?«

»Das habe ich ihm gesagt.«

Langsam war zu hören, daß Walker gereizt war. »Und woher haben Sie es gewußt?«

»Mit dieser Methode hat sie Konten eröffnet und Sachen gekauft, als die eins Komma zwei Millionen verschwunden sind. Er hat etwa fünfundzwanzig überprüft, die am besten gepaßt haben: Frauen im richtigen Alter. Sie wissen doch, wenn Sie eine Lebensversicherung abschließen ...«

»Das ist mir klar«, unterbrach ihn Walker. »Die Versicherung weiß alles über Sie – Geburtstag, Familie, Arbeit,

Sozialversicherungsnummer, Kreditbelege und so weiter. Damit verdiene ich mein Geld, erinnern Sie sich? Ich verwende genau diese Informationen.«

Stillman zuckte die Achseln. »Das hat sie auch getan.«

»Und Gochay auch?«

Stillman lächelte. »Jetzt kommen Sie langsam mit.«

»Das ist illegal«, sagte Walker.

Stillman seufzte. »Deshalb ist er auch nicht billig. Man kann nicht mit Kleingeld bezahlen und erwarten, daß jemand dafür ein Verbrechen begeht.« Er trank sein Glas aus und sah es bedauernd an, bevor er es absetzte. »Sie ist nicht allein.«

»Was?«

»Sie reist nicht allein«, sagte Stillman. »Ich dachte, Sie würden das vielleicht wissen wollen.«

Walker zuckte gereizt die Schultern. »Wollen Sie damit sagen, daß ich nicht gut genug für sie war? Das habe ich schon gewußt, bevor Sie aufgetaucht sind.«

»Das wäre niemand. Es sind zwei.« Er blickte wieder auf seine Papiere. »Zumindest glaube ich das. Constantine hat überprüft, ob es jemanden gibt, dessen Reservierungen sich genau mit ihren decken – dieselbe Anreise- und Abreisezeit in mehr als einer Stadt. Zu seiner Überraschung waren es zwei. Überall wo sie war, waren zwei Männer, die ein angrenzendes Zimmer gemietet haben.«

»Ich bin erstaunt«, sagte Walker.

»Es kann natürlich auch sein, daß die beiden sie überwachen. Vielleicht macht sie das alles gegen ihren Willen.« Er nahm die Tüte mit den Doughnuts. »So, ich gehe besser. Schließlich muß ich uns beide morgen früh zum Flughafen fahren.« Er ging auf die Tür zu, und Walker rechnete eigentlich damit, daß er stehenblieb und noch etwas sagte. Aber er trat hinaus und schloß hinter sich die Tür. Ein paar Sekunden später hörte Walker eine andere Tür zugehen.

Walker saß in dem stillen, fremden Raum und starrte die Wand an. Er dachte über Ellen nach. Er rief sich ihre ruhige, freundliche Art zu sprechen ins Gedächtnis. Sie war hübsch, aber das hatte nur bewirkt, daß sie ihm aufgefallen war, und es erschien ihm jetzt unwichtig. Es gelang ihm nicht, ein konstantes Bild herzustellen, so daß er ihre Gesichtszüge hätte betrachten können. Immer bewegte sie sich oder sprach. Wahrscheinlich war es ihre direkte, liebenswürdige Art gewesen, die ihn angezogen hatte. Irgendwie hatte sie ihm damit das Gefühl gegeben, daß sie eine Einladung nicht verächtlich abtun würde. Wenn sie nicht wollte, dann würde sie das einfach sagen. Er hatte sie zum Essen im Scarlitti's eingeladen und sah seine Vermutung bestätigt. Sie hatte gesagt: »Gerne. Ich kenne hier noch niemanden, und da können wir uns in Ruhe unterhalten.«

Kennedy hatte eines Tages nach dem Kurs etwas zu ihm gesagt, das ihn verwirrt hatte. Er hatte gefragt: »Was hältst du von Ellen Snyder?«

Walker hatte geantwortet: »Was ich von ihr halte? Ich mag sie. Sie ist immer nett und freundlich. Hat außerdem ein tolles Lächeln.«

Kennedy hatte gegrinst und gesagt: »Sie arbeitet im Verkauf.«

»Was meinst du damit?«

»Sie übt schon mal, Versicherungen zu verkaufen. Ist das so schwer zu verstehen?«

»Soll das heißen, sie meint es nicht ernst, wenn sie ›Hi‹ sagt?«

»Es heißt, daß sie genau weiß, daß sie Menschen leicht dazu bringen kann, sie zu mögen und zu glauben, daß sie sie auch mag. Dann mögen sie sie gleich noch lieber und stellen ihr bald einen Scheck aus. Sie benutzt uns zum Üben: Wir sind ihre Versuchskaninchen.«

Jenes Abendessen hatte ihm viel Stoff zum Nachdenken gegeben. Der Abend hatte vielversprechend begonnen. Er hatte sich gefreut, als er einen Hauch Parfüm gerochen und gesehen hatte, daß sie anders geschminkt war – mehr Rot auf den Lippen, ein wenig Rouge auf den Wangen und Lidschatten. Diese Veränderungen hatte er auf sich bezogen, als Hinweise darauf, daß sie ihn mochte und es ihm zeigen wollte. Nein, erinnerte er sich jetzt, er hatte sogar noch mehr hineininterpretiert. Für ihn signalisierte sie damit eine

Veränderung in ihrer Beziehung. Beim Unterricht hatte er sie immer nur mit flachen Schuhen und Pullover gesehen, also mußten das Kleid, die hohen Schuhe und das Parfüm doch eine Botschaft sein.

An dem Abend hatte es viele Augenblicke gegeben, in denen er zu spüren glaubte, daß etwas Ungewöhnliches passierte. Sie hatten beide offener von sich selbst erzählt, als er erwartet hätte, denn wenn einer von ihnen aufhörte zu sprechen, dann stellte der andere noch eine Frage, die neue Eröffnungen hervorrief. Es war, als bestünden sie beide aus einer Reihe von Türen, die nach innen führten. Mit jeder Frage wurde an die nächste Tür geklopft. Derjenige, der dort wohnte, zögerte einen Moment, dann beschloß er, eine Ausnahme zu machen, und ließ den Besucher herein – aber nur eine Tür weiter.

Ihre Vergangenheit war genauso unspektakulär wie die seine: eine Familie in weiter Ferne, über die es nichts zu erzählen gab, was für Außenstehende bemerkenswert gewesen wäre, eine Kindheit und Jugend, die beschämend frei von ernsthaften Hindernissen gewesen waren. Ihre Pläne für die nächsten zwanzig Jahre ihres Lebens unterschieden sich sehr, doch das hatte ihn nicht weiter beunruhigt. Sie hatte große Pläne. Er glaubte nicht an große Pläne, fand sie jedoch interessant und hörte sich die ihren gern an.

Als er sie nach Hause gebracht hatte, war sie vor dem Sicherheitstor am Eingang stehengeblieben und hatte ihm einfach und herzlich gedankt. Er hatte sich gefragt, ob sie auf einen Kuß wartete oder ob sie alles andere als das wollte und finden würde, er benehme sich wie ein Schüler statt wie ein erwachsener Geschäftskollege. Als er endlich zu dem Schluß gekommen war, daß er sie küssen wollte und es das einzig Sinnvolle war, es zu versuchen, war die Gelegenheit verstrichen. Sie zwitscherte ein »Gute Nacht« und schloß hinter sich das Tor.

Ein paar Tage später hatte er sie wirklich gefragt, ob sie mit ihm auf das Konzert gehen wolle, und sie hatte wirklich abgelehnt, genau wie er es Stillman erzählt hatte. Nach dieser Abfuhr hatte er ihre erste Verabredung in einem anderen Licht gesehen. Das Make-up, das Parfüm, das kurze Kleid und die Schuhe hatte sie nur getragen, weil es Abend war, nicht weil sie ihn verführen wollte. Sie hatte nicht vertraulich, sondern einfach nur offen, ohne Mißtrauen mit ihm gesprochen. Sie hatte ihm Fragen über sein Leben gestellt, weil sie das überhaupt interessant fand, nicht weil sie sich für John Walker interessierte. Er kam sich ein wenig töricht vor. Er hatte ihr auf höfliche und freundliche Art seine Gesellschaft angeboten, und sie hatte ebenso höflich abgelehnt. Vielleicht hatte sie ihm bei ihrem Gespräch einen Hinweis gegeben, der ihm entgangen war. In dem Zwanzigjahresplan, den sie ihm beschrieben hatte, war keine Zeit und kein Raum für jemanden wie John Walker vorgesehen.

Aber nach der Prüfung hatte sie ihn abgefangen. Er wußte es noch genau. Sie waren um sechs aus der Prüfung gekommen, und er war allein mit dem Aufzug nach unten gefahren, wo sie an der Tür auf ihn wartete. »War das leicht«, stöhnte sie. Er hatte die Schultern gezuckt und vorsichtig gesagt: »Wir sollten uns wohl nicht beklagen.« Aber sie hatte ihn weiter belagert, bis sie in der Parkgarage waren, ohne daß sie Anstalten gemacht hätte, zu ihrem Auto zu gehen. »Aber ich habe die halbe Nacht damit verbracht zu lernen, wo ich doch das Bläserkonzert hätte hören können. So was Blödes. Erinnere mich das nächste Mal daran.«

Zwei Tage lang hatte er über dieses Gespräch nachgegrübelt. Sie hatte ihm gar nicht sagen wollen, er solle sie in Ruhe lassen: Sie hatte wirklich lernen wollen. Vielleicht hatte er gerade eine Lektion über die Kommunikation mit Frauen erhalten. Vielleicht war es nicht immer so, daß es bei dem, was sie sagten, um einen kodierten Subtext ging. Für sie bedeuteten die Wörter dasselbe wie für ihn. Am dritten Tag, während er sich immer noch alle möglichen Theorien ausdachte, schaffte sie Klarheit. Vor dem Unterricht ging sie zu ihm und sagte, sie hätte zwei Karten für das nächste Konzert in dieser Reihe gekauft.

Danach hatte er sie mit einer Intensität beobachtet, wie er sie noch nie erlebt hatte. Sie war anders. Sie schien sein Verhalten immer richtig zu deuten, immer sofort zu wissen, was er dachte, und nie überrascht zu sein. Der seltsame Umstand, daß sie jeden Tag beide das gleiche machten, verband sie mehr und mehr – ja sie dachten sogar das gleiche, während sie den Dozenten zuhörten. Bald waren sie fast jeden Abend zusammen.

Ihr einziger Streit drehte sich um Sex. Nach etwa einem Monat hatte er sie eines Abends nach dem Kino heimgebracht, hatte sie wie gewöhnlich geküßt und wollte gehen. Sie hatte auf die Uhr gesehen und gesagt: »So spät ist es noch nicht, und morgen ist außerdem Samstag. Komm rein.« Sie hatte sich nicht umgedreht, um zu sehen, ob er mitkam, sondern einfach nur das Tor aufgesperrt, dann war sie voran in ihre Wohnung gegangen, hatte die Tür geschlossen und ihn im Dunkeln geküßt. Sie standen lange so da und küßten sich, während er mit den Händen dem Umriß ihres Körpers nachspürte. Dann bremste er sich. Er konnte ihr Gesicht nicht sehen und befürchtete plötzlich, er sei vielleicht schneller, als sie wollte.

Er suchte nach den richtigen Worten. »Willst du ...«

»Hör auf damit«, sagte sie scharf.

Er ließ sie los und wich zurück.

Ihre Stimme klang verärgert. »Nicht damit.« Er streckte den Arm nach ihr aus, aber nun wich auch sie zurück. »Zu spät. Jetzt müssen wir das alles durchmachen. Das liegt an diesen dämlichen studentischen Codes.«

»Tut mir leid«, sagte er. »Ich hätte nicht gedacht, es würde dich beleidigen, wenn ich dich vorher ...« Er war sich nicht sicher, wie er den Rest formulieren sollte, deshalb ließ er ihn unausgesprochen.

Frustriert atmete sie aus. »Ich bin nicht beleidigt, ich bin wütend. Man hat dir eingeredet, daß du ein Krimineller bist, wenn du nicht genau an diesem Punkt aufhörst und von mir ein eindeutiges Ja bekommst. Ich bin schon schüchtern und nervös genug – ich habe Angst, du findest mich fett oder häßlich oder so etwas –, und das macht alles noch schlimmer. Ich muß dadurch ein Gespräch führen, das viel peinlicher ist, als wenn du mich nackt siehst.«

»Das tut mir leid«, sagte Walker. »Ich habe gedacht, du

erwartest das, sonst hätte ich es nicht gesagt.« Er legte den Arm um sie.

Sie wich zurück und sagte: »Ich würde eher sagen, ich habe es befürchtet.«

»Ich mag es auch nicht«, sagte er. »Aber eigentlich finde ich es gut, daß man der Frau Gelegenheit gibt, diese wichtige Entscheidung zu treffen.«

Sie schüttelte den Kopf. »Wir waren einen Monat lang praktisch jede Minute zusammen. Was glaubst du denn, was ich die ganze Zeit gemacht habe? Ich habe mich an dich gewöhnt und diese Entscheidung getroffen. Du hast dich an dem Tag entschieden, an dem ich dich gefragt habe, ob du mit ins Konzert gehst.«

Er runzelte die Stirn. »Das hast du gewußt?«

»Natürlich habe ich das gewußt«, sagte sie. »Du wolltest eigentlich schon vorher, aber du warst vorsichtig und geduldig, und das schätze ich. Man sieht bei dir einfach sofort, daß du es ehrlich meinst.«

Er kam auf sie zu. »Ist das gut oder schlecht?«

»Es ist großartig«, sagte sie. »Hör auf dich so anzustrengen. Deine Impulse sind gut: Es ist in Ordnung, Sex haben zu wollen.«

Er hatte sie an sich gedrückt und fing wieder an, sie zu küssen, aber sie wich wieder zurück. »Noch nicht.«

»Ich dachte ... «

»Das war ein Ratschlag für deine Zukunft«, sagte sie. »Diesmal ist es zu spät. Also: Ich bin geistig zurechnungsfähig und nicht minderjährig. Ich stehe nicht unter Zwang. Obwohl John Walker und ich bei demselben Unternehmen angestellt sind, untersteht keiner der Aufsicht des anderen, und das steht auch in Zukunft nicht zu erwarten. Wir werden wahrscheinlich nicht einmal in derselben Stadt eingesetzt. Ich habe keine alkoholischen Getränke oder bewußtseinsverändernden Substanzen zu mir genommen. Nach gründlicher Überlegung habe ich beschlossen, John Walkers Wunsch, Geschlechtsverkehr mit mir zu haben, nachzukommen. Ich gebe ihm die Erlaubnis weiterzumachen, und ich selbst werde wieder ein bißchen passiver werden, denn so fühle ich mich heute nacht am wohlsten. Dabei trete ich keine mir zustehenden Rechte ab, auch nicht das Recht, diese Erlaubnis nach eigenem Ermessen und ohne Ankündigung zurückzuziehen.«

Sie hatte die Arme um seinen Hals geschlungen, ihm in die Augen gesehen und gefragt: »Geht es dir jetzt besser?« Er hatte gezögert, und sie hatte ihn geküßt. »Gleich wird es dir bessergehen.«

Im Rückblick nahmen Teile dieser Rede eine neue Bedeutung an. Sie hatte ihn gewarnt, daß es nicht von Dauer sein würde, daß sie nicht einmal in derselben Filiale arbeiten würden. Vom ersten Abend bis zum Schluß war sie ehrlich zu ihm gewesen. Sie war zu allen ehrlich gewesen. Er war überzeugt, daß ein Betrug das letzte war, was Ellen Snyder einfallen würde.

Stillman hatte gesagt, es sei Zeit für ihn, nach Hause zu fahren. Walker hatte ihm bereits seine besten Argumente für Ellens Unschuld vorgetragen, und sie zu wiederholen würde sie nicht überzeugender machen. Aber das Problem hatte sich geändert. Er machte sich keine Sorgen mehr, weil man sie beschuldigte. Er hatte Angst, daß sie in Gefahr war. Solange das nicht ausgeschlossen war, konnte er nicht aufgeben.

Wieder klopfte es an der Tür, und er seufzte. Stillman hatte sich also doch nicht plötzlich geändert.

Schwungvoll öffnete Walker die Tür. »Haben Sie ...«

»Hab ich nicht.« Es war das Mädchen mit den roten Haaren. Serena. Ihre grünen Augen fixierten ihn hinter der spiegelnden Brille mit einem unverfrorenen, dreisten Blick. Es war ein Ausdruck, den manche Leute Neugier genannt hätten, aber Walker schien es eher das Gegenteil zu sein: die Fähigkeit, auf den ersten Blick alles wahrzunehmen, wofür sie sich interessierte. Sie hatte sich lediglich noch nicht die Mühe gemacht wegzusehen.

Walker beugte sich aus der Tür und zeigte den Gang entlang. »Sein Zimmer ist gleich da hinten ...«

»Schön für ihn.« Sie schlüpfte an Walker vorbei in den Raum.

Er zögerte einen Augenblick, dann schloß er die Tür. »Ist die Polizei bei Gochay? Versteckst du dich?«

»Mach dich nicht lächerlich. Ich habe nur Schüsse gehört und eure Leichen nicht gefunden, deshalb wußte ich, daß ihr hier sein würdet.«

»Woher?« fragte er.

»Woher was?«

»Woher hast du gewußt, daß wir hier sein würden?«

Sie grinste. »Ich habe meine Kristallkugel gefragt, was Stillmans Kreditkarte heute nacht macht, und da ist das hier rausgekommen.« Sie zeigte auf die Kratzer in seinem Gesicht. »Hast du was dafür?«

Unwillkürlich berührte er sein Gesicht. »Stillman hat etwas gekauft, aber ich hatte noch keine Zeit.«

Sie zog ihre übergroße Jacke aus und warf sie auf das Bett. »Worauf wartest du, auf Wundbrand?« Sie nahm seine Hand und untersuchte die Knöchel, dann ging sie ins Badezimmer.

Er hörte, wie sie in der Papiertüte nachsah, die Stillman dagelassen hatte, dann lief Wasser in die Wanne ein. Sie erschien in der Tür. »Geh in die Badewanne, und wasch alle Kratzer aus.«

Er stand da. Genau das hatte er eigentlich vorgehabt, bevor sie gekommen war. Sie verließ das Bad und sagte: »Na los.«

Er ging hinein und schloß die Tür. Im Spiegel sah er die roten Stellen an seinem Körper. Er zog sich aus, stieg in die Wanne und machte es sich vorsichtig in dem dampfenden Wasser bequem. Er wickelte die Seife aus und schrubbte sich den ganzen Körper mit Schaum ab. Dann wusch er sich die Haare, aber das Shampoo brannte in den offenen Wunden. Er lehnte sich zurück, tauchte mit dem Kopf unter und lauschte mit geschlossenen Augen dem Glucksen des Wassers, bis der Schmerz nachließ.

Die Geräusche veränderten sich. Er schlug die Augen auf und sah Serena, die über ihm neben der Wanne stand. Rasch setzte er sich auf und bedeckte seinen Unterleib mit den Händen.

»Sei nicht albern«, schimpfte sie.

»Ach ja«, sagte er. »Das hab ich ganz vergessen. Du stehst ja nur auf Frauen.«

»Außerdem bin ich Krankenschwester.« Sie kniete sich neben die Wanne und teilte sanft sein Haar, um sich die Wunden anzusehen.

»Du bist ausgebildete Krankenschwester?«

»Wieso denn nicht?« fragte sie kampfbereit. »Okay. Du kannst jetzt raus und dich abtrocknen. Ich kümmere mich um das Medizinische.« Sie stand auf und wartete.

Er blieb in der Wanne sitzen. »Ich würde das lieber selber machen.«

Sie verdrehte die Augen und wandte sich um, dann hielt sie sich die Hände vor die Augen. »Trockne dich ab, und wickle die Stellen, für die du dich so schämst, in ein Handtuch, damit wir fertig werden.«

Er stand auf und sagte: »Ich schäme mich nicht.«

»Aha.« Sie war nicht ganz überzeugt. Sie ging aus dem Bad.

Er schloß die Tür, trocknete sich ab, schlang sich das Handtuch um die Hüften und ging hinaus.

»Setz dich.« Er setzte sich auf das Bett, während sie die Wunden nacheinander desinfizierte und dann die Schnitte und Kratzer verband. Als sie fertig war, sagte sie: »So. Alles in Ordnung.«

»Danke.« Er stand auf und ging zu seinem Koffer, um sich etwas zum Anziehen zu suchen. »Jetzt, wo ich geheilt bin, können wir uns dem widmen, was du eigentlich wolltest. Hast du etwas für Stillman dabei?«

Sie lächelte spitzbübisch und blickte ihn über ihre Brillengläser hinweg an. »Ich bin gekommen, um dich abzuholen, damit wir uns zusammen ein paar Mädchen suchen können. Das hatten wir uns doch vorgenommen.« Sie langte in ihre Hosentasche und zog ein kleines Päckchen Kondome heraus. »Die hab ich unten im Laden für dich gekauft.«

Walker starrte sie verblüfft an. »Das … das war sehr aufmerksam.«

Sie zuckte die Achseln. »Aber es ist schon so spät, daß das einzige Mädchen, das ich auf dem Weg gefunden habe, ich selbst war.«

»Na ja«, meinte Walker. »Manche Abende sind eben so.«

Sie zuckte wieder die Achseln. »Wir müssen also mit dem vorliebnehmen, was wir haben.« Sie nahm ihren Pullover und zog ihn sich über den Kopf, dann warf sie ihn zur Seite. Ihre Haut war beinahe so weiß wie ihr BH, so daß sie Walker mehr als nackt vorkam. Sie öffnete ihren Gürtel und den Reißverschluß ihrer Jeans, dann hielt sie inne und sah ihn wieder an. »Außer du willst nicht?«

Walkers Arme schienen sich von selbst zu ihrer Taille zu bewegen. Sie drückte sich an seine Brust, hob den Kopf, und sie küßten sich. Irgendwie landeten sie im Bett, ohne daß sie hineingegangen wären. Ein paar Minuten später, vielleicht auch viel später, flüsterte sie ihm ins Ohr: »Ich habe gelogen, als ich gesagt habe, ich bin Krankenschwester«, und er flüsterte: »Ohne die Tracht siehst du viel besser aus.« Einige Zeit danach keuchte sie atemlos: »Ich bin auch gar nicht lesbisch.« Ihm gelang es zu sagen: »Offensichtlich.«

Den Rest der Nacht benutzte sie ihre Stimme nicht, um Worte damit zu bilden. Sie verständigten sich über den Tastsinn. Später lagen sie träge da, mit geschlossenen Augen, und sie berührten sich kaum – manchmal lag nur eine Hand sanft neben einem Bein, wie um einen elektrischen Kontakt aufrechtzuerhalten.

Doch dann lud sich dieser Kontakt mit einer stummen Botschaft auf: Zuerst war es nur ein leichtes Regen, vielleicht sogar nur ein Pulsieren, das ganz allmählich schneller wurde und das einen leichten Anstieg der Hauttemperatur hervorrief, der ein Erröten hätte sein können. Sie wandten sich einander zu, und die Wärme wurde wieder zu Hitze und Bewegung.

Walker sah auf den Hotelwecker neben dem Bett und war verwirrt. Er zeigte offenbar 4.30 Uhr an. Er setzte sich auf, dann legte er sich wieder hin.

»Wie spät ist es?« fragte sie.

»Anscheinend ist es halb fünf.«

»Küß mich.«

Er drehte sich zu ihr, und sie küßten sich, hielten einander eng umschlungen und legten sich so hin, daß sie sich an der Stirn, an Brust, Bauch, Schenkel und Füßen berührten. So blieben sie lange liegen, dann wandte sie sich ab und stand auf.

»Jetzt sieh mich an.«

Er stützte sich auf einen Ellbogen und sah zu ihr hin. Sie drehte ihm langsam den Rücken zu, blickte ihn über die Schulter an und drehte sich weiter, bis sie ihm wieder gegenüberstand. »Du bist schön«, sagte er.

Sie nickte. »Ich will nur sichergehen, daß du dich erinnerst.«

Verwirrt lächelte er. »Das werde ich wohl kaum vergessen.«

Sie rührte sich nicht, machte keine Anstalten, sich zu bedecken oder seinem Blick auszuweichen. »Mein Name ist Mary Catherine Casey. Gefällt er dir?«

»Das ist ein guter Name. Ich heiße immer noch John Walker.«

»Freut mich sehr, dich kennenzulernen.« Einen Moment sah sie ihm in die Augen, suchte darin, bis sie etwas fand, das sie zufriedenstellte. Dann setzte sie sich neben ihn auf das Bett, sah sich um und suchte ihre Kleidungsstücke zusammen. »Wenn du mit Stillman fertig bist, kannst du dich melden.«

»Ich muß mich Stillman nicht anschließen«, sagte er. »Was machst du heute abend?«

Sie schüttelte den Kopf. »Bring erst das mit Stillman zu Ende.«

»Ich habe doch gesagt ... Weiß du, was Stillman und ich vorhaben?«

Sie sah ihn an, als wäre sie enttäuscht von seinem Mangel an Intelligenz. »Ich habe die Spur für euch verfolgt.« Sie zog ihren Slip an. »Wenn sie deine Freundin ist, dann mußt du dich von ihr lösen. Wenn sie deine Feindin ist, dann kannst du sie nicht so davonkommen lassen. Wenn sie in

Schwierigkeiten ist, und du läßt sie einfach im Stich, dann bist du für niemanden zu gebrauchen.« Sie musterte ihn genau. »Überlege dir, was es ist, und bring die Geschichte zu Ende.« Sie stand auf, machte ihre Jeans zu und ging im Zimmer herum, um etwas zu suchen. Sie hatte sich so plötzlich in eine kontrollierte, nüchterne Person verwandelt, daß er es als schmerzlichen Verlust empfand.

Sie zog sich den großen Pullover über den Kopf, dann sah sie sich wieder suchend um. Sie blickte konzentriert auf den Boden. »Ah, da ist sie.« Sie hob ihre Brille auf und setzte sie auf. Dann warf sie sich die Jacke über die Schulter und ging zur Tür. »Tschüß.«

Und dann war sie verschwunden.

12

Während Walker unter der Dusche stand und sich von dem heißen Wasser aufwecken ließ, das seinen schmerzenden Muskeln wohltat, dachte er über Mary Catherine Casey nach. Er konzentrierte sich auf die Frage, was sie sich wohl dachte. Er wußte, daß der Ausdruck »reizende Exzentrikerin« ein Oxymoron war. Immer, wenn er Mädchen kennengelernt hatte, die bestimmte Dinge nur wegen der Wirkung gesagt oder getan hatten, war ihm instinktiv klar gewesen, daß es Schwierigkeiten geben würde. Mary Catherine Casey fand er nicht beunruhigend: Sie schien einfach nur beschlossen zu haben, daß sie ihn mochte und mit ihm spielen wollte. Serena hingegen fand er sehr beunruhigend.

Er drehte das Wasser ab, rieb sich mit dem Handtuch trocken und ging ins Schlafzimmer. Dort stand ein Mann und starrte auf Walkers Bett. Der Mann drehte sich um: Es war Stillman. »Ich habe angeklopft, aber Sie haben mich offenbar nicht gehört, deshalb bin ich einfach reingekommen. Sind Sie allein?«

»Natürlich bin ich allein.«

Stillman warf wieder einen Blick auf das völlig zerwühlte Bett. »Sie sollten sich beeilen, wenn Sie nach San Francisco kommen wollen, bevor die aus Ihrer Kabine ein Golfschlägerlager machen.«

»Das Risiko gehe ich ein«, sagte Walker. »Ich fahre nicht zurück.«

»Wenn Sie mit mir kommen, sollten Sie sich noch mehr beeilen. Dann müssen wir nämlich ein anderes Flugzeug erwischen.«

Walker zog sich rasch einen Anzug an, der dem von Stillman entsprach, und sammelte seine Sachen zusammen. Dabei stieß er auf die weggeworfenen Kondomverpackungen auf dem Boden. Als er sie aufhob, sah er zu Stillman hinüber, der konzentriert auf den Parkplatz hinausblickte. Schließlich schloß Walker seinen Koffer. »Dann machen wir, daß wir hier wegkommen.«

Als er neben Stillman im Auto saß, sah er blinzelnd hinaus in die gleißende Welt. Seinen Ohio gewohnten Augen war Los Angeles immer als eine Mischung aus Brauntönen und Hellgrau erschienen, mit ein paar blassen, pastellfarbenen Einsprengseln, aber an diesem Morgen sah er dunkelgrüne Rasenflächen, hochaufragende Eukalyptusbäume und Palmen, scharlachrote Rosen, Bougainvillearanken mit grandiosen magentafarbenen Blüten und Jakarandabäume, von denen purpurrote Blütenblätter herabregneten. Der Himmel war von einem so klaren Blau, wie er es in der Realität nie für möglich gehalten hätte: Es war ein theoretischer Himmel, frei von jeder Spur einer Wolke. »Der Nebel hat sich also aufgelöst.«

»Ja«, sagte Stillman. »Sie hatten offenbar keine Gelegenheit, sich den Wetterbericht anzusehen, aber es hieß, der Himmel würde ›nachts und morgens wolkenlos‹ sein. Wenn hier ein Hoch liegt, dann trocknet es Ihnen die Augen aus.«

»Okay, Sie wissen also, daß sie da war.«

»Das war nicht mein schwierigster Fall«, gab Stillman zu. »Ich habe noch nie gesehen, daß sie jemanden erträglich fand.«

»Was ist mit Gochay?«

»Die beiden leben auf verschiedenen Planeten«, sagte Stillman. »Nein, da läuft nichts. Sie läßt nichts am Leben, was in Schußweite ist ... so war es zumindest bis jetzt.« Er sah Walker nachdenklich an. »Ich würde Ihnen gern ein paar Weisheiten verraten, wenn Sie dazu in der Stimmung sind.«

»Warum nicht?«

»Sie sollten es sich genau überlegen, bevor Sie sich mit einer Frau mit Serenas technischen Fähigkeiten einlassen. Sie kann Sie aufspüren wie ein tollwütiger Hund, ohne sich von ihrem Computer wegzubewegen. In ein paar Minuten könnte sie Ihren Kredit und Ihren Führerschein löschen und irgendeinen Haftbefehl auf Ihren Namen umschreiben.«

»Ich hätte das nicht gemacht, wenn ich vorhätte, sie zu ärgern.«

Stillman lächelte wehmütig. »Wir haben nie vor, die Frauen zu ärgern. Es passiert einfach. In meinem kurzen und wenig ereignisreichen Leben bin ich bereits einmal von einer Frau mit einem Vorschlaghammer verfolgt worden, eine hat mit einer Zweiundzwanziger auf mich geschossen, und eine hat mit Teilen ihrer Porzellansammlung aus einem Fenster im vierten Stock auf meinen Schädel gezielt. Frauen sind nicht sehr nachsichtig. Sie sollten sie irgendwann anrufen, nur damit Sie wissen, ob Sie ruhig schlafen können oder ob Sie über die Grenze abhauen sollten. Ich würde nicht mit Serenas Gefühlen spielen.«

»Sie heißt nicht Serena.«

»Hat sie Ihnen einen anderen Namen genannt?«

»Ja.«

»Vor- und Nachnamen?«

»Sogar noch den zweiten Vornamen.«

»Dann also Blumen«, sagte Stillman. »Auf jeden Fall Blumen. Große rote Rosen. Frauen geben sich ja gerne mehrdeutig, aber wenn wir es sind, haben sie das gar nicht gern.«

»Ich soll mir von einem Mann einen Rat geben lassen, den Frauen mit einem Vorschlaghammer verfolgen?«

»Ich scheine in ihnen jedenfalls starke Gefühle zu wecken«, sagte Stillman. »Aber egal. Sie werden schon wissen, was das Richtige ist.«

»Danke«, sagte Walker.

»Sie ist übrigens wirklich faszinierend. Wenn ich nicht alt genug wäre, um ihr Vater zu sein, dann hätte ich mich selbst um sie bemüht.«

»Ich hätte nie gedacht, daß sich Max Stillman bei solchen Entscheidungen von seinem Anstandsgefühl leiten läßt.«

Stillman wandte sich ihm überrascht zu, dann sah er wieder nach vorn. »Das hat nichts mit Anstand zu tun. Das Alter – das ist eine Reihe unaufhaltsamer Veränderungen, die bereits passiert sind, wenn sie Ihnen auffallen. Und die unsichtbaren sind einschneidender als die sichtbaren. Eines Tages stellen Sie fest, daß Sie einen bestimmten Film nicht mehr sehen, ein bestimmtes Buch nicht mehr lesen oder ein bestimmtes Gespräch nicht mehr führen können. Manchmal haben Sie es schon zu oft geführt, aber manchmal liegt es nicht einmal daran. Es enthält einfach nichts, das Sie noch interessiert.«

»Sie meinen, man weiß zuviel.«

»Nicht ganz. An dem Gespräch ist nichts verkehrt, und vielleicht dreht es sich um etwas, das jedem zu einem bestimmten Zeitpunkt in seinem Leben durch den Kopf gehen sollte. Jeder hat ein Recht, jung zu sein. Es ist ein Verbrechen, dabeizusein, wenn eine junge Frau irgendeine Offenbarung hat, und nicht daran teilzuhaben – nur aus der Ferne zuzusehen und schon zu wissen, was sie als nächstes entdecken wird. Weil man selbst da ist, kann sie nicht mit jemandem zusammen sein, der diese Erfahrung mit ihr teilt. Das wertet ihre Erfahrung ab und gibt ihr das Gefühl, naiv oder albern zu sein, und damit verdirbt man ihr alles. Sie sieht dann, daß es nichts Besonderes ist, daß es nicht einmal ihr eigener Gedanke ist, weil schon viele Leute vor ihr so gedacht haben.« Stirnrunzelnd sah er Walker an. »Auf diese Art können Sie jemanden umbringen.«

Stillman bog in die Zufahrt zum Flughafen ein. »Wenn Sie nach San Francisco möchten – das Ticket liegt für Sie bereit. Da vorne ist Ihr Terminal. Ich mache den Kofferraum auf, Sie können Ihren Koffer herausholen und losziehen. Letzte Chance.«

»Ich habe es Ihnen doch schon gesagt, ich fliege nicht nach San Francisco. Ich springe nicht ab, bis wir sie gefunden haben.«

»Gut. Dann können Sie sich nützlich machen«, sagte Stillman, ohne sich überrascht zu zeigen oder zu zögern. Er hielt plötzlich an dem weißen Randstein. »Gehen Sie schon rein, während ich das Auto zurückgebe. Gehen Sie zum American Airlines Schalter. Die haben Ihren Namen.«

Am Schalter legte die Angestellte der Fluglinie Walker zwei Tickets vor, eines auf Stillmans und eines auf Walkers Namen. Der Zielort war Chicago. Er sah auf das Ausstellungsdatum. Es war das von gestern. Hatte Stillman ihm wirklich ein Ticket nach San Francisco reserviert? Offenbar war es Stillman doch recht, daß Walker mit ihm nach Chicago kam. Vielleicht hatte er sogar Serena geschickt, um ihm den letzten Zweifel zu nehmen.

Als Stillman mit seinem kleinen Koffer in den Terminal kam, schloß sich Walker ihm an. Walker fragte: »Woher hat sie gewußt, daß wir in diesem Hotel wohnen?«

»Damit verdient sie ihr Geld. Sie spürt Leute auf.«

»Haben Sie sie angerufen und sie gebeten zu kommen?«

Stillman zog eine Augenbraue hoch. »Hatten Sie den Eindruck, sie hätte es gemacht, wenn ich das getan hätte?«

»Nein«, gab er zu.

»Wie kommen Sie dann darauf, daß ich sie angerufen habe?«

»Sie hat mir gesagt, wenn ich sie wiedersehen will, müßte ich zuerst mit Ihnen Ellen finden.«

Stillman blickte nach vorne, während er weiterging. »Interessant.«

Sie stellten sich bei den Metalldetektoren an, dann gingen sie zu ihrem Gate und warteten wieder. Als sie endlich im Flugzeug saßen, lehnte sich Walker zurück und schloß die Augen. Bei dem leisen Dröhnen und den Vibrationen der Triebwerke entspannte er sich und fiel in einen traumlosen Schlaf.

Er wachte erst wieder auf, als das Flugzeug über die Landebahn holperte. Während es schwerfällig wendete und auf den Terminal zurollte, sah er hinaus auf ein riesiges, von Landebahnen durchzogenes Feld. O'Hare Airport, Chicago.

»Alles klar?« fragte Stillman.

Walker sagte: »Ich glaube schon.« Er kam zu sich. »Was machen wir hier?«

»Ich erzähl's Ihnen unterwegs.«

Allmählich war Walker mit Stillmans Vorgehensweise vertraut. Er hielt sich hinter Stillman, als sie durch den langen, schmalen Gang gingen, durchquerte mit ihm die Ankunftshalle und fuhr mit ihm hinunter zu den Mietwagenschaltern. Das Ganze dauerte fünfzehn Minuten, dann saßen sie schon wieder im Auto.

Walker fragte: »Haben wir es eilig?«

»Eigentlich nicht«, antwortete Stillman.

»Können wir an diesem Einkaufszentrum dort halten?«

Stillman fuhr auf den Parkplatz und hielt vor einem Blumenladen. Er langte in seine Tasche, zog seine Brieftasche heraus und hielt ihm eine Visitenkarte hin. »Hier«, sagte er. »Sie werden die Adresse brauchen.«

Walker nahm die Karte. Er ging in den Laden und ließ ein Dutzend langstieliger Rosen an Mary Catherine Casey schicken. Als das Mädchen an der Theke ihm das Formular für die Adresse reichte, sah er auf die Visitenkarte. Es war die von Stillman, nicht die von Gochay. Er drehte sie um und stellte fest, daß Stillman die Rückseite als Notizzettel benutzt hatte. Walker schrieb die Adresse auf das Formular, dann steckte er die Karte wieder ein und reichte dem Mädchen seine Kreditkarte.

Als er wieder im Auto saß, sagte er: »Danke« und streckte Stillman die Visitenkarte hin.

»Behalten Sie sie. Es war die Druckkosten wert, wenn ich damit Ihr ungeordnetes Privatleben gerettet habe.«

Walker sah sich die Karte noch einmal an. »Wer sind die Partner?«

»Welche Partner?«

»Da steht: ›Max Stillman und Partner, Sicherheitsdienst.‹«

Stillman ließ den Motor an und parkte rückwärts aus. »Das ist nur, damit neue Auftraggeber nicht fälschlicherweise den Eindruck bekommen, sie würden nur einen Mann mittleren Alters mit Ansatz zur Glatze und Schuhen mit Gummisohle anstellen.«

»Es ist also eine Lüge.«

Stillman schüttelte den Kopf. »Nein. ›Stillman & Co.‹ wäre eine Lüge. ›Stillman, Fozzengraf, Pinckney und Wong‹ wäre eine Lüge. ›Stillman und Partner‹ ist die Wahrheit.«

»Bis auf die Tatsache, daß die Partner erfunden sind.«

Stillman fuhr auf eine Autobahnauffahrt und beschleunigte. »Nein. Sie sitzen neben mir.«

13

Walker betrachtete die Fassade des großen Hotels, als Stillman daran vorbeifuhr. Draußen standen Pförtner in grünen Uniformen mit Goldtressen und Hüten mit schimmernder Krempe, die aus einer komischen Oper zu stammen schienen. Autos fuhren vor, die Insassen stiegen aus, und andere Männer in anderen grünen Uniformen, die mit den kurzen Jacken aussahen wie die eines Kavallerieregiments, fuhren die Wagen weg. Stillman bog in eine Seitenstraße ein und fuhr dort auf die Rampe einer Parkgarage. »Wenn Sie sich sicher sind, daß diese Person da drinnen ist, und Sie wissen den Namen, unter dem sie eingecheckt hat, warum rufen Sie dann nicht einfach die Polizei?« Er hoffte, Stillman war aufgefallen, daß er nicht »Ellen Snyder« gesagt hatte.

»Das habe ich getan«, sagte Stillman. »In ihrer unendlichen Weisheit haben sie befunden, daß wir nicht genügend Beweise haben, daß sie berechtigt wären, in ein Hotelzimmer einzudringen und die Gäste zu wecken.«

»Aber die Tatsache, daß sie eine gefälschte Kreditkarte benutzt hat, müßte doch reichen«, sagte Walker. »Wo liegt das Problem?«

Stillman schüttelte den Kopf. »In unserer Informationsquelle. Sie haben sich unsere Geschichte angesehen und darin die feine Handschrift von jemandem wie Constantine Gochay erkannt. Das macht sie nervös. Sie dürfen nicht genau wissen, wer er ist, denn dann wären sie gezwungen, nachzuverfolgen, was für Straftaten er begangen hat, um herauszufinden, was er weiß.«

»Soll das ein Witz sein?«

»Man kann es ihnen nicht verübeln. Die ganze Sache hat nicht das geringste mit der öffentlichen Sicherheit von Chicago zu tun. Ellen Snyder – ob sie nun schuldig oder unschuldig ist – ist das Problem einer Versicherungsgesellschaft in San Francisco, und der Mißbrauch von geschützten Computersystemen ist das Problem einer wohlbekannten, aber fernen Regierung in Washington.«

Stillman parkte mit dem Kühler zur Wand auf der ersten Ebene der Garage und schaltete den Motor aus. Sie stiegen aus, aber Stillman sagte: »Deshalb ermitteln wir jetzt. Setzen Sie sich auf den Fahrersitz.«

Walker ging hinten ums Auto herum und stieg ein.

»Stellen Sie sich die Spiegel so ein, daß Sie die Aufzugstüren sehen können.«

»Okay«, sagte Walker. »Und jetzt?«

»Jetzt gehe ich hinauf in die Eingangshalle. Ich rufe das Zimmer von Mrs. Daniel Bourgosian an. Wenn ich sie am Apparat habe, sage ich ihr, daß ich unten auf sie warte und ihr helfen kann. Wenn sie unschuldig ist, kommt sie, um mich zu treffen. Wenn sie eine Diebin ist, kommt sie hier aus dem Aufzug und geht zu ihrem Auto, oder sie steigt irgendwo weiter unten aus und fährt an Ihnen vorbei zur Ausfahrt.«

»Was ist, wenn sie gegen ihren Willen festgehalten wird?«

Stillman zuckte die Schultern. »Dann wird sie nicht diejenige sein, die ans Telefon geht. Und sie müssen trotzdem mit diesem Aufzug fahren, um herauszukommen. Sie wollen sicher nicht durch die Hotelhalle marschieren, denn ich habe ihnen gerade gesagt, daß ich dort warte.«

»Was ist, wenn sie kommen? Was soll ich dann machen?«

»Stellen Sie fest, ob es Ellen Snyder ist, und versuchen Sie, sich nicht erschießen zu lassen.« Walker wartete auf genauere Anweisungen, aber im Rückspiegel sah er, daß Stillman bereits auf den Aufzug zuging. Walker griff nach dem Türgriff, doch dann ließ er ihn wieder los.

Er glaubte nicht, daß Ellen Snyder in diesem Aufzug herunterkommen würde. Zuerst einmal war sie unschuldig. Zweitens konnte niemand eine erwachsene Frau – und eine kluge erwachsene Frau noch dazu – in einem schicken, vollbesetzten Hotel festhalten, ohne daß sie so laut schrie, daß ihnen das Trommelfell platzte und die Weingläser im Speisesaal zersprangen. Stillman hatte ihn also nicht deshalb hier postiert, damit er ihm irgendwie half. Walker sollte nur nicht in der Hotelhalle sein, wo Ellen ihn sehen und erkennen könnte. Stillman schloß die unwahrscheinliche Möglichkeit, daß er sie überraschen und zu einem Geständnis bringen könnte, noch immer nicht aus. Walker lehnte sich zurück und entspannte sich, dann verstellte er die Spiegel, damit er nicht den Hals recken mußte, um den Aufzug im Auge zu behalten.

Zehn Minuten später ging er auf. Stillman trat heraus und kam zum Auto. »Kommen Sie«, sagte er. »Ich fürchte, wir müssen uns dazu herablassen, es auf die einfache Art zu tun.«

Sie traten aus dem Aufzug in die Eingangshalle, und Walker wartete, bis Stillman das Münztelefon neben dem Geschenkeshop erreicht hatte. Dann ging er zum Empfang. Am anderen Ende der Theke half ein Angestellter einem Paar beim Auschecken, und an Walkers Ende ging eine junge Frau einen Stapel Papiere durch. Sie würde es sein. Das Telefon gleich hinter der Theke klingelte. Sie hob ab und sagte: »Rezeption.« Sie hörte zu, dann sagte sie: »Ich stelle Sie durch.«

Walker beobachtete, wie sie auf ihren Monitor blickte, 3621 eintippte und auflegte. Mit ihrem professionellen Lächeln wandte sie sich ihm zu. Er sagte: »Ich wollte nur fragen, ob es hier ein gutes chinesisches Restaurant gibt, das zu Fuß erreichbar ist.«

Sie zog einen kleinen Stadtplan unter der Theke hervor und hielt ihren Stift am Ende wie einen Zauberstab, während sie auf eine Kreuzung zeigt. »Hier ist das Won Dim Sum, mein Lieblingslokal.« Wie von selbst rutschte der Stift in ihrer Hand nach oben. Sie zog rasch einen Kreis um die Stelle, wo das Restaurant war, und eine Linie von dort zum Hotel, das sie ebenfalls einkreiste, dann reichte sie ihm den Plan. Ihr Mund verzog sich zu einem schmallippigen Lächeln, das signalisierte, daß das Gespräch für sie beendet war.

»Danke«, sagte er, ging durch die Hotelhalle und folgte Stillman in einen Gang, der zu einer zweiten Gruppe von Aufzügen führte.

Stillman stieg mit ihm in den Aufzug. Walker sagte: »Sechsunddreißig einundzwanzig«, und Stillman drückte auf den Knopf mit der 3.

Als der Aufzug hielt, ging Stillman zügig den Gang entlang. »Solche Dinge erledigt man am besten schnell«, sagte er. »Das meiste, was noch passieren kann, macht die Sache nicht leichter.«

Walker drehte sich um, ob jemand mithören könnte. »Wie wäre es mit leise sein? Würde das nicht helfen?«

»Man kann es auch übertreiben«, sagte Stillman. »Stellen Sie sich hierher.« Er plazierte Walker mit dem Rücken zu den Aufzügen neben der Tür, so daß er die Sicht versperrte. Dann beugte er sich hinunter, um das Schloß zu untersuchen. Gleich darauf holte er einen Dietrich aus seiner Brieftasche, fummelte an dem Schloß herum und schob die Tür auf.

Walker sah sich ein letztes Mal um, dann folgte er Stillman hinein und schloß leise die Tür.

Stillman stand in der Mitte des Zimmers und drehte sich langsam im Kreis. Er blieb stehen und sah Walker an. »Fassen Sie nichts an.«

»Keine Sorge«, sagte Walker. »Wenn ich mit Ihnen zusammen bin, fasse ich nie etwas an. Was ist los?«

»Das Bett ist nicht gemacht, das Licht im Badezimmer brennt, auf dem Boden liegen Handtücher.«

»Sie ist wohl nicht sehr ordentlich.«

»Kein Koffer.« Mit einem Taschentuch in der Hand öffnete er die Schranktür. »Keine Kleidung. Sie hat nicht ausgecheckt, sonst hätten sie nicht im Zimmer angerufen, aber sie ist weg.«

»Okay«, sagte Walker. Er ging zur Tür.

»Moment.«

»Was?«

»Wir haben viel zu tun. Sehen Sie sich alles im Zimmer genau an.«

Walker musterte das Bett, das Badezimmer, den Beistelltisch, das Schränkchen, in dem oben ein Fernseher und unten eine Bar untergebracht war. »Wonach suche ich?«

Stillman sagte: »Irgendein Anzeichen dafür, daß Madeline Bourgosian Ellen Snyder ist. Irgend etwas.« Er öffnete den oberen Teil des Schränkchens mit dem Fernseher, dann sah er nach, ob die Bar benutzt worden war. Er ging zum Badezimmer.

Walker nahm sich das Bett vor. Er besah sich genau jedes Kissen, versuchte, ein blondes Haar zu entdecken, aber er fand nichts. Vielleicht verloren Frauen im Schlaf keine Haare, so wie Männer. Sollte es welche geben, dann würde sie Stillman im Bad auf dem Boden finden, wo sie sich die Haare gebürstet hatte.

Er zog die Bettdecke zurück. Wenn er etwas in einem Hotelzimmer vergessen würde, dann dort. Manchmal setzte er sich beim Anziehen auf das Bett, und beim Packen legte er gewöhnlich seine Sachen darauf. Auf den schaurig gemusterten Hoteltagesdecken waren kleine Gegenstände bei dem schwachen Licht oft schlecht zu sehen. Er sah aber nichts und fuhr sicherheitshalber noch mit der Hand darüber.

Er ging zum Telefon auf dem Nachttisch und untersuchte den kleinen Hotelblock von der Seite, aber es hatte sich keine Schrift von einem abgerissenen Zettel durchgedrückt. Er warf einen Blick in den Papierkorb unter dem kleinen

Schreibtisch. Dann begann er, in einer Spirale durch das Zimmer zu gehen, und betrachtete dabei aufmerksam den Boden.

»Was machen Sie da?«

Stillman starrte ihn an. »Ich habe gesehen, wie Sie das in Ellens Wohnung gemacht haben.«

»Hier drinnen ist nicht genug Platz dafür. Sie schrauben sich nur in den Boden. Schauen Sie sich einfach nur um.« Er ging wieder ins Bad.

Walker kniete sich hin und spähte unter das Bett, öffnete alle Schubladen, die er entdeckte, dann ging er wieder zum Telefon. Er las das Verzeichnis der wählbaren Nummern, aber von Wahlwiederholung stand nichts dabei. Es mußte eine Möglichkeit geben, herauszufinden, was für Anrufe von hier aus getätigt worden waren. Das Hotel wußte es sicher.

Er wollte gerade Stillman fragen, als er in dem dunklen Spalt hinter dem Nachttisch etwas glänzen sah. Er beugte sich tiefer hinunter. »Max. Ich habe etwas gefunden.«

»Nicht anfassen.« Stillman stellte sich neben ihn, dann kniete er sich hin und schaute ebenfalls. »Hmmm.« Er nahm einen Stift aus der Tasche, langte vorsichtig hinter den Nachttisch, angelte sich den Gegenstand und zog ihn hervor. Es war eine goldene Damenuhr. »Gehört die ihr?«

»Ich weiß nicht«, sagte Walker. »Sie hatte so eine ähnliche – in der Mitte oval mit einem runden Zifferblatt darin, ungefähr so groß, glaube ich.«

Stillman bemühte sich vorsichtig, die Uhr umzudrehen. »Sehen Sie sich die Rückseite an.«

Walker erkannte die Gravur. »E. S. S. 2. 10. 95« Er bekam Herzklopfen, doch es war, als würde es alle Energie aus ihm herauspumpen. »Das heißt noch nicht, daß es ihre ist, oder daß sie sie hiergelassen hat.«

Stillman nahm das Armband wieder mit dem Stift hoch und ließ die Uhr hinter den Nachttisch fallen. »Die von Madeline Bourgosian ist es jedenfalls nicht.« Dann ging er zu dem Beistelltisch, wo zwei vom Hotel bereitgestellte Broschüren lagen. Eine hieß *Chicago – wunderbare Stadt*, die andere war ein *Einkaufsführer durch Chicago*. Er blätterte sie rasch durch.

»Warum haben Sie die Uhr zurückgelegt? Sie ist unser Beweisstück.«

Stillman blickte nicht auf. »Wenn die Polizei sie findet, dann ist sie ein Beweisstück. Wenn wir einbrechen und sie finden, dann degradiert sie das zu einem Hinweis.«

Stillman öffnete die Kommode, die Walker bereits vor ihm geöffnet hatte. »Jetzt brauchen wir noch einen anderen.«

»Was für einen diesmal?«

»Einen, der uns sagt, wo sie von hier aus hingegangen ist.«

»Wie stehen da unsere Chancen?«

Mit finsterem Gesicht blickte sich Stillman im Zimmer um, dann schien er das zweite Telefon auf dem Schreibtisch zu bemerken. »Na ja, etwa zehn zu eins.« Er zog eine Schreibtischschublade auf und nahm das Telefonbuch heraus. Er schlug es bei den Gelben Seiten auf und begann sie durchzublättern.

Walker blickte ihm ungläubig über die Schulter. »Wollen Sie sich etwa jede Seite anschauen?«

»Ach was.« Er blickte auf. »Da ist es. F wie Fluggesellschaft. Siehe da. Sie hat American Airlines eingekreist und ihre Flugnummer hier an den Rand geschrieben. Flug 302, von New York nach Zürich. Am Donnerstag, dem Zwölften. Das ist heute. Einfach, nicht wahr?«

Er notierte es sich mit seinem Stift auf einer Visitenkarte, dann schlug er das Telefonbuch zu und legte es zurück. Er ging zu der Verbindungstür, die aufgesperrt wurde, wenn die Zimmer in eine Suite verwandelt werden sollten. Dann ging er auf die gegenüberliegende Seite zu der Tür, die dort das Zimmer mit dem Nebenraum verband. »Diese hier«, sagte er.

»Was?« fragte Walker.

»Erinnern Sie sich nicht? Wir haben mit der Theorie gearbeitet, daß sie mit zwei Männern reist. Vielleicht hat sie sich da mit hineinziehen lassen, weil sie sich verliebt hat.

Das ist Liebe – eine Frau dazu zu bringen, aktiv bei etwas mitzumachen, das zu tun ihr von sich aus niemals eingefallen wäre.«

»Ganz der Romantiker«, murmelte Walker.

»Und?« sagte Stillman. »Ich habe schon von Frauen gehört, die sich gleichzeitig in zwei Männer verlieben, aber ich habe noch nie von einer gehört, die mit allen beiden durchgebrannt ist. Selbst wenn sie das getan hätte, hätten sie zwei Zimmer genommen. Ihre Mittel sind schließlich nicht beschränkt. Selbst wenn sie ihre Zuneigung am liebsten durch den traditionellen mongolischen Gruppenfick ausdrücken ...«

»Muß das sein?« unterbrach ihn Walker.

»Entschuldigung. Mir ist für einen Moment entfallen, daß sie ja früher Ihre Angebetete war. Selbst wenn sie unersättlich wäre und sie Schichtdienst machen müßten, würde Nummer drei ein Bett zum Schlafen brauchen, um wieder zu Kräften zu kommen, während Nummer eins und Nummer zwei feierten. Er war in dem Zimmer dort drüben.«

Walker wurde immer frustrierter und ärgerlicher. »Woher wissen Sie, daß es nicht das Zimmer auf dieser Seite war?«

»Diese Tür ist nicht mehr geöffnet worden, seit sie zum letzten Mal gestrichen wurde. Da ist noch ein bißchen weißer Lack zwischen der Tür und dem Rahmen. Sie würde zwar sicher noch aufgehen, aber der Hoteljunge könnte so was wie das hier brauchen.« Er zog sein Taschenmesser hervor und klappte es auf. Er drehte den kleinen Knauf und öffnete die Tür, dann legte er das Ohr an die zweite Tür dahinter und lauschte. »Niemand zu Hause.«

»Ich dachte, das wüßten wir schon.«

»Nicht unbedingt«, sagte Stillman. »Wer auch immer in diesem Zimmer war, wird ausgecheckt haben, als er abgereist ist, damit niemand da eine Verbindung sieht. Ich hoffe nur, daß das Zimmer nicht schon wieder vermietet ist.« Mit dem Messer drehte er die Schraube heraus, mit der der Riegel auf der anderen Seite der Tür befestigt war, dann drückte er durch das Loch auf den Riegel und öffnete die Tür.

Walker sah, daß das Bett fachmännisch gemacht war und alles an seinem Platz lag. »Wir haben wohl kein Glück. Sie haben es schon saubergemacht.« Er wollte gehen, aber Stillman hielt ihn zurück.

»Sehen Sie sich trotzdem um«, sagte er. »Jede Chance kommt nur einmal.« Er machte sich an die Arbeit, suchte überall und legte alles wieder an seinen Ort zurück. Als er nach den zwei Broschüren langte, war Walker verwundert. Es konnten doch nur die gleichen wie die im ersten Zimmer sein.

»Hier hat das Zimmermädchen etwas übersehen«, sagte Stillman. »Seite zweiundneunzig ist herausgerissen. Bringen Sie mir die von ihr.«

Walker ging wieder in das erste Zimmer und kam mit *Chicago – wunderbare Stadt* zurück. Stillman suchte die richtige Seite. »Das dachte ich mir. Die fehlende Seite ist ein Plan des Touristenviertels von Chicago – der nordwestliche Teil.«

Er hielt die Seite hinter der fehlenden hoch. Es war eine Karte in größerem Maßstab, die nur die Innenstadt von Chicago zeigte. Er legte den Plan auf Ellens Karte und setzte den Finger auf eine bestimmte Stelle. »Da ist eine Linie«, sagte er. »Sie führt genau hier zu dieser Straße westlich von Waukegan.«

Er legte die Broschüre wieder auf die andere und gab Walker die von Ellen zurück. »Gehen wir. Sie gehen durch dieses Zimmer hier raus und ich durch das andere, dann können wir die Verbindungstür von beiden Seiten verriegeln. Wir treffen uns im Auto.«

Walker wartete, bis Stillman den Riegel wieder angeschraubt und die Zwischentür geschlossen hatte. Walker schloß auf seiner Seite ab, ging zur Tür und horchte. Er hörte kein Geräusch, also trat er hinaus in den Gang und zog die Tür hinter sich zu. Der Aufzug ging auf, und ein Paar mittleren Alters trat heraus. Er wandte sich von ihnen ab und ging in dieselbe Richtung voraus, in die sie gingen. Er bog um eine Ecke, dann noch einmal und noch ein weiteres Mal, bis er in einer Sackgasse angelangt war. Über die Nottreppe lief er hinunter ins nächste Stockwerk und ging dort zum Aufzug.

Als er im Keller ankam, saß Stillman bereits im Auto. Walker stieg ein, und Stillman fuhr zur Ausfahrt. »Halten Sie Ausschau nach einem Telefon«, sagte er.

Kaum waren sie draußen auf der Straße, entdeckte Walker eines neben einem Restaurant. Stillman hielt am Straßenrand, stieg aus und telefonierte. Nach ein paar Minuten kam er zurück und fuhr weiter.

»Ich habe bei American Airlines angerufen«, sagte er. »Ich habe überprüft, ob es richtig ist, was sie sich aufgeschrieben hat.«

»Und?«

»Natürlich«, sagte Stillman. »Und ich dachte, bei der Gelegenheit könnte ich auch gleich fragen, ob es heute abend einen Direktflug von hier nach Zürich gibt. Gibt es. Täglich sogar. Und es sind noch Plätze frei. Seltsam, nicht?«

»Mir ist nicht ganz klar, worauf Sie hinauswollen«, sagte Walker.

»Der einzige Grund, der mir einfällt, aus dem man nach Zürich fliegt, ist der, daß man dorthin will«, sagte Stillman. »Verstehen Sie, was ich meine?«

»Ja. Wir haben sie verloren«, sagte Walker.

»Morgen früh werden die Zimmermädchen das Zimmer aufschließen, um sauberzumachen, feststellen, daß sie weg ist, und der Geschäftsführer wird die Polizei anrufen. Sie werden finden, was wir gefunden haben. Sie werden die Uhr sehen und sagen: ›Aha! Das ist nicht Mrs. Bourgosian.‹ Sie werden herausfinden, daß E. S. S. Ellen Sue Snyder ist. Dann werden sie feststellen, daß jemand das Telefonbuch als Notizblock benutzt hat, und sie werden in Zürich anrufen. Nach ungefähr einem Tag werden sie denken, daß sie sie verloren haben.«

»Sie wollen also sagen, das Ellen gar nicht nach Zürich geflogen ist.«

»Jemand hat von einem Hotelzimmer in Chicago aus

einen Flug gebucht, der von New York abgeht. Aber ich habe keine Notiz über einen Flug nach New York gefunden. Sie?«

»Vielleicht hat sie es nicht aufgeschrieben. Außerdem gehen bestimmt zwei Maschinen pro Stunde von Chicago nach New York. Sie könnte einfach hinfahren und sich ein Ticket kaufen.«

»Stimmt. Würden Sie das so machen?«

»Wahrscheinlich nicht«, gab Walker zu. »Vielleicht ist sie mit dem Auto nach New York gefahren.«

»Da müßte sie aber verdammt schnell fahren.« Er seufzte. »Hier ist meine Interpretation. Da ist diese junge Frau, die ein sehr seltsames kleines Verbrechen begeht, das viele ausgeklügelte Schritte erfordert: Sie muß ihren Anteil vom Geld waschen, falsche Namen und Ausweise benutzen und so weiter. Dann ist sie in einem Hotel in Chicago. Sie paßt gut genug auf, um zu wissen, daß wir ihr noch auf den Fersen sind. Sie reist ab, ohne auszuchecken, so daß jeder, der ihr folgt, annimmt, sie sei noch dort. Für eine Frau ist das nicht schwer, denn die Angestellten nehmen immer an, daß sie in Begleitung eines Mannes ist, der gerade gezahlt hat oder gleich nachkommt. Soweit alles klar?«

»Alles klar«, sagte Walker.

»Sie reist so übereilt ab, daß sie ihre Uhr vergißt – genau das, was jemand, der es eilig hat, zuerst vermissen würde. Wenn man ein Flugzeug erwischen muß, sieht man alle paar Minuten auf die Uhr. Dazu kommt, daß sie keine gewöhnliche Uhr hat. In die Rückseite sind ihre Initialen und ein Datum eingraviert. Das Datum ist der zweite Oktober, Ellen Snyders Geburtstag.«

»Sind Sie sich sicher?«

»Ich hatte keine Zeit, es zu überprüfen, aber so wird es sein.«

»Stimmt«, gab Walker zu. »Aber es hätte auch ein Jahrestag sein können: Vielleicht der Tag, an dem sie keine Spange mehr tragen mußte, oder der Tag, an dem ihre Großmutter durch den Hellespont geschwommen ist.«

Stillman nickte. »Vielleicht. Aber sehen Sie es im Rückblick. Angenommen, Sie wollen nicht nur sichergehen, daß jemand weiß, daß Sie zu einer bestimmten Zeit an einem bestimmten Ort waren, sondern auch, daß der andere keinen Fehler macht und Sie für jemand anderen hält. Was würden Sie dann tun?«

»Ich würde Ihnen einen unterschriebenen Brief hinterlassen.«

»Wie wäre es damit, ein Hotelzimmer zu mieten, was die Zeit auf vierundzwanzig Stunden begrenzt? Dann lassen Sie etwas zurück, das Ihnen gehört. Eine Uhr mit Initialen und Geburtsdatum ist keine schlechte Wahl. Das einzige, was fehlt, ist ihre Sozialversicherungsnummer. Diese Uhr ist besser als eine Geburtsurkunde. Und im Gegensatz zu einer Geburtsurkunde muß sie nicht einmal echt sein, um einen Experten zu täuschen. Man kann einfach in einen Juwelierladen gehen, eine Uhr kaufen und eingravieren lassen, was man will.«

Walker sagte: »Sie halten das also für einen weiteren Trick. Ellen will uns alle abhängen und uns glauben machen, daß sie in Europa ist.«

»Ich glaube, daß irgend jemand das versucht«, sagte Stillman. »Die Uhr ist absichtlich liegengelassen worden, und kein Mensch, der auf der Flucht ist, schreibt seinen nächsten Flug in ein Telefonbuch.« Er dachte nach. »Das alles hat sie nicht einmal unbedingt selbst machen müssen.«

Er fuhr am See entlang, dann in Richtung Westen. Er sah geradeaus auf die dunkle Straße, dann auf die Karte, die er am Lenkrad hielt. Danach bog er in eine kleinere Straße in Richtung Norden ein und legte die Karte weg. Von Zeit zu Zeit fuhr er deutlich langsamer und besah sich markante Punkte in der schon fast dunklen Landschaft: eine Baustelle, eine Baumgruppe, die erst wie ein Wald ausgesehen hatte, sich dann aber als der schmale grüne Windschutz um einen großen Mietshauskomplex entpuppte. Er schien die Stelle zu prüfen und dann auszuscheiden.

»Was machen Sie?« fragte Walker.

»Das ist die Straße, die auf der Karte markiert war, die sie mitgenommen haben.«

»Ich dachte, alles, was wir gefunden haben, war gefälscht?«

»Ich glaube nicht, daß sie den Abdruck auf der Seite unter dem Plan hinterlassen haben, um uns in die Irre zu führen«, sagte Stillman. »Wenn, dann hätten sie das Heft in Ellens Zimmer liegenlassen. Es hätte eigentlich niemand wissen sollen, daß die Leute im Nebenzimmer etwas mit Ellen Snyder zu tun hatten. Außerdem hinterläßt man keine falschen Spuren, die in verschiedene Richtungen weisen. Ich versuche also, diese Strecke zu fahren und das, was ich sehe, aus einem anderen Blickwinkel zu sehen.« Er seufzte. »Jetzt muß ich Sie leider bitten, eine Weile still zu sein, damit ich nachdenken kann.«

Walker saß schweigend da, während Stillman weiter in Richtung Norden fuhr. Hin und wieder fuhr er langsamer, betrachtete eine bestimmte Gruppe von Gebäuden oder Feldern, die offenbar auch nicht in Frage kam, worauf er wieder beschleunigte.

Nach weiteren fünfzehn Minuten hielt er am Straßenrand neben einem großen Feld, das früher einmal zu einer Farm gehört hatte. Bis auf eine kleine Scheune mit eingestürztem Dach standen jetzt keine Gebäude mehr darauf. Durch den offenen Eingang konnte Walker sehen, wie der Mond durch Spalten in der Rückwand hereinschien.

Stillman blendete die Scheinwerfer auf, und Walker erkannte die reflektierende grüne Oberfläche eines Straßenschilds am Rand einer schmalen, schnurgeraden asphaltierten Linie. LOCKSLEY RD. stand darauf. Stillman schaltete Scheinwerfer und Motor aus. Mit wachsendem Unbehagen stellte Walker fest, daß dies der erste völlig verlassene Ort war, die erste Stelle, wo es absolut still war und man nirgends elektrische Lichter sah.

Als Walker den Kopf wandte, um Stillman anzusehen, fielen ihm dessen nüchterner Gesichtsausdruck und die traurigen, wachsamen Augen auf. »Sie müssen nicht mitkommen«, sagte Stillman. »Wenn Sie hier warten wollen, habe ich nichts dagegen.«

Walker schüttelte den Kopf, weniger um das Angebot

abzulehnen, als um das kalte, stechende Gefühl in seinem Nacken loszuwerden. »Vielleicht ist da auch gar nichts. Vielleicht hat jemand anderes schon vor zwei Wochen in diesen Plan gemalt und ihn aus der Broschüre herausgerissen.«

Stillman sah auf das dunkle Feld hinaus. »Es geht schneller, wenn wir zu zweit sind.«

14 Stillman machte seinen Koffer auf und holte eine kleine Stabtaschenlampe heraus, dann reichte er Walker ebenfalls eine. »Sparen Sie Ihre Batterien, bis Sie sie brauchen.« Sie gingen zu dem Feld. Stillman sagte: »Wir haben vielleicht sechs Stunden, bevor die Farmer und Pendler hier entlangkommen. Sie fangen an diesem Ende an, ich dort oben. Gehen Sie das Feld in geraden Linien ab, als würden Sie es pflügen.«

Walker fragte: »Wie wird es aussehen?«

»Wenn sie überhaupt hier waren, dann wahrscheinlich heute. Das Unkraut wird noch platt getreten sein.«

Walker ging auf das Feld und dachte an Ellen Snyder. Immer wenn er an eine Stelle kam, die aussah wie eine Lücke im Unkraut, wurde sein Atem flach, und die Kraft wich aus seinen Armen. Jeden Moment rechnete er damit, das weiße Gesicht zu sehen, das ihn zwischen zwei Büscheln Luzerne mit offenen Augen anstarrte. Doch als er das Feld einmal überquert hatte und neben seinen eigenen Spuren zurückging, wurde er ruhiger.

Was hätte sie wohl empfunden, wenn sie dies vor zwei Jahren hätte voraussehen können? Derjenige, der nach einem suchte, sollte ein naher Verwandter sein, nicht ein ehemaliger Freund, den man verlassen hatte und von dem man angenommen hatte, man würde ihn nie wiedersehen. Er kam sich irgendwie aufdringlich vor. Er machte wieder kehrt und ging in einer geraden Linie zurück.

Langsam glaubte er, er würde die Nacht damit verbringen, auf einem leeren Feld herumzustapfen und sich eine

Hose zu ruinieren, die das Gehalt von zwei Tagen Arbeit gekostet hatte, und Schuhe zu verkratzen, die noch teurer gewesen waren. Aber schließlich hat Stillman sie bezahlt, dachte er. Er kann entscheiden, wie sie ruiniert werden sollen. Walker blickte nach rechts, wo er Stillmans Lampe sah, die er beim Gehen vor sich schwenkte.

Die leisen Geräusche der Nacht hatten ihren eigenen Rhythmus. Walker hörte Grillen zirpen, den fernen Ruf eines unsichtbaren Nachtvogels, das Rascheln der trockenen Pflanzen, wenn er sie streifte. Er paßte sein Tempo dem Geräusch seiner eigenen Schritte an und marschierte methodisch hin und zurück.

Er hörte ein scharfes, schrilles Pfeifen und wandte den Kopf. Stillmans Licht bewegte sich nicht mehr. Es leuchtete gerade in die Pflanzen hinunter. Walker hörte wieder ein Pfeifen. »Nein«, flüsterte er. Er lief auf das Licht zu. »Laß es das Geld sein«, dachte er. »Laß es gar nichts sein.«

Er hatte Stillman fast erreicht und blickte vorsichtig nach unten, wobei er mit der Taschenlampe langsam in die Richtung von Stillmans Füßen leuchtete. Er sah nichts. »Was ist da?«

Stillman bewegte den Fuß, und ein mit Unkraut bewachsener Klumpen Erde kippte zur Seite. »Das da«, sagte er. »Jemand hat hier gegraben und dann wieder ein paar Pflanzen draufgesetzt. In ein paar Tagen wären sie wahrscheinlich wieder festgewachsen.«

Walker wartete schweigend.

Stillman seufzte. »Wir graben hier nicht herum, das können Sie vergessen. Wir müssen uns ein sehr überzeugendes Märchen ausdenken und uns dann einen Polizisten suchen, dem wir es erzählen können.«

Es dauerte ein paar Minuten, bis sie in die nächste Stadt kamen. Kaum waren sie an dem Schild WALLERTON vorbeigekommen, schien die Zeit stehengeblieben. Die kleine Polizeiwache war zwar erleuchtet, aber als sie hineingingen, stellten sie fest, daß der Mann am Empfang nicht der wachhabende Beamte war. Er war nur da, um Telefonate entgegenzunehmen, dann quer durch die Wache zum Funkgerät zu gehen und die Frau, die dort Nachtdienst hatte, zu bitten, ihr Buch aus der Hand zu legen und die Nachricht an die drei Streifenwagen weiterzugeben, die auf den größeren Straßen auf Temposünder warteten.

Stillman brauchte zwar nur ein paar Minuten, um den Mann zu überzeugen, zum Funkgerät zu gehen, aber es dauerte fast eine Viertelstunde, bis der Streifenwagen vor der Tür hielt.

Die zwei Streifenpolizisten stiegen die Stufen zur Wache hinauf, wobei sie ihre Schlagstöcke richteten und ihre Gürtel hochzogen. Der kleinere öffnete die Glastür und kam direkt auf Stillman und Walker zu. Erst da sah Walker, daß es eine Frau war. Sie hatte kurze, dunkle Haare, die streng zu einem Pferdeschwanz zurückgebunden waren, und durch die kugelsichere Weste unter der Bluse wirkte sie eckig und plump. Der andere Polizist war ein großer, langgliedriger Mann Mitte Vierzig. Sein Gesicht war wettergegerbt und sonnenverbrannt, und an den Augen hatte er Krähenfüße, als würde er die Tage auf einem Traktor verbringen. Walker las ihre Namensschilder.

Die Frau, auf deren Schild ORMOND stand, fragte: »Sind Sie die Herren, die etwas auf einem Feld gefunden haben?«

»Die sind wir«, sagte Stillman.

Walker wartete auf die nächste Frage, die jedoch ausblieb. Statt dessen sagte sie: »Zeigen Sie uns doch, wo es ist«, dann machte sie kehrt und ging zur Tür.

Walker stieg nur ungern hinten in den Streifenwagen ein. Es gab keine Türgriffe, und ein Metallgitter trennte den vorderen Teil ab. Aber Stillman schlüpfte hinein, und Walker folgte ihm.

Stillman sagte: »Es ist das Feld an der Ecke Locksley und Waterman Road.«

»Der alte Grund von Buckland«, brummte der männliche Polizist.

Walker schloß die Augen. Er kam sich vor wie in einem Traum – nicht wie in einem Alptraum, in dem schnell überraschende Dinge passierten, sondern wie in einem, in dem ihm langsam alles immer vertrauter vorkam, während es immer schlimmer wurde.

»Wie kommt es, daß sie um diese Zeit dort draußen waren?« fragte die Frau.

»Wir ermitteln im Auftrag von McClaren Leben und Unfall in San Francisco. Wir haben eine Verdächtige in einem Betrugsfall verfolgt«, sagte Stillman. »Wir hatten einen Hinweis bekommen, daß sie sich im Ritz-Carlton in Chicago aufhielt, aber als wir ankamen, war sie gerade weg. Wir haben uns die Straßen angesehen, die sie genommen haben könnte, und die hier schien am ehesten in Frage zu kommen.«

»Ach ja?« Die Überraschung in ihrer Stimme entsprach ganz Walkers Empfindungen. »Warum das?«

»Da gibt es viele Gründe«, sagte Stillman. »Zum einen sind es von hier nur ein paar Kilometer nach Wisconsin. Das ist ein neuer Staat, wo sie noch nicht gesehen wurde, mit vielen Landstraßen, die bis in den Norden nach Duluth, Minnesota, führen.«

»Glauben Sie, sie ist nach Duluth unterwegs?«

»Nein, ich glaube, sie will vielleicht nach Kanada«, sagte Stillman. »Denn Sie und ich, wir wissen zwar, daß man sich in Kanada sehr schlecht verstecken kann. Amerikaner sehen nicht anders aus als die Einheimischen, aber die Einheimischen kennen den Unterschied, und jeder, der jemanden sucht, muß sich zehnmal weniger Gesichter ansehen. Aber hier geht es um eine unerfahrene, zum ersten Mal straffällig gewordene Wirtschaftskriminelle. Wenn wir hier nichts finden, nehmen wir wahrscheinlich ein Flugzeug und warten in International Falls auf sie.«

Die Polizistin stimmte weder zu, noch widersprach sie. Sie sagte nur: »Beschreibung des Fahrzeugs?«

»Zuletzt hatte sie einen blauen Pontiac Grand Am gemietet, aber das war in Denver, und daß er noch nicht zurückgegeben wurde, heißt noch lange nicht, daß sie ihn immer noch fährt. Wir dachten, sie vermeidet vielleicht die Bundesautobahnen und nimmt kleinere Landstraßen.«

»Das war mal eine Hauptverkehrsstraße«, sagte der

männliche Polizist. Walker glaubte, ein wenig Groll durchzuhören. All das gehörte zu dem Traum, und dieser Ort stand für die vielen kleinen Städte, um die man die Bundesautobahnen herumgebaut hatte und die langsam zugrunde gingen, bis nur noch verfallene Scheunen und ein paar verbitterte standhafte Einwohner übrig waren.

Walker fand, daß Stillman bereits zuviel gesagt hatte. Er schien ihnen tausend Gelegenheiten zu liefern, ihn bei einer Lüge zu ertappen. Walker hielt den Atem an und hoffte, der Polizist würde die Zeit damit ausfüllen, daß er Stillman lang und breit erzählte, wie es hier einmal gewesen war und welchen Verrat die Bundesregierung und die Politiker in Springfield vor vierzig Jahren begangen hatten.

Der Polizist sagte nichts mehr. Das Auto hielt an, und Walker sah zu seiner Rechten das Skelett der Scheune. Die Polizistin legte überraschend den Rückwärtsgang ein und fuhr an die Seite, dann schaltete sie den Motor ab. Der Polizist nahm das Mikrophon vom Armaturenbrett und sagte: »Einheit Eins-zwei-acht, ich bin auf Code sechs an der Kreuzung Locksley und Waterman, Ende.«

Dann führte Stillman sie mit seiner Taschenlampe auf das Feld.

Plötzlich leuchtete auch Ormonds Taschenlampe. Es war ein Modell mit vier Batterien, das er vorher für einen Schlagstock gehalten hatte, und sie strahlte unglaublich weit und hell. Sie leuchtete einen Augenblick nach vorne, dann schweifte sie über das Feld und richtete sich auf das Gebiet, das Walker durchsucht hatte. »Was haben Sie dort drüben gemacht?«

»Das war ich«, sagte Walker.

Sie wandte sich zu ihm um und musterte ihn, als hätte sie ihn vorher noch nie gesehen. »Was haben Sie da gemacht?«

»Wir haben das Feld zwischen uns aufgeteilt und an beiden Enden angefangen.«

»Was haben Sie geglaubt hier zu finden?«

Walker zuckte nervös die Schultern. »Im besten Fall – vielleicht hat sie das Geld hier vergraben. Im schlimmsten Fall ...« Ihm wurde klar, daß er wahrscheinlich einen Fehler begangen hatte, darum führte er den Satz anders zu Ende. »Ich kann mir nicht vorstellen, was das sein sollte.«

Sie sah ihn einen Moment lang an. »Ach nein?« Sie blickte ihn lange genug bohrend an, um zu merken, daß er darauf nichts zu sagen wußte, dann wandte sie sich ab und folgte Stillman.

»Ich sehe es«, rief der männliche Polizist. »Hier hat wirklich jemand gegraben.«

Walker folgte den anderen in einigem Abstand. Er hielt sich am Rand des Lichtscheins der Lampen. Auf einmal strahlte Officer Ormond seinen Brustkorb an. Er begriff, daß sie sein Gesicht beleuchten wollte, ohne ihn zu blenden. Sie fragte: »Wieviel Geld war es?«

Walker antwortete: »Ungefähr zwölf Millionen Dollar. Wir glauben, sie hatte ungefähr eine Million davon dabei.«

Die Lampe blieb auf ihn gerichtet. »Mir ist immer noch nicht klar, weshalb Sie annehmen, daß sie sich den alten Grund von Buckland ausgesucht haben sollte, um es zu vergraben.«

Stillman mischte sich ein. »Ich hatte so eine Ahnung. Wir sind aus Chicago herausgefahren, und das war die erste Stelle, die wir gefunden haben, wo man so etwas unbemerkt hätte tun können.«

»Stimmen Sie dem zu?« fragte sie Walker.

»Ja«, sagte er.

»Wie sind Sie überhaupt darauf gekommen, daß sie es vergraben würde?«

Walker zögerte. »Wir ... Ich glaube, sie hat gewußt, daß wir ihr auf den Fersen waren. Sie würde damit wohl nicht erwischt werden wollen.«

Ormond und der Polizist blickten sich einen Moment lang an. Schließlich sagte der Polizist: »In ungefähr einer Stunde wird es hell.«

Ormond hockte sich hin und betastete den Boden, dann zog sie am Stengel einer Pflanze, die nicht verwurzelt war. »Wir müssen Verstärkung holen.«

Schweigend fuhren sie zurück auf die Wache. Walker und Stillman setzten sich auf eine lange Holzbank, tranken abgestandenen Kaffee und sahen zu, wie Ormond und der Polizist von den Schreibtischen auf der anderen Seite der Theke aus sechs oder sieben Anrufe tätigten. Der Himmel vor den Glastüren der Wache begann bleich und grau zu leuchten, und die ersten Leute trafen ein: zwei Männer in einem Pick-up, die Jeans und Baseballmützen trugen, dann ein paar weitere Polizisten, die sich hinter der Theke mit Ormond und ihrem Partner besprachen, wobei sie Stillman und Walker den Rücken zuwandten, und dann wieder hinausgingen.

Nachdem Walker seine dritte Tasse Kaffee getrunken hatte, kam Ormond um die Theke und sagte: »Sie fangen schon an dort draußen. Ich kann mir vorstellen, daß Sie gerne zusehen würden.« Walker konnte sich kaum etwas vorstellen, was er weniger gern täte, aber sie ging bereits zu ihrem Auto, und so folgten sie ihr und stiegen hinten ein.

Als sie dort ankamen, stand ein weiteres Polizeiauto am Straßenrand. Ein gelbes Absperrband war an frisch eingeschlagenen Holzpflöcken rund um die Stelle gespannt worden, die Stillman gefunden hatte. Ein Polizist machte Polaroidaufnahmen vom Boden, während die beiden Männer mit den Baseballmützen sich außerhalb der Absperrung auf ihre Schaufeln stützten. Als er fertig war, stiegen sie über das Band und begannen zu graben. Stillman, Walker und die beiden Polizisten stellten sich an die Straße und sahen zu.

Der Polizist mit der Kamera kam herüber und lehnte sich an die Tür von Ormonds Streifenwagen. Walker dachte, daß seine Schicht bestimmt gerade erst angefangen hatte, denn seine Uniform sah frisch gebügelt aus, und die Bügelfalten waren noch ganz scharf. Der Polizist sagte, ohne eine Miene zu verziehen: »Bei solchen Sachen weiß man nie. Letztes Jahr sind wir gerufen worden, weil eine Frau gesehen hatte, wie ihr Nachbar in seinem Garten ein großes Loch gegraben hat. Wir sind rübergefahren und wirklich – an einer Stelle war die Erde noch frisch. Verbissen haben wir uns an die Arbeit gemacht und gegraben, bis jemand mit der Schaufel auf ein Geweih gestoßen ist.«

Er schlug sich auf die Schenkel und lachte. »Er hatte auf der Autobahn einen Rehbock überfahren und wollte das Fleisch nicht verkommen lassen. Aber dann hat er Angst bekommen und sich gedacht, er sollte sich besser etwas einfallen lassen, weil gerade Schonzeit war.«

Eine halbe Stunde später war hinter dem Feld die Sonne aufgegangen, und weil sie so niedrig stand, schien sie Walker in die Augen. Ormond kam vom Feld herüber, öffnete die Autotür und setzte sich hinter das Lenkrad. Sie nahm das Mikrophon und schloß die Tür. Walker konnte ihren Mund nicht sehen, während sie ins Mikrophon sprach, aber ihre Augen waren auf ihn gerichtet. Nach einer Weile stieg sie wieder aus.

»Haben Sie ein Foto von der Verdächtigen dabei?«

»Das liegt in unserem Auto in der Stadt«, sagte Stillman.

»Dann muß einer von Ihnen mitkommen und sie sich ansehen.«

15

»Es ist eine Frau, eine Weiße.«

Walker hörte diese Worte in seiner Erinnerung immer und immer wieder. Während sie das sagte, hatte Ormond zu ihm hingeschielt, und Walker sah noch vor sich, wie sie durch die Pflanzen stapfte und so tat, als würde sie nach unten blicken. Aber in Wirklichkeit hatte sie ihn angesehen, selbst noch als sie stehengeblieben waren und er in das Loch hinabsehen mußte.

Einer der anderen Polizisten hatte sich die Mühe gemacht, das Gesicht abzuwischen, aber an den Augen hingen immer noch ein paar Krümel Erde, und die Haare klebten strähnig am Kopf, als wären sie naß. Die Ellen Snyder, die er zu sehen erwartet hatte, war nicht mehr da – aber erst seit kurzem, als hätte er sie nur um Minuten, nur um Sekunden verpaßt. Ihre Lippen waren bleich, und ihr Gesichtsausdruck wirkte kühl und gefaßt. Die Muskeln waren gestrafft, als hätte sie irgend etwas nach hinten gezogen – der Tod selbst oder seine Begleitumstände oder auch einfach die Tatsache, daß sie auf dem Rücken unter der Erde gelegen hatte. Er hatte keine Ahnung. Mit ihr war diese merkwürdige Verwandlung vorgegangen. Seit seiner Kindheit hatte er sich darüber gewundert, wenn er auf Beerdigungen von Verwandten war, die in ihren Särgen lagen und einerseits einfach tief zu schlafen, andererseits nicht mehr dieselbe Person zu sein schienen. Sie kamen ihm vor wie eine Skulptur von einem Künstler, der sie nie kennengelernt und ihr Äußeres nur nach einem Foto rekonstruiert hatte. Der Teil ihres Körpers, den er sehen konnte, war nackt, nur mit einer dünnen Schicht Erde bedeckt, doch das rief in ihm keine Reaktion hervor.

Er hatte keinen Impuls verspürt, dieses Mädchen, das ihm so wichtig gewesen war, um des Anstands willen zu bedecken, und er verspürte auch nicht den Drang, genauer hinzusehen. Durch den Tod hatte der Körper jede Besonderheit verloren und war zu einem Typus geworden, zu einem Beispiel für eine bestimmte Art Leichen. Die Worte, die ihm in ihrer Einfachheit immer so beschränkt vorgekommen waren – weiblich, weiß, zwanzig bis fünfundzwanzig Jahre alt, eins achtundsechzig groß, blonde Haare –, waren in Wahrheit sehr treffend und genau. Es gab nichts Besonderes mehr, denn alles, was die Menschen von allen anderen unterschied, die so groß und so alt waren wie sie und das gleiche Geschlecht hatten, verschwand mit dem Leben.

»Das ist Ellen Snyder«, hatte er gesagt. Sie hatten ihn und Stillman zurück auf die Wache gefahren, sie getrennt und in zwei verschiedene Räume gesteckt.

Danach wurden die Fragen hartnäckiger und weniger höflich. Der große Polizist kam herein und führte Walker in ein weiteres Zimmer, wo er ihm die Fingerabdrücke abnahm. Dann bat er ihn, sich vor eine Maßeinteilung zu stellen, die auf die nackte Wand gemalt war, brachte seinen Namen in weißen Buchstaben auf einem schwarzen Filzrechteck an und fotografierte ihn.

Mittags kam der Chief. Es war ein dicker, breiter Mann namens Daniels, dem der Bauch über den Gürtel hing, wenn er sich setzte. Er spielte eine der Rollen, die Walker am wenigsten mochte, nämlich die des Jungen vom Lande, der sich nichts merken kann. Sein erster Satz war: »Und, schon mal 'ne Leiche gefunden?«

Er wollte die ganze Geschichte von Anfang an hören. Es war eine lange, heikle Prozedur, denn Walker mußte ihm jede Einzelheit erzählen: wie Ellen die Zahlung an den falschen Erben angewiesen hatte und verschwunden war, wie Stillman ihn nach Pasadena mitgenommen hatte, damit er ihm bei den Ermittlungen half, weil er sie gekannt hatte, und wie er Alan Werfel getroffen hatte. Er erklärte ihm, wie die eingelösten Schecks, mit denen die Konten leer geräumt wurden, die Versicherung auf eine Spur gebracht hatten: Jeder Scheck war auf eine andere Person ausgestellt worden, und jede neue Person hatte der Versicherung einen weiteren Decknamen und den jeweiligen Aufenthaltsort von Ellen verraten. Den nächsten Teil faßte er zusammen, um die Straftaten auslassen zu können. Er sagte einfach: »Per Computer haben wir herausgefunden, wann sie ihre letzte Identität benutzt hat, und festgestellt, daß sie noch im Ritz-Carlton in Chicago registriert war. Als wir dort ankamen, war sie schon weg.« Immer wieder erklärte er, er glaube, daß sie selbst ein Opfer sei. Sie habe alles nur unter fremdem Zwang getan.

Der Chief unterbrach ihn ständig mit Fragen, die ihn aus dem Konzept bringen sollten. Immer wenn Walker glaubte, am Ende seiner Erzählung angekommen zu sein, stellte Daniels eine Frage, die ihn wieder zum Anfang zurückbrachte. »Wenn sie von Anfang an verschwunden war, woher wußten Sie dann, daß es wirklich sie war, die dem falschen Mann den Scheck ausgestellt hat?« Als Walker wieder dort angefangen und alles bis zum Ende erzählt hatte, fragte Daniels: »Wie kamen Sie darauf, daß es Ellen Snyder war, nach der Sie suchen mußten?«

Walker wurde klar, daß dieses Verhör ein Duell mit einem Gegner war, der nie müde wurde, keinen Fehler machen konnte und kein Pardon kannte. Daniels nickte weise, während Walker über einen besonders heiklen Teil der

Geschichte hinwegging, um Walker dann zwanzig Minuten später genau diesen Teil wiederholen zu lassen. »Woher wußten Sie denn, daß diese Mrs. Bourgosian abgereist war, wenn sie nicht ausgecheckt hatte?« Walker dachte sich eine Version aus, in der ihr Einbruch nicht vorkam. »Wir haben immer wieder angerufen, gewartet, an die Tür geklopft.« Als Walker schließlich bei der Identifizierung der Leiche angelangt war, fragte der Chief: »Woher wußten Sie denn, daß Sie auf dem alten Grund von Buckland suchen mußten?«

Darauf hatte sich Walker bereits eine Antwort überlegt, denn ihm war klar gewesen, daß er diese Frage oft hören würde. Er sagte: »Wir sind Richtung Norden aus Chicago rausgefahren, und zwar auf einer Route, von der Stillman meinte, daß jemand wie sie sie wählen würde – abseits von den größeren Straßen. Als wir an einer Stelle vorbeikamen, die er für ein gutes Versteck hielt, hat er angehalten, um sie sich anzusehen.«

Die Wahrheit erschien Walker weit verstörender, doch das konnte er diesem Mann nicht sagen, weil er nicht sein Freund war. Als er Stillman beobachtet hatte, wie er langsam durch die Nacht gefahren war und zu beiden Seiten hinausgesehen hatte, war ihm sein seltsamer Gesichtsausdruck aufgefallen. Kalt und ernst, mit zusammengekniffenen Augen hatte er hinausgestarrt. Es war mehr als bloße Konzentration gewesen – man hätte meinen können, er sei ein anderer Mensch geworden. Erst später, nachdem sie angehalten hatten, war Walker klargeworden, wer das gewesen sein mußte. Das hatte Stillman gemeint, als er gesagt hatte, er versuche das, was er sehe, »aus einem anderen Blickwinkel zu sehen«. Stillman hatte von dem Moment an, als er die Uhr entdeckt hatte, den Verdacht gehabt, daß Ellen tot war.

Daniels zog die Brauen hoch. »Und Sie sind einfach mitgekommen, ohne Fragen zu stellen?«

»Ich sitze den ganzen Tag in der Hauptgeschäftsstelle einer Versicherungsgesellschaft und schreibe Berichte«, sagte Walker. »Er ist der Sicherheitsfachmann, den die Versicherung für diesen Fall herangezogen hat. Was hätten Sie getan?«

Daniels schien sich zunächst damit zufriedenzugeben, aber ein paar Minuten später kam er noch einmal darauf zurück. »Wie sind Sie darauf gekommen, daß die Waterman Road die richtige Straße war?«

Die Antwort blieb dieselbe. »Das müssen Sie Stillman fragen.«

Um sieben Uhr abends schien das Verhör beendet zu sein. Daniels stand auf und sagte in verschwörerischem Ton: »Dieser Stillman, das ist schon einer, was? Hat einen ziemlichen Ruf.«

Walker meinte: »Wirklich?«

Daniels sah Walker abwägend von oben an. »Vielleicht nur in gewissen Kreisen.« Dann wurde er leiser und beugte sich zu Walker hinab. »Ich würde mich soweit wie möglich von ihm fernhalten«, sagte er und ging hinaus.

Fast eine Stunde später kam der große, dünne Polizist herein und sagte zu Walker: »Sie können gehen.«

Als Walker hinaus auf die Straße trat, war es dunkel. Er ging zu dem geparkten Auto, aber Stillman konnte er nirgends entdecken. Dann kam ihm der Gedanke, daß sein Verhör wahrscheinlich kaum mehr als eine Vorbereitung auf das gewesen war, was sie Stillman fragen wollten. Walker drehte sich um und ging wieder in die Wache, wo er einen Stift und ein Formular von der Theke nahm. Er schrieb auf die Rückseite: »Bin was trinken.« Er steckte den Zettel unter den Scheibenwischer und ging dann die ruhige Straße entlang.

Er kam zu einem Hotel, in dem viel los zu sein schien. Durch die offene Tür der Eingangshalle drang Musik heraus, und Licht fiel auf den Gehsteig bis auf seine Füße. Er ging an einem älteren Mann am Empfang vorbei, der überrascht wirkte, ihn zu sehen, und folgte den Klängen der Musik in einen großen, düsteren Raum mit einer langen Mahagonibar. Dort standen sechs Reihen Flaschen mit bunten Flüssigkeiten, die in dem von dem wandfüllenden Spiegel reflektierten Licht zu leuchten schienen.

Drei der Tische auf der anderen Seite des Raumes waren von Männern besetzt, die Bier tranken und sich offenbar auf einem unter der Decke angebrachten Fernseher ein Footballspiel ansahen. Walker setzte sich auf einen Barhocker und sagte zum Barkeeper: »Irgendeinen Scotch mit Wasser bitte.«

Der Barkeeper war ein glatzköpfiger Mann mit einem buschigen Schnurrbart, der aussah, als hätte er ihn sich als typisches Kennzeichen für seinen Beruf wachsen lassen. Er goß Walker einen Doppelten ein, als freue er sich, endlich einmal etwas anderes als Bier ausschenken zu können. Walker langte in seine Brieftasche und legte einen Zwanzigdollarschein auf die Bar, dann starrte er in den Spiegel und sah sich seitenverkehrt das stumm gestellte Footballspiel an.

Er war bei seinem zweiten Drink, als Stillman hereinkam und sich neben ihn setzte. Stillman winkte dem Barkeeper und deutete auf Walkers Glas, und der Barkeeper stellte ihm das gleiche hin. Stillman probierte, nickte dem Barkeeper zu und wandte sich dann an Walker. »Keine Sorge, ich trinke nicht zuviel. Ich kann Sie heute abend noch zum O'Hare Airport fahren.«

»Nur, wenn wir sowieso dorthin müssen«, sagte Walker.

»Sie wollten dabeibleiben, bis wir sie gefunden haben, und das haben wir. Ich dachte, Sie würden es kaum erwarten können, hier wegzukommen«, sagte Stillman. »Wieso ist das nicht so?«

Walker dachte einen Moment lang nach. »Wahrscheinlich, weil sie umgebracht wurde.«

Stillman sah ihn nachdenklich an. »Es tut mir leid, daß ich Sie da hineingezogen habe. Als ich Sie mitgenommen habe, hatte ich den Eindruck, es wäre längst vorbei und Sie beide hätten mittlerweile andere Dinge im Kopf.«

Walker nickte. »Das war auch so.«

»Aber Sie waren immer noch in sie verliebt.«

Walker schüttelte den Kopf. »Nein. Ich war es noch lange: so lange, daß ich mich an diese Vorstellung gewöhnt habe, mich wohl gefühlt habe dabei. Ich würde immer derjenige sein, der seine beste Chance im Leben bereits verpaßt hatte. Ich war mir so sicher, daß ich aufgehört habe, zu überprüfen, ob das überhaupt noch zutrifft, bis Sie gekommen sind und mich gezwungen haben, über jede Sekunde nachzudenken, die ich mit ihr verbracht habe. In den letzten paar Tagen habe ich das getan. Mir ist langsam klargeworden, daß ich nicht mehr das gleiche wie früher empfinde. Als ich mich erinnert habe, habe ich noch genauso über sie gedacht wie damals. Aber ich habe dabei nichts mehr gefühlt. Sie war genau so, wie ich sie mir immer vorgestellt habe – klug, lustig, tapfer, gut –, aber das hatte jetzt nichts mehr mit mir zu tun.« Er runzelte die Stirn. »Verstehen Sie das?«

»Ja«, sagte Stillman. »Sie wußten, sie war ein anständiger Mensch, und sie war den Versuch wert, sie zu retten. Was hält Sie jetzt davon ab, nach Hause zu fahren?«

Walker nahm noch einen Schluck. »Darüber habe ich gerade nachgedacht, als Sie hereingekommen sind.« Walker betrachtete sein Glas. »Das Problem mit diesem Zeug ist, daß genau in dem Moment, wo es einem hilft, endlich klarzusehen, das, was noch im Magen ist, ins Blut dringt und einen völlig blöd macht. Aber ich glaube, es hat damit zu tun, womit ich die letzten Jahre verbracht habe und sie auch.«

»McClaren's?« Stillman sah mißtrauisch aus. »Plötzlich interessiert es Sie, ob die Versicherung dieses Jahr Profit macht?«

»Das ist ja das Komische daran«, sagte Walker. »Es interessiert mich überhaupt nicht. Ich habe kein einziges Mal daran gedacht, seit wir in Pasadena waren.«

»Was meinen Sie dann?«

»Ich meinte, wie ich davor mein Leben verbracht habe. Ich habe versucht, der perfekte Angestellte zu sein. Ich habe mir eingeredet, wenn ich ein solider, ernsthafter Mensch werden wollte, dann wäre das der richtige Weg. Wenn ich wirklich hart darauf hinarbeitete, in meine Kabine zu passen, dann würde ich mit der Zeit der Typ Mann werden, auf den meine Familie stolz wäre. Zuverlässig, solide. Das hat mir etwas bedeutet.« Er lächelte. »Ich habe mich wirklich angestrengt. Ich bin zur Arbeit gegangen, bin gleich danach nach Hause – manchmal bin ich zu Fuß gegangen, um fit zu bleiben, habe mir etwas zu essen aufgetaut, mir die Nachrichten angesehen und bin dann ins Bett gegangen, um am nächsten Tag wieder dasselbe durchziehen zu können.«

»Und was hat sie damit zu tun?«

»Sie hatte dasselbe vor, nur war sie besser. Wir waren beide Menschen, die die Befriedigung ihrer Bedürfnisse lieber aufschieben. Je weiter man sie hinausschiebt, desto besser wird es sein.« Er hob herausfordernd den Kopf und blickte Stillman an, dann widmete er sich wieder seinem Drink. Er nahm einen Schluck und wartete, bis die kleine Explosion in seinem Magen nach oben zurückstrahlte und ihm das Hirn wärmte. »Das habe ich erst ganz begriffen, als ich sie dort liegen sah, wo fremde Leute ihr die Erde vom Gesicht gewischt haben.«

»Was haben Sie da begriffen?«

»Daß sie und ich die Regeln vielleicht mißverstanden haben.«

»Tja, das hat sie wohl«, stimmte Stillman zu.

»Ich auch«, sagte Walker. »Da lag sie, und ich habe mich gefragt, wie sie es hätte vermeiden können, in diesem Loch zu landen. Und wissen Sie was?«

»Was?«

»Die Antwort war nicht: Sie hätte noch mehr Zeit und Energie darauf verwenden sollen, Versicherungen zu verkaufen.«

Stillman trank einen Schluck. »Was ihr passiert ist, ist kein schlechtes Argument für eine Lebensversicherung.«

»Richtig«, sagte Walker. »Aber es ist auch kein sonderlich gutes Argument dafür, etwas Wichtiges preiszugeben, nur um weiterzukommen.«

»Was haben Sie noch begriffen?« fragte Stillman.

»Nichts. Im Gegenteil. Ich habe festgestellt, daß ich über manches, was ich schon begriffen hatte, noch einmal nachdenken muß.«

»Zum Beispiel?«

»Mord. Wenn man einmal wirklich sieht, wie das aussieht: Ein Mensch wird zu einem Geheimnis gemacht, wird nach Einbruch der Dunkelheit in ein Loch geworfen, und sogar das Loch wird verborgen. Ihr Gesicht hat ruhig und gefaßt gewirkt. Vielleicht ist sie sanft gestorben. Aber selbst wenn es nur eine Zehntelsekunde war, selbst wenn sie es nicht mehr hat aussprechen können, irgendein kleiner Teil ihres Gehirns hat bestimmt gedacht: ›Bitte. Noch nicht. Gib mir noch einen Tag, noch ein paar Minuten.‹ Das haben sie nicht getan.« Er trank den letzten Rest seines Whiskys. »Ich habe schon immer gedacht, daß man solche Leute zur Strecke bringen muß. Aber mir ist nie in den Sinn gekommen, daß ich derjenige sein könnte, der das tun sollte.«

16

Walker wachte auf, duschte, zog sich an und ging dann nach nebenan, um bei Stillman zu klopfen. Stillman saß mit einem Telefon in der Hand auf dem Bett, inmitten von aufgeschlagenen Akten aus der Filiale in Pasadena. Walker ging zu dem einzigen Stuhl in dem Zimmer und setzte sich.

Stillman sagte in den Hörer: »Ja, also besorgen Sie es mir. Schwierig ist doch nur ein anderer Ausdruck für teuer, und ich bin nun einmal auf Sie angewiesen. Rufen Sie mich hier im Hotel an, bevor Sie etwas schicken.«

Er legte auf, dann wählte er eine weitere Nummer. »Sie können ruhig frühstücken gehen. Das hier dauert noch eine Weile.«

Walker stellte fest, daß der Speisesaal erst abends geöffnet wurde, deshalb ging er die Straße entlang, vorbei an der Polizeiwache, bis er einen Imbiß fand. Als er in Stillmans Zimmer zurückkehrte, redete Stillman immer noch im selben Tonfall. »Was ist denn heute mit allen los? Also, das geht so: Sie tun das, was ich will, schicken mir die Rechnung, und dann beschwere *ich* mich. Sie können mir nicht eine Rechnung schicken und sich auch noch beschweren. Glauben Sie vielleicht, Sie sind in meinem Testament erwähnt, und ich werfe jetzt das Vermögen zum Fenster raus? Ganz bestimmt. Ich warte.« Er legte auf.

»Sind Sie fertig?« fragte Walker.

»Wenn mir niemand mehr einfällt, der noch etwas für uns tun kann. Ich lasse die Leute gerne frühmorgens für mich arbeiten, wenn sie noch frisch sind.«

»Was tun sie für Sie?«

»Der letzte überprüft stündlich die Kreditkartenabrechnungen dieser zwei Männer – Albert Mayer und Richard Stone. Das sind die beiden, die immer in denselben Hotels wie Ellen Snyder aufgetaucht sind.«

»Werden sie jetzt andere Namen benutzen?«

»Man weiß nie«, sagte Stillman. »Sie haben keinen Grund anzunehmen, daß sie jemand verfolgt. Aber wenn sie schlau sind, gehen sie auf Nummer Sicher. Ich versuche nur, irgendwas zu finden, das uns auf die nächsten Namen bringt, die sie benutzen. Durch jemand anderen lasse ich verbreiten, daß ich für jeden Hinweis auf einen Mann zahle, der aussieht wie Alan Werfel.«

»Ich glaube nicht, daß es so einen Mann gibt«, sagte Walker.

Stillman war neugierig geworden. »Nein?«

»Nein. Ich bin beim Aufwachen darauf gekommen. Wenn sie so einen Mann gehabt hätten, dann wären sie bestimmt nicht so vorgegangen.«

»Warum nicht?« fragte Stillman.

»Ich halte es für richtig, was Sie gesagt haben: daß sie zuallererst am Flughafen Werfels Ausweis gestohlen haben. Ich glaube, sie haben auf anderem Weg von der Lebensversicherung erfahren – vielleicht einfach, indem sie soviel wie möglich über ihn in Erfahrung gebracht haben, bevor sie die Kreditkarten benutzt haben. Aber ich glaube nicht, daß sie einen Doppelgänger ins Spicl gebracht haben, um Ellen Snyder vorzumachen, er sei Alan Werfel. Das habe ich mir nie so richtig vorstellen können. Es ist zu schwierig, um es schnell zu machen, und wenn man ihn in die Filiale schickt, könnte zuviel schiefgehen.«

»Das stimmt«, sagte Stillman in sanftem Ton. »Das ist

das Unangenehme daran. Es funktioniert am besten, wenn jemand von innen alles organisiert und dafür sorgt, daß nichts schiefgeht.«

»Ellen war es nicht«, beharrte Walker. »Dafür gibt es noch viele andere Möglichkeiten.«

Stillman seufzte. »Sie können keinen Dieb fangen, indem sie sich vorstellen, was er alles hätte tun können. Sie müssen die Dinge aus seinem Blickwinkel betrachten. Was sollte nach seinen Wünschen passieren, und was mußte er seiner Meinung nach dafür tun? Der Dieb kann schließlich am Anfang nicht wissen, auf welche Hindernisse er trifft. Das weiß nur ein Insider. Als man mir ungefähr beschrieben hatte, worum es geht, habe ich sofort nach jemandem wie ihr gesucht.«

»Aber Sie haben sie nicht gekannt, und deshalb kam mir das immer so unwahrscheinlich vor. Ellen Snyder war nicht so. Sie wollte nicht die schnelle Million, sie wollte eine Karriere. Und wenn sie wirklich jemanden gefunden hätten, der eine Fremde davon überzeugen konnte, daß er Alan Werfel ist, hätten sie Ellen nicht dafür bezahlen müssen. Und wenn sie sie hätten bezahlen können, dann hätten sie sie nicht umbringen müssen.«

»Sie glauben, sie sollte nur der Sündenbock sein?«

»Genau.«

»Weil sie tot ist?«

»Nicht einfach nur tot, sondern umgebracht und vergraben, in einer gottverlassenen Gegend, so daß es aussah, als wäre sie mit dem Geld abgehauen und verschwunden. Sie konnten ja nicht einfach eine Kopie von Werfels gestohlenem Führerschein faxen und erwarten, einen Scheck über zwölf Millionen mit der Post zu bekommen. Die Unterlagen, die für die Zentrale bestimmt waren, mußten von einem echten Mitarbeiter von McClaren's ausgefüllt sein, von dem man annahm, daß er den Mann persönlich gesehen und die eidesstattliche Erklärung von ihm hatte unterschreiben lassen.«

»Sie glauben, sie hat die Papiere gar nicht selbst ausgefüllt?« fragte Stillman.

»Ich weiß nicht, ob sie es getan hat oder nicht. Ich weiß nur, daß sie nicht vorhatte, sich an einem Betrug zu beteiligen. Wenn der falsche Alan Werfel sie vorher angerufen und gesagt hat: ›Ich komme am Dienstag vorbei, um die Papiere zu unterschreiben‹, dann hätte sie sie wahrscheinlich schon am Montag ausgefüllt. Sie hätte niemals so einen Mann im Büro sitzen und warten lassen, während sie an der Schreibmaschine sitzt und ein Formular ausfüllt. Verstehen Sie nicht? Er entspricht genau dem Kundenkreis, auf den sie aus war.«

»Ich dachte, sie war auf Frauen aus?«

»Sie wollte Erben, und genau das war er: ein Mensch, der plötzlich zu viel Geld gekommen war und der zu ihr ins Büro mußte. Sie hätte das als gigantische Chance gesehen, ihm etwas zu verkaufen – ihn zum Beispiel dazu zu bringen, von der Firma sein Geld verwalten zu lassen. Schließlich hatte er gerade die deutlichste Erinnerung an die Sterblichkeit bekommen, die möglich ist, also hätte sie es mit einer Lebensversicherung versucht. Und er hatte gerade ein paar Villen geerbt, also wäre auch eine Wohngebäudeversicherung möglich gewesen.« Walker warf die Arme hoch. »Sie kennen doch ihre Akte. Sehen Sie sich ihre Verkaufszahlen an. Damit hat sie ihr Geld verdient. Ellen hätte alles getan, um ihm das Gefühl zu vermitteln, sie sei seine Verbündete in dieser Zeit der Not.«

Stillman sagte: »Gut, sie hätte also die Papiere vorher ausgefüllt. Was ist dann passiert?«

»Ich weiß nicht«, sagte Walker. »Vielleicht haben sie ihr gesagt, sie soll Alan Werfel mit den Papieren irgendwo außerhalb des Büros treffen. Beim Mittagessen Geschäfte zu machen ist ja nichts Unübliches. Sie wäre sicher darauf angesprungen. Sie hätte ihn allein und an einem Ort treffen wollen, wo die anderen Leute in ihrer Filiale, zum Beispiel Winters, ihn ihr nicht wegschnappen oder ihr in die Quere kommen konnten. In einem Restaurant hätte sie zudem einen psychologischen Vorteil gehabt: keine Büroeinrichtung, die ihn daran erinnert, daß er nur ein Fremder in einer Firma ist. Durch diese Sonderbehandlung würde sie ihm zeigen, wie wichtig er ist und so weiter. Er hat es mit einer Versicherungsgesellschaft zu tun, aber was er sieht, ist die hübsche, beruhigende junge Frau, die sich unglaublich um ihn bemüht. Und ein Mittagessen dauert lange – vielleicht zwei Stunden –, so daß sie verdammt viel Zeit hat, um ihn mürbe zu machen.«

»Okay«, sagte Stillman. »Angenommen, das ist eine Möglichkeit. Warum ist dann jemand in ihre Wohnung eingebrochen?«

»Ich habe nicht gesagt, daß ich genau weiß, was passiert ist. Vielleicht haben sie es so eingerichtet, daß sie die Papiere mit nach Hause nehmen mußte. Sie hätten sich mit ihr zum Frühstück verabreden können, da würde doch kein normaler Mensch vorher ins Büro gehen. So konnten sie in der Nacht zuvor einbrechen und sie und die Papiere mitnehmen und dann die Formulare über Nacht nach San Francisco schicken, ohne jemanden in Pasadena zurückzulassen, der etwas wußte. Vielleicht sind sie auch später eingebrochen, nachdem sie sie entführt hatten, aus Angst, ein Eintrag in ihrem Kalender könnte beweisen, daß sie gar nicht vorgehabt hatte zu verschwinden.« Er zuckte mit den Achseln. »Deshalb haben sie uns doch auf dem Weg aus ihrer Wohnung überfallen, nicht wahr? Weil wir mit Papieren herumgewedelt haben.«

»Sie meinen, sie haben sie entführt?« fragte Stillman.

»Glauben Sie denn, sie hat sich ausgezogen und sich in einem Feld in Illinois vergraben?«

»Natürlich nicht«, sagte Stillman. »Aber sie scheint ja noch einiges getan zu haben, nachdem sie den Scheck überreicht hat. Sie ist offenbar geflogen und hat Hotelzimmer gemietet.«

»Dann war das vielleicht nicht Ellen Snyder. Vielleicht sind sie nur in ihre Wohnung eingebrochen, um sie umzubringen und sich ihren Schlüssel zu holen.«

»Welchen Schlüssel?«

»Für das Büro«, sagte Walker. »Vielleicht haben sie Ellen umgebracht, sind dann mit ihrem Schlüssel ins Büro, haben dort die Formulare ausgefüllt, sie in die Zentrale gefaxt und sich dann aus den Akten Informationen über Kundinnen dieser Filiale geholt.«

»Und dann?«

»Dann lassen sie eine andere Frau mit diesen falschen Namen herumreisen. Jemand hat es so aussehen lassen, als säße Ellen in einem Flugzeug nach Zürich. Das ist nicht Ellen Snyder, die versucht, Ellen Snyder unschuldig aussehen zu lassen. Das sind diejenigen, die versuchen, es so aussehen zu lassen, als wäre Ellen mit dem Geld verschwunden. Dann haben sie sie an einem Ort vergraben, wo sie dachten, sie würde nie gefunden werden.«

»Nicht gefunden«, sagte er abwesend. »Identifiziert.«

»Was?«

Stillman winkte. »Leichen werden fast immer irgendwann gefunden. Der Trick besteht darin, daß man sie an der richtigen Stelle hinterläßt. Es sieht nicht so aus, als würden Bauernhöfe in Familienbesitz hier draußen bald wieder in Mode kommen. Man vergräbt die Leiche also hier auf einer verlassenen Farm. Man deckt sie mit Pflanzen zu, so daß die Stelle nach ein paar Wochen nicht anders aussieht als der Rest. Es kann zehn Jahre dauern, bis ein Makler das Land aufkauft und anfängt, es mit Baggern zu bearbeiten. Sie haben ihr nicht die Kleider weggenommen, weil sie pervers waren. Sie haben es getan, damit die Kleider niemanden auf eine Spur bringen, wenn die Leiche gefunden wird. Sie haben gehofft, daß dann nichts als die Knochen übrig wären, aber darauf konnten sie sich nicht verlassen. Manchmal kommt eine Leiche durch Regen und Frost zum Vorschein. In wenigen Monaten beginnt die Jagdsaison, und dann trampeln wahrscheinlich Menschen und Hunde über dieses Feld – und Hunde wären da wirklich gefährlich.«

Ein paar Sekunden lang blickte Walker Stillman an. Er war anders heute. Vielleicht war es auch Walker, der anders war. »Und was glauben Sie, wie es war?« fragte Walker.

Stillman zuckte die Achseln. »Wenn ich raten müßte, dann würde ich mich Ihrer Theorie anschließen.«

»Warum haben Sie das nicht gleich gesagt?«

»Weil ich bis jetzt noch nicht raten muß.«

17

Walker starrte über den Schreibtisch hinweg auf Daniels' goldene Dienstmarke. Sie war wirklich so groß, wie er sie in Erinnerung gehabt hatte. Sie sah eher aus wie eine Plakette, die er von der Handelskammer erhalten hatte, um sie sich in seinem Büro an die Wand zu hängen, als etwas, das sich jemand ans Hemd stecken sollte. In fetten emaillierten Buchstaben stand oben CHIEF OF POLICE, und in der Mitte war ein Rad mit einer blauen 1 im Zentrum.

Daniels sah gut aus hinter einem Schreibtisch, denn wenn er sich vorbeugte und die Ellbogen aufstützte, wurde sein hervorstehender Bauch gegen die oberste Schublade gedrückt, und Walker sah nur die enormen Arme, die Schultern, die aus dem dicken Hals herausragten, und die kleinen braunen Augen. Er sah finster drein, und sein Gesichtsausdruck spiegelte sich in Miniatur auf dem kindlichen Gesicht von Officer Ormond.

»Die Polizei in Pasadena, Kalifornien, hat den Bericht über Ihr Zusammentreffen mit den beiden Männern in der Nähe der Wohnung von Ellen Snyder ausgegraben, und wir haben ihnen Ihre Beschreibung weitergegeben. Jetzt werden die Männer gesucht, damit man sie in Zusammenhang mit diesem Mord hier in Wallerton verhören kann«, sagte Daniels.

»Danke, Chief«, sagte Stillman.

»Ich weiß ehrlich nicht, was das nützen wird«, meinte Daniels bedrückt. »Ich habe Sie beide hergebeten, um Ihnen zu sagen, daß wir unsere Ermittlungen so gut wie abgeschlossen haben. Ich gebe Ihnen alles, was wir bis jetzt haben, bevor es nach Springfield gebracht wird und in irgendeinem Aktenschrank verschwindet.«

Walker warf Stillman einen Blick zu, doch Stillman reagierte nicht. Es lief alles genau, wie Stillman es vorhergesagt hatte, aber er schien es gar nicht zu merken. Statt dessen blickte er so finster drein wie der Chief. Walker sah, daß Ormond ein paar Aktendeckel auf den Knien hatte. Ihr Gesicht nahm einen äußerst unwilligen Ausdruck an.

Stillman sagte: »Das ist sehr entgegenkommend von Ihnen.«

»Sandy?« sagte Daniels.

Officer Ormond holte tief Luft und zog einen Schmollmund, als wäre sie zu allem entschlossen.

»Sandy, nun gib ihm schon die verdammte Akte«, sagte Daniels entnervt. Sie beugte sich schnell vor und legte Walker die Akte auf den Schoß, wie eine Frau, die im Zoo in einen Käfig langt, dann lehnte sie sich rasch zurück. Daniels sagte: »Officer Ormond hatte etwas dagegen, diese Informationen an Privatpersonen weiterzugeben. Normalerweise würde ich ihr natürlich zustimmen. Sie ist eine hervorragende Polizistin.«

Walker fragte sich, was Daniels wohl bewogen hatte, ihren Einspruch abzuweisen. An ihrer steinernen Miene sah er, daß das Kompliment sie nicht besänftigt hatte, aber Daniels schien das schon vorher gewußt zu haben. Er sagte: »Am Fundort gibt es keine Spuren, die nicht von Ihren Schuhen oder von unseren stammen. Leider wurden auch keine greifbaren Beweisstücke zurückgelassen, die wir eintüten und analysieren könnten. Wir haben alle Anwohner in der Locksley Road und in der Waterman Road befragt, aber niemand hat etwas gehört oder gesehen. Wir haben also lediglich eine Leiche. Bisher wissen wir, daß sie, als Sie sie gefunden haben, mindestens zwölf Stunden tot war und daß sie wahrscheinlich in der Nacht zuvor zwischen Einbruch der Dunkelheit und Tagesanbruch vergraben wurde.«

»Haben Sie schon eine Todesursache?« fragte Stillman.

»Nun, da bin ich nicht sicher. Die Autopsie wurde in Chicago gemacht. Sie haben sich noch nicht entschieden, aber es gibt ein paar Hinweise. In ihrem Blut wurde Heroin nachgewiesen. Das wäre nichts Ungewöhnliches für eine junge Frau, die aus Chicago kommt, aber nichts, was Sie beide uns erzählt haben, deutet darauf hin, daß sie es freiwillig genommen hätte. Ist das richtig?«

»Auf jeden Fall«, sagte Walker, so entschieden er nur konnte.

»Ich tippe also auf eine Überdosis Heroin als Todesursache. Sie hatte auch Morphium im Blut, eine Kombination, die ich seltsam finde. Wahrscheinlich haben sie sie damit ruhiggestellt, bis sie soweit waren, ihr die Überdosis zu verpassen. Sie hat ...« Er wandte sich an Ormond. »Wie viele Einstiche, Sandy?«

»Sechzehn haben sie bis jetzt gefunden«, sagte Ormond.

»Keine Abschürfungen an Knöcheln oder Handgelenken?« fragte Stillman sie.

»Nichts festzustellen«, antwortete Ormond. »Am rechten Arm hat sie einen blauen Fleck.« Sie hob selbst den Arm, um auf eine Stelle innen unter dem Bizeps zu zeigen, und Walker merkte, daß sie sich der Ähnlichkeit zwischen ihrem Körper und dem von Ellen Snyder bewußt war. Es war unvermeidlich und doch seltsam, daß sie sich selbst als Anschauungsobjekt verwendete. »Das könnte ein Hinweis auf eine Gewalteinwirkung sein. Hier an der linken Hüfte hat sie auch noch einen Kratzer, aber beides könnte daher kommen, daß sie halb betäubt in einem Auto transportiert und dann herausgezerrt wurde.«

Stillman sah sie weiter an. »Sie glauben also, man hat sie längere Zeit unter Drogen gesetzt, sie dann getötet und hierhergebracht?«

Ormond antwortete: »Es ist auch möglich, daß sie die anderen Einstiche nur gemacht haben, damit eine Überdosis Heroin glaubhaft wirkt. Aber ich nehme das an.«

»Irgendein Hinweis auf sexuellen Mißbrauch?«

Sie schüttelte den Kopf. »Bis jetzt nicht.«

»Bis jetzt?« Stillman zog eine Augenbraue hoch.

»Wir haben noch nicht alle Ergebnisse der Autopsie bekommen. Der Abstrich wurde negativ auf Sperma getestet, und im Vaginalbereich gab es keine sichtbaren Abschürfungen. Aber sie wird seit zwei Wochen vermißt. Der Test sagt wenig aus über das, was in den ersten zwölf Tagen passiert ist.«

Walker sah Daniels an, der auf das Dienstbuch auf seinem Schreibtisch blickte, als sei ihm darin gerade etwas aufgefallen, das seine volle Aufmerksamkeit verlangte.

Stillman stand mit der Akte in der Hand auf. »Chief, Officer Ormond, Sie haben uns einen großen Gefallen erwiesen, und wir sind Ihnen sehr dankbar dafür.«

Walker reagierte auf sein Stichwort, stand auf und murmelte: »Danke.«

Ormond sagte nichts, aber Daniels stand ebenfalls auf. »Ich hätte mir gewünscht, wir hätten jemanden vor Gericht bringen können, aber wir haben nicht die Möglichkeit, noch weiter über den Rahmen unserer lokalen Ermittlungen hinauszugehen.«

»Mehr hätte man nicht tun können«, sagte Stillman. »Schließlich wurde hier nur zufällig die Leiche versteckt.«

»Nun, Officer Ormond wird Ihnen jedenfalls Kopien von allem schicken, was wir aus Springfield bekommen.« Er wartete, die Augen auf Ormond gerichtet.

Ormond sah ihn verärgert mit starrem Blick an. »Ja, Sir.« Walker fragte sich, was für eine Art Gespräch sie wohl an diesen Punkt gebracht hatte.

Er folgte Stillman nach draußen. Sie gingen durch die stille, sonnige Straße zu ihrem Hotel. Erst als sie in seinem Zimmer waren, sagte Walker etwas. »Das war alles?« fragte er. »Sie sammeln diese ganzen Informationen, stecken sie in eine Akte und schicken sie an die Hauptstadt des Bundesstaates?«

Stillman schien Walker abzuschätzen. In seinen Augen lag durchaus Sympathie, aber Walker sah, daß er nicht gerade guter Laune war. »Sie tun das nicht für jetzt«, sagte er. »Sie haben sich am Fundort professionell verhalten, haben alles festgehalten, die Beweismittel gesichert und nach Zeugen gesucht, solange diese alles, was sie gesehen haben könnten, noch frisch im Kopf gehabt hätten.«

»Was meinen Sie mit ›sie tun das nicht für jetzt‹?«

Stillman seufzte. »Betrug, Unterschlagung, all die Dinge, mit denen wir uns bis jetzt beschäftigt haben, sind momentane Ereignisse. Wenn sie nicht ziemlich rasch geklärt werden, wird man später nicht mehr viel erreichen. Bei einem Mord ist das anders. Die Polizisten, die in einem Mordfall ermitteln, der wahrscheinlich nicht gelöst wird, arbeiten für die Zukunft. Sie hoffen, daß irgendwann irgend jemand eine Idee oder einen Informanten hat oder ein neuer Apparat erfunden wird, durch den die Beweise, die sie gesammelt haben, erst einen Sinn ergeben.«

Walker schüttelte den Kopf. »Das reicht nicht.«

»Natürlich nicht«, sagte Stillman. »Es ist eben nur das, was da ist.« Er blickte Walker einen Augenblick lang an. »Packen Sie Ihren Koffer. Es ist Zeit für uns beide, nach Hause zu fahren.«

18

Die Sonne ging gerade unter, als Walker und Stillman aus der Gepäckausgabe am Flughafen von San Francisco kamen. Walker spürte eine gleichmäßige Brise, und durch die Mischung aus halbverbranntem Benzin und Staub hindurch, den Geruch großer Städte, roch er kalt und frisch den Ozean. Er war mehrere Tage lang weit im Inland gewesen, und ihm wurde bewußt, daß das, was er in diesem Moment roch, für ihn der Geruch von zu Hause geworden war.

Er wandte sich um und stellte fest, daß Stillman bereits auf die weiße Bordkante zuging. Stillman sagte: »Sie hatten wahrscheinlich nicht viel Bargeld dabei, als wir los sind. Reicht es noch für ein Taxi?«

Walker nickte. »Ich glaube schon. Ich habe ja kaum etwas ausgegeben.«

»Gut«, sagte Stillman. Er hob die Hand, und ein Taxi fuhr aus der Schlange und rollte heran. »Sie nehmen das erste.«

Walker war plötzlich verwirrt. Er hatte nicht erwartet, daß die Reise am Flughafen zu Ende sein würde. Er hatte gar nichts erwartet. »Max, ich ...«

»Ja, ich weiß. Wir haben getan, was wir konnten, aber jetzt ist es Zeit, etwas anderes zu machen. Wenn ich irgend etwas herausfinde, sage ich es Ihnen. Also steigen Sie ein.«

Walker stieg mit seinem Koffer in das Taxi, und Stillman schlug die Tür zu. Als das Taxi wegfuhr, warf Walker noch einen Blick durch die Heckscheibe. Stillman hob schon die Hand, um das nächste Taxi zu rufen, und machte nicht den Eindruck, Walker nachwinken zu wollen.

Als Walker die Treppe hinauf in seine Wohnung ging und hinter sich die Tür schloß, fühlte er sich plötzlich vier Tage zurückversetzt. Die Luft jenes Morgens war die ganze Zeit über in den vier kleinen Räumen eingeschlossen gewesen, und es roch schal nach Essen, Staub und vielleicht alter Wäsche. Das Frühstücksgeschirr weichte in zehn Zentimeter hohem kaltem Wasser ein. In der Kaffeemaschine steckte ein kaffeefleckiger Papierfilter, brüchig wie Pergament, mit getrocknetem Kaffeesatz darin. Er warf einen Blick in den Kühlschrank und stellte erleichtert fest, daß er nur sehr wenig wegwerfen mußte.

Als er in seinem kleinen, spärlich eingerichteten Wohnzimmer stand, versuchte er, nicht an Ellen Snyder zu denken. Ihre Familie würde jetzt zusammensitzen, versunken in einen Kummer, den er nie verspürt hatte. Wo, hatte sie gesagt, kam sie her? Oregon. Salem, Oregon. Er ging zum Telefon und wählte die Nummer der Auskunft.

Es gab fünf Snyders, aber das sollte für ihn keine Entschuldigung sein. Die erste Nummer, die er wählte, war die falsche, die zweite auch, aber beim dritten Mal nahm ein Mann ab, der erklärte: »Ich bin ihr Onkel.«

Walker sagte: »Ich will Sie nicht weiter stören. Ich ...«, dann wurde ihm klar, daß er mehr für sich beanspruchte, als ihm zustand: Es war schon seit langem vorbei. »Ich kannte Ellen. Ich habe mit ihr die Ausbildung bei McClaren's in San Francisco gemacht. Ich wollte nur sagen, wie leid es mir tut.«

Die Stimme des Mannes klang sanft und müde. »So geht es uns allen. Es war ein Schock für alle, die sie kannten. Sie sind der dritte innerhalb der letzten Stunde. McClaren hat persönlich angerufen, und jemand namens Spillman oder so ähnlich. Es ist nett, daß Sie anrufen.« Der Onkel schien sich zusammenzunehmen und sich zu bemühen, angemessen auf Walkers Geste zu reagieren, ohne daß ihm sehr danach zumute war.

»Verzeihen Sie«, sagte Walker, »aber hätten Sie vielleicht zufällig die Nummer der Eltern parat? Ich ...«

»Eltern?« wiederholte Mr. Snyder. »Ihr Vater ist in Illinois. Er ist hingefahren, sobald man sie gefunden hat. Ihre Mutter ... wir haben seit fünfzehn Jahren nichts mehr von ihr gehört. Ich weiß nicht einmal, wie ich sie erreichen kann, um es ihr zu sagen, oder ob sie es bereits gehört hat.«

»Ach so«, sagte Walker. »Natürlich. Ich ... Na ja, ich wollte nur sagen, daß es mir leid tut. Ich will Sie nicht länger aufhalten.«

»Sie haben mir Ihren Namen nicht gesagt.«

»Oh. John Walker«, sagte er. »Bitte sprechen Sie Ellens Vater mein Beileid aus.«

»Das mache ich.«

Walker blieb noch einen Moment neben dem Telefon stehen und versuchte, sein Unbehagen zu bezwingen, um sich erinnern zu können. Jetzt sah er die Szene im Scarlitti's absolut klar vor sich – die roten Lederpolster in der Nische, den samtenen Stoff des Kleides, das Ellen getragen hatte, den Ausdruck in ihren Augen. Er hatte auf jedes Wort gehört, das sie gesagt hatte, hatte mehr als nur ihre Worte geachtet und versucht, ihren Tonfall zu interpretieren, ja sogar in den Pausen nach Botschaften gesucht. Er erinnerte sich an das berauschende Gefühl, daß sie einander beim Reden etwas offenbarten. Es waren nicht die gefährlichen Enthüllungen, die ihn beeindruckt hatten, diejenigen, die mit Ehrgeiz zu tun hatten oder dem Thema Sex zu nahe kamen. Er erinnerte sich vielmehr an diejenigen, die auf eine andere Art gefährlich waren, denn damit hatten sie sich gegenseitig eingestanden, daß sie nichts Besonderes oder Exotisches an sich hatten.

Ellen hatte ihn nicht direkt angelogen, aber sie hatte seine Aufmerksamkeit geschickt von diesem Punkt abgelenkt. Sie hatte das Thema Mütter damit abgedeckt, daß sie sagte, sie sähe ihrer Mutter ähnlich. Ihre Mutter war verschwunden, als Ellen höchstens acht oder neun Jahre alt war. Das mußte eines der Schlüsselereignisse in ihrem Leben gewesen sein, aber sie hatte darüber nie ein Wort verloren. Dem Tonfall des Onkels nach haftete den Umständen ihres Verschwindens etwas Peinliches an, und dieses Wissen mußte es für Ellen noch schlimmer gemacht haben. Nach diesem Abend hatten sie nie mehr über dieses Thema gesprochen.

Walker war klar, daß er auf etwas gestoßen war, das man wissen mußte, um Ellen Snyder zu verstehen, etwas, das vielleicht Aufschluß darüber gab, wer sie war und warum sie gewisse Dinge tat und andere nicht – weshalb sie so hart arbeitete, warum sie so früh selbständig geworden war, warum sie eine Art entwickelt hatte, die darauf ausgerichtet war, die Leute anzuziehen und zugleich auf Distanz zu halten. Doch er wußte auch, daß das alles egal war. Es hatte keinen Sinn mehr, zu versuchen, damit ihren Charakter und ihr Verhalten zu analysieren. Sie war kein Teil der Wirklichkeit mehr. Es war, als wäre sie nie geboren worden.

Walker sah sich in der kleinen Wohnung um, suchte nach etwas, was er tun konnte, bis er müde genug war, um zu schlafen. Zuerst packte er aus, hängte seine schönen Anzüge und Jacketts in den Schrank, ans äußerste Ende der Stange, und legte die Hemden in eine eigene Schublade. Er ging in die Küche und öffnete den Schrank unter der Spüle, nahm sich Lappen, Schwamm und Putzmittel und fing an sauberzumachen. Als er das nächste Mal auf die Uhr an der Wand sah, war seine Wäsche gewaschen und getrocknet, Küche und Bad waren gescheuert, Wohn- und Schlafzimmer gesaugt. Er hatte das Bett abgezogen, um die Bettwäsche zu waschen, aber als er jetzt vor den frischen, zusammengelegten Laken stand, hatte er keine Lust mehr, das Bett zu beziehen. Er ließ sich auf die nackte Matratze fallen und schlief ein.

Am nächsten Morgen zog er ein Sportjackett, ein Hemd und Schuhe an, die ihm schon gehört hatten, bevor er Stillman begegnet war. Er fuhr mit einem Taxi zur Arbeit, ließ sich ein Stück vor dem McClaren-Gebäude absetzen und ging zur Parkgarage, um nachzusehen, ob sein Auto noch dastand. Er ließ es an, fuhr um den Block und hörte auf die Motorengeräusche, dann parkte er es wieder und ging in die Eingangshalle, um mit dem Aufzug in den siebten Stock zu fahren.

Wie gewöhnlich ging er zu seiner Kabine, schaltete seinen Computer ein und rief den Vierteljahresbericht über die Schadensquoten in der Schiffahrtsversicherung auf. Als er von seinem Bildschirm aufblickte, sah er Joyce Hazelton vor seiner Kabine stehen. Sie trat ein und warf einen Blick auf seinen Monitor.

»Das habe ich schon ausgedruckt und weitergeschickt«, sagte sie. »Es war solide Arbeit.« Das war das höchste Kompliment, das man von Joyce bekommen konnte: Es hieß, die Daten waren vollständig und die Schlußfolgerungen logisch und vertretbar.

»Oh«, sagte er. »Ich wollte ihn eigentlich noch am selben Tag abgeben, aber dann war ich ja weg.«

»Das mit Ellen Snyder tut mir sehr leid«, sagte sie ruhig.

»Danke. Aber ich verdiene kein Beileid. Wir haben uns einmal nahegestanden, aber wir hatten schon lange keinen Kontakt mehr.«

Joyce ließ es dabei bewenden und sagte: »Sie werden um sieben Uhr fünfundvierzig oben erwartet. Fahren Sie mit dem Lift hoch. Wenn Sie aussteigen, gehen Sie nach rechts. Dort sitzt eine Empfangsdame, die Sie hineinläßt.«

»In McClarens Büro?«

»Ach, stimmt. Ich hatte vergessen, daß Sie den Weg kennen.« Ihre Augen verrieten Walker nicht das geringste. Sie sah auf die Uhr. »Gehen Sie lieber.« Sie wartete, während er sein Jackett anzog, dann sah sie ihm hinterher, als wolle sie sichergehen, daß er wirklich in die richtige Richtung ging.

Der Aufzug fuhr, ohne anzuhalten, hinauf in den zwölften Stock. Für den morgendlichen Ansturm auf das Gebäude war es noch zu früh, und der Verkehr zwischen den einzelnen Büros würde erst danach anfangen. Die Tür ging auf, und als er hinaustrat, stellte er fest, daß die Frau, die er beim letzten Mal hier oben gesehen hatte, nur wenige Meter entfernt stand, die Hände hinter dem Rücken verschränkt, als hätte sie auf ihn gewartet. Diesmal war das honigblonde

Haar auf eine andere, ebenso kunstvolle Weise hochgesteckt, und sie trug ein beigefarbenes Kostüm, das aus einem Laden zu stammen schien, von dessen Existenz gewöhnliche Sterbliche nichts wissen durften und in dem Kleider gemacht wurden, die nie verknitterten oder ausbeulten.

»Guten Morgen, Mr. Walker.« Sie sagte das in einem Ton, als hätte sie schon seit Stunden da gestanden, lange bevor alle anderen wach waren.

»Guten Morgen«, sagte er. Sie hatte wirklich auf ihn gewartet. Er war es nicht gewohnt, daß seine Ankunft erwartet, ja nicht einmal, daß sie überhaupt zur Kenntnis genommen wurde.

»Mr. McClaren kann Sie gleich empfangen.« Sie wandte sich um und ging voran. Sie öffnete die große Eichentür, und Walker wartete, daß sie vorging, aber sie trat zur Seite und nickte, um ihm zu bedeuten, daß sie nicht mit hineingehen würde. Er trat ein, und die Tür schloß sich leise hinter ihm. Das Büro war riesig, es war eher eine Suite als ein Zimmer. Der Bereich, in dem er stand, war mit einem großen antiken Schreibtisch mit Stühlen auf beiden Seiten ausgestattet. Er hatte das Gefühl, in einem Museum zu stehen, aber die riesige, glänzende Tischplatte war übersät mit Papieren, gebundenen Berichten, Gesprächsnotizen und gelben Schreibblöcken mit Notizen in einer kleinen, engen schwarzen Schrift. Auf der anderen Seite stand ein Computer, das gleiche Modell wie das von Walker.

Die Stimme kam von irgendwo rechts – es war die tiefe, ruhige Stimme mit dem Privatschulakzent, die Walker in Erinnerung hatte. »Kommen Sie doch rein.«

Walker folgte dem Klang durch einen bogenförmigen Durchgang in einen größeren Raum, der von hohen Bücherregalen dominiert wurde, in denen im Set gekaufte Lederbände standen – so eng und in einer so geraden Linie, daß es aussah, als wären sie nie herausgenommen worden. McClaren trug heute einen blauen Anzug, der jedoch denselben Schnitt hatte wie der graue vom letzten Mal. Er beugte sich vor, um Walker die Hand zu geben. »Danke, daß Sie gekommen sind.«

»Kein Problem«, murmelte Walker.

McClaren setzte sich auf eines der Sofas, und Walker setzte sich auf die andere Seite des Couchtisches. McClaren beugte sich vor. »Mir scheint, ich sollte mich bei Ihnen entschuldigen.«

Walker runzelte die Stirn. »Wofür?«

»Als ich Stillman gesagt habe, er könnte Sie mitnehmen, wußte ich nicht, daß er auf so eine Art Reise gehen würde.« Er schien das Gefühl zu haben, daß das zweifelhaft klang, deshalb verbesserte er sich. »Ich hätte es natürlich eigentlich wissen müssen. Zu meiner eigenen Verteidigung muß ich sagen, daß ich mir sicher war, daß Ellen Snyder unmöglich in irgend etwas Unehrliches verwickelt sein konnte. Ich war mir sicher, daß es Ihnen genauso ging.«

»Warum?«

McClaren zog nur eine Augenbraue hoch, und Walker formulierte seine Frage neu. »Woher wußten Sie das mit ihr, beziehungsweise was ich dachte?«

McClaren schien sich noch unbehaglicher zu fühlen. »Das ist eine berechtigte Frage. Ich möchte nicht, daß Sie glauben, wir spionieren die Leute in der Firma aus. Das tun wir nicht. Aber gewisse Informationen erreichen uns natürlich. Ihre Vorgesetzten schreiben in bestimmten Abständen Beurteilungen über Sie. Und wir haben uns immer an die altmodische Geschäftspolitik gehalten, daß Sie, wenn Sie etwas schreiben, auch Ihren Namen darunter setzen. Das ist nicht bei jeder Firma so. Mit der Zeit lernen wir einander kennen. Was wir erfahren, grenzt manchmal ans Persönliche – aus durchaus zulässigen Gründen. In der Ausbildung beurteilen die Dozenten nicht nur Ihr Gedächtnis und Ihre geistigen Fähigkeiten. Sie beobachten, wie gut sich neue Leute an ihr Arbeitsumfeld anpassen – ob sie zurechtkommen, Freunde finden und so weiter. Sie und Ellen Snyder wurden ... enge Freunde. Die Leute mochten Ellen, die Leute mochten Sie. Als sie nach Pasadena versetzt wurde, haben diese Leute befürchtet, daß sich das irgendwie auswirken würde. Dem war nicht so, also wurde die Sache ad acta gelegt.« Er hielt inne. »Das heißt nicht, daß sie vergessen war. Als wir erfahren haben, daß Ellen bei einem Verbrechen die zuständige Vertreterin vor Ort und außerdem verschwunden war, haben wir uns erinnert, daß Sie sie gut kannten.« Er zögerte wieder, dann fuhr er fort: »Ich war ein großer Fan von Ellen Snyder, auch wenn ich nie von Angesicht zu Angesicht mit ihr gesprochen habe. Sie haben also als Ersatz für mich fungiert, als derjenige, der meinen Standpunkt vertrat. Noch einmal, es tut mir leid«, sagte er. »Es muß sehr schmerzlich für Sie gewesen sein.«

»Es braucht Ihnen nicht leid zu tun«, sagte Walker. »In einem gewissen Sinn ist es besser für mich, daß ich dort war.«

McClaren sah ihn einen Augenblick lang an, als hätte er ihn vorher nicht richtig wahrgenommen und nun gemerkt, daß ihm etwas entgangen war. Dann schien er diesen neuen Aspekt in seine Überlegungen aufzunehmen und noch einmal neu anzusetzen. »Es gibt noch einen Grund, weshalb wir uns unterhalten müssen. Ich brauche Ihnen nicht zu sagen, daß wir Schwierigkeiten haben. Ich muß herausfinden ... nun ja, nicht, wie weit diese Leute gehen würden, denn was könnte es noch Schlimmeres geben, als eine junge Frau wie Ellen Snyder zu ermorden. Aber ich will wissen, ob das alles war – ob wir eine vielversprechende junge Frau verloren haben und es jetzt vorbei ist oder ob wir uns noch um andere Leute Sorgen machen müssen.«

Walker nickte.

»Nicken Sie nicht nur«, sagte McClaren. »Sagen Sie mir, was Sie denken.« Er hörte sich an wie ein Professor.

Walker sagte: »Sie sind entwischt. Wir sind ihnen nicht rechtzeitig auf die Schliche gekommen. Ich weiß nicht viel über Kriminelle, aber mir fällt nichts ein, was sie davon abhalten sollte, es wieder zu versuchen.«

»Stillman glaubt, die größte Gefahr liegt darin, daß wir hier möglicherweise einen Verräter haben, daß es ein Insider ist. Was meinen Sie dazu?«

Walker zuckte die Achseln. »Stillman ist der Experte, nicht ich.«

»Mag sein«, sagte McClaren. »Aber Sie haben sicher eine Meinung.«

»Ich bin da nicht anderer Meinung als er«, sagte Walker. »Das wäre der schlimmste Fall, und es ist durchaus möglich. Es ist schwierig, zu einer Versicherung zu gehen und sich eine Lebensversicherung auszahlen zu lassen, die einem nicht zusteht, wenn man nicht weiß, wie so etwas vonstatten geht. Aber es muß noch schwieriger für einen Kriminellen sein, jemanden in einer Firma anzusprechen und ihn zu bitten, so etwas zu tun. Es gibt noch andere Möglichkeiten, wie ein Dieb solche Informationen bekommen könnte. Ich glaube ...«

Er sah, daß McClaren abgelenkt war. Seine Assistentin war leise hereingekommen und stand jetzt wie eine Statue vor dem großen Schreibtisch. McClaren klopfte Walker entschuldigend auf den Arm, brummte: »Verzeihen Sie« und ging zu ihr hinüber.

Er stellte sich dicht neben sie und hörte sich an, was sie ihm fast flüsternd erklärte. McClaren antwortete ebenso leise, woraufhin sie sich umwandte und verschwand. McClaren kehrte mit abgespanntem Gesicht zurück und setzte sich wieder. »Noch etwas Neues, worüber wir uns Gedanken machen müssen. Der Nationale Wetterdienst hat eben den tropischen Sturm Theresa zu einem Hurrikan hochgestuft. Er ist gerade an Guadeloupe vorbeigezogen. Man weiß natürlich noch nicht, ob er es bis Florida schafft.«

Walker sagte: »Normalerweise nicht.«

McClaren starrte hinunter auf den Couchtisch, dann schien ihm etwas einzufallen. »Das ist richtig. Ihr Name stand mit unter dem neuesten Gutachten über die Einstufung in Gefahrenklassen für Florida. Ich habe gerade eine Kopie auf dem Schreibtisch liegen.«

»Ich habe nicht viel daran gemacht«, sagte Walker. »Ich habe nur die Statistiken überprüft und sichergestellt, daß die Empfehlungen auch den Zahlen entsprochen haben.«

»Aber Sie kennen die Probleme«, sagte McClaren. »Wir

leben von dem Geschäft mit wohlhabenden Einzelpersonen. Wenn wir uns weigern, ihre Häuser zu versichern, dann schließen sie bei uns auch keine Lebensversicherung ab und versichern auch ihr Auto, ihren Schmuck und ihre Kunstsammlungen anderswo. Größere Versicherungsgesellschaften stellen ein Paket zusammen und verkaufen es billiger. Die größten Risiken können Sie zum Teil durch Rückversicherungen abdecken. Aber Katastrophen sind nur eine Frage der Zeit. Früher oder später müssen Sie zahlen.«

McClaren blickte wieder einen Moment lang den Tisch an, dann richtete er sich auf. »Nun gut, wenden wir uns dem Problem zu, das wir bereits haben. Ich möchte, daß Sie die Routinesachen abgeben und weiter an dieser Sache mit Ellen Snyder arbeiten. Joyce weiß, daß Sie beschäftigt sind. Durchforsten Sie weiter alte Akten und Berichte. Sehen Sie nach, ob es noch weitere Fälle gegeben haben könnte, wo wir Zahlungen an diese Leute geleistet haben. Ich muß wissen, ob das das erste Mal war oder das einundzwanzigste.«

»In Ordnung«, sagte Walker.

»Das zweite ist – und das könnte schwieriger sein –, daß Sie dieses Projekt für sich behalten müssen.« Er sah Walkers Gesichtsausdruck. »Auch das war Stillmans Idee.«

»Dachte ich's mir doch.«

»Stillman ist … was er ist. Wenn Sie seine Dienste in Anspruch nehmen wollen, müssen Sie auch versuchen zu tun, was er sagt. Von Stillman gibt es keine modifizierte Version.« Er hielt inne. »Seine Denkweise ist an einem Ort wie diesem manchmal besonders nützlich, wo jeder ziemlich schlau ist und weiß, wie man den Schein wahrt.«

»Ich habe nichts dagegen, geheimzuhalten, was ich mache. Wenn Joyce weiß, daß ich beschäftigt bin, dürfte das nicht allzu schwer werden. Wir arbeiten im allgemeinen sowieso alle allein.«

McClaren stand auf und bewegte sich in Richtung Tür. »Wenn Sie mir währenddessen etwas mitteilen wollen, kommen Sie direkt hier herauf. Jetzt, wo Sarah Sie kennt, wird sie Sie sofort melden.« Sie reichten sich die Hände, und Walker drehte sich um und hörte, wie sich die Tür hinter ihm schloß.

Als Walker auf den Aufzug zuging, kam er an dem großen Schreibtisch im Empfangsbereich vorbei. Er warf einen kurzen Blick auf die Frau und versuchte, sie mit dem Namen Sarah zusammenzubringen. Sie tippte mit unglaublicher Geschwindigkeit etwas in einen Computer ein, während sie über ihr Headset mit jemandem sprach. Sie mußte es merken, daß er an ihr vorbeiging, aber sie nahm keine Notiz von ihm.

Als er im siebten Stock aus dem Aufzug stieg, hörte er, wie die Tür des Aufzugs nebenan aufging und Leute auf dem Weg zu ihrem Arbeitsplatz herausquollen. Er spürte, wie sich eine kleine Hand um seinen Bizeps schloß. Als er sich umwandte, sah er die Cardarelli, die fröhlich zu ihm aufblickte.

»Walker«, sagte sie. »Du bist ja viel süßer, als ich dich in Erinnerung hatte.« Sie sah ihn genauer an, ließ ihn los und zuckte die Schultern. »Nein, doch nicht. Das Licht hat mich wohl kurz geblendet.«

»Hi, Cardarelli«, antwortete er. »Danke, daß du mir diesmal keine Reißnägel auf den Stuhl gelegt hast, während ich weg war.«

»Der Hausmeister muß sie gesehen und in deinen Schreibtisch gelegt haben. Wo warst du überhaupt?«

»Ich war auf Hochzeitsreise.«

Sie blieb stehen und sah ihn mißtrauisch an, nicht ganz sicher, ob er nicht doch die Wahrheit sagte. »Du hast geheiratet?«

»Nein. Aber ich dachte, ich nehme das vorweg, falls es ein Erdbeben oder einen Krieg gibt.«

Sie nickte. »Versicherungsstatistische Tabellen zu lesen kann selbst das trostloseste Leben retten. Jedenfalls ist es eine Überraschung, dich zu sehen. Manche von uns haben gedacht, Stillman hätte dich mitgenommen und ins Gefängnis gebracht.«

»Wer?«

»Stillman. Dieser Sicherheitstyp. Eines Tages warst du weg, und er auch.«

»Ach, der«, sagte Walker. Er ging auf den Eingang zu seiner Kabine zu. »Gott sei Dank.«

Sie zögerte einen Augenblick, dann sagte sie: »Na ja, willkommen zu Hause. Ich muß die Schreibkräfte warnen, damit sie wieder längere Röcke anziehen« und ging weiter. Sobald die anderen alle in ihren eigenen Kabinen und Büros beschäftigt waren, nahm Walker seine neue Aufgabe in Angriff. Er fand eine überraschend hohe Anzahl betrügerischer Forderungen in den letzten zehn Jahren: vorgetäuschte Verletzungen, Brände, die, wie die Ermittler herausfanden, auf Brandstiftung zurückzuführen waren, Leute, die absichtlich Autounfälle verursacht hatten und sich dann von Quacksalbern eine Wirbelsäulenverletzung attestieren ließen. Es gab sogar ein paar Klienten, die von den Begünstigten ihrer Lebensversicherung ermordet worden waren. Was Walker am meisten überraschte, war die Tatsache, daß er in etwa der Hälfte der Fälle auf die Spuren von Max Stillman stieß. Die Hinweise waren allerdings nie sehr auffällig. Normalerweise tauchte er erst in der Abrechnung auf. Dort, unter den Anwaltskosten, Kopierkosten und den Rechnungen für Ferngespräche, stand einfach »Stillman und Partner«.

Er las sich die Fälle genau durch, aber er fand nichts, was ihn an Ellen Snyder erinnert hätte. Selbst bei den ausgeklügeltsten Plänen wechselten die Schuldigen nie den Ort. Sie reichten eine falsche Forderung ein und blieben, wo sie waren. Sie warteten auf die Zahlung und hofften, niemand würde herausfinden, was sie getan hatten, oder zumindest nicht genügend Beweise dafür finden.

Der Fall Ellen Snyder war anders. Die Mörder hatten im voraus gewußt, daß der Betrug aufgedeckt werden würde, daß man die Auszahlung der Schecks zurückverfolgen, die Spuren entdecken würde. Sie hatten den schwachen Punkt des Systems ausgenutzt, der darin bestand, daß man für diese Dinge Zeit brauchte. Sie waren darauf vorbereitet, sich schneller zu bewegen. Und sie hatten für eine Hauptverdächtige gesorgt, indem sie die Angestellte von McClaren's, die die Zahlungen angewiesen hatte, verschwinden ließen.

Als er an diesem Abend nach Hause kam, starrte er fünf Minuten lang das Telefon an, dann ging er in ein nahe gelegenes Restaurant, um allein zu essen. Als er nach Hause kam, starrte er wieder das Telefon an. Er holte die Karte aus seiner Brieftasche, drehte sie um und wählte die Nummer.

Serenas Stimme sagte: »Ja?«

Walker hielt einen Moment lang inne. Jetzt, als er die Stimme gehört hatte, war es real. »Hallo«, sagte er. »Serena?«

»Ja.«

»Ich bin's«, sagte er.

Die Stimme wurde zu der von Mary Catherine Casey, die ein Lachen unterdrückte. »Welches Ich ist es denn? Soll ich raten?«

»John Walker.«

»Ach, dieses Ich«, sagte sie. »Rufst du mich an, um mir zu sagen, daß du jede Nacht von mir geträumt hast, oder willst du dein Geld für die Blumen zurück?«

»Ich freue mich, daß du sie bekommen hast«, sagte er. »Zumindest das hat funktioniert. Magst du Blumen? Ich habe dich das gar nicht gefragt.«

Sie sagte: »Ich habe es gemocht, daß Constantine starr vor Angst und Bestürzung war, als sie gekommen sind. Er fürchtet, ich brenne mit dir durch. Aber keine Panik: Wenn mir danach wäre durchzubrennen, dann würde ich es tun. Blumen hin oder her.«

»Aber ich habe tatsächlich von dir geträumt.«

»Wie romantisch. Hatte ich etwas an?«

»Was soll das heißen?«

»Na, was schon«, sagte sie lachend. »Ich hatte nichts an, stimmt's?«

»Also … eigentlich nicht.«

»Das beruhigt mich«, sagte sie. »Ich hatte schon Angst, du wärst komplizierter.« Sie schwieg einen Moment. »Ich sehe, du rufst von zu Hause aus an. Ihr müßt das Mädchen gefunden haben.«

»Sie ist tot«, sagte Walker. »Sie haben sie in Illinois umgebracht. Ich dachte, Stillman hätte es dir erzählt, aber ...«

»Ich habe mich schon gewundert, warum ich sie nirgends gefunden habe«, sagte sie. »Wie geht es dir damit?«

Walker hielt die Luft an, während er nachdachte. »Ich bin nicht meinetwegen traurig. Das hast du wahrscheinlich gemeint. Ich bin traurig ihretwegen. Sie war einfach nur ein netter Mensch, der seine Arbeit gemacht und niemandem weh getan hat.«

Ihre Stimme klang plötzlich wieder geschäftsmäßig, so, als hätte er vorher mit Mary Casey gesprochen und das Klicken überhört, als sein Anruf zu Serena weitergeleitet worden war. »Wenn wir euch helfen können, ruf uns an.«

»Nicht ›uns‹. Dich habe ich angerufen. Ich wollte fragen, ob ich vielleicht am Wochenende runterfliegen und dich besuchen könnte.«

»Leider nein.«

»Wenn dieses Wochenende nicht so gut ist, könnte ich ...«

»Kein Interesse«, unterbrach sie ihn.

»Oh«, sagte er leise.

»Du bist noch nicht fertig mit ihr.«

»Sie ist tot.«

»Um so schlimmer. Dann wird sich nicht herausstellen, daß sie eine Diebin ist, sie wird keine Fehler machen, die du ihr nicht verzeihen kannst. Ich kann nicht mit ihr konkurrieren.«

»Wer hat gesagt, daß du das sollst? Sie ist weg.«

»Ich höre sie in deiner Stimme. Hör mal, wenn sie so ein netter Mensch war, dann hat sie es auch verdient, daß du eine Weile an sie denkst. Also tu es. Wenn du sie losgelassen hast, kannst du mich anrufen.« Die Leitung war tot.

Walker verbrachte die nächsten zwei Stunden damit, nach Argumenten zu suchen, die vorzubringen sie ihm keine Gelegenheit gegeben hatte. Er war über Ellen Snyder hinweg, und selbst wenn er es nicht gewesen wäre, so war sie doch nicht mehr da. Er dachte noch manchmal an sie, aber die Art und Weise, wie er an sie dachte, hatte sich geändert. Sie war ein Auftrag, ein Fall, den er auf Bitte seines Chefs untersuchen sollte.

Während er dieses Argument formulierte, wurde ihm klar, daß es selbst für ihn falsch klang. Er war nicht verliebt in Ellen Snyder, aber Ellen Snyder war trotzdem nicht einfach nur ein Fall. Sie war ein Mensch, der Angst und wahrscheinlich auch Schmerzen gehabt hatte und, noch schlimmer, das alptraumhafte Gefühl, daß niemand wußte, was mit ihr passierte, und keine Hilfe kommen würde. Und es war ihr auch niemand zu Hilfe gekommen. Das machte ihn krank. Die Tatsache, daß er sie einmal geliebt hatte, machte sie ihm so vertraut, daß er in seiner Vorstellung sah, wie es passiert war, daß er wußte, was sie gedacht hatte. Er liebte sie nicht mehr, aber Serena hatte nicht unrecht.

Den ganzen nächsten Tag über arbeitete Walker an seinem Projekt. Er kam allmählich zu Fällen, die momentan untersucht wurden, aber keiner davon schien eine ähnliche Struktur zu haben wie Ellen Snyders Fall. Es war schon beinahe Feierabend, als er merkte, daß sich im Schiff etwas tat. Er hörte schwere Schritte, Männerstimmen, hörte, wie Möbel verrückt wurden.

Er sah Joyce Hazelton an seiner Kabine vorbeikommen und trat hinaus. »Was ist los?«

»Hoffentlich nichts«, sagte sie. »Wir bereiten nur das Schiff vor. Wenn sich der Hurrikan Theresa über Nacht weiter auf Florida zubewegt, brauchen wir eine Telefonanlage, um die Anrufe entgegenzunehmen. Alle setzen sich hier rein und gehen ans Telefon, egal, welcher Apparat klingelt. Nach dem Erdbeben '94 in L. A. hatten wir fast zwei Wochen zu tun.«

»Was soll ich machen?« fragte er.

»Fahren Sie nach Hause«, sagte sie. »Schlafen Sie viel. Wenn Sie schlau sind, packen Sie sich eine Reisetasche und stellen sie bereit, damit Sie sich im Notfall die Zähne putzen können und saubere Sachen griffbereit haben. Sie haben Windgeschwindigkeiten bis zu hundertneunzig Stundenkilometer gemessen, und es wird noch mehr. Wenn er nicht an Dampf verliert, klingeln die Telefone bereits, wenn Sie morgen hier ankommen.«

Der Anruf kam sogar noch früher. Es war drei Uhr morgens, als Walkers Telefon klingelte, und er war sofort wach. Joyce Hazelton sprach ruhig und gefaßt. »John, das, worüber wir uns heute Nachmittag unterhalten haben, ist eingetroffen. Ich bin selbst gerade erst angerufen worden. Wir müssen alle sofort ins Büro. In Florida ist es bereits Morgen.« Sie legte auf, bevor er eine Frage stellen konnte.

Walker fuhr durch die beinahe leeren Straßen und kam schnell voran. Er hörte Radio, schaltete von einem Sender zum nächsten, hörte Bruchstücke von Sportberichten, plärrende Musik. Schließlich tauchte in einer Art Reisewetterbericht das Wort »Hurrikan« auf, und die nächsten Worte lauteten: »... und in Minneapolis ist es leicht bewölkt mit Aussicht auf Wetterbesserung.«

Um drei Uhr vierzig parkte er in der Garage. Er wollte schon den Kofferraum öffnen, um sein Gepäck mitzunehmen, dann überlegte er es sich anders. Die Parkplätze um ihn herum füllten sich rasch. Wenn er mit einem Koffer ankäme, würde sich der eine oder andere über ihn lustig machen. Wenn sich später herausstellen sollte, daß er ihn brauchte, wäre das etwas anderes. Er betrat die Eingangshalle und sah, daß die Sicherheitsvorkehrungen für die Nacht noch in Betrieb waren, deshalb gab es eine kleine Verzögerung, als er sich am Empfang anmeldete, und dann eine weitere, während der Wachmann mit seinem Schlüssel die Aufzüge bediente.

Als Walker im siebten Stock ankam, sah er, daß die Verwandlung bereits vollzogen war. Zwanzig der vierzig Schreibtische in dem offenen Schiff waren besetzt. Schreibkräfte und Empfangsdamen saßen neben Aktuaren und Versicherungsagenten. Sogar ein paar von den Investmentleuten saßen an der Ecke zu ihrem Korridor. Am beeindruckendsten aber war das Schrillen der Telefone im ganzen Raum.

Die Leute schnappten sich die Hörer, gaben ein paar

Kommentare ab, während sie sich Notizen machten. Dann tippten sie die Nummern der Police in ihre Computer ein und starrten auf die Monitore, während sie versuchten, die Fragen zu beantworten. Walker konnte sehen, daß viele ins Schwimmen gerieten. Ein paar blickten verwirrt drein und hoben schließlich den einen Arm wie in der Schule.

Dann kam Joyce Hazelton durch den Gang, um die Frage zu beantworten oder den Anruf zu übernehmen, aber es war eine Joyce Hazelton, die er noch nie gesehen hatte. Sonst war sie immer geschminkt und frisiert wie eine kleine Beamtin im Außenministerium, trug immer einen Ring, eine Brosche und kleine Ohrstecker mit einem Halbedelstein, der zu ihrem Kostüm paßte. Heute trug sie ausgewaschene Jeans, weiße Turnschuhe und ein graues Sweatshirt, auf dem in blauen Lettern PRINCETON 70 stand. Er ging auf sie zu, als sie einem Mann das Telefon abnahm, den er als einen leitenden Angestellten erkannte, der Erfüllungsgarantien für Bauprojekte ausstellte.

»Ja, Sir«, sagte sie ins Telefon. »Ich bin die Abteilungsleiterin. Mein Name ist Joyce Hazelton.« Sie beugte sich hinunter, um auf den Monitor zu blicken. »Ihre Prämie kam am Dreiundzwanzigsten an, das ist früh genug.« Sie deutete auf eine Zeile auf dem Bildschirm, um dem Mann neben ihr zu zeigen, wo das stand. »Sie sind voll versichert.« Sie hörte zu. »An Ihrer Stelle würde ich ein Video von dem Haus aufnehmen. Gehen Sie einfach durch jedes Zimmer, solange sich alles noch an seinem Platz befindet, und dann nehmen Sie es von außen auf – am besten, während Sie ins Auto steigen, um ins Landesinnere zu fahren.« Sie hörte wieder zu. »Nein, Sir. Wenn wirklich Winde mit zweihundertvierzig Stundenkilometern kommen, dann würden wir Ihnen lieber Ihre Gebäudeversicherung auszahlen als Ihre Lebensversicherung.«

Während sie redete, sah Walker, daß noch andere Abteilungsleiter durch die Gänge liefen. Ein paar von ihnen wiesen hastig Neulinge ein, andere beantworteten Fragen. Er bewegte sich auf einen der leeren Schreibtische zu, aber Joyce reichte dem Mann wieder das Telefon und holte Walker ein. Sie führte ihn weg von den Schreibtischen und durch den Gang, während sie schnell redete.

»John, haben Sie Ihren Koffer dabei?«

»Ja«, sagte er. »Danke für die Warnung. Wo soll ich mich hinsetzen?«

»Wir wissen noch nicht, ob es der Hurrikan aufs Festland schafft, aber er hat gerade die Dominikanische Republik gestreift. Er hat die Dächer von brandneuen Häusern weggerissen, und die Überschwemmungen haben ganze Straßen weggespült. Die Niederlassung in Miami hat nicht genügend Leute, deshalb versuchen wir, ihnen noch vor dem Sturm Verstärkung zu schicken.«

»Ich?« fragte Walker. Er blickte auf das Treiben um sie herum. Einige warteten bereits mit erhobener Hand.

Auch Joyce bemerkte sie. »Sie standen auf der Liste von oben. Natürlich müssen Sie nicht ...«

»Ich mach' es«, sagte er. »Was soll ich tun?«

»Fahren Sie so schnell wie möglich zum Flughafen, und schließen Sie sich dort den anderen an. Delta Airlines.« Sie ging auf eine verwirrt aussehende zwanzigjährige Schreibkraft zu, als sie sich noch einmal zu Walker umdrehte. »Heben Sie Ihre Rechnungen auf.«

Walker sah ihr zu, wie sie sich dem nächsten Problem widmete, dann eilte er zu den Aufzügen. Als er am Flughafen ankam, lief ihm Bill Kennedy entgegen. Walker sah, daß Kennedy sein Ticket schon in der Jackettasche hatte.

»Wir können nicht nach Miami fliegen«, sagte Kennedy fröhlich. »Sie haben Angst, daß ihre Flugzeuge in Miami festsitzen, wenn der Sturm kommt.«

»Für welchen Flug sind deine Tickets?«

»Atlanta.«

»Atlanta, das ist doch mindestens achthundert Kilometer weit weg.«

»Eintausendsechzig«, sagte Kennedy. »Hat die Fluggesellschaft gesagt.«

»Gibt es da nichts Besseres?«

Kennedy zuckte die Schultern. »Besseres? Das Beste wäre sicher Alaska.« Er legte Walker den Arm um die Schultern und drehte ihn zum Ticketschalter hin. »Sieh mal, wer da ist.«

Walker erkannte Marcy Wang, Maureen Cardarelli und ein paar der neuen Leute, die gerade ihre Ausbildung als Versicherungsagenten abgeschlossen hatten. »Und?«

»Wir sind alle jung und unverheiratet. Das ist eine Schwadron der Ungeliebten, Ungewollten und billigen Todeskandidaten. Wir arbeiten für eine Versicherungsgesellschaft, Herrgott noch mal – sie wägen das Risiko gegen den Gewinn ab. Sie wissen, daß sie wahrscheinlich jemanden verlieren werden. Atlanta ist nur eine Stunde von Miami entfernt, wenn die Flüge bei unserer Ankunft abgehen. Wenn nicht ...«

»Was ist mit Orlando?«

»Orlando? Den kenn ich nicht. Der kann ruhig sterben.«

»In Florida. Das liegt nur dreihundert Kilometer von Miami entfernt, und es gibt viele Flüge dorthin. Hat jemand gefragt, ob die noch gehen?«

»Keine Ahnung«, sagte er. »In ein paar Minuten startet die Maschine nach Atlanta, wenn du also mitkommen willst ...«

Walker ging zum Schalter, wo ein Mann mittleren Alters wartete. »Wird Orlando noch planmäßig angeflogen?«

Der Mann sah ihn skeptisch an. »Bis jetzt ist noch nichts gecancelt worden.«

»Geht in nächster Zeit eine Maschine, die ich noch nehmen könnte?«

Der Mann tippte auf seine Computertasten, sah auf den Monitor und tippte weiter. »In zwanzig Minuten geht ein Flug.« Er wandte sich wieder Walker zu. »Viele Passagiere haben noch nicht eingecheckt. Ich weiß nicht, ob Sie es schon gehört haben, aber in Florida wird ein Hurrikan erwartet. Ich könnte Ihnen ein Ticket verkaufen, und Sie würden wahrscheinlich mitkommen. Ich muß allerdings sagen, daß diejenigen, die gar nicht auftauchen, wahrscheinlich recht haben. Wenn das Flugzeug startet, wird es vielleicht umgeleitet. Wenn es in Orlando landet, werden Sie es vielleicht bereuen.«

»Ich weiß«, sagte Walker. »Ich muß es versuchen. Es ist ein Notfall.«

Der Mann schien sich zu bemühen, keine weiteren Kommentare mehr abzugeben. Er zog langsam die Augenbrauen hoch, während er die Reservierung eingab und das Ticket ausdruckte. Schließlich sagte er leise: »Ich habe zufällig da gearbeitet, als Andrew kam. Sie wissen nicht, was ein Notfall ist, bis Sie in so was drinstecken.«

Walker nahm sein Ticket und ging zurück zum Wartebereich, um es den anderen zu sagen, aber sie waren schon weg. Er blickte auf den Abflugplan auf dem Bildschirm und sah, daß der Flug nach Atlanta blinkte. Kurz darauf änderte sich der Text zu GESTARTET.

Walker lief durch den Flughafen zu einem Gate und stellte sich in die Warteschlange für den Flug nach Orlando.

Um ein Uhr nachmittags ging Walker in Orlando zur Gepäckausgabe. Als er den Lift erreichte, hörte er, wie eine liebliche weibliche Stimme verkündete: »Alle ankommenden Flüge wurden gecancelt.«

Ein paar Minuten später saß Walker in einem Leihwagen, fuhr auf der Autobahn Richtung Südosten und blickte über das flache Land auf eine kleine, ferne Wand bauschiger weißer Wolken kurz über dem Horizont.

19

Walker fand im Autoradio einen Nachrichtensender, den er während der Fahrt eingestellt ließ. Die Wetterberichte waren von dem offiziellen Hinweis abgelöst worden, daß für einen Teil der Atlantikküste Floridas, und zwar von den Keys bis nach Dayton Beach, die Vorstufe der Hurrikanwarnung gelte. Es folgte eine lange Aufzählung der Gemeinden, die innerhalb dieses Gebietes lagen. Walker hatte noch nicht einmal die erste erreicht und fühlte sich zunehmend unbehaglich, besonders nachdem er den Hinweis gehört hatte, daß das gefährdete Gebiet sich nun bis Jacksonville erstrecke.

Als er die Küste erreichte, strahlte die Sonne auf die Straße, und auf dem Meer lagen weiße Schaumkronen wie auf jeder typischen Aufnahme von Florida. Doch die bauschigen weißen Wolken in der Ferne hatten sich verändert. Sie schienen sich aufeinanderzutürmen und in die Höhe zu wachsen. Irgendwo jenseits von ihnen geschah etwas Gewaltiges, etwas, das er noch nie erlebt hatte. Es war, als könne er sehen, wie die Nacht der Sonne von Osten her folgte, langsam über das Meer heranrollte und es über den ganzen Horizont verdunkelte.

Die Stimme im Radio sagte: »Der Wetterdienst hat gerade die Hurrikanwarnung ausgesprochen. Der Hurrikan Theresa liegt jetzt hundertzehn Kilometer Ostsüdost vor der Küste von Florida und bewegt sich mit etwa dreißig Stundenkilometern weiter. Er führt extrem starke Regenfälle mit sich und Winde mit einer Geschwindigkeit von bis zu zweihundertfünfzig Stundenkilometern. Allen Anwohnern wird geraten, sofort die notwendigen Vorsichtsmaßnahmen zu treffen. Es ist damit zu rechnen, daß der Sturm innerhalb der nächsten vier Stunden das Land erreicht. Ich wiederhole. Die Hurrikanwarnung wurde ausgesprochen ...«

Kurz danach fiel Walker auf, daß der Verkehr in der Gegenrichtung rasch zunahm. Einige der Autos waren vollgeladen mit Gepäck. Wahrscheinlich waren die meisten dieser Leute Touristen, die beschlossen hatten, dies sei ein guter Zeitpunkt, um ihr nächstes Reiseziel anzufahren. Doch bald wurden die Autos auf Walkers Seite immer weniger und schneller, so daß der Kontrast noch deutlicher wurde. Er mußte immer wieder daran denken, daß diese Leute schon seit längerem in diesem Teil des Landes wohnten. Viele von ihnen hatte wahrscheinlich schon Hurrikans erlebt. Wenn sie nun wegfuhren, schien es wirklich idiotisch, weiter in die andere Richtung zu fahren. Er hätte jetzt mit den anderen in einem Hotel in Atlanta sitzen, Mint Juleps trinken und im Fernseher über der Bar den Wetterbericht sehen können. Aber dazu war er zu schlau gewesen.

An den Radiomeldungen änderte sich während der nächsten halben Stunde wenig. Was sich veränderte, waren die Stimmen. Die Sprecher klangen weniger glatt und gut gelaunt, und sie lasen ihre Texte jetzt nüchtern und bedächtig vor. Dann fügten sie einen kurzen Absatz über den Funkbetrieb im Notfall hinzu. Ein paar Minuten später kam von irgendeiner offiziellen Stelle die Information, daß es in tiefliegenden Küstengebieten Überschwemmungen geben könnte, besonders während der Flut. Dann lasen sie eine Liste der Städte vor, auf die das zutraf, lauter Namen, die nach Ferien klangen: die Keys von Key West bis Key Biscayne, Coral Gables, Miami Beach, Fort Lauderdale, Palm Beach und sechzig oder siebzig andere.

Als Walker durch North Miami Beach fuhr, wurden die Adressen von Gebäuden durchgegeben, die als Schutz für alle ausgewiesen worden waren, die ihre Häuser verlassen wollten. Die anderen wurden gewarnt, daß offiziell der Befehl zur Evakuierung erteilt werden könnte. Doch es war nicht das Radio, das Walkers Zuversicht schwächte. Was ihm am meisten zu denken gab, war die Tatsache, daß er beinahe der einzige war, der Richtung Süden fuhr, vorbei an den Hunderten von Autos, die sich stetig nach Norden bewegten, während das riesige, dunkle Gebilde über dem Ozean immer größer und dunkler wurde.

Er war noch nie in einem Umkreis von weniger als tausend Kilometern von einem Hurrikan gewesen. In seiner Jugend hatte er im Fernsehen Aufnahmen von Palmen gesehen, die sich im Wind bogen. Seit er bei McClaren's angefangen hatte, hatte er ein bißchen mehr darüber erfahren – er hatte Kennedys Gefahrenklasseneinstufung für Südflorida überprüft –, aber nun wurde ihm langsam klar, daß das Ganze außerhalb seiner Vorstellungskraft lag.

In dem Bericht war es um Geld gegangen – um den Schätzwert bestimmter Häuser und die Wiederherstellungskosten – und nicht um kleine Wolken in der Ferne, die zu einer Front von schwarzen Massen wurden, die heranzog und einen umbrachte. Er sollte wohl besser ein Dach über dem Kopf haben, bevor das Spektakel losging.

Walker mußte an einer Telefonzelle halten, um die Adresse der Filiale von McClaren's nachzuschlagen. Er fand sie, steckte ein paar Münzen in das Telefon und wählte. Man hörte eine beruhigende Frauenstimme: »Sie sind verbunden mit McClaren Leben und Unfall. Leider sind wegen der erhöhten Zahl der Anrufe alle Leitungen belegt. Bitte legen Sie nicht auf. Sie werden mit dem nächsten freien …« Er legte auf. Natürlich waren alle Leitungen belegt, deshalb hatten sie ihn ja hierhergeschickt. Er stieg wieder in sein Auto und fuhr weiter, bis er eine Tankstelle fand.

Er tankte voll und kaufte eine gute Straßenkarte von der Gegend, dann fragte er den Mann an der Kasse nach dem Weg. Der Mann blickte Walker nervös über die Schulter. »Also, es tut mir leid, aber da stehen noch fünf Kunden hinter Ihnen, und mit jeder Sekunde werden es mehr. Sie können warten, wenn Sie wollen, dann kann ich es versuchen.«

Walker trat zur Seite, um dem nächsten seinen Platz zu überlassen, ging an den Leuten vorbei und blieb dann stehen. Die Leute in der Schlange sahen mißmutig und apathisch drein wie die meisten Menschen, die gezwungen sind zu warten. Er hielt seine Karte hoch. »Kann mir jemand sagen, wie ich zur Siebten komme?«

»Straße oder Avenue?« Es war ein älterer Mann mit spanischem Akzent, der fast am Ende der Schlange stand.

»Äh … Straße.« Er fügte hinzu: »Fünfundsiebzig elf Nordwest.«

Der Mann hob die Hand und deutete mit den Taschenlampenbatterien, die er beim Warten mitgenommen hatte, aus dem Fenster. »Die Siebte Straße Nordwest ist in die Richtung, ungefähr zehn, fünfzehn Straßen weiter. An welcher Kreuzung ist es?«

Walker sah wieder auf seinen Plan. »Ich glaube, an der Zehnten Avenue Südwest. Kann das sein?«

»Durchaus«, sagte der Mann. »Also, zehn, fünfzehn Straßen in die Richtung. Dann fahren Sie rechts ab und noch etwa anderthalb Kilometer geradeaus.«

»Danke«, sagte Walker. »Vielen Dank.«

Der Mann lächelte. »Beeilen Sie sich lieber. Es könnte bald losgehen.«

Walker ging nach draußen und spürte etwas in der Luft. Es war nicht so, daß der Wind langsam zunahm, sondern eine solide Luftmasse schlug ihm über den Asphalt entgegen, dann war sie verschwunden. Es war wie eine plötzliche Ohrfeige des Hurrikans, kein spielerisches Tätscheln. Es war wie ein Test, ein erster Hieb von etwas, das ihn vernichten wollte. Er ging zum Auto, und als er die Tür öffnete, kam der nächste Windstoß, diesmal wie eine unsichtbare Mauer. Seine Haare wurden ihm ins Gesicht geweht, und die farbigen Wimpel, die über ihm an einem Draht hingen, schlugen hin und her, während der Draht sich spannte wie eine Bogensehne. Er vernahm ein lautes Zischen – es war die Luft, die ihm um die Ohren jagte.

Er stieg ein und schlug die Tür zu, dann war wieder alles ruhig. Er strich sich die Haare aus den Augen, ließ den Motor an und fuhr auf die Straße. Er folgte den Angaben des Mannes, las sorgsam jedes Straßenschild und versuchte, schon von weitem zu erkennen, ob der Schriftzug auf einem Schild zu kurz oder zu lang war. Als er die Siebte Straße Nordwest erreichte, bog er, von Dankbarkeit erfüllt, rechts ab. Der Mann in der Tankstelle hatte gesagt, von dort aus seien es nur noch anderthalb Kilometer geradeaus, so daß er sich nicht mehr verfahren konnte.

Der Wind war noch stärker geworden, und eine Bö ließ das Auto leicht schaukeln. Vor Schreck umklammerte er übertrieben fest das Lenkrad, dann löste er langsam und vorsichtig den Griff. Er hörte unsichtbare Sandkörner ans Fenster schlagen, während er nach der Zehnten Avenue ausschau hielt.

Dann sah er das niedrige Backsteinhaus. Es hätte alles mögliche sein können – ein Laden, ein Restaurant –, aber neben der Tür erkannte er das gleiche kleine Messingschild wie an der Zweigstelle in Pasadena. Er bog in die Einfahrt ein und fuhr um das Haus herum zu einem Parkplatz, auf dem etwa zwanzig Autos Platz hatten. Jetzt standen nur zwei da.

Er blickte hinauf zum Himmel und befand, daß dies nicht der Moment war, über den Grund dafür nachzudenken. Er sah jetzt die Unterseite des Sturms – eine geschlossene dunkelgraue Decke. Die Autotür zu öffnen war erstaunlich schwer, weil der Wind dagegendrückte. Er stieg aus, ließ die Tür zufallen und lehnte sich, während er zum Eingang ging, nach hinten gegen den Wind, um seine Geschwindigkeit zu steuern.

Er öffnete die Tür und trat ein. Eine wunderbare Stille empfing ihn. Er richtete seinen Kragen und strich sich die Haare zurück, während er sich umsah. Der Raum strahlte dieselbe gediegene Atmosphäre aus wie alle Büros von McClaren's, als wäre ein einziger Innenarchitekt im ganzen Land herumgefahren, hätte in jeder Stadt alle antiken Möbel aufgekauft und sie im selben Muster arrangiert. Er nahm eine Bewegung wahr und sah einen kleinen, glatzköpfigen Mann Anfang Sechzig am Fenster stehen. Er hatte sich halb umgewandt, um Walker mit festem Blick zu mustern. Er trug einen Dreiteiler, der extra für seine schlanke, schmalschultrige Figur geschneidert worden sein mußte. Er sah darin aus wie ein frühzeitig gealterter Junge. »Ich sehe, der Sturm ist jetzt da.« Er zog die Vokale nach Südstaatenmanier in die Länge, und der weiche, elegante Akzent ließ Walker an Charleston denken.

»Allerdings«, sagte Walker. Er trat näher. »Mein Name ist John Walker. Ich komme aus der Hauptgeschäftsstelle in San Francisco.«

Der kleine Mann trat ungezwungen vor und schüttelte Walker die Hand, dann verschränkte er die Hände hinter dem Rücken und wippte zweimal auf den Fersen. »Aha, unsere Verstärkung. Man hat mich glauben lassen, da käme mehr, rein zahlenmäßig gesprochen. Ich bin Charles Evans, der Regionalleiter.«

»Die anderen sind nach Atlanta geflogen«, erklärte Walker. »Sie sollten schon auf dem Weg sein.«

»Ich hoffe, sie sind es nicht«, sagte Evans. »Der Sturm würde sie unterwegs erwischen. Haben Sie schon einmal einen Hurrikan erlebt?«

Walker blickte in Richtung Fenster. Er glaubte zu hören, wie der Wind zunahm. »Nein, bis jetzt noch nicht.«

»Na ja, der hier wird nicht so schlimm, wie er sein könnte.«

Walkers Miene hellte sich auf. »Nicht?«

»Das ist doch die Grundvoraussetzung für unsere Branche, nicht wahr? Es ist nie so schlimm, wie es sein könnte. Wenn es je so käme ...« Er überließ es Walker, den Satz zu vervollständigen. »Sie sind in einem ruhigen Moment gekommen. Als die Front in Sicht kam, haben die Leute aufgehört, bei den Versicherungsgesellschaften anzurufen, und sind dazu übergegangen, sich mit ihren Sorgen an den Allmächtigen zu wenden. Ich habe alle nach Hause geschickt, die nahe genug wohnen, um noch dort anzukommen. Miss Turley und ich sind die einzigen, die noch übrig sind, sie werden den Sturm also mit uns überstehen müssen.«

Walker sagte: »Ich hätte gerne etwas, womit ich mich beschäftigen kann. Gibt es irgendwelche Schreibarbeiten, die ich erledigen kann?«

Evans blickte ihn amüsiert aus den Augenwinkeln heraus an. »Diese Filiale hier gibt es schon seit der Jahrhundertwende. Sobald die Hurrikanzeit beginnt, bereiten wir sämtliche Papiere vor.«

»Sie machen sich die ganze Arbeit nur für den Fall, daß?«

»Man merkt, daß Sie noch keinen Hurrikan erlebt haben. Zuallererst fällt der Strom aus. Man ist in eine primitivere Zeit zurückversetzt, ohne Computer oder Kopierer.«

»Natürlich«, sagte Walker. »Es tut mir leid. Ich habe den Anruf mitten in der Nacht bekommen, und wahrscheinlich hat es mich den größten Teil meiner Denkfähigkeit gekostet, überhaupt hier anzukommen.«

»Nun, jetzt sind Sie hier, wir müssen es also nur noch aussitzen.« Das Rauschen des Windes wurde merklich stärker. Evans wandte sich um und blickte aus dem Fenster. »Da kommt er.«

Walker trat näher und sah hinaus. Er sah eine Regenlinie, die sich wie ein Vorhang über den Parkplatz auf sie zubewegte, das Pflaster mit einem zischenden Geräusch dunkel aufglänzen ließ und dann wie der Strahl eines Wasserschlauches am Bürofenster explodierte.

Evans drückte seitlich vom Fenster auf einen Knopf, worauf sich langsam eine metallene Außenjalousie senkte. Dann ging Evans zu dem anderen Fenster auf dieser Seite des Gebäudes und wiederholte das Ganze. »Das sollte für den Augenblick genügen«, sagte er. »Die Winde bewegen sich gegen den Uhrzeigersinn, es kann also sein, daß sie nachher von der anderen Seite kommen.«

Die Lampen fingen an, kränklich zu flackern, dann gingen sie aus. »Früher als erwartet«, meinte Evans.

Walker ging auf die andere Seite des Zimmers, stellte sich an ein kleines Fenster und blickte hinaus auf das, was an die Stelle eines sonnigen Spätnachmittags getreten war. Der Himmel war von einem trüben Dunkelgrau, und darunter hing ein Zwielicht ohne Quelle, als wäre das Licht von den Wolken dort eingeschlossen worden. Pfützen schienen aus dem Boden zu schießen, und der Wind schickte runzlige kleine Wellen darüber, bevor er die Oberfläche abhob, um sie mit dem Regen zu vermischen.

Schließlich glaubte Walker in dem beständigen peitschenden Geräusch des Regens und des Windes eine Stimme zu hören. Sie wurde immer lauter. »... hat mit starken Winden und extrem schweren Regenfällen das Festland erreicht. Die Möglichkeit einer Überschwemmung ...« Eine Frau mittleren Alters mit silberfarbenen Haaren kam mit einer Taschenlampe und einem Transistorradio herein. Sie schaltete das Radio aus. »Die Telefone sind auch tot.«

Evans stellte sie vor: »Miss Turley, das ist John Walker vom Büro in San Francisco, er ist gekommen, um uns vor der Unbill der Natur zu schützen.«

»Hier. Nehmen Sie eine Taschenlampe«, sagte sie. »Wir haben genügend. Wenn die Batterien leer sind, in dem Schrank dort drüben liegen neue. Wenn Sie Kaffee möchten, holen Sie ihn sich lieber jetzt, sonst ist er kalt.«

Walker nahm die Taschenlampe. »Danke.«

»Also, ich versuche mal, ob ich bei dem Lärm schlafen kann«, sagte sie. »Da muß doch wirklich die Hölle losbrechen und die Telefonleitungen lahmlegen, damit man einmal seine Ruhe hat.« Sie hörten sie weiterreden, während sie den Gang entlangging, bis sie außer Hörweite war.

Evans sagte zu Walker: »Ich glaube, ich versuche auch zu schlafen. Sobald der Sturm nachläßt, werden wir alle eine Menge zu tun haben.« Im Weggehen warf er ihm noch über die Schulter zu: »In den Büros stehen Sofas.«

Walker blieb an seinem Fenster stehen und sah zu, wie der Hurrikan immer stärker wurde. Der Wind fuhr brüllend an den Dachvorsprüngen entlang, und Walker sah, wie auf der Straße Blätter, nasses Papier und unidentifizierbare Trümmer hoch in die Luft gewirbelt wurden. Gelegentlich kam noch ein Auto vorbeigefahren, kroch mit eingeschalteten Scheinwerfern und wild schlagenden Scheibenwischern voran, und die Reifen ließen in den Pfützen Fontänen aufsteigen wie die Schwanzfedern eines Hahns. Er blickte jedem Auto nach, solange es in Sichtweite war, und hoffte, die Insassen hätten bald ihr Ziel erreicht. Als zwanzig Minuten verstrichen waren, kam keines mehr vorbei. Die Leute hatten ihre Stadt dem Hurrikan überlassen.

Eine Stunde später schien der Wind noch einmal stärker zu werden, und Walkers Unbehagen nahm ebenfalls zu. Unwillkürlich dachte er: »Das war es. Schlimmer kann es nicht mehr werden.« Doch dann wurde der Wind nochmals stärker. Walker sah Gegenstände fliegen, die sich sonst nicht bewegten. Da war ein blaues Rechteck aus Blech, auf dem die Preise für Normalbenzin, Super und Diesel standen. Es flog zwanzig Meter in die Höhe, purzelte dann die Straße entlang, fiel platt hin und blieb liegen, doch als er das nächste Mal hinsah, war es verschwunden. Zwei Stunden später bemerkte er die kleineren Trümmer, dunkle, flache Vierecke, die in die Luft gewirbelt wurden, um dann wie Laub zerstreut zu werden. Es dauerte noch ein wenig, bis ein paar davon so nahe landeten, daß er sie deutlich sehen konnte. Es waren Schindeln. Der Sturm hatte begonnen, Dächer abzudecken.

Die Nacht brach nicht herein. Die Dunkelheit wurde einfach tiefer, bis Walker sich eingestehen mußte, daß er nichts mehr sah. Er wandte sich vom Fenster ab und stellte fest, daß es in dem Zimmer so dunkel war wie in einem Schrank. Er tastete nach der Taschenlampe, die Miss Turley ihm gegeben hatte, und ging dann den Gang entlang, bis er eine offene Bürotür fand. Er ging zur Couch, legte sich hin und deckte sich mit seinem Jackett zu. Er lauschte dem Tosen des Windes und dem Rauschen des Wassers, das aus den Dachrinnen herabstürzte. Er versuchte zu spüren, ob die Gewalt des Sturmes irgendwie Wirkung auf das Haus hatte, aber das Mauerwerk schien sich nicht zu bewegen. Der Sturm hatte eine solche Intensität erreicht, daß die Geräusche nicht mehr zu unterscheiden waren. Man hörte nur noch ein gleichbleibendes Tosen ohne plötzliche Hebungen oder Senkungen, und dieser monotone Lärm schläferte ihn langsam ein.

Irgendwann in der Nacht wachte er auf und hörte, wie kleine Gegenstände gegen das Haus prasselten. Er setzte sich kurz auf und versuchte, die Stärke des Windes einzuschätzen, aber er konnte keine Veränderung feststellen. Er legte sich wieder hin und überlegte, was diesen plötzlichen Lärm verursacht haben könnte. Ob es wohl weitere Schindeln waren? Laub, Unrat und sogar herumfliegende Schilder waren nicht von Bedeutung. Schindeln dagegen bedeuteten, daß irgendwo nicht weit von hier ein Haus voll Wasser lief.

20

Der Morgen kündigte sich nur durch das Klappern von Miss Turleys hohen Absätzen an, als sie an seiner Tür vorbeilief. Walker stand auf und ging zum Fenster. Draußen herrschte ein diffuses graues Licht. Die Straße war ein schnell fließender Strom, der unidentifizierbaren Unrat, Schlamm und Laub mit sich führte. Weiter oben an der Straße sah er drei umgestürzte Palmen, um die herum das Wasser gleichbleibende Wellen bildete.

Er hörte ein Radio und folgte der Stimme in Evans' Büro. »Das Auge ist gegen vier Uhr morgens über Südflorida hinweggezogen. Der Governor hat erklärt, daß einige Bergungsmannschaften schon während der Nacht unterwegs waren und daß in Kommandozentralen außerhalb der Bahn des Hurrikans bereits Hilfstruppen aus dem ganzen Land bereitstünden. Sie kämen zum Einsatz, sobald es die Umstände zuließen.«

Evans sah Walker an. »Es ist vorbei. Die können das noch nicht sagen, aber es ist so.«

»Was machen wir jetzt?«

»Diese Leute haben uns jahrelang dicke Beiträge gezahlt, aus Angst, so etwas würde passieren. Jetzt überzeugen wir sie davon, daß es das wert war.«

»Wie?«

»Wir wollen, daß unsere Versicherungskunden einen Vertreter von McClaren's wie einen rettenden Engel bei sich auftauchen sehen, ohne daß sie ihn erst rufen mußten. Und wenn nötig, helfen wir ihnen.«

»Helfen wir ihnen?« fragte Walker.

Evans nickte. »Wenn der Schaden klein ist, helfen wir, ein paar Fenster zuzunageln, ein Schadensmeldeformular auszufüllen, ein paar Fotos zu machen, und dann fahren wir zum nächsten Kunden. Aber so, wie es sich im Radio anhört, werden ein paar der Häuser unbewohnbar sein. Die Leute werden Essen, Kleidung, eine Unterkunft brauchen. Wir sind da, um dafür zu sorgen. Jeder Versicherungspolice liegt ein Umschlag mit fünfhundert Dollar bei. Verstehen Sie, worauf ich hinauswill?«

Walker nickte. »Sie wollen Freunde fürs Leben.«

»Für Generationen. Ein wenig Mitgefühl, ein kleiner Vorschuß auf eine Zahlung, die wir später sowieso leisten müssen – das ist entscheidend.«

»Wann fangen wir an?«

»Sofort. Sie nehmen ein paar Policen, und ich nehme ein paar. Ziemlich bald werden unsere Leute hier eintrudeln, und Miss Turley wird sie losschicken.« Er zeigte auf einen Stapel Mappen mit einer Kamera darauf. »Nehmen Sie diesen Stapel. Sie liegen alle in einem Bezirk.«

Walker sah auf die erste Adresse und suchte sie dann auf dem Stadtplan. Er schlug noch zwei weitere nach und war erstaunt, als er die Höhe der Versicherungssumme sah. »Sie haben ein paar ganz schön teure Immobilien auf Ihrer Liste.«

»Wir fangen mit den großen an, weil sie leichter zu erreichen sind, und bei ihnen ist es wahrscheinlicher als bei den meisten anderen, daß sie noch stehen. Sie kennen doch das alte Versicherungssprichwort: Gott haßt Wohnwagenparks. Sobald die Aufräumarbeiten angefangen haben, können wir dann auch den Rest erreichen.«

Walker nahm seinen Stapel Policen und Formulare und ging mit Evans zur Tür. Er blickte hinaus auf den grauen Himmel und meinte: »Sie sind sicher, daß es vorbei ist? Kommen die nicht manchmal zurück?«

»Der hier ist vorbei«, sagte Evans. Er öffnete die Tür, dann hielt er Walker zurück. »Noch etwas. Der Grund, weshalb diese Leute mit uns Geschäfte machen, ist der, daß die Gesellschaft seit einhundertfünfzig Jahren von Gentlemen geführt wird – das heißt mittlerweile von Ladies und Gentlemen. Wir erinnern sie daran, daß solche Leute mehr tun als ihr Wort halten. Konzerne tun das nicht.«

Walker untersuchte sein Auto. Der Schlamm reichte bis zu den Radkappen, aber sonst schien alles in Ordnung zu sein. Er drehte den Zündschlüssel, und der Motor sprang an. Walker schlug seine Straßenkarte auf und fuhr dann in Richtung Meer.

Die nächsten vierundzwanzig Stunden verschmolzen zu einem ununterbrochenen, anstrengenden Durcheinander. Die ersten Häuser waren sehr groß und prachtvoll, manche waren in einem überspannten Rokokostil erbaut, andere dem Art déco nachempfunden. Einige sahen aus wie Klubs und lagen an privaten Anlegestellen mit ins Meer hinausragenden Molen.

Walker kam an, zeigte seinen Ausweis, besah sich den Schaden, bot seine Hilfe an, füllte das Formular aus, machte Aufnahmen mit der Polaroidkamera, die Miss Turley zu den Unterlagen gelegt hatte, und fuhr dann zum nächsten Haus.

Nach Einbruch der Dunkelheit traf Walker wieder im

Büro ein. Als er die Tür öffnete, staunte er über das veränderte Bild. Sämtliche Schreibtische waren besetzt, und nasse, müde aussehende Männer und Frauen kamen wie er selbst herein, um Formulare abzugeben, neue Filme für ihre Kameras und die Akten für den nächsten Bezirk zu holen. Er sah Kennedy, Maureen Cardarelli und ein paar andere Kollegen aus San Francisco, die die Formulare an den Schreibtischen bearbeiteten, aber die meisten Leute kannte er nicht.

Walker machte sich wieder auf, diesmal in ein Neubauviertel. Es lag oberhalb eines Sees, der vorher recht klein gewesen sein mußte, jetzt aber ein paar Rasenflächen und Gärten und sogar das Erdgeschoß eines Hauses überschwemmt hatte. Walker arbeitete in einer Art Nebel, übernahm alles, was anstand. Er fuhr eine Frau ins Krankenhaus, klebte Plastikfolie über kaputte Fenster, brachte einen naß gewordenen Stromgenerator zum Laufen und half, ein Gemälde zu verpacken, das aussah wie ein echter Vermeer.

Walker schlief ein paar Stunden auf dem Boden im Büro, dann machte er sich in der Morgendämmerung wieder auf den Weg. Der Tag verlief genauso wie der vorige: eine Abfolge von Häusern, bei denen Fenster eingedrückt und Schindeln vom Dach geweht waren. An einem Haus hing ein Zettel, auf dem stand, die Bewohner seien in einer Sammelunterkunft zu finden. Er fuhr hin und traf dort noch mehrere andere Kunden. Er füllte die Formulare mit allgemeinen Angaben aus: »Kunde glaubt, Haus hat Totalschaden« oder: »Kunde gibt an, Erdgeschoß ist überschwemmt, der erste Stock ist unbeschädigt«. Als er von seiner letzten Fahrt an diesem Tag zurückkehrte, reichte er seine Formulare Cardarelli.

Sie blickte von ihrem Schreibtisch auf. »Ach, Walker. Sag mal, ist es da draußen Tag oder Nacht?«

»Nacht.«

»Gut. Ich dachte schon, ich werde blind. Danke«, sagte sie und widmete sich wieder ihrer Arbeit.

Walker wandte sich um und sah, daß Evans neben ihm

stand. Er nahm Walker beiseite. »Haben Sie Fred Teller kennengelernt?«

Er interpretierte Walkers verdutzten Gesichtsausdruck richtig. »Ein Gutachter aus New Orleans«, erklärte Evans. »Groß und dünn, mit blonden Haaren – trägt eine Jacke aus Segeltuch.«

Walker nickte zögerlich. »Ich glaube, ich habe ihn gesehen, aber ich habe nicht mit ihm gesprochen. Ich war viel unterwegs.« Irgend etwas irritierte ihn an Evans' Gesichtsausdruck. »Gibt es ein Problem?«

»Seit gestern abend hat ihn niemand mehr gesehen.«

»Wissen Sie, wo er gearbeitet hat?«

»Die letzten Policen, die er überprüft hat, waren aus Palm Beach.«

»Vielleicht hatte er eine Autopanne oder so etwas. Jetzt, wo die Telefone nicht gehen, würde er dann irgendwo festsitzen. Wenn Sie noch eine Kopie von seiner Liste haben, fahre ich los und suche ihn.«

Walker fuhr aus dem Parkplatz heraus und sah auf die Uhr. Er hatte sechzehn Stunden durchgearbeitet, aber er verspürte eine stille innere Zufriedenheit. Die Sache mit Ellen Snyder belastete ihn nach wie vor, aber er hatte zumindest eine Weile nicht daran gedacht.

Er suchte sich ein Haus auf der Liste Tellers und fuhr hin. Bei dem Besitzer war noch kein Gutachter gewesen, und so nahm sich Walker die Zeit, ein Formular auszufüllen, dann sah er auf seiner Karte nach und wählte als zweites das Haus aus, das am nächsten zu liegen schien.

Es war ein großes, weitläufiges Haus auf einer leichten Erhebung, die künstlich aussah. Das Ziegeldach schien intakt zu sein, und es gab eine Garage für zwei Autos. Er ging zur Tür und klopfte, aber niemand machte auf, deshalb ging er um das Haus nach hinten. Er sah einen Tennisplatz, der in der Dunkelheit glänzte. Das Netz hatte dem Wind Gelegenheit geboten, abgebrochene Äste und Blätter und die allgegenwärtigen Papierfetzen abzuladen, und der Haufen in der Mitte war zu einer regelrechten Barrikade angewachsen.

Er klopfte an die Hintertür, doch niemand zeigte sich, deshalb ging er wieder zur Straße. Er wollte schon zum nächsten Haus auf der Liste fahren, als etwas seine Aufmerksamkeit erregte. Auf der Einfahrt war nur *eine* doppelte schlammige Reifenspur zu sehen, die von der Garagentür zur Straße führte.

Er starrte sie einen Augenblick an. Wenn das Auto während des Hurrikans in der Garage gestanden hatte und danach jemand damit herausgefahren war, weshalb war die Spur dann schlammig? Wenn jemand das Auto nach dem Hurrikan zurück in die Garage gefahren hatte, dann könnte die Reifenspur so aussehen. Aber das würde wiederum bedeuten, daß das Auto noch da war und die Besitzer zu Hause sein müßten.

Er ging an die seitliche Garagenwand und blickte durch das Fenster. Auf einer Seite stand ein Boot auf einem Anhänger. Auf der anderen Seite stand ein Auto mit Vierradantrieb. Unter einer Plane zeichnete sich ein Werkzeugkasten ab und etwas, das aussah wie eine Aktenmappe. Walker ging zurück zu seinem Auto, holte seine Taschenlampe und leuchtete damit durch das Garagenfenster. Das Licht streifte das Nummernschild: Louisiana.

Walker ging zum Haus und leuchtete durch ein Fenster an der Seite. Es war ein Eßzimmer. Er überlegte, was wohl mit dem Gutachter passiert war. Wenn er einen Motorschaden gehabt hatte und der Kunde nicht zu Hause war, hätte er dann sein Auto in die Garage des Kunden gestellt?

Walker blickte hoch, aber er war zu nahe am Haus, um durch eines der oberen Fenster hineinsehen zu können. Er ging zurück zum Tennisplatz, um vielleicht von dort aus ein Anzeichen dafür zu entdecken, daß oben jemand wach war, der das Klopfen überhört hatte. Er stellte sich nahe ans Netz und sah hinauf, aber er konnte keinen Schein von Taschenlampen oder Kerzen entdecken. Er leuchtete mit seiner Lampe durch die oberen Fenster und strahlte die Decke an, aber er bemerkte auch keinen Schatten von jemandem, der hinausblickte, um zu sehen, was er da machte.

Als er die Lampe senkte, schien sie auf das Gras. Er bewegte sie hin und her. Da war eine lange Mulde, wo das Gras niedergedrückt war. Er leuchtete ein, zwei Meter nach rechts und bemerkte eine zweite Mulde – Reifenspuren. Was bedeutete das? War hier jemand mit dem Auto herumgefahren? Vielleicht hatte der Hausbesitzer den Gutachter gebeten, mit seinem Vierradantrieb irgend etwas für ihn hierherzutransportieren. Doch dann fiel Walker auf, daß es auch hier nur einfache Reifenspuren waren. Was auch immer hier entlanggefahren war, war nicht wieder zurückgekommen.

Die parallelen Spuren setzten sich auf der anderen Seite des Tennisplatzes fort, und er folgte ihnen. Sie führten auf einem breiten Schotterweg durch einen Garten, dann zu einem weiteren asphaltierten Rechteck. Er ging näher heran und leuchtete mit seiner Lampe darauf. Das war kein Asphalt. Es war die Abdeckung eines Swimmingpools.

Er ließ das Licht über den Rand der Abdeckung streifen. Bei diesem Modell trieb ein Elektromotor eine Rolle an, die die Abdeckung in ein hölzernes Gehäuse am Rand des Pools zog, und die Räder liefen über eine Schiene am Rand. Was seine Aufmerksamkeit erregte, war jedoch die Tatsache, daß die Abdeckung sauber war. Er blickte sich um. Der Pool lag zwar geschützt unterhalb des Hügels, aber die Abdeckung hätte voll mit nassen Blättern, Unrat und Schlamm sein müssen wie alles andere auch. Offenbar war sie während des Sturms in dem Gehäuse verstaut gewesen und danach ausgerollt worden. Der Strom war ausgefallen, deshalb mußte das jemand von Hand getan haben. Er starrte einen Augenblick lang auf die Abdeckung.

Er trat an den Rand des Pools. Er fürchtete sich vor dem, was er finden würde, ohne sicher zu sein, was es war. Er kniete sich hin, um nach der Stange zu greifen, an der die Abdeckung befestigt war, und es gelang ihm, sie ein kleines Stück aufzuschieben. Er nahm seine Taschenlampe und richtete sie hinunter auf das Wasser.

Das Licht umspielte die Kühlerhaube eines schwarzen Mercedes. Er legte sich auf den Bauch, richtete den Lichtstrahl wieder hinein und hielt die Luft an. Im Auto waren zwei Leichen. Der Mann auf dem Rücksitz war nach oben getrieben, und alles, was Walker von ihm sehen konnte, war ein Bein, das aus dem offenen Fenster ragte. Das Hosenbein war nach oben gerutscht, so daß der Strumpf und ein Stück weiße Haut zu sehen waren. Die Frau auf dem Beifahrersitz wurde von ihrem Sicherheitsgurt gehalten und starrte mit ihren toten Augen.

Walker sprang auf und schloß rasch die Abdeckung. Er sah sich um, nicht weil er erwartete, etwas zu sehen, sondern weil er das Gegenteil hoffte. Er wußte nicht, ob er die Lampe besser abschalten sollte. Er knipste sie aus, fühlte sich aber noch unbehaglicher als zuvor, weshalb er sie wieder einschaltete. Er ging schnell den Weg hinauf, wobei er immer wieder in alle Richtungen blickte. Als er beim Tennisplatz angelangt war, rannte er los.

Er erreichte die Straße, stieg ins Auto und fuhr einen Kilometer oder weiter auf der Suche nach einem Polizeiwagen, einem Feuerwehrauto, irgendeinem Fahrzeug, das aussah wie das einer Amtsperson, konnte jedoch keines finden. Diese Gegend war nicht sehr stark in Mitleidenschaft gezogen worden, und er wußte, daß sich die Rettungsfahrzeuge in anderen Vierteln befinden mußten. Voller Verzweiflung fuhr er weiter, bis er zu seiner Linken in einer langen, geraden Avenue ein schwaches Leuchten auf dem Asphalt sah: elektrisches Licht. Er bog ab und fuhr auf das Leuchten zu.

Es war ein großes Gebäude mit ein paar erleuchteten Fenstern. Als er näher kam, konnte er oben auf dem Gebäude große dunkle Buchstaben erkennen, die das Wort KRANKENHAUS bildeten. Natürlich, das mußte es sein. Dort gab es Notstromaggregate. Er fuhr die Zufahrt hoch und auf einen Parkplatz, dann rannte er auf einen beleuchteten Eingang zu.

Die automatischen Türen funktionierten nicht, aber er konnte eine davon aufschieben, und schon stand er mitten im Chaos. Da lagen Menschen auf Krankenhausbetten, angeschlossen an einen Tropf, Krankenschwestern und Pfleger eilten hin und her, er sah Leute, die schmutzige Kleidung und frische weiße Verbände trugen, weinende Kinder, alte Leute, die auf dem Boden saßen, weil es keine Stühle gab. Am Ende des Gangs, in der Empfangshalle, sah er, wonach er gesucht hatte: die dunkelblaue Uniform eines Polizisten. Walker eilte mit einer solchen Geschwindigkeit und Entschlossenheit auf ihn zu, daß der Polizist unwillkürlich in Abwehrstellung ging.

Walker sagte: »Ich habe gerade zwei Mordopfer gefunden.«

Der Polizist sah Walker etwa zwei Sekunden lang in die Augen, dann nahm er das Funkgerät von seinem Gürtel und begann zu sprechen.

Vier Stunden später setzte die Polizei Walker schließlich wieder am Krankenhaus ab. Er hatte eine Gruppe Polizisten zu dem Schwimmbecken geführt und ihnen gezeigt, was er gefunden hatte, dann hatte er gewartet, während sie ins Haus eindrangen. Fred Teller hatten sie dort drinnen nicht gefunden. Danach hatte er lange auf dem Rücksitz eines Polizeiautos warten müssen, dann auf der Polizeiwache und schließlich auf ein weiteres Polizeiauto, das ihn zurückbrachte.

Während er mit seinem Mietwagen zurück zur McClaren's-Filiale fuhr, gingen die Lampen an. Plötzlich flackerte es um ihn herum, und die Straßenlaternen leuchteten auf, jedoch nicht alle auf einmal. Vielmehr sprangen sie entlang der geraden Straße nacheinander an – es sah aus, wie wenn eine Reihe Dominosteine umfällt. Ein paar Sekunden später schalteten sich auch andere Stromkreise wieder ein. Lichter, die gebrannt hatten, als der Strom ausgefallen war, gingen wieder an – Fenster in den oberen Stockwerken, Neonschilder und Leuchtröhren in geschlossenen Läden. Alarmanlagen heulten durch die leeren Straßen, und Ampeln, die zwei Tage lang ausgefallen waren, begannen plötzlich zu blinken.

Er fuhr in die Einfahrt von McClaren's, schnappte sich Fred Tellers Liste vom Autositz und rannte hinein. Leute, die aussahen, als hätten sie gerade geschlafen, standen auf und gingen auf die Schreibtische zu, ein paar von ihnen sahen sich um und hoben Papiere vom Boden auf, als hätten sie sie zuvor nicht bemerkt. Walker sah Evans aus dem Gang kommen, der in sein Büro führte. Er zog gerade sein Jackett an und schien erfreut zu sein, ihn zu sehen.

Walker eilte auf ihn zu und packte ihn am Arm. »Funktionieren die Telefone?«

Evans drehte sich um und führte ihn zurück durch den Gang. »Das weiß ich noch nicht. Haben Sie ihn gefunden?«

Walker hatte sich an die überraschende Entwicklung der Dinge schon so weit gewöhnt, daß ihm die Frage einen Augenblick lang völlig absurd vorkam. »Leider nein. Die Polizei sucht ihn jetzt. Ich muß versuchen zu telefonieren.«

Evans blieb stehen und sah Walker an, aber Walker stürmte einfach weiter. Er ging in Evans' Büro und langte nach dem Telefon. In dem Moment hörte er im Hauptbüro ein Klingeln und dann den halbironischen Beifall der Leute, die dort versammelt waren. Er wählte die Nummer von McClaren's in San Francisco. Es klingelte zweimal, dann sagte eine angenehme Frauenstimme: »Sie sind verbunden mit McClarens Leben und Unfall. Es tut uns leid, aber alle ...« Er legte auf.

Er setzte sich an Evans Computer, tippte Joyce Hazeltons E-Mail-Adresse ein und begann zu schreiben.

»EILT, EILT, EILT, an alle Mitarbeiter von McClaren's, von John Walker in Miami.«

Walker fuhr mit dem Finger Fred Tellers Liste entlang bis zu der richtigen Adresse, dann blickte er wieder auf den Bildschirm.

Zu seiner Überraschung war der Bildschirm nicht leer. »John, hier ist Joyce. Was gibt es?« stand dort. Sie war da.

Sein Herz klopfte schneller, während er schrieb: »Wurden Zahlungen für die Versicherungsnummer HO-6 135834, Mr. und Mrs. Michael Cosgrove aus Palm Beach, angefordert oder angewiesen?«

Er wartete und merkte, daß Evans ihm über die Schulter sah, dann spürte er, daß Evans ihn anblickte und auf eine Erklärung wartete, für die er jedoch weder Zeit noch Energie hatte. Auf dem Bildschirm regte sich wieder etwas.

»Ja. Anspruch geltend gemacht per Fax aus Tampa, über

die gesamte Versicherungssumme. Zahlung autorisiert durch Frederick G. Teller, Gutachter. Scheck ausgestellt und abgeschickt.«

Walker tippte seine Antwort ein. »Zahlung baldmöglichst stoppen.« Er zögerte eine Sekunde, dann schrieb er: »Schicken Sie Stillman her.«

21

»Walker. Stehen Sie auf.«

Walker schlug die Augen auf und sah sich um. Zunächst wußte er nicht, wo er war, doch dann kehrte seine Erinnerung zurück. Es war Tag, und Telefone klingelten. In der offenen Tür zu dem Büro stand Stillman.

Walker setzte sich auf der Couch auf und rieb sich die Augen. »Wie sind Sie so schnell hergekommen?«

»Ich habe keine Zeit verschwendet, denn ich habe gehört, daß Sie es waren, der an meiner Lampe gerieben hat.«

Walker stand auf. »Ja. Das war ich. Ich erzähle Ihnen, was passiert ist. Ich war unterwegs, um nach ... «

»Ich weiß, was passiert ist.« Stillman sah auf seine Uhr. »Es ist fast vier Uhr. Zeit zu gehen.«

Walker schlüpfte in sein Jackett und zog die Krawatte wieder enger, dann setzte er sich auf das Sofa, um sich die Schuhe zu binden.

Stillman sah ihm ungeduldig zu. »Ist das Ihr Koffer?«

»Ja«, sagte Walker.

»Nehmen Sie ihn mit. Wenn wir für heute Nacht keine bessere Unterkunft finden als das hier, dann haben wir nichts Besseres verdient.«

Sie gingen hinaus zu einem dunkelblauen Leihwagen, eine der großen Limousinen, wie Stillman sie immer mietete. Stillman schnappte sich Walkers Koffer, warf ihn zu seinem eigenen in den Kofferraum, beugte sich weiter hinein und fischte einen Ordner mit dem Logo der Hauptstelle heraus. »Hier, nehmen Sie.«

Sie stiegen ins Auto. Stillman fuhr in die Gegend, die sich Walker in der letzten Nacht vorgenommen hatte. Die Straße waren wieder frei und trocken, aber bei vielen Häusern waren die Fenster mit Brettern vernagelt, und die Dächer hatten Löcher, die den Blick auf Dachpappe und Sperrholz freigaben. Sie kamen an zwei Gebäuden vorbei, wo das Wasser durch lange Schläuche in den Rinnstein abgepumpt wurde. Er blickte im Vorbeifahren auf die Straßenschilder. »Halt, warten Sie. Sie fahren in die verkehrte Richtung. Das Haus liegt dort hinten.«

Stillman schüttelte den Kopf. »Es wäre völlig sinnlos, dorthin zu fahren. Die Besitzer sind immer noch tot, und ich will keine Zeit damit verschwenden, daß ich mit Polizisten rede.«

»Vielleicht haben sie mittlerweile etwas herausbekommen.«

Stillman schüttelte den Kopf. »Die haben genug damit zu tun, sich davon zu überzeugen, daß die beiden bei einem Überfall getötet wurden. Sie denken, Fred Teller ist vielleicht in einem ungünstigen Moment gekommen.«

»Dagegen kann man nur schwer etwas sagen.«

»Das war nicht nur Pech. Das haben sie so arrangiert, weil sie wußten, daß bald jemand wie Teller auftauchen würde«, sagte Stillman. »Teller wurde mit Bargeld losgeschickt, mit fertigen Anträgen, unterschriebenen Blankoschecks und einem Haufen Ausweise mit seiner Unterschrift darauf. Einer der Killer hat wahrscheinlich behauptet, er sei Mr. Cosgrove, hat Teller ins Haus gelassen und ihn überwältigt.« Er fuhr weiter. »Sämtliche Blankoschecks sind ausgefüllt und gestern eingelöst worden.«

»Wie denn? Es gab doch keinen Strom.«

»Hier nicht. Aber in Tampa, in Tallahassee und in Mobile schon. Und es gibt keine Bank auf der Welt, die einen Scheck von McClaren's nicht einlösen würde.«

»Glauben Sie, es sind dieselben Leute – diejenigen, die Ellen Snyder umgebracht haben?«

»Ja, und Sie glauben das auch«, sagte Stillman. »Sie haben das, was sie mit ihr gemacht haben, nur ein wenig abgewandelt: Sie stellen eine betrügerische Forderung, die von einem echten Mitarbeiter von McClaren's unterzeichnet ist, dann lassen sie diesen Mitarbeiter verschwinden. Wenn jemand einen Betrug wittert, dann steht zunächst der Mitarbeiter unter Verdacht – zumindest lange genug, bis die Schecks eingelöst sind. Der einzige Unterschied ist der, daß sie gehört haben, daß ein Hurrikan angekündigt ist. Sie wußten, daß die Telefone nicht funktionieren würden, daß der Strom ausfallen würde und daß die Polizei genug damit zu tun hätte, Leute unter Baumstämmen herauszuziehen. Sie wußten auch, daß, sobald es aufhört zu regnen, überall Mitarbeiter der Versicherung auftauchen würden.«

Walker schwieg einen Augenblick. »Es ist derselbe Trick, aber es erscheint mir zu mickrig. Bei der Geschichte mit Ellen haben sie zwölf Millionen bekommen. Die Schecks, die wir alle dabeihatten, waren auf zehntausend Dollar limitiert. Selbst wenn Teller so wie ich fünfundzwanzig davon hatte und alle eingelöst würden, reicht das immer noch nicht.«

»Wer sagt, daß das alles war?«

»War es das nicht?«

»Zumindest sollte es das nicht sein. Sie wissen doch, San Francisco hat einen Scheck für das Haus der Cosgroves geschickt. Das waren zwei Komma drei Millionen. Und es gibt noch mehr Forderungen mit Fred Tellers Namen darauf, die nach San Francisco gefaxt und dort bearbeitet wurden. Da kommt schon was zusammen.«

»Hat die Versicherung die Zahlung nicht gestoppt?«

»Sicher«, sagte Stillman. »Ich weiß nur nicht, ob es nicht schon zu spät war, und vor allem ist Fred Teller noch nicht wiederaufgetaucht.«

»Und wohin fahren wir jetzt?«

»Wir sehen uns die restlichen Häuser auf Tellers Liste an.« Er warf einen Blick auf seine Karte, dann hielt er sie Walker hin. »Hier. Suchen Sie mir raus, wo die Dillards wohnen. Die Adresse ist 3124 Shaw Creek Road.«

Sie fuhren von einem riesigen Haus zum nächsten. Einige der Leute waren zu Hause. Zwei hatten Fred Teller sogar gesehen und Formulare unterschrieben, die er weiterleiten wollte.

Es war schon Nacht, als sie das neunte Haus erreichten. Es lag in einer Sackgasse am Ende einer neuen Straße, die auf ein künstlich aufgeschüttetes Plateau führte. Vor kurzem mußte hier noch Sumpf gewesen sein. In der Ferne erkannten sie hohe Mangroven, von denen Spanisches Moos hing, und sahen zwischen den Pflanzen Wasser glänzen.

Als sie vor dem Haus parkten, sagte Stillman: »Interessant.«

»Was?«

»Na ja, es gibt wieder Strom, aber das Haus hier ist dunkel. Dabei sieht es nicht so aus, als wäre hier viel Schaden angerichtet worden.«

»Ja«, meinte Walker, »merkwürdig. Vielleicht haben sie den Wetterbericht gehört und dann alles abgeschaltet und sind weggefahren.«

»Wer wohnt hier?«

Walker sah in den Ordner und las im Licht der Leselampe. »Mr. Jeffrey Kopcinsky.« Er sah sich die anderen Blätter an, die an den Versicherungsvertrag geheftet waren. »Er hat auch eine Lebensversicherung, der Begünstigte ist sein Bruder in New York, und ein neuer BMW ist auch versichert. Nur für einen Fahrer. Offenbar wohnt er alleine hier draußen.«

Stillman zuckte die Achseln. »Also, ich wäre bestimmt auch nicht alleine in so einem verdammten Sumpfloch geblieben, wenn ein Hurrikan im Anzug ist. Sehen wir mal nach, ob er einfach früh ins Bett geht.«

Sie gingen die Zufahrt hoch. Walker drückte auf den Klingelknopf und hörte irgendwo im Haus ein schwaches Läuten. »Strom ist da«, sagte er leise. Er hob die Hand, um zu klopfen. Gerade in dem Moment, als seine Fingerknöchel zum ersten Mal auf die Tür trafen, ging über ihren Köpfen ein kleines Licht an. »Und es sieht so aus, als wäre er zu Hause.«

Stillman deutete hoch auf die Lampe. »Das ist ein Geräuschmelder.« Er drückte wieder auf die Klingel.

Sie warteten eine Minute, dann eine weitere, aber sie hörten weder Schritte noch andere Geräusche. Als Walker gerade noch einmal klingeln wollte, ging das Licht über ihren Köpfen aus. Walker sagte: »Ich würde mir gern mal die Garage ansehen.«

Stillman blickte ihn interessiert an, sagte aber nichts. Sie gingen auf die breite Garage zu, in der drei Autos Platz hatten, dann zu dem Fenster an der Seite. Walker legte die Hände an die Schläfen und hielt den Kopf dicht an die Scheibe. »Es stehen zwei Autos da.«

»Platz ist für drei, und ein Mensch kann nur in einem fliehen, um sein Leben zu retten«, sagte Stillman. Er ging einen Schritt auf die Straße zu, aber Walker hielt ihn zurück.

»Er hat eine Versicherung für den BMW abgeschlossen. Der steht da drin. Wenn er zwei Autos hat oder drei, warum hat er dann nicht für alle eine Versicherung abgeschlossen? Das ist viel billiger.«

Stillman blieb einen Augenblick lang reglos stehen. »Sehen wir uns mal um.«

Sie gingen an der Garage vorbei zu einer kleinen Terrasse aus flachen Steinplatten, auf der vier Stühle und ein Tisch standen. Ein Sonnenschirm lag zusammengeklappt auf dem Boden. Walker blieb stehen. »Sehen Sie«, flüsterte er. »Die Möbel.«

»Was ist damit?«

»Sie stehen da. Wir hatten einen Sturm mit über zweihundertvierzig Stundenkilometern. Es hätte die Möbel in den Sumpf wehen müssen. Sie müssen also in der Garage aufbewahrt und danach herausgeholt worden sein. Wenn er vor dem Sturm weggefahren ist, wer hat das dann gemacht?«

Sie gingen in den Garten hinein. Walker sah im Mondlicht, daß die niedrigen Pflanzen von dem Regen fast weggespült und vom Wind entwurzelt worden waren. Vier kleine Bäume in großen Holzkübeln waren umgeworfen worden.

Stillman ging langsam durch den Garten zu der dahinter liegenden Wiese. Walker trat ein paar Schritte zurück und betrachtete das Haus. Das Dach schien intakt zu sein. Unter den Dachvorsprüngen waren weitere Geräuschmelder angebracht, und die hohen schmalen Fenster, die tief in die verputzte Außenmauer eingelassen waren, erinnerten ein wenig an die Fenster in einer Burg. Keines davon war mit Brettern verkleidet, aber es schien auch keines kaputtgegangen zu sein, wahrscheinlich dank der pseudomittelalterlichen Architektur. Hinter einem der schmalen Fenster am Ende des Hauses glaubte Walker aus dem Augenwinkel heraus eine Bewegung wahrzunehmen. Er erstarrte und blickte ein paar Sekunden lang zu dem Fenster hinüber, konnte jedoch keine Bewegung mehr sehen.

Schließlich kam er zu dem Schluß, daß es wohl nur seine eigene Bewegung gewesen war. Er war gegangen, und vielleicht war dadurch plötzlich irgendein Möbelstück in sein Blickfeld gekommen, oder der Mond hatte sich im Glas gespiegelt. Er mußte sich zusammennehmen. Nur weil er den Tatort eines Mordes entdeckt hatte, mußte noch längst nicht jedes Haus in Florida etwas beherbergen, vor dem er Angst haben mußte.

Er drehte sich um und ging schneller, um Stillman einzuholen, der am Rand des Rasens entlanglief und auf die düsteren, gespenstischen Bäume im Sumpf hinausblickte.

Als er hinter Stillman war, hörte er ihn brummen: »Scheiße.« Stillman beugte sich vor und blickte hinunter. »Noch einer.«

Neben den freiliegenden knorrigen Wurzeln einer Mangrove lag, halb unter Wasser, der Körper eines Mannes. Das Gesicht war in dem trüben Wasser versunken, aber Walker erkannte ein Ohr, das gerade noch herausragte, und sah am linken Handgelenk ein Uhrenarmband schimmern.

Stillman richtete sich auf. »Das dürfte wohl Mr. Kopcinsky sein.«

»Oder Fred Teller.«

Stillman hatte sein Handy parat. Er schaltete es ein, sah auf das Display, hielt sich das Telefon ans Ohr, warf noch einen Blick darauf, dann schaltete er es aus. »Das Netz funktioniert noch nicht. Wir müssen ein Fenster einschlagen, um die Polizei zu rufen.«

Walker blickte zurück zum Haus. »Ich weiß, es ist albern, aber ich dachte vorhin, ich hätte etwas hinter einem Fenster dort oben gesehen. Ich habe geglaubt, es war nichts. Aber jetzt …«

Stillman sah ebenfalls zum Haus hinüber. »Wenn da drinnen jemand ist, dann ist das hier kein sehr sicherer Ort. Wir sollten so zurückgehen, wie wir gekommen sind, als hätten wir nichts bemerkt.«

Sie gingen auf den Garten zu. Walker behielt die hohen, schmalen Fenster im Auge.

»Langsamer«, flüsterte Stillman. »Wir hätten nur dann einen Grund, uns zu beeilen, wenn wir die Leiche gefunden hätten.«

Walker ging im gleichen Tempo wie Stillman weiter. Leise sagte er: »Wahrscheinlich habe ich es mir nur eingebildet.«

»Nein«, flüsterte Stillman. »Rennen Sie los!«

Walker machte zwei schnelle Schritte und versuchte, sich kräftig abzustoßen. Er warf einen kurzen Blick auf das dunkle Haus, um herauszufinden, was Stillman gesehen hatte, aber bevor ihm das gelang, wurde alles anders.

Ein Schuß knallte in Walkers Ohren, als er den Lauf der Waffe aus dem Augenwinkel heraus aufblitzen sah, aber der Knall schien kein Ende zu nehmen, denn plötzlich wurde alles taghell. Die Geräuschmelder entlang der Dachvorsprünge und der Garage waren angesprungen.

Dort, wo der Lauf aufgeblitzt war, kauerte ein Mann an der Wand. Er hielt eine Pistole in der rechten Hand und war von dem plötzlichen gleißenden Licht erschreckt und geblendet. Er hob die linke Hand, um die Augen abzuschirmen, als Stillmans Körper ihn auf Brusthöhe rammte und ihn nach hinten in eines der hohen Fenster stieß. Es gab einen Schlag, dann hörte man Scherben klirren.

Die Pistole war dem Mann aus der Hand gefallen. Sie wirbelte noch nach rechts durch die Luft, als Walker lossprintete, um sie zu erwischen. Sie traf mitten auf einer großen Sandsteinplatte auf, sprang noch einmal hoch und schlitterte weiter, als Walker sich nach ihr bückte.

Der zweite Schuß kam von irgendwo links, und über

Walkers Kopf splitterte Putz von der Hauswand ab. Walker stürzte sich auf die Pistole, umfaßte sie mit der rechten Hand und senkte die Schulter, um die Wucht seines Sprungs durch eine Rolle abzufangen. Als er schließlich auf dem Bauch lag, erkannte er die Silhouette des zweiten Mannes jenseits des Lichtscheins.

Ihm begann zu dämmern, daß der zweite Mann neben der Garage auf ihn gewartet hatte, als der erste Mann gesehen hatte, daß er losgelaufen war, und geschossen hatte. Walker schob den rechten Arm vor und richtete die Pistole auf den Mann. Er sah, wie der Mann die rechte Schulter leicht anhob und gleichzeitig den Arm senkte, um nach unten auf Walker zu zielen. Walker riß den Finger zurück. Das Krachen der Waffe in seiner Hand überraschte ihn. Der Rückstoß riß ihm den Unterarm nach oben, aber er zog ihn sofort wieder nach unten, sah, daß der Mann in die Hocke ging, drückte wieder ab, und dann noch einmal. Der Mann fiel um und blieb still liegen.

Walker rollte auf den Rücken und richtete sich mit einem schnellen Sit-up auf, um den ersten Mann und Stillman zu suchen.

Der Mann steckte in der schmalen Nische, sein Oberkörper ragte durch das kaputte Fenster ins Haus hinein, und die Beine lagen auf der Terrasse. Stillman trat gerade vom Fenster zurück. Er hatte sich den Ärmel über die rechte Hand gezogen und hielt damit eine lange, gezackte Glasscherbe umklammert.

Langsam hob er die Glasscherbe bis über seine Schultern. Walker sah, daß in zwei langen Bahnen Blut darüber lief. Stillman senkte die Hand, und die lange Scherbe flog gegen die noch intakte Glasscheibe im oberen Teil des Fensters, zerbrach sie und ließ sie in tausend Splittern auf den Körper des Mannes hinunterregnen.

Walker starrte Stillman mit offenem Mund an, der sorgfältig seine Ärmel untersuchte, offensichtlich um zu überprüfen, ob darauf Blutflecken waren. Dann sah er Walker ruhig in die Augen. »Wenn da noch welche wären, wären sie längst da.«

Walkers Herz raste. In den Ohren hatte er ein Rauschen, das vom Knall der Pistolen herrührte, aber jetzt in der Stille konnte er es immer noch hören. Der Mann, den Stillman in das Fenster gestoßen hatte, zog seinen Blick magisch an. Die Beine lagen kraftlos da wie bei einer Puppe, die Füße waren unnatürlich zur Seite verdreht, die Kniegelenke nach innen gebogen, wie es nur möglich ist, wenn alle Muskeln erschlafft sind. Sein Magen krampfte sich zusammen, aber er unterdrückte den Brechreiz.

Stillman war mittlerweile neben dem anderen Mann in die Hocke gegangen. »Sind sie beide tot?« fragte Walker.

»Ja.«

Walker saß völlig reglos da, ohne zu denken, ließ die Gedanken einfach durch seinen Kopf strömen. Er wußte, daß sich sein Leben unwiderruflich verändert hatte, nicht nur, weil dies die Zukunft verändern würde, sondern weil es bereits die Vergangenheit verändert hatte. Er hatte nie zu jemandem werden wollen, der so etwas tat. Alles, was er während seiner Kindheit in Ohio gedacht und getan hatte, gründete sich auf die Illusion, daß er etwas Besseres als das erwarten konnte, wenn er befolgte, was er gelernt hatte – sein Temperament und seinen Appetit zu zügeln, gegen die subtilen, entwürdigenden Auswirkungen von Zorn und Gehässigkeit anzukämpfen und seine Zeit mit Arbeiten und Lernen zu verbringen.

Die Ungeheuerlichkeit dessen, was er getan hatte, flößte ihm Angst ein. Er klammerte sich an Entschuldigungen: Er hatte nicht beabsichtigt, jemanden zu töten, hatte keine Entscheidung getroffen, keine Chance gehabt. Aber er wußte, daß diese Argumente haltlos waren. In der Sekunde, als er den Arm vorgestreckt hatte, mit der Waffe in der Hand, hatte er nichts anderes empfunden als das dringende Bedürfnis, sie möglichst ruhig auf die Brust des anderen Mannes zu richten und als erster zu schießen.

Stillmans Beine liefen durch Walkers Sichtfeld, und er blickte ihm nach. Stillman ging zu dem Mann im Fenster, langte hinein und drehte dessen Gesicht zu ihm hin. »Haben Sie den schon mal gesehen?«

Walker zog eine Grimasse und schüttelte den Kopf. »Nein.« Unwillkürlich wandte er sich zu dem Mann um, den er erschossen hatte. »Den anderen auch nicht.«

Stillman blickte auf den Mann im Fenster hinab. »Erst haben wir zwei Männer in dieser kleinen Gasse in Pasadena gesehen, dann drei draußen bei Gochay. Und jetzt diese beiden. Langsam sieht es aus, als wären es ziemlich viele.« Er beugte sich vor, um die Taschen des Toten zu durchsuchen. Er fand eine Brieftasche und warf einen Blick hinein. »Nur ein Führerschein und eine Kreditkarte, die sind also beide gefälscht«, brummte er und steckte sie zurück.

»Macht Ihnen das nichts aus?« fragte Walker.

Es dauerte einen Moment, bis Stillman ihn wahrzunehmen schien. »Was?«

»Sie sind ... tot. Wir haben gerade zwei Männer getötet.«

Stillman holte tief Luft, atmete wieder aus und sagte in einem Tonfall, der müde, aber geduldig klang: »Ethische Bedenken machen mir nicht sehr zu schaffen, nein. Ich habe meine Entscheidungen zu diesem Thema vor langer Zeit getroffen. Wenn jemand versucht, mich umzubringen, dann sollte er mich besser beim ersten Versuch erwischen, denn das wird nur einer von uns überleben.« Walker schwieg. Kurz darauf sagte Stillman: »Ich weiß, wie es Ihnen geht. Es nützt niemandem etwas. Man schafft es nicht, mit sauberen Händen durchs Leben zu gehen. Es tut mir leid.«

Walker blickte unwillkürlich auf seine Hände und bemerkte, daß er die Waffe noch in der Hand hatte.

»Lassen Sie die Pistole da, wo Sie sind«, sagte Stillman. »Wischen Sie sie auch nicht ab oder so was.« Er sah Walker zu, wie er die Pistole auf den Boden legte und aufstand. »Sehen Sie sich mal die Taschen von dem Kerl an.« Walker zögerte, aber Stillman drängte: »Na los.«

Walker kniete sich neben die Leiche und langte in die Innentasche des Jacketts. Er fand eine Brieftasche, aber auch sie enthielt nur eine Kreditkarte, einen Führerschein und etwas Geld. Er fand ein schweres Metallrechteck, das er für einen Ladestreifen hielt, nahm es heraus, sah seine Vermutung bestätigt und steckte es zurück. In der Brusttasche war noch etwas anderes. Es war lang und hart, und er zog es heraus. Es war ein Brillenetui.

Er öffnete es. Es enthielt eine Sonnenbrille. Er klappte es wieder zu und wollte es in die Tasche zurückstecken.

»Was ist das?« fragte Stillman.

»Eine Sonnenbrille.«

Stillman nahm das Etui und steckte es sich in die Jackentasche.

»Was wollen Sie ...«

Stillman unterbrach ihn. »Wir sollten jetzt keine Zeit mehr verlieren. Das ist eine Geschichte, die die Polizei lieber zuerst aus unserer Sicht hören sollte.«

Als sie beim Auto angelangt waren, sah Walker, wie die Geräuschmelder wieder ausgingen und das Haus und die beiden Toten der Dunkelheit überließen. Er schloß die Augen und spürte, wie sein Herz wieder raste. Die Geräuschmelder hatten Timer, also konnte das Ganze vom ersten Schuß bis jetzt nur fünf Minuten gedauert haben.

22

Ihr Anwalt hieß Diernholtz. Er kam, eine Stunde nachdem man Walker und Stillman auf die Polizeiwache gebracht hatte, und sagte dann zu Walker: »Heutzutage kann man keine Schußwaffe mehr auf einen lebenden Menschen abfeuern, ohne daß einem viele neugierige Fragen gestellt werden. Ich hoffe, Sie haben noch keine davon beantwortet.«

Walker schüttelte den Kopf.

»Gut für Sie«, sagte Diernholtz. »Ihre Versicherung hat mir am Telefon gesagt, das zumindest sei Ihnen klar. So, bevor Sie jetzt Ihre Aussage machen: Ich nehme an, Sie haben diesen Mann erschossen?«

»Ja.«

»Also Notwehr. Ich bin dabei, wenn Sie verhört werden.«

Das Verhör dauerte Stunden, doch dann war es einfach vorbei. Walker wurde allein in einem Raum gelassen, in dem es keine Gitterstäbe gab. Eine Weile ging er auf und ab, dann setzte er sich wieder hin. Als die Sonne schließlich hoch am Himmel stand, legte er den Kopf auf den Tisch und schlief ein, bis er aufwachte und wieder auf und ab ging. Es war Spätnachmittag, als der Captain hereinkam.

»Setzen Sie sich, Mr. Walker«, sagte er. »Lassen Sie mich Ihnen die Situation erklären. Wir haben bestätigt bekommen, daß Mr. Stillman derjenige war, der nach dem Vorfall die Polizei gerufen hat. Die Hände des Mannes, den Sie erschossen haben, weisen genauso Pulverspuren auf wie die Ihren, wir wissen also, daß er geschossen hat – offenbar bevor Sie es getan haben, da derjenige, der zuletzt schießt, für gewöhnlich derjenige ist, der noch unter uns weilt. Die Hände des zweiten Mannes wurden ebenfalls positiv getestet, er hat also auch irgendwann einen Schuß abgegeben. Ein Vertreter der Bezirksstaatsanwaltschaft hat zugehört, als Sie Ihre Aussage gemacht haben. Ein weiterer war mit der Spurensicherung am Tatort. Sie haben gerade bestätigt, daß sie keine Anklage erheben wollen.«

Walker fragte: »Heißt das, ich kann gehen?«

Der Captain schwieg. »Noch nicht ganz. Sie haben es als Fall von Notwehr zu den Akten genommen. Ich bin seit zweiundzwanzig Jahren bei der Polizei, und ich habe noch nie einen bewaffneten Angreifer gesehen, der auf diese Weise zu Tode gekommen ist.«

»Auf welche Weise?« fragte Walker.

»Er wurde durch ein Tafelglasfenster gestoßen, hat es geschafft, sich zufällig mit einem Stück Glas die Kehle durchzuschneiden, und ist verblutet. Haben Sie das nicht gesehen?«

Walker zögerte. »Doch.« Er erinnerte sich, wie Stillman die große Glasscherbe hochgehoben und in das Fenster geschleudert hatte, so daß sie in einen Regen aus einzelnen Stückchen zerbrach und sich mit den anderen vermengte. Er hatte die Waffe zerstört.

Der Captain schien zu spüren, was Walker dachte. »Sie kennen Stillman nicht sehr gut, nicht wahr?«

»Die Versicherung hat ihn angestellt, um in einem Betrugsfall zu ermitteln, und mich beauftragt, ihm zu helfen«, sagte Walker. »Das ist erst einen Monat her. Ich weiß nichts Schlechtes über ihn zu berichten, falls Sie das meinen.«

Der Captain sah Walker einen Moment lang in die Augen, dann erschien er nachsichtiger zu werden. »Sie sind jung. Sie haben eine Ausbildung, Sie sind nicht vorbestraft, und deshalb bekommen Sie jetzt etwas kostenlos von mir.« Er beugte sich vor. »Polizisten reden miteinander. Wir gehen auf Tagungen, genau wie Versicherungsvertreter, wir besuchen zusammen Fortbildungen. Andere Leute fragen sich wahrscheinlich, worüber wir uns unterhalten. Ein paarmal habe ich Polizisten über Stillman reden hören.«

»Warum über Stillman?«

»Wußten Sie, daß er einmal bei der Polizei war?«

Walker erwiderte seinen Blick und schüttelte den Kopf.

»Ungefähr vor zwanzig Jahren«, sagte der Captain. »In Los Angeles. Es gab keine Vorwürfe gegen ihn, die öffentlich bekanntgemacht worden wären, deshalb weiß niemand, weshalb er gegangen ist. Ich habe da so meine Vermutungen. Seit damals ist er selbständig.«

»Im Sicherheitsdienst«, sagte Walker zu Stillmans Verteidigung.

Den Captain schien der Begriff nicht zu beeindrucken. »Er macht von allem ein bißchen. Er macht Überwachungen, schützt Führungskräfte von Unternehmen, spürt Leute auf, arbeitet ein bißchen für Versicherungen. Es ist sogar ein paarmal vorgekommen, daß er bei einer Entführung die Geldübergabe gemacht hat.«

»Ist das denn illegal?« fragte Walker.

»Nein«, sagte der Captain. »Der Mann hat sämtliche Lizenzen, die man nur haben kann, und es ist nie etwas an ihm hängengeblieben ... bis jetzt. Dafür kann ich mich verbürgen, weil ich es gerade überprüft habe.« Sein Blick wurde intensiver. »Eine überraschend hohe Anzahl dieser Fälle endet damit, daß jemand schwer verletzt wird. Oder getötet.«

»Die Auftraggeber?«

»Nicht die Auftraggeber«, sagte der Captain. »Stillman ist derjenige, den man beauftragt, wenn man ein Problem hat, das gelöst werden muß, es einem egal ist, was das kostet, und man vor allem nicht wissen will, auf welche Weise es gelöst wird. Wenn man einen großen ... fiesen ... Hund braucht. Das ist Stillman. Verstehen Sie, was ich sagen will?«

Walker saß einen Augenblick schweigend da. »Ich glaube schon. Ich weiß nur nicht, warum Sie mir das sagen.«

»Sie sind gerade in einen üblen Schlamassel geraten und mußten jemanden töten, um da wieder rauszukommen. Diesmal sind Sie entlastet: Notwehr. Ich würde Ihnen gerne einen Expertenratschlag zum Thema Notwehr geben. Wenn Ihre Tätigkeit bei McClaren's Sie in eine Position bringt, wo Sie Ihre Zeit damit verbringen müssen, zu tun, was Stillman tut, sollten Sie vielleicht den Beruf wechseln.« Er stand auf. »Holen Sie sich Ihre persönlichen Sachen an der Aufnahme ab.«

»Der Polizei von Miami ist es immer noch nicht gelungen, zwei Bewaffnete zu identifizieren, die bei einer nächtlichen Schießerei auf einem Anwesen in Palm Beach getötet wurden. Gestern abend gegen Mitternacht nahm die Polizei einen Notruf entgegen. Als die Beamten wenige Minuten später eintrafen, stellten sie fest, daß zwei Gutachter der Versicherungsgesellschaft McClaren Leben und Unfall offenbar einen Einbruchsversuch vereitelt hatten, indem sie einen der beiden entwaffneten. Den einen Verdächtigen traf ein Schuß in die Brust, der andere erlitt im Kampf um die zweite Waffe tödliche Verletzungen. Beide Männer waren bereits tot, als sie im West Palm Beach Hospital eingeliefert wurden.« Die Sprecherin demonstrierte mit einem einstudierten Blick ihre Mißbilligung, steckte das Blatt zuunterst in ihren Stapel und sagte: »In einem Vergnügungspark kam es heute zu einem tragischen Unfall.«

Walker starrte die Frau auf dem Fernsehbildschirm an,

als sie ausgeblendet wurde und ein Werbespot für Magentropfen folgte. Fernsehnachrichten hatten ihren eigenen Jargon. Die Berichte wurden in einem nervösen, angespannten Tonfall vorgetragen, ohne jede Variation, wie ein gleichförmiges Lied, das immer in voller Lautstärke gespielt wird. Doch die Nachrichtensprecher lächelten dabei, als sprächen sie Wörter einer fremden Sprache nach.

Es klopfte an der Tür seines Zimmers, und Walker machte Stillman auf. Stillman sagte: »Ich habe mich gerade bei der Polizei erkundigt. Sie sind immer noch nicht identifiziert. Offenbar sind sie da nicht so hinterher, wie sie es sein sollten.«

»Vielleicht kann dieser Anwalt – wie hieß er noch – Diernholtz etwas erfahren? Er scheint einen ganz guten Draht zu ihnen zu haben, und er steht ja bereits auf der Gehaltsliste.«

»Gute Idee, falscher Zeitpunkt. Nicht, daß sie nichts rausrücken würden. Sie haben nichts. Sie haben die Fingerabdrücke überprüft, aber die sind offenbar nicht vom FBI registriert. Das ist nicht normal.«

»Nicht?«

»Nein. Das bedeutet, daß sie noch nie irgendwo festgenommen wurden. Leuten, die in Bereichen tätig sind, in denen geschossen wird, werden normalerweise irgendwann die Fingerabdrücke abgenommen. Daß das bei ihnen nicht der Fall war, ist schlecht.«

»Wahrscheinlich.«

»Es bedeutet, daß die Polizei es schwer hat – sie müssen Fotos herumschicken und so. Dafür haben sie im Moment ein bißchen zuviel zu tun. Außerdem scheinen sie zu glauben, daß demnächst jemand vorbeikommt, um die Leichen abzuholen und ihnen zu sagen, wer sie waren.«

»Sollen wir uns abwechselnd an der Polizeiwache postieren und abwarten, wer auftaucht?«

»Das wird diesmal nicht so sein. Und wenn, dann würde es nicht schnell gehen. Man kann nicht einfach mit einem Kombi vor der Hintertür halten und mit einer Leiche davonfahren. Es wird Autopsien geben und so weiter. Dann müssen die Leichen von jemandem abgeholt werden, der eine Lizenz dafür hat, zum Beispiel von einem Bestattungsunternehmer. Warten wäre jetzt nur Zeitverschwendung.«

»Was haben wir sonst für eine Wahl?«

Stillman langte in die Tasche seines Jacketts und zog das Brillenetui heraus, das Walker bei einem der Männer gefunden hatte.

»Haben Sie das etwa nicht der Polizei gegeben?« Walker war verblüfft.

»Ich wollte es mir noch einmal genauer ansehen, und die Polizei hat irrtümlich angenommen, die Brille würde mir gehören«, sagte Stillman. »Ich würde gerne wissen, was für ein Aufdruck auf dem Etui ist.«

»Ich auch«, sagte Walker.

»Dann sehen wir mal nach.« Stillman ging ins Bad und zog drei Kosmetiktücher aus der Schachtel auf der Ablage. Aus seiner Tasche nahm er ein kleines Plastikfläschchen. »Hier ist Tipp-Ex.« Er schaltete die Schreibtischlampe ein, stellte das Fläschchen auf den Schreibtisch und nahm das Brillenetui heraus.

Stillman drehte das Fläschchen auf und übermalte mit dem kleinen Pinsel in der Kappe die drei Zeilen, die seitlich in das Etui geprägt worden waren. Mit einem Tuch wischte er die weiße Flüssigkeit wieder ab, dann reichte er es Walker.

Walker sah auf das Etui, auf dem die Buchstaben jetzt weiß zu erkennen waren. Er las laut vor: »Foley Optical, 1219 Main Street, Keene, New Hampshire 03470.«

23

Walker warf einen Blick auf seine Uhr. Er hatte noch ein paar Minuten, bis sie in das Flugzeug steigen mußten. Er nahm die Karte aus seiner Brieftasche und wählte die Nummer von Constantine Gochay.

»Hallo?« Es war Serenas Stimme, aber sie klang, als hätte sie ihre übliche distanzierte Art für einen Moment vergessen.

»Hi«, sagte Walker. »Hier ist John Walker.«

»Ich weiß«, sagte sie. »Geht es dir gut?«

Er zögerte. »Ja. Alles in Ordnung. Wie geht es dir?«

»Nein, tu das nicht.« Jetzt war sie Mary Catherine Casey. »Ich wollte letztes Mal nicht gemein sein, also bestrafe mich nicht mit dieser wortkargen Männermasche. Du hast etwas Schreckliches erlebt, und ich habe mir Sorgen gemacht.«

»Woher weißt du das?«

»Ich habe die Onlineausgabe des *Miami Herald* gelesen, seit eure Kreditkarte nach Florida abgereist ist.« Sie hielt inne, als hörte sie irgend etwas in der Stille. Dann klang ihre Stimme verblüfft und verletzt. »Du wolltest es mir nicht einmal erzählen, stimmt's?«

»Ich weiß noch nicht genau, was ich dazu sagen soll«, sagte er. »Es ist ... etwas ist passiert, und ich bin mir nicht ganz sicher, was es ist. Ich glaube, ich brauche Zeit.«

Er hörte eine Tastatur klicken. »Stillman hat gerade wieder Flugtickets gekauft. Nach Boston. Warum kommt ihr nicht nach Hause?«

»Wir haben bei einem der Typen etwas gefunden. Eine Brille von Foley Optical in Keene, New Hampshire. Wahrscheinlich müssen wir nach Boston fliegen und fahren dann von da nach New Hampshire. Stillman wollte, daß ich dich frage, ob du etwas über Foley Optical herausfinden kannst.«

Sie verwandelte sich wieder in Serena. »Sag Stillman, ich suche alles über Foley Optical heraus, und auch über Keene, New Hampshire. Es überrascht mich, daß er das nicht gesagt hat. Er haßt es, irgendwo hinzufahren, ohne eine Liste mit allen Krankenhäusern und Hotels und so zu haben. Ich habe alles fertig, wenn ihr mich von dort aus anruft.«

»Gut. Hör mal, ich wollte nichts vor dir verbergen. Ich weiß nur nicht ...«

»Du weißt nicht, was passiert ist? Ihr habt die Männer aufgespürt, die Ellen Snyder ermordet haben, und sie getötet. Das ist passiert«, schnappte sie. »Mußt du nicht ein Flugzeug erwischen?«

»Ja. Ich ...«

»Dann beeil dich.« Die Leitung war tot.

Walker starrte eine Sekunde lang den Hörer an, aber dann hörte er die gedämpfte weibliche Stimme über seinem Kopf: »United Airlines Flug Nummer 922 nach Boston, Passagiere bitte zu Gate 52.« Er legte auf und sah sich nach Stillman um. Er hatte ihn in den letzten paar Minuten nicht gesehen, und jetzt war er weg. Walker ging etwas schneller, und als er die Rolltreppe erreicht hatte, lief er hoch. Er eilte zu den Metalldetektoren, dann ging er auf Gate 52 zu.

Als er am Gate ankam, sah er Stillman mit einer flachen weißen Plastiktüte aus einem Buchladen kommen. Stillman schien nicht zu Walker hinüberzusehen, aber Walker wußte, daß er ihn bemerkt hatte. Er schlenderte auf die Schlange der wartenden Passagiere zu und wirkte nicht sonderlich interessiert, als Walker sich neben ihn stellte. Er reichte ihm nur das Ticket.

Sie saßen ziemlich weit hinten im Flugzeug, deshalb mußten sie im Gang warten, während Dutzende Passagiere vor ihnen zu große Taschen oben in die Gepäckfächer stopften oder hin und her tänzelten, um nachzusehen, ob in anderen Fächern noch Platz war.

Als sie ihre Plätze gefunden hatten und das Flugzeug auf die Startbahn zurollte, fragte Stillman: »Und? Wie stehen die Dinge in Südkalifornien?«

»Unbeständig, zunehmend kühler«, antwortete Walker.

»Passen Sie auf mit ihr.«

Stillman wartete einen Moment. Als das Flugzeug die Startbahn erreicht hatte und die Triebwerke zu dröhnen begannen, lehnte er sich in seinem Sitz zurück. Das Flugzeug beschleunigte schnell, dann stieg es schräg in den Himmel auf. Stillman legte die Tüte auf seinen Schoß, nahm einen Straßenatlas heraus und blätterte darin.

Nach ein paar Minuten stabilisierte sich das Flugzeug, und Walker fragte: »Was machen Sie da – wollen Sie nachsehen, wie man nach Keene kommt?«

»Auch das«, antwortete Stillman, die Augen noch auf den Atlas gerichtet. »Aber auch, was wir dort wollen.« Er sah Walker an, daß er verwirrt war. »Eine Landkarte stellt einen interessanten gedanklichen Sprung dar. Tausende von Jahren lang haben sich Reisende alles vom Boden aus angesehen, bis sie auf die Idee kamen, von all dem ein Bild von oben zu machen – lange bevor jemand dort oben war. So würde Gott die Erde sehen.«

»Und Gott sagt Ihnen, warum wir dorthin fahren?«

»Er geht nie ans Telefon. Aber wenn Sie sich eine Karte ansehen, fallen Ihnen manchmal Dinge auf, die Ihnen vielleicht entgehen, wenn Sie an Ort und Stelle sind – Strukturen und Muster, die Sie sonst nicht wahrnehmen würden.«

»Was für Muster?«

»Wie Keene zum Beispiel ...« Er hielt den Atlas hoch, so daß Walker die ganzseitige Karte von New Hampshire sehen konnte. »Die Frage ist, was ein Krimineller in Keene, New Hampshire, macht. Man könnte sich nicht weiter von der Zentrale in San Francisco entfernen, ohne nasse Füße zu bekommen.«

»Es ist sicherlich nicht der erste Ort, an dem ich suchen würde.«

»Stimmt. Keene ist ein Kaff«, sagte Stillman. »In der Tabelle steht, es hat unter fünfundzwanzigtausend Einwohner. Das überrascht einen, denn jemand aus dieser Branche bevorzugt normalerweise Großstädte, wo er kommen und gehen kann, ohne Aufmerksamkeit zu erregen, und wo es viele Gleichgesinnte gibt und viele Orte, wo man das Geld anderer Leute ausgeben kann. Aber die Karte zeigt, warum es nicht ganz so schlimm ist.« Er reichte Walker den Atlas. »Sehen Sie das?«

»Was?«

»Die Straßen. Sie sind in einem Muster angelegt, das man selten sieht – wie ein Spinnennetz. Acht Highways führen aus der Stadt, in alle Himmelsrichtungen: Nord, Nordost, Ost, Südost, Süd, Südwest, West und Nordwest. Wenn jemand kurz vor Ihrer Ankunft die Stadt verläßt, dann hätten Sie nicht die geringste Ahnung, in welche Richtung. Und es sind Grenzen in der Nähe.«

»Nämlich?«

»Im Westen kommen Sie über den Connecticut River nach Vermont, das sind ungefähr dreißig Kilometer. Wenn Sie noch sechzig weiter fahren, dann sind Sie schon im Staat New York. Fahren Sie statt dessen dreißig Kilometer in Richtung Süden, sind Sie in Massachusetts. Wenn Sie fliegen wollen, dann gibt es einen kleinen Flughafen südlich von der Stadt. Außerdem gibt es noch welche in Manchester und Nashua, in Pittsfield, Massachusetts, oder in Albany.«

»Es sieht also aus, als wäre er am Ende der Welt, aber er kann überall hinkommen«, sagte Walker.

»Vorausgesetzt, wir haben recht, und er hat hier gewohnt«, sagte Stillman. Er nahm Walker den Atlas ab.

»Das ist aber eine gewagte These«, sagte Walker. »Vielleicht war er vor fünf Jahren hier im Urlaub und hat seine Sonnenbrille verloren.«

»Sie ist gewagt, aber nicht aus der Luft gegriffen. Es dauert eine Weile, bis man einen Termin bei einem Augenarzt bekommt, hingeht, dann mit dem Rezept zu einem Optiker geht und sich eine Brille anfertigen läßt. An einem Tag in einer fremden Stadt schafft man das nicht. Aber irgendwas daran stimmt noch nicht, es fehlt noch etwas, was ihn an diesem Ort reizen würde. Vielleicht gibt es noch etwas, das man nur dort sehen kann.«

»Serena hat gesagt, sie will sich bemühen, etwas über diesen Ort herauszufinden.«

Stillman zog die Augenbrauen hoch. »Sie sollten sich dieses Mädchen warmhalten.«

»Sie ist noch unentschieden.«

»Dann liegt es an Ihnen, sie zu überzeugen.«

»Ich bin auch noch unentschieden.«

Stillman blickte ihn finster an. »Wenn Sie meinen, daß sich die Welt zu schnell dreht, dann werden Sie bei genauer Betrachtung feststellen, daß es nicht viel gibt, was Sie dagegen tun können.«

Während der nächsten paar Stunden ertappte sich Walker mehrmals dabei, daß er darüber nachdachte, was Stillman gesagt hatte. Sein ganzes Leben lang hatte er sich im

Rückblick angesehen, was in einer bestimmten Zeit um ihn herum vorgegangen war, hatte die Trends und die Muster erkannt und sich dann überlegt, was er tun sollte. Diese Vorgehensweise hatte er immer als sehr klug und vernünftig empfunden.

Doch seit dem Tag, an dem Stillman aufgetaucht war, schien alles zu schnell zu gehen. Die Ereignisse trafen ihn wie Schläge. Sich die Dinge im Rückblick anzusehen war keine gute Methode, zu entscheiden, ob man sich ducken, davonrennen oder sich wehren sollte. Diese Methode war dann angebracht, wenn man herausfinden wollte, wie es gekommen war, daß man auf dem Rücken lag, einem schlecht war und man reumütig zum Himmel hochblickte.

24

Sie erreichten Boston bei Sonnenaufgang, so daß Walker immer wieder geblendet wurde, während das Flugzeug Warteschleifen flog. Er fragte: »Soll ich diesmal das Auto mieten?«

»Damit warten wir lieber«, antwortete Stillman. »An einen so kleinen Ort würde ich mich lieber langsam anschleichen.«

Dieser Ausdruck war durchaus zutreffend. Sie fuhren mit dem Taxi von Boston nach Lowell, dann mit einem zweiten Taxi über die Grenze nach New Hampshire bis Nashua, wo Stillman das Taxi an einem Autoverleih neben einem riesigen Einkaufszentrum halten ließ. Er suchte sich einen schwarzen Ford Explorer aus und sah sich die Unterlagen noch einmal genauer an, dann sagte er: »Großartig. Hier wird keine Mehrwertsteuer erhoben.«

Als sie ihre Koffer hinten verstauten, sah Stillman auf die Uhr. »Ich muß noch einkaufen. Fahren wir rüber zu dem Einkaufszentrum da.«

Von da an war Walker hauptsächlich damit beschäftigt, immer wieder durch den Eingang des Einkaufszentrums hinein- und hinauszugehen. Immer wenn er Stillmans Einkäufe hinten im Explorer verstaut hatte und wieder hereinkam, hielt Stillman eine weitere Ladung für ihn bereit. Mal entdeckte er Stillman in einem Elektronikgeschäft, mal in einem Buchladen, dann in einem Koffergeschäft. Schließlich fand er Stillman in einem großen Imbiß, wo er von Theke zu Theke spazierte und die Gerichte studierte.

Sie kauften sich etwas zu essen und trugen es auf Tabletts zu einem ruhigen Tisch. Walker sagte: »Jetzt verstehe ich, warum die Mehrwertsteuer für Sie ein Thema ist.«

Stillman lächelte. »Ich will nur dafür sorgen, daß wir einen angenehmen, ungetrübten Aufenthalt in New Hampshire haben, so heißt es jedenfalls in meinem neuen Führer.«

»Bis jetzt war es nicht schlecht«, sagte Walker. »Allerdings ist es ziemlich kompliziert hierherzukommen.«

»Ich vermute, die Zahl der Männer, die in eine ländliche Gegend in Urlaub fahren und dabei Dreitausenddollaranzüge tragen, ist erbärmlich klein. Wir sollten möglichst wenig auffallen. Und mir scheint, daß ein Auto mit einem Nummernschild aus New Hampshire ein bißchen weniger Aufmerksamkeit auf sich zieht als eines mit irgendeinem anderen. Die getönten Scheiben könnten dazu beitragen, daß nicht bald jeder unsere Gesichter kennt. Und ich habe ein paar Sachen eingekauft, die hier leichter zu bekommen sind als in einer kleinen Stadt.«

»Was haben wir noch zu erledigen?«

»Das war alles. Jetzt essen wir. Wenn wir fertig sind, sollten die Leute an der Westküste schon wach sein und an ihren Schreibtischen sitzen.«

Nach dem Essen trennten sie sich wieder, um Münztelefone zu suchen. Walker fand zwei in dem Gang, der zu den Toiletten führte. Eines der Telefone wurde gerade von einer jungen Frau benutzt, die eine Papiermütze und ein braunes Hemd trug, die Uniform des mexikanischen Imbißstands, an dem er sich sein Essen geholt hatte. Sie sprach in dramatisch betontem Spanisch, und er vermutete, sie bedachte ihr Gegenüber gerade mit ziemlich respektlosen Äußerungen.

Er stellte sich an den freien Apparat neben ihr und wählte Gochays Nummer.

»Ja?« Er hätte sich gefreut, daß es wieder Serenas Stimme war, wäre ihr Ton nicht so kalt gewesen.

»Ich bin's wieder«, sagte Walker. »Ich denke gerade an diese kleine Stelle gleich vor deinem Ohr, wo die Haut so unglaublich weich und weiß ist. Ich würde sie jetzt gerne mit den Lippen berühren und dir ein Geheimnis verraten.«

Das Mädchen neben ihm drehte den Kopf, lächelte ihm anerkennend zu und hob ihre freie Hand, um den Daumen nach oben zu strecken. Walker erwiderte unsicher ihr Lächeln, und sie wandte sich ab, um ihr eigenes Gespräch fortzusetzen.

Serena sagte skeptisch: »Hat dir das jemand eingesagt?«

»Natürlich nicht. Wer sollte mir das einsagen?«

»Ich weiß nicht. Vielleicht hast du es in einer dieser Zeitschriften gelesen, die man im Flugzeug bekommt.«

»Nein«, sagte er. »Darin ging es diesmal um Urlaubsziele, die ich mir nicht leisten kann, und um Krankheiten, die ich hoffentlich nicht habe. Ich habe die meiste Zeit damit verbracht, darüber nachzudenken, warum ich dich nicht verstehe.«

»Wen, meinst du denn, verstehst du?« Diese Frage verschlug Walker einen Moment lang die Sprache, aber Serena war bereits bei einem anderen Thema. »Ihr wart schon wieder in der Zeitung, wegen der Sache in Palm Beach.«

»Stand da, ob die Polizei herausgefunden hat, wer die beiden Männer waren?«

»Wenn sie es wissen, dann sagen sie es nicht. Ich sehe mal, was ich darüber herausfinden kann«, sagte sie. »Du telefonierst wieder von einem öffentlichen Apparat aus, oder? Bei mir wird keine Nummer angezeigt. Seid ihr schon in New Hampshire?«

»Ich bin in Nashua, in einem Einkaufszentrum. Wir fahren gleich nach Keene.«

»Ich habe mir den Ort für euch genauer angesehen.«

»Irgendwas Interessantes?«

»Klar. Das Nationaltier ist der gefleckte Wassermolch. Das Motto des Staates lautet: ›Frei leben oder sterben‹, und ihr Lied ist ›Old New Hampshire‹: Ich würde dir ja ein paar Takte vorsingen, aber ich habe es noch nie gehört.«

»Das ist wohl alles, was ich wissen muß.«

»Keene hat nur zweiundzwanzigtausend Einwohner, aber das macht es zur größten Stadt in diesem Teil des Staates. Die Leute aus den umliegenden Dörfern gehen also dort einkaufen.«

»Dörfern? Da gibt es Dörfer?«

»Es sind alles kleine Orte mit ein paar hundert Einwohnern. Stell dir einen Ort vor, in dem es früher eine Weberei gab, die vor fünfzig Jahren geschlossen wurde. Jetzt gibt es da nur noch Milchkühe und Touristen. Stell dir eine Kirche mit Kirchturm vor, die alte Weberei, überdachte Brücken und viele Antiquitätenläden. Sag Stillman, er braucht nicht lange nach Krankenhäusern zu suchen. Es gibt nur eines.«

»Das wird ihm gefallen.«

»Das muß es dann wohl. Geh zurück zu ihm, und bringt es hinter euch. Laßt mich wissen, wo ihr seid.« Die Leitung war tot. Er hängte den Hörer wieder ein und ging zum Ausgang.

Er sah Stillman in der Nähe des Ausgangs stehen und einen Kaffee trinken. Er blickte hinaus in das weiche graue Licht, offenbar tief in Gedanken. Doch als Walker noch dreißig Meter entfernt war, ging Stillman nach draußen und auf den Explorer zu, wobei er sich bemühte, seinen Becher geradezuhalten.

Als Walker ihn einholte, reichte Stillman ihm den Autoschlüssel. »Macht es Ihnen etwas aus zu fahren?«

»Nein.« Walker nahm den Schlüssel und stieg ein, dann sah er Stillman zu, der sich neben ihn setzte und dabei auf seinen Kaffee aufpaßte.

Stillman hielt ihm den Becher hin. »Wollen Sie einen Schluck? Ich habe mir gedacht, einer von uns muß fahren, deshalb habe ich nur einen gekauft.«

»Nein, danke. Wo fahre ich hin?«

»Richtung Norden auf der 3, dann nach Westen auf der 101 nach Keene. Es sind hundert Kilometer.«

Walker fuhr hinaus auf den Highway, dann achtete er

auf die Schilder. Als er die 101 gefunden und wieder beschleunigt hatte, fragte er: »Haben Sie am Telefon etwas herausbekommen?«

»Unsere zwei namenlosen Angreifer sind immer noch namenlos. Auf den Fotos hat sie niemand erkannt, die Fingerabdrücke sind nirgendwo registriert, ihre Waffen wurden vor ein paar Jahren in einem Laden in Kalifornien gestohlen. Das FBI hat Rex McClaren erzählt, sie würden viele Labortests machen.«

»Was für Tests?«

»Keine Ahnung«, sagte Stillman. »Sie haben nichts dagegen, Geld zu verschwenden, aber sie scheinen gar nicht zu finden, daß sie das tun. Rex hatte den Eindruck, daß sie auf irgend etwas gestoßen sind, das sie angespornt hat, aber sie reden nicht darüber.«

»Was glauben Sie?«

»Ich glaube, so hätte Rex es gerne. Wahrscheinlich wundern sie sich nur, warum sie von zwei solchen Typen nicht schon längst die Fingerabdrücke haben. Aber man kann Rex sein Wunschdenken nicht vorwerfen. Es ist ihm klar, daß er die Leute schützen muß, die für ihn arbeiten, aber er weiß nicht genau, wie er dieser Verantwortung gerecht werden soll.« Stillman schwieg und trank seinen Kaffee.

Walker fuhr nach Keene, vorbei an für New England typischen Orten, wie Serena sie ihm beschrieben hatte: Wilton, West Wilton, Peterborough, West Peterborough, Dublin, Marlborough. Keene war ähnlich, nur größer und lebendiger. Die Main Street war breit und freundlich und führte zu einem runden Platz mit einem Rathaus und einer Kirche aus dem achtzehnten Jahrhundert, die einen hohen Kirchturm hatte. Hier und da standen Häuser an der Straße, die wahrscheinlich schon seit der Revolution dort standen, doch je höher die Hausnummern wurden, desto moderner und funktioneller wurden die Gebäude. Es gab Restaurants, Läden und ein Kino.

Sie fuhren zehn Minuten lang durch die Stadt und sahen sich um. Schließlich sagte Stillman: »Und? Was halten Sie davon?«

»Es ist nicht viel anders als kleine Städte in Ohio«, sagte Walker. »Allerdings wohl viel älter. Aber die Leute scheinen genauso zu sein. Das sieht nicht aus wie ein Ort, an dem einer dieser beiden Typen gerne wohnen würde.«

»Stimmt«, meinte Stillman. »Aber sieht es aus wie ein Ort, an dem man von New York oder Boston aus hinfahren würde, um sich eine Brille machen zu lassen?«

25

Um ein Uhr checkten sie in einem Days Inn ein. Walker holte die Sachen, die Stillman in Nashua eingekauft hatte, aus dem Auto und trug sie in dessen Zimmer. Stillman war beschäftigt. Walker sah, wie er eine Schachtel öffnete, eine neue Videokamera herausnahm, den Akku herausholte und die Ladestation an eine Steckdose anschloß, bevor er sich an die nächste Einkaufstüte machte.

Walker brachte seinen Koffer in sein eigenes Zimmer, dann ging er zum Explorer zurück. Er trug auch Stillmans Koffer hinein und hob ihn auf Stillmans Bett. »Was ist denn da drin?« fragte er. »Haben Sie sich Gewichte gekauft?«

»Nur ein paar elektronische Geräte, die ich in solchen Fällen manchmal mitnehme.«

»Was für elektronische Geräte?«

Stillman antwortete zerstreut: »Ein Kassettenrecorder, sprachgesteuert. Ein Abhörgerät. Ein Nachtsichtgerät, eine alte Richtantenne und so weiter.«

»Alt?«

»Ja, alles aus der Zeit vor 1994.«

»Ist das das Jahr, in dem es mit der Elektronikindustrie den Bach runterging?«

»Nein. Seit dem Jahr ist es illegal, sie so zu produzieren, daß man sie auf achthundert Megahertz einstellen kann. Das ist die Frequenz von Handys.«

»Sie haben auch eine Videokamera gekauft?«

Stillman blickte von seiner Gebrauchsanweisung auf und hielt die kleine Kamera hoch. »Hübsch, nicht?« Sie war kaum größer als die Faust, in der er sie hielt, und sie hatte einen kleinen Monitor auf der Rückseite.

»Wofür brauchen Sie die?«

Stillman legte sie weg. »In meinem Alter läßt das Gedächtnis schon nach.«

»Und jetzt?«

»Suchen Sie diese Tüten durch, und nehmen Sie alles zum Anziehen heraus, was Ihre Größe hat. Ziehen Sie etwas an, womit sie aussehen wie die Leute, die hier herumlaufen.« Aus dem Koffer holte er die Sonnenbrille des Toten. »Und sehen Sie sich diese Brille genau an. Merken Sie sich jedes Detail.«

Kurz nach drei klopfte Stillman an Walkers Tür. Er trug Jeans, ein kurzärmeliges Sommerhemd und Mephisto-Schuhe. Er hatte eine Ledertasche dabei, die nur ein wenig zu klein und zu dick war, um eine Aktentasche zu sein. Walker begutachtete ihn. »Sie sehen aus wie ein Bankdirektor, der Forellen fischen geht.«

Stillman zog die Augenbraue hoch und ging an ihm vorbei ins Zimmer. »Dann werden wir sehr überzeugend wirken.«

»Wen wollen wir denn überzeugen?«

»Wen auch immer wir bei Foley Optical treffen. Sind Sie fertig?«

»Ich denke schon.« Sie gingen nach draußen, und Walker wandte sich Richtung Parkplatz.

»Lassen Sie das Auto stehen«, sagte Stillman, der bereits auf die Main Street zuging. »Wenn Sie später leicht zu finden sein wollen, nehmen Sie am besten ihr Auto mit. Wir wollen das nicht.«

»Nachdem Sie diese verdammten Dinger sowieso immer kilometerweit weg parken, ist es wahrscheinlich auch egal. Was muß ich sonst noch wissen?«

»Wir gehen in den Laden. Sie sind der Kunde. Ihr Name ist David Holler. Sie wohnen in Los Angeles, aber Sie sind im Urlaub. Sie haben Ihre Sonnenbrille vergessen. Jetzt erinnern Sie sich bitte daran, wie die Sonnenbrille des Toten aussah.«

»Okay, ich erinnere mich.«

»Bestellen Sie genau so eine Brille.«

»Ich dachte, so etwas läßt man sich nicht im Urlaub machen. Außerdem brauche ich keine Sehhilfe. Ich habe sehr gute Augen.«

»Deshalb sind Sie ja der Kunde«, sagte er, als er in seine Tasche langte. »Zahlen Sie damit.« Er streckte ihm eine glänzende Plastikkarte entgegen.

Walker nahm sie, warf einen Blick darauf und sah den Namen und das Visa-Logo. »Eine gefälschte Kreditkarte? Ich weiß, das ist Ihr Gebiet und nicht meines, aber warum muß man etwas Illegales machen, wenn es gar nicht nötig ist – zur Übung?«

»Das ist keine gefälschte Kreditkarte«, erklärte Stillman geduldig. »Es ist eine echte Kreditkarte. David Holler ist seit über zehn Jahren ein geschätzter Mitarbeiter von Stillman und Partner. Nur leider existiert er nicht im wirklichen, biologischen Sinne. Ich benutze ihn hin und wieder.« Er langte wieder in seine Tasche und zog eine weitere Plastikkarte heraus.

Walker nahm sie voller Skepsis. Als er sie genauer angesehen hatte, steckte er sie noch schneller weg. »Ein Führerschein?«

»Der ist auch nicht legal – um Ihnen jeden Zweifel zu nehmen. Ich kann dazu nur sagen, daß wir nichts Böses tun. Niemand fügt Mr. Foleys Optikerladen irgendeinen Schaden zu.«

»Woher haben Sie das Foto von mir?«

»Aus Ihrer Personalakte. Ich dachte mir, wir könnten es brauchen.«

Walker sagte müde: »Wer hat sich im Hotel eingeschrieben und das Auto gemietet?«

Stillman lächelte: »Ich: Bill Taylor.« Dann wurde er ernst. »Es ist wichtig, daß Sie mit der Kreditkarte bezahlen. Ich will sehen, was er damit macht.«

»Okay.«

Sie näherten sich Foley Optical. Stillman sagte: »Machen Sie sich deswegen keine Gedanken, und achten Sie nicht darauf, was ich gerade tue. Kaufen Sie sich einfach nur die richtige Brille, und wir kriegen, was wir wollen.«

Sie gingen hinein, und Walker blickte sich um. Es sah nicht anders aus als bei jedem anderen Optiker, bei dem er bisher gewesen war. An der Wand hingen Brillengestelle in allen möglichen Formen und Größen, und jeder Quadratzentimeter, der nicht von Brillen in Anspruch genommen wurde, war ein Spiegel. Auf der rechten Seite war eine niedrige Theke mit Stühlen davor, und die Wand dahinter bestand aus einem weiteren großen Spiegel. Hinten stand ein höherer Ladentisch mit einer Kasse und einem Computer, und daneben führte eine Tür offenbar in eine kleine Werkstatt. Ein großer Mann mittleren Alters mit Glatze und Händen, die außergewöhnlich weich und sauber wirkten, kam aus der Werkstatt und lächelte. »Guten Tag. Was kann ich für Sie tun?«

Walker sagte: »Guten Tag. Ich hätte gerne eine Sonnenbrille.«

»Haben Sie ein Rezept?«

»Nein«, sagte Walker. »Ich habe sehr gute Augen.«

»Da haben Sie Glück«, meinte der Mann. »Selbst in Ihrem Alter ist das nicht so normal, wie Sie denken.«

»Ich weiß schon«, sagte Walker. »Ich hätte gerne ein gutes, robustes Gestell. Aus goldfarbenem Metall.«

»Und die Gläser?«

»Dunkelgrün, aber richtig dunkel, so daß sie fast schwarz wirken, wenn man sie von vorne sieht.«

»Ich zeige Ihnen einmal ein paar Rahmen und Gläser, damit wir der Sache näherkommen.« Mr. Foley setzte sich auf seinen Stuhl hinter der Theke, wo er die Brillen anpaßte, und langte unter die Tischplatte. Er holte einen Schlüsselbund mit einem großen Messingring hervor. Mit einem der Schüssel schloß er den Glaskasten auf.

Walker machte den üblichen überraschend langen und komplexen Entscheidungsprozeß durch. Jede Entscheidung, die er traf, basierte auf der Brille, die er in der Tasche des Toten gefunden hatte. Als er schließlich die richtig getönten Gläser und den richtigen Rahmen herausgesucht hatte, sagte er: »Perfekt.« Er sah, wie Stillman kaum wahrnehmbar nickte.

Mr. Foley ging wieder in die Werkstatt. »Ich muß aber erst nachsehen. Ich weiß nicht, ob wir ungeschliffene getönte Gläser in dieser Größe vorrätig haben.«

Walker sah in Stillmans Richtung, aber Stillman ignorierte ihn. Er hatte seine Ledertasche geöffnet und machte sich darin zu schaffen. Walker erkannte den titanweißen Schimmer der neuen Videokamera. Stillman drehte die Tasche ein paar Zentimeter und richtete sie auf den Spiegel hinter der Theke, dann schloß er sie und zog den Reißverschluß zu.

Foley kehrte zurück. »Es tut mir leid, aber ich habe sie nicht da. Sind Sie von hier?«

»Nein«, sagte Walker. »Aus Kalifornien. Wir sind hier im Urlaub, und ich habe meine Sonnenbrille vergessen.«

»Wenn Sie noch ein, zwei Tage hier sind, kann ich die Gläser bis morgen vormittag bestellen«, sagte Foley. »Bis nachmittags um diese Zeit könnte ich die Brille fertig haben.«

»Was soll das Ganze denn kosten?« fragte Walker.

»Hundertfünfundneunzig für das Gestell. Die Gläser noch mal fünfundfünfzig. Zusammen zweihundertfünfzig.« Er sah Walker bedauernd an. »Aber wenigstens gibt es hier keine Mehrwertsteuer.«

»Ich denke, ich nehme sie«, sagte Walker. »Einen Tag kann ich warten.« Irgendwie hatte er das Gefühl, jetzt einen Ausgleich dafür zu bekommen, daß er sich sein Leben lang nur billige Sonnenbrillen gekauft hatte.

»Ich müßte Sie leider um eine Anzahlung bitten. Wären Sie mit der Hälfte einverstanden?«

»Nehmen Sie Kreditkarten?«

»Selbstverständlich.«

»Dann können Sie gleich alles auf einmal abbuchen. Das macht die Abrechnung einfacher.« Walker nahm die Kreditkarte von David Holler heraus und legte den Daumen auf den gefälschten Führerschein, aber Mr. Foley bat ihn nicht darum, also hielt er ihn ihm auch nicht hin. Foley tippte ein paar Zahlen in seine Kasse, zog die Karte durch ein Lesegerät und wartete ein paar Sekunden, während Walker den Atem anhielt. Der Drucker spuckte eine Quittung aus. Er riß sie ab, zog den Stift aus seiner Brusttasche, reichte ihn Walker und sah ihm zu, wie er unterschrieb.

Danach sagte er: »Gehen Sie noch nicht. Ich muß vorher noch ein paar Messungen vornehmen.« Er schob Walker auf einen der Stühle an der Theke und nahm gegenüber Platz. Er setzte Walker das Gestell auf die Nase, hielt ein kleines Lineal darüber, notierte sich etwas auf einen Block, maß die Entfernung zum oberen Rand von Walkers Ohr, veränderte irgend etwas am Gestell und sagte dann: »Gut. Einen Moment noch.«

Er ging zu dem Computermonitor hinter dem Ladentisch, und Walker hörte Tastengeräusche. »Name ... David Holler ... Adresse?«

»Das Days Inn drüben in der Key Road.«

»Wissen Sie zufällig die Telefonnummer?«

»Tut mir leid, ich ... «

»Das macht nichts. Ich muß Sie nur dann erreichen, wenn mein Lieferant das Gewünschte nicht hat, und dann kann ich die Nummer ja nachschlagen. Ihre Heimatadresse?«

Walker öffnete unter der Theke verstohlen seine Brieftasche und las auf seinem Führerschein nach. Er wohnte in Los Angeles.

»Telefon?«

Walker dachte sich eine Nummer aus.

»Danke«, sagte Foley, als er alles fertig eingegeben hatte. »Ich weiß nicht, ob wir irgendwas davon brauchen, aber auf der Brille ist eine Garantie von zwei Jahren. Wenn sie kaputtgeht, werden wir sie Ihnen umstandslos ersetzen.«

»Danke«, sagte Walker.

»Ich gebe das jetzt an meinen Lieferanten weiter. Wir sehen uns morgen.«

Walker blickte auf und sah Stillman im Spiegel. Stillmans Spiegelbild nickte leicht. Walker sagte: »Auf Wiedersehen.«

Als sie im Motel angelangt waren, schloß Stillman die

Tür zu seinem Zimmer auf und sagte: »Kommen Sie mit rein.« Er öffnete seine Ledertasche. »Ich habe es so eingerichtet, daß die Kamera seitlich aus der Tasche heraus aufnimmt.« Er holte sie vorsichtig heraus, nahm die Videokassette und steckte sie in einen Recorder, der auf dem Fernseher stand.

Walker hatte den Recorder zuvor nicht gesehen. »Haben Sie den auch in Nashua gekauft?«

»Sie haben mir einen guten Preis gemacht.« Er schaltete den Fernseher ein, dann drückte er auf PLAY.

Walker sah das Innere des Ladens, allerdings seitenverkehrt. Stillman hatte die Kamera auf die Theke gestellt und auf den Spiegel gerichtet. Walker sah Mr. Foley in das Hinterzimmer gehen. Dann sah Walker, wie das Bild von einer Seite zur anderen schwenkte, bis Stillman den Winkel hatte, den er wollte. Die Kamera blickte in den Spiegel an der Wand hinter dem Computermonitor. Dann zoomte die Kamera auf den Computer, bis er den gesamten Bildschirm füllte, und blieb dort.

Walker hörte die aufgenommene Stimme von Mr. Foley und dann seine eigene Stimme, die weniger tief und weniger angenehm klang, als er sie kannte.

Stillman beugte sich über den Videorecorder. Er spulte vor, bis zwei Hände zu sehen waren, dann ließ er das Band wieder langsamer laufen. Der Optiker drückte auf die Leertaste, und auf dem Monitor stand: PASSWORT. Er tippte RFOLEY. Dann tippte er VERKAUF. Der Monitor zeigte einige Wörter mit Linien daneben: NAME, ADRESSE, TELEFON, BESCHREIBUNG.

Walker sah zu, wie er die Informationen zu David Holler eingab. »Okay«, sagte Walker. »Sie haben sein Paßwort und den Namen der Kundendatei für nur zweihundertfünfzig Dollar. Und jetzt? Gehen wir hin und kopieren seine Dateien auf eine Diskette? Ich nehme an, Sie haben auch einen Computer gekauft.«

»Nein«, sagte Stillman. »Ich habe nicht gewußt, daß er einen hat. Ich hatte eher an so etwas wie eine Kartei gedacht. Aber dann stellen wir uns eben darauf ein.«

26

Um Acht Uhr verließen Stillman und Walker das Motel und schlenderten die Main Street entlang, wo sie die Leute beobachteten, die den warmen Sommerabend genossen: ältere Ehepaare, die nach einem frühen Abendessen aus den Restaurants kamen, und ein ganzer Strom sonnengebräunter Familien, die hier wahrscheinlich für eine Nacht haltmachten, um am nächsten Tag den Mount Monadnock zu besteigen oder zu den White Mountains oder dem Seengebiet im Norden weiterzufahren.

Walker fragte: »Haben Sie schon ein Restaurant ausgesucht?«

»Ich fürchte, wir werden erst in etwa einer Stunde essen. Wenn wir ein gutes sehen, gehen wir auf dem Rückweg rein.«

Walker sagte in skeptischem Ton: »Ich dachte, wir müssen die Zeit totschlagen, bis es später ist. Sie wollen um acht Uhr in einen Laden an der Main Street einbrechen? Die Straßen sind voller Leute.«

Stillman antwortete: »Das ist die beste Zeit. Jetzt haben noch viele Geschäfte offen, und es laufen noch viele Touristen herum. Wenn wir bis nach Mitternacht warten, sind wir die einzigen hier. Ein Licht, das durch ein Ladenfenster dringt, wird jeden im öffentlichen Dienst Beschäftigten anlocken bis auf den Governor.«

»Aber es gibt eine Alarmanlage. Auf dem Boden hinter der Tür war eine Lichtschranke. Erinnern Sie sich nicht an das ›Bing-bing‹, als wir heute reingegangen sind?«

Stillman seufzte. »Nicht alle Alarmanlagen sind gleich. Banken zum Beispiel haben Anlagen, von denen man lieber die Finger läßt, denn sie handeln mit Geld. Foley verkauft Brillen. Sie sind teuer genug, daß er nicht viel Bargeld einnimmt, und ganz bestimmt läßt er es nicht über Nacht im Laden. Brillengestelle und -gläser zu stehlen ist nicht sehr zweckmäßig, weil man sie nicht weiterverkaufen kann. Niemand, der eine Brille kauft, läßt sie sich von einem Dieb schleifen und anpassen. Bei Foley stehen teure Geräte und Instrumente, aber außer einem Optiker kann niemand etwas damit anfangen.«

»Woher wollen Sie wissen, daß Foley das genauso sieht?«

»Er ist ein vernünftiger Mann. Er hat sich eine Impler 2000 zugelegt, die ihn fünfhundertfünfundneunzig Dollar gekostet hat. Es gibt drei Einstellungen: Glockenspiel, so daß er weiß, wann ein Kunde hereinkommt, aus und Alarm. Wenn Alarm eingestellt ist und die Tür aufgeht, unterbricht sie den Lichtstrahl, den Sie gesehen haben. Dann hat Mr. Foley vierzig Sekunden, seinen Code in die Tastatur einzugeben und die Anlage auszuschalten, bevor ein ohrenbetäubender Lärm losgeht.«

»Wissen Sie seinen Code?«

»Den brauche ich gar nicht. Es gibt einen Schalter, der sich in einem verschlossenen Metallkästchen irgendwo im Raum befindet. Ein Dieb kann nicht hineingehen und innerhalb von vierzig Sekunden den Kasten finden, ihn öffnen und den Schalter umlegen.«

»Ich nehme an, daß Sie es können.«

»Glücklicherweise bin ich kein Dieb. Aus dem richtigen Blickwinkel können Sie das Kästchen in einem der Spiegel sehen. Es hängt hinten in der kleinen Werkstatt an der Wand.«

»Sie sind sich sicher, daß Sie da in vierzig Sekunden reinkommen?«

Stillman sah ihn einen Augenblick an. »Sie müssen lernen, mit ein bißchen mehr Risiko zu leben, wenn Sie etwas erreichen wollen.«

Als sie vor dem Laden standen, zog Stillman seinen Dietrich hervor, beugte sich über das Türschloß, machte sich kurz daran zu schaffen und wandte sich dann Walker zu. »Sehen Sie auf die Uhr, und stoppen Sie die Zeit. Sagen Sie mir, wann ich lossoll.«

Walker wartete, während der Sekundenzeiger tickte. »Vier, drei, zwei, eins, los.«

Stillman öffnete die Tür und lief nach hinten, während Walker eintrat und die Tür schloß. Er hörte Stillman brummen: »Verdammt.«

Walker sah blitzschnell zu Stillman hinüber. Die Tür zur

Werkstatt war verschlossen. Stillman kniete mit seinem Dietrich neben dem Türknauf. »Zeit?«

»Vierunddreißig Sekunden.«

Stillman murmelte: »Geht nicht.«

»Was?«

»Es dauert zu lange. Das Schloß ist zu gut.«

»Können wir es nicht aufbrechen?«

»Das würde er merken. Wir müssen raus.«

»Moment«, sagte Walker. »Da war doch so ein großer Ring mit Schlüsseln.«

Walker schwang die Beine über die niedrige Theke, dann ging er auf alle viere. Er konnte nichts sehen, aber er griff in die pechschwarze Dunkelheit unter der Theke. Seine Hand traf auf einen schweren metallenen Gegenstand, und er hörte ein Klimpern. Er griff zu, riß sich den Finger an dem Nagel auf, an dem der Bund hing, aber dann holte er ihn heraus und warf ihn Stillman zu.

Er hörte, wie der schwere Ring auf Stillmans Brustkorb traf und auf den Teppich fiel. Er hörte, wie Stillman ihn aufhob. Walker hielt sein Handgelenk vor seine Augen, so daß er die Uhr sehen konnte, und rief: »Fünfzehn Sekunden, vierzehn ...«

Er hörte, wie Stillman einen Schlüssel in das Schloß stieß, rüttelte und es dann mit einem anderen versuchte. Der Türknauf ließ sich drehen, und Walker sah, wie die Dunkelheit dichter wurde, als die Tür nach innen aufging.

Er rief: »Zehn, neun ...« und hörte ein metallisches Kratzen, als Stillman versuchte, einen Schlüssel in den Metallkasten zu stecken. »Acht ... sieben ...« Er hörte es wieder kratzen. »Sechs ... fünf ...« Plötzlich ging die Tür zu, und am Boden erschien ein horizontaler Lichtstreifen. Er begriff, daß Stillman die Tür geschlossen und in dem fensterlosen Raum Licht gemacht hatte. Walker kauerte sich hin und bereitete sich darauf vor, daß die Anlage losging. »Drei ... zwei ...« Er stand auf und trat, die Augen auf den schmalen Lichtstreifen gerichtet, einen Schritt zurück.

Das Licht ging aus, und die Tür wurde geöffnet. »Sie ist aus«, sagte Stillman. »Wenn Sie wissen, wo die Schlüssel sind, könnten Sie es mir in Zukunft vielleicht vorher sagen, bevor ich versuche, drei Schlösser in vierzig Sekunden zu knacken.«

»Es ist mir erst in dem Moment eingefallen«, sagte Walker.

Stillman ging hinter die Theke zum Computer. »Jetzt drucken wir uns die Datei aus und gehen was trinken.«

Walker stellte sich neben ihn, schaltete den Computer und den Monitor an und blickte sich um. »Kein Drucker. Haben Sie im Hinterzimmer einen Drucker gesehen?«

»Moment.« Er trat in die Dunkelheit, schloß die Tür und schaltete das Licht an und dann wieder aus. »Nichts.« Er seufzte. »Das wird schwieriger, als es von Rechts wegen sein darf. Rufen Sie die Datei auf.«

Walker tippte auf die Leertaste, gab RFOLEY und VERKAUF ein, und der erste Eintrag erschien. Asheransky, Linda. Stillman holte die Videokamera aus seiner Tasche, stellte sie auf das Regal hinter dem Monitor und schaltete sie ein. »Gut«, sagte er, »geben Sie jedem Eintrag ungefähr drei Sekunden, dann scrollen Sie runter zum nächsten. Wir müssen jeden Eintrag aufnehmen.« Er trat zurück. »Und stellen Sie sich nicht vor die Kamera.«

Walker zählte die Sekunden, während er Eintrag für Eintrag auf den Bildschirm holte. Er fragte sich, wie lange das wohl dauern würde. Für zwanzig Namen würde er eine Minute brauchen, eine Stunde für zwölfhundert. Aber Foley hatte heute etwa zwanzig Minuten mit ihnen verbracht, und währenddessen war niemand in den Laden gekommen. Vielleicht hatte er keine zwölfhundert Kunden. Walker versuchte, sich Mut zu machen, während er von Eintrag zu Eintrag scrollte. Es war eine kleine Stadt, und Leute, die eine Brille trugen, brauchten ab und an eine neue. Das wäre genug Umsatz für ein Geschäft dieser Größe. Er blickte sich nach Stillman um, konnte ihn auf den ersten Blick jedoch nicht sehen und mußte sich wieder dem Monitor zuwenden. Als er sich wieder nach ihm umsah, hielt Stillman am Eingang Wache und blickte hinaus auf die Straße.

Die Minuten zogen sich in die Länge, aber schließlich

war er bei Mona Ziegler angelangt und gab ihr die drei Sekunden. Er scrollte nach unten und sah den Eintrag für David Holler. Das war er. Foley hatte die Liste noch nicht vom Computer alphabetisieren lassen. Er hielt den Atem an und fuhr noch weiter nach unten. Der Cursor blieb stehen. »Das war es«, flüsterte er. »Ich habe alle.«

»Gut«, sagte Stillman leise. »Ich wollte Ihnen gerade sagen, daß Sie ausschalten sollen.«

Walker schloß die Datei und schaltete den Monitor aus, dann den Computer. Der Raum lag wieder in völliger Dunkelheit. Seine Augen hatten sich noch nicht wieder daran gewöhnt, so daß er seine Uhr nicht erkennen konnte.

Er hörte Stillmans Stimme von der Eingangstür her. »Da kommt ein Polizist die Straße entlang und rüttelt an den Türen.«

Walker setzte sich hinter der Theke auf den Boden, dann fiel ihm die Videokamera ein. Er langte hinauf und zog sie hinunter auf seinen Schoß. Er hörte Stillman hinter der Theke an der Seitenwand. Stillman flüsterte: »Denken Sie an die Spiegel.«

Ein heller Lichtstrahl durchschnitt die Dunkelheit über Walkers Kopf und bewegte sich rasch durch den Raum. Als er auf den Spiegel traf, schien er sich aufzuspalten und von überall her zu kommen. Walker erstarrte und hoffte, seine unbewegliche Haltung würde verhindern, daß der Polizist seinen Schatten auf dem Teppich als den eines Menschen erkannte. Der Strahl der Taschenlampe sprang hin und her, blitzte ein paarmal auf und verschwand. Er hörte Stillman in der Dunkelheit flüstern: »Noch nicht bewegen.«

Das Licht kam zurück und bewegte sich noch einmal langsam durch den Laden, dann ging es aus. Walker wartete, aber es war nichts mehr zu hören. Nach fünf Minuten sagte Stillman: »Jetzt sollten wir Foley Optical langsam ade sagen.«

Stillman nahm Walker die Videokamera ab und steckte sie in seine Tasche.

»Wie kommen wir hier raus, ohne den Alarm auszulösen?« fragte Walker.

»Genau umgekehrt wie vorhin. Ich gehe nach hinten, lege den Schalter um, verschließe das Kästchen, komme raus, schließe die Werkstatt ab. Dann gebe ich Ihnen die Schlüssel. Hängen Sie sie wieder dahin, wo Sie sie herhatten, und gehen Sie raus.«

Walker wartete hinter der Theke, wo er die Schlüssel gefunden hatte. Als Stillman an ihm vorbeiging, schnappte er die Schlüssel, hängte sie an den Nagel unter der Theke und eilte zur Tür. Er war kaum draußen, als Stillman sie hinter ihm zuzog. Er ging los, bemerkte aber, daß Stillman zurückblieb. »Was machen Sie?«

Stillman zog seinen Dietrich aus dem Schloß und stieß zu ihm. »Ich habe für Mr. Foley die Tür zugesperrt.« Er ging schneller. »Es ist ein einfaches Zylinderschloß, man muß also nur einen Stift wegdrücken. Jetzt gehen wir was essen, bevor alles zumacht.«

Sie gingen Richtung Stadtmitte, und Walker sah, daß Stillman recht hatte. Die ersten paar Restaurants, an denen sie vorbeikamen, waren bereits dunkel. Aber dann entdeckten sie ein kleines italienisches Lokal und gingen hinein. Das Licht war gedämpft, und es war kühl, auf den Tischen lagen karierte Tischdecken, und auf Wandregalen standen alte Chiantiflaschen mit Korbgeflecht. Die Seitenwände bestanden aus nackten Ziegelsteinen und waren mit langen künstlichen Efeuranken dekoriert.

Sie bestellten sich schnell etwas und warteten. Es drängte Walker zu reden, aber in dem Raum war es zu still, um das zu riskieren. Nachdem er zum vierten Mal Luft geholt hatte, um etwas zu sagen, sah er sich genauer an, was er gesagt hätte. Er hätte lediglich Schritt für Schritt nacherzählt, was sie getan hatten, um die Anspannung loszuwerden. Als ihm das klar wurde, hatte er auch nicht mehr das Bedürfnis zu sprechen. Er trank seinen Wein und aß, dann zahlte er mit der Kreditkarte von David Holler großzügig die Rechnung.

Erst als sie kurz vor dem Motel waren, fragte er: »In diesen vierzig Sekunden, hatten Sie da Angst?«

»Angst?« sagte Stillman. »Bevor Sie die Schlüssel gefunden haben, war ich mir ziemlich sicher, daß ich einen Fehler gemacht hatte. Ich dachte, wir hätten einen eher unangenehmen Abend vor uns. Aber manchmal löst sich ein Problem in Luft auf.«

»Aber hatten Sie nun Angst oder nicht?«

»Das ist eine komplizierte Frage«, sagte Stillman. »Mein Herz schlägt schnell, ich schwitze ein bißchen, bekomme einen trockenen Mund. Aber wenn das oft genug aus genügend völlig verschiedenen Gründen passiert ist, gewöhnt man sich langsam daran. Angst ist keine Krankheit. Sie ist ein Überlebensmechanismus. Ihr Zweck ist, Ihren Körper durch den Adrenalinstoß auf maximale Leistung einzustellen – das höchste Tempo, die größte Kraft, die maximale Aufnahme von Sauerstoff. Sie bringt auch ihr Gehirn dazu, besser zu arbeiten, wenn Sie sie lassen. Sie dürfen nur nicht daran denken, wieviel Angst Sie haben, sondern nur daran, was Sie unternehmen können – wie Sie, als Ihnen die Schlüssel eingefallen sind. Wahrscheinlich ist es trotzdem Angst. Aber es ist nicht dasselbe Gefühl wie früher.«

»Ich weiß nicht«, sagte Walker. »Mir kommt es noch ganz genauso vor.«

»Sie sind schon fast da«, sagte Stillman. »Sie müssen nur noch zu dem Punkt kommen, wo Sie es sich als Verdienst anrechnen.« Er lächelte. »In einer wirklich üblen Lage ist es mir allerdings nur wichtig, was Sie tun. Es ist mir scheißegal, wie Sie sich fühlen.«

Sie gingen in sein Zimmer, und er holte das Band aus der Kamera und steckte es in den Videorecorder. Während der Fernseher auf einem leeren Kanal summte und knisterte, reichte er Walker den Block und den Stift vom Schreibtisch. »Machen Sie sich Notizen, während wir schauen, wer in Frage kommt.« Dann startete er das Band.

Immer wenn sie zu einem Männernamen kamen, hielt Stillman das Band an, und sie sahen sich den Eintrag genauer an. Mehr als die Hälfte waren Frauen. Nur ungefähr ein Drittel der männlichen Kunden hatten eine Brille mit getönten Gläsern bestellt, und nur die Hälfte davon waren grün.

Als sie bei David Holler ankamen, zählte Walker die Namen, die er aufgeschrieben hatte. »Ich habe immer noch sechsundfünfzig Namen.«

Stillman spulte zurück. »Worauf wollen Sie diesmal achten?«

»Wie wäre es mit den Gestellen?«

»In Ordnung. Streichen Sie alle bis auf die goldenen.«

Nach dem zweiten Durchgang hatten sie alle bis auf zweiunddreißig Männer ausgeschlossen. Während Stillman wieder zurückspulte, sagte er: »Wir haben zweiunddreißig Männer, die goldene Brillengestelle mit grüngetönten, nicht selbsttönenden Gläsern gekauft haben. Was können wir noch ausscheiden?«

»Es sind Plastikgläser, keine aus Glas.«

Diesmal konnten sie nur fünf Männer streichen. Stillman sagte: »Siebenundzwanzig, das sind immer noch ziemlich viele.« Er blickte einen Moment lang auf den Monitor. »Sehen wir uns die Brille noch einmal an.« Walker holte sie aus seinem Zimmer. Stillman hielt sie gegen das Licht und blickte durch die Gläser.

»Okay«, sagte Stillman. »Der Mann war nur ein wenig kurzsichtig. Er hat keine Bifokalbrille gebraucht. Überprüfen Sie diesmal die Rezepte. Wenn es zwei Einträge für jedes Auge sind, dann ist es eine Bifokalbrille.«

Nach einem weiteren Durchgang sah Stillman sich Walkers Liste an, stand auf und schritt auf und ab. »Wir sind jetzt bei einundzwanzig. Alle haben männliche Vornamen, grüngetönte, nicht selbsttönende Gläser mit goldenem Gestell und kein Rezept für eine Bifokalbrille.«

Walker sah sich wieder die Eintragungen an, während er das Band ein weiteres Mal durchlaufen ließ. Er hielt es an und deutete auf den Bildschirm. »Was ist das für eine Zahl: dreiundfünfzig zu zwanzig, sechsundvierzig zu zwanzig?«

»Ich weiß es nicht. Meine Kenntnisse auf dem Gebiet der Optometrie sind so gut wie erschöpft.« Er sah es sich kurz an. »Es steht bei der Bestellung für den Rahmen, also muß es eine Größe sein.«

»Und was ist das – einhundertfünfzehn?«

»Das sind Millimeter: Es ist die Länge der Bügel vom

Glas zu den Ohren. Das andere ist wahrscheinlich die Größe der Gläser.«

Walker nahm die Sonnenbrille des Toten und sah sich das Gestell genauer an. »Neunundfünfzig zu zwanzig. Einhundertfünfundvierzig.« Er ging die Liste rückwärts durch und schrieb die Zahlen neben jeden Namen.

Als sie wieder bei Linda Ashkeransky angelangt waren, nahm Stillman den Block und den Stift und strich Namen durch. Als er fertig war, sagte er: »Unser Mann könnte Donald Ross, James Scully, Paul Stratton oder Michael Tyler sein.« Er spulte das Band wieder vor, hielt bei den Namen an und schrieb etwas auf.

»Was haben Sie gefunden?« fragte Walker.

»Telefonnummern.«

»Sie wollen einfach anrufen?«

»Wahrscheinlich werde ich drei harmlose Männer mitten in der Nacht mit einem lästigen Anruf stören. Der vierte ist der einzige, bei dem ich mir Sorgen machen müßte, daß er Verdacht schöpft, aber den werde ich wohl kaum erreichen. Er ist tot.«

27

»Hören Sie sich das an.« Stillman reichte Walker den Telefonhörer.

»Hier ist Jim. Sie können nach dem Pfeifton eine Nachricht hinterlassen.« Walker legt auf, dann sah er Stillman an. »Ist er das?«

Stillman zuckte die Achseln. »Er ist der einzige, der nicht zu Hause war.«

Er hieß James Scully, und er wohnte in einer Stadt namens Coulter, New Hampshire. Walker hatte die Stimme nie gehört, denn als er den Mann erschossen hatte, hatte er nichts als den Knall des Schusses wahrgenommen. Er hatte gerade einen Geist gehört. Walker sah auf die Uhr. »Es ist jetzt halb vier. Wir haben seinen Namen und seine Adresse. Was meinen Sie? Rufen wir die Polizei oder das FBI?«

Stillman blickte stirnrunzelnd ein paar Sekunden lang die Wand an. »Noch nicht gleich.«

Walker sah ihn an. »Was haben Sie gegen die Polizei? Sie waren selbst einmal dabei.«

Stillman wandte sich langsam zu Walker um. »Wer hat Ihnen das erzählt?«

»Der Captain in Miami. Der, der die ganzen Fragen gestellt hat«, sagte Walker.

Stillman sah auf den Boden, dann hob er wieder den Blick. »Ich habe nichts gegen die Polizei oder das FBI. Aber sie sind in einer etwas anderen Branche als wir.«

»Was meinen Sie damit? Was ist da anders?«

»Sie sind in der Branche, wo man Leute festnimmt und überführt.«

Walker stand auf und ging durchs Zimmer. »Aber genau das wollen wir doch auch, oder? Hier geht es schließlich nicht um einen Einzelfall, bei dem alles in Ordnung ist, sobald wir das Geld wiederhaben. Die stehlen doch nicht nur Geld, sie suchen sich dafür ganz normale Leute aus und bringen sie einen nach dem anderen um. Da muß jemand festgenommen werden.«

»Ich weiß nicht, ob das der richtige Zeitpunkt ist«, sagte Stillman. »Stellen Sie sich vor, wir rufen das FBI. In ein paar Stunden sind sie bei Scullys Haus. Sie beginnen mit der Spurensuche – sie laufen methodisch herum und stecken alle Beweismittel in kleine Plastiktüten. Die Ermittlungen laufen auf Hochtouren, und sie spüren am Ende jeden einzelnen der Beteiligten auf, bringen sie vor Gericht und verurteilen sie für alles, was sie getan haben.«

»Ja. Nichts wie los.«

»Das Problem ist, so eine Ermittlung dauert mindestens zwei Monate, und das wäre schon schnell. Wenn sie erfolgreich ist, gibt es Festnahmen. Sechs Monate danach beginnen die Gerichtsverhandlungen, falls die Bundesanwälte ihren Fall mit gebührender Eile und Sorgfalt vorbereiten. Das alles muß natürlich irgendwann passieren. Und da sie schon an dem Fall dran sind, könnten wir sie nicht mehr davon abbringen, selbst wenn wir es wollten.«

»Was ist dann das Problem?«

»Was ich gerade gesagt habe. In der Sekunde, in der wir sie anrufen und direkt mit ihnen reden, sind wir raus. Das FBI wird uns nicht in all dem herumstochern lassen, worüber wir eine Theorie haben.«

»Ist das so falsch?«

»Nein«, sagte Stillman. »Es ist schon richtig. Aber im Moment wissen wir, wer einer dieser Typen war und wo er gewohnt hat. Seine Freunde wissen vielleicht genausoviel, vielleicht auch nicht. Vielleicht wissen Sie, daß Scully tot ist, aber zum letzten Mal können sie ihn nur in Miami gesehen haben, wo die Polizei den Reportern erzählt, daß niemand weiß, wer er ist. Es ist möglich, daß James Scullys Haus in dem Zustand ist, in dem er es verlassen hat. Bis das FBI in die Schwünge kommt, ist es das vielleicht nicht mehr.«

Walker dachte einen Augenblick nach. »Was ist, wenn die Polizei in Miami Scully und den anderen schon identifiziert hat? Wie finden wir das um diese Tageszeit heraus?«

Stillman zuckte die Achseln. »Die Tageszeit ist nicht das Problem. Wenn sie keine Informationen herausgeben wollen, dann machen sie es auch nicht. Wenn doch, dann steht es in der Zeitung.«

»Serena«, sagte Walker. »Sie hat den *Miami Herald* gelesen. Vielleicht ist es spät genug für die Morgenausgabe.« Er wählte die Nummer, und Serena war sofort am Apparat.

»Ja?«

»Hi«, sagte er. »Ich bin's, wie üblich. Tut mir leid, daß ich dich um diese Zeit anrufe, aber ...«

»Welche Zeit?«

»Es ist hier Viertel vor vier, also ist es bei dir Viertel vor eins, oder?«

Sie klang amüsiert. »Wußtest du das nicht? Um diese Zeit machen wir den Großteil unserer Arbeit, mein Schatz. Da schlafen die Zehnjährigen und die Aktienhändler, und die Leitungen und Netzwerke sind frei, also geht alles schneller. Ist dir noch nie dieser träge, sinnliche Blick aufgefallen, den ich tagsüber habe?«

»Am Tage habe ich dich noch nie gesehen«, sagte er.

»Oh. Na ja, wir müssen mal ein Picknick an der Autobahn machen.«

»Ich wollte fragen, ob die Polizei von Miami irgend etwas darüber gesagt hat, wer die beiden Männer waren.«

»Nein«, sagte Serena. »Aber sie arbeiten daran. Das FBI führt Tests an den beiden Leichen durch.«

»Das wissen wir«, sagte Walker. »Die Versicherung hat mit ihnen geredet.«

»Weißt du von den Bluttests?«

»Nein. Was ist damit?«

»Die Polizei bestimmt am Schauplatz einer Schießerei sofort die Blutgruppe, um herauszufinden, von wem das Blut stammt. Diese zwei hatten beide Null positiv – nicht ungewöhnlich, aber ungünstig. Das FBI hat also Proben an ein Labor in Wisconsin geschickt, um DNA-Tests durchführen zu lassen. Das haben die Zeitungen in Miami geschrieben, also habe ich mich in die E-Mail der Donnard-Labors gehackt. Offenbar gibt es mindestens zwei Untersuchungen. Eine dauert einen oder zwei Monate und verrät dir mehr, als du wissen wolltest. Aber währenddessen bekommen sie schon ein paar andere Ergebnisse, so daß man zumindest das Blut des einen vom Blut des anderen unterscheiden kann. Sie haben dem FBI gesagt, daß die beiden Männer miteinander verwandt waren. Es waren allerdings keine Brüder und auch nicht Vater und Sohn, eher so etwas wie Cousins zweiten Grades.«

»Das wissen sie sicher?«

»Offenbar, sonst würden sie es wohl nicht dem FBI erzählen. Ich meine, wie viele Kunden kann denn so eine Firma haben? Und theoretisch ergibt es einen Sinn. Bei Cousins ersten Grades würde ein Achtel der Gene übereinstimmen, diese beiden haben also weniger gemeinsam, aber mehr als zwei Fremde.« Sie schwieg. »Hörst du mir überhaupt zu?«

»Ja«, sagte Walker. »Ich überlege nur, was das bedeutet.«

»Ich weiß es nicht«, antwortete sie. »Für das FBI wird es kein großer Schock sein, daß Kriminelle manchmal Verwandte haben, die ebenfalls kriminell sind. Hast du Neuigkeiten für mich?«

»Ich fürchte, ich habe nur Fragen. Wir haben herausgefunden, daß einer der beiden James Scully hieß. Seine Adresse lautet 117 Birch Street, Coulter, New Hampshire.«

»C-O-L-T-E-R?«

»Mit U. C-O-U-L ...«

»Ich hab's. Gleich hier auf der Homepage des Fremdenverkehrsvereins von New Hampshire. Was möchtest du wissen?«

»Alles, was du hast.«

»Einwohnerzahl: 428 – beziehungsweise jetzt 427.« Sie suchte weiter. »Keine Bilder. Gegründet 1753 – nichts Besonderes. So wie alles in der Gegend dort. Es liegt nicht weit von Keene entfernt, ungefähr eine Stunde nordöstlich von euch, auf der Route 9. Das ist als landschaftlich schöne Strecke gekennzeichnet. Man nennt sie die Old Concord Road. Das ist alles. Coulter scheint ein Ort zu sein wie ein paar Dutzend andere.«

»Okay. Wir finden es.«

»Ihr benutzt Stillmans Kreditkarte nicht mehr. Von wo aus rufst du an?«

»Aus dem Days Inn in Keene.«

»Fahrt ihr jetzt nach Coulter?«

»Ich denke schon«, sagte er.

»Seid vorsichtig. Halte dich an Stillman, und tu, was er sagt.« Sie korrigierte sich. »Na ja, vorsichtig sein wäre wohl was anderes. Aber denk daran, er macht schon lange Dummheiten, und er lebt trotzdem noch, also hör auf ihn.«

»Er wäre geschmeichelt.«

»Ich lasse jetzt alles andere liegen und sehe mal, was ich über James Scully herausfinde.«

»Kannst du ...« Aber die Leitung war bereits tot.

»Worüber wäre ich geschmeichelt?« fragte Stillman. Walker wandte sich um und sah, daß Stillman seinen Koffer auspackte. Manche Dinge steckte er in seine Ledertasche, andere in seine Taschen.

»Sie hat mich darauf hingewiesen, daß Sie noch leben.«

»Blitzgescheit, das Mädchen. Und sie beansprucht auch nicht viel von Ihrer Zeit.«

»Das ist mir nicht entgangen«, meinte Walker niedergeschlagen. »In den letzten zwei Tagen habe ich dreimal mit ihr geredet, und jedesmal hat sie einfach aufgelegt.« Er fügte hinzu: »Die Polizei weiß die Namen noch nicht.«

»Packen Sie Ihre Sachen. Ziehen Sie Jeans, Wanderschuhe und eine Jacke an. Versuchen Sie auszusehen wie ein harmloser, respektabler Mann im Urlaub. Wir treffen uns im Auto.«

Fünf Minuten später sah Walker Stillman auf dem Beifahrersitz des Explorers sitzen. Er studierte im Licht des offenen Handschuhfachs eine Landkarte. Walker stieg ein und fuhr die West Street entlang, bis er das Schild an der Abzweigung zur Route 9 entdeckte, das er sich gemerkt hatte. Er sah auf die Uhr am Armaturenbrett. »Es ist schon fast vier. Sie hat gesagt, es ist ungefähr eine Stunde Fahrzeit. Ist morgens um Viertel vor fünf eine gute Zeit, um in Coulter anzukommen?«

Stillman sagte: »Es wird schon gehen. Wir müssen eben die Leute sehen, bevor sie uns sehen.«

»Dort wohnen vierhundertachtundzwanzig Menschen.«

»Ich werde mitzählen, wenn ich einen sehe«, sagte Stillman. »Was hat sie Ihnen sonst noch gesagt?«

»Das FBI hat Scully und seinen Freund noch nicht identifiziert, aber sie wissen, daß sie miteinander verwandt waren.«

»Verwandt? Inwiefern?«

»Wie Cousins zweiten Grades, aber nicht so eng wie Cousins ersten Grades. Irgendein Labor hat DNA-Tests durchgeführt. Fragen Sie mich nicht, wie das geht. Sie hat das aus einer E-Mail des Labors an das FBI. Blitzgescheit, nicht wahr?«

Stillman blickte nach vorn auf die Straße. Er hatte die Stirn in Falten gezogen.

»Was ist denn?« fragte Walker. »Bedeutet das etwas?«

»Seltsam«, überlegte Stillman. »Brüder, das kann ich mir leicht vorstellen. Jemand kommt darauf, wie man großes

Geld machen kann, erzählt es einem von ihnen und fragt, ob der noch jemanden weiß, dem er vertrauen kann und der mitmacht. Ihm fällt sein Bruder ein. Gut für uns, denn ein Bruder ist leicht zu finden. Aber was sollen wir mit einem Cousin zweiten Grades? Höchstwahrscheinlich haben sie unterschiedliche Nachnamen, und außer ihnen weiß sicher niemand, daß sie verwandt sind. Das hilft uns rein gar nichts.«

»Sieht so aus«, sagte Walker. Er fuhr eine Weile schweigend weiter. Stillmans scharfe Augen blickten starr in die Dunkelheit, bis Walker sagte: »Ist sonst noch was?«

»Ich habe gerade an all diese Leute gedacht: Ellen Snyder, Fred Teller, die beiden, die in ihrem Swimming-pool umgebracht wurden, der Mann in dem Sumpf in Florida.«

»Was ist mit ihnen?«

»Ich habe gedacht, daß wir noch nicht sehr weit sind. Wir wissen immer noch nicht viel darüber, wie diese Leute vorgehen oder was sie als nächstes tun werden. Sicher ist bis jetzt nur, daß sie immer ein bißchen schneller sind als wir, und daß es ihnen nichts ausmacht, andere zu töten.«

»Ein bißchen mehr wissen wir schon. Wir wissen von James Scully.«

»Ja, stimmt«, sagte Stillman. »Nach dieser ganzen Zeit ist es uns endlich einmal gelungen, dieses Netz von Täuschungsmanövern zu durchdringen. Diesmal haben wir nicht nur wild um uns geschlagen, sondern auch noch blind zugegriffen und eine Kehle zu fassen gekriegt. Der Mann ist längst tot, aber wir können nichts anderes tun, als weiter zuzudrücken.«

28

Sie fuhren die Windungen der Old Concord Road entlang um sanfte Hügel herum, die vor zweihundert Jahren für die Schafe gerodet wurden, die den Webereien am Ashuelot River das Material geliefert hatten. Jetzt gab es keine Schafe mehr. Während die Webereien eines langsamen Todes gestorben waren, war das Land Morgen um Morgen zu Weiden für Milchvieh umgewandelt worden, aber jetzt war wieder eine Veränderung eingetreten. In kurzen Abständen wurden die Weiden von aufgeforsteten Wäldern unterbrochen, und die hohen Bäume verdeckten den schwachen purpurroten Schimmer, der den Horizont hinter den Bergen im Osten inzwischen überzog, und ließen es wieder tiefe Nacht werden.

Es waren wenige Autos unterwegs, aber sie sahen immer mehr Häuser, in denen die Fenster nach hinten schwach erleuchtet waren, und Walker dachte sich, daß dort wohl jemand aufstand, um das Frühstück vorzubereiten. Als Walker einmal an einer blinkenden Ampel anhielt, hörte er das Gezwitscher unsichtbarer Vögel in einem großen Baum.

Ein paar Minuten später sagte Stillman: »Warten Sie einen Moment. Wie hieß der letzte Ort?«

»South Haverley.«

Stillman schaltete die Leselampe ein und studierte die Karte. »Das war vor acht oder neun Kilometern. Okay. Wir sollten jetzt in Coulter sein, mindestens so gut wie.«

»Bin ich vielleicht durchgefahren, ohne es zu sehen?«

»Das bezweifle ich«, sagte Stillman. »Fahren Sie weiter, aber langsam.«

Nach einem weiteren Kilometer fuhren sie über eine kurvige Strecke, die am Fuß zweier identischer Hügel entlangführte, dann sah Walker eine schmale Nebenstraße, die rechts in den Highway mündete. Links lag ein alter Obstgarten mit löchrigen Reihen von niedrigen, knorrigen Apfelbäumen, die in dem schwachen Licht schwarz aussahen. Daneben stand ein kleines blaues Schild mit der Aufschrift COULTER. Er fuhr noch einen Kilometer weiter auf dem Highway, aber es schienen keine Häuser mehr zu kommen. »Das kann nicht stimmen.«

»Drehen Sie um«, sagte Stillman.

Walker hielt an und wendete, dann fuhr er zu dem Schild zurück. Er hielt es für sicherer, auf der Nebenstraße zu parken, deshalb bog er ab. Ein paar Meter weiter stand ein Schild: MAIN STREET.

»Ja, verdammt«, sagte Stillman. »Da sind wir schon mitten auf der Hauptstraße.« Zornig sah er auf die Karte, dann hielt er sie Walker hin. »Sehen Sie den Punkt da, wo ›Coulter‹ steht? Er liegt rechts neben der Straße, aber ich bin nie auf die Idee gekommen, daß der Ort selbst nicht am Highway liegt. Fahren Sie weiter. Sehen wir uns das Ganze mal an.«

Walker fuhr langsam. Die schmale Straße führte mitten zwischen den beiden Hügeln hindurch. In einer scharfen Kurve, wo das Gelände zu beiden Seiten steil anstieg, fuhren sie über einen breiten Metallrost, der hohl schepperte.

»Wozu das wohl da war«, meinte Stillman.

»Das muß ein Kuhrost sein«, sagte Walker. »Die Kühe laufen da nicht drüber, es wirkt also wie ein Zaun.«

Sobald sie zwischen den Hügeln hindurch waren, wurde die Straße breiter. Es gab Rinnsteine, und der Straßenbelag war frischer, schwarzer Schotter.

»Sieht aus wie ein staatliches Bauvorhaben«, sagte Walker.

»Stimmt«, sagte Stillman. »Seltsam, daß sie die zweihundert Meter bis zum Highway nicht auch ausgebaut haben.«

»Der Sommer ist noch nicht vorbei«, sagte Walker. »Und die Gemeinden hier sind bestimmt nicht besser als anderswo. Sie bringen die Leute dazu, für Vorhaben zu stimmen, und bis dann die Bauarbeiten anfangen, schießen die Preise in die Höhe.«

»Schon möglich«, sagte Stillman. Die Straße führte durch ein bewaldetes Stück, und nach ein paar Biegungen wurde sie gerade, und eine alte, überdachte Holzbrücke lag vor ihnen.

Walker fuhr im Schrittempo an sie heran. »Na, das ist doch was, oder?« Er wollte gerade auf die Brücke fahren, als Stillman sagte: »Bleiben Sie kurz stehen.«

Er stieg aus. Walker fuhr auf den schmalen Seitenstreifen und stieg ebenfalls aus. Stillman kniete auf der Brücke und blickte zwischen zwei der dicken Planken nach unten. Auch Walker bückte sich. Zwischen den Brettern hindurch sah er schwarzes Wasser fließen. »Haben Sie Angst, sie trägt uns nicht?«

»Nein«, sagte Stillman. »Das Dach und die Seiten sehen

wirklich alt aus, aber der Unterbau ist neu gemacht worden. Hier unten sehen Sie, daß sie die alten Querbalken gelassen haben, aber sie haben sie durch Betonpfeiler und Stahlträger abgestützt. Fahren Sie rüber, ich komme nach.«

Walker ging zurück zum Wagen und fuhr langsam über die Brücke. In der Mitte war auf beiden Seiten eine freie Stelle von gut einem Meter, so daß er den Flußlauf sehen konnte. Der Fluß war breiter, als er erwartet hatte, und obwohl das Wasser gleichmäßig dahinströmte, war die Oberfläche so glatt, wie es nur bei tiefen Gewässern der Fall ist. Als er am anderen Ufer war, hielt er und sah zu, wie Stillman zu der offenen Stelle ging. Stillman blickte auf den Fluß hinaus, dann ging er weiter.

Als er wieder einstieg, fragte Walker: »Warum interessiert Sie die Brücke so?«

»Ich weiß nicht, wie solche Brücken sonst aussehen«, antwortete Stillman. »Ich werde auch nicht durch ganz Neuengland fahren und mir überdachte Brücken zum Vergleich anschauen. Wenn die Brücke kaputt wäre, wäre es ziemlich schwierig, den Ort mit dem Auto zu erreichen.«

»Deshalb haben sie wahrscheinlich die Balken mit Stahl verstärkt.«

»Stimmt«, sagte Stillman. »Da sehen Sie, was mit Ihren Steuergeldern gemacht wird.«

Sie fuhren einen Kilometer weiter, durch Weideland. Es gab ein paar alte Scheunen, aber Walker sah weder Lichter noch Autos. »Eigentlich wäre jetzt Melkzeit«, sagte er.

Stillman sah ihn an. »Haben Sie den Bauernalmanach gelesen oder was?«

»Ich bin in Ohio aufgewachsen. Dort gibt es Weiden und Ställe.« Walker fügte hinzu: »Ich dachte, ich soll sagen, wenn mir etwas auffällt. Jetzt ist die Zeit, wo die Bauern den Kühen Futter und Wasser geben und sie melken. Dann lassen sie sie hinaus auf die Weide und machen den Stall sauber. Aber ich sehe hier keine Anzeichen von Leben. Keine Lichter, keine Pick-ups. Wenn der Stall so weit vom Haus entfernt ist, dann fährt man.« Er zuckte die Achseln.

Stillman sagte: »Da haben Sie natürlich recht. Das bedeutet wohl, daß es hier keine Kühe gibt. Wenn man so früh aufstehen muß, um Kuhscheiße zu schaufeln, dann haben sie die Kühe wahrscheinlich umgebracht.«

Hinter der nächsten Baumreihe, die als Windschutz am Rand der Weide stehengelassen worden war, waren die grauen Dächer von Häusern zu sehen. Der kleine Fluß, den sie zuvor überquert hatten, schlängelte sich vor ihnen dahin. Das steinige Flußbett führte am Rand des Ortes entlang, und die Bäume standen gleich oberhalb des Ufers. Über eine kurze, moderne Stahlbrücke ohne Fußgängerweg, die sich etwa fünf Meter über dem Wasser befand, kamen sie in den Ort.

Walker fuhr langsam durch die Main Street und wandte immer wieder den Kopf in beide Richtungen. Die Häuser sahen hier ähnlich alt aus wie in den anderen Städten, die größten hatten rote Ziegelfassaden und waren drei Stockwerke hoch, und kunstvoll verzierte Streben stützten die überhängenden Dächer. Es gab auch Holzhäuser mit Schindeln, Pfeilern neben den Türen und dreieckigen Gesimsen über den Fenstern im Stil des achtzehnten Jahrhunderts. Stillman sagte: »Wieder mal ein nettes kleines Städtchen. Alles sauber und ordentlich. Suchen Sie die Birch Street.«

Der Ort war zu klein für Ampeln, aber an jeder Ecke stand ein Stoppschild. Walker fuhr jedesmal langsam heran, sah auf das Straßenschild zu seiner Rechten, blickte in beide Richtungen und fuhr dann weiter. Die Seitenstraßen schienen etwa vier Blocks lang zu sein und auf beiden Seiten in einem freien Feld, vor einem Gebäude oder einer Baumgruppe zu enden.

Sie kamen an einem zweigeschossigen Gebäude vorbei, das zurückgesetzt auf einer Wiese stand und auf dem STADTBIBLIOTHEK COULTER zu lesen war: Ein Stück weiter stand eine weiße Schindelkirche mit einem hohen Turm, der genauso aussah wie alle anderen, die er in den vergangenen zwei Tagen gesehen hatte. Weiter vorne sah er ein erleuchtetes blaues Schild, auf dem einfach nur POLIZEI stand, deshalb bog er links in die Grant Street ab und fuhr dann die Parallelstraße weiter.

Schließlich kamen sie zur Birch Street. Er blieb an der Ecke stehen und sah auf die Hausnummern. Keines der Fenster in diesem Block war erleuchtet, aber das schwache purpurne Leuchten im Osten hatte begonnen, die Farben unterscheidbar zu machen. Er fuhr die Straße entlang. Die Häuser waren alt, zum größten Teil georgianisch oder frühviktorianisch, aber sie hatten moderne Ergänzungen bekommen – Gehsteige und Zufahrten, die in den letzten Jahren gebaut worden waren, Verandaleuchten und Rohre, die glänzten und offenbar neu waren. Als er sich der Nummer 117 näherte, bremste er ab, aber Stillman sagte: »Fahren Sie weiter, und parken Sie um die Ecke.«

Walker hielt vor einem niedrigen Zaun, der die Straße von einer Weide trennte. Er stieg aus und wartete, während Stillman zum Kofferraum ging und seine Ledertasche öffnete. Walker sah ihm zu, wie er Sachen in seine Jackentaschen stopfte, dann kam er zu ihm. »Wir müssen effektiv arbeiten«, sagte er. »Wir haben nur zwanzig Minuten, bis die Sonne aufgeht.«

»Vielleicht sollten wir lieber heute nacht wiederkommen.«

»Nein«, sagte Stillman. »Das geht schon. Jetzt ist keine Tageszeit für Einbrecher – wenn wir wirklich gesehen werden sollten, heißt das noch nicht, daß wir automatisch Schwierigkeiten bekommen.«

Er ging mit forschem Schritt die Straße entlang, bog bei der Nummer 117 ab und ging dann um das Haus herum zur Hintertür, wobei er zum Dach hochblickte und stehenblieb, um sich die Fenster anzusehen. Als sie an der Hintertür angelangt waren, stellte sich Walker daneben und wartete, aber Stillman ging weiter. Ein Stück weiter war eine schräge hölzerne Abdeckung für einen Kellereingang mit einer Klappe und einem Vorhängeschloß daran.

Stillman kniete sich darauf, steckte einen dünnen Metallgegenstand in das Vorhängeschloß und öffnete es wie mit einem Schlüssel. Er hob die Klappe hoch und stieg die schmalen Betonstufen hinunter. Walker folgte ihm, dann zog er die Klappe zu.

Während er Stillman zusah, wie er seinen Dietrich herausholte und in die Kellertür steckte, fragte Walker: »Wie haben Sie das Vorhängeschloß aufbekommen?«

»Ich melde Sie mal bei einem Kurs über Schlösser an, und wenn Sie bestanden haben, schenke ich Ihnen einen Satz Dietriche.«

Walker antwortete nicht. Er sah Stillman zu, wie er die Tür öffnete und hineinging.

Stillman sagte: »Wenn wir irgendwann mal geschnappt werden, dann haben wir ein paar Jahre zum Üben.«

Der Keller erinnerte ihn an den im Haus seiner Großeltern in Ohio. Im Sommer war es dort kühl und feucht gewesen, und es hatte leicht moderig gerochen. Stillman schaltete eine kleine Taschenlampe an und leuchtete damit langsam über die Wände.

Die Wände waren nackt, und der Beton war grob und alt. An manchen Stellen schien er abgebröckelt zu sein, und die Löcher waren offenbar zugespachtelt und neu gestrichen worden. In einer Ecke stand ein Boiler, in einer anderen eine Werkbank mit einem Schraubstock und Werkzeug und in der Mitte ein Ölofen mit einem großen Tank. An einer Wand standen neben einem großen Metallwaschbecken eine neue Waschmaschine und ein Trockner.

Stillman schaltete die Lampe aus und stieg leise die Holztreppe zum Treppenabsatz im Erdgeschoß hinauf. Als Walker bei ihm war, flüsterte Stillman ihm ins Ohr: »Geben Sie mir fünf Minuten.« Er machte eine Tür auf und verschwand.

Walker lauschte und blickte durch die Hintertür auf den Rasen hinaus. Die Sonne ging langsam auf, und er spürte, wie die Sekunden verstrichen und die Dunkelheit immer mehr abnahm. Als Stillman die Tür wieder öffnete, fuhr er nervös zusammen.

Stillman sagte gelassen: »Er hat allein gelebt«, dann drehte er sich um und ging in die Küche. Walker erkannte einen glänzenden Herd und Marmorplatten sowie einen großen Kühlschrank.

»Ganz sicher?« flüsterte er. »Sehen Sie sich diese Küche an.«

»Das habe ich. Werfen Sie einen Blick in den Kühlschrank, und Sie werden sehen, daß er nur hierhergekommen ist, um sich noch ein Bier zu holen. Außerdem gibt es nirgendwo Frauensachen und auch keine Spielsachen oder Kinderkleidung. Dort oben hat er geschlafen.« Stillman deutete die Treppe hinauf in den ersten Stock. »Hier unten hatte er eine Art Arbeitszimmer. Das nehme ich mir vor. Sie gehen rauf und sehen sich im Schlafzimmer um.« Als Walker die Treppe hochstieg, fügte er hinzu: »Denken Sie daran, wir suchen nach Sachen, die uns die Namen und Adressen seiner Freunde verraten – Adreßbuch, Telefonrechnungen, Fotoalbum, Geburtstagskarten.«

Walker fand das Schlafzimmer und sah sich kurz um, aber es lagen weder Fotos noch irgendwelche Papiere herum, deshalb suchte er nach möglichen Aufbewahrungsorten. Er hatte Stillman oft genug zugesehen, um ohne überflüssige Bewegungen auszukommen. Er durchsuchte den Inhalt der Kommodenschubladen, zog sie heraus, um zu sehen, ob dahinter etwas war, sah unter das Bett und in den Schrank. Er fand nichts, also suchte er nach Verstecken. Er ging in das kleine Badezimmer, hob den Deckel der Toilettenspülung, suchte unter dem Waschbecken, prüfte, ob eine der Bodendielen oder Kacheln lose war. Dann ging er wieder ins Schlafzimmer, untersuchte die Matratze und die Lampen und überprüfte, ob die Teppiche irgendwo hochstanden. Gerade, als ihm die Stellen ausgingen, an denen er nachsehen konnte, fand er die Waffe.

Ihm war aufgefallen, daß das Kopfbrett des Betts ungewöhnlich dick aussah, also klopfte er an ein paar Stellen dagegen, ob es hohl klang. Als er in der Mitte gleich über der Matratze dagegen klopfte, öffnete sich eine kleine Tür nach außen. Dort, wo James Scully nachts leicht hingreifen konnte, lag eine kompakte, eckige SIG-Pistole. Er schloß das Türchen und suchte weiter.

Der begehbare Schrank war ein weiterer Beweis für James Scullys Ordnungsliebe, aber die Kleidung überraschte Walker. Er zählte zweiundzwanzig Anzüge und Sportjacketts, die säuberlich nebeneinanderhingen, alle mit der

Vorderseite nach links – ebenso wie an einer anderen Stange die Hemden. Die Schuhe befanden sich in einem Schuhschrank, vier Paar in einer Reihe, mit den Spitzen nach außen.

Walker stellte sich auf einen Stuhl, um auf das oberste Regalbrett zu sehen. Dort lagen Hüte – vor allem Baseballkappen mit dem Schirm nach vorn und den Logos von Baumaschinenherstellern –, sowie eine kurzläufige Schrotflinte mit einer Schachtel Munition. Walker klopfte die Taschen der Hosen und Jacketts ab, sah in die Schuhe, dann kniete er sich hin und überprüfte, ob etwas unter ein Regalbrett geklebt worden war, als Stillman in der Tür erschien.

»Und, was gefunden?«

»Eine Schrotflinte oben auf diesem Regal und eine Pistole in einem Fach im Kopfbrett des Betts.«

»Keine Papiere, hm?« sagte Stillman. »Wir gehen lieber.«

Walker stand auf und ging mit ihm zur Treppe. »Und Sie?«

»Keine großen Überraschungen. Er hatte ziemlich viel Geld. Das sieht man an den Möbeln und an der Art, wie das Haus umgebaut wurde. Aber ich habe keine Ahnung, wo es steckt. Er hat nichts hinterlassen, das uns einen Hinweis darauf geben könnte. In seinem kleinen Arbeitszimmer steht ein Schreibtisch, aber dort hat er offenbar hauptsächlich Zeitschriften gelesen, ferngesehen und telefoniert.«

»Soll das heißen, daß da überhaupt keine Unterlagen liegen?«

»Doch, doch. Die Geburtsurkunde, der Grundbrief für das Haus, der Versicherungsschein für das Auto, Rechnungen – Wasser, Strom, Heizöl, Kreditkarten. Das war eine Enttäuschung, denn er hat sie auf seinen Reisen nicht benutzt. Er hat noch andere außer der, die er in Florida dabeihatte. Auf den Telefonrechnungen sind keine Ferngespräche vermerkt. Ich glaube nicht, daß mir viel entgangen ist. Ich habe sogar seine Ersatzschlüssel gefunden.«

Sie standen vor der Kellertreppe. Stillman wollte nach

unten gehen, aber Walker sagte: »Wir können nicht einfach so aufgeben.«

»Das tun wir auch nicht. Ich habe Wanzen in die Telefone eingebaut. Und ich habe natürlich die Schlüssel mitgenommen«, sagte Stillman. »Ich freue mich schon auf den Luxus, ein Schloß mit dem passenden Schlüssel zu öffnen.«

»Aber wir können nicht noch einmal zurück. Bald wird ihn die Polizei in Miami oder das FBI identifiziert haben und es bekanntgeben. Seine Freunde werden kommen und hier aufräumen.«

»Das kriegen wir dann über die Wanzen mit. Das ist ein weiterer Luxus, auf den ich mich freue«, sagte Stillman. »Sobald sie anfangen, nehme ich den Hörer in die Hand und rufe die Polizei, damit sie sie schnappen. Und wissen Sie was? Jeder, der hier reinkommt, um nach belastenden Beweisen gegen sich selbst zu suchen, wird einen Augenblick intensiver Freude erleben, bevor er die Sirenen hört. Denn der Kerl hatte keine.«

29

Walker sah bereits seinen Schatten auf dem Asphalt. Seine absurd in die Länge gezogene Silhouette reichte quer über die Straße bis in den fast viereckigen Schatten des Explorers hinein. Er ließ den Motor an, sobald er eingestiegen war.

Stillman sagte: »Ganz langsam, genauso wie wir gekommen sind.«

Walker legte den ersten Gang ein und rollte vom Seitenstreifen weg, dann beschleunigte er allmählich. Er konzentrierte sich darauf, nicht zu schnell zu fahren und an jeder Ecke stehenzubleiben.

»Fahren Sie über die Main Street zurück auf den Highway. Ich glaube, wir frühstücken in der letzten Stadt, durch die wir gekommen sind.«

»In South Haverley? Warum da?«

»Das sah ein bißchen größer und belebter als Coulter aus, sogar schon vor einer Stunde. Ich würde lieber nicht hier herumhängen und nichts tun, während wir darauf warten, daß sich etwas ergibt.«

Walker bog in die Main Street ein und fuhr stadtauswärts. Jetzt brannten in ein paar der Häuser Lichter, und zweimal sah er einen Polizeiwagen. Einer fuhr gemächlich auf der Parallelstraße in dieselbe Richtung wie sie, und der andere hatte sich in einer ruhigen Seitenstraße der Main Street postiert, wie Verkehrsstreifen es gern tun, um auf Raser zu warten.

Als sie den Fluß überquert hatten und wieder zwischen Feldern dahinfuhren, blickte er immer wieder in den Rückspiegel.

»Wonach halten Sie Ausschau?« fragte Stillman. »Polizei?«

»Ganz undenkbar wäre es nicht, oder? Schließlich haben wir gerade einen unserer vielen erfolglosen Einbrüche durchgezogen.«

»Entspannen Sie sich«, sagte Stillman. »Ich habe im Ort zwei Streifenwagen gesehen, und wenn jemand etwas gemeldet hätte, hätten sie uns dort abgefangen. Und es war nicht völlig erfolglos.«

»Nein?«

»Nein. Wir wissen, daß James Scully dazugehört hat, und wir wissen, daß er nicht derjenige war, der die ganzen Ansprüche bei Ihrer Versicherung geltend gemacht hat.«

»Woher wissen Sie das?«

»Ich habe Ihnen doch gesagt, daß er nicht die Gewohnheit hatte, Ferngespräche zu führen – kein einziges im letzten Monat, als es viele Gespräche mit den Leuten gegeben haben müßte, die die Betrugsfälle in Pasadena, Miami und Gott weiß wo vorbereitet haben. Nachdem wir sein Haus gesehen haben, wissen wir, daß er ziemlich viel Geld hatte, aber nur so viel, wie man für einen Job mit hohem Berufsrisiko als Bezahlung bekommt. Und er hatte nichts von alldem, was der Mann mit dem Geld haben müßte.«

»Nämlich?«

»Büromaterial. Stifte, Taschenrechner, Computer, Flugpläne, Landkarten. Seine Freunde mögen schon dagewesen sein und belastende Papiere entfernt haben, aber sie hätten keinen Grund gehabt, alle Büroklammern zu entfernen. Auf den Zeitschriften, die ich gefunden habe, klebten Etiketten mit seiner Adresse, es waren also alles seine – nur Waffen und nackte Frauen.« Stillman hielt inne. »Ich würde sagen, Scully war ziemlich genau so, wie er uns in der Nacht, in der wir ihn getroffen haben, vorgekommen ist – der Typ, dem man sagt: ›Erledigen Sie Walker und Stillman‹, und er geht los, um Walker und Stillman zu erledigen.«

»Wir stecken also wieder fest.«

»Eher vorübergehend in der Flaute«, sagte Stillman. »Wenn der andere in Florida ein Verwandter von ihm war, dann ist es möglich, daß er in der Nähe gewohnt hat – vielleicht in Coulter oder in einer dieser kleinen Ortschaften hier in der Gegend.« Er sah Walker eine halbe Sekunde lang an, dann sagte er: »Suchen wir uns etwas zum Frühstück.«

Sobald sie wieder auf der Old Concord Road waren, wurde Walkers Atem ruhiger. Jetzt fuhren auch andere Autos auf dem Highway, und die strahlende Sommersonne ließ die Welt zwar nicht unbedingt freundlich, aber zumindest real aussehen. Nun sah er auch Bäume, Felder, Hügel, nicht nur ein Stück Straße, das von den trichterförmigen Strahlen seiner Scheinwerfer erleuchtet wurde, umgeben von vagen Formen und Schatten. An manchen Stellen wuchsen Blumen, und allein dadurch, daß er die Vielfalt ihrer Formen erkennen konnte, fühlte er sich weniger unbehaglich. Der Gegenverkehr bestand aus einzelnen Autos, nicht nur aus Scheinwerfern, die aufleuchteten, heller wurden und dann verschwanden. Er fühlte sich wohler, als er sah, daß zwei der ersten sechs Autos Nummernschilder aus einem anderen Staat hatten. Es war Touristensaison, und er hatte nicht mehr das unangenehme Gefühl, daß er und Stillman die einzigen Fremden waren.

Kurz vor South Haverley fanden sie ein Restaurant, das aussah wie ein vergrößertes Bauernhaus. Ein paar der Autos auf dem Parkplatz hatten Schilder aus Massachusetts, New York oder Vermont. Als er ausstieg, merkte er, daß seine Schultern und sein Nacken von der Anspannung der Nacht ganz steif waren, und ihm fiel ein, daß er seit vierundzwanzig Stunden wach war.

Sie setzten sich an ein Fenster mit Blick auf den Highway, bestellten zum Frühstück Steak und Eier und beobachteten dann, wie der Verkehr langsam zunahm. Als Stillman die Rechnung unterschrieb, überlegte Walker, wie es wohl weiterging. Sie stiegen wieder in den Explorer. Walker fuhr vor an den Highway und blinkte links, während er auf eine Lücke im Verkehr wartete.

»Sie wissen, wo wir hinfahren?« fragte Stillman.

»Wir haben ja kaum eine Wahl«, sagte Walker. »Wir müssen wohl wieder nach Coulter.«

Sie fuhren zurück bis zu dem Schild, auf dem COULTER stand, und bogen dort ab. Vor ihnen fuhren zwei Autos. Als sie beide rechts abbogen, sah Walker sich die Insassen an. Im ersten Auto saß ein älteres Ehepaar, im zweiten ein jüngeres Paar mit Kindern auf dem Rücksitz.

Bei Tageslicht sah Coulter ganz anders aus. Auf der Straße waren Menschen, Autos parkten vor den altmodischen Läden. Die öffentliche Bibliothek hatte noch nicht auf, aber es brannte schon Licht, und zwei kleine Mädchen mit Bücherstapeln neben sich saßen davor auf den Stufen und sahen zwei etwas älteren Jungen zu, die auf der Wiese mit einem Baseball spielten.

Sie fuhren an der alten Kirche vorbei, und Walker sah wieder das blaue Schild mit der Aufschrift POLIZEI.

Stillman schien seine Gedanken gelesen zu haben. »Fahren Sie weiter. Ich will mir die Wache mal ansehen.«

Es war ein breites, einstöckiges modernes Gebäude aus braunen Ziegelsteinen, durch die es sich von den rötlichen, älteren Häusern in dieser Gegend unterschied. Auf den zweiten Blick kam es Walker sogar noch eindrucksvoller vor. Coulter war ungefähr halb so groß wie Wallerton, der kleine Ort, in dem Ellen Snyder ermordet worden war. Die Polizeiwache dort war ungefähr halb so groß gewesen und viel älter.

»Fahren Sie um die Ecke, wir parken in der Seitenstraße«, sagte Stillman. Als sie ausstiegen und zurück zur Hauptstraße gingen, stieß Stillman Walker an. »Sehen Sie mal da.«

Walker sah zu den Polizeiwagen auf dem Parkplatz hin. »Ich komme auf sechzehn«, sagte er.

»Da müssen wir uns wohl keine Sorgen wegen Autodieben machen«, sagte Stillman. »Gehen wir ein wenig spazieren.«

Der Ort war im achtzehnten Jahrhundert angelegt worden, als man die Hoffnung hatte, daß Städte, die nach einem rationalen Plan errichtet wurden, auch so blieben. Die Straßen verliefen in einem regelmäßigen Gittermuster. Die Main Street führte von der Brücke aus durch die Mitte des Orts, mit zwei Parallelstraßen auf jeder Seite: links die Federal und die New Hampshire Avenue, rechts die Constitution und die Coulter Avenue. Die Querstraßen begannen mit der Washington Street, gleich oberhalb des Flusses. Dann kamen Adams, Jefferson, Franklin und Grant Street. Walker hatte den Verdacht, daß die Grant Street umbenannt worden war, denn alle Häuser in der Straße schienen aus der Zeit vor dem Bürgerkrieg zu stammen. Wahrscheinlich war es ein Baumname gewesen, denn hier begannen die Straßen mit den Baumnamen: Sycamore, Oak, Maple, Birch, Hemlock und Cherry. Die Straßen endeten alle mit Zäunen, die den Ort von dem alten Weideland trennten.

Die Häuser waren fast alle im alten Stil erbaut – es gab Holzhäuser, die vom Ende des achtzehnten Jahrhunderts zu stammen schienen, und Ziegelhäuser mit Veranden im viktorianischen Stil mit kunstvollen Holzverzierungen. Ein paar waren fast neu, aber sie waren so wie in früheren Zeiten gebaut, als zu einer Familie noch acht Kinder und ein paar unverheiratete Tanten gehören konnten. Während sie eine Straße nach der anderen entlanggingen, bestätigte sich Walkers Eindruck. »Das ist ein ziemlich wohlhabender Ort hier.«

»Ja«, sagte Stillman. »Ich glaube, was wir hier sehen, ist nur die halbe Geschichte. Die meisten Häuser sind ein paar Generationen alt: Das Geld könnte von etwas gekommen sein, das wir nicht mehr sehen, weil sie es verkauft haben – Holz oder Granit vielleicht. Grund muß hier billig sein.«

»Aber sie pflegen den Ort«, sagte Walker. »Ungefähr ein Drittel dieser Häuser sieht frisch gestrichen aus.« Sie gingen den Weg zurück, den sie gekommen waren.

Ein paar Minuten später fiel Walker am Ende der Grant Street etwas auf, das anders aussah. Es war ein langgezogenes, einstöckiges Gebäude, das offenbar vom selben Architekten wie die Polizeiwache entworfen worden war. Es war ein einfaches, braunes Backsteinhaus, das nur sehr kleine Fenster hatte, die gleich unter dem Dach lagen. Der Parkplatz daneben schien voll zu sein.

Auch Stillman bemerkte es. »Was das wohl ist?«

Sie gingen die Straße entlang auf das Gebäude zu, bis Walker die Buchstaben aus Edelstahl entziffern konnte, die an der Backsteinfassade angebracht waren. »›New Mill Systems‹«, las er.

»Nur irgendeine Firma«, meinte Stillman. »Gehen wir wieder.«

Sie kehrten zur Main Street zurück. Der Ort sah nicht viel anders aus als andere kleine, alte Ortschaften in der Gegend. Es gab nur eine Kirche, an der die Jahreszahl 1787 stand. Die Bibliothek hatte jetzt geöffnet, und Walker erkannte durch die Glastüren, daß die Mädchen sich inzwischen in einer Nische mit hohen, bunten Büchern befanden – offenbar die Kinderbücher. Die Jungen waren verschwunden. Als er vorbeiging, kam hinter einer Theke eine hübsche junge Frau mit strenger Brille hervor und kniete sich neben eines der Mädchen auf den Boden.

Die Leute, die vorübergingen oder in einem der fünfundzwanzig oder dreißig Gebäude in der Main Street verschwanden, schienen sich für zwei Touristen nicht weiter zu interessieren. Doch als sie in ein Café gingen, sagte der ältere Mann, der sie bediente: »Sie waren noch nicht hier, was?« Er sah Walker an.

»Nein«, sagte Stillman. Er deutete auf sein Plunderhörnchen. »Wenn das hier gut ist, dann sehen Sie uns vielleicht öfter.«

Der alte Mann sah Walker weiter an. »Sie«, sagte er.

Walker erstarrte.

»Sie sehen aus, als wären Sie mit den Ellisons verwandt. Sie sind bestimmt hier, um sie zu besuchen.«

»Ach ja?« sagte Walker. »Nicht, daß ich wüßte. Wir sehen uns nur ein bißchen die Gegend an.«

Stillman wollte den Mann offenbar in ein Gespräch verwickeln. »Und Sie? Sind Sie schon lange in der Stadt?«

»Lange? Ich bin hier geboren worden.«

»Na, so was«, sagte Stillman. »Da fällt es mir wieder ein. Ich wollte schon jemanden fragen, also warum nicht Sie. Mir ist hier kein Krankenhaus aufgefallen.«

Der alte Mann schüttelte den Kopf. »Wir hatten noch nie eins. Früher, da ist der Doktor zu einem nach Hause gekommen. Aber jetzt nicht mehr. Wenn jetzt ein Kind kommt, dann fährt man die Frau nach Keene.«

»Ja, die Welt hat sich verändert«, sagte Stillman bedauernd.

»Sie können der Zeit ja nachtrauern, wenn Sie wollen«, sagte der alte Mann. »Ich jedenfalls nicht. Ich hab einen Herzschrittmacher.« Er deutete auf seine Brust. Er bemerkte, daß ein junger Mann und eine Frau von ihrem Tisch aufgestanden waren und ihre Rechnung zur Theke brachten. Er ging auf die andere Seite, um zu kassieren.

Während der nächsten paar Minuten aß Stillman sein Hörnchen und sah sich um. Walker merkte, daß er versuchte, mit den Leuten um sie herum Augenkontakt aufzunehmen. Da waren drei gutgekleidete Frauen Mitte Dreißig, die aussahen wie Anwältinnen, zwei Jungen um die Achtzehn, die eine Art Fruchtcocktail tranken, und zwei Männer in Stillmans Alter, die offenbar zusammensaßen, um sich eine Zeitung zu teilen. Stillman schien kein Glück zu haben, also stand er auf und reichte dem alten Mann die Rechnung und das Geld.

Als er sein Wechselgeld einsteckte, sagte er: »Sagen Sie, dort hinten – New Mill Systems. Was wird dort gemacht?«

»Gemacht?« Der alte Mann sah verwirrt aus, dann ein wenig verlegen. »Na ja, so hochtechnisches Zeugs. Da hab ich keine Ahnung von. Ich kann nicht mal einen Videorecorder programmieren.« Sein Blick schien von Stillmans Gesicht abzugleiten und sich auf etwas hinter ihm zu richten.

Als Walker sich umwandte, sah er niemanden, der zu ihnen herüberblickte. Die drei Frauen beugten sich vor und redeten und lachten, die beiden Männer mittleren Alters waren noch mit ihrer Zeitung beschäftigt, und die Jugendlichen standen gerade auf, um ebenfalls an die Theke zu kommen. Vielleicht hatte das den alten Mann abgelenkt, dachte Walker. Auf Teenager hatte man immer ein Auge.

Er folgte Stillman in einen Drugstore, wo er ein Fläschchen Sonnenmilch und eine Packung Kaugummis kaufte. Der einzige Angestellte in dem Laden war ein Mann in einem weißen Kittel, der mindestens so alt war wie der Mann in dem Café. Er fegte gerade den Boden. Er stellte den Besen weg, ging hinter den Ladentisch und nahm Stillmans Geld.

Stillman lächelte und sagte: »Ist das der einzige Drugstore in der Stadt?«

»Ja«, sagte der Mann. »Nehmen Sie so viele Tabletten?«

»Nein«, sagte Stillman fröhlich. »Ich habe Dr.-Scholl-Einlagen gesucht, aber keine gesehen.«

Mit leicht zitternder Hand deutete der Mann auf ein Regal. »Dort hinten. In diesem Gang.«

Stillman ging in die Richtung und kam mit einem flachen Päckchen wieder, das er auf die Theke warf. »Danke«, sagte er. Dann fügte er hinzu: »Können Sie mir vielleicht sagen, wie ich zu New Mill Systems komme?«

Der Mann runzelte ein wenig die Stirn und sah nach oben, als versuche er, den Namen unterzubringen. Dann sagte er: »Die Main Street weiter in dieser Richtung, dann links in die Grant, und Sie sind da. Sind Sie Vertreter oder so etwas?«

»Die wunden Füße haben mich verraten, was?« sagte Stillman. »Vielleicht können Sie mir helfen. Was stellen die dort her?«

Der alte Mann schüttelte den Kopf. »Es hat irgendwas

mit Computern zu tun. Ich habe gehört, daß es meistens Aufträge von der Regierung sind, vielleicht lassen sie Sie nicht einmal rein.« Er ging wieder zu seinem Besen.

Am Ende einer Seitenstraße stießen sie auf ein weiteres großes, modernes Gebäude; auf einem Schild stand SCHULE. Es war Sommer, deshalb wunderte sich Walker nicht, daß das Gebäude verlassen dalag. Offenbar war es für alle Kinder in dem Ort gedacht. Auf der einen Seite des Gebäudes war ein kleiner Spielplatz mit Schaukeln, Wippen und Rutschen, und am anderen Ende lag ein großer Sportplatz.

Es schien nur ein richtiges Restaurant zu geben. Es war in einem großen Backsteinhaus aus der Zeit der Jahrhundertwende untergebracht, auf der anderen Seite des Flusses. Auf dem Schild an der Tür stand einfach GUTES ESSEN. Es gab etwa vierzig Tische. Auf zwanzig davon lagen steife Tischdecken, und drei Kellner eilten mit Tabletts und Klappständern hin und her.

Walker musterte die alten Fotografien an der Wand über ihrem Tisch. Ein Bild zeigte Männer mit Melonen, Hemden mit hohen Krägen und zerknitterten Anzügen, die neben einem Pferdewagen standen, ein anderes eine Gruppe Frauen in langen Röcken mit Wespentaille und Federhüten in einem Garten. Auf einem Bild standen Männer vor einem Gebäude, das er in der Main Street gesehen hatte. Es trug immer noch das Schild BANK VON COULTER, aber das Kopfsteinpflaster der Straße war durch Asphalt ersetzt worden. Eine weitere Aufnahme zeigte offenbar das Haus, in dem sie sich befanden.

Stillman fragte den Kellner: »Was war dieses Gebäude denn früher – eine Mühle?«

»Ja, Sir«, antwortete der Kellner. »Die Leute nennen es Old Mill. Aber das war vor hundert Jahren.«

»Das erklärt, was wir vorhin gesehen haben. New Mill Systems. Wissen Sie zufällig, was die verkaufen?«

»Elektronik. Hat irgendwas mit Kommunikation zu tun.«

Als sie mit dem Mittagessen fertig waren, gingen sie wieder über den Fluß und dann weiter die Querstraßen entlang. Als sie bei der Maple Street ankamen, sah Stillman auf die Uhr. »Es ist schon nach halb drei. Fahren wir zurück nach Keene. Wir können bei Foley Ihre neue Brille abholen und dann ins Hotel und ein bißchen schlafen. Wenn ich aufwache, rufe ich Sie an.«

30 Walker wachte im Dunkeln auf, den Kopf zum Telefon hingewandt. Er fragte sich, ob er wohl davon geweckt worden war, aber nachdem er ein paar Sekunden gewartet hatte, klingelte es immer noch nicht. Die Digitaluhr neben dem Bett zeigte schon zehn Uhr fünfzehn.

Er überlegte, ob er Stillman anrufen sollte, doch Stillman hatte eindeutig gesagt, er würde sich melden. Er ging zu seinem Koffer, öffnete ihn und legte sich frische Sachen hin, dann ging er ins Bad, um zu duschen. Er ließ die Tür geöffnet, damit er das Telefon hörte.

Er zog sich rasch an, dann verließ er sein Zimmer, und während er durch den Korridor zum Ausgang ging, zählte er die Türen. Draußen auf dem Parkplatz zählte er rückwärts die Fenster ab bis zu Stillmans Zimmer. Das Licht brannte.

Er ging wieder hinein und klopfte an Stillmans Tür. Er hörte ihn sagen: »Einen Moment«, dann wurde die Tür geöffnet. Stillman ging zum Schreibtisch zurück und nahm den Hörer, der neben dem Telefon lag. »Es ist nur Walker«, sagte er. »Ich muß mit ihm reden. Ich rufe noch mal an, wenn ich kann.« Er legte auf und wandte sich Walker zu.

»Ich dachte, Sie wollten schlafen«, sagte Walker.

»Das habe ich auch. Ab einem gewissen Alter braucht man nicht mehr soviel Schlaf. Wann haben Sie zum letzten Mal mit Serena gesprochen?«

»Kurz bevor wir nach Coulter gefahren sind. So um halb vier morgens.«

»Und seither nicht mehr?«

»Nein. Warum? Stimmt etwas nicht?«

»Sie ist weg. Ich habe gerade mit Gochay gesprochen: Sie hat ihn sitzenlassen. Sie hat ihre Sachen gepackt und ist gegangen.«

Walker fragte: »Einfach so? Zu mir hat sie kein Wort gesagt.« Er verspürte eine plötzliche Leere, ein Gefühl des Verlusts, dessen Tiefe ihn überraschte. Außer der Nummer von Gochay hatte er keine Adresse oder Telefonnummer von ihr. Sie hatte ihm nie eine gegeben.

Stillman schaltete sich in seine Gedanken ein, als könne er sie lesen. »Sie kann Sie jederzeit finden, wenn sie es will.« Er nahm den Telefonhörer ab und tippte eine Nummer ein, drückte zwei weitere Tasten, lauschte ein paar Sekunden schweigend, dann legte er auf. »Aha.«

»Was war das?«

»Meine Wanze in Jim Scullys Haus. Sie steckt im Telefonanschluß. Alles, was sie hört, wird von einem kleinen sprachgesteuerten Recorder aufgenommen. Sie hat nichts gehört. Vergessen Sie Serena für einen Augenblick. Wir müssen herausfinden, wie wir von Scully zu dem anderen Toten kommen – diesem Verwandten von ihm.«

Walker seufzte und zwang sich nachzudenken. »Sie haben hier doch schon ein paar Bekannte – den Kellner, den Mann im Drugstore, den alten Mann im Café. In einem Ort von dieser Größe muß doch einer von ihnen Scully gekannt haben.«

»Es dauert seine Zeit, die Leute zum Reden zu bringen. Wahrscheinlich erkundigen wir uns nach ihm, eine Stunde bevor oder nachdem das FBI bekanntgibt, daß er von zwei Männern wie uns getötet wurde.«

»Was ist mit der Polizei von Coulter?«

»Das habe ich mir auch schon überlegt. Sie haben wahrscheinlich die Informationen, die wir brauchen. Leute, die irgendwann mit einer Waffe in der Hand ihren Lebensunterhalt verdienen, fallen normalerweise, lange bevor sie Profis werden, auf. Angenommen, wir nehmen den direkten weg. Wir gehen auf die Wache, weisen uns aus und sagen ihnen, was wir wollen – eine kurze Liste von Scullys Freunden und Verwandten. Es gibt keinen vernünftigen

Grund für die Polizei, uns eine solche Liste zu geben. Wenn sie es doch tun, wie sieht dann unser nächster Schritt aus? Wir können nicht in ihre Häuser einbrechen und uns dort umsehen. Und wenn die Polizei weiß, daß man in Scullys Haus eingebrochen hat, dann wäre das praktisch ein Geständnis.«

Mit gerunzelter Stirn starrte Walker die Wand an.

»Was ist?« fragte Stillman.

»Dieser Ort. Ich glaube, ich habe nicht sehr tief geschlafen, denn als ich aufgewacht bin, sind mir schon die Zahlen durch den Kopf gegangen.«

»Die Zahlen?«

»Ja, denken Sie doch mal nach. Coulter hat 428 Einwohner. Ich schätze, es gibt ungefähr 165 Häuser: elf reine Wohnstraßen mit jeweils etwa fünfzehn Häusern. Das sind ungefähr 2,6 Personen pro Gebäude. Die durchschnittliche Familie im Land besteht aus 2,64 Personen, das kommt also ungefähr hin. Ungefähr ein Drittel sind Kinder unter achtzehn, das macht 143, und 285 Erwachsene.«

»Die Schule scheint ungefähr dazu zu passen. Vielleicht ein bißchen groß«, sagte Stillman. »Aber vielleicht werden die Kinder von den Bauernhöfen mit dem Bus hergefahren.«

»Ja, das kommt hin«, sagte Walker. »Sogar ohne die. Offenbar hat die Gemeinde Geld für öffentliche Baumaßnahmen, man kann also davon ausgehen, daß sie bei so etwas nicht sparen. Aber auf dem Parkplatz der Polizei stehen sechzehn Wagen.«

»Ein bißchen viel, nicht wahr? Mich hat das auch beschäftigt.«

»Zum letzten Mal sind wir da nachmittags um halb drei vorbeigegangen. Eigentlich müßten ja auch noch Wagen unterwegs gewesen sein, oder? Die den Verkehr überwachen?«

»Natürlich«, sagte Stillman. »Wir haben heute morgen zwei gesehen.«

»Genau. Dann seien wir bei der Schätzung mal vorsichtig und behaupten, wir haben alle Polizeiwagen der Stadt gesehen. Achtzehn. Angenommen, es ist immer nur die

Hälfte besetzt – das wären neun Polizisten für jede der drei Schichten. Selbst wenn es außer diesen neun Polizisten keinen Chief, keinen Funker oder sonst jemanden gibt, kommt man dann immer noch auf 27 Beamte. Das würde bedeuten, ungefähr einer von zehn Erwachsenen in Coulter ist Polizist.«

»Ganz schön viele«, überlegte Stillman. »Ich sehe schon, wir haben Glück gehabt, daß wir unseren Arsch gerettet haben und nicht wegen Einbruch im Gefängnis gelandet sind. Was, glauben Sie, hat das zu bedeuten?«

»Ich weiß es nicht«, sagte Walker. »Der Ort scheint viel Geld zu haben. Vielleicht wollen sie damit Arbeitsplätze schaffen.«

»Möglich«, sagte Stillman. »Wenigstens sind das keine Verdächtigen. Vielleicht können wir so die Zahl der Verdächtigen eingrenzen. Wenn jemand Arbeit hat, dann rennt er nicht in Florida herum und bringt Leute um. Wo gibt es hier noch Arbeitsplätze?«

»Bei New Mill Systems?«

»Wie viele Angestellte arbeiten dort, was glauben Sie?« fragte Stillman.

»Auf dem Parkplatz standen mindestens dreißig Autos. Da die Firma bei schönem Sommerwetter für jeden im Ort leicht zu Fuß zu erreichen ist, schätze ich, das ist die Hälfte der Arbeitskräfte. Das hieße also, mindestens sechzig Personen. Wenn Sie von 285 Erwachsenen ausgehen, haben Sie ungefähr 145 Frauen und 140 Männer. Sechzig Prozent aller Frauen über achtzehn arbeiten außer Haus. Das macht ... wieviel? 87 Frauen. Von allen Männern über achtzehn sind 75 Prozent außer Haus berufstätig. Das sind 105. Es gibt also 195 Berufstätige. 27 sind Polizisten. Bleiben 165. Wenn 60 davon bei New Mill Systems arbeiten, macht das einen von drei berufstätigen Erwachsenen. Wenn ein weiteres Drittel davon lebt, Waren und Dienstleistungen an die Firma und ihre Angestellten zu verkaufen, dann sind das zwei Drittel der Wirtschaft.«

»Interessant«, sagte Stillman. »Niemand scheint zu wissen, was sie in dem Gebäude machen. Einer sagt Computer, einer sagt Kommunikationstechnik, und einer sagt High-Tech, was alles mögliche sein kann.«

»Vielleicht trifft ja auch alles zu«, sagte Walker. »Aber egal. Wenn wir die Leute, die dort arbeiten, ausschließen wollen, dann müssen wir wissen, wer sie sind.«

»Ich weiß, wie wir das herausfinden könnten«, sagte Stillman. »Wir brechen noch einmal ein.«

»Wo denn?«

»Im Drugstore. Der alte Mann hat gesagt, das ist der einzige in der Stadt. Also kann man nur dort Rezepte einlösen. Rezepte müssen registriert werden. Auf Papier, nicht im Computer. Im Lauf der Jahre braucht so gut wie jeder einmal ein Rezept.«

»Unser Mann müßte also im Register sein. Woher wissen wir, welcher es ist?«

»Dieselbe Methode: per Ausschlußverfahren. Ein Teil davon sind Frauen. Diejenigen, die bei New Mill Systems arbeiten, haben alle dieselbe Krankenversicherung. Diejenigen, die für die Gemeinde arbeiten, haben eine andere. Ein Teil wird von Medicare bezahlt werden, was bedeuten würde, daß sie über fünfundsechzig sind.« Stillman schwieg. »Vielleicht gibt es auch noch etwas, wodurch wir Leute ausschließen können. Vielleicht fällt Ihnen ja auch etwas ein.«

Walker blickte Stillman finster an. »Was für eine lausige Idee. Na dann, nichts wie los.«

Stillman begann sofort damit, seine Dietriche, die Videokamera und Taschenlampen in seine Ledertasche zu packen. »Holen sie das Jackett, das ich Ihnen in Nashua gekauft habe, das marineblaue. Und ziehen Sie ein anderes Hemd an. Grün wäre gut. Und dunkle Schuhe. Wir treffen uns im Auto.«

Als sie im Wagen saßen, hörte Stillman auf, seine Ausrüstung zu sortieren. »Sie haben sich nicht zufällig die Türschlösser dort angesehen?«

»Ich erinnere mich nicht mehr genau«, sagte Walker. »An der Eingangstür war ein altes aus Messing.« Er blinzelte. »Ich glaube, darüber war ein Riegel.«

»Wie sah das Schlüsselloch aus – war es ein normales, oder hatte es eine ungewöhnliche Form, wie ein Kreis?«

»Ich glaube, es war ganz normal«, antwortete Walker. »Weshalb diese untypische Sorge?«

»Ich habe Ihnen schon einiges über Alarmanlagen erzählt«, sagte Stillman. »Manche sind kein Problem.«

»So eine wird es also nicht sein.«

»Ich bezweifle es. Sogar in kleinen Ortschaften liegen in den Drugstores massenweise Medikamente. In manchen Kreisen ist Geld die zweite Wahl. Mit Bargeld brauchen sie noch einen zusätzlichen Mittelsmann, um das zu bekommen, was sie eigentlich wollen. Wir könnten mit etwas konfrontiert werden, womit wir nicht so leicht fertig werden.«

»Wenn wir nicht reinkommen, was machen wir dann?«

»Rein kommen wir«, sagte Stillman. »Die Frage ist, wie wir wieder rauskommen.«

Bei dem Schild mit der Aufschrift COULTER bog Walker ab. Er kannte die Straße jetzt schon, und bald fuhren sie bereits durch das Weideland. Stillman sagte: »Fahren Sie langsamer, und sehen Sie auf diese Seite.«

»Warum?«

»Dort geht ein Fahrweg ab. Da ... halt.«

Walker hielt an, und Stillman stieg aus. Er hob die Zaunlatte an, die als Tor diente, schob sie zur Seite und winkte Walker hinein. Walker fuhr über den holprigen Boden. Stillman schloß das Tor und stieg wieder ins Auto.

»Schalten Sie die Scheinwerfer aus.«

Walker gehorchte. Er sah Stillman an, der ihn ungeduldig musterte. »Es ist eine unbefestigte Straße«, sagte Stillman. »Folgen Sie ihr.«

Walker seufzte. »Straße ist wohl übertrieben.« Er fuhr vorsichtig an.

»Fahren Sie weiter. Ich habe eine Theorie, die ich überprüfen will.«

Allmählich wurde der Boden ebener. Der Weg war so schmal, daß manchmal beide Vorderreifen auf Gras fuhren.

»Sehen Sie die Scheune da vorne?« fragte Stillman.

»Ja.« Auf der dunklen Weide erkannte man ein hohes Rechteck, das noch schwärzer war als die Umgebung. Walker fuhr langsam weiter. Er stellte fest, daß er viel besser sehen konnte als erwartet, und bald näherten sie sich dem schwarzen Schatten der Scheune.

»Die Idee ist mir gekommen, als Sie gesagt haben, daß es hier keine Kühe gibt«, sagte Stillman. »Halt.« Er stieg aus und ging voraus. Ein paar Sekunden später sah Walker, wie Stillmans Taschenlampe über den Boden der Scheune schwenkte, dann ging sie aus. Als Stillman wiederkam, sagte er: »Sie ist leer. Fahren Sie rückwärts rein, so daß Sie mit dem Kühler zum Eingang stehen. Dann schalten Sie den Motor aus.«

Als Walker den Wagen hineingefahren hatte, gingen sie über die Weide in Richtung Ort. Nach ein paar Minuten sagte Stillman: »Wir machen das so: Wir gehen hinter der Main Street entlang. Dort gibt es einen Weg, der nicht gepflastert ist, direkt hinter den Läden.«

»Okay«, sagte Walker.

»Wenn wir zum Drugstore kommen, sehen wir uns kurz an, womit wir es zu tun haben. Wenn wir nicht reinkommen, verschwinden wir. Wenn wir reinkommen, machen wir es genauso wie das letzte Mal. Wir nehmen das Register mit der Kamera auf.«

Sie überquerten die Brücke zum Ort und verließen die Main Street, bevor sie die erste Straßenlaterne erreicht hatten. Sie gingen den Weg hinter den Läden entlang. Als sie hinter dem Drugstore waren, blieb Stillman stehen. Er untersuchte die Fenster. Zu Walkers Enttäuschung waren sie alle vergittert.

Er sah Stillmans Taschenlampe angehen, dann traf der Lichtstrahl auf Glas. Er bewegte sich langsam, dann erlosch er. Kurz darauf leuchtete er beim nächsten Fenster auf. Walker ging zu Stillman, der vor der Hintertür stand.

»Was meinen Sie?« flüsterte er.

»Eine Attrappe.«

»Was?«

»Die Alarmanlage. Sie ist nicht eingeschaltet. Vielleicht ist sie nicht einmal angeschlossen. Das Signallämpchen brennt nicht.« Rasch knackte er das Schloß und öffnete die Tür. »Kommen Sie rein.«

Walker ging hinein und schloß die Tür, dann duckte er sich und durchsuchte die Theke. Er machte die Taschenlampe an, um sicherzugehen, dann ließ er sie langsam über die Wände gleiten. Er stand auf. »Das ist keine Apotheke. Das ist nur ein Lagerraum. Hier gibt es keine rezeptpflichtigen Medikamente.«

»Ja«, sagte Stillman. »Seit ich durchs Fenster gesehen habe, habe ich versucht, mich genau zu erinnern. Ich habe den alten Mann gefragt, ob es der einzige Drugstore in der Stadt ist. Er hat ja gesagt.«

»Hier gibt es nur frei verkäufliche Sachen. Es gibt nicht einmal einen abgeschlossenen Schrank.«

»Er hat gesagt ›Drugstore‹. Er hat nicht gesagt, daß es noch einen Apotheker gibt, der rezeptpflichtige Medikamente ausgeben darf. Die müssen sich die Leute wohl in Keene holen.« Er faßte Walker am Arm. »Gehen wir.«

Sie gingen zurück zu der Scheune und fuhren wieder auf den Highway. Stillman war still geworden, und erst als sie wieder in Keene waren, sagte er: »Ich werde es mit dem Telefonbuch versuchen. Denken Sie noch ein bißchen nach. Wenn Ihnen noch eine Möglichkeit einfällt, herauszufinden, wer dieser Cousin war, ich bin in meinem Zimmer.«

Walker öffnete die Tür zu seinem Zimmer und sah hinein. Serena lag auf dem Bett und schlief. Als sie ihn hörte, schlug sie die Augen auf und sagte: »Mann, bin ich froh, daß nur du es bist.«

»Ich auch«, sagte er.

»Ich meine, ich bin froh, daß du alleine bist.«

»Ja. Das habe ich auch gemeint.«

31 Walker wachte auf, ohne sich zu erinnern, wann er in einen traumlosen Schlaf gefallen war. Irgendwie war er mit Mary Catherine Casey in den Armen weggedämmert, und jetzt lag sie nicht mehr da, so daß er fröstelte und sich allein fühlte. Er schlug die Augen auf und hob den Kopf. Sie saß mit gekreuzten Beinen neben ihm, immer noch nackt, und sah ihn mit katzenhafter Geduld an. Er rollte auf sie zu, aber sie rührte sich nicht, also stützte er sich auf einen Ellbogen. »Was ist?« fragte er. »Habe ich geschnarcht oder so?«

»Ich habe über dich nachgedacht«, sagte sie, »ich wollte versuchen, deine Gedanken zu lesen. Keine Sorge: Ich habe es nicht geschafft.«

»Willst du es noch mal versuchen?« fragte er.

Sie überprüfte kurz, wo er hinsah. »Nicht nötig.«

»Warum bist du hier?«

»Wenn ich jemandem mein Wort gebe, dann tue ich alles, was nötig ist, um es zu halten.« Ihre grünen Augen blickten ihn fest und intensiv an.

»Wem hast du dein Wort gegeben?«

»Dir«, sagte sie ein wenig überrascht. »Gestern habe ich dir gesagt, ich würde alles liegen- und stehenlassen, um herauszufinden, was du wissen mußt.«

Er runzelte die Stirn. »Weißt du, ich freue mich ja, dich zu sehen ...«

»Das hab ich gemerkt«, sagte sie.

Er ließ nicht locker. »Aber ich wäre nie auf den Gedanken gekommen, daß du deshalb deinen Job kündigst.«

Sie warf mißbilligend den Kopf nach hinten, so minimal, daß Walker es als wegwerfende Bewegung auffaßte. »Das war kein richtiger Job«, sagte sie. »Es war nur eine Vereinbarung.«

»Was für eine Vereinbarung?«

Sie seufzte, als wäre das eine so alte Geschichte, daß er sie längst kennen müßte. »Constantine ist nicht IBM. Es ist eher so wie auf einem Piratenschiff. Man macht mit, solange die Beute gut ist und man Lust hat, an Bord zu bleiben. Man bekommt seinen Anteil vom Geld. Wenn man einen

Hafen anläuft, den man besuchen möchte, steigt man aus, und Constantine segelt weiter.«

Einen Moment lang blickte er ihr in die Augen, dann beschloß er zu fragen. »Wie bist du überhaupt dazu gekommen?«

»Es gefällt dir nicht«, sagte sie. »Das ist hart.«

»Erzählst du es mir nicht?«

Sie zuckte die Achseln. »Ich bin eben ein ungezogenes Mädchen.«

»Vielleicht würde ich gern wissen, warum du ein ungezogenes Mädchen bist.«

Sie sah ihn an, als würde sie ihn begutachten, dann seufzte sie. »Ich sehe ganz annehmbar aus, und ich bin sehr schlau. Den Leuten ist immer das eine aufgefallen, aber nie das andere. Außerdem hatten sie alle möglichen Regeln, wie ich mich benehmen sollte, aber die Regeln haben mir nichts gebracht.«

»Ich verstehe nicht ganz«, sagte er.

»Ich war am College und habe Elektrotechnik studiert. Dieselben Männer, die mich angemacht haben – die beteuert haben, wie sehr sie mich lieben und achten –, haben angenommen, der Grund für meine guten Noten sei der, daß ich mit den Professoren schlafe. Da ich aber nicht mit Professoren geschlafen habe, waren die, die das gerne gehabt hätten, verärgert. Die Professoren, denen es nicht gefallen hat, daß Frauen in ihren Fachbereich drängen, waren nicht sehr froh darüber, mich in der ersten Reihe sitzen zu sehen. Die anderen haben einfach alle gleich behandelt, also ziemlich mies.« Sie sah ihn prüfend an. »Verstehst du? Keinerlei Vorteil.«

»Du scheinst viel über Computer gelernt zu haben.«

»Ich mochte sie. Als ich mein Diplom hatte, habe ich bei einer Firma in Irvine gearbeitet, die Sicherheitssoftware für Computersysteme verkauft. Dort bin ich auf Constantine gestoßen.«

»Hat er auch dort gearbeitet?«

»Ganz im Gegenteil. Man hat mir immer vom Feind erzählt: Das waren Leute, die ihre Zeit damit verbringen, sich in Systemen zu bewegen, die sie nichts angehen. Meistens sind das Kids. Es war schon immer ein billiger, aufregender Zeitvertreib für Teenager, die darauf warten, daß die Pickel verschwinden, damit sie endlich flachgelegt werden. Sie wollen nichts weiter, es ist also keine große Sache, obwohl das niemand zugibt. Manchmal stellen die Firmen sogar ein paar von ihnen ein, um ihr System zu testen. Aber alle reden von den anderen, die keine Kids mehr sind. Die meisten gibt es nur in der Theorie: James-Bond-Bösewichter, die eine Rakete starten oder ein Flugzeug zum Absturz bringen wollen oder auch Stromnetze lahmlegen und dergleichen. Oder Diebe, die Milliarden Dollar von Banken umleiten wollen. Ich habe solche Geschichten gehört und bin auf die Jagd gegangen. Nach ein paar Monaten hatte ich eines Nachts Constantine Gochay in der Falle.«

»Was heißt das, ›in der Falle‹?«

»Was er gemacht hat, war ziemlich harmlos. Er hat in einem großen System in New York Bankauszüge gelesen. Die Bank gehörte zu unseren Kunden, also habe ich dort herumgeschnüffelt, und dabei ist er mir aufgefallen. Ich habe ihn zurückverfolgt und herausgefunden, wo er saß. Ich bin zu ihm gefahren.«

Walker runzelte die Stirn. »Warum? Warum hast du das gemacht?«

»Hm?« Sie zog die Stirn in Falten.

Er versuchte es noch einmal. »Warum hast du nicht einfach die Polizei verständigt und ihn festnehmen lassen?«

Sie lächelte. »Reiner Egoismus.«

»Das verstehe ich nicht«, sagte Walker. »Was wolltest du denn?«

»Den Spieß umdrehen«, sagte sie. »Was hätte ich davon gehabt, wenn ich ihn verraten hätte? Er hat dort kein Geld gestohlen. Er hat nur herumgeschnüffelt, genau wie ich. Es war wahrscheinlich, daß ich es einfach nur mit drei Jungs von der Schachmannschaft der Antelope Valley High-School zu tun hatte. Aber er war in einem System, das sehr, sehr schwer zu knacken war. Ich wollte wissen, was er mir voraushatte.«

»Du bist einfach zu ihm gefahren und hast geklingelt?«

»Nein«, sagte sie. »Ich habe ihm eine schnippische Nachricht auf seinen Bildschirm geschickt, um ihm mitzuteilen, wann ich komme. Ich dachte, die kleinen Herzen der drei Jungs würden ganz schön klopfen. Dann bin ich hingefahren. Wir haben geredet.«

»Was hat er gesagt?«

Sie beäugte kritisch das Kissen. »Es war besser, als ich erwartet hatte. Er war auf ein paar technische Dinge gekommen, die ich nicht wußte. Alles kommt immer schnell heraus – Programme, Chips, Hardware. Oft kennt nicht einmal der Hersteller alle Möglichkeiten oder Anfälligkeiten oder Implikationen von etwas, das auf dem Markt ist, bis es ein paar Jahre in Gebrauch war. Er hatte die ganze Technik da und die ganze Software dazu. Aber was ihm am meisten geholfen hat, war nicht die Ausrüstung.«

»Sondern?«

»Seine Hinterlistigkeit. Viel von dem, was man brauchen kann – wie sich Geld durch Banken und Kreditgesellschaften bewegt, Reservierungen für Flüge und Hotels, persönliche Kundenprofile, Personalakten –, steckt in den großen Systemen, die riesige Unternehmen betreiben. Sie werden sehr gut geschützt. Man kann nicht mit roher Gewalt eindringen. Einen Code zu knacken ist nicht einfach, und einen Fehler zu machen ist gefährlich. Was hat Gochay also gemacht? Er wußte, daß diese riesigen Unternehmen erbarmungslos Leute kündigten. Wenn zwei große Banken fusionieren und zehntausend Leute gefeuert werden, wie genau sieht sich das neue Management dann jeden von ihnen an? Gochay hat im Internet nach Leuten gesucht, die ihren Lebenslauf ins Netz gestellt haben. Ab und an hat er jemanden gefunden, der von einer großen Firma gefeuert wurde und etwas wußte – Paßwörter, Schwächen im System – und der gerade für alle Zeit davon überzeugt worden war, daß seine Loyalität gegenüber dieser Firma ein Witz war. Also hat er sie bezahlt.«

»Und das ist alles?«

»Manchmal. Manchmal wußten sie nicht viel, aber der

Name des Cheftechnikers war oft auch schon genug. Gochay hatte Programme dafür. Sie haben jede Variante aus den Namen, den Geburtstagen aller Familienmitglieder, Hausnummern, Telefonnummern und so weiter generiert und sie in einer Millisekunde als Paßwörter getestet.«

»Hat er dich wegen der Firma engagiert, die du verlassen hast?«

Sie schüttelte nachsichtig den Kopf. »Nein. Ich wußte ein paar Dinge, die er nicht gewußt hat, aber die Firma hat sie auch nicht gewußt. Und ich war keine gekränkte Angestellte. Mir ging es gut.«

»Warum hast du es dann gemacht?«

»Warum ich kriminell geworden bin? Du hättest dabeisein sollen. Eines Abends bin ich um sechs Uhr aus diesem absolut sterilen Gebäude gegangen, das voll mit Leuten war wie die im Studium. Eineinhalb Stunden später war ich in diesem verrückten Haus und habe mit diesem riesigen, seltsamen Mann mit seinen wilden schwarzen Haaren und seinen verrückten schwarzen Augen geredet. Er hat etwas Aufregendes und Gefährliches gemacht, und er hatte überhaupt kein Interesse an mir.«

»Er hatte kein Interesse an dir?«

»Er hat sich nur für Geld interessiert.«

»Laß mich das noch mal klarstellen«, sagte Walker. »Sind das die Gründe, warum du es nicht hättest tun sollen, oder warum du es getan hast?«

»Ich war zweiundzwanzig. Ich war endlich mit der Ausbildung fertig, und das große amerikanische Abenteuer lag vor mir: arbeiten und unabhängig und frei sein. Nach zwei Monaten sah ich die Zukunft schon vor mir: alles, von da ab bis zum Rentenalter. Es war nicht, weil noch nichts Aufregendes passiert war, sondern weil nichts mehr passieren konnte.«

»Gochay war also ein Abenteuer.«

»Es gehört zu einem Abenteuer, daß man die Karten neu mischt. Ich wollte nicht für immer bei Gochay bleiben, aber wenn ich dort war, konnte alles passieren. Er hatte jedenfalls immer mehr zu tun, als er schaffen konnte. Er wollte seine besten Kunden nicht abweisen. Also hat er mir ein Angebot gemacht. Ich dürfte mir die Jobs aussuchen, die ich machen wollte. Ich würde fünfundsiebzig bekommen für die Unkosten und das Risiko. Ich habe eine Woche darüber nachgedacht und mit einer Frist von zwei Wochen gekündigt. Den Namen Serena habe ich mir ausgedacht, weil ich fand, er paßte. Du warst nicht überrascht, daß es bei Constantine ein Mädchen namens Serena gab, oder?«

»Nein«, sagte er. »Ich glaube nicht.« Er dachte einen Augenblick nach.

»Es hat Spaß gemacht. An einem College und dann in einem Beruf zu sein, wo hauptsächlich Männer sind, war ziemlich schwierig. Wenn ich einen Raum betreten habe, habe ich die Blicke auf diversen Teilen meines Körpers gespürt wie Laserstrahlen. In gewisser Hinsicht bin ich wohl auch eine Exhibitionistin – aber ich habe gerne eine begrenzte Zuschauerzahl. Bei meiner Arbeit mit Gochay, da war ich kein Mädchen, da war ich ein Finanzgenie. Ich konnte alles mögliche sein, und wenn ich es wollte, dann bin ich in jede Rolle geschlüpft.«

»Warum hast du deine Vereinbarung mit ihm jetzt beendet?«

Sie sah ihn amüsiert von oben an. »Du willst jetzt hören, daß ich mich geändert habe, daß ich mein Herz verloren habe und durch den ganzen Kontinent gelaufen käme, um in einem billigen Hotel mit dir zu kuscheln, nicht wahr?«

Walker zog die Augenbrauen zusammen und machte ein nachdenkliches Gesicht, als wäre er sich nicht ganz sicher. »Ganz so billig ist es nicht.«

»Gib es schon zu.«

»Na ja, ja, ich habe gehofft, es wäre so etwas in der Art«, sagte er. »Das wäre doch eine solide Basis für eine Beziehung.«

»Habe ich gesagt, ich will eine?«

»Willst du denn keine?«

Sie sagte vorsichtig: »Ich habe meinen Job gekündigt – und beschlossen, ein ungezogenes Mädchen zu sein –, weil ich da zum ersten Mal die Wahl hatte. Es war ein gutes Gefühl. Als ich dich neulich kennengelernt habe, dachte ich: ›Warum nicht? Was hält mich davon ab?‹ Ich habe beschlossen, mich nicht mehr davon abhalten zu lassen – was auch immer mich bis dahin davon abgehalten hat. Das war offenbar eine gute Idee, denn das Gefühl war noch besser. Gestern bin ich von Gochay weg, weil das, was du machst, mir interessanter vorkam.«

»Was dich interessiert, das bin also gar nicht ich?«

Sie zuckte die Schultern. »Du bist ein Mann. Du siehst eine Frau, die du attraktiv findest, eine Frau, die du gar nicht kennst, und beschließt, daß du gerne mit ihr schlafen würdest. Du beschließt nicht, dich in sie zu verlieben. So weit denkst du nicht, und du hast keine Schuldgefühle deswegen. So war es, als du mich kennengelernt hast. Warum kann ich das nicht auch mit dir machen?«

Er sagte: »Ich glaube, mir fällt kein vernünftiger Grund ein.«

»Wenn du mich nicht mehr interessieren würdest, wäre ich nicht gekommen«, sagte sie. »Was ich bis jetzt von dir weiß, gefällt mir. Weiter habe ich noch nicht gedacht. Ich genieße es, zu tun, was mir gefällt.«

Sie ließ sich rückwärts auf das Bett fallen, lag still da und starrte die Decke an. Er kroch zu ihr hinüber und blickte von oben auf sie hinunter, aber sie schloß die Augen.

Walker sagte: »Na schön. Aber kommen wir auf das Kuscheln zurück. Darüber würde ich gerne reden.« Er beugte sich zu ihr hinab und berührte mit dem Mund ihren Hals.

Sie erschauerte und schob ihn weg. »Das kitzelt. Das mit dem Kuscheln kann noch warten … im Moment.« Sie zog unwillkürlich die Mundwinkel nach oben, fuhr jedoch fort: »Ich muß dir etwas sagen. Ich habe versucht herauszufinden, wer James Scully war und wer sein entfernter Verwandter war.«

»Wie hast du das gemacht?«

»Ich habe mir gedacht, das FBI macht die ganzen Routinenachforschungen. Also muß ich etwas anderes machen. Als ich den Laborbericht abgefangen habe, ist mir die Ahnenforschung eingefallen.«

»Du erstellst also seinen Stammbaum?«

»Es mußte etwas sein, was ich mit einem Laptop und einem Handy in einem Flugzeug machen konnte. Ahnenforschung ist die zweitgrößte Obsession der Amerikaner, gleich nach dem Rasenmähen. Da kommt man also an ziemlich viele Informationen. Man fängt immer bei den Mormonen an.«

»Ach ja?«

Sie seufzte. »Ja. Es gehört zum Credo der Mormonen, herauszufinden, wer ihre Vorfahren waren, und sie rückwirkend zu taufen, damit sie in den Himmel kommen. Das machen sie schon eine ziemlich lange Zeit, und sie geben ihre Informationen weiter. Also fängt man mit der Bibliothek für Familiengeschichte in Salt Lake City an. Die haben auch den Internationalen Genealogieindex, das Verzeichnis der Sterbefälle von der Sozialversicherung und das Verzeichnis der Armee.«

»Diese Typen schienen mir aber weder religiös noch aus dem Ausland, noch pensioniert zu sein, und wenn sie beim Militär gewesen wären, hätten dann nicht ihre Fingerabdrücke ...«

»Es geht nicht um die beiden«, sagte sie. »Ihr gemeinsamer Vorfahr liegt mindestens eine Generation zurück. Also habe ich es mit dem Index für Regionalgeschichte und -genealogie in der Library of Congress versucht.«

»Hat dich das weitergebracht?«

»Leider in zu viele Richtungen. Ich habe eine Menge Scullys gefunden, und wenn man die Verwandten dazunimmt, kommt man auf eine astronomische Zahl. Ich habe keine Methode, um dir sicher sagen zu können, welcher davon deiner ist.«

Walker legte sich auf den Rücken und starrte die Decke an. »Wieder eine Sackgasse.«

»Nein«, sagte sie. »Ich brauche nur eine Abkürzung. Ich habe Tausende von Scullys: vielleicht hundert Familien in New Hampshire, und eine unbekannte Anzahl von anderen, bei denen nicht angegeben ist, wo sie zuletzt gewohnt haben. Mit ›zuletzt‹ meine ich nach 1900.«

»Was soll die Abkürzung sein?«

»Hierherzukommen. Ich glaube, dein James Scully ist nicht von Chicago oder New York aus in ein Dorf in New Hampshire gezogen.«

»Warum nicht?«

»Das macht man einfach nicht«, sagte sie. »Wenn du unsichtbar sein willst, dann sind kleine Orte Gift. Wenn er irgendein Verrückter war – zum Beispiel ein extremer Überlebenskünstler und Rassist und wahnsinniger Bombenleger –, dann würde er sich wahrscheinlich nicht Coulter aussuchen. Solche Typen ziehen in den Süden oder in den Westen, wo es wirklich einsame Gegenden gibt und wo die Waffengesetze nicht so streng sind. Ich habe den Verdacht, er hat sich hier sicher gefühlt, weil er hier geboren wurde. Das würde bedeuten, sein Verwandter wahrscheinlich auch.«

»Und hierherzukommen ist die einzige Möglichkeit, das herauszufinden?«

»Was ich brauche, kann ich anders nicht bekommen. Im Gesundheitsamt in Concord gibt es ein Archiv. Dort haben sie jede Eheschließung, jede Geburt und jeden Todesfall seit 1640 registriert und jede Scheidung seit 1808. Wenn du mir den richtigen Hinweis gibst, kann ich nicht nur James finden, sondern jeden Verwandten von ihm, der hier geboren wurde – also den anderen Toten.«

»Das hört sich an, als könnte das Monate dauern«, gab Walker zu bedenken.

»Das könnte es«, sagte Mary. »Wenn man da reingehen und sich benehmen würde wie ein Spurensucher – oder ein Ermittler von einer Versicherung. Du mußt dich nur bei jemandem beliebt machen, der das System kennt und der dir gerne hilft. Ich habe schon damit angefangen, und ich habe auch schon meine erste Empfehlung.« Sie warf einen Blick auf die Uhr, dann sah sie ein zweites Mal hin. »Ich muß mich fertigmachen.«

Walker saß auf dem Bett und sah ihr zu. Er hatte wieder dasselbe tiefe Gefühl von Verlust wie damals in dem Hotelzimmer in Los Angeles. Wenn sie sich Kleider über den weichen, weißen Körper zog, war das, als würde der Mond von dunklen Wolken verdüstert werden.

Sie sagte: »Jetzt sitz nicht da und glotz mich an. Steh auf, und lad mich zum Frühstück ein.«

Auf dem Korridor kamen sie an Stillmans Zimmer vorbei. Die Tür ging auf, und er kam heraus. Er nickte ihnen zu, ohne eine Miene zu verziehen. »Guten Morgen, Serena.«

Sie antwortete im selben Tonfall: »Schön, Sie zu sehen, Max.« Sie war wieder Serena.

Er ging mit ihnen zu dem Restaurant und wählte einen Tisch. Sobald sie die Speisekarte in der Hand hielten, blickte er Serena über den Rand seiner Karte hinweg an. »Haben Sie uns auch was Schönes mitgebracht?«

Sie sagte: »Ich versuche herauszufinden, wer der Verwandte war, damit Sie sich in seinem Haus umsehen können. Ist es das, was Sie wollen?«

»Ganz genau«, sagte Stillman.

»Ich habe einen Kontakt, der das Ganze beschleunigen sollte.«

Seine Augenbrauen zuckten nach oben. »Einen Kontakt?«

»Ja«, sagte sie. »Ich habe im Archiv in Concord angerufen und mit einer Dame gesprochen. Sie kennt eine andere Dame, die auf einer Farm außerhalb von Jaffrey lebt. Sie ist eine Amateurhistorikerin, die sich mit den Familien und kleinen Ortschaften hier in der Gegend auskennt. Ich habe sie angerufen und besuche sie heute vormittag.«

Stillman sagte: »Nehmen Sie lieber Ihren Freund mit.«

Sie lächelte und warf einen Blick zu Walker hinüber, dann sah sie wieder Stillman an. »Ich glaube nicht. Nachts bei den Mädchen, tagsüber unter Männern.«

»Nehmen Sie ihn mit«, sagte Stillman. »Er ist zwar nicht Superman, aber er ist groß und stark, und wenn irgendwas hinter Ihnen her ist, wirft er sich dazwischen.«

Walker blickte Stillman finster an, dann merkte er, daß Serena ihn nachdenklich betrachtete. Sie traf eine Entscheidung. »Na gut. Aber überlaß mir das Reden.«

32

Die Farm war seit mindestens einer Generation nicht mehr mit dem Pflug bearbeitet worden. Die Felder um die kleine Erhebung, auf der das alte weiße Haus errichtet worden war, waren zu einer glatten Rasenfläche geworden. An der Straße entlang verlief eine lange Mauer aus Feldsteinen. Walker stellte sich vor, wie der erste Farmer jedesmal sein Pferd halten ließ, wenn der Pflug auf einen Stein traf, ihn dann mit einem Stock herausstemmte und mit der schweren Last an den Rand des Felds schwankte, um ihn der Mauer hinzuzufügen. Hier und da lagen noch große Steine, die den Anstrengungen der Farmer getrotzt hatten, und ein paar hochgewachsene Bäume standen mitten auf dem Feld.

Es gab kein Tor mehr, nur eine Lücke in der Mauer und eine Zufahrt, die auf den ersten sechs Metern betoniert war und dann zu einem Schotterweg wurde. Sie führte zu einem kleinen Stall, der in eine Garage umgewandelt worden war.

Walker fuhr Marys Mietwagen langsam über den Schotter zum Haus hinauf und parkte auf dem Wendeplatz vor dem Stall.

»Zeig dich von deiner besten Seite«, flüsterte Mary. »Lächle viel. Das reicht vielleicht nicht, aber es hilft.«

Er stellte fest, daß sie bereits ein sittsames Lächeln aufgesetzt hatte, das zu ihrem anständigen blauen Sommerkleid paßte. Er blickte zu dem Haus hinüber. Die Eingangstür stand offen. In dem Dunkel hinter der Fliegengittertür erschien eine Frau. Sie trug ein dunkles Kostüm und eine weiße Bluse, als arbeite sie in einer Bank. Ihr Haar war weiß, wie gesponnene Seide, und sie blickte erwartungsvoll zu ihnen hinüber.

Walker stieg aus und öffnete Mary die Tür. Beim Aussteigen flüsterte sie: »Wie aufmerksam.«

»Ich habe nur Angst vorauszugehen«, flüsterte er zurück. »Geh rein, schnapp dir den Tee und hau wieder ab.«

Sie gingen auf einem Steinplattenweg zum Haus, zwischen Beeten mit hohen violetten Schwertlilien hindurch, die Walker voll bedrohlich summender Bienen zu sein schienen. Die Frau schob die Fliegengittertür ein wenig auf, und Mary fragte: »Mrs. Thwaite?«

»Wer sonst?« rief die Frau. »Kommen Sie rein.« Sie hatte eine klangvolle Sopranstimme, die sich anhörte, als wäre sie vielleicht einmal Sängerin gewesen. Als sie die Veranda erreichten, hielt sie die Tür weit auf, und Walker und Mary traten ein.

Mary war schon eifrig dabei, sich vorzustellen. »Ich bin Mary Catherine Casey, und das ist John Walker.« Je mehr sie sich in ihre Rolle einfühlte, desto wärmer wurde ihr Lächeln.

Mrs. Thwaite schüttelte erst Mary die Hand und dann Walker. »Ich freue mich, Sie beide kennenzulernen«, sagte sie. »Wir nehmen den Tee im Wintergarten.« Sie führte sie durch einen Salon. Schwere antike Möbel und große Gemälde in Goldrahmen verdeckten eine reichgemusterte Tapete. Dann traten sie unter einem Bogen hindurch in einen weißen, rundum verglasten Wintergarten, der auf einen Rosengarten hinausging. In der Mitte stand ein mit Teetassen und Silberwaren gedeckter Tisch.

Walker wartete das Ende des aufwendigen, gemächlichen Teerituals ab. Mrs. Thwaite war nicht geneigt, es abzukürzen oder irgendeine der antiquierten Förmlichkeiten auszulassen. Mary Casey schien drauf vorbereitet zu sein. Sie saß mit kerzengeradem Rücken da, ohne die Lehne ihres Stuhls zu berühren, und antwortete mit unerschütterlicher Korrektheit. Sie registrierte alles, was Mrs. Thwaite tat, und noch den leisesten Unterton in ihrer Stimme, Dinge, die nicht ausgesprochen wurden, die jedoch Frauen in bestimmten Kreisen ohne weiteres verstanden. Mary zeigte sich hilfsbereit, ohne ihr viel zu helfen, denn man konnte nur bestimmte Bewegungen ausführen, ohne der Gastgeberin ihre Vorrechte streitig zu machen, die den Tee ziehen lassen, einschenken und servieren mußte. Sie schob ihr das feine Porzellan ein Stückchen hin, aber nie zu früh oder zu spät, dann bugsierte sie es behutsam an den richtigen Platz. Sie machte immer wieder schmeichelhafte Bemerkungen über den Garten, das Geschirr, den Tee, die Tischdecke und die Servietten, ja sogar über den Sonnenstand, als hätte Mrs. Thwaite vor zweihundert Jahren die große Eiche gepflanzt, damit sie heute ihren Schatten auf die Fenster warf.

Als der Tee, die Kekse und das Gebäck verteilt und alle formellen Bemerkungen ausgetauscht worden waren, nahm Mrs. Thwaites Gesicht einen weichen, zufriedenen Ausdruck an, der zeigte, daß ihre Götter besänftigt waren. »Woher kennen Sie Myra Sanderidge?« fragte sie.

»Ich kenne sie eigentlich gar nicht«, antwortete Mary. »Ich habe ein paar Nachforschungen angestellt und mit ihr telefoniert. Sie hat gesagt, wenn ich etwas über diesen Teil des Staates wissen will, dann sollte ich Sie fragen.«

»Sie müssen Myra unbedingt persönlich kennenlernen«, erklärte Mrs. Thwaite. »Ich mag sie sehr, und Sie würden sie auch mögen.« Walker begriff, daß sie mit dieser Aussage klarmachen wollte, daß sie Mary in ihre Kreise aufnahm.

Mary strich ihren Gewinn mit Anmut ein. »Ich hoffe, sie in ein paar Tagen zu treffen. Ich fahre nach Concord, um ein bißchen zu recherchieren. Mrs. Thwaite, ich ...«

»Ivy«, unterbrach sie Mrs. Thwaite. »Sagen Sie einfach Ivy. Also, wofür recherchieren Sie?«

Marys Lächeln wurde zu einem Strahlen. »Ich glaube, es ist einfach das, was ich am besten kann, deshalb mache ich es jedesmal, wenn ich in einer neuen Umgebung bin. John war schon hier, auf einer Reise mit einem Geschäftsfreund. Es hat ihm gefallen, und ich hatte nichts zu tun, also hat er mich überredet, für ein paar Tage herzukommen. Ich konnte in der kurzen Zeit nicht mehr viel lesen, also habe ich im Flugzeug gesehen, was ich mit dem Computer herausfinden kann, und jetzt habe ich Feuer gefangen.«

Ivys Blick wanderte zu Walker. »Was hat Ihnen denn hier so gefallen?«

Walker geriet ins Schwitzen. »Na ja, ich ... die Orte hier und die Landschaft. Ich bin nach Keene gefahren, und der Ort hat mir einfach gefallen. Dann hat mir Mary erzählt, sie hätte interessante Informationen über diese Gegend gefunden – über landschaftlich schöne Strecken, die Geschichte –, also sind ich und mein Freund herumgefahren, um uns ein paar der kleinen Ortschaften anzusehen: East Sullivan, Munsonville, South Stoddard und noch ein paar andere Orte.«

Mary half ihm. »Aber am besten hat euch Coulter gefallen, oder?«

»Ach ja?« sagte Ivy. »Sie waren in Coulter?«

Walker mühte sich ab, seine Lügen möglichst weit der Wahrheit anzupassen. »Ich dachte, das wäre sicher ein friedlicher kleiner Ort, weil er so abgelegen ist, so weit weg vom Highway. Als wir dann ankamen, hat alles so lebhaft und freundlich gewirkt und so ...«

»Wohlhabend?«

Walker lächelte. »Ja. Es waren alles so hübsche Häuser. Ich habe mich gefragt, was für Leute dort wohl wohnen.«

Ivy sah Mary an, und ein gewisses Einvernehmen blitzte zwischen ihnen auf. Gleich darauf enthüllte Mary, was es war. »Es hörte sich an, als sei es ein guter Ort für Kinder.«

Ivy wirkte nachdenklich. »Es ist ein interessanter Ort. Schon immer gewesen.«

»Ja?«

»Ich nehme an, Myra hat Ihnen erzählt, daß ich eine Schwäche für Lokalgeschichte habe. Ich war zweiunddreißig Jahre lang Geschichtslehrerin in Jaffrey. Aber darum bin ich nicht hierhergekommen. Ich habe meinen Mann in Manhattan kennengelernt, allerdings war es Manhattan in Kansas. Ich kam frisch von der Universität, und er war als junger Leutnant in Fort Riley stationiert. Sie wissen ja, wie das so geht.«

Walker ertappte sich dabei, daß er in genau demselben Rhythmus nickte wie Mary. »Stammte er von hier?«

»Ja«, sagte sie. Bei der Erinnerung wurde sie wehmütig. »Als er mir von hier erzählt hat, dachte ich, er wäre so eine Art Aristokrat. Seine Familie kam mit William Pynchon 1636 in diese Gegend. Wenig später sind sie genau hier gelandet. Nachdem sie die Bäume als Holz verkauft hatten, wurden sie Farmer, wahrscheinlich weil es sonst nichts gab.

Sie blieben sehr lange hier, aber reich waren die Thwaites nie.«

»Haben sich je welche in Coulter niedergelassen?« fragte Mary.

»Nie«, antwortete Ivy rasch. »In Coulter niemals.«

Ihr entschiedener Ton überraschte Walker. Er wagte es, zu bemerken: »Ich fand den Ort sehr hübsch, aber hier ist es auch schön.«

»Ja, Coulter war wahrscheinlich immer hübsch. Aber es hatte einen merkwürdigen Ruf. Als Randolph und ich kurze Zeit verheiratet waren, hörte ich immer einen besonderen Ton mitschwingen, wenn es jemand erwähnte.« Sie legte Mary die Hand auf den Unterarm und sagte: »Ich bin genau wie Sie. Wenn ich etwas höre, will ich alles darüber wissen.« Sie zog die Hand zurück und blickte Mary wissend über den Rand ihrer Teetasse an. »Nun, es schien einen etwas zwielichtigen Ruf zu haben.«

»Zwielichtig?« Mary hob die Augenbrauen. »Das hätte mich aber interessiert.«

»Mich auch. Ich war ein Mädchen aus Kansas, aus dem rauhen Westen, und ich war auf dem College gewesen. Als ich das gehört hatte, dachte ich, es müßte dort zumindest anrüchige Häuser geben. Ich war an die Empfindlichkeit der Leute hier noch nicht gewöhnt. Wo ich herkam, da hat man den Mund aufgemacht und mit dem Finger auf das gezeigt, was man sah. Als ich hier nicht viel aus den Leuten herausbekam, habe ich mir die Sache selbst angesehen.«

»Sie sind alleine dorthin?« fragte Mary.

»Na sicher«, sagte Ivy. »Was ich gesehen habe, war …« Sie lächelte und hielt inne, um die Spannung zu erhöhen. »Ziemlich genau das, was Sie auch gesehen haben.« Ihr Lächeln wurde zu einem Lachen. »Ich war so enttäuscht, den ganzen Vormittag. Ich lief herum, sah mir die Leute an, sah ihnen in die Augen, um Anzeichen für irgendwelche Geheimnisse zu entdecken. Nichts. Damals wohnten dort natürlich nicht so viele Leute, und mit den Häusern war es auch nicht weit her.«

Walker sagte: »Aber die Häuser sahen alle aus, als würden sie seit mindestens hundert Jahren dort stehen. Es gab auch ein paar Neubauten, aber sie standen alle mitten zwischen alten Häusern, als hätten sie alte ersetzt.«

Ivy sah ihn mit durchdringendem Blick an. »Sie sind ein guter Beobachter. Und Sie haben recht. Damals waren die Häuser alle groß und prächtig und alt. Die meisten waren völlig heruntergekommen, und ein paar sahen aus, als wären sie seit Jahren nicht bewohnt.«

»Merkwürdig. Warum wohl?«

»Das habe ich mich auch gefragt. In allen kleinen Ortschaften hier in der Gegend gibt es ein paar so große Häuser wie die in Coulter. Früher gab es hier viel Industrie – Töpfereien, Glashütten, Möbelfabriken, Webereien, Schuhfabriken, Steinbrüche. Viele Leute sind reich geworden und haben Häuser gebaut, um es der Welt zu zeigen. Das ging etwa bis 1900 so. Aber das waren nur die Inhaber der Firmen. Und es gab weitaus mehr Arbeiter als Betriebsinhaber. Ich habe in Coulter keine Mietwohnungen oder Arbeiterhütten gesehen. Ich wollte mehr über die Gegend wissen, und Coulter gehörte dazu. Von da an habe ich den Leuten immer auch ein paar Fragen über Coulter gestellt, wenn ich schon einmal dabei war, sie auszufragen.«

Walker fragte wie nebenbei: »Haben Sie etwas über die Leute herausgefunden, die diese Häuser gebaut haben? Familiennamen oder so etwas?«

»Ich war eine Außenseiterin, die neugierige Fragen gestellt hat, und die Leute hier haben das nicht immer gut aufgenommen. Schließlich hat mich eine meiner Schülerinnen zu ihrem Urgroßvater mitgenommen. Er hieß Jonathan Tooker. Sie hat gesagt, er hätte viele interessante Geschichten zu erzählen, und ich sei dafür die richtige Zuhörerin. Der alte Herr war damals, glaube ich, achtundneunzig, und das ist jetzt schon fünfzig Jahre her.«

Sie blickte hinaus in den Garten, während sie erzählte. »Jonathan hat gesagt, die Leute dort seien als sogenannte *Yankee trader* reich geworden, und das war nicht unbedingt ein Kompliment. Sie waren Wanderarbeiter, Kesselflicker, die Sachen repariert, verkauft und getauscht haben.

Aber sie waren Gauner. Sie haben billige Sachen verkauft, die sie als erstklassige Ware etikettiert haben. Sie haben alte Maschinen als Bezahlung genommen, sie aufpoliert und als neu verkauft. Jonathan hat gesagt, wenn sie unterwegs waren, haben sie Diebesgut gekauft, und manchmal haben sie auch selbst gestohlen. Wenn sie einmal wirklich Qualitätsware in die Finger bekamen, haben sie die als Köder benutzt: Sie haben Anzahlungen in bar entgegengenommen für bestellte Waren, die sie nie ausgeliefert haben, oder sie haben sich damit Einlaß in die Häuser verschafft.«

»Das verstehe ich nicht ganz«, sagte Mary.

»Nun, es gab da gewisse Qualitätsprodukte, hochwertige Waren wie zum Beispiel den McCormick-Mähbinder. Es gab alle möglichen Mähmaschinen, aber niemand kennt sie mit Namen, weil die von McCormick einfach die besten war. Sie hatten also so eine McCormick auf dem Wagen, wenn sie in eine Ortschaft kamen. Dadurch wirkten sie wie ehrbare Kaufleute. Die Leute vertrauten ihnen, luden sie zu sich nach Hause ein. Während der eine Mann dann seine Ware anpries oder den Farmer zu einer Vorführung nach draußen lockte, packte der andere das Silber oder den Schmuck ein. Jonathan hat erzählt, es gab alle möglichen Tricks und Machenschaften. Später sind sie dann mit der Bahn gefahren und haben so ihr Gebiet bis nach Ohio und Indiana, Michigan und Illinois ausgedehnt, aber das Muster war immer ungefähr dasselbe. Am Ende des Sommers kamen sie nach Hause und verbrachten den Herbst und den Winter damit, alte Sachen auf neu und billige auf teuer zu trimmen sowie Diebesgut zum Weiterverkauf umzuarbeiten. Haben Sie die Mühle gesehen, als Sie dort waren?«

»Die alte Mühle?« fragte Walker. »Die ist in ein Restaurant umgewandelt worden.«

»Dort haben sie das alles gemacht.«

»Was für eine Mühle war das eigentlich?«

»›Mühle‹ hieß damals soviel wie ›Fabrik‹. Das Prinzip war dasselbe. Sie stand an einem Fluß, weil man mit der Wasserkraft eine Drehbank oder ein Rad zum Schleifen oder Polieren antreiben konnte. Und sie konnten Besteck oder Gefäße aus einfachem Metall nehmen, sie versilbern und die Chemikalien im Fluß entsorgen. Nachdem ich das von Jonathan gehört hatte, habe ich mir die Mühle angesehen. Ich habe keinen Grund zu der Annahme gefunden, daß er unrecht hatte, aber natürlich gab es längst keine Beweise mehr.«

Mary sagte: »Natürlich nicht. Und Sie sagten, damals wohnten nicht so viele Leute dort?«

»Jonathan hatte die Theorie, daß Coulters ganzes Repertoire an Tricks und Betrügereien Farmer voraussetzte, die Geld hatten. Als in den zwanziger Jahren die Zeiten schlechter wurden, hatten ihre Opfer nicht mehr genug Geld, daß Coulter von ihnen hätte leben können. Jonathan hatte immer etwas für einfache Erklärungen übrig, aber vielleicht stimmt es sogar.«

Walker sagte: »Und dann sind die Leute weggezogen?«

Sie nickte. »Im Rückblick könnte man wohl sagen, die Stadt war so gut wie ausgestorben. Als ich vor fünfzig Jahren dort war, standen bestimmt zwei Drittel der Häuser leer. Wo die Leute hingegangen sind, weiß ich nicht.« Ihre Miene hellte sich auf, als hätte sie gerade einen lustigen Einfall gehabt. »Wahrscheinlich sind sie mit neuen Tricks Richtung Westen gezogen.«

»Sie glauben also, was Mr. Tooker Ihnen erzählt hat?« fragte Mary.

»Mittlerweile ja. Über die Jahre habe ich immer wieder etwas in dieser Richtung gehört. Ein Maler aus Stoddard, den ich vor ungefähr fünfundzwanzig Jahren einmal beauftragt habe, hatte den klapprigsten alten Lastwagen, den ich je gesehen habe, und er beklagte sich immer darüber. Er hat gesagt, den habe ihm so ein ›Coulter‹ angedreht. Ich spitzte die Ohren, und er hat mir ein paar Geschichten erzählt, die ich schon von Jonathan kannte. Es scheint hier eine Zeit gegeben zu haben, da haben die Leute jeden Gauner und Betrüger als ›Coulter‹ bezeichnet. Ich wollte immer einmal einen Artikel über den Ort schreiben, aber ich habe es nie geschafft.«

Walker sagte: »Haben Sie sich dazu Aufzeichnungen gemacht?«

Sie blickte hinaus in den Garten. »Ja, das habe ich. Ich erinnere mich, daß ich alles aufgeschrieben habe, als ich in Concord war und die Namen der ersten Siedler nachgeschlagen habe ...« Sie hielt inne. »Aber das ist jetzt alles weg. Meine Nachforschungen haben nie irgendwelche primären Quellen über diese Betrügereien zutage gefördert. Es waren einfach nur alte Geschichten. Ich habe meine Notizen nicht aufgehoben.«

»Erinnern Sie sich noch an Namen?« fragte Mary. Sie wandte sich Walker zu. »Welcher war es noch mal, über den du etwas wissen wolltest?«

»Scully«, sagte Walker. »Ein entfernter Verwandter meiner Mutter hat in New Hampshire gelebt, und ich dachte ...«

Ivy überlegte einen Augenblick, dann schüttelte sie den Kopf. »Nein. Das ist so lange her.«

Walker versuchte es mit einer anderen Strategie. »Vielleicht haben sich die Überlebenden einfach nur vermehrt. Vierzig Jahre wären genügend Zeit.«

»Ach«, sagte Ivy, »das sind doch alles neue Leute. Als vor ein paar Jahren dieses neue Forschungszentrum gebaut wurde, sind viele Leute hingezogen. All die großen alten Häuser, die mit diesem Sündengeld gebaut wurden, sind restauriert und gestrichen und rehabilitiert worden. Es würde mich nicht wundern, wenn irgendwann die ganze Stadt unter Denkmalschutz gestellt würde. Und kein Mensch wird mehr eine Ahnung haben, was das einmal für ein Ort war.«

Walker überließ es Mary, ihren Besuch dem Ritual gemäß zu Ende zu führen. Sie sprach immer allgemeiner über die Gegend. Walker merkte, daß sie Ivy Thwaite Gelegenheit geben wollte, sich noch weiter zu erinnern. Dann erklärte Mary, sie hätten Ivys Gastfreundschaft schon viel zu lange in Anspruch genommen. Wieder wurden Komplimente ausgetauscht, beide Seiten bedankten sich, und Mary half eifrig und wenig effektiv beim Abräumen des Geschirrs und der Tischwäsche. Als sie zu ihrem Auto gingen, öffnete Ivy Thwaite noch einmal ihre Fliegengittertür und sagte: »Ich rufe gleich Myra Sanderidge an und kündige Ihren Besuch an. Lassen Sie es mich wissen, wenn Sie etwas Interessantes erfahren.«

»Das mach' ich«, rief Mary. »Und ich werde ihr sagen, daß ich von Ihnen bereits viel Interessantes erfahren habe.«

Walker fuhr vorsichtig zur Straße hinunter. Mary sah ihn an. »Und?« fragte sie. »Was hältst du davon?«

»Ich denke, du hast schon öfter alte Damen verführt«, sagte er. »Das ist eine ganz neue Seite an dir. Hat mir ganz gut gefallen.«

»Gewöhn dich nicht zu sehr daran«, sagte sie. »Daß ich weiß, wie sich anständige Leute benehmen, heißt noch nicht, daß ich dazugehören will.«

Er zuckte die Achseln. »Ich lege schon mal Geld für die Kaution zurück.«

»Spar es dir für meine Spesen«, sagte Mary. »Sie hat mich auf eine Idee gebracht, und wenn sie wirklich Myra Sanderidge anruft, dann geht alles zehnmal so schnell – dann dauert es nur ein paar Tage, nicht ein paar Wochen. Sobald ich dich beim Hotel abgesetzt habe, fahre ich nach Concord.«

33

Walker stand an der Ecke West Street/Main Street und blickte Marys Auto nach, bis es nicht mehr zu sehen war. Er hatte darauf bestanden, daß sie ihn nicht vor seinem Hotel absetzte, wo jemand, der ihn beobachtete, sie zusammen sehen würde. Sie hatte ihn ausgelacht, sich aber gefügt.

Als er zur Key Road ging, bedauerte er, nicht mitgefahren zu sein. Ihm war immer noch nicht klar, was für eine Beziehung sie hatten oder was es für eine werden sollte, und Mary trug wenig zur Lösung dieser Frage bei. Das einzige, was er wußte, war, daß er es jedesmal sehr bedauerte, wenn sie wegging. Während er an den vertrauten Läden und Restaurants vorbeiging, versuchte er sich zu trösten. Was auch immer Stillman als nächstes vorhatte, es würde wahrscheinlich gefährlich werden, zumindest würde es mit ziemlicher Sicherheit unangenehm und illegal sein. Er würde sich besser fühlen, wenn er wußte, daß sie ein paar Tage in einem großen öffentlichen Gebäude war, umgeben von muffigem, altem Papier.

Dieser Vormittag in dem verglasten Raum, umgeben von kräftigen, knorrigen Rosenbüschen mit kohlkopfgroßen Blüten, hatte ihn nicht vergessen lassen, daß die Leute, die er und Stillman suchten, Mörder waren. Als er an dem letzten hohen Gebäude vorbeikam, sah er den Explorer auf dem Parkplatz neben dem Hotel stehen.

Er ging durch den Seiteneingang hinein und klopfte an Stillmans Tür. Stillman machte mit dem Telefonhörer am Ohr auf, und Walker trat ein. Stillman ging zum Schreibtisch, auf dem ein aufgeschlagenes Telefonbuch lag. Er nickte Walker zu und sagte: »Mr. Fisher? Guten Tag. Mein Name ist Eric Campbell. Ich rufe an, um Ihnen mitzuteilen, daß Golden Future Funds Informationen für Sie hätte, die sehr interessant für Sie sein könnten. Sind Sie bereits im Ruhestand, Sir?« Er hörte einen Moment zu und machte sich eine Notiz auf einem Blatt Papier. »Leben in Ihrem Haushalt Personen unter fünfundsechzig? Nein? Dann tut es mir leid, Ihre Zeit in Anspruch genommen zu haben. Vielen Dank für Ihre Geduld.«

Er legte auf und wählte eine andere Nummer. »Hallo, spricht dort Mrs. Gilman?« Er hörte zu. »Miss Gilman. Verzeihung. Ich bin Calvin Arnott von Kirby-Reisen in Manchester. Wir möchten eine Reise für zwei Personen nach Antigua verschenken, und wenn ich sage *verschenken,* dann meine ich auch verschenken. Es ist eine Werbeaktion von Delta Airlines.« Wieder hörte er zu. »Sicher. Geben Sie mir den Namen Ihres Freunds?« Stillman schrieb mit. »Sein Alter? Gut. Die Ziehung ist am Ersten des Monats. Wenn Sie gewinnen, rufen wir Sie sofort an. Viel Glück.«

Er legte auf, sah Walker kurz an, blickte dann wieder auf

seine Liste und legte den Finger auf die nächste Zeile. »Willkommen zu Hause. Haben Sie was?«

»Falsche Hoffnungen«, sagte Walker. »Ich hatte gehofft, sie würde Leute in Coulter kennen. Ich würde meinen Tee trinken, und sie würde sagen: ›Scully? Aber sicher, ich kenne die Familie. Das sind alles nette Leute, bis auf Jimmy und seinen Cousin Billy. Sie haben sich immer mit diesen fürchterlichen Johnson-Brüdern herumgetrieben.‹«

»Sie hatte also nicht viel für uns.«

»Ich weiß mehr über die Stadt, als ich wissen will, aber das bringt uns dem zweiten Mann auch nicht näher.«

Stillman blickte ihn gelassen an. »Was haben Sie über die Stadt erfahren?«

»Warum die Häuser alle so schick sind. Der Ort wurde von ›Kesselflickern‹ gegründet, wie sie sie nennt. Sie sind mit der industriellen Revolution nach Neuengland gekommen. Sie sind herumgezogen, um Werkzeug und Maschinen zu verkaufen, meistens an Farmer in den Randgebieten, als die Grenze weiter nach Westen hinausgeschoben wurde. Sie waren bekannt dafür, daß sie ihre Kunden betrogen und hereingelegt haben.«

»Eine gute, alte amerikanische Tradition«, sagte Stillman. »Jeder, der reich ist, ist es, weil er jemanden betrogen hat.« Er wandte sich wieder seinen Papieren zu. »Aber einen Versuch war es wert. Wo ist Serena?«

»Sie ist unterwegs nach Concord, um die Geburts- und Sterberegister zu überprüfen.« Walker seufzte. »Wieder so eine Zeitverschwendung.«

Stillman widersprach ihm nicht. Er wählte eine weitere Nummer. »Guten Tag. Mein Name ist Mike Metzger, und ich würde gerne mit Mr. Philips sprechen. Ja. Das Finanzamt. Sie sind Mrs. Philips? Ja, vielleicht können Sie mir helfen. Nein, Sie werden nicht geprüft, wir machen eine Hochrechnung für nächstes Jahr. Könnten Sie mir vielleicht die Namen der Angehörigen geben, die Sie nächstes Jahr auf dem Formular 1040 angeben, und ihr Alter.« Er schrieb mit, während er zuhörte. »Ich verstehe. Sehr gut. Vielen Dank für Ihre Hilfe.« Sein Finger rutschte weiter nach unten.

Walker drehte sich um und ging auf die Tür zu, aber Stillman sagte: »Ich muß nur noch ein paar Anrufe machen, dann könnten wir vielleicht zum Mittagessen gehen. Ziehen Sie doch Ihre Touristensachen an.«

»Gute Idee«, meinte Walker. »Wo wollen Sie hingehen?«

»Ins Old Mill in Coulter.« Er wartete nicht auf Walkers Antwort, sondern wählte die nächste Nummer. »Guten Tag. Mein Name ist Art Miller. Ich rufe von MCI-WorldCom an. Wir bieten jedem Mitglied Ihres Haushalts sechs Stunden kostenlose Ferngespräche an, wenn Sie unseren Dienst probeweise nutzen wollen. Wie viele Leute wären das? Können Sie mir die Namen und das Alter geben?«

Walker murmelte: »Ich komme gleich« und ging in sein Zimmer, um sich umzuziehen.

Als er wiederkam, sagte Stillman gerade: »Es steht noch nicht fest, wann das Seminar für Immobilienplanung stattfinden wird. In Gegenden mit kleineren Ortschaften möchten wir den Leuten terminmäßig entgegenkommen, damit die Teilnehmerzahl steigt. Welches Datum in der ersten Septemberwoche würde Ihnen am besten passen? Gut. Jetzt habe ich Ihr persönliches Profil, damit können wir unsere Beratung genau auf Ihre Bedürfnisse abstimmen. Wir rufen Sie an. Danke.« Er legte auf und starrte seinen Papierstapel an.

Walker sagte: »Was tun Sie da eigentlich?«

»Ich mache eine Liste von Männern zwischen zwanzig und fünfzig, mit besonderem Gewicht auf denen, die telefonisch nicht erreichbar sind – was bedeutet, daß es derjenige sein könnte, der sich mit James Scully in Richtung Himmel aufgemacht hat.«

»Warum die ganzen verschiedenen Rollen?«

Stillman sagte: »Die Rolle richtet sich nach der Person, mit der Sie sprechen. Wenn es ein alter Knacker ist, dann wollen Sie eine Liste seiner Erben. Ist es eine junge Frau, dann wollen Sie die Männer in ihrem Leben. Ganz einfach.«

Walker fand es nicht so einfach. Es bedeutete, daß Stillman immer, wenn er eine Stimme hörte, bereit sein mußte, in die richtige Rolle zu schlüpfen, mit der richtigen Lüge. »Wie läuft es?«

»Ungefähr so gut, wie zu erwarten war. Ich habe alle aufgelisteten Nummern angerufen und diejenigen herausgesucht, die in Frage kommen, und die, die nicht zu Hause sind. Wir stehen schon besser da als am Anfang, aber die Zahl ist immer noch zu groß.«

»Haben Sie eine Ahnung, ob das FBI vorankommt?«

»Ja. McClaren sagt, gar nicht. Keine Namen bis jetzt. Fahren wir nach Coulter.«

Als sie diesmal nach Coulter hineinfuhren, versuchte Walker, die Stadt mit Ivy Thwaites Augen zu sehen. Jetzt verstand er die Proportionen. Die großen Häuser an der Main Street waren für Leute gebaut worden, die von außerhalb Geld in die Stadt gebracht hatten. Im Erdgeschoß der kunstvoll verzierten Gebäude waren wahrscheinlich kleinere Läden untergebracht gewesen, so wie jetzt. Sie hatten Männern, deren Erfolg als Schwindler von einer guten Kostümierung abhing, und ihren Frauen, die mit einem hohen Lebensstandard kompensierten, daß sie in einem so entlegenen Dorf wohnten, Kleidung und Accessoires verkauft.

Durch einen dieser bedeutungslosen Zufälle, die die Geschichte immer wieder hervorzubringen schien, war die Stadt nun in derselben Form wiedererstanden. Ein Kader junger Ingenieure oder Computerfreaks mit einer Idee, die sich verkaufen ließ, war vor den hohen Preisen und dem Gedränge in Boston geflohen und hatte sich seine eigene Version von Coulter gebaut.

Stillman parkte in der Main Street, nahe der Grant Street. Während sie durch die Main Street spazierten, fiel Walker auf, daß die Stadt auch heute ein paar Touristen angezogen hatte. Im Old Mill mußten er und Stillman zunächst warten, während der Kellner eine Familie zu einem Tisch führte. Das Kind plapperte mit einem starken Südstaatenakzent vor sich hin. Auf dem Parkplatz standen mehrere Autos mit Nummernschildern aus anderen Staaten.

Am anderen Ende des großen Saals wurden weitere Tische gedeckt. Der Bereich war mit einem weißen Seil abgetrennt, das zwischen Messingstangen gespannt war. Walker zählte zehn Tische.

Als sie einen Tisch bekommen hatten und der Kellner ihre Bestellung aufnahm, fragte Stillman den Kellner: »Was ist dort drüben los?«

Der Kellner wandte den Kopf, als wäre ihm das noch gar nicht aufgefallen. »Wahrscheinlich bereiten sie eine private Feier vor. Ich bin gerade erst gekommen.«

Während sie aßen, fiel Walker auf, daß Stillman von Zeit zu Zeit unauffällig zu dem Bereich hinübersah. Er sagte wenig, und Walker wußte, daß er die Gespräche um sie herum belauschte, wahrscheinlich, um die Einheimischen von den Touristen zu unterscheiden und die früheren Einwohner von denjenigen, die hierhergezogen waren, um bei New Mill Systems zu arbeiten.

Walker vertrieb sich indessen die Zeit damit, sich die alten Fotografien anzusehen, die über diesem Tisch an der Wand hingen.

Als sie draußen waren, sagte Stillman: »Interessant, nicht wahr? Kellner fangen normalerweise nicht um halb zwei mit der Arbeit an. Entweder sie arbeiten mittags, oder sie arbeiten abends. Wenn viel los ist, dann beides.«

»Vielleicht haben sie ihn geholt, damit er bei der Feier mithilft.«

»Seltsam, daß er nicht gewußt hat, was für eine Feier es ist.«

»Ich glaube, es stimmt, was Ivy Thwaite über diesen Ort gesagt hat.«

»Sie meinen, die Verschwiegenheit des Kellners ist erblich bedingt?«

»Nein, ich habe an etwas anderes gedacht. Ich habe mir die Bilder an der Wand angesehen. Mir ist aufgefallen, daß es hier schon vor 1900 Stromleitungen gab. Die meisten Orte dieser Größe hatten noch jahrelang Gaslaternen. Die Leute auf den Straßen waren alle gut angezogen und sind in schicken Einspännern herumgefahren.«

»Sie müssen bedenken, daß sie sich fotografieren ließen«, sagte Stillman abwesend. »Damals war das wahrscheinlich eine große Sache, deshalb haben sie sich nicht in alten Stiefeln voller Kuhscheiße aufnehmen lassen.«

»Auf der ganzen Straße war kein einziger, der so aussah.«

»Dann war wahrscheinlich Sonntag.«

Walker seufzte frustriert und drehte sich zum Old Mill um. »Dieses Haus war auch auf einem Bild. Und es hatte kein Schild.«

»Was für ein Schild?«

»Ein Schild, auf dem steht, was es ist. Haben Sie je einen Betrieb gesehen – ich meine einen, der nicht illegal ist –, der kein Schild hat?«

Stillman ging ein paar Schritte neben ihm her. »Keine Ahnung. Wenn ich einen gesehen habe, dann hatte er kein Schild, und ich wußte nicht, daß es ein Betrieb ist.«

Walker holte Luft und wollte es ihm erklären, aber er atmete wieder aus. »Da haben Sie recht.«

»Könnten wir uns dann vielleicht über die Gegenwart unterhalten?«

»Sicher.«

»Ich habe es jetzt geschafft, eine Liste der erwachsenen Männer in dieser Stadt zu erstellen. Ich bin auf hundertdreiundvierzig gekommen, ziemlich nahe an Ihrer Schätzung.«

»Verdammt nahe«, sagte Walker.

»Na gut«, gab Stillman zu. »Verdammt nahe.« Er bog in die Main Street ein. »Per Telefon konnte ich alle bis auf achtunddreißig ausschließen.«

»Wie haben Sie das gemacht?«

»In erster Linie, indem ich mit ihnen geredet habe«, sagte Stillman. »Unser Junge ist tot, wissen Sie noch?«

»Ja.«

»Manchmal waren Frauen am Apparat, die gesagt haben, ihre Männer wären in der Arbeit und ich könnte um halb sechs wieder anrufen. Ein paar, mit denen ich nicht geredet habe, waren zu alt für unsere Zwecke. Wir haben jedenfalls noch achtunddreißig übrig, die gestern abend oder heute nicht ans Telefon gegangen sind oder deren Verwandte gesagt haben, sie seien gerade nicht in der Stadt.«

»Das ist ziemlich gut«, sagte Walker.

»Aber nicht gut genug.«

»Und wenn wir es auf die beschränken, wo niemand ans Telefon geht?« fragte Walker. »Immerhin ist er ja tot.«

»Sie meinen also, wenn eine Frau abgenommen hat, die nicht geweint hat, dann liegt der Mann in ihrem Leben auch nicht in einem Leichenschauhaus in Florida? Sie vergessen, daß das FBI noch keinen der beiden Männer identifiziert hat. Die nächsten Verwandten dieses Mannes sind noch nicht benachrichtigt worden, also können wir nicht sicher sein, daß sie wissen, daß er tot ist. Und für einen berufsmäßigen Verbrecher wäre es ziemlich schwierig, seine Frau über sein Tun im ungewissen zu lassen. Wenn sie weiß, womit er seinen Lebensunterhalt verdient, weiß sie, wie sie ihn decken kann. Selbst wenn er gut genug wäre, sie zu täuschen, müßte er ihr immer noch irgendeine Geschichte erzählen.«

»Wahrscheinlich«, sagte Walker. »Dann vergessen Sie das. Wie wäre es mit einer Liste von Leuten, bei denen unklar ist, wie sie ihren Lebensunterhalt verdienen?«

»Sie meinen meine Idee, ihre Krankenversicherung in der Apotheke zu überprüfen?«

»Das ist nicht so elegant, aber wir müssen jetzt nur noch siebenunddreißig ausschließen. Wir gehen in jeden Laden an der Main Street. Wir schreiben die Männer auf, die als Kellner oder Verkäufer oder Polizist arbeiten: jeden, der ein Namensschild hat, oder jeden, dessen Name im Branchenverzeichnis steht. Dadurch müßten ein paar wegfallen, die Sie telefonisch nicht erreicht haben. Sie haben gearbeitet, als Sie angerufen haben.« Er zwinkerte. »Ein großer Schritt wäre es natürlich, irgendwie eine Liste der Angestellten von New Mill Systems zu bekommen.«

»Ich habe heute morgen bei New Mill angerufen und den Personalchef verlangt. Jemand kam ans Telefon, und ich habe erzählt, ich wäre von der Gleichstellungsbehörde von New Hampshire. Ich habe um eine Liste der Angestellten gebeten, die nach Alter, Geschlecht und Rasse geordnet ist.«

»Rasse?« fragte Walker. »Ich habe hier noch keine braunen Augen gesehen, geschweige denn braune Haut.«

»Ich habe dem Mann nur die Fragen gestellt, die er erwartet hat. Keine Chance. Er hat gesagt, die Firma hat weniger als hundert Angestellte, und sie haben eine Bescheinigung, die sie von der Auskunftspflicht entbindet.«

»Stimmt das?« fragte Walker. »Sind solche Firmen wirklich von den Diskriminierungsgesetzen ausgenommen?«

»Woher soll ich das wissen? Aber was soll's. Ich werde ihn nicht anzeigen. Auf der Liste wären sowieso nur Leute gewesen, die nichts angestellt haben.«

Walkers Blick war auf den Gehsteig gerichtet, während er nachgrübelte. »Achtunddreißig Männer …«

»Wir sind seit drei Tagen in New Hampshire, und mit List und Tücke haben wir nichts erreicht. Vielleicht sollten wir zur Abwechslung mal etwas riskieren.«

»Zur Abwechslung?«

»Ja. Es riskieren, Aufmerksamkeit auf uns zu ziehen. Allen, die mit uns reden, direkte Fragen zu stellen. ›Kennen Sie James Scully? Mit wem ist er bekannt?‹«

»Ich glaube, Sie haben recht«, sagte Walker. »Es würde wahrscheinlich schneller gehen, wenn wir uns aufteilen und mit so vielen wie …«

»Vielleicht auch nicht«, sagte Stillman.

Walker blickte auf. Stillman sah mit zusammengekniffenen Augen geradeaus. »Aber Sie haben doch gerade gesagt …«

»Sehen Sie mal«, sagte Stillman.

Weiter hinten an der Straße stiegen zwei Männer aus einem Auto aus, das gegenüber dem Café parkte. Walker beobachtete sie, zunächst noch unentschieden, und wartete darauf, daß sie den Kopf wandten, damit er ihre Gesichter sehen konnte.

Stillman zog ihn leicht am Arm, um ihn in die Nische vor der Tür eines Bekleidungsgeschäfts zu ziehen, und die Bewegung ließ Walker zur Besinnung kommen. Es wäre

Wahnsinn, so ungeschützt darauf zu warten, daß sich die beiden umwandten. Es schienen die beiden Männer zu sein, die sich in der Gasse in Pasadena als Polizisten ausgegeben hatten, aber er war sich nicht sicher. Deren Gesichter, Haltung und Gang würde er ohne Zweifel erkennen. Durch den Schock und die Panik hatten sie sich in jener Nacht seinem Gedächtnis eingebrannt.

»Sie haben bessere Augen als ich«, sagte Stillman. »Stellen Sie sich hierher.« Stillman schob ihn an die Ecke des Schaufensters, wo er durch die beiden Glasscheiben die Straße hinaufsehen konnte. »Zwischen den Schaufensterpuppen sieht man Sie nicht. Aber bewegen Sie sich nicht, schauen Sie nur.«

Walker gehorchte. Er stand völlig reglos da, spähte zu ihnen hinüber und hielt den Atem an. Einer der Männer war neben dem Auto nach vorn gegangen und nicht mehr zu sehen. Der andere stand hinten am Kofferraum. Er beugte sich vor, öffnete den Kofferraum und bückte sich, um etwas herauszuholen. Dann richtete er sich wieder auf, schlug die Haube zu und drehte sich um. Walker sah die Bewegung seiner Schultern, dann das dunkle Haar. Der Mann sah nach rechts und links, ob ein Auto kam, bevor er einen Schritt auf die Straße machte. Dann blickte er in Walkers Richtung, und Walker sah den buschigen Schnurrbart. Die beiden Männer gingen über die Straße. Walker trat zurück.

»Sie sind es«, sagte Walker. »Sie sind hier.«

34

Stillmans Augen funkelten. »Na, wenn das kein Geschenk des Himmels ist«, brummte er.

»Sollen wir ihnen folgen?« fragte Walker.

»Ich glaube, wir sollten uns lieber darauf konzentrieren, daß wir ihnen auf gar keinen Fall über den Weg laufen. Wir müssen davon ausgehen, daß ihr Personengedächtnis genauso gut ist wie unseres.«

Stillman trat an den Rand der Nische, dann schob er sich langsam vor, um den Gehsteig entlangzublicken. Als er mit einem Auge hinter der Ecke des Schaufensters hervorgekommen war, sagte er: »Sie sind ins Café gegangen« und trat hinaus.

Sie wandten sich ab von der Stelle, wo sie die beiden Männer gesehen hatten, und gingen forsch auf das Ende der Häuserreihe zu. Stillman sagte: »Gehen wir dort bei der Brücke über die Straße und dann am Fluß entlang zur nächsten Straße.«

Walker ging voran bis zur Washington Street, wo sich die Main Street vor der Brücke zu einem Trichter verengte, dann warf er einen Blick zurück zum Café, bevor er es wagte, die Straße zu überqueren. Stillman und er waren rasch auf der anderen Seite und verschwanden hinter dem großen Haus an der Ecke. Walker wartete, bis Stillman ihn eingeholt hatte. »Was machen wir jetzt – holen wir das Auto?«

»Das steht doch in der Main Street. Wir kommen da nicht ran, ohne daß man uns vom Café aus sehen könnte«, sagte Stillman. »Aber jetzt kommt etwas, das Sie wahrscheinlich gerne hören. Dank uns werden die beiden bereits gesucht. Sie sollen in Verbindung mit einem Mordprozeß verhört werden. Und wegen eines Überfalls. Wir gehen zur Polizei, damit die beiden endlich eingelocht werden.«

Erst jetzt fiel Walker auf, daß sein Herz heftig schlug. »Ich kann's gar nicht glauben«, sagte er.

»Jetzt ist es gleich vorbei«, sagte Stillman. »Sobald wir die Polizisten soweit haben, ihre Kaffeetassen wegzustellen, wird der Grund, aus dem wir hier sind, sich in Luft auflösen. Wir müssen praktisch nur sagen: ›Ja, das sind sie.‹ Wir finden ein paar richtige Namen heraus, die Polizei hier hält sie fest, und sämtliche Behörden haben Zeit, ihre Anklageschriften in Ruhe vorzubereiten.«

Walker runzelte die Stirn. »Warum, glauben Sie, sind die überhaupt hier?«

»Ich bin mir nicht sicher«, sagte Stillman. »Wenn ich eine Theorie bräuchte, um mich warm zu halten, würde ich annehmen, es ist derselbe Grund, aus dem wir da sind. Sie wollen in Jimmy Scullys Haus nachsehen, ob dort etwas herumliegt, das auf sie hinweist.« Sie erreichten die Ecke der ersten Straße, die parallel zur Main Street verlief, die Constitution Avenue. Als sie um die Ecke bogen, sagte Stillman: »Da fällt mir ein, da ist ja noch der andere, Scullys entfernter Verwandter. Der hat ja auch irgendwo gewohnt. Wir wissen immer noch nicht, wer er war, aber die wissen es. Vielleicht hat er wirklich hier in der Gegend gewohnt.«

Walker berührte Stillman am Arm. »Warten Sie. Was ist, wenn sie weggehen, bevor wir bei der Polizei sind? Wir sollten zurück zur Hauptstraße und uns die Autonummer aufschreiben.«

»New Hampshire, NXV-76989.«

»Nicht schlecht«, sagte Walker.

»Geistesgegenwart«, sagte Stillman. »Arbeiten Sie daran. In diesem Geschäft erreicht man im nachhinein gar nichts mehr.«

»Gut, daß ich nicht in diesem Geschäft bin.« Walker beobachtete Stillman aus dem Augenwinkel heraus, doch er zeigte keine Reaktion.

Sie gingen beide in dem gleichen forschen Schritt die Constitution Avenue entlang, unter alten Ahornbäumen und Eichen hindurch. Endlich kamen sie zu der Seitenstraße, in der sie gestern geparkt hatten, um sich die Polizeiwache anzusehen. Walker fragte: »Gibt es etwas, das ich wissen sollte, bevor wir es ihnen sagen? Soll ich irgend etwas für mich behalten?«

Stillman antwortete: »Ich besorge das Lügen, und Sie bestätigen alles. Als wir in Miami waren, haben wir einen anonymen Hinweis bekommen, daß einer der beiden in der Nähe von Keene gelebt hat. Seit wir hier sind, haben wir noch keine Nachforschungen angestellt – wir haben uns nur in dem kleinen Ort hier umgesehen, um uns zu orientieren –, und dabei sind uns diese beiden gerade zufällig über den Weg gelaufen.«

»Und das soll die Polizei uns abkaufen?«

»Wir sind erst seit zwei Nächten in Keene, das können wir beweisen. Kein Polizist wird annehmen, diese Zeit hätte gereicht, um etwas herauszufinden.«

Sie gingen auf die Hintertür zu, die auf den Parkplatz hinausführte. Stillman nickte in Richtung der blitzenden Streifenwagen. »Heute sind es fünfzehn. Für unsere Zwecke müßte das reichen.«

Die Tür führte in einen kurzen, kahlen weißen Gang mit Türen auf beiden Seiten. Walker sah, daß eine der Türen rechts aus Stahl bestand und durch ein eindrucksvolles elektronisches Schloß mit einer Zahlentastatur gesichert war. Er vermutete dahinter einen Zellenblock, und dies mußte der Eingang sein, durch den die Polizei einen Verdächtigen aus einem Streifenwagen nach drinnen brachte. So würde nichts die Ruhe in der Main Street stören. Bald, so dachte er, würden jene beiden Männer durch diese Stahltür gehen.

Der Korridor führte zu einem großen Empfangsbereich mit einer niedrigen Holztheke an der linken Seite und mehreren einfachen, unbezeichneten Türen an den Wänden dahinter. Auf der rechten Seite des Raums standen schwere Holzbänke, die am Boden verschraubt waren.

Zwei uniformierte Polizisten saßen an Schreibtischen hinter der Theke. Einer von ihnen war Ende Dreißig und hatte blonde Haare, die an der Seite so kurz geschnitten waren, daß man die Unebenheiten seines Schädels sah. Der andere war kleiner und hatte einen dunklen Schnurrbart, dessen Enden mit Pomade nach oben gedreht waren, und kleine, eng zusammenstehende blaue Augen. Walker gefielen die beiden: Sie waren gerade furchteinflößend genug, um Vertrauen zu erwecken.

Stillman ging zur Theke, und beide standen auf. Der Kleinere hielt sich im Hintergrund und lehnte sich wachsam an einen Schreibtisch, während der Große nach vorne trat. Stillman sagte: »Guten Tag.« Er sprach laut und deutlich.

Der Polizist an der Theke sagte: »Ja, Sir?«, der andere verschränkte die Arme und wartete.

»Mein Name ist Max Stillman, und das ist John Walker. Wir ermitteln hier in einem Betrugsfall für McClaren Leben und Unfall.« Während er sprach, zog er eine seiner Visitenkarten heraus. Er reichte sie dem Polizisten, der sie betrachtete, als würde sie wirklich etwas aussagen.

»Was können wir für Sie tun?« fragte der große Mann.

»Vor ein paar Minuten haben wir zufällig zwei Männer auf der Main Street erkannt. Sie werden von der Polizei in Pasadena, Kalifornien, und Wallerton, Illinois, in Verbindung mit einer Entführung, einem Mord und diversen anderen Delikten gesucht.«

Die Polizisten sahen einander vielsagend an, ohne jedoch zu sprechen. Der Kleinere verschwand durch eine der Türen hinter ihm, während der andere unter die Theke langte und ein Blatt Papier herauszog, das Walker für eine Art Anzeigeformular hielt, sowie einen Stift.

»Können Sie mir ihre Namen nennen?«

»Leider nein«, sagte Stillman.

»Haben Sie einen Haftbefehl bei sich?«

»Nein«, sagte Stillman. »Wenn Sie einen brauchen, kann Ihnen die Illinois State Police einen faxen. Im Moment ist nur wichtig, daß dort unten in dem Café zwei Männer sitzen, die gesucht werden und gefährlich und wahrscheinlich bewaffnet sind. Sie fahren einen neuen blauen Chevrolet mit dem Kennzeichen NXV-76989.«

»Beschreibung?«

»Der eine ist eins achtzig groß, wiegt achtzig Kilo und hat hellbraune Haare. Er trägt Blue jeans und ein braunes Hemd im Armeestil mit zuknöpfbaren Brusttaschen. Der andere ist eins fünfundachtzig groß, wiegt ungefähr neunzig Kilo, hat dunkle Haare und einen Schnurrbart. Er trägt ein blaues Oxfordhemd, Blue jeans und eine dunkelgrüne Nylonwindjacke. Er hat eine Aktentasche bei sich.«

Der kleinere Polizist kehrte mit einem grauhaarigen Mann zurück, der etwa so alt wie Stillman war. Er hatte ein schmales Gesicht mit einem starken Kinn und vorstehenden Wangenknochen, und seine Augenbrauen schienen für immer zu einem entschlossenen Blick zusammengezogen zu sein. Er trug eine Krawatte und ein kurzärmeliges weißes Hemd mit einer goldenen Dienstmarke an der Tasche, doch als er hereinkam, zog er ein sommerliches Sportjackett an, das sein Schulterholster verdeckte. Der Mann gefiel Walker sogar noch besser. Walker war in letzter Zeit oft genug auf Polizeiwachen gewesen, um zu wissen, daß das der Chief war.

Der große Polizist hörte auf zu schreiben, blickte von seinem Blatt zu Stillman auf, sah, wohin dessen Augen gerichtet waren, und drehte sich um. »Das ist Chief Raines. Chief, diese Männer hier sagen, sie hätten gerade zwei Personen identifiziert, die ...«

»So viel weiß ich schon«, unterbrach ihn der Chief. »Meine Herren, Sie haben die beiden Verdächtigen mit eigenen Augen sicher identifiziert?«

»Ja, Sir«, sagte Stillman. »Sie sind in das Café an der Main Street gegangen, und wir sind sofort hierhergekommen.«

»Haben Sie sie schon einmal gesehen? Nicht nur auf einem Bild?«

»Ja«, antwortete Stillman.

»Sie beide?«

»Ja«, sagte Walker. »Wir haben sie aus nächster Nähe gesehen. Wir sind absolut sicher, daß sie es sind.«

Der Chief wandte sich an den größeren der beiden Polizisten. »Sie haben bereits genaue Personenbeschreibungen und alle Informationen?«

»Nicht ganz, Chief.« Mit gezücktem Stift wandte sich der große Polizist wieder Stillman zu. »Was war das für ein Ort in Illinois?«

»Wallerton«, sagte Stillman. »Aber es würde vielleicht schneller gehen, wenn Sie beim Präsidium in Springfield anrufen.«

»Um welchen Mordfall geht es?«

»Der Name des Opfers ist Ellen Snyder. Unsere Namen haben Sie bereits.«

»Stimmt.« Der große Polizist wandte sich erwartungsvoll zu seinem Chief um.

Raines sagte: »Elton, rufen Sie das Polizeipräsidium in Springfield an, und lassen Sie sich das bestätigen. Sie sollen auch eine Personenbeschreibung und einen Haftbefehl faxen.« Der große Polizist ging durch eine andere Tür hinter der Theke hinaus. Raines sagte zu dem anderen: »Carlyle, wir schicken mal ein paar Beamte dorthin.«

Die Anweisungen kamen rasch, aber sie schienen sich zu widersprechen. Walker war sich nicht sicher, ob er zufrieden sein sollte oder nicht. Er sah Stillman an, dessen Miene mittlerweile reglos und undurchdringlich war. Er blickte nach unten, scheinbar auf die Theke, aber Walker merkte, daß er den linken Arm über dem Bauch hielt. Er sah auf die Uhr.

Raines sagte: »Stellen Sie in den Straßen um das Café Beamte auf. Keine Streifenwagen und keine Uniformen, wo die Verdächtigen sie sehen könnten. Niemand rührt sich, bis ich den Befehl auf Frequenz zwei gebe. Beobachtet nur das Café, vorne und hinten, und haltet euch bereit.« Carlyle nickte in ihre Richtung und ging auf die Tür hinter der Theke zu.

Stillman schien aufzuwachen. »Chief Raines, dürfte ich ...«

»Nein, dürfen Sie nicht«, sagte der Chief ruhig. »In einer großen Stadt würden die Polizeikräfte vielleicht mitten am Nachmittag in ein Café platzen und festnehmen, wen auch immer Sie anzeigen, nur weil Sie derjenige waren, der sie angezeigt hat. Hier brauchen wir mehr. Wenn es stimmt, was Sie gesagt haben, dauert es nur ein paar Minuten, bis wir eine Bestätigung bekommen.«

»Natürlich«, sagte Stillman in demselben kühlen, ruhigen Tonfall. »Ich mache Ihnen keinen Vorwurf.«

»Gut«, sagte Raines abschließend. Er ging auf die Tür zu, hinter der Carlyle verschwunden war.

»Aber«, sagte Stillman. Der Chief hielt mitten in der Bewegung inne. »Mir ist zufällig aufgefallen, daß nur eine Straße aus der Stadt hinausführt.«

Raines hob herausfordernd den Kopf. »Ja. Das ist uns auch aufgefallen. Nehmen Sie Platz, und ich sage Ihnen Bescheid, sobald wir Springfield am Apparat haben.« Er verschwand durch die Tür zu den Büros.

Stillman drehte sich um, ging durch den Raum und setzte sich auf eine der Bänke. Walker zögerte, dann setzte er sich zu ihm. Stillman saß vornübergebeugt, die Ellbogen auf den Knien, den Blick auf den Boden gerichtet.

Walker flüsterte: »Haben Sie sich das so vorgestellt?«

Stillman schürzte die Lippen, als überlege er nicht, was, sondern ob er überhaupt antworten sollte. »Ich hatte gehofft, sie würden sie festnehmen und sich dann in aller Ruhe um die Formalitäten kümmern. Aber unter den gegebenen Umständen macht er so ziemlich genau das, was er tun muß.«

»Was für Umstände?«

»Er arbeitet nicht für uns. Er arbeitet für die Gemeinde von Coulter. Die Wähler haben nichts dagegen, wenn er ein paar Mörder einsperrt, die nicht von hier sind, aber viel Dank erntet er nicht dafür. Er wird keine unsinnigen Risiken dafür eingehen.«

»Was sollen wir tun?«

»Wir haben es bereits getan. Jetzt warten wir.«

Walker sah auf seine Uhr. Es war fünf nach halb drei. Er lehnte sich auf der harten Holzbank zurück und starrte quer durch den großen Raum auf die Front der Theke, bis er jede Linie der Maserung des Holzes kannte. Dann blickte er auf den Boden, bis er anfing, das Muster aus dunklen Granitvierecken und weißen Marmorvierecken immer wieder anders zu sehen, zuerst als schwarzes Muster auf weißem Boden, dann als weißes Muster auf schwarzem Boden.

Er hörte, wie in dem hinteren Gang eine Tür aufging, und stand auf, um in die Mitte des Raums zu gehen. Er zählte sechs Polizisten, die durch den Hinterausgang auf den Parkplatz gingen. Er merkte, daß Stillman ihn ansah, und nickte. Stillmans Schultern fielen nach unten, als hätte er sich plötzlich entspannt, und er lehnte sich auf der Bank zurück. Als er hörte, wie Motoren angelassen wurden und Autos anfuhren, blickte Stillman wieder auf die Uhr. Walker brauchte es nicht mehr. Es waren fünfundzwanzig Minuten vergangen.

Chief Raines trat aus der Tür hinter der Theke und winkte sie heran. Als sie so nahe waren, daß er die Stimme nicht erheben mußte, sagte er: »Okay. Sie beide sind echt, und der Mord ist es auch. Wir sollten sie bald haben.«

»Danke, Chief«, sagte Stillman. Er wandte sich um, um wieder zu seiner Bank zu gehen.

»Bevor sie hier sind, sollten wir uns noch ein wenig unterhalten«, sagte der Chief. Er trat zur Seite und klappte eine Platte hoch, so daß sie hindurchgehen konnten.

Walter und Stillman folgten ihm in ein großes Büro an der Ecke des Gebäudes. Walker war bereits auf die Fragen vorbereitet. Er war innerhalb eines Monats auf drei Polizeiwachen gewesen und fühlte sich langsam wie ein Experte. Raines hatte das Auftreten eines Mannes, der gern sofort zum Kern der Sache kam, dessen Position es jedoch mit sich brachte, daß sein Gegenüber immer um den heißen Brei herumredete. Er setzte sich hinter seinen Schreibtisch und überließ es Walker und Stillman zu entscheiden, ob und auf welchen der vier Stühle sie sich setzen wollten.

»Was machen diese beiden Verdächtigen aus Illinois in Coulter, New Hampshire? Was wollen sie hier?«

Stillman sagte: »Wir können das natürlich nicht sicher sagen. Wir glauben, sie hatten hier einen Freund – jedenfalls einen Komplizen in dem Betrugsfall –, der hier gelebt hat. Er wurde in Florida erschossen, und sie wollen wahrscheinlich sichergehen, daß er nichts hiergelassen hat, was sie in Schwierigkeiten bringen könnte.«

»Wer hat ihn erschossen?«

Stillman antwortete: »Genaugenommen war es mein Freund Walker hier.« Walker spannte die Kiefermuskulatur an, und Stillman fügte rasch hinzu: »Es war reine Notwehr.«

»Und er hat in Coulter gelebt, sagen Sie? Wie hieß er denn?«

»Scully. James Scully. Er hat in der Birch Street gewohnt.«

Raines gab eine Art Ächzen von sich. Walker konnte nicht sagen, ob es Ratlosigkeit war oder die Reaktion auf die Bestätigung eines längst gehegten Verdachts. Der Chief sah Walker an. »Sind Sie schon auf den Gedanken gekommen, daß sie hier sein könnten, weil sie Sie suchen?«

»Sicher«, sagte Stillman.

Walker nickte und verbarg seine Überraschung. Er hatte nie an diese Möglichkeit gedacht, und Stillman hatte das nie erwähnt. Walker kam sich idiotisch vor. Er hatte nicht aufgepaßt und den Feind zu einer Reihe von abstrakten Wesen werden lassen, die nur nach den Gesetzen der Logik und Effizienz vorgingen. Er hatte sich immer vorgestellt, sie versuchten einfach nur, soviel Geld wie möglich zu stehlen und möglichst unerkannt zu bleiben. An Motive wie Haß und Rache hatte er nie gedacht. Er war in eine Falle gegangen, von deren Existenz er nicht einmal gewußt hatte, und das hätte ihn das Leben kosten können.

Raines fuhr mit seinen Fragen fort, aber Walkers Anspannung rührte nicht von der Angst vor Beschuldigungen her, wie er sie bei anderen Verhören verspürt hatte. Ihm war deutlich bewußt, wieviel Zeit verstrich. Er redete sich ein, das Schneckentempo des Chiefs bedeutete nur, daß nichts schiefgegangen war, aber instinktiv lauschte er nach Schüssen. Die Entfernung konnte keinen Kilometer betragen. Raines hatte mittlerweile gemerkt, daß es keine Frage gab, auf die Stillman nicht sofort und völlig korrekt antworten konnte, ohne daß dadurch viel gewonnen war. Hin und wieder richtete er deshalb eine Frage an Walker. Doch Walker war auf alle seine Fragen vorbereitet, denn er hatte inzwischen gelernt, zu erraten, welche Teile von Stillmans Antworten der andere noch einmal neu formuliert würde hören wollen, um einen Widerspruch zu entdecken. Er geriet bei den Fragen nicht in Panik. So gingen Polizisten nun einmal vor.

Als er Schritte vor der Tür hörte, erstarrte Walker. Die Tür ging auf, und der große Polizist blieb davor stehen, ohne einzutreten. Raines ging hinaus und schloß die Tür hinter sich. Walker lauschte angestrengt, aber er hörte nichts, und Stillman hatte sich wieder in seinen totenähnlichen, apathischen Zustand zurückgezogen und die Augen auf die Wand gerichtet, als würde er Walkers Ungeduld nicht bemerken. Nach wenigen Minuten kehrte Raines zurück. Er wirkte entnervt und verärgert.

»Als Sie diese Verdächtigen erkannt haben, müssen die Sie ebenfalls gesehen haben«, sagte er. »Sie waren nicht in dem Café. Die Beamten haben über eine Stunde lang in anderen Läden und Restaurants gesucht, aber sie sind nicht aufgetaucht.« Er ging zu seinem Schreibtisch, holte eine Rolle Pfefferminzbonbons aus der obersten Schublade und steckte sie sich in die Tasche, dann ging er wieder zur Tür. »Ich habe gerade ein paar Leute zu Scullys Haus geschickt, um es zu beobachten. Aber es sieht nicht gut aus. In dieser Stadt gibt es nicht viele Orte, an denen sich zwei Fremde verstecken könnten.« Er öffnete die Tür und ging hinaus.

35

Nachdem Chief Raines verschwunden war, blieb Stillman noch einen Augenblick lang unbewegt sitzen und starrte auf den Teppich. Dann stand er abrupt auf. »Sie haben gehört, was er gesagt hat. Wir warten umsonst hier.« Walker fiel auf, daß Stillman die Tür erst einen Spalt öffnete und lauschte, bevor er sie ganz aufschob. Sie gingen durch den Hintereingang hinaus. Stillman ging ziemlich schnell, bis sie die Constitution Avenue erreicht hatten. Dann verlangsamte er das Tempo ein wenig, als würde er sich zwingen, einen entspannten Eindruck zu machen.

Walker fragte: »Wenn es für uns an der Zeit war zu gehen, wieso haben Sie dann erst einen Blick hinausgeworfen, um sicher zu sein, daß niemand uns sieht?«

»Weil ich nicht darüber diskutieren wollte.«

»Fahren wir zurück nach Keene?«

»Leider nein«, sagte Stillman.

»Ist da irgend etwas, was mir entgangen ist?«

»Von dem Moment an, als wir die beiden auf der Main Street gesehen haben, bis wir auf der Polizeiwache waren, sind ungefähr fünf Minuten vergangen. Also warum waren die beiden schon weg?«

»Vielleicht hatte der Chief recht? Wir haben sie gesehen und sie uns auch.«

Stillmans Augen verengten sich zu Schlitzen, und er sah Walker ernst an. »Angenommen, er hat recht. Was würden die beiden machen?«

»Keine Ahnung. In ihr Auto steigen und wegfahren wahrscheinlich. Wenn das Auto nicht da war, als die Polizei gekommen ist, würde ich sagen, das liegt auf der Hand.«

»Genau. Aber sie spielen dasselbe Spielchen wie wir. Sie sind nicht hierhergekommen, weil sie Urlaub vom Stehlen brauchen. Sie wollen in James Scullys Haus, genau wie wir, und in das Haus seines Cousins.«

Walker blickte Stillman aus den Augenwinkeln heraus an. »Woher wissen Sie, daß sie da nicht schon waren?«

»Wenn wir da gerade gewesen wären, dann würden wir nicht um die Ecke fahren und einen Espresso trinken gehen. Wir würden sehen, daß wir wegkommen. Sie sind bei Tage hier und sehen sich die Stadt an, genau wie wir es gemacht haben. Sie spielen ein Spiel, das wir kennen. Sie haben viel Geld gestohlen, und sie glauben, in einem Haus in dieser Stadt ist wahrscheinlich etwas, das sie verrät. Wenn sie vor allen anderen dort sind, gewinnen sie. Wenn wir zuerst dort sind, verlieren sie. Und hier geht es nicht nur um Versicherungsbetrug, es geht um Mord in besonders schwerwiegenden Fällen. Todesstrafe. Würden Sie an ihrer Stelle Beweismittel hierlassen?«

»Ich glaube nicht«, sagte Walker. »Aber wenn sie uns hier gesehen haben, müssen sie dann nicht denken, wir wären auch hier, um die Häuser von Scully und seinem Cousin zu durchsuchen?«

»Sicher«, sagte Stillman.

»Wir waren zuerst da – müßten sie dann nicht davon ausgehen, daß es zu spät ist?«

»Im Gegenteil. Wenn sie hätten, weshalb sie gekommen sind, würden sie nicht im Café herumhängen. Wenn wir hätten, weshalb wir gekommen sind, würden wir uns auch nicht auf der Main Street herumtreiben. Wenn sie uns gesehen haben, dann war genau das der Beweis dafür, daß es nicht zu spät ist, sondern daß sie vielmehr sehr bald etwas unternehmen müssen. Heute nacht, gleich nach Einbruch der Dunkelheit.«

Walker war skeptisch. »Mit den ganzen Polizisten hier?«

»Sie wissen nichts von den Polizisten.«

»Woher, zum Teufel, wollen Sie das wissen?«

Stillmans Ton blieb ruhig und geduldig. »Überlegen Sie doch, was passiert ist. Es hat fünf, sechs Minuten gedauert, bis wir bei der Polizeiwache waren, und dann noch einmal fünfundzwanzig, bis der Chief seinen Leuten den Einsatzbefehl gegeben hat. Als sie dort angekommen sind, haben sie unsere beiden Männer nicht gesehen. Sie hatten ihre Personenbeschreibung, den Typ und das Kennzeichen des Autos. Außerdem können heute nicht mehr als fünfundzwanzig Leute in der Stadt gewesen sein, die die Polizisten seit ihrer Geburt nicht zweimal wöchentlich gesehen haben. Aber unsere beiden Männer haben sie nicht gesehen. Ich würde sagen, das bedeutet, unsere Männer waren weg, bevor die Polizei dort angekommen ist. Sind Sie anderer Meinung?«

»Nein«, gab Walker zu. »Was, glauben Sie, machen sie jetzt?«

Stillman ging weiter und blickte in die Ferne. »Sie ziehen sich um, besorgen sich ein anderes Auto und warten, bis es dunkel wird.«

Walker fürchtete sich vor der Antwort auf die nächste Frage: »Und was machen wir?«

»So ziemlich dasselbe: Wir warten, bis es dunkel wird.«

Walker steckte die Hände in die Taschen und ging schweigend weiter. Stillman sah ihn an, und ein kleines Lächeln zeigte sich auf seinem Gesicht. »Keine Sorge«, sagte er. »Wenn wir richtigliegen, gibt es zwei Adressen, wo sie auftauchen müssen, um zu gewinnen. Wenn sie beschließen, zuerst zu Scully zu gehen, wird die Polizei eingreifen und sie schnappen.«

»Das ist aber nicht das, worauf Sie hoffen, oder?« fragte Walker.

Stillman schüttelte den Kopf. »Nein.«

»Sie hoffen, sie nehmen die andere Adresse«, sagte Walker. »Sie hoffen, sie irgendwie ausfindig zu machen. Und dann sollen sie uns zum Haus des anderen Toten führen.«

Stillman strahlte und klopfte Walker auf die Schulter. »Aber das ist doch kein Grund zur Traurigkeit. Wenn sie wirklich in das Haus hineinkommen und anfangen, es zu durchsuchen, müssen wir einfach nur die Polizei rufen. Selbst wenn alles schiefläuft und wir die Polizei nicht erreichen können, brauchen wir einfach nur sitzen zu bleiben und zu warten. Sobald sie mit dem einen Haus fertig sind, müssen sie immer noch zu Scully. Und dann wird die Polizei sie einsacken.«

Während der nächsten paar Minuten fielen Walker immer wieder neue Fragen ein, doch er beantwortete sie sich selbst. Was, wenn Raines' Vermutung falsch war und die beiden Männer ihn und Stillman nicht erkannt hatten? Dann würden sie wie geplant in die Häuser einbrechen und wahrscheinlich weniger vorsichtig vorgehen. Was, wenn sie aus einem anderen Grund nach Coulter gekommen waren? Dann würden sie das erledigen – was immer es war –, und sie beide würden sie vielleicht dabei erwischen. Was, wenn die zwei Männer nicht nur Stillman und ihn, sondern auch die Polizei gesehen hatten? Dann würden sie entweder versuchen, trotzdem zu den Häusern zu kommen, oder sie würden sich davon fernhalten.

An der Oak Street wandte sich Walker zur Main Street, aber Stillman sagte: »Gehen Sie in diese Richtung weiter.«

»Das Auto steht aber da drüben.«

»Ja«, sagte Stillman. »Ich möchte das Auto lieber noch da lassen. Es steht jetzt so lange da, daß sich die Leute daran gewöhnt haben, und es würde nur Aufmerksamkeit erregen, wenn wir es wegfahren.«

»Aufmerksamkeit?« Walker kniff die Augen zusammen und sah Stillman an. »Wollen Sie verhindern, daß die beiden Männer uns sehen – oder die Polizei?«

»Mittlerweile ist dem Chief vielleicht aufgefallen, daß wir weg sind«, sagte Stillman. »Vielleicht denkt er sich:

›Gut, daß wir die los sind‹, es könnte aber auch sein, daß er will, daß wir erreichbar sind, um die beiden zu identifizieren. Aber wenn er uns auf der Wache sitzen läßt, dann bekommt die Gegenseite, was sie will: Wir sind aus dem Rennen, bis alles vorbei ist. Wissen Sie, was wir brauchen?«

»Einen Rechtsanwalt?«

»Nein«, sagte Stillman. »Einen Ort, wo wir eine Weile unsichtbar sein und trotzdem sehen können, was passiert.«

»Zu schade, daß nicht Sonntag ist«, sagte Walker.

»Wie bitte?«

»Dann wäre die Kirche offen. Wo ich aufgewachsen bin, gab es ein paar, die so ähnlich ausgesehen haben. Normalerweise führt eine Treppe den Kirchturm hinauf.«

Stillman sagte nichts, aber er blickte nach oben und streckte den Hals, um durch die Baumkronen den Kirchturm zu sehen, und an der nächsten Ecke bog er Richtung Main Street ab. Er ging weiter, bis sie an der Rückseite der Kirche waren. Dort führten zwei Steinplatten, die als Stufen dienten, zu einer kleinen Tür, die aber nicht nachgab, als er sie öffnen wollte. Er brummte: »Das ist aber enttäuschend. Ich dachte, die verdammten Dinger wären nie abgeschlossen.«

»Ich glaube, heutzutage kommt kaum mehr jemand vorbei, der in der Kirche Zuflucht sucht«, sagte Walker. »Ich geh' mal nach vorn und versuche es da.«

Er ging vor zur Ecke der Kirche, blickte nach links und nach rechts, ob Polizeiwagen zu sehen waren, dann wagte er die paar Schritte zum Vordereingang. Er drückte vorsichtig auf die große Messingklinke und stellte fest, daß die Tür nicht abgeschlossen war. Als er zu Stillman zurückgehen wollte, sah er, daß Stillman bereits an der Ecke wartete. Stillman kam über den Rasen gelaufen, und sie gingen hinein.

Walker zog leise die Tür zu. Reglos standen sie in dem kleinen Vestibül und warteten. Man konnte die Leere in dem alten Holzgebäude geradezu hören, als hätte die Luft in dem großen, leeren Raum einen eigenen Klang. Walker hörte gedämpfte Geräusche von draußen – einmal pro Minute ein Auto, das durch die Main Street fuhr –, aber kein Geräusch aus dem Inneren.

Er machte einen Schritt, und der Holzboden knarrte. Reglos wartete er auf eine Reaktion, aber es kam nichts. Er ging drei Schritte weiter, bis unter das breite Portal zum Hauptraum. Der Baustil der Kirche zeugte von ihrem Alter. Die schlichten, dunklen, feingemaserten Kirchenbänke waren aus breiten Brettern gemacht. Leicht erhöht auf einer hölzernen Plattform befand sich eine Kanzel, und daneben standen an der Wand des einfachen, niedrigen Schiffs zwei große Stühle mit hoher Lehne, aber sie waren kaum verziert. Er wandte sich um und blickte nach oben. Hinten gab es einen Balkon, wahrscheinlich für einen Chor. Er suchte nach Glasmalereien, aber die Fenster waren in der unteren Hälfte einfach in rautenförmige Buntglasscheiben unterteilt, und die obere Hälfte bestand aus durchsichtigem Glas, damit Licht hereinkam.

Als er zum Eingang zurückkehrte, sah Stillman ihn fragend an. »Niemand da«, flüsterte Walker, ohne zu wissen, warum er so leise sprach.

Auch Stillman senkte die Stimme. »Ich habe den Weg nach oben gefunden. In der Garderobe.« Er führte Walker in einen kleinen Raum an der Seite mit nur einem Fenster. Über den Kleiderhaken war eine Reihe lackierter Holzsprossen an der Wand befestigt. Sie führten zu einem vertieften Viereck an der Decke, das eine Einstiegsluke sein mußte.

Walker blickte es skeptisch an. »Das war meine Idee, nicht wahr?« Er seufzte. »Vielleicht bleiben Sie besser hier unten und versuchen, mich aufzufangen, wenn ich falle.«

»Abgemacht«, sagte Stillman.

Walker stieg die ersten Stufen mühelos hinauf, aber je höher er kam, desto unwohler fühlte er sich. Ihr Eindringen hier hatte einen gewissen blasphemischen Beigeschmack. Als er oben angelangt war, drückte er gegen den Holzdeckel der Luke, halb in der Hoffnung, er würde festgenagelt sein. Aber er ließ sich leicht anheben. Walker schob ihn weg und streckte den Kopf durch die Öffnung.

Es roch nach jahrealtem Staub. Es war düster, aber nicht völlig dunkel, so daß er ein paar Umrisse erkennen konnte. Der Boden bestand aus demselben einfachen Hartholz wie unten, aber die Dielen waren im Rohzustand belassen und nicht abgeschliffen und lackiert worden. Die Wände bestanden aus blankem Holz, und die Stützen und Querbalken lagen bloß. Als sich seine Augen an das Dämmerlicht gewöhnt hatten, sah er, daß zwischen zwei Stützen weitere Sprossen angebracht waren. Er zog sich hinauf auf den Boden, blickte hinunter und winkte Stillman.

Als er Stillmans Kopf und Schultern heraufkommen sah, wich er zur Seite, um ihm Platz zu machen. Stillman mußte die Schultern hochziehen, um sie durch die Öffnung zu zwängen, dann stützte er die Ellbogen auf und schob sich ganz hinauf. Walker setzte den Deckel zurück auf die Öffnung.

Stillman sah sich um, bis er die Leiter entdeckte. »Gehen Sie rauf?«

Walker kletterte hoch zur nächsten Ebene. Die Luke über ihm war nicht mehr abgedeckt, und er sah, daß durch diese Luke und ein kleines Loch daneben das Licht kam. Leuchtende horizontale Streifen ließen die Wände darüber golden erscheinen. Als Walker den Kopf durch die Luke steckte, verstand er, weshalb. Die oberste Ebene war der Glockenstuhl. In der Mitte hing eine schwere, angelaufene Messingglocke an einem Stahlseil. Der kleine Lichtfleck, den er von unten gesehen hatte, war das Loch für den Glockenzug. Er erinnerte sich nicht, in der Decke des Vestibüls ein Loch gesehen zu haben, aber er vermutete, daß es früher einmal eines gegeben hatte.

Die vier Wände des Glockenstuhls hatten Lamellen, wahrscheinlich damit das Glockengeläut nicht gedämpft wurde. Das Licht kam vor allem durch die Lamellen auf der westlichen Seite, wo die spätnachmittägliche Sonne tiefer sank. Die Lamellen kamen ihm sehr gelegen: Auf der Ebene darunter war es drückend heiß gewesen, aber hier oben spürte er eine kühle, stetige Brise. Er ging dicht an die südliche Wand, um durch die Lamellen hinunterzublicken, und stellte fest, daß das Kirchendach zwar den Vordergrund verdeckte, die Straßen dahinter aber gut zu sehen waren.

»Das ist perfekt.« Er hörte Stillmans Stimme hinter sich. Stillman zog sich hoch, stellte sich an die Ostwand des Glockenstuhls und spähte durch verschiedene Schlitze hindurch. »Man sieht von hier aus fast den ganzen Ort.« Er wandte sich zu Walker um. »Egal, was Sie tun, stoßen Sie mir nur nicht an diese Glocke.«

Walker bückte sich und blickte von unten in die Glocke. »Der Klöppel ist weg. Sie haben ihn bestimmt herausgenommen, als sie aufgehört haben, die Glocke zu benutzen.«

Stillman ging rund um den Glockenstuhl und blickte auf jeder Seite hinaus. Plötzlich blieb er stehen. »Da!«

Walker ging von der Glocke weg und hielt das Gesicht an die Öffnung. Er sah die flachen Vierecke der Dächer der alten Häuser an der Main Street, die Wipfel der hohen Bäume gleich unterhalb des Glockenstuhls. Dahinter sah man die schrägen Dächer von Häusern, ordentlich aufgereiht zu beiden Seiten von grauen Asphaltstreifen. Im Westen erkannte er den sich schlängelnden Lauf des braunen Flußbetts mit dem schwarzen Wasser in der Mitte. »Was ist da?«

»Sie sind jetzt auf dieser Seite«, sagte Stillman.

Walker stellte sich neben Stillman. Er sah die Dächer der schwarzweißen Polizeiwagen. Es waren vier, und sie krochen durch die Straßen westlich der Polizeiwache. Wenn ein Auto am Ende einer Wohnstraße auf die New Hampshire Avenue stieß, fuhr es eine Straße weiter nach Westen und dann die nächste Straße hinauf bis zum Ende, dann wieder nach Westen und eine Straße weiter. »Wenigstens geben sie nicht auf«, sagte Walker.

Stillman schirmte seine Augen mit den Händen ab und blickte in Richtung Westen in die Ferne. »Verdammt. Die alte überdachte Brücke sieht man nicht von hier, weil der Wald im Weg steht. Sie ist wahrscheinlich sowieso zu weit weg. Wenn sie nur die Straße dort abgesperrt hätten, als ich es ihnen gesagt habe, dann wäre es jetzt schon vorbei.«

»Warum, glauben Sie, haben sie es nicht gemacht?« fragte Walker.

»Es war ihnen lästig. Das ist doch immer das Problem.«

»So schwierig sieht es aber nicht aus.«

»Nicht, es zu tun«, sagte Stillman. »Aber sich rechtfertigen zu müssen, weil man es getan hat. Die Leute, die in den nächsten Ort fahren wollen, um sich ein Video auszuleihen, müssen dann warten, weil ein Polizist auf ihren Rücksitz sieht.«

Walker sah einen Moment lang zu Stillman hinüber, der ein paar Schritte weiterging und dabei nach unten blickte. »War das der Grund, weshalb sie von der Polizei weggegangen sind? Lokalpolitik?«

»Was hält einen überhaupt dort?« sagte Stillman. »Der Job ist mies. Die Bezahlung ist schlecht, die Arbeitszeit lang, und ab und an hat man einen Ringkampf mit einem fiesen Betrunkenen.«

»Ist etwas vorgefallen?«

Stillman sah ihn an. »Ja, es ist viel vorgefallen. Woran haben Sie denn so gedacht?«

»Der Captain in Miami schien zu denken, daß Sie vielleicht etwas getan haben, was nicht an die Öffentlichkeit gekommen ist.«

Stillman schüttelte den Kopf. »Nein, das war nicht der Fall. Es war einfach nicht das richtige für mein Temperament, also habe ich eine andere Laufbahn eingeschlagen.«

»Sehr anders ist die nicht.«

Stillman zuckte die Schultern. »Ich war damals dreißig Jahre alt. Ich hatte gelernt, wie man mit der Waffe umgeht, wie man bei einer Schlägerei besser abschneidet als der Gegner und wie man schnell Auto fährt. Was sollte ich denn werden – Außenminister? Ich hatte ein wenig Übung darin, den Polizeibetrieb dazu zu bringen, zu tun, was ich wollte, und ich hatte ein paar Bekanntschaften geschlossen, die andere nützliche Fähigkeiten hatten.«

»Worin liegt denn der Unterschied? Geht es nur um Geld?«

Stillman schüttelte den Kopf. »Nein. Der Unterschied

liegt darin, daß ich nein sagen und auflegen kann, wenn das Telefon klingelt und jemand will, daß ich etwas tue.« Er blickte Walker einen Moment lang an. »Und wenn mir jemand eine Frage stellt, die ich nicht beantworten will, dann mache ich es einfach nicht.« Er wandte sich wieder ab und blickte zwischen den Lamellen hinaus.

Walker ging zur nordwestlichen Ecke. Er hielt die Hand über die Augen und sah blinzelnd in Richtung Westen die Main Street entlang, über den Fluß und die Felder bis zu dem Wald, der die überdachte Brücke verbarg, und der Hügelkette dahinter. Die Sonne stand jetzt niedrig und leuchtete so grell wie ein zum Schluß noch einmal auflodemdes Feuer. Die Männer waren so gut wie sicher in diese Richtung verschwunden, und wahrscheinlich würden sie auch aus dieser Richtung wiederkommen. Doch bald schmerzten ihm von der Sonne die Augen, so daß er sich Richtung Norden wandte.

Er blickte auf die ruhigen Wohnstraßen auf der anderen Seite der Main Street hinunter. Er machte die Birch Street aus, in der James Scully gewohnt hatte, dann suchte er den richtigen Block, und schließlich, aus seiner Erinnerung an den Morgen, an dem sie danach gesucht hatten, sein Haus. Die alten Bäume warfen lange Schatten und machten das Grün der Rasenflächen dunkler und angenehm für die Augen. Deshalb sah er sich alle Gärten in der Birch Street an und versuchte, die Polizisten zu entdecken, die abgestellt worden waren, um Scullys Haus zu beobachten. Er bewegte sich weiter, kehrte aber während der nächsten Stunden immer wieder zu dem Block zurück. Er sah dort keine Uniformierten auf der Lauer liegen und nahm auch sonst keine Bewegung oder Veränderung wahr, die auf ihre Anwesenheit hingewiesen hätte. Er starrte hinüber zu dem schlichten, rechteckigen Kasten von New Mill Systems und versuchte, jedes Auto auf dem Parkplatz auf die unwahrscheinliche Möglichkeit hin zu überprüfen, daß die beiden Männer ihren Mietwagen inmitten all der anderen geparkt hatten und im Wald warteten.

Stillman schwieg lange und ging weiterhin nach einem

nicht berechenbaren Plan herum. Einmal verharrte er eine Viertelstunde lang auf einer Seite, dann nur eine Minute auf der nächsten. Schließlich fragte er ruhig: »Was sehen Sie?«

»Nicht gerade viel«, antwortete Walker. »Offenbar ist da nicht mehr viel los. Und Sie?«

»Sie haben, ungefähr eine Stunde nachdem wir hier hoch sind, alles ziemlich gut abgesucht. Seitdem ist das Ganze subtiler geworden. Es sind jetzt drei Streifenwagen unterwegs statt wie sonst üblich nur zwei, aber anscheinend laufen ein paar Polizisten in Zivil herum und versuchen, nicht aufzufallen.« Er deutete auf die Lamellen vor sich. »Sehen Sie? Da ist einer.«

Walker ging zu ihm und blickte nach unten. Er mußte sich recken, um den richtigen Winkel zu erhalten. Ein Mann im Sportjackett ging die Main Street entlang. Er betrat den Drugstore. »Das ist ein Polizist?«

Stillman sagte: »Entweder gibt er Meldungen über Funk durch, oder er macht alle fünf Minuten einen Anruf mit seinem Handy, der nur drei Sekunden dauert.«

Sie beobachteten weiter die Straßen, während die Sonne hinter den Hügeln unterging und der beständige Wind allmählich kühl wurde. Die Fußgänger in der Main Street wurden weniger, und Walker sah, wie einige der Ladenbesitzer aus ihren Geschäften kamen, die Türen abschlossen, ein Stück die Main Street entlanggingen und dann in die Wohnstraßen zu beiden Seiten einbogen.

Um acht gingen die Straßenlaternen an. Mittlerweile waren die Fenster der Läden, in denen es etwas zu essen oder zu trinken gab, die einzigen, die noch nicht dunkel geworden waren. Der Glockenstuhl lag hoch über jeder künstlichen Lichtquelle, und so war es dort dunkler als im Rest der Stadt. Nach einiger Zeit hielt Stillman sein Handgelenk dicht vor sein Gesicht, beugte sich zu den Lamellen vor und sah auf seine Uhr. »Wir sollten gehen. Passen Sie auf beim Runtersteigen. Man sieht ja fast nichts.«

Sie stiegen die Leiter zur nächsten Ebene hinunter, wo es fast vollkommen dunkel war. Walker mußte den Boden abtasten, um den Lukendeckel zu finden. Als er ihn hatte, hob er ihn vorsichtig an und lauschte ein paar Sekunden, bevor er Stillman zuflüsterte: »Sie zuerst.«

Walker hörte es rascheln, während Stillman durch die Öffnung verschwand, dann das leise Tappen seiner Füße auf den Sprossen. Als Walker die Dielen der Garderobe unter Stillmans Schuhen knarren hörte, folgte er ihm. Sobald er mit dem Kopf durch die Öffnung hindurch war, ging es ihm ein wenig besser. Die Luft war kühler, und durch die offene Tür der Garderobe drang ein schwaches Leuchten, das gefilterte Licht von den Kirchenfenstern, das von den weißen Wänden reflektiert wurde. Er deckte die Luke sorgfältig wieder ab und stieg zu Stillman hinunter.

Sie sagten nichts, bis sie die Kirche verlassen hatten und in ihrem Schatten in Richtung der Constitution Avenue gingen. Stillman sagte: »Wenn die zuerst zu Scullys Haus gehen, haben wir Pech gehabt. Dann wird die Polizei sie schnappen. Wir müssen hoffen, daß sie zuerst zum anderen Haus gehen. Wir warten unten am Fluß, am Ortsrand, da sehen wir sie kommen und können ihnen zu Fuß folgen.«

An der Constitution Avenue bogen sie ab und gingen Richtung Fluß. An jeder Kreuzung gingen sie langsamer, dann bogen sie ab, um die Straße in der Mitte des Blocks überqueren zu können, wo keine Straßenlaternen waren. In der Franklin Street sahen sie die hellen Lichter der Fenster des Old Mill, die sich auf der schwarzen Oberfläche des Flusses spiegelten.

Als sie in der Washington Street waren, kurz vor der Stelle, wo sich die Main Street zur Brücke hin verengte, tippte Stillman Walker an. Sie kletterten das steile Ufer zum Wasser hinunter, wo sie wieder im Dunkeln waren. Im trockenen Teil des Flußbetts fand Walker einen breiten, flachen Felsen. Als er sich setzte, gesellte sich Stillman zu ihm, den Blick auf die Stadt gerichtet. Walker sagte: »Warum setzen Sie sich so hin?«

»Weil ich voll darauf vertraue, daß Sie imstande sind, ein Auto zu erkennen, das mit eingeschalteten Scheinwerfern auf Sie zufährt. So kann ich sehen, was von hinten auf uns zukommt.«

Während sie warteten, beobachtete Walker jedes Auto, das in die Stadt fuhr. Er sah die Scheinwerfer jenseits der Felder auftauchen, helle Punkte, die ab und an flackerten, wenn sie hinter Baumstämmen vorbeifuhren. Er versuchte, die Form des Autos zu erkennen, bevor es die Kurve erreichte und die Scheinwerfer direkt in seine Richtung strahlten, während es durch das ungenutzte Farmland fuhr. Wenn es näher kam, duckte er sich, damit sein helles Gesicht ihn nicht verriet, und lauschte dem tiefer werdenden Motorengeräusch, bis er einen Schlag hörte. Das waren die Vorderreifen, die über den leichten Höcker an der Nahtstelle zwischen Straße und Brücke fuhren. Von dort an strahlten die Scheinwerfer über ihn hinweg und rechts an ihm vorbei, und zwei Sekunden lang konnte er das Auto und seine Insassen im hellen Licht der Straßenlaternen auf der Brücke sehen.

In der ersten Stunde waren schätzungsweise ein Dutzend Autos gekommen. In einigen der Autos saßen Frauen und Kinder, manchmal einzelne Männer, aber er hatte ihre Gesichter gesehen, als die Autos über die Brücke fuhren. Es war jetzt beinahe halb elf, und es kam immer seltener ein Wagen. Bald würde die Straße ganz verlassen sein, bis die beiden Männer kamen, um ihre Einbrüche zu begehen.

Dann sah er ein Auto, das anders zu sein schien. Wie die anderen war es aus dem Wald gekommen, der die überdachte Brücke verdeckte, dann nahm es die Kurve und fuhr durch die Felder an den zwei Scheunen vorbei. Walker senkte den Kopf, damit man ihn nicht sah. Den Unterschied erkannte er am Geräusch. Dieses Auto fuhr nicht mit der üblichen, gleichbleibenden Geschwindigkeit. Es beschleunigte kurz, dann rollte es deutlich langsamer weiter, ohne ganz stehenzubleiben, bis der Fahrer wieder Gas gab.

Er stieß Stillman an, ohne den Kopf zu heben. »Dieses Auto ist anders. Es bremst immer wieder ab.«

Stillman wandte sich um und sah die Scheinwerfer, dann

duckte auch er sich. »Er sucht etwas. Halten Sie sich bereit.«

Sie drehten sich beide von der Brücke weg. Das Motorengeräusch wurde immer lauter und die Scheinwerfer leuchteten heller. Walker hörte den Schlag, drehte sich um, um durch die Windschutzscheibe zu sehen, und schoß in die Höhe. Am Steuer saß Mary Catherine Casey.

36

Walker war in Null Komma nichts das Flußufer hinaufgeklettert und rannte über die Washington Street, bevor ihm überhaupt in den Sinn kam, daß er sich entscheiden mußte. Er sprintete an die Ecke Main Street, um noch sehen zu können, wo das Auto hinfuhr. Sobald er sich im Lichtschein der Straßenlampe an der Ecke befand, zwang er sich, nur noch schnell zu gehen. Er blickte die Main Street hinauf und sah, wie sich die beiden roten Rücklichter entfernten. Mary fuhr zwar sehr langsam, aber mit jeder Sekunde entfernte sie sich weiter von ihm.

Er glaubte fast sicher zu wissen, wo Mary stehenbleiben würde. Sie würde an dem Explorer vorbeikommen und ihn erkennen. Sie würde dort in der Main Street parken und dann nach Stillman und Walker suchen. Er bog in die Constitution Avenue ein, wo die Gefahr, gesehen zu werden, geringer war, und rannte in Marys Richtung. Während er lief, fragte er sich, warum sie schon zurück war. Er war davon ausgegangen, daß sie mindestens ein paar Tage in Concord bleiben würde. Sie mußte nach Keene zurückgekehrt sein, hatte den Explorer nicht auf dem Hotelparkplatz vorgefunden und sich auf die Suche gemacht.

Er bog in die Grant Street ein, dann in die Main, und da sah er sie. Sie trug Jeans, ein rotes, kurzärmliges Oberteil und Turnschuhe. Zuerst schien sie ihn nicht zu erkennen. Sie drehte sich zur Seite, mit leicht gebeugten Knien und dem Gewicht auf den Zehen, als überlege sie, ob sie zum Auto zurückrennen sollte. Dann entspannte sie sich. Er sah, wie sie tief durchatmete, dann kam sie auf ihn zu.

Als sie vor ihm stand, legte er den Arm um sie, doch sie schob ihn ungeduldig weg. »Wo ist Stillman?«

»Dort hinten bei der Brücke. Warum?«

Sie wandte sich zu dem Explorer um. »Bitte sag mir, daß du den Schlüssel zu dem da hast.«

»Hab ich nicht. Stillman ist gefahren.«

»Dann komm.« Sie ging auf die Fahrerseite ihres Autos zu, dann blieb sie stehen und hielt ihm den Schlüssel hin. »Fahr zu ihm.«

Walker nahm den Schlüssel, fuhr bis zur nächsten Ecke und bog rechts ab. »Was ist los?« fragte er.

»Ich weiß nicht, ob es etwas Ernstes ist, jetzt, wo ich euch gefunden habe«, sagte sie. »Aber es könnte sein.«

»Wieso? Was ist denn passiert?«

»Als ich von Concord zurückgekommen bin, bin ich in mein Hotel, habe mich umgezogen und dich angerufen. Du hast nicht abgenommen, also bin ich zu eurem Hotel gegangen und habe mich in dein Zimmer geschlichen, so wie das letzte Mal.« Sie sah ihn mit großen Augen an. »Es ist jemand in deinem Zimmer gewesen.«

»Woher weißt du das?«

»Es ist ein einziges Durcheinander. Das Bett ist aufgeschlitzt, der Koffer ist auf den Boden ausgeleert, und alle Taschen deiner Jacken und Hosen sind umgedreht. Stillmans Zimmer sieht noch schlimmer aus. Jemand weiß, daß ihr da seid, und sie wissen auch, wo ihr wohnt.«

»Kann es sein, daß sie dich gesehen haben?«

»Es ist möglich, aber wenn, dann wissen sie nicht, daß ich etwas mit euch zu tun habe. Ich bin durch das Restaurant hineingegangen. Auf dem Weg nach draußen hatte ich ein seltsames Gefühl, deshalb bin ich ein paar Umwege gegangen. Ich bin sogar kurz durch das Einkaufszentrum, um sicher zu sein, das mir niemand folgt.«

Er blickte sie besorgt an. »Würdest du das merken?«

»Natürlich«, sagte sie. »Ich bin praktisch in südkalifornischen Einkaufszentren aufgewachsen. Was glaubst du denn, was man als heranwachsendes Mädchen da so macht? Man versucht, jemanden dazu zu bringen, einem zu folgen.«

Walker fuhr die Washington Street entlang und parkte weit weg von den Straßenlaternen.

Mary blickte sich besorgt um. »Wo ist er?«

»Er ist dort unten am Flußbett. Wir haben auf die beiden Männer gewartet, als du vorbeigekommen bist.«

»Welche beiden ...« Sie unterbrach sich. »Nein. Sag jetzt nichts. Holen wir ihn.« Sie stieg aus und ging schnell um das Auto herum. Als sie auf die Straße traten, legte sie zu seinem Erstaunen ihre kleinen, dünnen Finger um seine. Sie zog ihn an der Hand und ging rasch auf die andere Seite und das steinige Ufer hinunter, bis sie den mit Kieseln bedeckten Boden neben dem Wasser erreicht hatten. Dann zog sie ihre Hand zurück und rannte los, bis sie in der Dunkelheit unterhalb des hohen Ufers fast nicht mehr zu sehen war.

Walker folgte ihr und setzte die Füße vorsichtig auf, während er die Stelle in der Ferne beobachtete, wo die Scheinwerfer immer zuerst auftauchten. Alle paar Sekunden warf er einen Blick nach rechts auf das Ende der Washington Street und das kurze Stück der Main Street, das er von hier aus sehen konnte.

Mary hatte Stillman schnell gefunden. Sie kauerten neben dem großen Stein, auf dem Walker gesessen hatte, und Mary redete leise und gestikulierend auf ihn ein. Walker ging zu ihnen und kniete sich neben Mary auf die Kiesel.

Stillman wandte den Kopf Walker zu. »Haben Sie schon gehört, daß sie unser Hotel gefunden haben?«

»Ja«, sagte Walker. »Ich weiß nicht, wie sie das geschafft haben.«

»Es ist das größte Hotel in dem größten Ort hier«, sagte Stillman. »Da würde ich auch zuerst suchen. Es ist gut, daß wir nicht umgezogen sind, bevor Serena nach Concord gefahren ist. Das gibt uns einen kleinen Vorsprung, den wir vorher nicht hatten.«

»Vorsprung?« fragte Mary. »Was für einen Vorsprung?«

»Wenn sie unsere Zimmer genau durchsucht haben, dann wissen sie, daß wir noch überhaupt nichts haben.«

Mary atmete geräuschvoll aus und schüttelte den Kopf.

»Wenn das Ihre Vorstellung von einem Vorsprung ist, dann ist das ganz schön jämmerlich.«

»Es muß genügen«, sagte Stillman. »Die Tatsache, daß wir nichts haben, wird sie davon überzeugen, daß die Einbrüche keine Zeitverschwendung sind. Egal, ob ihnen das da schon klar war oder nicht, die Tatsache, daß sie unsere Zimmer durchsucht haben, bedeutet, daß sie handeln müssen. Sie haben es uns ziemlich schwergemacht, nicht zu merken, daß sie da sind. Wenn sie es tun wollen, dann muß es heute sein.«

Mary sagte: »Hockt ihr deshalb in diesem Graben? Ihr wartet darauf, daß ein paar Männer herkommen und einen Einbruch durchziehen?«

»Genauer gesagt«, meinte Walker leise, »sind es zwei.«

»Männer oder Einbrüche?«

»Beides.«

»Was hilft euch das?«

»Die Häuser, in die sie einbrechen wollen, gehören James Scully und dem anderen Mann, der mit ihm in Florida war. Wenn sie zu seinem Haus gehen, wissen wir, wer es war.«

»Großartig«, sagte Mary. »Dann können wir jetzt hier verschwinden.«

»Haben Sie ihn gefunden?« fragte Stillman. »Wissen Sie, wer der zweite Mann war?«

»Warum, glauben Sie, bin ich wohl aus Concord zurückgekommen?« sagte sie. »Ich habe herausgefunden, was ich wissen wollte. Kommt mit. Ich erkläre euch alles, während wir zurück nach Keene fahren.« Sie stand auf und wollte losgehen, aber Stillman packte sie am Arm.

»Warten Sie«, sagte er. »Erzählen Sie es uns jetzt gleich.«

Sie griff nach Stillmans Hand und zog sie von ihrem Arm weg. »Myra Sanderidge hat mir geholfen, James Scullys Stammbaum zu erstellen. Sein Vater war Thomas Scully, seine Mutter Mary Holbrooke. Thomas hatte zwei Geschwister und Mary acht, aber die spielen keine Rolle, weil die Verbindung zwei Generationen zurückliegen muß – bei den Großeltern also. Wie jeder andere auch hatte James Scully vier. Seine Großmutter väterlicherseits und sein Großvater mütterlicherseits waren Einzelkinder. Seine Großmutter mütterlicherseits hatte zwei Brüder. Einer ist bei einem Unfall umgekommen und war unverheiratet, der andere hatte zwei Töchter. Eine ist mit sechzehn gestorben, die andere hat zweiundachtzig Jahre gelebt, ohne zu heiraten. Also muß der Großvater väterlicherseits die Verbindung sein. Er hatte eine Schwester namens Amanda Scully, deren Ehemann Bowles hieß. Sie hatte zwei Töchter, die beide Mädchen bekamen, und einen Sohn, dessen Name Philip war. Und Philip hatte einen Sohn namens Gerald.«

Stillman beugte sich zu Walker. »Sind Sie mitgekommen?«

»Ich fürchte nein«, gab Walker entschuldigend zu. Sein Blick war auf Mary gerichtet.

Sie seufzte ärgerlich. »Der einzige nahe männliche Verwandte, der kein Cousin ersten Grades oder noch näher mit James verwandt ist und der vor ungefähr dreißig Jahren geboren wurde, ist Gerald Bowles.«

Stillman stand auf und klopfte seine Taschen ab. »Er steht auf der Liste.«

»Welcher Liste?« fragte Mary.

Walker sagte: »Er hat eine Liste der erwachsenen Männer in Coulter erstellt und sie auf die reduziert, die in Frage kommen – diejenigen, deren Aufenthaltsort nicht bekannt war, die nicht ans Telefon gegangen sind und ...«

Stillman sagte: »In dem Licht kann ich nichts sehen« und kletterte am Rand des Flußbetts entlang. Er überquerte rasch die Washington Street und blieb stehen, um ein paar Blätter auseinanderzufalten. Nachdem er das erste Blatt überflogen hatte, widmete er sich dem nächsten. Er beugte sich ein wenig vor, ins Licht der Straßenlampe, dann faltete er die Blätter wieder zusammen. »Es ist in der Maple Street, Nummer 302.«

Mary ging auf ihr Auto zu. »Fahr oder gib mir den Schlüssel.«

Walker streckte ihr den Autoschlüssel hin. »Wir treffen dich in deinem Hotel, sobald das hier vorbei ist. Ich kann ihn dabei nicht alleine lassen.«

»Wovon redest du?« fragte sie. »Ich habe euch gerade angeboten, euch in die Maple Street zu fahren.«

Stillman sagte zu Mary: »Serena, ich will Sie hier nicht dabeihaben.«

»Sie haben keine Möglichkeit, mich loszuwerden, ohne Aufmerksamkeit zu erregen.«

Stillman blickte sie einen Moment lang ernst an, dann seufzte er. »Wenn Sie unbedingt mitkommen wollen, dann kommen Sie. Lassen Sie das Auto stehen. Wenn etwas schiefläuft, wissen wir alle, wo es ist.« Er ging die Washington Street entlang.

Er überquerte die Constitution Avenue und ging weiter bis zur Federal, dann bog er Richtung Osten ab. Walker sah sich die Häuser in der Federal Avenue an. Ähnlich wie in der Constitution Avenue waren es zum Großteil Häuser im Kolonialstil mit der Eingangstür in der Mitte, aufwendig renoviert und umgebaut, aber ein paar stammten auch aus dem neunzehnten Jahrhundert, rote Backsteinhäuser, die wahrscheinlich ältere ersetzt hatten. Bei jedem Schritt suchte er in den Fenstern nach Köpfen, sah auf den Gehsteig, ob auch nicht zuviel Licht darauf fiel, und hielt Ausschau nach Fußgängern. Aber alle Leute schienen schon vor Stunden nach Hause gegangen zu sein, und viele schliefen wahrscheinlich schon.

An der Grant Street blieb Stillman stehen und flüsterte: »Wir machen es folgendermaßen. Serena, Sie suchen sich eine Stelle in der Maple Street, die nicht einsehbar ist und ungefähr einen Block weit von der Nummer 302 entfernt, in Richtung Main Street. Wenn Sie ein Auto mit zwei Männern kommen sehen oder zwei Männer zu Fuß, dann geben Sie Walker damit ein Zeichen.« Er holte eine kleine Taschenlampe hervor und reichte sie ihr. »Wenn Sie ihm das Signal gegeben haben, schleichen Sie sich davon und gehen zurück zum Auto. Wenn wir innerhalb von zehn Minuten nicht da sind, fahren Sie Richtung Keene.«

Sie sah ihn mißtrauisch an. »Wollen Sie mich auf diese Weise loswerden?«

»Nein«, sagte er. »Auf diese Weise will ich einen Nutzen

aus Ihnen ziehen. Die Polizei sucht nach fremden Männern, die sich in der Stadt herumtreiben, und Sie sind die einzige, auf die die Beschreibung nicht zutrifft.«

Er wandte sich Walker zu. »Sie postieren sich gleich vor der Haustür, wo Sie es sehen können, wenn sie Ihnen ein Signal mit der Taschenlampe gibt. Behalten Sie Serenas Versteck im Auge. Wenn Sie das Licht sehen, holen Sie mich.«

»Und was machen Sie?« fragte Serena.

»Ich sehe mich nur ein wenig im Haus um«, sagte Stillman. »Gehen wir.«

»Aber das ist ...« Sie verstummte, während sie Stillman folgte.

Stillman sagte nichts mehr, bis sie die Maple Street erreicht hatten. Er blieb an der Ecke stehen und blickte eine Weile die ruhige, von Bäumen gesäumte Straße entlang, dann drehte er sich um. »Okay. Es ist einen halben Block entfernt. Keine Fehler und keine Verzögerungen. Wir wissen, daß diese Typen auf dem Weg sind. Serena, los.«

Als Walker zusah, wie Marys kleine, schmale Gestalt allein den Gehsteig entlangging, hatte er das Gefühl, daß sie irgend etwas völlig falsch machten. Stillman schien seine Gedanken zu lesen. »Ihr kann weniger passieren als Ihnen. Sie verübt keinen Einbruch.«

Sie gingen los, als Mary hundert Meter vor ihnen war. Walker behielt sie im Auge, bis sie nur noch ein kleiner Schatten in der Dunkelheit zu sein schien. Gelegentlich verlor er sie, machte sie jedoch wieder aus, indem er abschätzte, welche Strecke sie in dieser Zeit zurückgelegt haben mußte. Schließlich schlich sie sich in den Vorgarten eines Hauses mit dunklen Fenstern und verschwand hinter einem dichten, blühenden Strauch.

Stillman ging neben Walker her und betrachtete im Vorbeigehen jedes Haus. Als sie kurz vor dem richtigen waren, verlangsamte er seinen Schritt und sah es sich genauer an. Nummer 302 war ein schmales, kastenförmiges Haus aus der Zeit des Bürgerkriegs. Es war dreistöckig und hob sich ein wenig von den älteren Häusern in der Straße ab. Das Haus erinnerte Walker ein bißchen an die Sandsteinhäuser in New York. Vorsichtig näherte er sich den Stufen am Eingang. Von einer Stelle daneben konnte er Marys Versteck sehen, dann ging er in die Hocke, um zwischen den Sträuchern vor der Fassade zu verschwinden. Stillman nickte und ging leise um das Haus herum.

Walker hatte Stillman oft genug bei der Arbeit zugesehen. Er konnte sich genau vorstellen, was er machte: Er würde an der Seite entlanggehen, um jedes Fenster zu inspizieren, und sich dann hinten eine Tür oder ein Fenster zum Einbrechen suchen.

Während die Zeit verstrich und Walker sich in der dunklen, stillen Straße allein zu fühlen begann, schienen seine Sinne alles, was er sah, heranzuholen und jedes Geräusch zu verstärken. Die Haustür hatte einen alten, stumpf und dunkel gewordenen Türknauf und ein glänzendes neues Messingschloß. Er suchte am Fundament des Hauses nach Kellerfenstern, aber er entdeckte keines. Er hörte etwas. Es war ein hartes, metallisches Geräusch, wie das Einklinken einer Tür. Er brauchte eine Sekunde, um zu begreifen, daß es von oben gekommen war. Er ging rasch um die Hausecke, drückte den Bauch gegen die glatten, altmodischen Steine, sah um die Ecke und reckte den Hals.

Diesmal hörte er ein leises Kratzen. Ein Fenster wurde geöffnet. Konnte Stillman so schnell dort hinaufgekommen sein? Lange blieb es still. Walker hielt den Atem an und rührte sich nicht. Er sah, wie der Kopf eines Mannes langsam aus dem offenen Fenster hervorkam und hinunter zu der Stelle neben der Treppe blickte, wo Walker sich zuerst versteckt hatte. Es war nicht Stillman. Walker wich zurück, dann zwang er sich, wieder hinzusehen. Der Kopf kam noch ein bißchen weiter heraus, so daß auch die Schultern sichtbar wurden. Etwas bewegte sich, und der rechte Arm hielt einen langen, dunklen, knüppelförmigen Gegenstand nach unten – eine Taschenlampe. Sie ging an, und der helle Strahl fuhr mit ruckartigen Bewegungen über die Büsche an der Treppe. Walker zog den Kopf zurück. Der Strahl bewegte sich vor dem Haus nach links und verschwand. Walker blickte gerade noch rechtzeitig wieder nach oben, um zu sehen, wie der Mann sich zurückzog. Er hob den Arm und schaltete die Taschenlampe aus, doch nicht bevor Walker das dunkelblaue Hemd und die glänzende Dienstmarke gesehen hatte. Das Fenster ging zu.

Walker drehte sich um und lief, so schnell er konnte, zur Rückseite des Hauses. Als er um die Ecke bog, sah er Stillman vor der Hintertür knien, das Gesicht ganz nahe am Schloß. Als Walker auf ihn zukam, richtete sich Stillman auf und sah ihn an.

»Was ist los?« flüsterte er. »Hat sie das Signal gegeben?«

»Ich habe gerade einen Mann im Fenster des ersten Stocks gesehen. Es war ein Polizist.«

»Verdammt«, flüsterte Stillman. »Aber wieso? Wir haben doch gar nicht gewußt, wer der zweite Mann war. Wir haben ihnen nicht einmal gesagt, daß es einen zweiten Mann gibt.«

Selbst in dem düsteren Licht konnte Walker sehen, wie Stillman die Augen zusammenkniff. »Serena soll zu ihrem Auto. Es ist Zeit zu verschwinden.«

37

Walker schlich hinter Gerald Bowles' Haus entlang. Er hielt sich dicht an der Rückwand, so daß sich ein Polizist in einem oberen Stockwerk hätte hinauslehnen müssen, um ihn zu sehen.

Er hörte kein Fenster aufgehen, also ging er weiter zum nächsten Garten. Es war ein Haus im Kolonialstil, aber auf der Rückseite waren zwei Glastüren eingebaut worden, die auf die Terrasse führten. Er konnte in ein Eßzimmer hineinsehen, das im Stil des achtzehnten Jahrhunderts eingerichtet war. Es hatte hellrote Wände, die von knapp unterhalb der vier Meter hohen Decke bis fast hinunter auf Kniehöhe mit gerahmten Bildern bedeckt waren. Walker sah auch einen Tisch mit anmutig geschwungenen Beinen und ein riesiges Sideboard. Auf der anderen Seite des Raums war eine schmale Tür, durch die er bis in die Küche sah. Dort stand eine junge Frau in einem grünen Pullover, deren glänzendes blondes Haar zu einem kurzen Pferdeschwanz zurückgebunden war. Sie schenkte zwei Dosen Cola in Gläser ein. Walker schlich sich an den Terrassentüren vorbei und verschwand in der Dunkelheit.

Auch in den nächsten drei Häusern waren Fenster erleuchtet, aber sie waren kleiner und setzten höher an, so daß er sich ducken und darunter durchgehen konnte, ohne an Tempo zu verlieren. Das fünfte Haus war dunkel, deshalb ging er dort über die Zufahrt auf die Straße. Er warf einen Blick zurück zum Haus von Gerald Bowles, aber von den Polizisten war nichts zu sehen, und der Winkel war mittlerweile schräg genug, daß die oberen Fenster keine große Gefahr mehr darstellten. Er lief zu einer Stelle des Gehsteigs, die im Dunkeln lag, und dann hinüber auf die andere Seite.

Er ging zu dem Busch, wo er Mary zuletzt gesehen hatte, aber dort war sie nicht. Er blickte verzweifelt in alle Richtungen, bis er vom nächsten Haus her ein leises, gehauchtes Pfeifen hörte. Sie kauerte hinter der Balustrade der Veranda vor dem Haus. Er ging auf sie zu, und sie kam ihm entgegen. Er nahm sie am Arm und erklärte ihr leise, während er sie zur anderen Ecke des Hauses hinzog: »In dem Haus sind Polizisten.«

Sie flüsterte zurück: »Gott sei Dank. Ich habe Stillman eine Straße weiter aus einem Garten kommen sehen und wußte nicht, was ich machen soll.«

Walker behielt die Straße im Auge und warf ab und zu einen Blick zurück zum Haus von Bowles. Als sie um das Haus herum zum Garten gegangen waren, blieb er stehen. »Die nächste Straße in dieser Richtung ist die Constitution Avenue. Wir sind ein paarmal durchgegangen, ohne jemanden zu sehen.«

Mary durchquerte mit ihm die nächsten paar Gärten, bis sie bei einem herauskamen, der an der Constitution Avenue lag. Walker ging vor zur Einfahrt und stand einen Augenblick lang still da, um zur Polizeiwache zu blicken und dann in Richtung Fluß. So spät schienen hier keine Autos mehr unterwegs zu sein, und es war mindestens zwei Stunden her, seit er den letzten Fußgänger gesehen hatte. Er winkte Mary, dann wartete er auf dem Gehsteig auf sie.

Schweigend gingen sie eine Straße weiter. Er sagte leise: »Wir wissen nicht, was da los ist. Wir wußten, daß die Polizei ein paar Leute zu Scullys Haus schicken wollte, aber nicht zu diesem.«

Mary sah ihn verwundert an. »Ihr habt mit der Polizei geredet und dann beschlossen einzubrechen?«

»So hatten wir das nicht geplant«, sagte Walker. »Das war wohl von Anfang an das Problem. Wir haben keine Strategie. Wir reagieren nur. Etwas passiert, und wir mühen uns ab, so schnell wie möglich mitten hinein zu geraten.«

Er ging ein paar Schritte weiter. »Wir haben zwei Männer hier gesehen, die in ein Café an der Main Street gegangen sind. Es waren dieselben, die uns in Pasadena überfallen haben. Wir haben uns gedacht – beziehungsweise Stillman hat gedacht –, daß sie aus demselben Grund hier sind wie wir: um nach Beweisen zu suchen, die sie mit Scully und dem anderen Toten in Verbindung bringen. Also wollten wir die Polizei dazu bringen, sie festzunehmen. Als die Polizisten nicht gleich mit den beiden Männern zurückgekommen sind, hat Stillman erwähnt, daß sie hier sind, um bei Scully einzubrechen. Der Chief hat gesagt, er will dort Leute postieren, um sie dabei zu schnappen.«

»Offenbar könnt ihr euch nicht beschweren«, sagte sie. »Sie machen mehr, als ihr wolltet.«

»Das ist ja das Problem«, sagte Walker. »Wir haben das mit Bowles nicht gewußt, bis du es uns erzählt hast. Woher wissen sie es?«

Sie kamen zur Grant Street. Walker ging voran, blickte nach links, dann nach rechts und erstarrte. Ein Mann bog von der Main Street in die Grant Street ein. Als er die hellen Lampen hinter sich gelassen hatte, begann er zu laufen. Er kam auf sie zu.

Walker sagte ruhig: »Versuche, ganz normal zu wirken. Wenn er okay ist, läuft er weiter die Grant Street entlang. Wenn nicht, dann lauf zu deinem Auto.«

Er legte Mary den Arm um die Taille und trat vom Gehsteig, um die Straße zu überqueren, als wären sie ein Pärchen, das an einem Sommerabend einen Spaziergang macht. Aber Walker beobachtete den Mann aus dem Augenwinkel heraus.

Mary sagte: »Wenn ich wegrenne, was machst dann du?«

Walker gab keine Antwort. Er holte ein paarmal tief Luft und suchte die nächsten dreißig Meter der Constitution Avenue nach der besten Stelle für einen Kampf ab, dann blickte er wieder zurück zur Grant Street.

An der Kreuzung kam der Mann unter einer Straßenlaterne vorbei, und Mary sagte: »Stillman.«

Sie blieben stehen, und Stillman kam atemlos auf sie zu. »Bin ich froh, daß ich euch erwische«, sagte er. »Der Explorer ist weg.«

»Weg? Wie kann das sein?« fragte Mary. »Er stand doch noch da, als ich in die Stadt gefahren bin. Das kann keine halbe Stunde her sein.«

Stillman atmete bereits ruhiger. »Jedenfalls ist er jetzt weg. Es wäre ziemlich schwierig gewesen, heute hier ein Auto zu stehlen, deshalb vermute ich, er ist abgeschleppt worden. Ich würde ja bei der Polizei anrufen und fragen, aber mein Handy war im Handschuhfach.«

»Ich kann mich an keine Parkverbotsschilder erinnern«, sagte Mary. »Ich habe noch geguckt, weil ich …«

»Es ist egal«, unterbrach Stillman sie. »Wir nehmen einfach Ihr Auto und verschwinden hier.« Aber Walker merkte, daß Stillman keineswegs der Meinung war, daß es egal war.

Sie gingen schnell die Straße entlang. Stillman schwieg, aber er wirkte viel vorsichtiger als vorher und machte ein verbissenes Gesicht. Er ließ die anderen lange vor jeder Kreuzung stehenbleiben, dann ging er langsam vor, während sie warteten. Er sah prüfend hinter dem Eckhaus oder den Hecken hervor und blickte die Querstraße entlang bis zur Main Street, überquerte sie schnell und wartete erst auf Walker und Mary, wenn er wieder einen unbeleuchteten Abschnitt des Gehwegs erreicht hatte.

Beim zweiten Mal sagte Mary zu ihm: »Als Sie auf der Polizeiwache waren, mit wem haben Sie da geredet?«

»Da waren zwei einfache Polizisten und der Chief«, antwortete Stillman. »Jetzt lassen Sie Ihre Phantasie nicht mit Ihnen durchgehen. Es ist kaum möglich, daß die Polizei in einem Ort dieser Größe jemanden wie Scully nicht kennt und jeden, der sich mit ihm abgegeben hat. Wenn sie hören, daß er erschossen worden ist, dann suchen sie doch natürlich auch gleich nach dem anderen.«

»Und warum haben sie uns das nicht gesagt?« fragte Walker.

»Warum hätten sie das tun sollen?« sagte Stillman.

Mary sagte: »Haben Sie die Namen mitbekommen?«

»Von wem?«

»Von den Polizisten.«

Stillman hörte nur mit einem Ohr zu. Er konzentrierte sich auf das, was er sah und von der Main Street her hörte. »Äh ... Raines. Das war der Chief.«

Walker sagte: »Einer hieß Elton. Und einer Carlyle. Ich weiß noch, als ich den Namen gehört habe, habe ich mich gefragt, ob er mit den Besitzern des Bekleidungsladens in der Main Street verwandt ist.«

»Klasse«, flüsterte Mary vor sich hin. »Einfach klasse.«

»Was?« fragte Walker.

Sie schüttelte den Kopf. »Nichts. Aber dieser Ort ist mir unheimlich.«

Stillman blickte ihr in die Augen. »Gibt es etwas, das ich nicht weiß?«

»Es liegt wahrscheinlich nur an mir«, sagte sie. »Ich habe einen ganzen Tag in Concord verbracht und alte Register gelesen, und dabei sind mir Jonathan Tookers Geschichten im Kopf herumgegangen.« Sie ging weiter. »Als ich Scullys Stammbaum erstellt habe, hat mir Myra alle Unterlagen aus Coulter gebracht, die sie finden konnte. Ungefähr zwanzig Namen sind immer wieder aufgetaucht. Coulter war ein Familienname. Und dann waren da noch Scully, Holbrooke, Bowles, Ames, Derby, Perkins, Griggs, Starke, Fairweather, Gates ...« Sie verstummte.

»Und?«

»Elton, Carlyle und Raines«, sagte sie widerstrebend. »Mittlerweile sind sie alle auf sechs oder sieben Weisen miteinander verwandt. Soweit ich weiß, wäre der genetische Fingerabdruck des Chiefs dem von Scully ähnlicher als der von Bowles.«

»Machen wir uns nicht verrückt«, sagte Stillman. »Wahrscheinlich gilt das für jeden kleinen Ort östlich der Appalachen. Und in kleinen Ortschaften weiß die Polizei, wer mit wem befreundet ist. Deshalb wußten sie wahrscheinlich auch genug, um Bowles' Haus zu überprüfen. Jedenfalls sind sie jetzt dabei, also können wir hier nichts mehr tun außer in Schwierigkeiten geraten.«

Schweigend erreichten sie die Adams Street. Walker fiel auf, daß Stillman seine Vorsichtsmaßnahmen noch verstärkte. Er überquerte die Adams Street erst, nachdem er mindestens dreißig Sekunden dagestanden und sich umgesehen hatte.

Als sie wieder zu ihm stießen, wartete er neben einem Baum im Vorgarten eines unbeleuchteten Hauses. Walker flüsterte: »Haben Sie etwas gesehen?«

»Gesehen nicht«, sagte Stillman. »Gespürt. Vielleicht kommt es nur von dem, was Serena gesagt hat. Was halten Sie davon, wenn wir eine Abkürzung durch ein paar Gärten nehmen und beim Auto wieder herauskommen?«

»Ich finde, das hört sich gut an«, sagte Walker. Sie gingen zwischen zwei Häusern hindurch auf die Rückseite. Die Häuser näher am Fluß schienen älter zu sein und die Lücken dazwischen größer. Sie schlichen durch die nächsten drei Gärten, dann sah Walker die Straße und erkannte die Stelle. Er sagte: »Ich habe die Schlüssel. Wartet auf mich. Wenn ihr den Motor hört, wißt ihr, daß alles in Ordnung ist.«

Er schlich leise über den Rasen neben dem Haus. Er sah die erleuchteten Fenster des Old Mill auf der anderen Seite des Flusses und hörte schwache Stimmen, die vom Parkplatz dort herüberdrangen. Es kam ihm unheimlich weit weg und unerreichbar vor, wie ein Haus auf einem

Gemälde. Er näherte sich der Washington Street. Jetzt merkte er, daß die Stimmen nicht vom Restaurant her kamen. Sie schienen näher zu sein. Er erreichte die Ecke des Hauses, duckte sich und beugte sich vor, um auf die Washington Street sehen zu können. Marys Auto war verschwunden.

38

Stillman und Mary folgten Walker seitlich am Haus entlang bis nach vorne und blickten hinter der Ecke hervor auf die Washington Street. Sie sahen die erleuchteten Fenster des Old Mill auf der anderen Seite des Flusses. Stillman wagte sich langsam weiter vor, ohne den Rücken ganz von der Seitenwand des Hauses zu lösen, und blickte die Straße und das Flußufer in Richtung Süden entlang.

Mary stellte sich neben Walker. »Warum sollten die mein Auto abschleppen?«

Aber Stillman sagte: »Seht euch das an.« Er deutete auf die Männer, die am Flußbett entlanggingen. »Fünf Suchscheinwerfer«, sagte er. Zwei Strahler erleuchteten den kieselbedeckten Uferstreifen vor den Männern, zwei waren auf das gegenüberliegende Ufer gerichtet, und einer schwenkte methodisch über die Wasseroberfläche. Durch das Licht auf dem Boden vor ihnen waren die dunklen Silhouetten der Männer klar zu erkennen. Sechs gingen nebeneinander her, und jeder trug offenbar eine Pumpgun mit kurzem Lauf, wie sie die Polizei benutzte.

Stillman beugte sich noch weiter vor und reckte den Hals, dann wich er zurück, damit die anderen es auch sehen konnten. Eine zweite, ebenso große Gruppe Männer bewegte sich mit Strahlern in die entgegengesetzte Richtung. Stillman trat ein paar Meter zurück und flüsterte.

»Wahrscheinlich haben sie deshalb die Autos abgeschleppt«, sagte er. »Offenbar glauben sie, daß sich die beiden irgendwo am Fluß verstecken. Vielleicht denken sie sogar, es ist ihr Auto. Vielleicht hat jemand uns beide da unten hocken sehen und die Polizei angerufen.«

»Warten Sie«, sagte Walker. Er blickte über Stillmans Schulter hinweg zum Old Mill hinüber. Ein dunkelblauer Transporter war über die Brücke und auf den Parkplatz gefahren. Zwei uniformierte Polizisten stiegen aus und gingen in das Restaurant.

Hinter den Fenstern entstand Bewegung. Leute standen von ihren Tischen auf. Andere gingen rasch an einem Fenster vorbei, als würden sie Platz machen. Ein Streifenwagen fuhr über die Brücke und parkte schräg bei dem Transporter, und zwei weitere Polizisten eilten hinein.

Nach ein paar Minuten ging die Restauranttür auf. Zwei Polizisten kamen heraus und dann ein Kellner, der die Tür aufhielt. Die beiden Polizisten gingen zu dem Transporter. Einer schob die Seitentür auf, während der andere auf den Fahrersitz kletterte.

Als nächstes kam ein Mann in einem kurzärmeligen, karierten Hemd heraus. Seine Arme waren mit Handschellen auf dem Rücken gefesselt. Hinter ihm ging ein Polizist, der ihn am Oberarm gepackt hatte. Walker sagte: »Das ist keiner von den beiden. Sie haben den falschen erwischt. Das da ist nur ein Tourist. Ich habe ihn heute mit Frau und Kindern beim Mittagessen gesehen.«

Danach kam die Frau heraus, und auch sie trug Handschellen. Walker wartete ängstlich. Als er sie vorher gesehen hatte, hatten sie zwei Kinder dabeigehabt. Aber keiner der nächsten drei Gefangenen war ein Kind. Es waren ein älteres Ehepaar und ein Mann mit einem Anglerhut, der aussah, als hätte ihn ihm jemand anders aufgesetzt.

Walker wartete darauf, daß auch noch die beiden Kinder auftauchten, aber der Kellner, der die Tür aufgehalten hatte, ging wieder in das Restaurant und zog die Tür hinter sich zu. Die fünf Gefangenen bewegten den Kopf und rissen den Mund auf, als würden sie laut sprechen, doch Walker hörte nicht, was sie sagten. Die junge Mutter wirkte am wütendsten. Als die Polizisten die anderen in den Transporter schoben, drehte sie sich um, so daß sie einem der Polizisten gegenüberstand. Sie stand aufrecht mit zurückgezogenen Schultern da, und Walker erkannte an der Art, wie sie den Kopf hochhielt, daß ihre Worte nicht darauf abzielten, den Polizisten zu erfreuen.

Der Polizist schob den älteren Mann in den Transporter. Dann langte er nach dem Arm der Frau. Sie drehte sich ärgerlich weg, um sich ihm zu entziehen, aber der Polizist schien genau darauf gewartet zu haben. Er streckte den Arm aus, drehte ihren Körper herum und packte von hinten ihre Haare. Er riß ihren Kopf zurück und zerrte sie zum Transporter. Statt an der Seitentür stehenzubleiben wie bei den anderen, stieg er in den Wagen ein, ohne sie loszulassen. Walker sah, wie sie schnell rückwärts ging, um mit ihm Schritt zu halten, und sich dann in den Transporter hochstemmte, damit die Schmerzen aufhörten. Ihre Füße rutschten weiter hinein, und einer der Polizisten aus dem Streifenwagen schob die Tür zu und schlug zweimal seitlich an den Wagen, bevor er zu seinem Partner zurückging.

Der Wagen fuhr los, zog einen weiten Kreis auf dem Parkplatz, kam, den Streifenwagen im Gefolge, über die Brücke und verschwand hinter den Häusern in der Main Street.

Walker flüsterte: »Das sind Touristen. Wie kann die Polizei denken, die hätten etwas damit zu tun?«

Mary sagte leise: »Was ist, wenn sie uns suchen?«

»Wir sind nur Zeugen. Ich glaube nicht, daß sie sich so anstrengen würden, um Zeugen zu suchen«, sagte Stillman. »Außerdem haben sie uns doch gesehen. Zumindest zwei von uns. Sie wissen, wie wir aussehen. Niemand wird die Frau dort unten ernsthaft für Max Stillman halten.«

»Was machen sie dann?« fragte Mary.

»Wahrscheinlich ist in dem Restaurant etwas passiert«, vermutete Stillman. »Eine Prügelei oder so. Wenn man zwei Männer sucht, dann nimmt man nicht vier fest und aus Gründen der Gleichberechtigung auch eine Frau.«

»Sollen wir nicht lieber vom Fluß weggehen?« fragte Walker. »Sie scheinen alle hierherzukommen.«

»Halten Sie noch ein bißchen durch«, sagte Stillman.

»Wenn man nicht im Zentrum des Geschehens ist, dann weiß man nicht, was los ist.«

Sie kauerten sich zwischen die beiden Häuser und spähten auf die Straße und ans andere Ufer. Nach dem Aufruhr am Old Mill wurde es wieder ruhig. Walker hörte die Frösche in den seichten Stellen auf der anderen Seite des Flusses. Die Männer, die mit den Scheinwerfern am Ufer entlanggegangen waren, waren längst außer Sicht und nicht mehr zurückgekehrt. Die Zeit verstrich, und der Schock und die Aufregung, die die Szene vor dem Restaurant ausgelöst hatte, konnten sich langsam setzen. Walker ließ sich hinten am Haus neben Mary nieder, und bald lehnte sie sich an seine Brust und schmiegte sich in seinen Arm. Sie flüsterte: »Walker, hast du Angst?«

Die Frage hätte ihn nicht überraschen sollen, aber sie tat es. Er selbst hatte Stillman einmal diese Frage gestellt. Zuerst wußte er keine Antwort. Es schien nicht das richtige Wort für das zu sein, was er empfand. Er war sich bewußt, daß dort draußen im Flußbett eine Gefahr lauerte und vielleicht sogar hier in den Straßen, aber mittlerweile glaubte er zu wissen, wie er sich im Moment davon fernhalten konnte. Er suchte nach einem anderen Wort, aber keines schien ihm zu passen, weil alle das Gefühl eher komplizierter machten, als es zu erklären.

»Es ist wahrscheinlich nicht so schlimm, wie es im Moment aussieht«, sagte er. »Mit anzusehen, wie dieser Polizist die Frau an den Haaren packt, das war schon schrecklich. Vielleicht können wir für sie aussagen, wenn sie die Stadt verklagt.«

»Wenn sie hier Geschworene finden, die nicht mit dem Polizisten verwandt sind«, meinte Mary. Sie setzte sich plötzlich frustriert auf und sah zur Straße hin. »Was wartet er hier noch so lange?« Sie hielt sich ganz still, dann erhob sie sich langsam, ohne den Blick von der Lücke zwischen den Häusern abzuwenden. Als sie einen Schritt nach vorne ging, hörte Walker sie vor sich hin murmeln: »Was ist jetzt los?«

Walker stand ebenfalls auf und ging an ihr vorbei zu

Stillman, der vorn am Haus hockte. Hinter dem Old Mill, weit jenseits der Felder, wo sich die Straße zwischen den Hügeln hindurchwand, waren Scheinwerfer zu sehen. Er sah sie in den Wald fahren, wo der Fluß die Biegung machte und die überdachte Brücke war. Die Scheinwerfer kamen aus dem Wald und durch die Felder heran, vorbei an den beiden alten Scheunen. Er zählte acht Scheinwerferpaare, dann zehn, dann vierzehn. Das erste fuhr um die letzte Kurve, und die Scheinwerfer leuchteten geradeaus, so daß es immer heller zu werden schien und die Schatten von Bäumen an die Wände der alten Häuser auf dieser Seite des Flusses geworfen wurden.

»Haben Sie eine Ahnung, was das ist?« fragte Walker.

»Unsere zwei Einbrecher sind es nicht«, antwortete Stillman. Er zeigte auf den Parkplatz neben dem Old Mill. »Sie scheinen erwartet zu werden.«

Wieder standen Polizeiwagen auf dem Parkplatz, diesmal gleich vier. Ein paar Polizisten waren ausgestiegen und standen neben der Einfahrt zum Parkplatz. Als die Scheinwerfer des ersten Autos sie anleuchteten, winkten die Polizisten den Fahrer auf den Parkplatz. Alle Autos wurden in die Parkplätze an der Hauswand eingewiesen, in der Nähe des Eingangs. »Für mich sieht das aus, als wäre die vierzigköpfige Gesellschaft angekommen, für die sie heute nachmittag die Tische vorbereitet haben«, sagte Stillman.

Wenn der Fahrer den Wagen geparkt hatte, öffneten die Insassen die Türen und stiegen aus. Es waren offenbar alles Männer, meistens waren es zwei, manchmal waren sie aber auch zu dritt oder zu viert. Bei der Restauranttür gingen Polizisten an den Autos entlang, schüttelten Neuankömmlingen die Hand, redeten und gestikulierten. Ein paar Männer gingen ins Restaurant, aber die meisten liefen auf dem Parkplatz herum und sprachen mit Männern aus anderen Wagen. Immer mehr Autos kamen an, und die Fahrer und Insassen versammelten sich zu einer ungeordneten Menge.

Walker hatte nicht den Eindruck, sie seien zu einer Feier gekommen – zumindest nicht alle zu derselben Feier. Manche trugen Jeans, manche gebügelte Hosen und Sportjacketts, und einige wenige trugen eine Krawatte. Eines der Polizeiautos fuhr los und strahlte dabei die Reihe der geparkten Wagen an. »Die Autos sehen alle neu aus«, sagte Walker.

Das Polizeiauto fuhr an das eine Ende der Reihe und hielt dort, ein anderes fuhr zum anderen Ende. Stillman sagte: »Und warum, glauben Sie, kommt die Polizei wohl zu der Feier?«

Jetzt stellten sich die Männer hinter den beiden Polizeiwagen an. Die Polizisten öffneten den Kofferraum ihrer Autos, und die Schlangen bewegten sich langsam vorwärts. Immer wenn ein Mann an der hinteren Stoßstange eines Polizeiautos ankam, reichte ihm der Polizist, der dort postiert war, eine Pumpgun mit kurzem Lauf. Der Mann ging dann um das Auto herum und blieb an der Motorhaube stehen, wo ein großer Pappkarton stand. Er langte hinein und nahm eine Schachtel Munition heraus, stellte sich ein paar Meter weg, füllte sich die Taschen mit Patronen und reichte den Rest der Schachtel dem nächsten Mann, der dann dasselbe tat. Manche luden auch erst die Magazine ihrer Waffen mit Patronen.

»Sieht nach Verstärkung aus«, sagte Walker. »Vielleicht Polizisten aus anderen Ortschaften?«

Mary tippte Stillman und Walker auf die Schulter. »Können wir jetzt bitte weg hier?«

»Ich würde gerne erst sehen, in welche Richtung sie fahren«, sagte Stillman. »Wenn man einen Mann mit einer Waffe sieht, ist man besser hinter ihm als vor ihm.«

Fast alle Männer hielten ihre Waffen jetzt anders, mit der Mündung nach oben, so daß Walker wußte, daß sie geladen waren. Die Männer stiegen wieder in ihre Autos ein. Zwischen dem Fahrer des vorausfahrenden Autos und einem der Polizisten gab es noch eine Diskussion, dann fuhren sie los. Der erste Wagen kam über die Brücke, bog rechts in die Washington Street ein und hielt an, um auf die anderen zu warten, nur knapp zwanzig Meter von ihrem Versteck entfernt.

Stillman sagte: »Jetzt können wir los.« Sie liefen zurück durch die Gärten, durch die sie gekommen waren. An der ersten Querstraße blieb Stillman stehen, blickte in beide Richtungen, rannte hinüber und dann die Constitution Avenue entlang. Erst mehrere Straßen weiter verlangsamte er sein Tempo.

»Was ist los?« fragte Mary. »Was machen sie?«

»Sie bereiten eine großangelegte Suche vor«, sagte Stillman. »Das ist jetzt keine gute Zeit, um sich draußen aufzuhalten. Wir machen uns lieber auf zur Kirche.«

Mary fragte: »Zur Kirche?«

Aber Stillman lief schon wieder weiter. Mary seufzte und rannte ihm nach. Walker behielt Mary im Auge, aber er merkte, daß sie keine Schwierigkeiten hatte mitzuhalten. Er wußte, daß sie Angst hatte und verwirrt war, aber sie schien sich entschlossen zu haben, diese Gefühle jetzt hintanzustellen und sich auf das Laufen zu konzentrieren. Ein paar Straßen weiter stellte Walker fest, daß man Stillman langsam die Anstrengung anmerkte, aber Mary sah aus wie eine ganz normale junge Frau, die an einem Sommerabend joggt. Sie lief mit geballten Fäusten und erhobenem Kopf und hob kräftig die Knie. Er wünschte instinktiv, sie hätte einen Hund dabei oder Kopfhörer auf statt zwei Männer als Begleiter.

Als sie die Kirche erreicht hatten, blieben sie in der Dunkelheit hinter dem Gebäude stehen und warteten, bis sich ihr Atem beruhigte und ihr Herzschlag normalisierte. Walker sagte: »Ich gehe zum Eingang und sehe nach, ob immer noch offen ist.«

Mary schob ihn weg. »Ich gehe. Mich haben sie noch nicht gesehen.« Sie schlich sich um die Ecke zur Vorderseite der Kirche. Walker und Stillman folgten ihr bis zur vorderen Ecke, hielten sich aber nahe an der Wand, um nicht in den Schein der Straßenlaterne zu geraten. Walker wartete ein paar Sekunden, aber das Warten erschien ihm unerträglich. Er trat um die Ecke und sah, wie sie sich abmühte, die schwere Tür aufzuschieben, dann lief er an der Vorderseite entlang und die Stufen hinauf, mit Stillmans

Keuchen im Ohr. Als sie drinnen waren und sich die große Tür hinter ihnen geschlossen hatte, war es zu dunkel, um etwas zu sehen.

Mary flüsterte: »Ich habe noch die kleine Taschenlampe.«

»Die würde man durch die Fenster sehen«, sagte Stillman. »Warten wir, bis sich unsere Augen an die Dunkelheit gewöhnt haben.« Am Klang seiner Stimme erkannte Walker, daß er sich langsam auf den Eingang der Garderobe zubewegte.

Walker nahm Marys Hand. »Komm weg vom Eingang.« Sie tasteten sich an der Wand entlang bis zur Tür. Als sie in der Garderobe waren, entzog sie ihm ihre Hand. »Das ist aber kein tolles Versteck.«

Walker sagte: »Über uns ist der Kirchturm, und oben gibt es einen Glockenstuhl. Wir waren schon dort.« Er nahm ihre Hand und legte sie auf eine der lackierten Sprossen, die an der Wand befestigt waren. »Das ist die Leiter.«

Ein paar Sekunden schwieg sie. »Ich glaube, ich sehe sie. Das Viereck dort oben?«

Walker fragte: »Hast du Höhenangst?«

»Natürlich habe ich Höhenangst«, schnappte sie.

»Stillman kann zuerst gehen, dann du«, sagte Walker. »Ich bin unter dir. Wenn irgendwas ... passiert, dann fange ich dich auf.«

Stillmans Stimme kam aus der Dunkelheit. »Der ist so dumm und macht das wirklich.« Stillman setzte den Fuß auf die unterste Holzsprosse und stieg hinauf.

Mary sagte zu ihm: »Erwarten Sie bitte nicht von mir, daß ich Sie auffange.«

»Ich werde besonders vorsichtig sein.« Er kletterte weiter, und bald hörten sie, wie er den Deckel von der Luke abhob. Ihre Augen hatten sich jetzt an die Dunkelheit gewöhnt, und so sahen sie, wie seine Beine immer kürzer wurden und in der tieferen Dunkelheit über ihnen verschwanden.

Walker wollte Mary zur Leiter führen, aber sie schüttelte seine Hand ab. »Ich sehe sie«, sagte sie. Sie stieg auf die höchste Sprosse, die sie erreichen konnte, und kletterte hoch. Walker sah ihr von unten zu und versuchte, in dem düsteren Licht ihre genaue Position und ihre Körperhaltung zu erkennen, um berechnen zu können, wie sie fallen würde, falls sie ausrutschte. Sie hielt den Kopf hoch und kletterte wie jemand, der das äußerst ungern tat und wild entschlossen war, es hinter sich zu bringen, bevor er Zeit zum Nachdenken hatte. Bald waren nur noch ihre Beine zu sehen. Dann nahm Stillman sie an den Händen und zog sie hoch.

Auch Walker kletterte schnell hinauf, dann legte er den Deckel sorgfältig zurück auf die Luke und sah sich nach den anderen um. Das offene Viereck auf der Ebene über ihnen schien auch nachts heller zu sein, aber er sah nur wenig. Er hörte das Schlurfen von Füßen und bewegte sich darauf zu. Er flüsterte: »Ich bin oben.«

Mary sagte: »Schön für dich. Diesmal gehe ich zuerst, und ihr könnt mich beide auffangen.« Sie kletterte bereits weiter. Ihr Körper blockierte einen Augenblick das Licht in der Öffnung über ihnen, dann verschwand er wieder, und Stillman begann hinaufzusteigen. Walker wartete, bis Stillman ganz oben war.

Als er die obere Ebene erreichte, stand Stillman an der Westwand des Glockenstuhls und blickte zwischen den Lamellen hinaus, während Mary, die auf der Ostseite stand, ihn ansah. »Das ist nicht so schlecht, wie ich befürchtet hatte.«

»Hier wird kaum jemand zufällig vorbeikommen«, stimmte Walker ihr zu.

Stillman sagte: »Es geht los.« Walker und Mary gingen zu Stillman hinüber und blickten nach unten. Die Autos hatten sich über die Washington Street verteilt. Jetzt postierten sie sich in den Straßen, die vom Fluß zur Ortsmitte verliefen. Auf ein Signal hin, das Walker nicht sehen konnte, fuhren sie gleichzeitig langsam die Straßen entlang. In jeder Straße fuhr ein Auto mit eingeschaltetem Fernlicht voraus. Mindestens dreißig Meter dahinter folgte ein zweites Auto mit ausgeschalteten Scheinwerfern.

Stillman sagte: »Sehen Sie das? Der erste Wagen versucht, alles anzustrahlen. Wenn er an einem vorbeifährt und man Optimist ist, denkt man, man hat es geschafft. Man verläßt sein Versteck und bewegt sich. Aber man hat es eben nicht geschafft, weil da noch ein Auto kommt, das man nicht gesehen hat.«

»Ich hoffe, die beiden Typen sind Optimisten«, sagte Walker.

»Kommen Sie«, sagte Stillman. »Wenn die Autos, die durch die Main Street fahren, direkt unter uns und den Straßenlaternen sind, versuchen Sie ein Nummernschild zu erkennen.«

Walker kniete sich auf den Boden und legte das Gesicht an die Lamellen. Er sah, wie die beiden Autos langsam durch die hellerleuchtete Geschäftsstraße rollten. Beide Wagen hatten das Fernlicht an. Jedesmal, wenn das voranfahrende Auto zu einer Kreuzung kam, hielt es kurz an, während der Fahrer die Querstraße überprüfte und das zweite Auto aufholte. Dann fuhr das erste Auto wieder vor. Der Fahrer schien sich zu bemühen, auf gleicher Höhe wie die Autos in den anderen Straßen zu bleiben.

Als Walker das weiße Nummernschild sah, stieg ein Verdacht in ihm auf. Die Schrift darauf schien grün zu sein. Als das Auto sich der Kirche näherte, kniff er die Augen zusammen und beugte sich vor, um das Nummernschild zu erkennen. Der Wagen fuhr an der Kirche vorbei und hielt an der Ecke. Als das Auto dahinter näher kam, leuchtete die reflektierende Oberfläche des hinteren Nummernschilds immer heller auf. »Das ist nicht aus New Hampshire«, sagte Walker. Er erkannte, daß die grünen Zahlen orange umrandet waren. »Das erste Schild sieht aus wie aus ... Florida!«

Stillman nickte. »Das hatte ich befürchtet. Es schien mir so, als der erste über die Brücke gefahren ist. Aber Sie haben ja in letzter Zeit viel mehr davon gesehen als ich. Das erklärt, warum sie alle neu sind. Es sind Mietwagen.«

Walker sagte: »Der zweite kommt aber woandersher. Vielleicht aus Georgia.«

»Was bedeutet das?« fragte Mary.

Stillman sagte ruhig: »Das bedeutet, daß wir am richtigen Ort sind. Es sieht so aus, als würden alle, die mit diesen Morden zu tun haben, auf einmal hier auftauchen.«

»Das wäre dann doch wohl der falsche Ort«, sagte sie. »Warum sind sie jetzt nur alle hier?«

Stillman antwortete: »Bevor wir heute nachmittag diese beiden Männer gesehen haben, waren wir im Old Mill. Dort haben die Kellner Tische für dreißig, vierzig Personen gedeckt. Wir haben nicht erfahren, für wen. Es muß für sie gewesen sein. Sie waren weg – unten in Florida, wo der Hurrikan war – und haben noch mehr Geld gestohlen. Es sollte eine Willkommen-daheim-Party sein. Wahrscheinlich sind die beiden heute nachmittag nur als erste angekommen.«

»Die wohnen offenbar alle hier«, sagte Walker. »Es waren nicht nur Scully und Bowles.«

»Also sucht kein Mensch da unten nach den beiden Killern, stimmt's?« sagte Mary. »Die suchen nach uns.«

Stillman nickte. »Ich glaube, die Polizisten hatten sich gedacht, wir würden wieder wegfahren, sobald sie uns sagen, daß die beiden Killer weg sind. Aber als wir nicht abgefahren sind, mußten sie den Plan ändern. Sie haben beschlossen zu warten, bis es dunkel ist und diese Männer hier angekommen sind, weil sie dann genügend Leute hätten, um uns zu finden. Dann würde auch der Rest der Stadt schlafen, und die meisten Fremden wären weg ...«

»Diese Touristen«, unterbrach Mary. »Die im Restaurant.«

Stillman sagte: »Ich glaube, die sollten weg sein, bevor diese Männer ankamen. Das waren sie aber nicht. Sie durften nicht sehen, wie vierzig Männer hier eintreffen, Waffen von der Polizei bekommen und die Stadt durchsuchen. Die Polizei wird sie wahrscheinlich über Nacht in eine Zelle stecken, wo sie nichts sehen und nichts hören können. Morgen werden sie ihnen sagen, es war eine Verwechslung, sich entschuldigen und sie wieder gehenlassen.«

Mary schwieg ein paar Sekunden. »Wie kommen wir hier raus?«

Stillman sagte: »Wenn wir sie genau genug beobachten, werden wir eine Möglichkeit finden.«

»Wozu – uns den Weg freizuschießen?«

»Diese Männer da unten sind offenbar für so etwas ausgerüstet«, sagte Stillman. »Wir hingegen sind es nicht.«

»Was?«

»Keine Waffen«, sagte Walker.

Ihre Augen wurden groß. »Ihr seid hierhergefahren, um zwei Mörder zu suchen, und ihr habt nicht einmal eine Waffe mitgebracht?«

»Wir haben keine Mörder gesucht«, sagte Walker. »Wir haben das Haus eines Toten gesucht.« Als sie reglos stehen blieb, fügte er hinzu: »Wir wollten nur ein paar Nachforschungen anstellen.«

Sie funkelte erst ihn und dann Stillman zornig an, verschränkte die Arme vor der Brust und stellte sich mit dem Gesicht zu den Lamellen, um das Gespräch für beendet zu erklären. Doch gleich darauf ließ sie die Arme sinken, beugte sich vor und griff nach den Lamellen. »Oje.«

Walker trat neben sie und sah hinaus. Ein paar der Autos hatten das östliche Ende der Straßen erreicht und fuhren in Richtung Main Street. »Sie sind am Ende angekommen«, sagte er. »Was ist los?«

»Nicht die Autos«, sagte Mary. »Hier in der Straße. Die Häuser.«

Walker bückte sich und blickte zwischen den beiden Lamellen hindurch, die auf Marys Augenhöhe waren. Er sah, daß sich in der Oak Street etwas Neues tat. Polizeiautos krochen dort mit Blaulicht langsam durch die Straße. Andere Polizisten waren zu Fuß unterwegs, gingen schnell von Haus zu Haus und klopften an die Türen. Er hob den Kopf ein Stück, um den Abschnitt der Oak Street zu sehen, wo die Autos bereits gewesen waren.

Alle Fenster waren erleuchtet, und die Lampen auf den Verandas und an den Einfahrten warfen helle Lichtkreise auf den Boden. In all dem Licht sah er überall Menschen. Fußgänger kamen in kleinen Gruppen die Straße entlang. Manchmal waren es auch Paare, aber alle gingen auf die

Main Street zu. Sie sahen aus wie die Opfer einer Katastrophe, die aus einer Stadt flohen.

Er bückte sich. Die Polizeiwagen hatten sich von dem Straßenabschnitt entfernt, wo er sie zuerst gesehen hatte. Auch dort gingen die Lichter an. Türen wurden geöffnet, und Menschen strömten heraus. Als sie die Main Street erreichten, kamen sie unter den hellen Straßenlaternen vorbei, und er konnte sie besser sehen. Es waren Männer und Frauen, und einige schienen noch keine Zwanzig zu sein. Zwei Männer, die direkt unter dem Kirchturm vorbeigingen, bevor sie die Straße überquerten, hatten weiße Haare. Jeder, den Walker sah, trug eine Waffe.

39

Vom Kirchturm aus beobachtete Walker, wie die Leute durch die Seitenstraßen ans andere Ende der Main Street strömten. »Das müssen zweihundert Menschen sein«, sagte er. »Ich kann das gar nicht fassen. Vielleicht hat die Polizei einfach jedem erzählt, daß sich zwei Killer in der Stadt versteckt haben.«

Stillman sah mit zusammengekniffenen Augen auf die Straße hinunter. »Wenn, dann können wir wohl ziemlich sicher sein, daß die Beschreibung, die sie ihnen gegeben haben, nicht auf die beiden Männer paßt, die wir vor dem Café gesehen haben.« Er schwieg einen Moment. »Ich kann es auch kaum glauben. Ich bekomme schon blaue Flecken vom Zwicken.«

Mary setzte sich auf den Boden und brummte: »Machen Sie ruhig weiter damit. Vielleicht finden Sie dabei in Ihrer Tasche eine Waffe.«

»Das würde uns wohl nicht viel nützen. Selbst wenn ich zu jedem da draußen hingehen und ihn in den Kopf schießen könnte, würde ich dazu immer noch mehr Munition brauchen, als ich tragen kann.«

Sie blickte auf zu Walker. »Was machen sie jetzt?«

»Ich weiß es nicht genau«, sagte Walker. »Sieh mal, ob du dir einen Reim darauf machen kannst.«

Sie stand auf und sah zum östlichen Ende der Main Street hinüber. In der Cherry Street, der letzten Querstraße am Ortsrand, liefen Männer in Polizeiuniformen hin und her. Sie winkten und sorgten dafür, daß die Leute sich in einer Linie aufstellten, im Abstand von etwa zwei Metern und mit dem Rücken zu dem Maschendrahtzaun, der den Ort von den Feldern trennte. Mary ging an die Ecke und stellte fest, daß die Menschenkette sich bis zum nördlichen Ende der Stadt fortsetzte. Dann drehte sie sich um und ging zur Südwand, aber dort war die Sicht zum Teil durch das Kirchendach versperrt.

Sie stellte sich neben Walker. Von hier aus konnte sie den Anfang der Main Street sehen, wo die Brücke über den Fluß führte, sowie den Parkplatz des Old Mill. Dieses Ende der Stadt schien verlassen zu sein, bis auf die vier Polizeiwagen, die auf dem Parkplatz standen.

Stillman rief sie hinüber auf die Ostseite. »Die Autos fahren wieder los.«

Walker und Mary sahen zu, wie sich die Scheinwerfer langsam an der Menschenkette entlangbewegten. Die Autos, die Seitenstraßen durchsucht hatten, kamen wieder zurück und krochen in Richtung Fluß. Auf einen Befehl, den sie aus der Entfernung nicht hörten, trat dann die lange Reihe von Menschen vor.

Die Leute gingen stur geradeaus, über die Straße, durch die Vorgärten in der Cherry Street, über Gehsteige und Zufahrten. Haustüren wurden geöffnet, und die dunklen Fenster wurden hell, erst im Erdgeschoß, dann in den oberen Stockwerken. Sie sahen die Leute hineingehen und in den hellen Fenstern wieder auftauchen. Dann wurden die Hintertüren geöffnet, und Leute strömten heraus. Garagentore wurden hochgeschoben, Taschenlampen beleuchteten das Innere, dann gingen die Suchtrupps wieder weiter. Andere, die auf der Straße gingen, blieben stehen und leuchteten in und unter parkende Autos, blickten zu den Veranden hoch und durchsuchten die Hecken der Vorgärten. Die ganze Kette bewegte sich ungefähr gleich schnell vorwärts, bildete manchmal eine Schlangenlinie, riß aber nie ab.

Gut fünfzehn Meter hinter der Kette der Einwohner kamen Männer im Abstand von ungefähr zwanzig Schritten. Sie hielten Gewehre über der Brust. Gelegentlich deutete einer von ihnen auf etwas oder winkte, als würde er die Leute in der Kette ermahnen, auf gleicher Höhe zu bleiben, oder sie auf ein mögliches Versteck hinweisen.

»Das ist eine Tigerjagd«, sagte Stillman. »Die Leute in dieser Kette sind die Treiber. Die dahinter mit den Gewehren sind da, falls wir die Kette durchbrechen.« Er ging zu den Lamellen auf der Westseite. »Am anderen Ende wartet sicher etwas Großes auf den Tiger. Sehen wir mal, was es ist.«

Walker und Mary stellten sich neben ihn. Vor dem Old Mill standen immer noch die vier Polizeiwagen, aber sonst schien dort nichts mehr los zu sein.

»Sie haben die Brücke nicht blockiert«, sagte Mary.

»Die sieht ein bißchen zu einladend aus, oder?« sagte Stillman. »Wenn wir wegfahren wollten, wäre das der einzige Weg. Selbst wenn wir zu Fuß gehen würden, müßten wir trotzdem den Fluß überqueren.«

Sie beobachteten die Seite ein paar Minuten, aber nichts änderte sich. Die Lichter des Old Mill wirkten warm und einladend.

Walker ging zur Nordwand, wo er das Stück der Main Street vor der Kirche sah. Die Menschenkette hatte jetzt die Oak Street erreicht, und er konnte die schwankende Linie genauer sehen. Zu seiner Rechten waren alle Häuser erleuchtet. In jedem Fenster brannte Licht, jeder Außenstrahler warf einen weißen Kreis auf den Asphalt oder verwandelte ein Stück Rasen in taghelles Grün.

Die Lichter in den Straßen zu seiner Linken gingen jetzt auch langsam an, eines nach dem anderen. »Ich frage mich, was wohl passiert, wenn sie den Ortsrand erreichen und uns nicht gefunden haben«, sagte Walker.

»Das werden wir sehen«, sagte Stillman. »Ich hoffe, sie denken sich, wir sind zu Fuß entkommen, und schicken alle ins Bett.« Er hatte sich nicht von der Westseite wegbewegt. Seine Augen waren noch auf den Fluß gerichtet.

»Könnte das sein?« fragte Walker.

»Ich wüßte nicht, was dagegenspricht. Wir haben gemeldet, daß wir zwei Mordverdächtige in der Stadt gesehen haben, und die Polizei hat sich enorm angestrengt, eine Fahndung zu organisieren. Wenn wir uns beschweren wollen, dann steht unser Wort gegen das aller anderen. Unsere Interpretation der Ereignisse würde sich ein bißchen exzentrisch anhören, um es milde auszudrücken.«

Stillman stellte sich plötzlich auf die Zehenspitzen, um durch die Lamellen weiter oben sehen zu können, dann entschied er sich für eine niedrigere. »Kommen Sie her«, sagte er. Die anderen gingen zu ihm und blickten ebenfalls nach Westen. Die Autos, die einen Block vor der Menschenkette durch die Straßen gefahren waren, hatten die Washington Street erreicht. Dort parkten sie alle am Randstein.

Im Flußbett schien plötzlich etwas los zu sein. Am ganzen Fluß entlang blitzten im Abstand von fünfzehn Metern Taschenlampen auf, als würde ein Signal weitergegeben. Bald kletterten Männer die Böschung hinauf, um sich denen anzuschließen, die an der Washington Street aus den Autos ausstiegen.

»Das beantwortet meine Frage«, sagte Stillman. »Da wollten die Treiber uns hinjagen. Sie wollten, daß wir versuchen, den Fluß zu überqueren.«

Die Kette der Einwohner erreichte die letzte Häuserreihe an der Washington Street. Die Lichter in den Fenstern gingen an. Verandalampen beleuchteten den Menschenstrom, der sich durch die Gärten zwischen den Häusern bewegte und die Main Street, die Constitution, die Coulter, die Federal und die New Hampshire Avenue entlangkam. Sie kamen alle zusammen, um in der Washington Street und am Flußufer herumzulaufen. Die lange Kette hatte sich jetzt aufgelöst, und die Menschen sahen aus wie eine Menge auf einem Volksfest.

Ein Polizeiauto schaltete sein rot-blaues Signallicht an und fuhr langsam durch die Washington Street. Walker hörte den schwachen Hall einer verstärkten Stimme aus einem Megaphon, aber er verstand kein Wort. Männer und

Frauen, die in kleinen Gruppen zusammengestanden hatten, wandten sich um und traten zur Seite, um den Streifenwagen vorbeifahren zu lassen. Andere gingen wieder auf den Gehsteig. Das Auto bewegte sich extrem langsam voran, aber schließlich erreichte es das Ende und fuhr zurück zur Main Street. Es bog ab und fuhr weg vom Fluß.

Hinter dem Polizeiauto schloß sich die Menge wieder und folgte ihm. Sie kamen vom Fluß aus heran, manche auf den Gehsteigen, andere mitten auf der Main Street. Sie gingen in Paaren oder kleinen Gruppen und unterhielten sich dabei.

Walker legte den Arm um Mary und sah zu, wie die Leute näher kamen. Er wartete und hoffte, daß einige von ihnen in den Häusern an der Washington Street verschwinden und die Lichter ausgehen würden. Er hielt den Atem an, als die ersten an der Adams, der Jefferson und der Franklin Street vorbeigingen. Mittlerweile war die Menge zu einem langen Strom geworden, und Walker sah, daß niemand nach Hause ging.

Mary sagte leise: »Nicht so fest«, und Walker merkte, daß er unwillkürlich die Muskeln angespannt hatte. Er zog seinen Arm zurück.

Weit unter ihnen quietschte eine schwere Tür, dann drangen Stimmen herauf. Zuerst versuchte Walker sich einzureden, daß die Geräusche von der Main Street herkamen, doch dann war ein unverkennbares Echo zu hören: Die Stimmen wurden von den nackten Wänden eines geschlossenen Raums zurückgeworfen. Die Leute versammelten sich in der Kirche.

40

Ohne sich auch nur mit einem Wort verständigt zu haben, kauerten sie sich hin und lauschten, während sich die Einwohner unter ihnen in der Kirche versammelten. Sie verharrten alle drei völlig reglos, atmeten kaum, doch sie hatten sich eng zusammengehockt, als könnten sie sich dadurch schützen. Als eine längere Zeit vergangen war, richtete sich Walker vorsichtig ein wenig auf und blickte hinaus auf die Main Street, dann wandte er sich um und sah nach Westen hinaus. Er ging wieder in die Knie.

»Die Straßen sind leer«, flüsterte er. »Nur vor dem Restaurant stehen noch die vier Polizeiwagen, und ein paar fahren hin und her. Offenbar sind alle hier.«

Stillman sagte: »Ich habe das Gefühl, es könnte an der Zeit sein, den Ort zu wechseln.«

Mary bekam große Augen. »Sie meinen, wir sollen da runter?«

»Ich weiß nicht, was uns das nützen sollte«, meinte Walker.

Stillman antwortete: »Wissen Sie noch, wie wir in Scullys Haus waren? Ich habe seine Schlüssel mitgenommen.« Er holte sie aus der Tasche und hielt sie hoch. »Da ist ein Autoschlüssel dran.« Er blickte sie nachdenklich an. »Keiner von den anderen ist nach Florida *gefahren.* Sie sind hingeflogen und haben sich für den Rückweg Mietwagen genommen. Es gibt keinen Grund anzunehmen, daß er und Bowles es anders gemacht haben sollten.«

Mary sagte: »Moment. Haben Sie nicht gesagt, die Polizei wollte Leute in Scullys Haus postieren, so wie sie es bei Bowles gemacht haben?«

»Sicher, aber ich weiß nicht, warum ich glauben sollte, was die Polizei uns erzählt hat.«

Walker sagte: »Wir waren den ganzen Nachmittag hier oben, und ich habe keine Polizisten bei Scullys Haus gesehen.«

Stillman fügte hinzu: »Sie sind gerade herumgelaufen und haben jede Glühbirne in der Stadt eingeschaltet, auch bei Scully. Vielleicht waren Polizisten dort, vielleicht sind sie es noch. Aber unsere Chancen, sie bei all dem Licht zu sehen, sind ganz gut, und wir haben niemanden gesehen. Die ganze Stadt scheint im Moment in der Kirche unter unseren Füßen zu sein, und wenn wir an ihnen vorbeikommen würden, hätten wir eine Chance.«

»Wenn sie ins Bett gehen würden, würden unsere Chancen besser stehen«, meinte Mary skeptisch.

Stillman sagte: »Die Entscheidung kann uns jetzt jeden Moment abgenommen werden.« Er hielt inne. »Und, was machen wir?«

»Ich glaube nicht, daß wir noch eine bessere Gelegenheit kriegen, an ein Auto zu kommen«, sagte Walker.

Mary holte tief Luft, atmete aber nicht aus. »Okay«, sagte sie. Die Luft schien in ihrer Brust eingeschlossen zu sein.

Walker blickte wieder zu allen vier Seiten hinaus. Er suchte Scullys Haus. »Ich sehe immer noch niemanden bei Scully. Es ist überhaupt niemand in der Birch Street.«

Stillman sagte: »Dann nichts wie los.« Er kroch zu der Öffnung, die auf die dunklere mittlere Ebene hinunterführte. »Eins noch. Diese Leute werden uns nicht einfach aus der Stadt lassen. Wenn sie uns zu fassen kriegen, bringen sie uns um.«

»Glauben Sie, damit machen Sie es uns einfacher, da runterzuklettern?« fragte Mary.

»Ich will nur sagen, daß wir für heute nacht umdenken müssen«, sagte Stillman. »Wenn jemand eine Waffe auf Sie richtet, hält es ihn nicht davon ab abzudrücken, wenn Sie die Hände über den Kopf nehmen.«

»Das ist mir schon seit einer Weile klar«, sagte sie.

Stillman stieg hinunter, bis er in der Finsternis verschwunden war. Walker lauschte, aber er hörte keinen Schritt. Dann setzte sich Mary auf den Boden, steckte die Beine durch die Öffnung, fand mit dem Fuß eine unsichtbare Leitersprosse und stieg ebenfalls nach unten. Walker blickte noch ein letztes Mal durch die Lamellen im Glockenstuhl, aber er stellte keine Veränderung fest. Er rutschte zur Leiter.

Als Walker die nächste Ebene erreichte, setzte er den Fuß ganz langsam auf, um kein Geräusch zu machen. Er hatte sich so sehr an die kaum wahrnehmbaren Geräusche der anderen gewöhnt, daß er spüren konnte, wo sie sich in der Dunkelheit befanden. Er kniete sich hin und tastete nach dem Lukendeckel. Stillman kniete sich neben ihn, als er den Deckel einen Zentimeter hob und in die Garderobe darunter blickte.

Im ersten Moment kam ihm das Licht unglaublich und beängstigend hell vor, aber bald hatten sich seine Pupillen so weit verengt, daß er sehen konnte, daß es in der Garderobe nicht so hell war wie im Vestibül. Das Licht, das ihm so strahlend vorgekommen war, kam von der Hängelampe dort. Er sah, daß der Holzboden zu seinen Füßen leer war. Er bewegte sich nach links, hob den Lukendeckel ein wenig mehr an, legte sich auf den Bauch und sah wieder hinunter. Er konnte zwar nicht den ganzen Vorraum sehen, aber der sichtbare Teil zumindest war leer.

Er hob den Deckel ab und stieg hinunter in die Garderobe. Er hörte jemanden in der Kirche sprechen. Es war eine Männerstimme. Walker kletterte weiter nach unten und versuchte, möglichst leise aufzutreten.

»Sicher ist das ein Problem«, sagte die Stimme. »Aber es ist nichts, womit wir nicht fertig werden, wenn wir alle aufpassen, daß wir nichts falsch machen. Wir müssen Geduld haben.«

Eine höhere Stimme – eine Frau – löste die Männerstimme ab. Walker vermutete, daß sie in einer Kirchenbank gegenüber vom Altar saß, denn ihre Stimme klang gedämpft. Sie gab nur eine kurze Erklärung ab, und Walker hörte andere Stimmen, die der Frau beizupflichten schienen.

Walker war jetzt unten am Boden angelangt. Er ging zu der Wand neben der Tür und neigte vorsichtig den Kopf, um nachzusehen, ob im Vorraum Leute waren. Dann blickte er hoch und sah, daß Mary bereits halb unten war.

Als das Gemurmel nachließ, erhob ein Mann die Stimme. Walker kam die Stimme bekannt vor. »Also, diese beiden sind ja nicht gerade ein FBI-Sonderkommando aus der Hölle.« Gelächter erfüllte den Raum, bis der Mann weitersprach. »Das sind Bürokraten – Ermittler von einer Versicherungsgesellschaft. Sie verdienen sich ihren Lebensunterhalt damit, verlorengegangenes Tafelsilber zu suchen und auf dem Golfplatz Videos von Erwerbsunfähigen zu drehen.« Diesmal erkannte Walker die Stimme: Chief Raines.

Walker spürte eine Hand auf der Schulter und drehte sich blitzartig um. Es war Mary. Er blickte an ihr vorbei und sah, daß Stillman nun auch durch die Luke gekommen war und das Gelächter nutzte, um den Deckel unbemerkt über die Luke zu ziehen. Stillman kletterte rasch weiter nach unten. Als das Gelächter verklang und die Leute wieder zuhörten, wurde er langsamer.

Chief Raines sagte: »Ich glaube, sie haben einfach nur ein Versteck gefunden, das wir übersehen haben. Ich würde vorschlagen, daß wir alle, wenn wir hier fertig sind, nach Hause gehen – nicht alleine, sondern in Gruppen von mindestens vier – und dort suchen. Überprüft jeden Schrank, jede Kellerecke, jeden Zentimeter des Dachbodens. Wenn ihr etwas seht, dann patrouillieren in jeder Straße Streifenwagen – es ist also immer Hilfe in der Nähe. Wenn ihr sicher seid, daß niemand im Haus ist, dann sperrt alles ab. Laßt draußen alle Lampen an, aber schaltet die im Inneren aus. Mindestens eine Person sollte unten und eine oben sein und die ganze Zeit aus dem Fenster sehen.«

Der Chief wurde von einem der Zuhörer unterbrochen, den Walker aber nicht verstehen konnte. Der Chief antwortete: »Jetzt, wo alle aus Florida zurück sind, haben wir mehr als genug Leute, und wir durchsuchen auch Stellen, an denen wir noch nicht waren. Selbst wenn wir sie nicht in die Enge treiben können, werden sie sich bewegen müssen. Sie wollen nicht hierbleiben, sie wollen die Stadt verlassen. Wenn alle suchen, wird irgend jemand sie sehen.«

Mary zog Walker am Arm. Er wandte sich um und sah, daß das Fenster der Garderobe offen war und Stillman sich gerade auf der anderen Seite hinunterließ. Walker hob Mary hoch, und auch sie stieg hindurch. Walker kletterte ihr nach, drehte sich auf dem Fensterbrett um und ließ sich auf das Gras fallen, dann zog er das Fenster vorsichtig zu.

Als er sich umwandte, waren Stillman und Mary bereits in Richtung Constitution Avenue losgegangen. Stillman schien etwas bei sich zu tragen. An der Ecke fingen sie an zu rennen, und er sprintete ihnen nach, um sie einzuholen. Sie hielten das Tempo, bis sie die Birch Street erreichten, in die sie in Richtung Main Street einbogen.

Stillman blieb stehen. Er reichte Walker und Mary leichte Sommerjacken. »Die habe ich mir aus der Garderobe ausgeborgt«, sagte er. »Vielleicht kommen wir damit leichter über die Straße.« Walker zog sich die Jacke über, wartete, bis auch Mary soweit war, und wollte losgehen, aber Stillman hielt ihn zurück.

»Noch nicht«, sagte er. »Das reicht noch nicht.«

»Wir gehen nicht?«

»Nein«, sagte Stillman. »Wir müssen warten.«

»Aber sie könnten jede Sekunde hier sein.«

»Genau darum geht es. Sehen Sie sich um. Wir sind die einzigen, die zu Fuß unterwegs sind. Es ist wie ausgestorben. Wenn diese Versammlung vorbei ist, werden die Straßen voller Leute sein. Keiner von ihnen wird schon die Birch Street erreicht haben, aber es sieht trotzdem so aus, als kämen wir von der Versammlung.«

Mary blickte Stillman an, sagte aber nichts.

Walker stimmte widerstrebend zu. »Na gut.«

»Geben Sie mir eine Minute«, sagte Stillman. »Ich gehe so nahe wie möglich zur Ecke Main Street. In der Sekunde, in der sich die Türen öffnen, gehe ich los. Ihr beide geht zusammen hinüber. Haltet Händchen oder so, und bleibt in derselben Geschwindigkeit wie alle anderen. Ich gehe alleine über die Straße, und wir treffen uns auf der anderen Seite.«

Er ging los. Mary und Walker blieben auf dem Gehsteig stehen und warteten. Sie sagte leise: »Hast du gehört, was der Mann dort drinnen gesagt hat?«

Er nickte. »Dieser Mann war der Chief.«

»Aber die ganze Stadt war dort drinnen und hat zugehört und war einverstanden. Das sind nicht nur ein paar Polizisten, die die Leute betrügen. Es sind alle. Sie machen alle mit.«

»Hoffen wir nur, daß alle auf der Versammlung waren«, sagte Walker. Dann erstarrte er. »Kinder. Vorhin haben wir Kinder gesehen. In manchen Häusern müssen Leute sein, die auf sie aufpassen.«

»Wir sollten Stillman warnen.«

Sie sahen Stillman winken und über die Main Street gehen. »Zu spät«, sagte Walker. Er legte ihr den Arm um die Taille, drückte sie einmal fest, dann ließ er den Arm dort ruhen. »Wir müssen gehen. Sieh nur nicht zu den Fenstern hin.«

Sie gingen zur Ecke und traten auf die Straße. Walker blickte an Mary vorbei zur Kirche hinüber. Die Türen waren aufgegangen, und die Menschen kamen über die Stufen herunter und gingen über den Gehweg auf die Main Street. Er paßte sein Tempo an. Bevor er und Mary die Mitte der Straße erreicht hatten, war die Straße westlich von ihnen bereits voll mit Leuten.

Einige der Einwohner entfernten sich auf dem Gehsteig in Richtung Fluß, andere gingen nach Osten und überquerten dann die Straße, so wie Walker und Mary. Walker ging mit gleichmäßigen, gemächlichen Schritten und rechnete jede Sekunde damit, jemanden hinter ihnen herrennen zu hören.

Dann traten sie auf den Gehsteig, und nach ein paar weiteren Schritten waren sie in der Birch Street und entfernten sich von der Main Street. In der Birch Street war es immer noch viel heller als an dem Morgen, an dem Walker und Stillman zum ersten Mal in Scullys Haus gewesen waren. Walker mußte sich zwingen, nicht dorthin zu rennen, bevor die ersten Bewohner zurückkamen und sie entdeckten. Als er und Mary fast dort waren, sah er, daß Stillman an der Hausecke wartete.

»Die Garage ist offen, und sein Auto steht drinnen«, sagte Stillman. »Es ist ein Chevy Blazer.«

Walker fragte: »Sollen wir die Pistole aus dem Schlafzimmer holen?«

Stillman schüttelte den Kopf. »Nein. Die Situation hat sich nicht verändert. Wenn wir schießen, sind in einer Sekunde achtzig Leute hinter uns her. Und wenn wir nicht schießen müssen, was sollen wir dann damit anfangen?« Um die Diskussion zu beenden, ging er die Zufahrt hinauf in die Garage.

Als sie alle drinnen waren, reichte Stillman Mary die

Schlüssel. »Sie fahren. Sie sind die einzige, die sie noch nicht gesehen haben.«

Stillman setzte sich auf den Rücksitz, und Walker stieg vorne ein. Stillman tippte ihn an. »Sie müssen sich ducken. Serena sagt uns, was sie sieht.«

Mary ließ den Motor an und fuhr rückwärts hinunter auf die Straße. Walker kauerte sich auf dem Boden zusammen und spürte, wie das Auto nach vorne ruckte. Sie berichtete: »Wir sind immer noch vor den ganzen Leuten. Ich biege links ab und fahre die nächste Straße auf den Fluß zu.« Sie bog ab.

»Ich sehe Scheinwerfer vorne«, sagte sie. »Es sieht aus wie ein Polizeiauto.«

»Egal, wem das Auto gehört, wir wollen ihm auf keinen Fall zu nahe kommen«, sagte Stillman. »Können Sie irgendwo abbiegen, ohne daß es so aussieht, als wollten Sie ihm ausweichen?«

»Ich fahre um die nächste Ecke und wieder auf die Main Street.« Sie fuhr langsam um die Kurve, dann seufzte sie. »Auf der Straße sind Leute. Ich kann an ihnen vorbeifahren, aber wenn sie das Auto kennen, werden sie mich wohl kaum für James Scully halten.«

»Versuchen Sie, an der nächsten Ecke abzubiegen und so zum Fluß zu kommen«, sagte Stillman.

Sie spürten, wie das Auto langsamer wurde und dann ausrollte. »Auf dieser Straße sind zwei Autos, die in diese Richtung kommen.« Sie gab wieder Gas. »Ich fahre auf die Main Street.«

Als sie an der Main Street war, hielt sie an. »Das sieht nicht gut aus«, sagte sie. »Ich sehe noch mehr Autos vor der Brücke. Zwei davon sind Polizeiwagen.«

Stillman sagte: »Fahren Sie auf sie zu, damit sie nur unsere Scheinwerfer sehen.«

Sie bog in die Main Street ein und an der nächsten Ecke wieder ab. »Sie folgen uns nicht«, sagte sie. »Es sieht so aus, als würden sie einfach warten, bis wir auf die Brücke zufahren. Vielleicht kann ich auf der Washington Street von hinten an sie heranfahren.«

»Dann fahren Sie bis zum Ende der Straße und dann zum Fluß«, sagte er.

»Okay.«

»Was sehen Sie vor sich?«

»Nicht viel. Dort am Ende der Straße ist eine Zufahrt. Ein großes Gebäude. Auf dem Schild steht New Mill Systems.«

»Gut«, sagte Stillman. »Fahren Sie, bis Sie fast dort sind, und halten Sie dann.«

Gleich darauf hielt das Auto am Randstein. »Ich parke. Was soll ich jetzt machen?«

»Kann uns jemand sehen, wenn wir uns aufsetzen?«

»In den Häusern hier ist noch niemand, aber ich habe gerade Leute an der Ecke zur Main Street gesehen. Es kann also nicht mehr lange dauern.«

Stillman und Walker setzten sich auf. Die Straße war von den Fenstern der Häuser und den Lampen an Dächern und Veranden auf beiden Seiten hell erleuchtet. Direkt vor ihnen lag der düstere Parkplatz von New Mill Systems. Walker sah dort die üblichen dreißig, vierzig Autos stehen und neben dem Parkplatz das kastenförmige Backsteinhaus mit seinen schmalen, hoch liegenden Fenstern, die wie alle anderen erleuchtet waren.

Stillman sagte: »Fahren Sie auf den Parkplatz.«

»Er ist nicht abgesperrt«, sagte Mary. »Überall stehen Autos.«

»Richtig«, sagte Stillman. »Mitten unter dreißig Autos fallen wir nicht so auf.«

Mary fuhr auf den Parkplatz, schaltete die Scheinwerfer ab und suchte sich die dunkelste Ecke.

»Nicht da«, sagte Stillman. »Suchen Sie sich einen Platz in der Mitte.«

Mary parkte in der dritten Reihe und stellte den Motor aus. »So, da wären wir. Und warum?«

Walker sagte: »Wir haben das Problem offenbar nicht richtig erfaßt. Wir müssen nachdenken.«

»Während Sie nachdenken, begleiten Sie mich kurz«, sagte Stillman. »Serena, Sie bleiben da. Lassen Sie den

Schlüssel stecken, und halten Sie die Augen offen. Wenn etwas im Anzug ist, fahren Sie schnell los und sammeln uns auf.«

Walker stieg aus und wartete, bis Stillman bei ihm war. Walker blickte auf die Felder hinter dem Haus. »Meinen Sie, wir könnten es in der Richtung schaffen?«

»Das habe ich zuerst auch gedacht, bis ich heute abend diese Gewehre gesehen habe. So eine Waffe nützt einem in einer Stadt, in der man mit jedem verwandt ist, nicht viel. Die Kugel geht glatt durch eine Hausmauer hindurch, und wenn sie im Wohnzimmer wieder herauskommt, ist sie immer noch gefährlich. Und sie brauchen keine große Reichweite, um etwas zu treffen, was einen halben Block entfernt ist. Ich glaube, sie hoffen darauf, daß wir uns nicht mehr verstecken und versuchen wegzulaufen. Sobald wir in knöchelhohem Gras stehen und hundert Meter um uns herum nichts höher als ein Gänseblümchen ist, erwischen sie uns.«

»Was machen wir dann?«

»Die ganze Stadt scheint bewaffnet zu sein. Wenn ein einziger auf diesem Parkplatz abgelenkt war, als er geparkt hat, hat er vielleicht etwas vergessen, was mir nützlich sein könnte.«

»Wie stehen die Chancen?«

»Besser, als wenn wir nicht nachsehen würden«, sagte Stillman. »Sie sehen sich das Gebäude genau an. Überprüfen Sie, ob man hineinkommt.«

Walker ging auf den Backsteinbau zu, dann blieb er zwischen zwei Autos stehen und tat so, als würde er sich den Schuh binden. Er nutzte die Zeit, um das Gebäude von unten zu betrachten. Er suchte am Dach nach Kameras und Scheinwerfern, aber er sah keine.

Er ging zur Rückseite des Gebäudes. Dort mußte noch irgend etwas sein außer diesen schmucklosen Backsteinmauern mit ihren winzigen Fenstern. Er bog um die Ecke. Da waren nur ein betonierter Weg direkt neben dem Haus, eine baumlose Wiese und ein hoher Maschendrahtzaun, genau wie der am Ostrand des Ortes. Er ging weiter. Er bog um die nächste Ecke. Dort stand dicht an der Wand ein großer Container. Er sah ihn sich genauer an. Er war mit einem Vorhängeschloß versehen, so daß Walker ihn nicht einmal öffnen konnte, um nachzusehen, ob man sich dort gut verstecken konnte.

Von hier aus sah er den Parkplatz. Mit einiger Anstrengung identifizierte er Sullys roten Chevy Blazer in der dritten Reihe, aber Mary sah er nicht. Er suchte den Parkplatz nach Stillman ab. Zuerst entdeckte er ihn nicht, aber dann bemerkte er eine dunkle Gestalt, die sich von Auto zu Auto bewegte und sich bückte, um in die Autos hineinzusehen.

Walker wollte schon wieder zum Parkplatz gehen, blieb aber stehen und besah sich noch einmal die Position des Containers. Er legte die Hände auf den Deckel und sprang nach oben, dann zog er die Beine hinauf, kniete sich kurz hin und setzte die Füße vorsichtig am Rand auf, damit der Deckel nicht unter ihm nachgab und ein Geräusch verursachte. Wacklig stand er da und blickte durch das kleine Fenster.

Er war enttäuscht. Er sah ein großes Zimmer, das aussah wie jeder andere Büroraum auch. Es unterschied sich nicht sehr von dem Schiff im siebten Stock des McClaren-Gebäudes. Es gab Schreibtische mit Computern darauf, Aktenschränke an den Wänden und Pinnwände mit Landkarten und Zetteln daran. Die Nachtschicht hatte gerade Dienst: Ein paar Leute arbeiteten an Schreibtischen, ein paar liefen mit Papieren oder Kaffeetassen herum. Dann fielen ihm ein paar ungewöhnliche Kleinigkeiten auf.

Er reckte den Hals, um die Landkarte über dem Schreibtisch, der ihm am nächsten stand, zu sehen. Sie zeigte Florida. Am anderen Ende des Raums war eine große Konsole mit vielen elektronischen Geräten, kleine Module mit Reglern und Lautsprechern. Davor saß eine Frau mit Kopfhörer und drehte an ein paar Knöpfen.

Walker stützte sich an der Hauswand ab und beugte sich weiter vor, damit er die Frau sehen konnte, die links unter dem Fenster am Schreibtisch saß. Sie blickte auf einen Computerbildschirm und tippte. Walker hielt das Gesicht an die rechte Seite des Fensters und versuchte, auf ihren Monitor zu sehen, aber es gelang ihm nicht. Er beugte sich noch weiter vor und sah, wie sie die oberste Schublade ihres Schreibtischs aufzog, einen Streifen Kaugummi herausnahm und ihn aufwickelte. In der Schublade lag neben dem Kaugummi eine Pistole.

Er nahm rechts von sich eine Bewegung wahr und drückte sich instinktiv an die Wand, bereit zum Sprung. Dann erkannte er in dem Dämmerlicht eine Gestalt. Es war Mary, die auf ihn zukam, und kurz darauf machte er auch die größere Gestalt Stillmans aus, der hinter ihr hereilte.

»Das ist kein guter Ort hier«, flüsterte er. »Das ist die Kommandozentrale – der Ort, von dem aus sie alles organisieren.«

»Vielleicht ist das gerade gut«, antwortete Mary. »Vielleicht suchen sie hier nicht, während wir anrufen.«

»Anrufen?«

Stillman hielt die Hand hoch, und Walker sah einen kleinen schwarzen Gegenstand darin. »Ich habe ein Auto gefunden, das offen war. Keine Waffen, keine Schlüssel, dafür ein Handy.«

»Worauf warten Sie noch?« fragte Walker.

»Ich bin nicht hierhergekommen, um Sie zu fragen, was Sie auf Ihrer Pizza wollen«, sagte Stillman. »Ich wollte nur außer Sicht sein.« Er ging um die Ecke, hinter das Gebäude, und gleich darauf hörte Walker, wie Stillman wählte. Walker spürte, wie sein Herz schneller schlug. Das Warten schien unerträglich.

Stillman sagte: »Das ist ein Notfall. Verbinden Sie mich bitte mit dem FBI. Ja, dem FBI. Möglichst nahe an Coulter, New Hampshire.« Er lauschte. »Okay, geben Sie mir die Nummer. Dann rufe ich selbst an.«

Walkers Blick wanderte wieder zum Fenster, während er versuchte, Ruhe zu bewahren. Die Frau am anderen Ende des Raums sah diesmal anders aus. Der Kopfhörer saß ihr fest auf dem Kopf, und sie bewegte voll konzentriert die Regler auf ihrer Konsole. Walker hörte das Piepen, als Stillman seine Verbindung beendete.

Die Frau stand jetzt auf. Sie schob sich halb den Kopfhörer von den Ohren, als sie nach jemandem rief. Zwei Männer und eine andere Frau kamen von ihren Schreibtischen zu ihr geeilt und beugten sich über die Konsole.

Walker sagte: »Das gefällt mir nicht ...«

»Pst!« Stillman wählte wieder.

»Das ist ein Notfall. Mein Name ist Max Stillman. Ich befinde mich in Coulter ...«

Die Frau an der Konsole legte einen Schalter um. Stillman hörte auf zu sprechen und zuckte zurück. Selbst oben auf dem Container hörte Walker das Pfeifen und Knacken aus dem Handy.

»Die blockieren Ihren Anruf«, sagte Walker. »Schalten Sie ab.«

Das Geräusch hörte auf, aber Walker sah, daß plötzlich Unruhe unter den Leuten in dem Gebäude entstanden war. Die Frau an der Konsole sagte etwas. Andere kamen in ihre Richtung gelaufen. Walker sah entsetzt zu, wie die Frau gleich links vom Fenster die Schreibtischschublade aufzog und die Pistole herausholte. Sie sah riesig aus in ihrer kleinen, manikürten Hand. Drei Männer kamen mit Gewehren aus einem anderen Raum und gingen zur Tür.

»Die wissen, daß wir hier sind!« rief er und sprang von dem Container.

Sie rannten an der Seite des Gebäudes entlang. Stillman lief voran. An der Ecke blieb er nicht wie gewöhnlich stehen, um sich umzusehen, sondern rannte weiter auf die parkenden Autos zu. Er lief zwischen zwei Autos in der ersten Reihe hindurch, dann zur zweiten Reihe und schließlich zur dritten, mit Mary im Gefolge und Walker als Schlußlicht. Als Stillman die dritte Reihe erreicht hatte, rannte er auf den Blazer zu.

Walker hörte, wie eine Metalltür aufging und donnernd an eine Wand schlug. Dann folgte ein Geräusch, das Walker nicht mehr gehört hatte, seit er vierzehn Jahre alt war, aber es war so unverkennbar, daß er es sofort identifizierte: erst ein Klicken, dann das rasche »Snick-tschack«, mit dem der Schlitten vor- und zurückfuhr und eine Patrone in die Kammer lud.

Der Knall zerriß die Luft, und das Heckfenster des Autos neben ihm wurde weggesprengt, zerstob in einen Regen aus Glassplittern. Wieder ertönte ein Knall. Das Auto vor ihm erzitterte und neigte sich ein wenig zur Seite, als der linke Vorderreifen zerfetzt wurde.

Stillman nahm Mary die Schlüssel ab, schob sie auf den Rücksitz und kletterte hinter das Lenkrad. Als er das Auto anließ, ließ sich Walker neben Mary auf den Rücksitz fallen und schlug die Tür zu.

Die Autoreifen quietschten, und Stillman fuhr rückwärts durch eine Lücke in der nächsten Reihe, damit noch mehr Autos sie von den Männern vor dem Haus abschirmten, dann trat er aufs Gas und raste über den Parkplatz zur Straße. Man hörte noch einen Schuß, aber ihre Fenster waren intakt geblieben.

»Sie können sich jetzt aufsetzen«, sagte Stillman, dann bog er rechts ab.

»Glauben Sie, Sie haben sie erreicht?« fragte Mary.

»Das FBI?« sagte Stillman. »Sie haben abgenommen, aber ich konnte ihnen nicht mehr sagen, was ich wollte. Ich glaube, das war unsere Chance, um Hilfe zu rufen, und niemand hat uns gehört.«

41

Stillman fuhr die New Hampshire Avenue entlang, und zwar in einer Geschwindigkeit, die keine Aufmerksamkeit erregen würde. »Unter manchen Umständen würde ich es in Erwägung ziehen, mit so einer Kiste eine Uferböschung hinunterzufahren, und hoffen, daß das Wasser nicht zu tief ist. Aber sie haben an dieser Stelle eine Mühle und eine Brücke gebaut, weil sich der Fluß hier verengt. Das Wasser ist hier tiefer und fließt schneller, und die Uferböschung ist steil.«

»Ich habe eine andere Idee«, sagte Walker. »Es ist allerdings keine besonders tolle.«

»Sag sie uns – schlechtmachen können wir sie selbst«, sagte Mary.

»Als wir zum ersten Mal die Polizeiwache gesehen haben, waren sechzehn Autos auf dem Parkplatz, oder?«

»Genau«, sagte Stillman.

»So viele scheinen aber heute nacht bei weitem nicht auf den Straßen zu sein.«

Stillman schien sich zu konzentrieren. Er bog an der nächsten Ecke ab und dann ein weiteres Mal, so daß er in Richtung Osten fuhr. »Sie haben völlig recht. Auf jeden Fall werden ein paar auf dem Parkplatz stehen. Vielleicht stecken wenigstens in einem die Schlüssel. Wenn nicht, dann kann ich wahrscheinlich –«

Mary fragte skeptisch: »Sie wollen zur Polizei fahren, um einen Streifenwagen zu klauen? Warum sollte das besser sein als das Auto?«

Stillman erklärte es ihr ruhig, so als wolle er sie nicht beunruhigen. »Weil man das hier schon gesehen hat, und wir werden versuchen müssen, über die Brücke zu kommen.«

Stillman beschleunigte jeweils zwischen den Kreuzungen und bremste an jeder Ecke ab, um in beide Richtungen zu blicken. Plötzlich schwenkte er nach links. Vor ihnen parkte ein Polizeiauto einen Meter vom rechten Randstein entfernt. Ein Polizist stand gerade vor einer Haustür. Die Tür ging auf, und er betrat das Haus. Der zweite Polizist stieg auf der Fahrerseite aus. Er sah die Scheinwerfer des Blazers auf sich zukommen, deshalb blieb er stehen und wartete.

Walker und Mary duckten sich, als Stillman vorbeifuhr. Stillman sagte: »Der wird zu Fuß über die Straße gehen. Offenbar gehen sie von Haus zu Haus. Da läuft er. Gut festhalten!«

Walker wollte gerade sagen, was er dachte, aber Stillman handelte zu schnell. Stillman stoppte den Blazer, dann legte er den Rückwärtsgang ein. Er wandte sich um, um aus dem Rückfenster blicken zu können, und fuhr schnell rückwärts. Es gab einen lauten, abscheulichen Schlag. Walker setzte sich auf und sah entsetzt zu, wie der Mann drei Meter nach hinten flog, auf der Straße aufkam und weiterrollte.

Stillman hielt an, riß die Tür auf und sprang hinaus, so daß das Innere des Blazers in Licht getaucht blieb. Mary und Walker stiegen ebenfalls aus, während Stillman zu dem Verletzten rannte. Er kniete sich hin, und als er wieder aufstand, hatte er die Waffe des Mannes in der einen und dessen Schlüssel in der anderen Hand. Er lief zum Polizeiauto und stieg ein. Sobald die anderen neben ihm saßen, gab er Gas.

»Glauben Sie, er ist tot?« fragte Mary.

»Nein, aber er glaubt es, und wahrscheinlich bleibt er bei dieser Meinung, bis sie ihn in ein Krankenhaus bringen.« Stillman raste bis zur nächsten Straße, dann sagte er: »Serena, meine Liebe, klettern Sie bitte auf den Rücksitz. Schnallen Sie sich mit dem Beckengurt an, aber legen Sie sich hin. Hier vorne ist nicht genug Platz.«

Mary kletterte nach hinten. Stillman knallte Walker die Pistole des Polizisten vor die Brust. »Sie nehmen die hier.« Er ließ los.

Walker fing die Pistole auf, bevor sie seinen Schoß erreichen konnte. Stillman sagte: »Die hat ein Magazin mit vierzehn Schuß, so etwas benutzt nur die Polizei. Ich muß gleich mit erhobenem Kopf durch die Main Street fahren, damit ich sehen kann, wo wir hinfahren. Wenn wir in die Nähe der Brücke kommen, werden dort eine Menge Leute mit Waffen warten. An diesem Punkt würde ich es durchaus zu schätzen wissen, wenn Sie diese Pistole benutzen würden. Wenn Sie nur ein bißchen Staub aufwirbeln und sie dazu bringen, sich zu ducken, statt in aller Ruhe und mit ruhiger Hand auf meine Stirn zu zielen, dann wäre ich schon sehr froh. Wenn Sie auch noch zufällig jemanden treffen, dann würde das unsere Chancen, Verwirrung zu stiften, erhöhen.«

Walker sagte nichts. Er suchte die Sicherung der Pistole, stellte sich auf den Griff ein und testete das Gewicht, dann drehte er sich zu Mary um.

Mary legte Walker die Hand auf die Schulter. Ihr Gesicht war aschfahl.

Stillman hatte nun fast die Ecke Sycamore Street erreicht. Er bremste sanft, als er abbog. »Okay, meine Damen und Herren. Ich glaube, das hier muß unsere Straße sein. Wir brauchen Platz, um ein bißchen zu beschleunigen, bevor wir die Brücke erreichen.«

Walkers und Marys Hände berührten sich über der Lehne von Walkers Sitz, dann zog Mary hinten wieder den Kopf ein. »Ich bin soweit«, sagte sie.

Walker blickte nach vorn und hielt die Pistole umklammert. »Ich auch.«

Stillman fuhr langsam an die Ecke heran, hielt, um in beide Richtungen zu sehen, und bog dann in die Main Street ein. Er beschleunigte sanft, bis sie ungefähr sechzig Stundenkilometer fuhren, dann hielt er diese Geschwindigkeit.

Walker sah, daß noch ein paar Fußgänger auf dem Nachhauseweg waren, aber die meisten waren bereits in ihren Häusern, vermutlich, um sie gründlich zu durchsuchen, wie der Chief es vorgeschlagen hatte.

Als sie an der Grant Street vorbeikamen, entdeckte er ein anderes Polizeiauto, das mit Blaulicht schnell in Richtung New Mill Systems fuhr, oder vielleicht auch zu der Stelle, wo Stillman den Polizisten angefahren hatte.

Durch das Rückfenster sah er ein weiteres Polizeiauto, dem drei der neu angekommenen Mietwagen folgten. Sie fuhren ungefähr auf Höhe der Birch Street von der Main Street ab. In Walker regte sich die leise Hoffnung, daß es eine gute Idee gewesen war, das Polizeiauto zu stehlen. Wenn sie an Fußgängern vorbeifuhren, sah er, daß sie zwar alle aufblickten, aber manche wandten den Blick gleich wieder ab und unterhielten sich weiter mit ihren Begleitern, und manche wandten sich zu den anderen Autos um, die auf der Main Street auf sie zukamen.

Stillman blickte immer wieder in den Rückspiegel. Er langte zum Armaturenbrett und schaltete das Funkgerät ein. Es summte und knackte nur, doch als er den Sucher zweimal gedreht hatte, hörte er eine Frauenstimme. »Ein

Kollege verletzt. Ich wiederhole, ein Kollege verletzt. Maple Street, dreihunderter Hausnummern. Verdächtige wurden bei New Mill Systems gesehen. Alle Streifenwagen bitte antworten. Ich wiederhole ...«

Stillman schaltete ab. »Die Reihenfolge stimmt nicht«, sagte er. »Deshalb fahren sie alle in die verkehrte Richtung.« Als Walker nichts sagte, blickte Stillman ihn kurz an und wirkte beunruhigt. »Sie müssen sich jetzt voll konzentrieren. Die werden jetzt ihr Bestes geben, um uns umzubringen.«

Walker sagte: »Ich weiß. Ich hab's nicht vergessen.«

Stillman blickte wieder nach vorne. Er holte tief Luft, und seine Miene war eisig und konzentriert.

Die Franklin Street flog vorbei, und Walker spürte, daß Stillman wieder beschleunigte. Der Tachometer zeigte achtzig Stundenkilometer an. Weit vor ihnen, auf der Brücke, standen zwei Polizeiautos in stumpfem Winkel zueinander, so daß sich ihre vorderen Stoßstangen beinahe berührten. Walker bemerkte, daß Stillman das Tempo nicht drosselte. Er würde versuchen, durch die Sperre hindurchzukommen.

Walker schaltete das Funkgerät ein, nahm das Mikrophon aus der Halterung und drückte auf den Schalter. Mit monotoner Stimme sagte er: »Können Sie bitte die beiden Einheiten von der Brücke fahren? Wir haben hinten einen Verletzten.«

Einer der Männer auf der Brücke hatte ihn gehört. Er stieg in eines der Autos, und Walker sah, wie er zu dem Streifenwagen hinsah, der sich ihm näherte.

Stillman drückte auf einen anderen Knopf auf dem Armaturenbrett. Walker sah die schwarze Motorhaube blau, dann rot und dann wieder blau reflektieren, während Stillman weiter Gas gab.

»Sieht aus, als würden sie uns das abkaufen«, sagte Stillman.

Doch plötzlich summte das Funkgerät. »Geben Sie die Identität des Verletzten durch. Wiederhole. Identität des Verletzten«, forderte die Frauenstimme. Eine Männerstimme unterbrach sie: »Wir sind auf Code sechs am Unfallort, und der Verletzte ist immer noch hier. Es ist Darryl Potts, und der liegt nicht auf dem Rücksitz von irgendeinem Auto.«

»Erster Anrufer, geben Sie mir Ihren Code und Ihren Standort durch.«

»Ich sehe ihn. Er ist auf der Main Street und fährt auf die Brücke zu«, sagte eine neue Stimme.

Walker drückte wieder auf den Sprechschalter. »Ich sehe ihn auch. Er versucht, den Weg freizumachen, damit Darryl ins Krankenhaus gebracht werden kann. Weg mit den Einheiten jetzt!«

Die Funkstimme drang schneidend durch die wachsende Kakophonie, und sie klang künstlich ruhig: »Letzter Befehl ungültig. Brücke schließen. Ich wiederhole: Brücke schließen und jeden Wagen aufhalten.«

Stillman trat mit dem Fuß aufs Gas, und Walker spürte, wie sein Kopf gegen die Nackenstütze gedrückt wurde. Der Fahrtwind, der durchs Fenster hereinkam, zerzauste ihm die Haare und zerrte an seinem Ärmel. Walker ließ das Mikrophon fallen und entsicherte mit dem Daumen die Pistole. Mittlerweile standen mehr Männer auf der Brücke, ein paar kletterten vom Flußufer herauf, und die anderen kamen vom Parkplatz des Old Mill herbei.

Walker streckte den rechten Arm aus dem Fenster, hob die Pistole und zielte auf eine Gruppe, die vor den Autos stand. Er kämpfte gegen den Fahrtwind an, um den Arm ruhig zu halten, drückte ab und sah, wie ein Mann zusammenzuckte und zu Boden fiel. Die anderen liefen auseinander, manche sprangen zur Seite, und manche rannten hinter die Autos.

Walker feuerte weiter auf sie. Er zielte nun nicht mehr über Kimme und Korn, sondern so, als würde er mit dem Finger auf jemanden zeigen. Er drückte den Abzug, fing den Rückstoß ab und senkte gleich wieder den Lauf, um von neuem zu feuern. Die Schüsse trafen den Boden vor den Autos, schleuderten Schotter und Asphaltbrocken in die Luft, schlugen Löcher in Autotüren und zerschmetterten Seitenfenster und Windschutzscheiben, so daß es Glas regnete.

Als sie näher kamen, beugte er sich ein Stück weiter hinaus, hielt den Arm vor die Windschutzscheibe und feuerte über die Motorhaube auf das Auto zu ihrer Linken, dann wieder auf das Auto rechts. Er versuchte, seine Schüsse so breit wie möglich zu streuen. Jedesmal, wenn er eine Bewegung wahrnahm oder einen Mann neben, über oder unter einem Auto auftauchen sah, feuerte er. Meistens wurde der Kopf oder das Bein dann schnell zurückgezogen, aber bei ein paar Schüssen hatte er intuitiv das Gefühl, vielleicht getroffen zu haben.

Er lehnte sich in seinem Sitz zurück, drückte aber immer wieder ab, bis Stillman sich in die Lücke zwischen den zwei Autos grub. Es gab einen plötzlichen, harten Ruck, der ihm den Sicherheitsgurt um Hüften und Brust spannte, Metall krachte, dann hörte man, wie die Karosserien aneinanderkratzten und verformt wurden und wie Glas zersplitterte. Er hatte das Gefühl, jeder bewegliche Teil seines Körpers sei gezerrt und erschüttert worden – seine Knochen, seine inneren Organe, sein Gehirn. In der letzten Sekunde hatte er geblinzelt, und die Augen zu öffnen schien das Ganze noch schlimmer zu machen.

Langsam bekam er wieder einen klaren Kopf, und er merkte, daß sich das Auto immer noch bewegte. Es war dunkel, weil beide Scheinwerfer kaputt waren. Er wandte sich um. Eines der Autos hatte das Geländer der Brücke durchbrochen und war in den Fluß gestürzt. Die Männer dort kämpften sich die Uferböschung hinauf, um auszuweichen, aber einer von ihnen lag im Wasser.

Zwei Männer traten auf die Straße und schossen, deshalb nahm Walker die Pistole in die linke Hand und gab ein paar Schüsse in ihre Richtung ab. Die Männer gingen nur in die Knie und feuerten weiter. Ein Schuß traf die Heckscheibe. Das Glas explodierte ins Innere des Autos und stach Walker im Gesicht. Er drehte sich wieder nach vorn und sah, daß die Kugel zwischen ihm und Stillman auf Kopfhöhe durch die Windschutzscheibe ausgetreten war. Stillman schaltete das Blaulicht ab und fuhr im Dunkeln weiter.

Stillman entdeckte neben sich einen silbernen Hebel,

drehte daran, und ein Strahler ging an. »Hier. Versuchen Sie, ihn auf die Straße zu richten.«

Walker langte an Stillman vorbei nach dem Hebel und bewegte ihn hin und her, bis der Strahl schwach auf die Straße vor ihnen fiel. Stillman gab Gas. »Jetzt können Sie loslassen.« Das Auto hörte sich an, als habe der Motor schwer zu arbeiten, und beim Beschleunigen gab es ein schleifendes Geräusch, das immer höher zu werden schien.

Marys Stimme kam von hinten. »Glaubt ihr, es besteht eine Chance, daß sie die andere Brücke nicht blockiert haben – die überdachte?«

»Nicht die geringste«, sagte Stillman. »Ich versuche, es durch den Wald zu schaffen.« Er sah in den Rückspiegel. »Scheiße.«

Walker drehte sich um. Auf der Brücke herrschte immer noch Chaos, aber die vier Polizeiautos vom Parkplatz des Old Mill fuhren jetzt auf die Straße und folgten ihnen.

»Haben wir noch Munition?« fragte Stillman.

»Ich weiß nicht«, sagte Walker. »Wie kann ich das herausfinden?«

»Vergessen wir es und hoffen einfach. Sie werden versuchen, uns hier auf diesem langen Stück zu erwischen. Ich versuche, die nächsten zehn Sekunden möglichst ruhig zu fahren. Wenn Sie irgendwo im ersten Wagen eine Kugel plazieren könnten, würde das ihren Enthusiasmus ein wenig dämpfen.«

Walker sagte: »Warten Sie, bis ich auf dem Rücksitz bin. Mit der linken Hand treffe ich nichts.« Er schnallte sich ab und rutschte über die Lehne, drehte sich um und zog die Beine nach. Mary kauerte sich in der Ecke zusammen, um ihm Platz zu machen. Er ließ das Seitenfenster hinter Stillman herunter, aber es blieb bei der Hälfte stehen. Er streckte den Arm durch die obere Hälfte und sagte: »Jetzt.«

Stillman fuhr so gleichmäßig er konnte. Walker merkte, daß er nicht mehr so schnell fuhr wie vorher, aber der Fahrtwind wehte ihm von hinten die Haare nach vorn und ließ sie vor seiner Stirn flattern. Er zielte genau zwischen die beiden Scheinwerfer und drückte ab.

Die Scheinwerfer scherten plötzlich zur Seite aus, dann schlingerten sie ein paarmal hin und her, als würde der Fahrer versuchen, den Wagen unter Kontrolle zu halten, dann fuhr er wieder geradeaus. Walker richtete die Pistole wieder aus, doch als er abdrückte, gab die Waffe nur ein schwaches Klicken von sich.

»Nicht schlecht«, sagte Stillman. »Das sollte reichen. Lehnen Sie sich zurück, und halten Sie sich fest.« Er schaltete den Strahler aus, und die Straße vor ihnen verschwand. Er fuhr zehn Sekunden, zwanzig Sekunden weiter, dann riß er das Lenkrad nach rechts herum. Sie fuhren über den Seitenstreifen, rumpelten unsanft über einen Graben, wobei das Auto den beruhigenden Kontakt mit der Erde verlor, dann kamen sie heftig schaukelnd auf.

Stillman fuhr über die Weide, rumpelte über kleine Erhebungen und Furchen, doch bald beschleunigte er wieder. Walker hob den Kopf, um über Stillmans Schulter nach vorn zu blicken, und stellte fest, daß man doch etwas sah. Vor ihnen erkannte er als schwarzen Fleck eine der alten Scheunen und dahinter die schwarze Linie des Waldrands.

Stillman fuhr um die Scheune herum und wendete, um in das dunkle Tor hineinzufahren. Er hielt an. »Es ist Zeit, dieses Auto von seinen Qualen zu erlösen.«

Mary versuchte, die Tür zu öffnen, aber es gelang ihr nicht. »Ich habe vergessen, daß das ein Polizeiauto ist.« Sie kletterte über den Sitz nach vorn und stieg aus. Sie streckte sich und beugte sich vor, um zu prüfen, ob ihr Rücken verletzt war.

Walker stieg aus dem Auto und fragte: »Alles in Ordnung?«

»Es läuft alles, wie ich es geplant hatte«, sagte sie. »Nur daß ich immer gehofft hatte, ich würde in meinem Ballkleid sterben.«

»Das können Sie vielleicht immer noch«, sagte Stillman. »Aber erst müssen wir den schwierigen Teil überstehen.« Er ging zum Eingang der Scheune, blickte hinüber zur Straße, warf den Autoschlüssel auf das Feld und rannte los.

42

Sie rannten über ein weites Feld, das ihnen keinerlei Schutz bot. Der Boden war vor zwei Jahrhunderten bestellt, gepflügt und eingeebnet worden und nun mit Klee und Gras bewachsen, das höchstens zehn Zentimeter hoch war. Direkt vor ihnen endete der Himmel in einem düsteren Streifen dichten Laubs, und darunter zeichneten sich in der Dunkelheit die dichten Schatten schwarzer Baumstämme ab.

Stillman war eine Generation älter als Mary und er, doch Walker sah, wie der breite Rücken sich streckte, die dicken, muskelbepackten Arme pumpten und die Beine auf den Boden stampften wie Kolben. Er hätte sich kaum schneller bewegen können. Mary rannte mit zusammengebissenen Zähnen, grimmig und wild entschlossen. Es war, als wollte sie in der wenigen verbliebenen Zeit nicht einfach nur aus der Sichtweite der Feinde gelangen, sie schien sie geradezu zu zertrampeln, indem sie mit jedem Fuß sooft wie möglich zutrat. Walker baute sein Tempo langsam auf, während er neben ihr herrannte. Er versuchte, immer einen halben Schritt vor ihr zu laufen, um sie anzuspornen. Das schien sie zu ärgern, und sie reagierte genauso, wie er gehofft hatte. Sie machte größere Schritte, um ihn mit ihrer kleinen, leichten Gestalt einzuholen, und ihre Füße schienen kaum den Boden zu berühren, bis sie und Walker auf gleicher Höhe wie Stillman waren und ihn in die Mitte nahmen, während sie in den Wald weiterliefen.

Sie hielten erst bei einem Dickicht aus niedrigen Büschen, das ihren Lauf bremste. Sie suchten nach einer Öffnung. Bald hatte Mary einen Weg außen herum gefunden. Walker und Stillman folgten ihr auf eine kleine, unkrautbewachsene Lichtung. Sie hockten sich hin, damit ihre Köpfe nicht über dem Dickicht sichtbar wurden, und blickten durch die oberen Äste zurück.

Walker hatte damit gerechnet, die hüpfenden Scheinwerfer von Polizeiwagen über das Feld auf sie zukommen zu sehen oder zumindest Strahler wie den auf dem Auto, das sie gestohlen hatten, die suchend die Gegend beleuchteten, damit sie auf die drei Flüchtigen schießen konnten.

Aber es war nichts zu sehen. Die Autos waren verschwunden. »Wo sind sie?«

Stillman sagte: »Sieht so aus, als wären sie vorausgefahren, um auf uns zu warten. Was könnte es noch geben, das wir nicht wissen?«

Mary sagte: »Viel. Sie leben hier seit zweihundert Jahren. Sie wissen wahrscheinlich, was wir machen werden, bevor wir überhaupt daran denken.«

»Das dürfte der Wahrheit ziemlich nahekommen«, sagte Stillman. »Wir sollten es mit etwas Irrationalem versuchen, das nicht ins Schema paßt.«

»Zum Beispiel?«

»Ich weiß nicht ... Sie müssen wissen, daß wir auf dieser Seite von der Straße abgefahren sind. Vielleicht sollten wir auf die andere Seite gehen und auf der flußaufwärts gelegenen Seite der Brücke durch den Fluß schwimmen.«

Walker sagte: »Das ist allerdings irrational. Wir haben uns gerade abgekämpft, um in den Wald zu kommen, wo sie uns nicht sehen können. Dann wären wir für fast zwölf Meter voll in der Schußlinie.«

»Nur, wenn sie die Straße beobachten. Sie sind alle im Wald, wahrscheinlich flußabwärts von der Brücke, und suchen uns dort, weil sie glauben, daß wir versuchen, dort hinüberzukommen.«

Stillman blickte Walker einen Moment lang in die Augen, und sein Gesicht kam ihm in der Dunkelheit ganz nahe, als wolle er darin etwas lesen. »Was meinen Sie, Serena?«

»Ich glaube ... Ich glaube, ich sterbe, wenn ich über diese Straße gehen soll.«

Walker sagte: »Na ja, dann ...«

»Aber«, fügte sie schnell hinzu, »ich glaube, das wissen die anderen auch. Ein Blick – und jeder weiß, daß nur ein Irrer etwas anderes tun würde, als sich in den dunklen Wald zu schlagen und sich bis zum Fluß vorzuarbeiten. Ich finde, wir sollten es machen.«

Stillman musterte ihr Gesicht nun ebenso genau wie vorher Walkers. Dann kniff er die Augen zusammen. »Vielleicht ist dies das letzte Mal, daß wir so miteinander reden können – oder daß wir überhaupt mit jemandem reden –, deshalb sollten wir uns einigen, wie wir vorgehen.«

»Okay«, sagte Walker.

»Ich gehe zuerst, dann Serena, dann Sie. Wir gehen hintereinander da rüber am Waldrand entlang.« Er deutete in die Richtung. »Ich bleibe kurz stehen, um zu prüfen, ob meine Theorie nicht irgendwelche offensichtlichen Lücken hat, dann gehe ich auf die andere Seite. Wenn dabei keine Schüsse fallen, kommt ihr nach. Wenn wir weit genug von der Brücke entfernt sind, schlagen wir uns in den Wald und gehen zum Fluß. Wenn etwas schiefgeht ...«

»Laufen wir in den Wald«, sagte Mary.

»Genau«, sagte Stillman. Er ging los in Richtung Straße, dann blieb er stehen. »Wenn wir getrennt werden, vergeßt die anderen beiden, und konzentriert euch darauf, daß ihr selbst rauskommt. Das ist unsere einzige Hoffnung: daß einer von uns hier rauskommt. Ihr laßt uns damit nicht im Stich, ihr rettet uns.«

Er sah die anderen an und wartete vergeblich darauf, daß sie etwas sagten. Widerstrebend nickte erst Walker, dann Mary.

»Gut«, sagte er. »Gehen wir los, bevor sie es sich da richtig gemütlich machen.«

Er ging mit schnellen Schritten auf die Straße zu, immer am Waldrand entlang, wo ihre Umrisse sich zwischen den dunklen Schatten der Bäume verlieren würden. Als er kurz vor der Straße war, blieb er stehen und wartete auf die anderen. Sie gingen in die Hocke und lauschten. In der Ferne hörten sie das Quaken von Fröschen am Fluß, aber es entging Walker nicht, daß auch viel näher welche zu hören sein müßten: Die Frösche waren still, weil in der Nähe der Brücke Männer am Fluß waren.

Stillman ging ohne Ankündigung los. Walker konnte nicht sagen, ob er festgestellt hatte, daß niemand in der Nähe war, oder ob er instinktiv gewußt hatte, daß es der richtige Moment war. Walker horchte angestrengt, aber es war nichts Neues zu hören, während Stillman leise die Straße überquerte. Er lauschte noch zehn Atemzüge lang, dann tippte er Mary auf die Schulter, und auch sie eilte auf die andere Seite. Walker wartete wieder, aber irgendwie bekam er das unangenehme Gefühl, daß seine Chance gleich vorüber sein würde. Er lief so leise und schnell hinüber wie möglich und blieb erst stehen, als er die anderen in einem niedrigen Gebüsch am Waldrand fand, etwa dreißig Meter hinter der Straße.

Stillman stand sofort auf und ging weiter. Er hielt sich immer noch unter den Bäumen. Sie liefen mindestens zehn Minuten in Richtung Süden. Hin und wieder blieb Walker zurück und blickte sich um. Er ließ die anderen vorausgehen, um die Geräusche besser unterscheiden zu können. Wenn er zufrieden war, lief er wieder los, und mit seinen großen Schritten hatte er Mary bald wieder eingeholt. Mit der Zeit verlor er das unangenehme Gefühl, daß sie beobachtet wurden. Das Quaken der Frösche war jetzt lange konstant geblieben, und er hatte im Wald keine Anzeichen dafür wahrgenommen, daß hier vor kurzem jemand entlanggegangen war.

Stillman bog in Richtung Fluß ab. Als Walker die Stelle erreichte, wo Stillman abgebogen war, sah er, wonach Stillman gesucht haben mußte. Dort war ein Weg. Er schien alt zu sein, denn er war zum Teil mit Grasbüscheln bewachsen. Die kahlen Stellen waren zumeist hart, und an der Oberfläche kamen große Steine hervor. Der Weg war tief eingegraben, aber schmal, an der breitesten Stelle nur dreißig Zentimeter breit. Walker bückte sich, um ihn sich genauer anzusehen. Er war sich nicht einmal sicher, ob das wirklich ein Weg war. Es hätte auch das Bett eines kleinen Baches sein können, der bei schweren Regenfällen in den Fluß lief, denn er führte kompromißlos bergab, wich lediglich kleinen Erhebungen aus und lief danach wieder geradewegs auf den Fluß zu.

Walker erinnerte sich an solche Pfade aus seiner Kindheit in Ohio. Er und seine Freunde hatten häufig welche im Wald gesehen, auf dem Weg zu den entlegensten Angelstellen, die angeblich die besten waren. Die Jungen hatten sich nie darauf einigen können, was das für Pfade waren oder wie sie dort hingekommen waren. Walker hatte immer behauptet, es seien Wildpfade. Er hatte argumentiert, wenn er ein Geweih hätte, dann würde er sich nicht im Dornengestrüpp und Dickicht verheddern wollen. Der wahre Grund war, daß er das Gefühl haben wollte, in Wälder einzudringen, in denen noch wilde Tiere lebten.

Walker blieb wieder neben einem großen Baum stehen, um sich umzusehen und zu lauschen. Er hörte nichts und hieß Stillmans Entscheidung im stillen gut. Wahrscheinlich hatte er diesen Pfad gewählt, weil darauf nichts lag: kein trockenes Laub, das knistern konnte, keine Zweige, die unter ihren Füßen knackten. Als er weiterging, summte ihm ein Mückenschwarm um die Ohren und flog ihm ins Gesicht. Er kämpfte gegen die Panik an, die in ihm aufstieg, widerstand aber dem Drang, nach den Mücken zu schlagen. Er wischte sie sich sanft aus den Augen, zog die gestohlene Jacke bis zum Hals zu und ging weiter. Die Mücken ließen darauf schließen, daß sie nahe am Wasser waren, wahrscheinlich bei einem flachen, sumpfigen Bereich.

Er sah, daß auch Stillman und Mary attackiert wurden, denn sie gingen schneller und wedelten manchmal mit der Hand vor dem Gesicht. Sie liefen weiter, doch dann blieben sie abrupt stehen. Hinter den Bäumen gleich vor ihnen glänzte Wasser silbrig im Mondlicht.

Walker näherte sich ihnen vorsichtig. Sie kauerten sich alle neben den Pfad, sahen sich um und lauschten. Die Nacht war still und heiß, nur die oberen Blätter der Bäume auf der anderen Seite bewegten sich ganz leicht im Wind. Der Fluß war hier breiter als vor dem Ort, vielleicht fünfzehn Meter, und er schien langsamer zu fließen. Auch das Flußbett war breiter. Die Uferböschungen waren etwa einen Meter hoch und bewachsen, dann kam ein drei Meter breiter schlammiger Streifen, der bei Regenfällen sicher unter Wasser stand.

Es gab nichts mehr zu sagen. Wenn es in dieser Nacht so etwas wie Sicherheit gab, eine Chance, die Sonne wiederzusehen, dann lag sie auf der anderen Seite dieses breiten, trägen Flusses.

Stillman ging zwei Schritte vor, setzte sich auf die grasbewachsene Böschung, blickte flußaufwärts und flußabwärts und verharrte dreißig Sekunden lang still. Dann rutschte er hinunter und ging durch den Schlamm. Seine Füße sanken ein und schmatzten leise, wenn er sie wieder herauszog, wobei er tiefe Spuren hinterließ. Er ging weiter, bis das Wasser ihm bis zu den Oberschenkeln stand, dann tauchte er ganz ein und erschauerte kurz. Er schob sich vorwärts, halb schwimmend, halb gehend, bis er in der Mitte des Flusses war. Walker sah, daß Stillman jetzt keinen Boden mehr unter den Füßen hatte, denn die Strömung war stärker als erwartet. Stillman bewegte sich noch auf das andere Ufer zu, aber das Wasser trug ihn mit sich nach rechts, in Richtung der überdachten Brücke.

Nun war Mary an der Reihe. Walker wandte sich nach ihr um, aber sie war nicht zu sehen. Er beugte sich vor, ob sie vielleicht schon losgegangen war, als er rechts hinter sich ein Zischen und Rascheln hörte. Bei dem Geräusch zuckte er zusammen – sie war viel zu laut. Doch dann sah er eine Gestalt durch das Dickicht brechen, und vor ihr blitzte dunkles Metall auf. Er duckte sich rasch zur Seite.

Der Mann schien nicht aus dem Gebüsch hervorzukommen, sondern sich aus Formen zu bilden, die Walker bereits gesehen hatte, ohne sie zusammenfügen zu können. Der Mann war auf den Pfad getreten, aber Walker sah, daß seine Silhouette in die falsche Richtung gedreht war. Er blickte auf den Fluß hinaus, wo Stillman schwamm.

Mit einer hastigen, ruckartigen Bewegung hob der Mann sein Gewehr an die Schulter. Mary stürzte hinter ihm aus dem Gebüsch und warf sich ihm ins Kreuz, so daß sein Körper sich wie ein Bogen krümmte. Das Gewehr zeigte senkrecht in die Luft, und der Mann blickte einen Moment lang in den Himmel.

Er warf sich herum und versuchte, den Gewehrkolben auf Mary herabsausen zu lassen, aber Walker sprintete mit gesenktem Kopf los. Er erwischte den Mann im Bauch und spürte, wie die Luft aus ihm wich, als sie von der Böschung abhoben und einen Augenblick lang durch die Luft flogen.

Sie kamen gleichzeitig am Rand des Flusses auf. Der Mann klatschte mit Kopf und Schultern ins Wasser, aber Rücken und Beine lagen im Schlamm. Walker hatte gemerkt, daß das Gewehr nicht mehr da war, aber er konnte sich nicht befreien, um danach zu suchen. Der Mann holte aus, und als seine halb geballte Faust ihn seitlich am Kopf traf, sah Walker für einen Augenblick Sterne. Der Mann versetzte ihm noch einen Schlag in den Magen, bevor Walker ihm Ellbogen und Unterarm ins Gesicht drückte und sich mit dem ganzen Gewicht seines Oberkörpers darauf stemmte.

Der Mann strampelte mit den Beinen, um sich umzudrehen, dann versuchte er, Walker ein Knie in den Unterleib zu rammen, und schlug gleichzeitig nach Walkers Gesicht. Während die Männer miteinander rangen und versuchten, sich mit den Füßen abzustützen und Halt zu finden, bewegten sie sich tiefer ins Wasser, wo Walkers Gewicht nicht ausreichte, um den Mann unten zu halten.

Der Mann drehte sich im Wasser um, und Walker legte ihm von hinten den Arm um den Hals. Voller Abscheu wurde ihm klar, was er tun könnte, gleichzeitig wußte er, daß er ebendas tun mußte. Er spannte die Armmuskeln an, rutschte am Rücken des Mannes hoch, um ihm das Knie auf das Rückgrat zu setzen, und drückte ihn nach unten.

Der Mann kämpfte, wehrte sich, versuchte sich wieder umzudrehen, geriet aber dadurch nur tiefer ins Wasser. Der schlammige Boden bot seinen Füßen nicht genug Halt, und Walker hielt den Druck aufrecht, so daß der Kopf nicht an die Oberfläche kam. Blasen stiegen auf, und der Mann wand sich verzweifelt. Walker verspürte Entsetzen und Scham, während er den Mann weiter unter Wasser drückte und in jeder Bewegung seine Verzweiflung und Angst spürte.

Dann hörte der Mann auf, sich zu bewegen. Sein Körper wurde schlaff. Walker hielt ihn weiter fest. Ein allerletztes Mal wand der Mann sich und bäumte sich auf, dann tat sein Körper, was Walker vorausgesehen hatte: Er schnappte reflexartig nach Luft. Die Lungen füllten sich mit Wasser, und der Mann verlor das Bewußtsein. Walker wartete und zählte die Sekunden, bis er bei dreißig angelangt war und es unmöglich war, daß der Mann noch lebte. Dann ließ er ihn los und richtete sich im Wasser auf.

Mary stand neben ihm. Sie umarmte ihn, und aus ihren Augen rannen Tränen, aber es waren keine Tränen der Erleichterung. Sie trauerte mit ihm über das Schreckliche, Schändliche, das er gerade getan hatte. Dann wandte sie sich ab und kämpfte sich durch den Schlamm zum Ufer vor, bückte sich, hob das Gewehr aus dem Gras auf und hielt es ihm mit beiden Händen hin.

Walker nahm es, und sie wateten gemeinsam in den Fluß. Sie gingen weiter und lehnten sich gegen den gleichmäßigen Druck der Strömung nach links, dann waren sie ganz im Wasser. Mary schwamm mit unbeholfenen Bewegungen, denn ihre Kleider und die Schuhe behinderten sie. Walker erging es nicht besser: Mit der rechten Hand hielt er das Gewehr über Wasser, mit der linken schwamm er. Er war müde, und seine Arme waren schwer, aber er bewegte sich weiter, indem er sich selbst vorlog, sie könnten sich auf der anderen Seite ausruhen.

Schließlich spürte er unter den Füßen Schlamm und trat zu, und diesmal sackte er nicht weg. Er langte nach Mary, packte sie am Handgelenk und zog sie in Richtung Ufer, bis er merkte, daß auch sie mit den Füßen auf den Boden kam. Zusammen gingen sie weiter auf das Ufer zu. Ein blendendgreller Lichtblitz streifte sie von links, als der Strahl einer Taschenlampe über den Fluß glitt, dann kam der Strahl zurück und fixierte sie.

Mary duckte sich unter Wasser, und ein Schuß wurde abgefeuert. Als die Kugel aufs Wasser auftraf, stieg eine über einen Meter hohe, dünne Säule auf, und bevor sie einstürzte, merkte Walker, wie Stillman ihm das Gewehr aus der Hand riß. Stillman zielte und drückte ab. Der Schuß zerriß Walker fast das Trommelfell und brachte sein Zwerchfell zum Vibrieren. Die Taschenlampe fiel auf den Boden, sprang hoch und blieb im Gras liegen. Sie beleuchtete die zuckende Hand und das Handgelenk des Mannes, der sie gehalten hatte.

Nun war wieder alles ruhig. Es war eine viel tiefere Stille als vorher. Alle Lebewesen am Fluß waren verstummt, verharrten reglos und lauschten. Es dauerte fünf Sekunden, dann begann es sich überall im Wald zu regen. Man hörte Rufe, zerbrechende Äste, schwere Schritte. Taschenlampen leuchteten hin und her und tanzten auf Büschen und Bäumen, als die Männer damit rannten.

Stillman und Walker drehten sich gleichzeitig um. Mary war bereits zwanzig Meter weiter flußabwärts geschwommen. Sie winkte ihnen, ihr zu folgen. Dahinter stand keine Strategie, sondern nur die Notwendigkeit, sich in die Richtung treiben zu lassen, wo die Geräusche nicht herkamen, sich von den Lichtern zu entfernen und in der Dunkelheit zu verschwinden. Beide Männer folgten ihr und versuchten, die Flußbiegung zu erreichen, die nächste Stelle, wo sie sich vielleicht verstecken konnten.

Mary verschwand hinter der Biegung, dann auch Stillman. Kurz davor wandte sich Walker ein letztes Mal um. Die Lichter strömten zusammen. Er sah, wie ein paar den Schlammstreifen absuchten und sich schließlich auf einen Punkt richteten. Sie hatten die Leiche des Mannes gefunden, den er ertränkt hatte. Gleich würden sie die tiefen Fußabdrücke im Schlamm entdecken und ihnen in den Fluß folgen.

43

Als Walker um die Biegung herumgeschwommen war, trieben Stillman und Mary immer noch vor ihm flußabwärts. Über ihnen ragte das dunkle Rechteck der überdachten Brücke auf. Mary wurde als erste daruntergetrieben. Sie griff nach einem der neuen Betonpfeiler und hielt sich daran fest. Walker machte ein paar Schwimmzüge, um auf dieselbe Höhe zu kommen, und hielt sich dann neben ihr fest. Er sah sich nach Stillman um und entdeckte ihn an dem Pfeiler neben ihrem. Stillman stieß sich ab, während er das Gewehr über Wasser hielt, erreichte ihren Pfeiler, hielt sich mit einer Hand fest, legte das Gewehr vorsichtig auf den Betonblock und tauchte tiefer ein.

Der Aufruhr wurde größer. Über ihren Köpfen dröhnte es hohl, als Männer über die Brücke rannten, und von der Stelle hinter der Biegung, wo man die Leichen gefunden hatte, hörten sie Rufe und Schritte. Irgendwo über ihnen lief ein Funkgerät. Die weibliche Stimme klang unverändert ruhig. »Einheit zehn, fahren Sie zur Kreuzung Main und Washington, um bei der Räumung der Brücke zu helfen. Einheit drei und Einheit sechs, fahren Sie zur Wache zurück ... « Die Antworten waren knapp und so gedämpft, daß sie unten nicht zu verstehen waren.

Stillman näherte sich den anderen und flüsterte: »Sie gehen alle flußaufwärts zu den Leichen.«

Mary sagte: »Wir haben Spuren im Schlamm hinterlassen. Sie werden sich denken, daß wir hier sind.«

»Wenn sie die Spuren sehen, dürfen wir nicht mehr hier sein«, sagte Stillman. »Geben Sie den restlichen Leuten ein paar Minuten, bis sie bei den Toten sind, dann gehen wir unter der Brücke hoch.«

Walker blickte in die Richtung, in die Stillman deutete. Wo die Brücke auf festem Untergrund aufsaß, bildete sie einen keilförmigen Raum, der auf beiden Seiten durch die Stahlträger unter der alten Konstruktion geschützt war. »In Ordnung«, sagte Walker. »Diesmal gehe ich zuerst. Ich versuche, ein Auto zu bekommen. Dann folgen Sie mir mit dem Gewehr, falls ... «

»Ich weiß«, unterbrach ihn Stillman.

Mary sagte: »Wir gehen alle gleichzeitig. Es ist schwieriger, drei Leute zu erschießen, bevor man von einem überwältigt wird.«

Walker zögerte, aber sie sagte: »Du weißt, daß ich recht habe.«

»Geht jetzt ins seichte Wasser und dann zu einer trockenen Stelle«, sagte Stillman. »Wir müssen die Kleider erst abtropfen lassen, weil man das Tropfen sonst hört.«

Sie ließen sich alle drei langsam unter der Brücke ans Ufer treiben, dann kletterten sie hinauf in den niedrigen Raum darunter. Walker stellte fest, daß Stillman recht gehabt hatte. Während sie auf dem Boden lagen, lief das Wasser in kleinen Bächen an ihnen hinunter und wurde geräuschlos vom Boden aufgesogen. Die Nachtluft fühlte sich kühl an auf ihren nassen Körpern.

Walker fröstelte kurz, dann zeigte er nach oben, und die anderen nickten. Walker drehte sich um und schlich sich langsam vor, bis er aufrecht stehen konnte, dann kletterte er die Böschung hinauf zu der grasbewachsenen, ebenen Fläche neben der Außenwand der überdachten Brücke und blieb stehen, um zu lauschen. Die Rufe der Suchenden erklangen nur noch vereinzelt und kamen von weiter weg, und die Taschenlampen warfen einen schwachen Schein in die Bäume jenseits der Flußbiegung.

Walker trat um die Wand herum und blickte in die Brücke hinein. In der Mitte stand ein Polizeiwagen in Richtung der Stadt. Am Steuer saß ein Mann, und die Fahrertür stand offen.

Walker ging auf alle viere und kroch von hinten auf den Wagen zu, wobei er versuchte, sich rechts an der Wand zu halten und so im toten Winkel zu bleiben. Die kühle Funkstimme sagte: »Die Main-Street-Brücke ist jetzt frei. Einheiten fünf, vier, zwölf, neun und eins, fahren Sie zu New Mill Systems. Alle anderen Einheiten halten sich am jetzigen Standort bereit und warten auf Instruktionen. Wir befinden uns in einer Code-einhundert-Situation. Ich wiederhole. Code einhundert ist eingetreten.«

Diese Nachricht schien den Fahrer zu beunruhigen. Er setzte sich aufrecht und betätigte einen Schalter am Armaturenbrett, als Walker die hintere Stoßstange des Autos erreichte. Die Sirene gab ein lautes, schrilles Heulen von sich, wurde leiser und dann wieder lauter.

Walker hockte sich hin, sprintete um das Auto herum zur Tür und langte hinein. Er schlang dem Mann den Arm um den Hals und zerrte ihn vom Sitz auf die rauhen Holzplanken der Brücke. Der Mann griff seitlich nach seiner Pistole, aber Stillman kam von hinten, riß sie aus dem Halfter und hielt sie dem Mann an die Stirn, wo er sie sehen konnte.

Stillman streckte Walker das Gewehr hin, und Walker ließ den Mann los und nahm es ihm ab. Er blickte ins Wageninnere, dann stellte er sich hin. »Der Schlüssel steckt.«

Stillman zerrte den Mann mit der Pistole an seiner Stirn zu der Öffnung an der Seite der Brücke. Er knurrte: »Sie haben eine Chance. Springen Sie, oder ich bringe Sie um.«

Der Mann rollte sich über die Schwelle der Öffnung und verschwand in der Dunkelheit. Eine Sekunde später war ein Platschen zu hören. Walker stieg mit Mary ins Auto und ließ das Fenster herunter. Stillman stieg hinten ein und sagte: »Los!«

Mary war rückwärts fast bis zum Ende der überdachten Brücke gefahren, als Walker sagte: »Warte.« Sie hielt an.

Sie blickten nach vorn. Hinter dem Feld auf der anderen Seite der Brücke waren Lichter. Vom Wald bis zur Main-Street-Brücke und dahinter sah die Straße aus wie ein Strom von weißen Scheinwerfern, der in ihre Richtung kam.

Mary sagte: »Vielleicht sind wir schneller«, aber sie klang nicht überzeugt.

»Wir müssen etwas mit der Brücke machen«, sagte Stillman. »Geben Sie mir die Schlüssel.«

Sie reichte sie ihm. Er rannte zum Kofferraum, öffnete ihn und blickte hinein. Er enthielt drei verschiedene Feuerlöscher, einen Erste-Hilfe-Kasten und einen Notfallkoffer. Er machte beide auf, während sich Walker neben ihn stellte.

Stillman nahm eine Schere aus dem Erste-Hilfe-Kasten, schnitt damit den Schlauch von einem der Feuerlöscher ab und reichte Walker den Schlauch. »Saugen Sie damit Benzin auf die Brücke.«

Walker steckte das eine Ende des Schlauchs in den Tank, saugte fest daran, bis er Benzin im Mund spürte, dann senkte er den Schlauch, so weit es ging, und versuchte, den giftigen Geschmack auszuspucken. Ein klarer, gleichmäßiger Strom Benzin lief heraus und durchtränkte die Bretter der Brücke.

Stillman trat mit einer Signalfackel neben ihn. »Das ist genug Benzin. Steigen Sie ein.«

Als Walker einstieg, riß Stillman den Schlauch heraus, schloß den Tank und sagte zu Mary. »Fahren Sie mindestens fünfzehn Meter rückwärts hier raus, wenden Sie dann den Wagen und warten Sie.«

Mary fuhr über die freie Brückenauffahrt hinaus, wendete, indem sie rückwärts ins Unterholz fuhr, und blieb dann am Highway stehen. Walker drehte sich in seinem Sitz um und beobachtete Stillman durch die Heckscheibe.

Stillman trat aus der überdachten Brücke heraus, bückte sich und rieb die Signalfackel über den Asphalt, um sie zu entzünden. Es funkte, dann begann sie leuchtend rot zu glühen wie bei einer Explosion in Zeitlupe. Stillman ging ein paar Schritte zurück, warf die Fackel in hohem Bogen weg, drehte sich um und rannte.

Die Fackel sauste wirbelnd durch die Luft. Stillmans breite Gestalt sah aus wie ein schwarzes Loch mitten in dem rosigen Schein, das auf das Polizeiauto zukam. Die Fackel erreichte den höchsten Punkt ihrer Flugbahn und fiel wieder nach unten, aber bevor sie auf die Bretter der Brücke auftraf, verschwand sie. Die Benzindämpfe, die in dem geschlossenen Raum gefangen waren, entzündeten sich blitzartig, und leuchtende orangefarbene Flammen drangen über Stillmans Kopf aus der Öffnung wie eine Hand, die nach ihm griff und sich dann wieder ins Innere zurückzog.

Die alten, trockenen Seitenwände der Brücke fingen sofort Feuer, und der schwache Wind, den Walker vor kurzem noch kaum gespürt hatte, wurde jetzt in die Brückenröhre hineingeschleust, als würde das Feuer ihn ansaugen. Die hocherhitzte Luft konnte nirgends entweichen, und so breitete sie sich innerhalb von Sekunden am First entlang bis zum anderen Ende aus. Weißlicher Rauch trat aus den Brettern des Dachs aus, und wenige Augenblicke darauf entzündete er sich plötzlich wie der Rauch über einer Kerze.

Walker sah zu, wie das erste Auto auf der anderen Seite herankam und kurz vor der Brücke stehenblieb. Auf der Fahrerseite stieg jemand aus. Walker richtete sein Gewehr auf die Gestalt, schoß aber noch nicht. Weitere Türen wurden geöffnet. Die Insassen drängten heraus, stellten sich auf die Straße und sahen zu. Während sie sich versammelten, um die hohen, lodernden Flammen anzustarren, die die Brücke einhüllten, starrte Walker die Leute an. Die erste Person, die ausgestiegen war, war die junge Frau, die Walker einige Stunden zuvor in ihrer Küche gesehen hatte. Er erkannte die glänzenden blonden Haare, die sie straff zurückgebunden hatte, und den dunkelgrünen Pullover. Sie streckte die Arme seitlich aus, und ihre beiden Kinder kamen zu ihr gelaufen und schmiegten sich an sie.

Stillman ließ sich auf den Rücksitz fallen, und sie fuhren los. Walker konnte die Augen nicht von der Heckscheibe abwenden. Er blickte an der Frau vorbei auf die Straße, die jetzt von der brennenden Brücke erhellt wurde. Noch weiteren Autos war der Weg abgeschnitten worden, und die Fahrer und die anderen Insassen stiegen aus und gingen nach vorn, um sich das Feuer anzusehen. Walker sagte: »Die waren nicht hinter uns her. Die wollten raus.«

Mary steuerte das Auto so konzentriert, als würde sie durch einen Schneesturm fahren. »Was meinst du damit?«

»Es sind Familien. Frauen, Kinder. Sie evakuieren die Stadt.«

Auch Stillman hatte aus dem Rückfenster geblickt, mit der Pistole des Polizisten in der Hand. »Er hat recht. So muß es sein. Als sie den Mann im Fluß gefunden haben, müssen sie gedacht haben, daß wir bereits draußen sind.«

Als sie aus dem Wald herauskamen und die Straße einen Bogen machte, bevor sie zwischen den zwei Hügeln hindurchführte, hielt Mary ruckartig an. Walker drehte sich blitzschnell nach vorn und sah die dunklen Umrisse zweier Autos, die die Straße blockierten, dann wurde er von hellen Lichtern geblendet. Aus der Dunkelheit schienen von allen Seiten gleichzeitig bewaffnete Männer zu treten. Eine Männerstimme kam aus einem Lautsprecher. Sie war laut und körperlos, klang aber nicht angespannt oder nervös. »Lassen Sie die Waffen fallen, und treten Sie mit erhobenen Händen vom Auto weg«, sagte die Stimme ruhig.

Stillman befahl: »Macht, was er sagt« und stieg aus. Walker und Mary gingen beide einen Schritt vor, dann verlor Walker die Orientierung. Es schien, als würden ihn ein Dutzend Hände bäuchlings zu Boden werfen, ihn nach unten drücken, ihm die Brieftasche wegnehmen und ihm Handschellen anlegen. Er nahm die Füße mehrerer Männer wahr, die vor seinem Kopf auf und ab gingen, und hörte leise Stimmen, die sich besprachen. Eine weibliche Stimme sagte streng: »Max Stillman.«

Stillmans Stimme ertönte aus der Nähe, aber Walker konnte ihn von seinem Platz aus nicht sehen, weil sie sternförmig mit den Füßen zueinander hingelegt worden waren. »Ich bin Stillman.«

Walker hörte, wie Stillman aufgeholfen wurde.

Die Frau sagte: »Special Agent Nancy Atkins, FBI. Wir haben zwei Agenten in dieser Stadt, und ich will im Moment nur von Ihnen hören, wo sie genau sind.«

»Ich glaube, sie sind im Gefängnis«, sagte Stillman. »Bevor sie heute nacht mit der Jagd auf uns angefangen haben, haben die Polizisten alle Fremden festgenommen und auf die Wache gebracht.«

Walker hörte gedämpfte Anweisungen, schnelle Schritte, Männer, die in Funkgeräte sprachen, Motorengeräusche. Gleich darauf hörte er das Knattern von Hubschraubern, die über ihren Köpfen heranflogen.

Es war bereits Nachmittag, als Stillman, Walker und Mary an der Reihe leerer Autos vorbei die Straße entlanggingen. Die Autos waren an den Straßenrand geschoben worden. Man hatte sie durchsucht und Türen und Kofferraum offengelassen. Leute vom FBI untersuchten sie in aller Ruhe und methodisch nach Fingerabdrücken, erstellten Listen der Gegenstände, die sie fanden, und steckten sie in große

Plastiktüten mit Anhängern. Weit hinter ihnen kam ein zweites Team, das sich langsamer weiterbewegte. Diese Gruppe nahm die Autos auseinander: Sie schraubten Türabdeckungen ab, untersuchten die Sitzpolster, öffneten Motorhauben und leuchteten mit Schwanenhalslampen unter die Armaturenbretter.

Ein Konvoi aus vier großen Lieferwagen rumpelte über den Untergrund aus Fertigteilen, der über das Skelett der Brücke gelegt worden war, und kam dann schneller auf sie zu. Sie traten auf den Seitenstreifen, um die Lieferwagen vorbeifahren zu lassen, und Walker spürte den heißen, staubigen Wind, den sie erzeugten. Er blickte ihnen nach.

Stillman sagte: »Verdammt praktisch für uns, daß die Einwohner von Coulter alle ihre Wertgegenstände in Autos geladen haben.«

Sie gingen auf die Stadt zu. »Ich will jetzt nur noch meinen Mietwagen zurück«, sagte Mary. »Dann fahre ich in mein Hotel und lege mich in die Badewanne.«

Stillman sagte: »Wenn Sie Ihren zuerst kriegen, warten Sie bitte, bis ich mit Ihnen geredet habe.«

»Warum?«

»Ich möchte die Notizen sehen, die Sie im Auto gelassen haben – aus dem Archiv in Concord.«

Walker blickte ihn an. »Sie bleiben hier? Was wollen Sie noch hier?«

»Ich möchte mich in der Nähe des FBI aufhalten und sehen, ob ich von ihnen eine Liste von allen Einwohnern der Stadt bekomme.«

»Aber wir haben doch eine erstellt, als wir nach Scullys Cousin gesucht haben.«

»Sicher«, meinte Stillman. »Aber ich warte auf die offizielle, überarbeitete Ausgabe. Mit den Autoregistrierungen, den Besitzurkunden der Häuser und den Fingerabdrücken haben sie am Ende des Tages wahrscheinlich eine ganz gute Liste beisammen.«

»Warum machen Sie das alles?« fragte Mary. »Sie sind doch schon alle im Gefängnis.«

»Ich arbeite nicht für das FBI. Ich werde dafür bezahlt,

herauszufinden, warum diese Leute ausgerechnet McClaren Leben und Unfall bestohlen haben.«

»Ich weiß nicht recht, wie Sie das aus meinen Notizen herauslesen wollen«, sagte Mary.

Stillman zuckte die Schultern. »Wir werden sehen.«

Als die drei die Polizeiwache erreicht hatten, gaben die FBI-Agenten, die dort ihr vorläufiges Hauptquartier eingerichtet hatten, ihnen die Autos heraus. Mary Caseys Leihwagen und Stillmans Explorer standen beide mit offenen Türen auf dem Polizeiparkplatz. Mary nahm ihre Schlüssel aus der Tasche, machte den Kofferraum auf, blickte hinein und murmelte etwas vor sich hin.

»Stimmt etwas nicht?« fragte Stillman.

»Meine Notizen waren in meinem Laptop. Offenbar haben die Polizisten von Coulter das bemerkt, nachdem sie das Auto abgeschleppt hatten. Wollen Sie mal sehen?«

Stillman und Walker blickten in den offenen Kofferraum. Der Computer sah aus, als wäre er mit einem Vorschlaghammer bearbeitet und dann von einem Auto platt gedrückt worden.

»Ich sehe die Festplatte nicht«, sagte Walker.

»Die werden wir auch nie mehr sehen«, sagte Mary. »Das haben sie nur gemacht, um an sie ranzukommen.« Sie schlug die Haube zu, stieg auf der Fahrerseite ein und ließ den Motor an.

Stillman stieß Walker an. »Na los«, brummte er. »Sie wird sich nur einmal umdrehen, und wenn Sie dann noch nicht losgegangen sind, ist sie weg.«

Walker sah, wie Mary sich umdrehte und ihn kurz über den Sitz hinweg ansah, dann legte sie den Rückwärtsgang ein. Sie wendete das Auto, dann hielt sie an, rutschte hinüber auf den Beifahrersitz und starrte geradeaus durch die Windschutzscheibe.

Stillman blickte sie nachdenklich an, zuckte die Achseln und sagte: »Bis später.« Er sah zu, wie Walker sich ans Steuer setzte und stadtauswärts in die ruhige Main Street einbog.

Neun Stunden waren vergangen, als Stillman in Marys

Hotel auftauchte. Er klopfte laut, und als Walker ihm im Hotelbademantel aufmachte, reichte er ihm mehrere Blätter, die an der Ecke zusammengeheftet waren. Walker warf einen Blick auf jede Seite und überflog die lange Reihe von Familiennamen und Adressen. Als er fertig war, sah er Stillman an. »Hilft Ihnen das weiter?«

Stillman schüttelte den Kopf. »Ich habe die Liste an McClaren's gefaxt. Das Personalbüro kann damit auch nichts anfangen. Von den Nachnamen aus Coulter kommt keiner bei den Angestellten vor. Wenn es wirklich einen Insider gibt, werden wir ihn nicht so einfach kriegen.«

Walker runzelte die Stirn. »Aber wenn es einen gibt, muß es doch möglich sein, herauszufinden, wer es ist. Es wird doch alles vom Staat registriert: Geburten, Todesfälle, Eheschließungen, Scheidungen.« Er warf einen Blick zu Mary hinüber. »Wenn es einen Insider gibt, muß es ein Verwandter sein.«

Mary stützte sich im Bett auf einen Ellbogen und sagte: »Familien haben natürlich zwei Seiten. Der- oder diejenige muß nicht unbedingt denselben Nachnamen haben. Es wäre nicht viel Aufwand, die Stammbäume eine Generation weiter zurückzuverfolgen, dann könnten wir sehen, ob es Verwandte gibt, die Walker kennt.« Sie lächelte. »Sie müssen mir sowieso einen neuen Laptop kaufen, Max. Ich wäre bereit, nach Concord zu fahren und ein paar Tage darauf zu verwenden.«

Eine Stunde später waren sie nach Concord unterwegs. Am späten Nachmittag saßen Walker, Stillman und Mary an einem langen Holztisch im Sozial- und Gesundheitsamt am Hazen Drive und gingen den ersten Satz Namen durch, den sie im Archiv herausgesucht hatten. Noch zwei Tage lang sahen sie sich Geburtenregister an, gruben Heiratsurkunden aus und konstruierten Stammbäume. Am Ende des dritten Tages blickte Walker von der neuesten Liste mit Namen auf und sagte leise: »Ich weiß, wer es ist.«

Walker saß an seinem Arbeitstisch in seiner Kabine, als er die Aufzugtüren aufgehen hörte. Er lauschte dem Klack-

klack-klack der hohen Absätze, die durch den Mittelgang des Schiffs kamen, dann sah er, wie Maureen Cardarelli in einem grauen Kostüm mit kurzem Rock an seiner Kabine vorbeiging. Sie blickte kurz in seine Richtung, dann wieder geradeaus, und dann sah sie mit übertriebenem Nachdruck noch einmal zu ihm hin. Sie blieb stehen und trat vorsichtig in seine Kabine. »Walker?«

»Der einzig Wahre«, sagte er.

»Du bist hier?«

»Ich dachte, das hätten wir gerade festgestellt«, meinte er. »Wie geht es dir denn so?«

Sie ignorierte seine Frage. »Ich ... ich kann das gar nicht glauben. Du bist immer noch in der Statistik?«

Er runzelte die Stirn und zuckte die Schultern.

»Du solltest doch ... wir haben gehört, du wärst hier raus«, sagte sie. »Angeblich bist du eines der unzähligen Vorstandsmitglieder geworden, die niemand je zu sehen bekommt und die um die Welt fliegen und Policen für die Schmucksammlungen von Sultanen ausstellen.« Walker hörte ein wenig Gehässigkeit in ihrer Stimme, eine kleine, aber wachsende Hoffnung, daß das, was sie gesagt hatte, nicht zutraf.

Walker zuckte wieder die Achseln. »Ich bin gerade zurückgekommen, und du bist die erste, die ich sehe.«

Sie sah enttäuscht aus. »Na ja, ich hoffe, ich habe dir jetzt nicht die Überraschung verdorben.« Jetzt fürchtete sie, daß es doch stimmte.

Walker sagte: »Ich bezweifle es, aber wenn, dann tue ich überrascht und verrate dich nicht.«

Sie wirkte verlegen. Er hatte sie noch nie sprachlos gesehen. Ihre Füße bewegten sich, als würden sie ohne sie losgehen wollen. »Na ja, willkommen daheim jedenfalls«, sagte sie. »Ich seh mal nach meinem Anrufbeantworter.« Sie schenkte ihm ein warmes, einstudiertes Lächeln, das so gut war, daß es sie fast aus der peinlichen Situation rettete, dann drehte sie sich um und verschwand. Er hörte, wie sich das Klack-klack-klack durch den Mittelgang entfernte.

Der nächste war Kennedy. Sein Kopf tauchte in der Türöffnung auf, und Walker vermutete, daß die Cardarelli es ihm gesagt hatte. »He!« sagte er überrascht. »Du bist wieder da.«

»Scheint so«, sagte Walker.

»Mann, du hast hier echt viel verpaßt«, sagte Kennedy.

»Nicht soviel wie du.«

»Wirklich?« Er blickte in beide Richtungen den Gang entlang. Er schien etwas zu sehen, was ihn beunruhigte. »Du mußt mir alles erzählen, aber später. Ich habe einen Haufen Zeug auf meinem ...«

Walker unterbrach ihn. »Später werden wir nicht mehr reden können, deshalb muß ich dich das jetzt fragen. Warum Ellen Snyder?«

Kennedy stand völlig reglos da und sah Walker an. »Ich verstehe nicht.«

»Ich meine, der Rest ist mir klar. Ich habe so viel darüber nachgedacht, daß es mich nicht einmal mehr überrascht. Es war deine Familie, dein Heimatort. Wahrscheinlich bist du in dem Wissen aufgewachsen, daß du irgendwann in ein Unternehmen kommst und so etwas wie das hier durchziehst. Aber du hast Ellen gekannt. Sie mochte dich, sie war nett zu dir. Warum nicht jemand, den du nie kennengelernt, nie gesehen hattest, aus einem anderen Bereich der Firma?«

Kennedy sah Walker mit festem, eindringlichem Blick an. Sein Mund kräuselte sich, leicht amüsiert. Er beugte sich ein wenig vor und kam näher. Er bewegte beinahe lautlos den Mund, so daß Walker es ihm von den Lippen ablesen mußte: »So ... macht ... man ... das ... eben.«

In diesem Moment schien es Walker, als gäbe es auf der ganzen Welt nur noch ihn und Kennedy. Kennedys Gesichtsausdruck war abscheulich. Es lag keine bewußte Bosheit darin, sondern etwas, das nicht menschlich war. Die Augen betrachteten ihn nicht voller Grausamkeit, sondern mit einem konzentrierten Interesse, dem es an jeglichem Einfühlungsvermögen mangelte, wie ein Tier, das etwas ansieht, das es frißt.

Plötzlich waren rasche Schritte zu hören, und Walker erwachte aus seiner Erstarrung. Sie kamen so nahe heran, daß er wußte, was das bedeutete. Die Stimme von Special Agent Nancy Atkins sagte: »William Kennedy.« Walker konnte sie von seinem Platz aus nicht sehen, aber Kennedys Kopfhaltung ließ ihn vermuten, daß sie ihm wahrscheinlich ihre Dienstmarke zeigte. Kennedys Blick wanderte zurück zu Walker. Er stand reglos da und sah Walker in die Augen, während Nancy Atkins sagte: »Sie haben das Recht zu schweigen. Alles, was Sie sagen, kann und wird vor Gericht gegen Sie verwendet werden.« Kennedy blickte weiterhin Walker an, während ihm die anderen Agenten die Hände nach hinten zogen und ihm Handschellen anlegten. »Sie haben ein Recht auf die Anwesenheit eines Anwalts bei den Verhören.«

Walker schloß die Augen. Er hätte auch nichts mehr hören wollen, aber ihre Stimme erreichte ihn selbst noch vom Aufzug aus. »Wenn Sie sich keinen Anwalt leisten können ...« Er hörte das »Bing«, dann öffneten sich die Türen. Nach ein paar Sekunden schlossen sie sich wieder.

Walker zog seine Schreibtischschublade auf. Da lag der Bericht, den er vor einem Monat geschrieben hatte. Joyce mußte ihm ein Exemplar hingelegt haben, als er verteilt wurde. Er legte ihn auf seinen Schreibtisch und stand auf.

Stillmans Gestalt erschien im Eingang zu seiner Kabine, dann ging er zur Seite. Als Walker hinaustrat, stand Mary mit verschränkten Armen vor ihm. »Wer ist die Süße, Walker?«

»Die Süße?« Er zögerte und sah sich um. »Ach. Maureen Cardarelli. Sie arbeitet in einer anderen Abteilung.«

»Sie scheint mir genau in deiner Abteilung zu arbeiten. Erzähl mir mehr von ihr.«

Walker dachte einen Moment nach. »Sie ist eine Frau, die ... eine Frau, die, wenn sie dächte, ich wäre in Gefahr, wahrscheinlich in ihr Auto steigen würde. Und sie würde nicht unbedingt in meine Richtung fahren.«

Stillman sagte zu Mary: »Er meint damit, er steht Ihnen ganz zur Verfügung. Sie können ihn nach Belieben quälen.«

»Ach?« sagte Mary. »Sie kennen sich da aus?«

Walker zuckte die Achseln. »Es ist unglaublich, ich weiß, aber er tut es.«

Stillman legte Walker eine Hand auf die Schulter und die andere auf Marys und ging mit ihnen durch den Mittelgang des Schiffs. »Ich habe gehört, die Cardarelli hat schon verraten, was sich McClaren als Überraschung für Sie ausgedacht hat. Wie schade.«

Mary bekam große Augen. »Sie meinen das mit den Sultanen? Das stimmt?«

»Nein, der Teil war völliger Quatsch«, sagte Stillman. »Walker könnte keinem eine Lebensversicherung andrehen, selbst wenn der gerade von einem Krokodil gefressen wird. Aber sie werden für ihn sorgen.« Stillman sah Walker an. »Was meinen Sie? Wollen wir gleich in den zwölften Stock?«

»Nein«, sagte Walker. »Ich will zu Joyce Hazelton ins Büro und mir meine Gehaltsschecks abholen, die sich dort stapeln. Dann, finde ich, sollten wir drei ein Taxi zum Clift Hotel nehmen.«

»Wozu?«

»Ich bin dran mit einer Einladung zum Mittagessen. Und zu ein paar Drinks. Im alten Stil. Sie müssen für uns in Ihren Jugenderinnerungen graben und dem Barkeeper eine Zeichnung machen. Dann lassen wir Ihnen wieder ein Taxi holen.«

»Und dann?«

»Dafür müssen Sie auch in Ihren Jugenderinnerungen graben«, schnappte Mary.

»Das habe ich nicht gemeint«, sagte Stillman. »Ich meine danach. Wenn Sie Ihr Gehalt ausgegeben haben.«

»Dann entscheide ich, was ich als nächstes mache.« Er merkte, daß Stillman ihn musterte. »Wissen Sie nicht mehr? Schließlich haben Sie mir beigebracht, was Freiheit ist.«

Walker ging auf Joyce Hazeltons Büro zu, aber Stillman drückte den Aufzugknopf. »Joyce ist nicht im Büro. Sie wartet unten im Auto auf mich.« Die Türen gingen auf, und er betrat den Aufzug. »Wir müssen mit den Drinks anfangen. Es ist noch nicht Mittag.«

SERIE PIPER

Thomas Perry

Die Hüterin der Spuren

Roman. Aus dem Amerikanischen von Fritz R. Glunk. 319 Seiten. Serie Piper

Jane Whitefield ist eine Spezialistin in ihrem Beruf. Sie läßt Menschen verschwinden, indem sie ihnen neue Identitäten verschafft. Ein Grund dafür ist ihre Abstammung: Jane ist Halbindianerin und versteht sich darauf, Spuren zu verwischen und Finten zu legen, bis ein Mensch wie unauffindbar ist. Als eines Tages ein John Felker ihre Dienste erbittet, ein Buchhalter, der eine Menge gestohlenes Geld für sich abgezweigt hat, nimmt sie den Auftrag an. Sie schließt ihn auch erfolgreich ab. Doch dieser Auftrag hat Folgen: Zwei Tote im dichten Netz der falschen Fährten und dunklen Geheimnisse! Jane beginnt zu begreifen, daß sie selbst in die Irre geführt worden ist, und bietet alles auf, die rätselhaften Vorgänge aufzuklären.

05/1212/01/L

Thomas Perry

Das zweite Gesicht

Roman. Aus dem Amerikanischen von Fritz R. Glunk. 390 Seiten. Serie Piper

Jane Whitefield läßt Menschen verschwinden. Schon ungezählte Male hat sie ihr Leben aufs Spiel gesetzt, um Klienten in Gefahr eine neue Identität zu verschaffen. Nun bittet sie der renommierte Chirurg Richard Dahlman verzweifelt um ihre Hilfe – die Polizei verdächtigt ihn, seine Kollegin ermordet zu haben, und hat ihn bei einem Fluchtversuch angeschossen. Unter den Augen des FBI entführt Jane den Schwerverletzten aus der Klinik. Und jetzt erst kann er ihr berichten, daß alle seine drei Mitarbeiter tot sind und er sicher ist, der nächste zu sein. Auf ihrer atemlosen Flucht muß Jane hinter das Geheimnis dieses Mannes kommen, und das ziemlich schnell. – Thomas Perry versteht es meisterhaft, die nervenaufreibende Jagd mit dem Charisma und der brillanten Intelligenz seiner Heldin zu verfeinern.

05/1213/01/R

SERIE PIPER

Karin Fossum

Evas Auge

Roman. Aus dem Norwegischen von Gabriele Haefs. 368 Seiten. Serie Piper

Könnte sie als Prostituierte ihr Geld verdienen? Für die junge, bislang erfolglose Malerin Eva Magnus stellt sich diese Frage, als sie ihrer Jugendfreundin Maja begegnet. Diese ist der lebensfrohe Beweis dafür, wie man durch Anschaffen zu viel Geld kommt. Eva beginnt ihre Lehre: Durch einen Türspalt läßt Maja sie dabei zusehen, wie sie einen Kunden empfängt. Aber es kommt zu einem Streit, und die Voyeurin im Nebenzimmer bleibt mit der Leiche der Freundin zurück. Der sympathische Kriminalkommissar Sejer, der in dem Mordfall ermittelt, ahnt, daß die junge Künstlerin mehr zu erzählen hat, als sie aussagt, und Eva muß befürchten, daß der Mörder um die Zeugin weiß.
Ein ungemein spannendes Drama um eine junge, alleinerziehende Frau.

»Mit ›Evas Auge‹ liegt weit mehr vor als ein ausgezeichneter Kriminalroman.«
Bayerischer Rundfunk

05/1008/01/L

Karin Fossum

Fremde Blicke

Roman. Aus dem Norwegischen von Gabriele Haefs. 352 Seiten. Serie Piper

Still und schwarz liegt der Schlangenweiher, eingebettet in die Hügel der grünen Fjordlandschaft, als Hauptkommissar Konrad Sejer am Ufer die junge Annie Holland findet. Sie ist ermordet worden, und niemand in dem kleinen norwegischen Dorf kann sich erklären, weshalb. Denn Annie galt als liebenswert und äußerst hilfsbereit. Doch als der wortkarge Konrad Sejer mit Beharrlichkeit und feinem Ohr für die Mißtöne in der Dorfgemeinschaft Annies letzte Wochen rekonstruiert, stellt sich heraus, daß sie sich in dieser Zeit sehr verändert hatte – sie war plötzlich tieftraurig, wankelmütig und launisch geworden. Und dann stößt Sejer auf einen zweiten tragischen Todesfall in der Gemeinde, der erst wenige Monate zurückliegt …

05/1009/01/R

Gemma O'Connor

Fallende Schatten

Roman. Aus dem Englischen von Inge Leipold. 412 Seiten. Serie Piper

Zwei unheimliche Männer beunruhigen Nell Gillmore beim Begräbnis ihrer Mutter und bestätigen Nells Verdacht, daß der Unfalltod ihrer Mutter Mord war. Das Motiv liegt fünfzig Jahre zurück, als in einer Dubliner Bombennacht ein Hausbesitzer erschossen wurde. Doch was haben Nells Mutter Lily und ihr Freund Milo damit zu tun? Und was hat es mit den verschwundenen Tagebüchern auf sich? Nell versucht, mit Hilfe von Milos Sohn das Geheimnis aufzuklären, doch dabei gerät sie selbst in Lebensgefahr.

»Die Autorin hat aus dieser Krimi-Studie viel mehr gemacht als einen ausgezeichneten Thriller. Dies ist eine sehr frische Geschichte, hintergründig und vorzüglich erzählt.«
Frankfurter Rundschau

05/1088/01/L

Gemma O'Connor

Wer aber vergißt, was geschah

Roman. Aus dem Englischen von Inge Leipold. 426 Seiten. Serie Piper

Holy Retreat, ein Nonnenkloster hoch über einer Bucht bei Dublin, muß renoviert werden. Die verarmten Schwestern lassen sich deshalb dazu überreden, das Friedhofsgelände zu verkaufen. Die junge Rechtsanwältin Tess Callaway soll die heikle Angelegenheit abwickeln. Doch bei der Umbettungsaktion taucht plötzlich ein Sarg zuviel auf. Tess wittert skrupellose Machenschaften, Geldgier und Verrat. Sie beginnt, viele unangenehme Fragen zu stellen – und setzt eine Katastrophe in Gang.

»Der Krimi hat alles, was man sich von Irland verspricht: Humor, etwas Skurrilität, eine gehörige Portion Katholizismus und nach feuchtem Moder riechende alte Gemäuer – und alles in literarisch kultivierter Verpackung.«
Der Tagesspiegel, Berlin

05/1089/01/R

SERIE PIPER

Jodi Picoult

Auf den zweiten Blick

Roman. Aus dem Amerikanischen von Christoph Göhler. 448 Seiten. Serie Piper

Morgengrauen, ein Friedhof in Los Angeles: Der Gärtner findet eine offenbar verwirrte Frau, die aus einer Kopfwunde blutet und nicht weiß, wer sie ist. Entsetzt läuft er davon. Einen Tag lang irrt die Frau umher, bis sie von dem Polizisten Will aufgelesen wird. Will meldet den Fall seiner Behörde und der Presse, bis endlich der Mann erscheint, der das Rätsel um die Identität der Frau löst: Alex Rivers, der berühmte Schauspieler. Er identifiziert sie als seine schwangere Frau. Aber Cassie ist befremdet, dieser Mann macht ihr Angst. Als Alex voller Zärtlichkeit eine Eheidylle vor ihr ausbreitet, kehren langsam ihre Erinnerungen an die grauenvolle Wahrheit über ihre Beziehung zurück, und sie versteht, warum sie ins Vergessen geflohen ist … Der fesselnde Roman einer schmerzvollen Reise in die Vergangenheit.

05/1360/01/L

Jodi Picoult

Die einzige Wahrheit

Roman. Aus dem Amerikanischen von Ulrike Wasel und Klaus Timmermann. 464 Seiten. Serie Piper

Die kleine Amish-Gemeinde mitten in der idyllischen Landschaft von Lancaster County wird von einem schrecklichen Fund erschüttert. In einer Scheune liegt ein totes Neugeborenes. Alles deutet darauf hin, daß die unverheiratete Katie die Mutter des Kindes ist. Als sie unter Mordverdacht gestellt wird, ist das junge Mädchen völlig verzweifelt. Sie hatte doch nur zu Gott gebetet, sie von diesem hilflosen Bündel zu befreien. Ellie, eine entfernte Verwandte und Staranwältin, übernimmt die Verteidigung. Auch sie steht an einem Wendepunkt ihres Lebens. Ein meisterhaft psychologischer Thriller um Treue, Verrat und die Freundschaft zweier ungewöhnlicher Frauen.

05/1363/01/R

Fran Dorf

Der lange Schlaf

Roman. Aus dem Amerikanischen von Leon Mengden. 479 Seiten. Serie Piper

Nach zwanzig Jahren erwacht Lana aus einer katatonischen Trance, einem totenähnlichen Zustand. Sie hat keine Erinnerung mehr an jenen tragischen Tag des Woodstock-Festivals, als sie von einem siebzig Meter hohen Felsvorsprung stürzte. Sie ahnt auch nichts von dem Sensationsprozeß, in dem ihr Jugendfreund Ethan wegen versuchten Mordes an ihr verurteilt wurde. Während die völlig überraschten Ärzte noch über das vermeintliche Wunder ihrer Genesung rätseln, gelingt dem Mann, der sie vielleicht umbringen wollte, die Flucht aus dem Gefängnis. Immer näher kommt er ihr, und wo er auftritt, sät er Gewalt. Aber will er wirklich vollenden, was er vor zwei Jahrzehnten begonnen hat? Fran Dorfs Roman handelt von der vernichtenden Kraft der Leidenschaft und zieht den Leser durch seinen raffinierten und dramatischen Aufbau bis zur letzten Seite in seinen Bann.

05/1361/01/L

Fran Dorf

Die Totdenkerin

Psychothriller. Aus dem Amerikanischen von Leon Mengden. 393 Seiten. Serie Piper

»Ich bin mit zusätzlichen Sinnen ausgestattet geboren worden. Ich kann hören, was die Leute denken.« Die schöne und reiche Laura stürzt die Vernehmungsbeamten in zunehmende Verwirrung. Sie besteht darauf, einen Mord begangen zu haben, obwohl die Zeugin einen Mann gesehen hat. Sie kennt die Zahl der Messerstiche, mit denen die Frau umgebracht wurde, und sie hat – vielleicht – ein Motiv. Aber sonst gibt es keine Hinweise, daß Laura tatsächlich die Täterin war. Ein Fall von Schizophrenie? Mysteriöse Geschehnisse und die parapsychologischen Fähigkeiten dieser geheimnisvollen Frau stellen die Ermittler vor ein Rätsel. Als der Psychiater David Lauras ungewöhnliche geistige Fähigkeiten untersucht, verliebt er sich rettungslos in seine Patientin … Ein raffinierter Psychothriller der Bestsellerautorin Fran Dorf.

05/1362/01/R

SERIE PIPER

Anne Holt

Blinde Göttin

Roman. Aus dem Norwegischen von Gabriele Haefs. 320 Seiten. Serie Piper

Karen Borg, eine Osloer Wirtschaftsanwältin, findet einen grausam zugerichteten Toten. Mit der Aufklärung des Falls werden die Polizeikommissarin Hanne Wilhelmsen und Håkon Sand beauftragt, Jurist im Polizeidienst und seit der gemeinsamen Studienzeit unsterblich in Karen verliebt. Schon bald stellt sich heraus, daß hinter dem brutalen Mord eine Drogenmafia steckt, deren Verzweigungen bis in die höchsten gesellschaftlichen Kreise reichen ... Der erste Kriminalfall der bekannten und beliebten Osloer Kriminalkommissarin Hanne Wilhelmsen.

»Wenn man fragt, ob es ein weibliches Pendant zu Henning Mankell gibt und wie ihr Name lautet, ist für mich die Antwort klar: Anne Holt.«

Gert Scrobel, Westdeutscher Rundfunk

05/1054/01/L

Anne Holt

Selig sind die Dürstenden

Roman. Aus dem Norwegischen von Gabriele Haefs. 224 Seiten. Serie Piper

Die Osloer Polizei steht vor einem Rätsel: Immer am Wochenende finden sich Hinweise auf blutige Gewaltverbrechen, die sogenannten »Samstagsmassaker«. Die Polizei tappt im dunkeln, da die Leichen scheinbar spurlos verschwunden sind – bis sie endlich auf die Opfer stößt, alles junge Ausländerinnen. Eines Samstags scheint der Täter sein Muster zu brechen: Die junge Medizinstudentin Kristine fällt einer brutalen Vergewaltigung zum Opfer. Nicht nur Hanne Wilhelmsen und ihr Kollege Håkon Sand sind dem Täter auf der Spur, auch Kristines Vater hat Rache geschworen und ist bereit, über Leichen zu gehen ...
In ihrem packenden, psychologisch überzeugenden Roman stellt Anne Holt die Fragen, ob sich Gewalt durch Gegengewalt sühnen läßt und wo die Grenzen der Gerechtigkeit liegen.

05/1055/01/R

SERIE PIPER

Anne Holt

Das einzige Kind

Roman. Aus dem Norwegischen von Gabriele Haefs. 294 Seiten. Serie Piper

»Olav ist zwölf Jahre alt, chronisch hungrig, unglaublich fett und sehr unglücklich. Er ist ›das einzige Kind‹ seiner geliebten und gequälten Mutter, die ihn fürchtet. So landet er schließlich im Kinderheim ›Frühlingssonne‹. Dort führt Agnes Vestavik zwar ein strenges Regiment, überblickt aber nicht die Situation. Folglich stirbt sie, mit einem Messer im Rücken. Gleichzeitig verschwindet Olav. Und Hauptkommissarin Wilhelmsen weigert sich verzweifelt, ein zwölfjähriges Kind des Mordes zu verdächtigen. Sehr spröde erzählt sie ihre dunkle und spannende Story, bespielt den Plot nach allen Regeln der Schreibkunst – eine präzise, düstere Romancienne mit kriminellen Neigungen. Ihr drittes Buch ist schon eine schöne Geschichte. Ihre schönste bis jetzt.«
Hamburger Abendblatt

05/1052/01/L

Anne Holt

Das achte Gebot

Roman. Aus dem Norwegischen von Gabriele Haefs. 444 Seiten. Serie Piper

Ståle Salvesen hat Selbstmord begangen, dafür gibt es Zeugen. Salvesen galt jedoch als Hauptverdächtiger in einem abscheulichen Mordfall, und nun steht die Osloer Hauptkommissarin Hanne Wilhelmsen mit ihren Ermittlungen wieder ganz am Anfang. Dann gibt es ein zweites Opfer: Ein bekannter Wirtschaftsjournalist wird erschlagen aufgefunden, und zwar ausgerechnet in Salvesens Keller …

»Anne Holts neuer Fall ist dunkel, schön und melancholisch.«
Die Welt

05/1053/01/R

SERIE PIPER

Carlo Lucarelli

Der trübe Sommer

Ein Fall für Commissario De Luca. Aus dem Italienischen von Barbara Krohn. 147 Seiten. Serie Piper

Es ist der Sommer des Jahres 1945, und Commissario De Luca ist inkognito unterwegs nach Rom. In einem kleinen Dorf in der Emilia Romagna macht er eine schauerliche Entdeckung – sämtliche Mitglieder der Familie Guerras liegen erschlagen auf ihrem Grundstück. Weshalb mußten sie sterben? War es ein politischer Mord? Die Lösung des Falles wird für De Luca zu einer gefährlichen Gratwanderung, denn auch er hat ein dunkles Geheimnis.

»Mit großer Kunstfertigkeit öffnet Lucarelli in diesem kleinen und ungemein spannenden Krimi den großen Resonanzraum von Schuld und moralischer Verstrickung.«
Abendzeitung

05/1352/01/L

Carlo Lucarelli

Der rote Sonntag

Ein Fall für Commissario De Luca. Aus dem Italienischen von Monika Lustig. 208 Seiten. Serie Piper

Commissario De Luca schlägt den Mantelkragen hoch. Ein kühler Wind weht durch das regennasse Bologna. Es ist der April des Jahres 1948. Nervosität und die lähmende Spannung der ersten demokratischen Wahlen liegen über der Stadt, als De Luca sich auf den Weg macht in die Via delle Oche. Dort soll sich der kommunistische Bordellhandlanger Ermes Ricciotti erhängt haben. Die Indizien am Tatort sprechen eine andere Sprache, doch von oberster Stelle werden De Lucas Ermittlungen im Keim erstickt. Bis er der »Tripolina«, der verschlossenen, dunkelhaarigen Bordellbesitzerin, näherkommt. Mit seinem eigenen festen Moralkodex bewegt sich Commissario De Luca in diesem Netz aus Lügen, Betrug und politischer Machtgier. Lakonie, der scharfe Blick fürs Milieu und bestechend vielschichtige Charaktere zeichnen die Romane von Carlo Lucarelli aus – und die ganz besondere Atmosphäre ihrer Zeit.

05/1359/01/R

Kerstin Ekman

Am schwarzen Wasser

Roman. Aus dem Schwedischen von Hedwig M. Binder. 462 Seiten. Serie Piper

Mutig faßt die junge Hebamme Hillevi Klarin den Entschluß, ihrem heimlichen Verlobten Edvard nach Nordschweden zu folgen, wo er eine Pfarrstelle in einer kleinen Gemeinde antreten soll. In der kargen Landschaft der schwarzen Seen und dunklen Wälder scheint die Zeit stehengeblieben zu sein: Die alten Mythen und der Aberglaube der Menschen sind noch lebendig. Aber wird Edvard sie überhaupt zur Frau nehmen, wie Hillevi es sich erträumt? Eine spannungsreiche Erzählung von Schuld und Vergebung und vom Kampf zwischen Vernunft und Leidenschaft.

05/1376/01/L

Kerstin Ekman

Springquelle

Roman. Aus dem Schwedischen von Hedwig M. Binder. 406 Seiten. Serie Piper

Mühsam hält sich Tora, ein ehemaliges Dienstmädchen, mit dem Verkauf von Brot und selbstgemachten Bonbons über Wasser. Eines Tages möchte sie ihr eigenes Café eröffnen, und schon bald scheint die lang ersehnte Unabhängigkeit zum Greifen nah. Doch die Krisenzeiten des Ersten Weltkriegs machen auch vor Schweden nicht Halt … Humorvoll und eindringlich erzählt Kerstin Ekman vom mutigen und selbstbewußten Kampf unbeugsamer Frauengestalten in den ersten Jahrzehnten des vergangenen Jahrhunderts.

»Witzig und wortreich, präzise und detailliert beschreibt Kerstin Ekman den Alltag ihrer Protagonistinnen.«
die tageszeitung

05/1377/01/R

SERIE PIPER

Susanne Mischke

Die Eisheilige

Roman. 294 Seiten. Serie Piper

Sophie hat viele Talente. Sie ist eine begnadete Tierpräparatorin, und ihre umwerfenden Kleiderkreationen verwandeln selbst ihre farblosen Nachbarinnen in wahre Schönheiten. Und seit kürzlich dieser ungehobelte Malergeselle genau im richtigen Moment vom Gerüst gefallen ist, steht Sophie sogar auch noch im Ruf, den Tod unliebsamer Mitmenschen herbeiwünschen zu können. Kein Wunder, daß sie sich in der schwatzhaften Nachbarschaft plötzlich größter Beliebtheit erfreut! Nur der kauzige Rudolf ist von der neuesten Gabe seiner Frau nicht sonderlich angetan. Denn zum einen hätte er Sophie am liebsten nur für sich allein, und zum anderen ist er sich neuerdings seines Lebens nicht mehr ganz so sicher …

05/1015/01/L

Susanne Mischke

Schneeköniginnen

Roman. 319 Seiten. Serie Piper

Schon beim Abflug von München kommt einiges anders, als es sich Anne Schwartz, Millionärstochter und Karrierefrau im Pharma-Unternehmen ihres Vaters, gedacht hat. Auf der Damentoilette trifft sie die flippige Lebenskünstlerin Katie und deren Zuhälter – dem sie mit einer Flasche unsanft zusetzt. Die Begegnung der beiden ungleichen Frauen vertieft sich in New York, wo Anne ihren Kummer mit dem Dauerverlobten Stefan in Alkohol ertränkt. Katie fackelt nicht lange und schleppt Anne ab in die New Yorker Szene, bis ihr, der coolen Dealerin, der Boden zu heiß wird. Nichts wie weg und ab nach Kalifornien, quer durch die USA auf der legendären Route 66.

»Die gegensätzlichen Charaktere dieses schrägen Damenduos sind höchst plastisch ausgefallen – und nicht zuletzt der überraschende Ausgang zählt zu den großen Stärken dieses Romans.«
Darmstädter Echo

05/1016/01/R